BASTEI
LÜBBE

RICHARD DÜBELL

DER TUCHHÄNDLER

ROMAN
AUS DEM SPÄTEN
MITTELALTER

BASTEI
LÜBBE

BASTEI LÜBBE TASCHENBUCH
Band 12935

1. Auflage: April 1998
2. Auflage: Juli 1999
3. Auflage: Juni 2000
4. Auflage: Oktober 2000

Vollständige Taschenbuchausgabe

Bastei Lübbe Taschenbücher ist ein Imprint
der Verlagsgruppe Lübbe

Lizenzausgabe: Verlagsgruppe Lübbe GmbH & Co. KG,
Bergisch Gladbach
Umschlaggestaltung: K.K.K.
Titelilfoto: Noack
Satz: AIT Trondheim
Druck und Verarbeitung: AIT Trondheim
Printed in Norway
ISBN 3-404-12935-0

Für Michaela

Danke an die Menschen, die mir halfen, aus einer Idee ein Buch zu machen: an Sabine Stangl, die meine Manuskripte mit ungebrochener Begeisterung immer wieder las; an Rudi Heilmeier, der nicht müde wurde, meinen ausschweifenden Erzählungen zuzuhören; an die Mitarbeiter des Stadtarchivs Landshut, die mich mit wertvollen Informationen versorgten; und an Sabine Jaenicke und Heike Mayer, die mich durch den langen Weg vom ersten Einfall zum fertigen Buch führten.

Schicksal, ungeschlacht und eitel,
Rad, du rollendes!
Schlimm dein Wesen, dein Glück nichtig
Immer im Zergeh'n!
Überschattet und verschleiert
kommst du nun auch über mich.

CARMINA BURANA

Wer die Süßigkeit des Lebens genießen kann
und tut es nicht,
der ist ein Narr.

JOHN GOWER

Der Text der Vorseite ist der zweiten Strophe von
»Fortuna Imperatrix Mundi«
aus der Liedsammlung Carmina Burana entnommen.
Die Zeilen darunter stammen von John Gower.
Walther von der Vogelweide schrieb das Gedicht
»Unter der linden«, das auf Seite 495/96 steht.

Das Schicksal ersparte es mir zumindest, die Leichname der Mädchen ansehen zu müssen; in dieser Hinsicht war es gnädig. Als das Klagen aus dem Inneren des Hauses endlich verstummt war und wir über den Leichnam des alten Mannes in der Tür stiegen, um das Haus zu betreten, hatte der Vater bereits Tücher über die leblosen Körper gebreitet. Es waren dünne Leinentücher, die die Umrisse der Leiber nicht vollends verhüllten, und das Blut begann bereits dunkel durch das Tuch zu dringen. Der Bischof und ich brachten den Vater hinaus ins Freie, setzten ihn auf sein Pferd, banden ihn dort fest und ritten zurück zum Feldlager des Herzogs.

Es war nicht schwer herauszufinden, wer den alten Diener erschlagen und die Mädchen vergewaltigt und umgebracht hatte. Schwerer war es einzusehen, daß mir der Bischof verbot, die Täter zu verfolgen. Bis ich mich endlich dazu durchgerungen hatte, auf eigene Faust zu agieren, war es bereits zu spät: Der Krieg war zu Ende und die Gelegenheit vertan, selbst zum Richter und Henker zu werden. Der Bischof teilte mir mit, daß über die Missetaten, die während und neben den Kampfhandlungen verübt worden waren, der verzeihende Mantel der Amnestie gelegt würde. Die Wunden dieser unsinnigen Auseinandersetzung müßten nun heilen, sagte er mit finsterem Blick auf meine geballten Fäuste.

An diesem Tag begannen meine Alpträume.

1

Daß diese Geschichte mit einem Alptraum beginnt, erscheint beinahe natürlich; denn in den zwölf Jahren, die zwischen ihrem Beginn und jenem Tag lagen, an dem Bischof Peter mich daran hinderte, Gerechtigkeit für den Tod der Kinder zu üben, hatte sich mein Leben selbst in einen Alptraum verwandelt. Ein Alptraum, dessen nächtliche Erscheinungen sich in Gespenstern manifestierten: den Gespenstern der getöteten Mädchen, deren Tod ich nicht gesühnt, und später den Gespenstern meiner Frau und meines Kindes, deren Tod ich durch meine Achtlosigkeit verschuldet hatte. Vielleicht lag die unselige Wendung, die mein Dasein genommen hatte, daran, daß der Bischof nach meiner Zurückweisung seiner Freundschaft aufgehört hatte, für mich zu beten; vielleicht war das der Grund.

Nachdem ich im Streit aus dem Dienst des Bischofs geschieden war, versuchte ich mein Glück als Kaufmann. Es dauerte eine Weile, bevor mein guter Stern mich verließ. Oh, anfangs schien es, als würde meinem neuen Leben Erfolg beschieden sein: Ich baute ein Geschäft auf, aus dem ein Handelshaus, dann ein Hof wurde, der einem vielköpfigen Gesinde Arbeit und Brot gab. In jenen Tagen, gleich nach dem Ende des Krieges, hätte selbst ein noch größerer Tor als ich Geschäfte machen können. Der Tod brauchte jedoch nicht lange, um mich wieder einzuholen. Fünf Jahre später starb meine Frau bei dem Versuch, unser viertes Kind auf die Welt zu bringen, und nahm das Kind und meine Seele mit sich.

Jemand sagte mir, ich müsse weiterleben, der Kinder wegen; und so verrichtete ich die Gebärden des Lebens, bis meine beiden Töchter den Hof verließen und Männer heirateten, die ich niemals näher kennengelernt hatte, und sich in Städten niederließen, die ich voraussichtlich niemals besuchen würde. Sobald er konnte, ging auch mein Sohn und verdingte sich als Lehrling auf dem großen Kirchenbau in der nahen Stadt, und ich war allein mit meinem Gesinde, das mich mit Scheu betrachtete, und mit meinen Träumen.

Ich verrichtete die Gebärden des Lebens, sieben Jahre lang, bis die Vorfälle der ersten beiden Novemberwochen des Jahres 1475 mich dazu zwangen, wieder von der Welt Notiz zu nehmen. Um sie herum rankt sich die Geschichte, die ich zu erzählen habe. Befände ich mich noch im Dienst des Bischofs, wäre ich vielleicht versucht, sie so zusammenfassen: Der Herr hat sich der einen verdammten Seele bedient, um die andere zurück ins Licht zu führen; aber ich weiß nur zu gut, daß der Herr nichts mit alldem zu tun hatte, was in jenen trübkalten Novembertagen zwischen Allerheiligen und Martini in Landshut passierte – eher noch sein großer Gegenspieler, wenngleich ich es vorziehe zu glauben, daß weder der eine noch der andere sich an den kleinmütigen Handlungen der Menschen in irgendeiner Weise beteiligen wollen.

Die Geschichte beginnt mit einem Alptraum. Von Anfang an war ich davon überzeugt, daß sie auch mit einem Alptraum enden würde.

Die Schatten des Schlafs zerflatterten abrupt und der Traum mit ihnen, und ich wußte, daß ich wach war. Ich blinzelte atemlos in die Dunkelheit; ich spürte die

Nässe von Tränen auf meinen Wangen. Ich empfand es als Gnade, wach zu sein.

Als ich mich zurücksinken lassen wollte, pochte es an meiner Tür. Ich fuhr zusammen. Deshalb war ich aus dem Schlaf geschreckt; ich konnte mich erinnern, daß ich das Klopfen auch im Traum gehört hatte. Mein Herz begann heftig zu schlagen.

»Was ist los?« krächzte ich überlaut.

Die Tür öffnete sich, und mit dem Schein einer Kerzenflamme schob sich der zerzauste Kopf meines Gutsverwalters herein. Er machte einen zaghaften Schritt in die Kammer und blieb vor der geöffneten Klappe meines Bettkastens stehen.

»Herr Bernward«, sagte er aufgeregt, »entschuldigt, daß ich Euch aus dem Schlaf reiße. Drüben in der Stube wartet ein Wappner und will mit Euch sprechen.«

Ich starrte wie blind in sein von der Kerzenflamme halb aus der Dunkelheit gezerrtes Gesicht. Das Blut in meinen Ohren pochte. Wie spät mochte es sein? Kurz vor der Dämmerung?

»Ein Wappner?« wiederholte ich schließlich. »Weißt du, was er von mir will?«

Der Gutsverwalter trat vollständig um die Tür des Bettkastens herum; ich sah, daß er sich notdürftig in einen Kittel gehüllt hatte.

»Er wollte es mir nicht sagen. Er hat den Auftrag, nur mit Euch zu sprechen. Vielleicht solltet Ihr zu ihm gehen, Herr Bernward.«

»Ja«, murmelte ich. »Ja. Natürlich.«

Ich fuhr mir mit der Hand über das Gesicht und spürte die Kälte meiner Finger und die Rauheit meines unrasierten Kinns. Meine Augen brannten, als ich mir über die Lider strich. Ich schwang die Beine aus dem

Bett, bekämpfte den Schwindel, der vom plötzlichen Aufrichten kam, und sagte: »Geh hinüber und richte ihm aus, daß ich sofort komme. Ich muß nur etwas überwerfen.«

Er nickte. Ohne ein weiteres Wort stellte er die Kerze auf eine Truhe und schlüpfte zur Tür hinaus.

Ich stieß die zweite Klappe des Bettkastens auf und kletterte steifbeinig aus dem schrankähnlichen Möbel. Mit nackten Füßen humpelte ich über die kalten Holzbretter und zog einen Mantel über mein Nachthemd. Die Luft in meiner Kammer war kühl im Gegensatz zum aufgewärmten Inneren des Bettkastens. Die Kühle sorgte dafür, daß ich vollends erwachte: Plötzlich spürte ich meinen Herzschlag bis in die Kehle. Ein Wappner, der zur Nachtzeit in mein Haus kam und nur mich zu sprechen wünschte: was konnte dies anderes bedeuten als

– eine Nachricht vom Tod

unerwünschte Neuigkeiten? Meine Fußsohlen begannen zu prickeln; ich bückte mich nach meinen Schuhen und streifte sie über. Die Haustüre stand weit offen, als ich in die Halle hinaustrat, doch es kam kein Licht herein. Die fehlenden Fackeln draußen sagten mir, daß selbst meine Knechte noch schliefen. Es mochte allenfalls um die dritte Stunde nach Mitternacht sein. Das Haus war absolut still; die Wirklichkeit schien ebenso weit entfernt zu sein wie die Dämmerung des Tages.

Der Wappner stand vor dem Kamin; mein Verwalter hatte das Feuer angezündet, aber es beleuchtete den Raum ebenso unzureichend, wie es ihn erwärmte. Er trug einen dunkel gestreiften Kittel mit einem breiten Gürtel um seine Leibesmitte und hohe, schwere Stiefel an den Füßen; seinen Helm hatte er auf den Tisch gelegt.

Der Verwalter hatte ihm einen Becher Wasser gegeben, und er schien durstig genug gewesen zu sein, ihn gleich auszutrinken; jetzt drehte er den leeren Becher unruhig in den Fingern hin und her. Seine Haare klebten ihm feucht an den Schläfen. Er starrte in das Feuer; bei meinem Eintreten drehte er sich schnell herum und sah mir entgegen. Ich sah an seinen erhitzten Wangen, daß er gerannt sein mußte. Ich versuchte zu schlucken und spürte einen Kloß in meiner Kehle, der sich nicht bewegen ließ.

»Ich bin Peter Bernward«, sagte ich. »Was kann ich für Euch tun?« Als er zu sprechen begann, bemerkte ich den breiten Dialekt der Passauer Gegend.

»Man hat mir aufgetragen, Euch abzuholen«, sagte er unbeholfen; es klang wie eine Drohung. Ich kniff die Augen zusammen.

»Wohin?«

»Zur Baustelle der Kirche. Ich soll Euch zum Dom von Sankt Martin bitten«, antwortete er förmlich.

Etwas berührte mein Herz wie eine kalte Hand. Ich dachte an meinen Sohn, der auf der Baustelle

– verunglückt war

arbeitete und

– zerschmettert auf dem Pflaster lag

von dem ich seit Wochen nichts mehr gehört hatte. Wir standen nicht in bestem Einvernehmen, Daniel und ich, aber zu erfahren, daß er tot sein könnte ... Der Hals schnürte sich mir zu.

»Hat es einen Unfall gegeben?« stieß ich atemlos hervor.

»Ich weiß es nicht«, erklärte der Wappner. Ich drängte die Panik zurück und starrte in sein Gesicht.

»Wer will mich dort sehen?« fragte ich mit erzwungener Ruhe.

»Der Herr Stadtkämmerer.«

»Hanns Altdorfer?«

Er zuckte mit den Schultern; er kannte den Titel, aber nicht den Namen.

Ich schüttelte den Kopf, um meine Gedanken zu klären. Langsam trat ich an den Kamin und lehnte mich gegen die Wand. Das Feuer begann ganz allmählich, die Steine zu erwärmen; unwillkürlich preßte ich meine kalten Hände dagegen. In meinen Schuhen spürte ich meine klammen Zehen. Ich atmete tief ein und wieder aus.

»Was ist passiert?« fragte ich.

Er spreizte die Hände. »Ich weiß es nicht«, wiederholte er. Es war ihm anzusehen, daß er ungeduldig wurde, weil er seinen Auftrag nicht erfüllen konnte. »Unser Fähnlein ist in der Schule gleich neben der Baustelle untergebracht. Wir wurden kurz nach Mitternacht geweckt und herausbefohlen, um uns rundherum aufzustellen und niemandem Einlaß zu gewähren. Nach einer Weile kam ein Herr zu unserem Hauptmann und bat ihn, nach Euch zu schicken. Ich stand gleich daneben, und der Hauptmann fragte mich, ob ich die Bitte des Herrn Stadtkämmerers verstanden hätte. Ich sagte ja. Der Hauptmann ist von hier. Er beschrieb mir die Strecke und sandte mich zu Euch.«

Er sah auf den Becher hinab, den er verlegen in den Händen gedreht hatte. In einem plötzlichen Entschluß und als ob nun alles gesagt sei, stellte er ihn auf den Tisch und griff nach seinem polierten Helm.

»Gehen wir?« fragte er.

Er sah mich erwartungsvoll an, aber ich zögerte. Ich kannte Hanns Altdorfer gut genug, um ihn meinen Freund nennen zu dürfen, und ich konnte mir nichts vorstellen, das ihn so sehr drängte, daß er damit nicht bis zum Morgen warten konnte.

– *Es sei denn, Daniel läge tot zwischen den Backsteinen des Kirchenbaus.*

Es schauderte mich, und plötzlich fühlte ich mich schwach. Mühsam stieß ich mich von der Wand ab.

»Ich werde Euch begleiten«, sagte ich. »Ich muß mir nur noch etwas Warmes anziehen.« Er nickte und schien erleichtert. Als könnte er damit verhindern, daß ich meine Aussage revidierte, stülpte er sich den Helm auf den Kopf und trat von der Nähe des Feuers zurück.

»Ich werde hier auf Euch warten«, sagte er. Ich zuckte mit den Achseln und verließ die Stube.

Vor meiner Schlafkammertür stand mein Verwalter. Mittlerweile hatte er sich vollständig angezogen und schien auf Anweisungen zu warten.

»Komm mit herein«, sagte ich, und er folgte mir in die Kammer. Ich bückte mich nach einer Kleidertruhe.

»Er will, daß ich mit ihm in die Stadt komme«, eröffnete ich ihm.

»Ist etwas Schlimmes passiert, Herr Bernward?«

»Ich weiß es nicht. Scheinbar hat ihn Hanns Altdorfer zu mir geschickt. Ich soll ihn bei der Baustelle des Martinsdoms treffen.«

»Bei der Baustelle? Gott behüte, daß Eurem Herrn Sohn etwas zugestoßen ist ...«

»Es sieht nicht danach aus«, unterbrach ich ihn knapp. Ich fröstelte; ich wollte nichts darüber hören. Was man ausspricht, ruft man herbei. Plötzlich dachte ich an meinen Traum. Hatte ich nicht diesmal meinen Sohn darin gesehen? Ich erinnerte mich nicht mehr, aber ein Schauer lief mir den Rücken hinab. Unsinn, dachte ich. Träume haben keine Vorbedeutung. Sie beschreiben nur Situationen, die bereits hinter uns liegen. Ich wußte es mittlerweile gut genug.

Der Verwalter räusperte sich und fragte: »Was werdet Ihr tun?«

»Ich gehe mit ihm zum Dom.«

Er zuckte mit den Schultern. »Wenn ich etwas für Euch tun kann ...«

Ich schüttelte den Kopf, und er begann, die Unordnung, die ich in der Kleidertruhe hinterlassen hatte, zu bereinigen, während ich aus meinem Nachthemd stieg. Nach einigen schweigsamen Minuten, während derer er mir half, die Kleider überzustreifen, sagte er plötzlich: »Denkt Ihr daran, daß womöglich schon heute die Lieferung Seidenstoffe für die Hochzeit des jungen Herzogs ankommt? Soll ich in Eurem Namen die Fracht annehmen und die Fuhrleute auszahlen?«

»Das wird nicht nötig sein«, sagte ich. »Ich gehe davon aus, daß ich bald wieder zurück sein werde. Ich habe genügend Zeit, mich selbst darum zu kümmern.«

Der Verwalter nickte, und ich trat an ihm vorbei in die Halle hinaus. Er zupfte einen langen hellen Faden von meinem dunklen Mantel und zwirbelte ihn zu Boden. Ich klopfte ihm auf die Schulter und holte den wartenden Wappner aus der Stube. Zusammen verließen wir das Haus. Ich sollte recht behalten, als ich sagte, ich sei bald wieder zurück. Ich wußte noch nicht, wie sehr ich mich bei meiner anderen Aussage täuschte.

In der nächtlichen Dunkelheit draußen wallte ein dichter Nebel, der von den vielen Armen und Verzweigungen der Isar aufstieg und die feuchten Niederungen des Flußtales einhüllte. Es roch nach Rauch und nach frischer Erde. Der Duft geriet mir beim ersten Atemzug in die Kehle und reizte mich zum Husten. Mein Begleiter zog hörbar die Nase hinauf und räusperte sich. Er trug jetzt eine Fackel in der Hand. Sie brannte knisternd und widerwillig in der feuchten Luft und sandte brennende Tropfen auf den Boden.

Ich drehte mich zu ihm um und nickte ihm zu. Er zog noch einmal die Nase hinauf und setzte sich dann in Bewegung. Ich folgte ihm dichtauf. Der Nebel kroch mit suchenden, kalten Fingern in jede Öffnung meiner Kleidung, in den Raum zwischen dem dicken Kragen und meinem Hals, in den weiten Ausschnitt vorne an der Brust und in die Öffnungen der Ärmel an den Handgelenken. Ich schob die Hände übereinander, verbarg sie in den Ärmeln und dachte daran, daß ich die pelzgefütterte Kappe mit den Ohrenschützern vergessen hatte. Ich hatte ein merkwürdiges Gefühl der Fremdheit, als wir durch den Torbogen meines Hofzugangs hinaus in die absolute Dunkelheit der umliegenden Felder traten. Mein Herz begann wieder lauter zu klopfen. Daniel, mein Sohn, es kann dir nichts zugestoßen sein; wenn es das gewesen wäre, hätte der Wappner es gewußt. Und wie hätte man deinen Unfall erst nach Mitternacht bemerken können? Nach der Dämmerung werden sämtliche Arbeiten am Bau beendet. Aber eigentlich dachte ich: Es kann dir nichts zugestoßen sein, weil ich meinen Teil an persönlichem Leid schon ausgeschöpft habe. Ich habe die Rechnung bereits bezahlt. Bitte.

Es führte nur ein Karrenweg von meinem Tor zur Straße, die von Nordosten nach Süden zur Stadt hinein verlief; wir stolperten ungeschickt darauf entlang, bis wir die Straße selbst erreichten. Die Bewohnerinnen des Klosters neben der Straße schienen die einzigen Menschen in der Nähe zu sein, die außer uns auf den Beinen waren. Wir hörten dumpf ihren Meßgesang, als wir an der langgezogenen Mauer vorbeischritten. Der Wappner wechselte die Fackel von der rechten in die linke Hand und bekreuzigte sich, und seine Geste überraschte mich genug, daß ich unwillkürlich ebenfalls das Kreuzzeichen machte. Ich wußte nicht einmal mehr, welche Messe sie jetzt abhielten; meine Erinnerung an die organisatorischen Belange der Kirchen und Klöster war verblaßt. Der Gesang drang verzerrt und lustlos durch den Nebel.

Bis auf eine Aufforderung meinerseits, langsamer zu gehen, verlief unser Weg schweigsam. Ich fühlte das dumpfe Pochen der Erregung zusammen mit meinem Herzschlag und hatte keine Lust zu sprechen. Vom schnellen Gehen war mein Blut endgültig in Wallung geraten und meine Steifbeinigkeit verschwunden. Der Mantel wurde mir fast zu warm, und ich spürte, daß die Hitze in meine Wangen kroch. Auch meine Nase begann zu laufen.

Wir passierten das Äußere Isartor, ein halbfertiges Bauwerk, das nur an seiner Basis aus Mauerwerk bestand und von einem einsamen Stadtknecht bewacht wurde. Von den Flügeltoren stand eines offen; Fackelschein aus dem beleuchteten Tordurchgang drang daraus hervor, unterbrochen von der auf- und abschreitenden Gestalt des Torwächters. Er ließ uns wortlos passieren und schloß das Tor mit einem lauten Geräusch wieder hinter uns zu. Er hatte es offensichtlich nur für uns offengehalten. Er nickte mir zu; er fragte nicht, welches Geschäft wir beide zu dieser Stunde in der Stadt haben mochten.

Beim Blauen Turm am jenseitigen Ufer des zweiten Isararms wiederholte sich das Schauspiel; nur der Spitaler Turm, der den Platz vor der Heilig-Geist-Kirche und dem Pilgerhospiz vom Stadtkern abgrenzte, war unbesetzt. Die breite Hauptstraße erstreckte sich nach den Salz- und Bräustädeln gerade vor uns; das Katzenkopfpflaster glänzte im Schein unserer Fackel vor Nässe und verlief sich nach Süden zu in der Dunkelheit. Am Rathaus konnte man noch die Lichtpunkte vereinzelter Fackeln sehen, die neben dem Eingangsportal staken. Was danach kam, verlor sich vollkommen in der nebligen Düsternis. Nicht einmal das wuchtige Langhaus des neuen Doms und der trutzige Fuß des noch nicht fertiggestellten Turms in seinem spinnwebgleichen Gerüst waren zu sehen.

Wir erreichten die Baustelle nach einem unsicheren Marsch über das schlüpfrige Pflaster. Die Stadt erschien um diese Stunde menschenleer, die Häuser drängten sich stumm und blind unter den Nebelschwaden. Die Baustelle selbst beanspruchte den größten Teil eines Platzes im südlichen Drittel des Stadtzentrums. Gewaltige Haufen von Steinen und Brettern türmten sich dort auf, das Pflaster war stark verschmutzt und noch rutschiger als zwischen den Patrizierhäusern weiter vorne. Mehrere Gruppen von verschlafenen Menschen standen in der Dunkelheit und starrten stumm zu den verschlossenen Eingangsportalen des Kirchenschiffs. Die meisten von ihnen schienen Handwerker aus den umliegenden Bauhütten zu sein. Ich reckte den Kopf, um nach meinem Sohn zu suchen, aber im schlechten Licht konnte ich ihn nirgends erkennen. Behelmte Wappner befanden sich in lockeren Ringen um die jeweiligen Menschentrauben. Sobald einer der Bewachten ein lautes Wort sagte, zischten die Bewacher scharf und ermahnten ihn zur Ruhe. Kaum einer von ihnen trug eine Fackel; gesichtslos und einheitlich grau und düster, standen Aufpasser wie Bewachte in der Dunkelheit und dem feuchten Nieseln und verharrten schweigend.

Als wir uns näherten, drehten sich alle Köpfe nach uns um. Aus einer Gruppe Behelmter vor dem nördlichen Seitenportal löste sich ein Mann und schritt uns entgegen. Auch er trug einen Helm, aber anders als die anderen war er unbewaffnet. Mein Begleiter blieb stehen. Aus der Gruppe in unserer Nähe hörte ich eine halblaute Frage, wer wir seien, und gleich darauf eine brummige Mahnung von seiten eines der Wappner, den Mund zu halten.

Der Mann blieb vor uns stehen. Mein Begleiter straffte sich und sagte knapp: »Herr Bernward, mein Hauptmann.«

Der Hauptmann nickte und sagte: »Gut gemacht. Geh wieder auf deinen Posten.«

Der Wappner nickte ebenso knapp, wie er seinen Hauptmann begrüßt hatte. Einen Moment stand er unschlüssig mit der Fackel da, dann drückte er sie mir in die Hand und schritt ohne ein Abschiedswort davon. Ich hob die Fackel und leuchtete unter den breiten Rand des Helms, dem Hauptmann ins Gesicht. Er war ein älterer, gedrungener Mann mit einem breiten, bärtigen Gesicht und finsteren Augenbrauen, der den Kopf in den Nacken legen mußte, um mich unter dem heruntergezogenen Helmrand ansehen zu können.

»Was hat er Euch mitgeteilt?« fragte er nach einem Augenblick und wies mit dem Kopf in die Richtung, in der mein Begleiter davongegangen war.

»Nichts, zum Teufel«, sagte ich heftiger als beabsichtigt.

Er machte eine rüde Geste, als wolle er mir die Hand

auf den Mund legen. Unwillkürlich zuckte ich zurück, aber er sagte nur: »Sprecht leise.«

Ich nickte mit zusammengebissenen Zähnen.

»Was ist hier los?« raunte ich. »Wo ist Hanns Altdorfer?«

»Der Notarius und seine Begleiter befinden sich im Inneren des Doms«, sagte er. »Sie bitten Euch, zu Ihnen hineinzugehen.«

»Was werde ich dort vorfinden?«

Er legte den Kopf wieder zurück und starrte zu mir nach oben. Er zuckte kaum merklich mit den Schultern.

»Ich weiß es nicht«, sagte er. »Bitte nehmt Eure Fackel und geht hinein.«

Ich schüttelte unwillkürlich den Kopf, und er öffnete den Mund, als dächte er, ich wolle ihm widersprechen. Ich kam ihm zuvor.

»Was macht Ihr mit Euren Leuten hier heraußen?« fragte ich.

»Wir sehen zu, daß niemand außer Euch die Kirche betreten kann«, knurrte er.

Ich sah ihn für einige Momente schweigend an.

– Niemand außer Euch.

Ich packte die Fackel fester und setzte mich in Bewegung. Er drehte sich im Stand herum und marschierte neben mir her. Seine Männer vor dem Seitenportal machten den Weg in das Innere des Doms frei. Der Hauptmann blieb unter der Bogenlaibung des Portals stehen. Ich zögerte einen Moment, dann trat ich in die Kirche ein.

Es war drinnen ebenso dunkel wie draußen, aber der Nebel war nicht bis hier hinein vorgedrungen. Im Lichtschein tauchten die gleichen Haufen aus Brettern und Backsteinen auf wie vor der Kirche. Man hatte sie entlang der Wände aufgetürmt, um einen Raum in der Mitte freizuhalten, in dem sich die Betenden zur Messe versammeln konnten. Als ich die Fackel hob, reichte ihr Schein nicht bis nach oben; der Bau verlor sich in der Dunkelheit und schien nirgendwo zu enden. Es roch nach dem Harz und dem Rauch alter und neuer Fackeln, nach Steinstaub und frischen Sägewunden in feuchtem Holz.

Die Tatsache, daß etwas in einem halbfertigen Gotteshaus auf mich wartete, das mit einem Aufgebot an Bewaffneten vor der Öffentlichkeit versteckt wurde wie eine Pestbeule, stellte alle meine Nackenhaare auf. Ich fühlte mich plötzlich, als wäre ich noch immer im Traum befangen. Ich hustete, und das Geräusch zerflatterte zwischen den Steinhaufen. Ich schöpfte Atem und senkte die Fackel wieder.

Man hatte die neue Kirche über einem kleinen, älteren Bau errichtet und diesen niedergerissen. Den Bauschutt verwandte man zum großen Teil, um den Boden zu ebnen, und so erhob sich die neue Kirche mittlerweile gut zwei Mannslängen über dem ursprünglichen Niveau der alten Kirche. An manchen Stellen hatten die Steine nicht ausgereicht, um den früheren Raum vollkommen aufzuschütten, und so waren noch immer da und dort verschieden tiefe Gruben vorhanden, die man Zug um Zug auffüllte. Ich hielt die Fackel vor mir gegen den Boden gerichtet, als ich weiter in das Kirchenschiff eindrang, um nicht unversehens in eine dieser Gruben zu stürzen.

Der Boden war dick mit Schmutz und Stroh bedeckt und dämpfte die Geräusche meiner Schritte. Statt dessen schien die Stille widerzuhallen wie in einer stummen Glocke, und ich wünschte mir einen Moment, die

Menschen draußen möchten etwas Lärm machen. Ich blieb stehen und horchte, aber ich konnte keinen Laut vernehmen. Ich hatte erwartet, daß Hanns Altdorfer oder jemand anderer mich gleich hinter dem Seiteneingang erwarten würde, doch es schien, als sei ich alleine in der Kirche. Sie war dunkel und menschenleer, und die einzigen Gestalten, die das unruhige Licht aus der Finsternis schälte, waren die in edlen Posen erstarrten Figuren der bereits fertiggestellten Schutzpatrone an den Säulen.

Ich atmete aus und sah das Wölkchen aus feuchtem Dampf, das vor meinem Gesicht aufwirbelte. Schließlich holte ich Atem und rief halblaut: »Hanns Altdorfer!«

Etwas scharrte in der Nähe des Altarraumes, dann erhob sich ein schwacher Lichtschimmer über einem unordentlichen Haufen Steine. Die gelbe Flamme einer Fackel folgte: Jemand stieg aus einer der Gruben empor. Ich machte ein paar Schritte darauf zu. Die Gestalt spähte über den Haufen hinweg in meine Richtung.

»Peter?«

»Hanns«, sagte ich erleichtert und eilte auf das Licht zu.

Der Stadtkämmerer kletterte vollends aus der Grube empor. Bis ich bei ihm angelangt war, hatte er sich bereits aufgerichtet und klopfte mit der freien Hand den Schmutz von seinem Mantel. Dann wischte er sich die Hand an seinem anderen Ärmel ab und streckte sie mir entgegen.

»Ich freue mich, daß du endlich hier bist«, sagte er.

Ich drückte seine Hand, ohne sie loszulassen.

»Hanns«, sagte ich atemlos. »Ist etwas mit Daniel?«

Er verzog das Gesicht, ohne etwas zu antworten. Das Fackellicht, das Einzelheiten für gewöhnlich mehr vertuscht als hervorhebt, konnte dennoch nicht verbergen, daß er müde aussah. Er war ein magerer, hochgewachsener Mensch mit einem Gesicht, das zu frühen Falten neigte, und es schien, als seien in der letzten Zeit noch einige hinzugekommen.

»O Peter«, stieß er hervor. »Ich habe überhaupt nicht daran gedacht, daß dir ein solcher Gedanke kommen mußte! Nein, ich kann dich beruhigen. Wenn wir nicht die meisten Bauleute aufgeweckt und zusammengetrieben hätten, um sie unter Kontrolle zu haben, würde ich sagen, dein Sohn schläft im Augenblick den Schlaf des Gerechten.«

Ich nickte. Plötzlich war mir schwindlig. Warum wird es einem immer erst in solchen Momenten klar, wie sehr man liebt? Als ich seine Hand losließ, sagte er: »Daniel ist wohlauf, Peter.«

»Du weißt, was er für mich bedeutet«, murmelte ich.

Er erwiderte nichts darauf. Ich betrachtete sein Gesicht mit den blauen Schatten unter den Augen. Manchmal rief sein Anblick den Schmerz in mir hervor, den ich noch immer wegen des Todes meiner Frau empfand; auch jetzt spürte ich den bekannten Stich. Er war neben Maria mein einziger Vertrauter gewesen. Plötzlich schien mir der Gedanke unerträglich, daß niemand zu Hause auf mich wartete.

»Also – weshalb hast du mich rufen lassen?« fragte ich rauh.

»Komm«, sagte er und faßte mich am Arm. Mit der anderen Hand hob er die Fackel wieder empor. »Ich zeige es dir.«

Hinter dem Haufen Bauschutt, über den er geklettert

war, gähnte eine tiefe Grube mit unregelmäßig abgesackten Wänden. Ihr Grund lag gut zwei Mannshöhen tiefer als der Boden des neuen Doms; an einer Stelle war genügend Schutt hineingefallen, daß man hinunter und wieder hinauf gelangen konnte. Ich prallte zurück, als wir um den Schutthaufen bogen und ich in die Grube hinunterspähen konnte: Drei weitere Männer standen mit einer Fackel dort unten und hatten ihre Gesichter uns zugewandt. Einer von ihnen nickte mir gemessen zu.

Der Stadtkämmerer kletterte ohne ein weiteres Wort über die Steine nach unten. Ich folgte ihm unbeholfen. Als wir beide unten angekommen waren, wurde es eng in der Grube. Ich hob die Fackel nach oben, damit ich nicht irgend jemandes Kleider anzündete.

Hanns Altdorfer wies auf mich und erklärte in lateinischer Sprache: »Der Kaufmann Peter Bernward von Säldental, meine Herren.«

Bevor ich noch irgend etwas sagen konnte, deutete Altdorfer auf den ersten der Männer, einen breitschultrigen Kerl mit einem verschlossenen Gesicht, in dem ein mächtiger Schnurrbart und zu kurzen Zöpfen geflochtene Koteletten prangten. Er trug Stiefel und einen kostbaren roten Mantel.

»Dies ist Herr Albert Moniwid, der Anführer der polnischen Vorausdelegation in Landshut«, sagte er. »Der Herr Ritter ist aus dem Herzogtum Litauen und spricht unsere Sprache nicht, weshalb wir ihm die Höflichkeit antun wollen, Lateinisch zu sprechen.«

Ich nickte dem Edelmann verwirrt zu und streckte die Hand aus. Er ergriff sie nicht, sondern neigte nur knapp den Kopf. Ich ballte die Faust und ließ meine Hand wieder sinken. Der Ritter sagte in fließendem Latein: »Unter anderen Umständen wäre es mir vielleicht angenehm, Euch kennenzulernen.« Er hatte eine tiefe, grollende Stimme, die es nicht gewöhnt war, leise zu sprechen.

Altdorfer wies nicht ohne Ehrerbietung auf den nächsten der Männer; es war derjenige, der mir aus der Grube herauf zugenickt hatte. Ich brauchte seine Vorstellung nicht. Jetzt, in seiner unmittelbaren Nähe, erkannte ich ihn.

»Doktor Mair«, sagte ich und streckte meine Hand nochmals aus. »Der Kanzler des Herzogs. Es ist mir eine Ehre.« Unwillkürlich hatte ich bayrisch gesprochen.

Der Kanzler ergriff meine Hand und schüttelte sie, und auch er sagte auf bayrisch: »Die Ehre ist auf meiner Seite, Herr Bernward.«

Dann wandte er sich ab und verneigte sich knapp vor dem polnischen Ritter, wie um sich für den kurzen Gebrauch seiner Muttersprache zu entschuldigen. Ich konnte erkennen, daß er den herablassenden Polen nicht mochte.

Der Kanzler hielt die dritte Fackel in der Hand; sie war fast schon ausgebrannt. Er hatte sich eine hohe, formlose Kappe auf den Kopf gedrückt. Seine langen, grauen Haare lockten sich darunter hervor bis in seinen Nacken. Er war stämmig, mit einer kurzen, dicken Nase, schweren Lidern und fleischigen Wangen, auf denen sich graue Bartstoppeln zeigten. Um seine Augen waren die gleichen dunklen Schatten wie um die Augen Hanns Altdorfers; er machte einen ebenso erschöpften Eindruck.

Ich kannte auch den dritten der Männer, den Stadtoberrichter Meinhard Girigel, wenn auch nur vom Sehen. Er war als Nachfolger des Walthasar Nothafft bereits vor einem Jahr in sein Amt gewählt worden, obwohl er nicht aus der Stadt stammte. Er schien schüchtern und zurückhaltend zu sein; viele Leute schrieben dies seiner körperlichen Behinderung zu. Der Richter hatte einen lahmen Fuß sowie einen verkümmerten Arm, mit dem er nur kraftlose Gesten ausführen konnte; seine ganze linke Seite schien vom Schöpfer vernachlässigt worden zu sein, und durch die Kraft, die er in seiner rechten Körperhälfte aufgebaut hatte, wirkte seine ganze Statur wie verzerrt. Er hatte einen überraschend kräftigen Druck in seiner gesunden Hand, mit harten, langen Fingern, die sich um meine schlossen. Er murmelte einen leisen Gruß in schadhaftem Latein, aber ich sah seine Augen im Fackelschein funkeln und wußte, daß er nicht zu den Menschen gehörte, die ihrer Behinderung wegen zu Selbstzweifeln neigen. Seine Zurückhaltung mochte überzeugend wirken, aber ich hatte den Eindruck, daß sie einen harten Kern und einen entschlossenen Charakter bemäntelte. Auch er trug einen Mantel, dessen Vorderseite jedoch vor frischem Schmutz starrte, und er stützte sich schwer auf einen knotigen Stock.

Danach herrschte Schweigen. Niemand schien das Wort ergreifen zu wollen. Ich hörte das Scharren der Stiefel, als der polnische Ritter ungeduldig von einem Bein aufs andere trat, und spürte die Kälte, die in meine eigenen Füße stieg. Ich richtete den Blick nach unten: Wir standen auf einem Boden aus zersprungenen Steinfliesen, der fingerdick von nassem Lehm bedeckt war. Ich hob einen Fuß, und es schmatzte hörbar, als sich die Sohle vom Boden löste.

Hanns Altdorfer seufzte, als wolle er etwas sagen. Im selben Moment aber trat der polnische Edelmann einen Schritt auf mich zu, packte meinen Oberarm und grollte: »Seht Euch das an.«

Er schob mich auf den Kanzler und den Richter zu, und die Grobheit, die er dabei walten ließ, verriet, daß er seine Wut nur mühsam bändigte. Ich bin ein schwerer Mann, den man nicht leicht herumschieben kann, aber seine Kraft ließ mich stolpern. Die beiden Männer wichen zur Seite, ich streckte unwillkürlich meine Fackel nach vorn, und das Licht fiel in einen noch tieferen Schacht, der sich am hinteren Ende der Grube öffnete. Ich wollte mich aus dem ungestümen Griff des Polen lösen, aber als ich in den Schacht hinuntersah, vergaß ich es.

Vielleicht war es ein ehemaliger Brunnen gewesen, der das Taufbecken der kleinen Vorgängerkirche des Martinsdoms gespeist hatte; vielleicht auch eine begonnene Gruft für einen reichen Spender der Kirche, die nie ganz vollendet worden war. Die Wände führten senkrecht noch einmal fast eine ganze Mannshöhe nach unten. Der Boden war voller Lehm, in dem schmierige Wasserpfützen im Licht meiner Fackel glänzten.

Sie lag mit ausgestrecken Gliedern dort unten, schmutzstarrend und mit durchweichten, verdreckten Kleidern, an denen ein paar vom Schlamm verschonte Perlen und Stickereien glitzernde Reflexe warfen. Ihr Haar war halb aufgelöst, wie die Hälfte ihres Gesichtes lehmverbacken; einige Strähnen wanden sich tiefschwarz daraus hervor und lagen in einer der Pfützen. Von ihrem Gesicht war nicht viel zu sehen; ein Auge war völlig vom Dreck verschlossen, das andere weit geöffnet, aber ebenfalls voller Schmutz. Ich sah auf sie hinunter, bis der Anblick mir vor den Augen verschwamm und die Reflexe der Verzierungen an ihrem Kleid zu tanzen begannen, weil mein ganzer Körper zitterte. Der Alptraum.

– *Der Anblick ist dir nicht fremd.*

Ich atmete ein und aus, bis das Zittern verging. Es war die Leiche einer jungen Frau, halb vom Schmutz verdeckt, ein nebensächliches Bündel Kleider, in dem ein erkalteter Körper steckte. Ich wich einen Schritt vom Rand des Schachts zurück, und Moniwid leistete keinen Widerstand.

Als ich mich umdrehte, begegnete ich den Blicken der anderen Männer. Hanns Altdorfer musterte mich mit zusammengekniffenen Augen und nickte langsam. Ich setzte zum Sprechen an und mußte es ein zweites Mal versuchen.

»Wer ist das?« flüsterte ich.

Ich hörte den tiefen Baß des polnischen Ritters an meiner Seite; er sagte: »Die Gräfin Jagiello. Die Nichte meines Königs.«

Ich drehte mich um und starrte in die Gesichter der Männer vor mir. Sie waren wie aus Stein gemeißelt. Ich sah, wie der Richter die rechte Hand zur Faust ballte und sie wieder öffnete. Endlich wandte ich den Kopf zur Seite und blickte Albert Moniwid an. Seine Augen funkelten vor Zorn.

»Was ist mit ihr passiert?« fragte ich.

Er schnaubte.

»Habt Ihr keine Augen im Kopf?« knurrte er. »Leuchtet nochmals hinunter.«

Hanns Altdorfer schloß die Augen und sagte leise: »Es ist nicht nötig. Man hat sie geschändet und erdrosselt.« Seine Stimme brach, und er räusperte sich und öffnete die Augen wieder. »Ermordet, Peter.«

Plötzlich war ich froh, daß der Pole mich noch immer

am Arm hielt. Ich ließ die Fackel sinken. Moniwid löste seinen Griff und nahm sie mir aus der Hand. Er beugte sich über die Grube und leuchtete hinein; ich hörte, wie er etwas in seiner Sprache zischte. Ich wollte es nicht tun, aber es war wie ein innerer Zwang: Ich drehte mich ebenfalls um und sah nochmals hinunter.

Sie hatte ein Kleid mit einem engen Oberteil getragen, das die Brüste modellierte. Sie war üppig genug gebaut gewesen, um es sich leisten zu können. Das Oberteil war aufgerissen und entblößte ihren Körper bis zum Bauchnabel. Die Brüste waren weiß und von Lehm verschmiert; eine dicke, trocknende Schicht zog sich wie ein obszönes Zeichen über ihr Brustbein bis zum Bauch hinunter. Selbst darunter konnte man noch die dunklen Flecken auf ihrer Haut sehen, wo sie geschlagen worden war. Ein blutunterlaufener Striemen um ihre Kehle leuchtete ebenfalls düster unter dem nassen Schmutz auf ihrem Hals hervor. Der lange Rock war über die Knie geschoben; darüber verdeckte der schwere Stoff ihren Schoß und ihre Lenden. Ich sah das Blut; es war nicht viel, aber es hatte ihre Schenkel verschmiert und Flecken auf dem Rock hinterlassen. Ich erschauerte. Ich war froh, daß der Rock sie verhüllte; ich war nicht begierig zu sehen, was sich darunter befand. Moniwid hob die Fackel und hielt sie von der Grube fort, und ein tintiger Schatten floß über den geschundenen Körper und verhüllte ihn. Plötzlich war er nur noch ein vager, klumpiger Umriß inmitten des stumpf glänzenden Drecks.

Ich starrte in die nun dunkle Grube hinunter. Wenn sie jemals als letzte Ruhestätte geplant gewesen war, hatte sie ihre Bestimmung unerwartet erfüllt. Ich begann wieder zu zittern.

– Erinnerst du dich an sie? Sahen auch sie so aus unter ihren Laken, zerschunden und tot auf dem blutbeschmierten Boden in der Stube jenes Hauses?

Ich biß die Zähne zusammen und hatte Mühe, ruhig zu atmen. Ich hörte undeutlich, wie jemand meinen Namen aussprach. Der Kanzler des Herzogs sah mich an; es war seine Stimme gewesen, die ich gehört hatte.

»Geht es Euch gut?« fragte er, wieder auf bayrisch.

»Es geht«, sagte ich schwach. Der Ritter, der noch immer neben mir stand, knurrte unterdrückt, man solle in einer Sprache sprechen, die auch er verstehen könne, und ich straffte mich. »Wer hat das getan?« fragte ich ruhig.

Altdorfer hob die Hände. »Wir wissen es nicht«, sagte er.

»Was habe ich mit der ganzen Angelegenheit zu tun? Warum habt ihr mich kommen lassen, Hanns?«

Der Stadtkämmerer seufzte und setzte zu einer Erwiderung an. Doktor Mair kam ihm zuvor; er trat einen Schritt auf mich zu und sah mir in die Augen.

»Wir wollen, daß Ihr Euch der Sache annehmt und den Mörder findet.«

»Was?« platzte ich heraus. »Wie kommt Ihr nur auf so etwas?«

Der Kanzler sagte vollkommen gelassen: »Weil wir verhindern wollen, daß die seit einem Jahr geplante Hochzeit zwischen dem Sohn unseres Herzogs und der polnischen Prinzessin abgesagt wird.«

Ich starrte ihn an.

»Herr Moniwid hier ist außer sich über den Vorfall.« Der Kanzler nickte in die Richtung des Polen. »Er will den Tod der Gräfin seinem König melden. Das ist sein gutes Recht. Er und seine Begleiter sind erst seit wenigen Tagen in der Stadt; sie haben den Geleitzug der Prinzessin in Wittenberg verlassen und sind eilends nach Landshut gekommen, um bei den Hochzeitsvorbereitungen zu helfen, und es wird ihnen mit einem Mord gedankt. Aber wir dürfen nicht außer acht lassen, daß die Prinzessin Jadwiga in diesem Moment schon auf dem Weg nach Landshut ist, um den jungen Herzog Georg zu ehelichen. Ich brauche nicht zu erklären, was diese Verbindung für Seine Durchlaucht, für die Stadt und für das Herzogtum bedeutet. Ein Vorfall wie dieser könnte die ganze Hochzeit in Frage stellen.«

»Welche niemals eine gute Idee war«, brummte Moniwid. Der Kanzler warf ihm einen kurzen Blick zu.

»Welche immerhin die Zustimmung Eures Königs fand«, sagte er sanft, und der Pole fuhr auf: »Wollt Ihr mich an meine Loyalität erinnern, Kanzler?«

»Natürlich nicht«, sagte Doktor Mair. »Verzeiht, Herr Moniwid. Wir sind alle ein wenig angespannt.«

»Das will ich auch meinen«, knurrte der Ritter. »Schließlich ist hier ein Verbrechen geschehen. Die Gräfin war äußerst beliebt am Hof zu Krakau. Die Nachricht ihres Todes wird sehr ernüchternd auf meinen König wirken. Ich sollte sofort einen Boten losschicken.«

»Aber wir haben doch vereinbart zu warten … !« rief Hanns Altdorfer, und zum ersten Mal glaubte ich so etwas wie Hysterie in seiner Stimme zu hören. Ich warf ihm einen überraschten Blick zu. Der Kanzler des Herzogs machte eine herrische Handbewegung in Altdorfers Richtung.

»Herr Moniwid«, sagte er. »Wir haben bereits besprochen, daß …«

»Wir haben gar nichts besprochen. Ihr habt mich aus

dem Schlaf geholt und hierher gezerrt in Eure lächerliche Kirche, um die sich die Wappner scharen und das Volk draußen abhalten, wie die Schafe überall herumzulaufen; Ihr habt auf mich eingeredet und mir weiszumachen versucht, ich müsse diesen widerlichen Vorfall vertuschen, damit es nicht zu einem Skandal kommt und Euer prahlerischer Herzog vor aller Welt ohne seine Hosen dasteht.«

»Wir haben besprochen«, sagte der Kanzler hart, »daß, wenn dieser Vorfall bekannt würde, die Folgen sowohl für das Herzogtum als auch für das Königreich Polen unabsehbar wären und wir nichts überstürzen dürfen.«

Moniwid schwieg einen Moment, und Doktor Mair wandte sich wieder an mich.

»Seht«, sagte er. »Herr Moniwid hat uns die Gelegenheit gegeben, den Mörder zu finden und seiner gerechten Strafe zu überführen. Sollte uns dies nicht gelingen, wird er König Kasimir in Polen unterrichten lassen und vorschlagen, die Hochzeit der Prinzessin mit dem Sohn unseres Herzogs abzusagen.«

»Vielleicht sollte die Hochzeit überhaupt nicht stattfinden«, sagte der polnische Ritter böse. »Wer weiß, welches Schicksal unserer Prinzessin droht angesichts der Verhältnisse in Eurer Stadt.«

»Es ist nicht erwiesen, daß es ein Bürger dieser Stadt war«, rief Hanns Altdorfer, und der Kanzler gebot ihm mit einer weiteren Handbewegung zu schweigen.

»Ihr werdet verstanden haben, daß nichts über diese Geschichte publik werden darf, bevor sie restlos geklärt ist«, sagte er wieder zu mir. »Sollte der Pöbel draußen etwas davon erfahren, wird der Klatsch schneller um sich greifen als ein Feuer. Deshalb bitten wir Euch, sich der Sache im Verschwiegenen anzunehmen und zu versuchen, den Mörder zu finden.«

»Aber das ist lächerlich«, rief ich. »Weshalb gerade ich?«

»Der Stadtkämmerer hat Euch empfohlen«, antwortete der Kanzler. Ich drehte mich zu Hanns Altdorfer um und sah ihn fassungslos an. Er hob beide Arme und machte eine entschuldigende Geste.

»Peter«, sagte er drängend. »Du bist unsere einzige Hoffnung.«

»Ich verstehe nicht, was in dich gefahren ist«, sagte ich aufgebracht.

Der Kanzler ergriff wieder das Wort.

»Herr Bernward, Ihr habt als Assistent des Bischofs von Augsburg maßgeblich dazu beigetragen, daß zwischen dem Markgrafen Albrecht von Brandenburg und unserem Herzog ein Waffenstillstand entstehen konnte. Von Eurer Gewitztheit und Zuverlässigkeit künden heute noch die Protokolle der damaligen Verhandlungen. Das empfiehlt Euch in meinen Augen mehr als nur ein wenig.«

»Das war vor mehr als zehn Jahren«, rief ich. »Damals war ich ein junger Mann.«

»Um so besser, wenn mit den Jahren auch noch die Reife zu Eurem Geschick hinzugekommen ist«, erwiderte er ernst. Er zögerte einen Augenblick, dann fuhr er fort: »Zudem weiß ich von Herrn Altdorfer, daß Ihr in solchen … Dingen Erfahrung habt. Hatte Euch Bischof Peter von Augsburg vor dem Krieg nicht dem Untersuchungsrichter beigestellt, damit Ihr in denjenigen Rechtssachen ermittelt, die möglicherweise die Kirche angingen?«

»Ich hatte nicht erwartet, daß er es weitererzählen

würde!« rief ich aus. Altdorfer senkte den Kopf und wurde rot.

»Ihr solltet die Idee vergessen«, sagte ich ruhiger. »Auch wenn Ihr die Gespenster der Vergangenheit weckt, könnt Ihr mich nicht überzeugen.«

»Wir bitten Euch nur um Eure Hilfe. Nicht in unserem Namen, sondern um ein großes Unheil abzuwenden, das unser Herzogtum treffen würde, wenn diese Hochzeit nicht stattfindet.«

»Warum kümmert Ihr Euch nicht selbst darum?« Der Kanzler seufzte tief.

»Seht mich an«, sagte er. »Ich bin direkt aus meiner Studierstube hierher gekommen, wo ich bis vor kurzem noch gearbeitet habe. Und das ist kein Ausnahmefall. Der gesamte Hofstaat des Herzogs steht seit einem halben Jahr kopf. Der Rentmeister, der Burgpfleger, der Vertreter des Stadtoberrichters, der Oberst der Wappner – sie und ich und viele andere gehören dem Hochzeitskomitee an und bemühen uns, die Feierlichkeiten zu organisieren. Herr Alber, mein Beirat, hat selbst die Taufe seiner jüngsten Tochter vergessen und seither zu Hause den Teufel am Hals. Seht Euren Freund an, den Stadtkämmerer. Für ihn gilt das gleiche; er ist für die Vorgänge in der Stadt verantwortlich, soweit sie die Hochzeit betreffen. Tatsächlich haben wir zusammengesessen, um unsere Tätigkeiten aufeinander abzustimmen. Doktor Mauerkircher, der Propst von Altötting, und ich haben im vorigen Jahr diese Hochzeit eingefädelt; ich habe Briefe an Kaiser Friedrich geschrieben, um für unseren Herzog um Fürsprache zu bitten, und den Propst und den Reichskanzler von Polen nach Rom senden lassen, um den Dispens von Papst Sixtus zu erlangen. Ihr wißt vielleicht, daß die Eheleute verwandt sind – Herzog Ludwig und Königin Elisabeth, die Mutter der Braut, sind Vetter und Base. Jetzt muß das Fest vorbereitet werden. Glaubt Ihr, ich kann diese Arbeiten ganz allein durchführen? Ohne die Hilfe des Herrn Altdorfer wäre ich schon längst zusammengebrochen.«

»Peter«, sagte Hanns Altdorfer fast flehentlich. »Wir arbeiten Tag und Nacht. Ich habe selbst mein Haus zur Verfügung gestellt, damit der junge Herzog sein Domizil und sein Brautgemach darin aufschlagen kann. Ich übernachte seit Tagen im Rathaus, wenn ich überhaupt etwas Schlaf bekomme.«

Ich starrte ihn an. Der Kanzler ergriff wieder das Wort.

»Der ungestüme Edelmann hier würde lieber heute als morgen den Anlaß liefern, die Hochzeit platzen zu lassen«, sagte er hastig auf bayrisch. »Ihm ist es egal, ob eine Posse oder ein blutiger Krieg daraus entsteht.«

»Sprecht Latein!« bellte Moniwid. Doktor Mair nickte.

»Wie wollt Ihr Euch entscheiden?« fragte er.

Ich wandte den Blick von seinem Gesicht ab und starrte auf den Boden.

»Ihr habt eine Menge Wappner«, murmelte ich. »Ihr habt den Richter und seinen Justizapparat. Weshalb wendet Ihr Euch nicht an ihn?«

Der Richter räusperte sich und sagte in seinem dialektgefärbten Latein: »Es ist kein zuverlässiger Mann darunter, und ich selbst kann die Ermittlungen nicht durchführen. Mein Stellvertreter ist voll und ganz in die Hochzeitsvorbereitungen eingebunden; ich habe seine Arbeit mit zu erledigen.«

»Woher wollt Ihr wissen, daß ich zuverlässig bin?«

»Wir vertrauen dir«, sagte Hanns Altdorfer, und ich schnitt ihm eine Grimasse.

»Zu gütig«, sagte ich sarkastisch.

»Peter, bitte«, murmelte er verletzt.

Ich sah den Männern wieder in die Gesichter. Ihre Augen drängten mich zu einer Entscheidung. Plötzlich hatte ich das Gefühl, ich müsse mich bewegen; ich stapfte in der Grube umher und suchte nach Worten.

»Ich habe keine Ahnung, wo ich überhaupt anfangen soll«, rief ich. »Wir werden Euch alle Informationen liefern, die Ihr braucht«, sagte Richter Girigel. Seine schwarzen Augen waren so ruhig wie sein Tonfall. Nur seine rechte Hand verriet seine Nervosität: Sie krampfte und flatterte auf dem Griff seines Stocks herum wie ein erregter, seltsamer Vogel. Ich lachte bitter.

»Was sollen das für Informationen sein?« sagte ich. »Alles, was ich sehen mußte, liegt dort unten und versinkt langsam im Dreck.«

Der Richter verzog den Mund und blickte zur Seite. Ich wandte mich an Hanns Altdorfer: »Wie habt ihr sie überhaupt gefunden? Wer hat sie gefunden?«

»Der Richter und ich«, sagte er. »Herr Girigel kam zum Haus des Herrn Kanzlers, in dem wir beide noch arbeiteten, und wollte einige Fragen bezüglich der Gerichtsvollmachten während der Hochzeitsfeierlichkeiten klären. Wir gingen zusammen zurück in die Stadt, um Dokumente aus dem Rathaus zu holen. Als wir an der Kirche vorbeikamen, fragte mich der Richter, wie weit die Aufräumungsarbeiten in der Kirche fortgeschritten seien, die nötig sind, damit die Trauungszeremonie im richtigen Rahmen stattfinden kann. Ich hatte die Order dazu gestern morgen gegeben und schlug ihm vor, gleich nach dem Rechten zu sehen, da wir schon einmal hier seien. Wir hatten eine Fackel dabei, und so betraten wir die Baustelle, um zu überprüfen, was schon alles getan worden war. Als ich sah, daß noch niemand meinen Auftrag auch nur angefangen hatte, wurde ich ärgerlich und begann mich in der Dunkelheit umzusehen. Dabei fanden wir die Leiche.« Seine Stimme verschob sich um ein paar Tonstufen nach oben, und er mußte einmal tief Luft holen.

»Was geschah dann?«

Der Richter sagte: »Wir kletterten hinunter. Wir dachten zuerst, es handle sich um eine Betrunkene.«

Moniwid schnaubte empört, und der Richter zuckte die gesunde Achsel.

»Wir sahen sehr schnell, was passiert war und daß es sich bei der Toten um eine Edeldame aus der polnischen Delegation handelte. Der Schmuck und die Kleider sagten mehr als genug.«

»Ist sie bestohlen worden?« fragte ich aus einem Einfall heraus. Ich sah, wie sich die Brauen des Richters zusammenzogen.

»Daran haben wir gar nicht gedacht«, sagte er. »Ich weiß nicht; wir haben nicht nachgesehen. Man könnte natürlich auch jetzt noch …« Seine Stimme brach ab, als er einen Blick auf den dunklen Schacht in unserem Rücken warf. Sein Gesicht verlor zum erstenmal die Maske aus Gelassenheit.

»Wie hätten wir's denn feststellen sollen?« rief Altdorfer. »Niemand wußte doch, was sie bei sich trug, als sie noch lebte.«

»Die Perlen sind noch an ihrem Kleid, und ich habe eine Halskette gesehen«, sagte Albert Moniwid; es war sein erster konstruktiver Beitrag. »Wer immer diese bestialische Tat zu verantworten hat, hätte mit Sicherheit nicht davor haltgemacht, die Preziosen mit Gewalt aus dem Stoff zu reißen. Ich frage mich, was ihn davon abgehalten hat.«

Ich nickte.

»Vielleicht hat er den Kämmerer und den Richter gehört und mußte fliehen.«

Altdorfer sah mich voller Entsetzen an; der Gedanke, daß der Mord so unmittelbar vor seinem und des Richters Eintreffen geschehen sein mochte, erschreckte ihn.

»Nachdem wir uns beruhigt hatten«, sagte er dann, »bat ich den Richter, hier zu warten. Ich selbst benachrichtigte Hauptmann Schermer und befahl ihm, seine Männer um die Kirche herum zu postieren. Ich dachte in meiner Aufregung nicht daran, daß es besser wäre, keine hiesigen Wappner zu verwenden, aber der Hauptmann holte ohnehin die Männer, die wir zur Verstärkung unserer Stadtwache aus Vilshofen geholt haben, aus der Schule gegenüber. Er ist ein Landshuter, aber die Vilshofener sind ihm zugeteilt. Es war unser Glück, daß man sie so nahe untergebracht hat. Der Richter und ich waren uns einig, daß vorerst nichts von diesem Mord bekannt werden durfte. Als die ersten Handwerker von den Geräuschen der tölpelhaften Wappner erwachten, befahl ich, alle von ihnen zu wecken und zusammenzutreiben, damit wir sie unter Kontrolle hatten. Ich bin froh, daß von den umliegenden Häusern kaum jemand aufgewacht ist.«

»Danach«, schloß der Richter, »benachrichtigen wir den Kanzler, den Herrn Moniwid und Euch.«

Beide schwiegen, und mir wurde klar, daß sie nichts mehr zu sagen hatten.

»Eure Fragen zeigen mir, daß wir den richtigen Mann ausgewählt haben«, sagte zuletzt der Kanzler und zeigte erstmals ein leises Lächeln.

»Gar nichts zeigen sie«, fuhr ich auf. »Oder höchstens, daß niemand auch nur das Geringste darüber weiß, was hier vorgefallen ist.«

Schlagartig überkam mich der Ärger wieder, den ich empfunden hatte, als sie mich vorhin in die Enge getrieben hatten. Ich rief lauter als beabsichtigt, und ich vergaß selbst die drückende Anwesenheit der Ermordeten eine Mannslänge unter uns in ihrem feuchten Grab aus Lehm und Kot: »Und ich weiß es erst recht nicht! Was erwartet Ihr von mir? Daß ich ein Wunder vollbringe? Soll ich einen Hellseher beauftragen? Ich bin ein Kaufmann und kein Jagdhund, und selbst diesen müßtet Ihr auf eine Spur setzen, bevor Ihr ihn von der Leine laßt. Wo ist denn hier die Spur, he?« Ich hörte meine Stimme gellen, und ich bemühte mich angestrengt, mich wieder zu beruhigen. Ich sah ihre großen Augen im Fackellicht, die mich mit fassungsloser Bestürzung musterten. Etwas leiser sagte ich: »Völlig unmöglich. Es würde Monate dauern, wenn überhaupt etwas dabei herauskäme.«

»Wir haben zwei Wochen ...«, sagte der Kanzler nach einer Pause. Ich prustete, ohne Humor zu empfinden.

»Das ist ja lachhaft! Wer hat sich diese idiotische Frist ausgedacht?« Ich sah den polnischen Ritter an und erntete ein wütendes Funkeln seiner Augen, aber er kam nicht zu Wort. Der Kanzler sagte: »In zwei Wochen wird die Prinzessin in Landshut eintreffen. Bis dahin muß laut Herrn Moniwid der Fall aufgeklärt sein.«

»Richtig«, sagte ich ernüchtert.

Der Kanzler nickte schwer.

»Wir können noch von Glück sagen, daß sich die Übergabe der Prinzessin an unser Geleit verzögert hat; sie hätte eigentlich schon in den nächsten Tagen hier eintreffen sollen. Aber König Kasimir wollte das Eintreffen des jungen Prinzen Georg in Wittenberg erzwingen, damit dieser die Prinzessin dort persönlich hätte übernehmen können. Es dauerte einige Tage, bis unser Geleitzug dieses Problem aus der Welt schaffen konnte. Der Herzog mußte sogar zwei Sonderbeauftragte nach Wittenberg senden, um dem König seine Idee auszureden. Danach wollten die polnischen Herren nicht auf der vorgesehenen Strecke weiterziehen, weil in einigen Orten entlang der Straße die Pest herrscht. Auf dem Umweg über Nürnberg sind aber die Straßen so schlecht, daß die schweren Wägen nur mühsam vorankommen. Aus all diesen Gründen hat sich der Hochzeitstermin verschoben, und wir mußten an alle Eingeladenen eiligst neue Credenzbriefe schreiben, um sie von der Terminänderung zu verständigen: Unsern freundschaftlichen Dienst, hochgeborener Fürst und Vetter undsoweiter, möchten Euer Liebden darauf hinweisen, daß vordem genannter Termin zur Hochzeit unseres lieben Sohnes und unserer lieben Tochter etceteraetcetera ...« Der Kanzler schloß die Augen und beruhigte sich wieder. »Was glaubt Ihr, weshalb der Stadtkämmerer und ich Tag und Nacht arbeiten? Andererseits gibt uns diese Verzögerung die Galgenfrist, auf die wir uns dank der Großzügigkeit von Herrn Moniwid einigen konnten.«

Der Ritter bleckte unfreundlich die Zähne.

»Es ist trotzdem unmöglich«, rief ich aus. »Vergeßt es. Ich kann Euch nicht helfen.«

»Bitte«, sagte der Kanzler. »Wer sonst sollte es tun?«

Ich schüttelte den Kopf. »Nein, es hat keinen Zweck.«

»Ist es eine Frage des Geldes? Ich kann Euch versichern, daß der Herzog nicht kleinlich sein wird.«

Ich schüttelte nochmals den Kopf. Ich war noch nicht einmal empört über die Unterstellung des Kanzlers.

»Wir brauchen dich«, murmelte Altdorfer. Als ich den Kopf hob und ihm einen Blick zuwarf, erkannte ich, daß er sich schämte. Für mich? Für meine Halsstarrigkeit? Was hast du denn erwartet, Hanns?

Meine Gedanken wateten durch den Sumpf meiner eigenen Vergangenheit. Soviel zumindest hatte der Kanzler erreicht. Ich hatte gesagt, ich sei Kaufmann und kein Jagdhund. Das war eine Lüge. Ich war ein Jagdhund, der notgedrungen zum Kaufmann geworden war. Ich war nicht ganz schlecht darin: Mein Wohlstand bestätigte es. Aber ich war auch nicht mehr. Als Jagdhund jedoch, selbst als Jagdhund Bischof Peters, war ich vortrefflich gewesen. Diese Berufung aufzugeben hatte mich damals mehr geschmerzt als die Trennung von meinem Mentor. Maria, meine Frau, hatte es mit Erleichterung gesehen; es war eines der wenigen Dinge gewesen, in denen sie mich niemals verstanden hatte.

Der Pole schaute mich voller Verachtung an, dann schüttelte er den Kopf und blickte noch einmal in den finsteren Schacht hinab. Ich folgte seinem Blick diesmal nicht; der Anblick der Toten war mir nur zu präsent und mit ihm die würgende Erinnerung

– an die Szene in jenem einsamen Gutshaus; die toten Mädchen auf dem Fußboden, die Verwüstung ringsumher, die schluchzende Verzweiflung des Vaters und Bischof Peters stille Wut, während sich seine Finger in meinen Schultermuskel eingruben und das einzige zu sein schienen, das mich aufrecht hielt.

Lag es daran, daß ich heute nacht von dieser Szene geträumt hatte, daß ich auf einmal das Gefühl hatte, meine Weigerung wäre unrecht? Ich hörte, wie Albert Moniwid murmelte (und er machte sich nicht die Mühe, vom Lateinischen ins Polnische zu wechseln): »Feiges Gesindel, einer wie der andere.«

Ich wollte mich umwenden, um aus der Grube zu klettern; es war alles gesagt. Ich versuchte, die Erinnerungen beiseite zu schieben, aber ich war darin noch nie gut gewesen, und im Moment schienen sie schwerer denn je; lebendiger denn je. Sie waren niemals gestorben. Der Traum erweckte sie immer wieder von neuem. Meine Beine bewegten sich nicht.

Der Kanzler ergriff plötzlich wieder das Wort.

»Als Herr Altdorfer Euren Namen erwähnte, erinnerte ich mich wieder an die Geschichte, die Euch damals bekannt werden ließ«, sagte er ruhig. »Sie hätte beinahe alle Bemühungen zunichte gemacht, den Frieden zwischen Herzog Ludwig und Markgraf Albrecht endgültig zu besiegeln. Ich bedaure, daß ich erst heute erfahren habe, wie lange Ihr schon in Landshut lebt: Ich hätte mich gerne einmal mit Euch darüber unterhalten. Ihr habt damals nicht geruht, bis Ihr diejenigen gefunden hattet, die das Haus Eures und des Gastgebers von Bischof Peter überfallen hatten. Selbst als der Waffenstillstand verkündet und eine Amnestie für alle Untaten ausgesprochen war, die während der Kampfhandlungen geschehen sein mochten. Ich erinnere mich, daß die Unterzeichnung des Friedensvertrages wegen Eurer Besessenheit mehr als einmal auf dem Spiel stand. Was hat Euch Eure Hartnäckigkeit gekostet? Eure Stelle bei Bischof Peter? Und seine Freundschaft?«

Ich biß die Zähne aufeinander.

»Ihr dachtet zuerst, es wären Deserteure gewesen, nicht wahr? Schließlich fandet Ihr heraus, daß es ein paar Edelleute waren, nahe Verwandte von Markgraf Albrecht, die sich einen Spaß erlaubt hatten.«

Einen Spaß? wollte ich auffahren. Aber ich sagte nichts. Ich wußte dumpf, daß er mich mit Absicht in Rage bringen wollte.

»Was wäre gewesen, wenn Ihr sie gefunden hättet, bevor Bischof Peter Euch von Eurer Aufgabe entband? Hättet Ihr darauf bestanden, sie zu verurteilen, selbst um den Preis, daß der Friede nicht zustandegekommen wäre? Oder hättet Ihr sie selbst gerichtet? Hättet Ihr einen Mord mit einem anderen vergelten wollen? Wer hättet Ihr sein wollen – der Richter oder der Henker? Oder der Rächer – für eine Sache, die nicht die Eure war?« Er schwieg einen Moment. »Ich weiß, daß Ihr dachtet, der Gerechtigkeit müsse nachgeholfen werden. Ich frage mich, ob Ihr wirklich dafür gemordet hättet. Es bedarf eines mutigen Herzens, um der Gerechtigkeit willen kalten Blutes zu töten. Jetzt habt Ihr jedoch noch einmal die Gelegenheit, der Gerechtigkeit zu helfen. Diesmal wird Euch niemand aufhalten. Ergreift sie; das Schicksal bietet einem nicht oft die Chance, etwas wiedergutzumachen.«

Er wartete auf meine Antwort. Ich wollte mich nicht überzeugen lassen; auch nicht mit meinen eigenen Argumenten. Die Sache war zu lange vorbei, und die Toten ließen sich nicht mehr zum Leben erwecken. Ich wußte, daß Bischof Peter damals das gleiche gesagt hatte; ich hatte es nicht hören wollen. Wollte ich es denn jetzt hören?

»Die Toten sind tot«, flüsterte ich und hörte die Stimme des Bischofs.

»Und es ist die Pflicht der Lebenden, in ihrem Namen Gerechtigkeit zu üben«, sagte er langsam.

Ich sah auf und fixierte ihn fassungslos.

»Ich habe nur Euch selbst zitiert. In einem Eurer Schreiben an Herzog Ludwig«, sagte er.

»Ihr habt es gelesen?«

»Ich habe sie alle gelesen. Ich war auch damals schon Kanzler Seiner Durchlaucht.«

»Warum habt Ihr mir damals nicht geholfen …?« fragte ich mühsam. Er zuckte mit den Schultern. »Der Friedensschluß stand auf dem Spiel. Ihr wolltet die Vettern des Markgrafen am Galgen sehen. Ihr wolltet die Hilfe des Herzogs, diesen Wunsch durchzusetzen. Was, glaubt Ihr, wäre aus den Verhandlungen geworden, wenn Herzog Ludwig gleichzeitig eine Strafverfolgung gegen den Markgrafen unterstützt hätte?«

Ich blinzelte. Seine Argumentation weckte in mir die gleiche Wut wie damals.

»Ich hatte mir vorgenommen, Euch zu treffen, nachdem die Verhandlungen abgeschlossen wären«, sagte er. »Es stellte sich heraus, daß Ihr im Zorn aus dem Dienst des Bischofs ausgeschieden und verschwunden wart. Ich war zu beschäftigt, um nach Euch suchen zu lassen.«

Er lachte plötzlich ohne Humor auf.

»Dabei waren wir die ganze Zeit in der gleichen Stadt. Hätte ich mich nur einmal mit dem Geschäftsleben in Landshut auseinandergesetzt …«

Auf einmal trat er einen Schritt auf mich zu. Er war kleiner als ich. Er ballte eine Hand zur Faust und hob sie vor mein Gesicht. Seine Augen funkelten im Fackellicht.

»Was glaubt Ihr, mit welchem Gefühl ich Euch seinerzeit meine Hilfe versagt habe?« zischte er. »Was glaubt Ihr, habe ich verspürt, als Ihr in Euren Briefen die Tat so lebhaft beschrieben habt? Ich hatte selbst Töchter, damals. Aber heute mache ich es wieder gut. Seht dort hinunter und sagt mir, ob Ihr etwas anderes seht als das, was dort in dem Haus passiert ist. Vielleicht ist Euch der Herzog egal und was passiert, wenn diese Hochzeit abgesagt wird; aber die Gerechtigkeit ist Euch nicht egal, und ich biete Euch die Chance, dafür zu sorgen, daß ihr Genüge getan wird. Ich gebe Euch alle Mittel in die Hand. Ihr braucht Geld? Sagt es mir. Ihr braucht Vollmachten? Ich gebe sie Euch unbesehen. Ihr und ich«, sagte er, »wir haben seit zwölf Jahren einen Pakt. Wir haben aus politischen Erwägungen die Gerechtigkeit im Stich gelassen: Ihr gezwungenermaßen, ich mit vollem Bewußtsein. Heute gibt uns das Schicksal die Gelegenheit zurück: Aus politischen Erwägungen müssen wir der Gerechtigkeit zu ihrem Recht verhelfen. Laßt uns diesen Pakt jetzt erfüllen. Helft mir, und ich helfe Euch, eine gute Erinnerung jener bitteren entgegenzusetzen.«

Er öffnete die Hand und streckte sie mir entgegen. Ich starrte auf ihn hinunter. Ich wollte sie nicht nehmen. Ich wollte nach Hause zurückkehren und mich wieder mit meinen Handelsgeschäften befassen, die Maria soviel Sicherheit gegeben hatten; zu denen Maria mich gedrängt hatte, nachdem ich Bischof Peter verlassen hatte und ohne Einkommen auf der Straße stand. Ich wollte niemals wieder etwas damit zu tun haben, der Gerechtigkeit zu helfen. Ich wollte mich in meiner Stube verstecken und bis in die Nacht über meiner Arbeit brüten, die ich kaum jemals mit wirklicher Geschicklichkeit erledigte und die ich niemandem anvertrauen wollte, weil ich selbst kein Vertrauen in ihre Gesetzmäßigkeiten hatte.

– Ich wollte niemals wieder die Tränen einer Mutter sehen, wenn sie durch das Gitter des Kerkers dem Mann ins

Gesicht spuckte, der ihren Sohn im Wirtshaus erschlagen hatte und den ich dorthin gebracht hatte, und niemals wieder die Tränen eines Vagabunden, nachdem ich die Richter davon überzeugt hatte, daß er unschuldig eingekerkert worden war.

Niemals.

– Niemals?

Ich wollte

– ich wollte, Maria wäre noch hier, um meinem Leben Sinn zu geben.

Maria war nicht mehr am Leben. Was am Leben war, waren meine Alpträume.

Ich ergriff des Kanzlers Hand und drückte sie.

Es war keine Erleichterung in den Gesichtern der Männer zu sehen. Ich blickte von einem zum anderen und kam mir vor wie ein Idiot. Ich sah nach unten, wo sich meine Hand noch immer im Griff des Kanzlers befand, und hätte gerne gerufen: Ich habe es nicht so gemeint; aber es war zu spät. Ich seufzte.

Der Kanzler schloß die Augen und klopfte mir auf die Schulter. Seine Wangen schienen mit einem Mal noch mehr nach unten zu sacken. Er flüsterte heiser: »Gott helfe Euch.« Er ließ meine Hand los.

Ich riß mich zusammen und sagte mit einer Leichtigkeit, die ich nicht verspürte: »Er sollte sich in den nächsten zwei Wochen nichts anderes vornehmen.«

Der Kanzler musterte mich, als würde er sich unter den geänderten Umständen mein Gesicht nochmals einprägen wollen; Richter Girigel hatte seine Maske aus Gelassenheit wieder übergezogen und blickte mich mit seinen scharfen Vogelaugen an; der polnische Ritter hatte die seinen zu schmalen Schlitzen geschlossen und ließ mich eine Reihe gebleckter Zähne unter seinem buschigen Schnauzbart sehen; Hanns Altdorfers Augen glänzten, als wären sie vor Erregung feucht. Ich gab seinen Blick zurück, und mir wurde klar, wie müde und verängstigt er tatsächlich aussah.

»Ich bin froh, daß Ihr uns helfen wollt«, sagte der Kanzler zu mir.

»Ich nicht«, grollte Moniwid. »Mir gefällt die Idee nicht, daß der Krämer diesen Fall aufklären soll. Ich habe den Verdacht, daß Ihr mich an der Nase herumführen wollt; ich hatte erwartet, daß Ihr jemanden beauftragt, der sich in solchen Dingen auskennt.«

»Herr Bernward versteht sich sehr wohl ...«, setzte Hanns Altdorfer an, aber ich winkte ab. Ich konnte sehen, daß der Ritter nur das Gefühl hatte, er müsse seinen eigenen Standpunkt nochmals klarmachen. Er zollte der Unterbrechung durch den Stadtkämmerer keine Aufmerksamkeit, sondern sprach mit dem gleichen groben Tonfall weiter: »Andererseits scheint dieser hier nicht der Dümmste zu sein. Ich verlasse mich darauf, daß Ihr mir den Mörder fristgerecht dingfest macht und seine Bestrafung durchführt. Sollte das am Vortag der Hochzeit nicht geschehen sein, werde ich den Vorfall überall bekannt machen. Ich kann mir den Skandal lebhaft vorstellen, der dann entfacht wird.«

»Wir wissen Bescheid«, sagte der Kanzler steif. »Wir danken Euch, Herr Moniwid.«

Der Pole nickte unbeeindruckt. Dann wandte er sich an mich direkt.

»Macht Eure Sache gut, Kaufmann«, sagte er drohend. »Solltet Ihr versagen, werde ich vor meinem und Eurem Herrn Anklage gegen Euch erheben wegen Verschleierung eines hochpolitischen Mordfalles.«

»Wie bitte?« platzte ich heraus. »Davon kann keine Rede sein.«

»Was soll das bedeuten?« rief der Kanzler empört. »Ist Euch nicht klar, daß Herr Bernward uns allen nur einen Gefallen tut?«

»Euch vielleicht«, sagte der Pole knapp. »Mir nicht. Es bleibt bei dem, was ich gesagt habe.«

Doktor Mair drehte sich um und sah mich an. Zum ersten Mal an diesem frühen Morgen erlebte ich ihn vollkommen fassungslos. Er keuchte, dann stieß er hervor: »Unter diesen Umständen seid Ihr von Eurer Zusage entbunden, Herr Bernward.«

Ich schwieg einen Augenblick lang; einen Augenblick, in dem mein Verstand aufschrie: Jetzt! Sag dich los! Ich biß die Zähne aufeinander, damit die Stimme nicht herauskam. Langsam drehte ich mich um und sah Moniwid ins Gesicht. Meine Gesichtsmuskeln waren wie erstarrt, aber es gelang mir, ein schiefes Lächeln aufzusetzen. Ich sagte: »Mein Herr wird sicherlich wissen, daß ich mein Möglichstes getan habe, um Recht und Gesetz walten zu lassen. Was Euer Herr von Eurer überschäumenden Hilfsbereitschaft hält, wird sich dann herausstellen.«

Er wurde blaß; ich konnte es selbst im Fackellicht sehen.

»Was glaubt Ihr, wer Ihr seid?« zischte er.

»Ich bin ein freier Bürger dieser Stadt und ein ehrbarer Kaufmann, der mit seinem Geschäft zwanzig Dienstboten und Schreiber unterhält. Wenn es Euch nichts ausmacht: Ich bin kein Mitglied Eurer Delegation. Mit mir müßt Ihr einen anderen Tonfall anschlagen.«

Er blies die Backen auf, daß sich sein Schnurrbart kampflustig aufstellte. Für eine kleine Weile war er auf der Suche nach einer passenden Erwiderung. Ich spürte, wie mir der Kanzler oder auch Hanns Altdorfer eine Hand auf den Arm legte und mir jemand ins Ohr flüsterte: »Bitte, beherrscht Euch.« Ich schüttelte die Hand ab. Im Inneren war mir eiskalt; mein Mut hatte mich schon verlassen, als Moniwid vor meinen Augen vor Wut erbleichte. Aber noch hatte mein Herz die Oberhand über meinen Verstand.

Endlich sagte der polnische Ritter: »Ihr braucht mich nicht darauf hinzuweisen, daß Ihr in Eurer Heimatstadt seid und ich nur ein Gast bin.«

»Dann laßt mich meine Arbeit tun, zu der Ihr alle mich hier genötigt habt.«

Er nickte; plötzlich zog er sich auf ganz bäuerische Manier die Nase hoch und wischte sich mit einem seiner pelzbesetzten Ärmelaufschläge über den Bart. Als er den Arm wieder senkte, verzog ein unwilliges Grinsen seine Lippen.

»Hier lebt ein aufbrausendes Volk«, knurrte er. »Nicht, daß mir dies sonderlich gefiele; aber die Unerschrockenheit eines einzelnen Mannes mag ich. Wenn Ihr von Adel wärt, würde ich Euch auf einen Stechgang beim Hochzeitsturnier einladen.«

Ich wußte, daß dies ein Kompliment von seiner Seite war. Ich wandte mich ab. Plötzlich spürte ich die Kälte, die vom Boden her aufstieg.

»Laßt uns aus der Grube herausklettern«, schlug ich heiser vor. »Wir können draußen weitersprechen.«

Als wir am Rand der Grube standen, begann auch die zweite der Fackeln, unruhig zu brennen. Ich sah hinunter, aber die Schatten verschluckten den Schacht mit seinem grausigen Inhalt nun vollständig; allenfalls ein noch dunklerer Fleck in der Finsternis deutete an, wo die Tote drei Mannslängen unter uns lag. Ich stand neben Hanns Altdorfer, dessen Atem schwer ging: Er hatte dem Richter aus der Grube geholfen, der den Aufstieg nur mühsam bewältigt hatte. Hanns beugte sich zu mir und sagte: »Ich bin dir etwas schuldig.«

Ich nickte. Er lächelte ohne Freude, aber er blinzelte mir zu. Sein Gesicht war grau vor Erschöpfung.

»Was passiert nun?« brummte Moniwid. »Laßt einmal einen Geistesblitz erstrahlen, guter Kaufmann.« Sein Ton war beißend.

»Wir müssen die Leiche hier heraus schaffen«, sagte ich. »Das werde ich mit meinen Dienstboten besorgen.«

Der Kanzler bewegte sich unruhig, und ich fügte an: »Ich werde sie danach mit einem Auftrag aus der Stadt schicken. Bis sie zurückkommen, ist die Sache vorbei; so oder so.«

Doktor Mair nickte. Ich überlegte einen Moment, dann sprach ich weiter: »Ihr müßt die Erklärung für den ganzen Aufruhr liefern. Was werdet Ihr den Wappnern und den Handwerkern mitteilen?«

»Natürlich nichts«, sagte der Kanzler erstaunt.

»Damit riskiert Ihr, daß sich Klatsch verbreitet. Etwas werdet Ihr Euch schon ausdenken müssen.«

Er sah mich an und zuckte mit den Schultern. Unerwarteterweise mischte sich Richter Girigel ein.

»Er hat recht«, sagte er. »Wir werden den Hauptmann kommen lassen und ihm mitteilen, daß wir auf die Gebeine eines vermutlichen Heiligen gestoßen sind, die wir bergen und untersuchen lassen wollen. Natürlich, ohne ihn in die Grube sehen zu lassen. Und natürlich mit der Auflage, die Sache geheim zu halten. Er wird es zumindest seinem Leutnant mitteilen, und auf diese Weise streut sich das falsche Gerücht ganz von alleine aus.«

»Nein«, sagte ich. »Gebeine sind mir zu nahe an der Wahrheit. Wie wäre es damit, Eurem Hauptmann mitzuteilen, man sei auf einen vergrabenen Kirchenschatz gestoßen? Meinetwegen auf eine Truhe, die man vor dem Stadtbrand vor hundertdreißig Jahren in Sicherheit bringen wollte und deren Inhalt so stark in Mitleidenschaft gezogen wurde, daß Ihr sie mir übergeben habt, um den Wert eingehend zu überprüfen.«

»Wenn Ihr denkt, das sei besser ...«, brummte der Richter. Hanns Altdorfer und der Kanzler sahen sich an. Doktor Mair hob die Schultern.

»Ich fürchte, wir haben nicht mehr viel Zeit, darüber nachzudenken«, sagte er. Ich nickte. Er rieb sich heftig mit der Hand über das Kinn, dann stieß er hervor: »Nun gut. Herr Notarius, würdet Ihr bitte den Hauptmann verständigen?«

Hanns Altdorfer nickte, nahm die längere der restlichen Fackeln und schritt vorsichtig um den Steinhaufen am Rand der Grube herum. Die verbliebene Fackel begann plötzlich zu spucken und verlosch beinahe, ehe der polnische Ritter sie mit einer raschen Bewegung durch die Luft wieder ins Leben zurückrief. Keiner von uns sprach mehr; es blieb nichts mehr zu sagen. Ich schaute noch einmal in die gähnende Schwärze des Schachtes hinunter. Mein Gehirn war leer, und die Worte von Gerechtigkeit und Wiedergutmachung hallten schal darin wider. Was sich im Schacht befand, war nur die Leiche eines polnischen Edelmädchens, das weit entfernt von seiner Heimat einen grausigen Tod gefunden hatte und jetzt von Lehm und Dreck verklumpt erstarrte; ich konnte weder sie noch die Toten der Vergangenheit jemals wieder lebendig machen.

2

Wenige Augenblicke später kehrte Hanns Altdorfer in Begleitung des Hauptmannes der Wappner zurück. Der gedrungene Mann hielt seine eigene Fackel in die Höhe und blickte sich ständig um, als wäre er von Feinden umgeben; sein Helm warf matte Reflexe und spiegelte das Fackellicht wider. Vor der Grube angekommen, straffte sich seine Haltung, und er machte eine exakte Ehrenbezeigung vor dem Richter und dem Kanzler. Den Polen ignorierte er, ebenso wie mich. Danach sah er von einem zum anderen; sein Gesicht wirkte gelassen, aber seine Haltung war angespannt. Die Anwesenheit der drei angesehenen Männer machte ihn unsicher.

»Ich danke Euch für Euer Kommen, Hauptmann Schermer«, sagte der Kanzler, als sonst niemand das Wort ergriff. Der Hauptmann nickte.

»Ihr habt Euch sicher gefragt, weshalb wir Euch und Eure Männer baten, die Kirche abzuriegeln«, fuhr Doktor Mair fort; und dann begann er, dem Hauptmann der Vilshofener Wappner das Garn aufzubinden, das wir zuvor gesponnen hatten. Ich beobachtete den Hauptmann: den Teil seines Gesichts, der unter dem weiten Helmrand zu sehen war. Er blähte die Nüstern und öffnete seinen Mund, als wolle er möglichst viele Sinnesorgane auftun, um die Nachricht zu empfangen. Daß er erfuhr, man wäre zufällig auf einen reichlich vom Feuer mitgenommenen Kirchenschatz gestoßen, war eine deutliche Ernüchterung. Sein Mund klappte beinahe hörbar zu, und seine Lippen schürzten sich, als wäre er enttäuscht. Sichtlich hatte er etwas Unerhörteres erwartet als ein paar geschwärzte, halb geschmolzene Monstranzen und Kelche, mochten sie auch noch so einen großen Wert darstellen. Ich dachte: Wenn du wüßtest, mein Freund, wenn du wüßtest; und war gleichzeitig erleichtert, als er keine Fragen stellte. Wir hatten uns zuwenig Zeit gelassen, um die holprigen Stellen in unserer Geschichte zu glätten, aber die tiefe Stimme des Kanzlers führte das Gedankenschiff des Hauptmanns sicher über die Untiefen hinweg in den Hafen, in dem wir es haben wollten.

»Herr Bernward hat große Erfahrung in solchen Dingen«, sagte der Kanzler und wies auf mich. Der behelmte Kopf ruckte kurz in meine Richtung und neigte sich nach hinten, so daß ich die zusammengekniffenen Augen sehen konnte, die mir einen unfreundlichen Blick zuwarfen. Er fragte nicht, worin meine Erfahrung bestehen könnte.

»Wir haben ihn gebeten, die Kostbarkeiten abholen zu lassen und zu untersuchen. Er wird seine Männer verständigen; bis diese ankommen, möchte ich Euch bitten, die Kirche weiterhin abzuriegeln.«

»Meine Männer können den Transport ebensogut übernehmen«, sagte der Hauptmann. Der Kanzler erstarrte einen Moment, und sein linkes Auge zuckte.

»Es wäre mir lieber, Ihr würdet Euch um die Leute draußen kümmern«, sagte er dann zögernd. »Ich könnte mir niemand anderen vorstellen, auf den ich mich in dieser Angelegenheit verlassen möchte.«

Der Hauptmann mochte einfach über die Ungereimtheiten in einer hastig vorgetragenen Geschichte hinwegzutäuschen sein, aber auf seinem eigenen Gebiet war er nicht so mühelos zu hintergehen; auch nicht mit dick aufgetragenen Schmeicheleien.

»Der Ausfall von zwei Männern wird meine Leute nicht so sehr behindern, als daß sie das Volk nicht auf Distanz halten könnten«, erwiderte er hartnäckig.

Doktor Mair schien ratlos. Ich mischte mich ein und sagte unfreundlich: »Meine Männer werden die Truhen abholen, Hauptmann. Sie sind absolut zuverlässig.«

Er schaute wieder zu mir hoch. Ich sah, wie er die aufsteigende Wut bekämpfte, und erwiderte seinen Blick, bis er sich abwandte.

»Wir werden so verfahren, wie wir es eben geschildert haben«, sagte der Kanzler geistesgegenwärtig. Der Hauptmann gab sich geschlagen.

»Ich gebe meinen Männern Bescheid«, sagte er heiser.

»Bitte behaltet für Euch, was Ihr erfahren habt«, sagte der Kanzler. »Wir wollen keine unziemliche Erregung unter den Bürgern und verfrühte Ansprüche der Nachkommen von etwaigen damaligen Besitzern.«

»Natürlich«, erwiderte der Hauptmann kurz und drehte sich auf dem Absatz herum, um die Kirche wieder zu verlassen. Er war nicht ein einziges Mal auf den Gedanken gekommen, in die Grube hinunterzuleuchten oder auch nur zu fragen, was um alles in der Welt der polnische Edelmann bei der Geschichte zu suchen hatte.

Manchmal scheint eine bestimmte Zeitspanne eine Ewigkeit zu währen; in Wahrheit sind jedoch nur wenige Augenblicke vergangen, und es wird einem schwindlig, wenn man sich unvermittelt des Umstandes bewußt wird, wie viele Ereignisse in wie kurzer Zeit abgelaufen sind. Als ich zum hinteren Seitenportal der Kirche hinaus ins Freie trat, war ich überrascht, daß es noch immer Nacht war. Noch immer wallte der Nebel in greifbaren Schwaden durch die dunkelblaue Finsternis, noch immer bildeten die wenigen Fackeln der Stadtknechte die einzigen, trübe blakenden Lichter, noch immer standen die Handwerker und ihre Bewacher wie regungslose, düstere Gestalten unter dem hochaufragenden Kirchenbau. Ich hätte schwören mögen, daß die Sonne schon hoch am Himmel stehen müsse, aber es war keinerlei Licht zu sehen, wenn man nach Osten blickte; kein noch so geringer Anschein der Dämmerung hob den steilen Lenghart vom Firmament ab oder die gedrungene Burg, die sich auf seinem Kamm erhob.

Vielleicht hatte die stumme Anwesenheit der Ermordeten unsere Gedanken beschleunigt; im nachhinein erschien es mir erschreckend und unglaubwürdig, was wir soeben besprochen hatten. Wenn die Seele der Toten noch am Tatort verweilt hatte, wie allgemein angenommen wird, was mochte sie sich über unser Gespräch gedacht haben? War sie voll hilfloser Entrüstung? Mir fiel ein, daß niemand auch nur ein Gebet für sie gesprochen hatte, und aus verschiedenen Gründen fühlte ich einen schmerzhaften Stich deswegen. Ihr Tod war zu einer so politischen Angelegenheit geworden, daß niemand einen Gedanken daran verschwendet hatte, daß ein Leben vernichtet worden war. Nicht einmal der polnische Ritter hatte ein Wort des Bedauerns ausgesprochen. Was hatte er gesagt? Der Tod der jungen Frau würde äußerst ernüchternd wirken. Ebenso ernüchternd war die Art und Weise, wie wir damit umgingen.

Ich wanderte ein paar Schritte unter dem vorspringenden Giebel des Portals hinaus ins Freie und drehte mich um. Die Strebepfeiler des Langhauses reckten sich ins Leere wie die Säulen im Inneren der Kirche. Ein paar der zunächst stehenden Wappner drehten sich zu mir um; da sie sahen, daß ich aus der Kirche gekommen war, wagten sie mir nicht näher zu kommen. Ihre Neugierde konnte kaum geringer sein als diejenige der Bauleute, die sie von der Kirche fernhielten. Ich war erleichtert, daß ich daran gedacht hatte, ihnen eine falsche Erklärung für die Vorgänge liefern zu lassen.

Ich bemerkte, daß ich gedankenverloren weitergegangen war. Ich hielt an und wartete, bis die anderen mir nachfolgten. Sie kamen zusammen aus der Kirche; sie hielten sich kurz neben dem Portal auf, dann schritt Albert Moniwid grußlos in Richtung auf das herzogliche Stadthaus davon, in dem sich das Lager der Polen befand. Der Kanzler wandte sich zum Friedhof der Kirche; wahrscheinlich wollte er durch die Widumsgasse um den Chorbau der Kirche herum zu seinem Haus zurückkehren und so den Menschen ausweichen, die sich vor dem Turm des neuen Doms auf der Altstadt drängten. Er hatte beinahe dieselbe Strecke wie Moniwid, aber die beiden gingen getrennte Wege. Doktor Mair nickte mir zum Abschied zu. Hanns Altdorfer und der Richter gesellten sich zu mir.

»Du wirst deine Männer selbst verständigen, nicht wahr?« fragte mich Altdorfer.

»Ich begleite sie sogar wieder mit hierher.«

Er dachte einen Augenblick nach.

»Ich glaube, du hast den Hauptmann beleidigt«, sagte er dann. »Mußtest du ihm so deutlich zu verstehen geben, daß du seine Leute für weniger zuverlässig hältst als deine eigenen?«

»Tue ich das?« fragte ich. »Hanns – ich habe das mit

Absicht gesagt. Was glaubst du, was er seinem Leutnant oder seiner Frau oder meinetwegen auch nur irgendeiner Schlampe demnächst erzählt hätte? Sie wollten mir weismachen, daß ein Schatz in der Kirche gefunden wurde, würde er sagen; einer, der so wertvoll ist, daß keiner etwas davon erfahren soll, und doch haben sie diesen Krämer aus dem Säldental geholt, den keiner in der Stadt genau kennt, und ihm die ganzen Kostbarkeiten anvertraut. Ich glaube, daß daran etwas faul ist.«

Hanns Altdorfer zog die Augenbrauen zusammen. Ich ließ ihn nicht zu Wort kommen.

»Was wird er jetzt sagen?« fuhr ich fort. »Er wird schäumen vor Wut und sagen: Sie haben einen Schatz in der Kirche gefunden, und sie wollten mir und meinen Männern nicht mal so weit vertrauen, daß wir ihn zu diesem Kaufmann außerhalb der Stadt tragen durften. Wahrscheinlich dachten sie, wir würden die Hälfte davon unterwegs selbst einstecken. Diesem Bernward vertrauen sie, den keiner kennt. Wir sind nur dazu gut, die Betrunkenen von der Straße zu kehren.«

Er sah mich an, dann lächelte er verkniffen.

»Ich denke, du hast recht«, sagte er. »Dennoch ist mir nicht wohl, wenn ich sehe, wie du einen schlichten Menschen, der nur seine Pflicht tut, manipulierst.«

Ich öffnete den Mund und wollte sagen: Was weißt du davon, doch dann schwieg ich. Er war mein Freund, und ich wußte, daß er die Wahrheit sprach. Es war eine Aussage, die auch Maria hätte tun können; oder Daniel, der in dieser Hinsicht schmerzhaft seiner Mutter glich. Nicht umsonst hatte sich mein Sohn seit langem von mir ferngehalten und beschränkte seine Besuche auf allzu wenige Gelegenheiten.

Hanns legte eine Hand auf meine Schulter.

»Ich habe es nicht böse gemeint«, sagte er. »Ich weiß, daß du das getan hast, was du für das Beste hieltest.«

»Schon gut«, sagte ich rauh.

Wir sahen zu Boden, und eines der seltenen peinlichen Schweigen zwischen uns entstand. Schließlich brummte der Richter: »Machen wir uns an die Arbeit.«

»Ja«, sagte ich. »Ich gehe und hole meine Männer. Was werdet Ihr tun?«

»Wir verwischen die Spuren«, sagte der Richter. »Wahrscheinlich ist der Boden unten in der Grube voller Blut und Stoffetzen, und wer weiß, wo sich noch überall Blutspuren befinden. Wir müssen sie beseitigen.«

»Was sagst du zu deinen Leuten?« fragte Hanns Altdorfer, der bei Girigels Worten noch ein wenig blasser geworden war.

Ich hatte es mir überlegt, noch als ich vorgeschlagen hatte, für den Abtransport der Leiche zu sorgen.

»Daß sie ein leichtes Mädchen war, das ich kenne und das umgebracht wurde – wir können das Offensichtliche wohl kaum verbergen. Daß du von der Bekanntschaft wußtest und mich benachrichtigen ließest, um mir einen Skandal zu ersparen; und daß ich für das Begräbnis sorgen will.«

»Werden sie Euch die Geschichte abnehmen? Ein leichtes Mädchen in Seidengewändern und Perlenstickereien?« fragte der Richter. Ich sah ihn an, und plötzlich erkannte ich, daß ich diese Kleinigkeit übersehen hatte. Ich biß die Zähne zusammen.

»Ihr habt recht«, sagte ich betroffen. Der Richter runzelte die Stirn.

»Wir werden ihr das Kleid ausziehen und es selbst

aus der Kirche bringen«, sagte er nach einer Weile entschlossen. Hanns Altdorfer keuchte.

»Ohne mich«, stieß er hervor.

»Herr Notarius«, sagte Richter Girigel eindringlich. »Wir haben nun schon einiges auf uns genommen, um diesen Mord zu vertuschen. Wir dürfen nicht davor zurückschrecken, wenn wir die Geschichte Eures Freundes Bernward glaubwürdig machen wollen.«

Altdorfer verzog den Mund. Er sah nun kranker und erschöpfter aus als jemals zuvor.

»Wenn Ihr meint«, sagte er kläglich. Ich verspürte Mitleid mit ihm.

»Es tut mir leid«, murmelte ich. Er fuhr sich heftig über den Mund, als wolle er sich mit Gewalt daran hindern, sich zu übergeben. Seine Hand zitterte.

»Du hast gesagt, du willst die Männer nach dem Abtransport der Leiche sofort aus der Stadt schicken?«

»Noch an diesem Morgen. Mir wird schon ein Auftrag einfallen, der sie ein paar Wochen außerhalb Landshut festhält.«

»Wird das nicht auffällig sein?« erkundigte sich Richter Girigel. »Sie werden denken, daß sie genau aus diesem Grund weggeschickt werden.«

»Und wenn?« erwiderte ich achselzuckend. »Wichtig ist, daß sie nicht in der Nähe sind, solange der Fall nicht geklärt ist.«

»Irgendeinen Vertrauten unter deinen Leuten benötigst du«, sagte Altdorfer nüchtern. »Wo willst du die Leiche unterbringen?«

»Ich habe meinen Verwalter«, sagte ich einfach. »Er wird schweigen, weil er mir einen Skandal ersparen will. Kein Wort über unser Märchen wird je seinen Mund verlassen.«

»Hast du nicht einmal gesagt, du scheust davor zurück, ihm ein kompliziertes Geschäft anzuvertrauen?« fragte Hanns. »In dieser Angelegenheit willst du ihm jetzt vertrauen?«

»Das ist etwas anderes«, erwiderte ich steif. »Wenn es um eine persönliche Sache geht, würde er sich lieber umbringen lassen, anstatt mich in Verlegenheit zu bringen.«

»Wenn du meinst«, sagte er. Ich hatte nicht den Eindruck, ihn überzeugt zu haben. Er zögerte, als wollte er noch etwas hinzufügen, aber der Richter nahm ihn am Arm und drängte: »Laßt uns wieder hineingehen.«

Die beiden verabschiedeten sich von mir. Ich drehte mich um und machte mich auf den Rückweg. Inzwischen hatten sich die meisten der Handwerker wieder zerstreut und schlafen gelegt, in der sicheren Gewißheit, daß sie nichts zu sehen oder hören bekämen; und wenn es doch etwas Interessantes gab, dann würden sie es erfahren, weil einige von ihnen auf jeden Fall bei der Kirche ausharren würden, bis die Wappner verschwanden. Dafür waren einige der Scholaren und Lehrer aufgewacht, die man zugunsten der Wappner in einen Seitentrakt des Pfarrhauses umquartiert hatte und die nun von groben Händen entschlossen in den Eingang des Hauses zurückgedrängt wurden. Ich dachte, daß der Hauptmann diesen Zwischenfall bestimmt willkommen hieß, um sich abzureagieren.

Wie ich erwartet hatte, saß mein Verwalter in der Stube und hütete das Feuer. Er wäre nicht einmal zu Bett gegangen, wenn ich es ihm befohlen hätte. Ich setzte mich zu ihm und erklärte ihm mit ernstem Gesicht die Geschichte, die ich mir ausgedacht hatte. Ich hatte ein wehes Gefühl dabei, besonders als ich sah, wie sich seine Züge in einer Mischung aus Mitleid und Furcht um meinen Ruf in die Länge zogen. Er war nicht überrascht, daß ich angab, eine Frau in der Stadt besucht zu haben. Ich erkannte verblüfft, daß er die ganze Zeit über etwas Ähnliches von mir erwartet hatte und erstaunter gewesen wäre, wenn er die Wahrheit erfahren hätte: daß ich seit Marias Tod einen gramerfüllten Zölibat hielt. Als ich sagte, ich würde für ein ordentliches Begräbnis in aller Stille sorgen und meine Stimme dabei ungewollt überkippte, hielt er es für erneute Trauer um eine Frau, die ich geliebt oder für die ich zumindest Zuneigung empfunden hatte, und seine Augen wurden feucht. Er war noch nicht bei mir gewesen, als Maria starb, aber die Geschichte war ihm mit Sicherheit in allen Einzelheiten hinterbracht worden.

»Suche mir zwei von den Knechten aus, auf deren Schweigen man sich verlassen kann. Sie sollen mich zurück in die Stadt begleiten und den Leichnam hierherbringen, wo wir ihn bis zum Begräbnis aufbahren werden.«

»Wünscht Ihr, daß ich das Gesinde unterrichte und Gebete gesprochen werden?« fragte er, obwohl er sich die Antwort denken konnte. Als ich es verneinte und ihn darum bat, für ein Zimmer zu sorgen, das abgeschlossen werden konnte, nickte er nur stumm. Wenn er sich fragte, warum ich in aller Welt gerade einem käuflichen Mädchen meine Zuneigung geschenkt hatte und deshalb aus Angst vor einem Skandal meine Liebe in aller Stille begraben mußte, ließ er sich nichts anmerken.

»Niemand wird etwas erfahren.«

»Wenn die Knechte zurückkommen, möchte ich, daß du sie mit einem Auftrag möglichst weit weg schickst.

Irgendein Botendienst wird sich sicherlich finden lassen. Ich will, daß Gras über die Sache gewachsen ist, bis sie zurückkommen. Es ist keine Ungerechtigkeit den Männern gegenüber, verstehst du; ich will nur verhindern, daß sie zuletzt doch etwas weitertratschen. Am besten gibst du ihnen dafür eine zusätzliche Entlohnung.«

»Ich habe verstanden, Herr Bernward.«

Ich lächelte ihn an und konnte nicht vermeiden, daß mein Lächeln wehmütig wurde. Ich fühlte mich niedergeschlagen wegen seiner bedingungslosen Ergebenheit, die ich mit einer Lüge vergalt; er dachte, es sei wegen der Toten, und murmelte: »Der Herr sei ihrer Seele gnädig.«

»Amen«, sagte ich und fühlte einen neuerlichen Stich, weil es das erste Gebet war, das jemand für die Ermordete sprach.

»Hole mir jetzt die Knechte«, sagte ich. »Ich warte hier auf sie und bringe sie in die Stadt.«

Er stand auf, aber als er an der Tür war, zögerte er. Er drehte sich um und fragte: »Soll ich Euch nicht diesen zweiten Gang abnehmen?«

»Nein«, sagte ich. »Ich muß es selbst tun.«

»Natürlich«, sagte er und verließ den Raum. Ich saß am Tisch und starrte auf meine Finger, die ruhelos auf dem glatten Holz trommelten. Über diesen Tisch waren ebenso viele geschäftliche Gespräche wie Trinksprüche und fröhliche Witze gewandert; letzteres zumindest, als Maria noch lebte und meine Familie um mich versammelt war. Zum ersten Mal allerdings war eine solch gewaltige Lüge über ihn hinweg gegangen. Ich hatte mich noch nie gescheut, die Schwäche meiner Geschäftspartner auszunutzen, um den Vorteil auf meiner

Seite ein wenig anzuheben; umgekehrt war es sicherlich auch einige Male geschehen. Niemand erwartete etwas anderes, wenn er in geschäftliche Verhandlungen einstieg. Aber die einfache Seele und die Zuneigung eines anderen Menschen zu mir hatte ich noch niemals so ausgenutzt. Plötzlich fühlte ich die Erbitterung wie einen schlechten Geschmack in meinem Mund aufsteigen. Vielleicht war meine Erinnerung getrübt, aber ich konnte mich nicht entsinnen, daß ich früher Zuflucht zu Lug und Trug hatte nehmen müssen, um der Gerechtigkeit zur Geltung zu verhelfen. Es mochte sein, daß ich mich zu lange mit meinem Leben als Kaufmann herumgeschlagen hatte. Ich hatte es nicht vermocht, meine Familie zusammenzuhalten; womöglich hatte ich auch die Fähigkeiten verloren, auf die ich früher so stolz gewesen war.

Es dauerte nicht lange, bis der Verwalter mit zwei verschlafen blinzelnden Männern in die Stube kam. Ich kannte beide gesichtsweise, und von einem wußte ich sogar den Namen. Früher hatte ich jeden meiner Knechte persönlich gekannt; früher, als meine Geschäfte noch geringeren Umfang hatten; früher, als ich noch einzelne Handelsfahrten selbst unternahm, als ich noch dachte, dieses neue Leben könnte mein altes ersetzen.

– Früher, als Maria mit Daniel auf dem Arm und Sabina und der kleinen Maria im Schlepptau durch den Haushalt gewirbelt war und alle Knechte die Arbeit niederlegten, um ihr nachzublicken. Warum nur fehlst du mir heute so besonders, meine Geliebte?

Früher hatte ich jeden meiner Knechte mit dem Namen ansprechen können und über seine Familienverhältnisse, sein Vorleben und seine Ängste und Freuden Bescheid gewußt. Ich seufzte im stillen; mir war mehr als nur mein privates Glück aus den Händen geglitten.

»Guten Morgen, Herr Bernward«, stammelten die beiden im Chor. Ich nickte ihnen zu und erwiderte den Gruß; den, dessen Namen ich wußte, fragte ich: »Wie geht es dir, Egid?«

Er sagte überrascht: »Gut, Herr Bernward.«

»Das freut mich.« Ich wandte mich an seinen Gefährten. »Wie ist dein Name?«

»Kaspar, Herr Bernward.«

Ich wandte mich an den Verwalter: »Hast du mit ihnen gesprochen?«

»Nein, ich wollte es Euch überlassen.«

»Gut. Hört zu, Egid und Kaspar. Ihr werdet mich in die Stadt begleiten, zur Baustelle des Martinsdoms. Was wir dort finden, werdet ihr in eine Decke wickeln, die wir mitnehmen, und wieder hierher zurück transportieren. Ihr werdet während des Transports und auch hinterher kein Wort verlieren über das, was wir gesehen haben. Habt ihr mich verstanden?«

Die beiden wechselten einen überraschten Blick, aber sie nickten.

»Danach«, fuhr ich fort, »habe ich einen weiteren Auftrag für Euch. Habt ihr Frauen oder Familie?«

Sie schüttelten beide die Köpfe; Kaspar etwas zögernder als Egid. Er war um einige Jahre jünger als Egid, der schon zu ergrauen begann, und ich nahm an, daß er ein Liebchen unter dem Gesinde hatte. Um so besser, wenn er ihr eine Weile lang nichts erzählen konnte.

»Dann wird es euch nichts ausmachen, wenn euch dieser Auftrag für einige Wochen von hier fortführt. Der Verwalter wird es euch erklären, wenn wir zurück sind. Macht ihr eure Sache auch dabei gut, werde ich nicht kleinlich sein. Habt ihr auch das verstanden?«

Sie nickten wieder. Egid fragte: »Mit Verlaub, Herr: Was sollen wir für Euch transportieren? Ich meine, wegen der Größe der Decke. Und sollen wir einen Maulesel mitnehmen?«

»Kein Maulesel«, sagte ich. »Und es muß eine große Decke sein.« Ich zögerte einen Moment, aber es gab keine Möglichkeit, der Wahrheit auszuweichen.

»Wir holen die Leiche einer jungen Frau«, sagte ich.

Für einen Moment herrschte absolute Stille im Raum. Ich sah alles wie durch eines jener famosen Gläser, in denen eine Ameise plötzlich so groß erscheint wie ein Pferd: Ihre Gesichter wechselten von Befangenheit zu Bestürzung, die Kiefer der beiden sanken herab, und ihre Augen weiteten sich.

»Setzt euch hierher«, sagte ich barsch. Sie gehorchten mit schlotternden Gliedern. Ich fühlte einen Trommelwirbel im Magen, als ich betont ruppig sagte: »Sie war eine Dirne aus der Stadt, und ich bin zu ihr gegangen. Gestern nacht wurde sie umgebracht, und jemand, der wußte, daß ich sie kannte, hat mich benachrichtigt. Sie hat keine Familie, und ich will vermeiden, daß sie in einem Armengrab verscharrt wird; denn ich mochte sie, und ihr Tod tut mir leid.«

Sie starrten mich an. Ich sagte: »Deshalb will ich auch, daß niemand etwas davon erfährt. Habt ihr dies ebenfalls verstanden?«

Der ältere der beiden, Egid, nickte nach kurzem Zögern entschlossen. Der jüngere sah mich noch immer mit weitaufgerissenen Augen an. Er war zu unerfahren, um wie Egid seine Gedanken hinter seinem Gesicht zu verbergen. Ich konnte in seinen Zügen lesen wie in einem Buch.

»Ich habe sie nicht getötet, mein Freund«, sagte ich ruhig zu ihm. »Ich weiß auch nicht, wer es letztlich getan hat. Ich bin jedoch sicher, er wird der Gerechtigkeit nicht entgehen.« Ich sah sie wieder beide an. »Ich will euch nicht dazu benutzen, ein Verbrechen zu vertuschen. Der Stadtkämmerer ist unterrichtet, und er wird die Sache untersuchen, ohne daß mein Name genannt wird.«

Ich wußte nicht, ob ich sie überzeugt hatte. Glaubten sie mir nicht, konnten sie mich – nach ihrer Rückkehr – getrost dem Richter anzeigen. Von seiner Seite hatte ich nichts zu befürchten. Ich beendete das Gespräch, und sie rafften sich auf und marschierten schweigend zur Tür hinaus. Der Verwalter blieb im Raum, und endlich sah ich ihm ins Gesicht. Sein Blick war voller Bedauern.

»Ich wünsche Euch viel Glück, Herr Bernward«, sagte er. »Ich werde die Knechte wegschicken, sobald Ihr mit Ihnen zurück seid. Euch lasse ich derweil etwas zu essen richten.«

»Ich glaube nicht, daß ich danach hungrig sein werde«, erwiderte ich.

»Eßt nur«, sagte er. »Essen heilt die Wunden der Seele; zumindest ein wenig. Wenn Ihr wieder zu Hause seid, werdet Ihr Hunger haben.«

Es war ein weiser Rat, den er mir gab; und es stellte sich heraus, daß er recht hatte.

Die Zeit war nun doch merkbar vorangerückt, als der Leichnam endlich in einem der leerstehenden Lagerräume im hinteren Teil des Hauses lag, aufgebahrt und von der Decke, in der wir sie hierher transportiert hatten, notdürftig zugedeckt. Es war eine traurige Bahre, ohne Kerzen und ohne Blumengebinde. Statt dessen hing der Geruch von Gewürzsäcken im Raum, die sich zuvor darin befunden hatten und die ich gestern hatte auslagern lassen, um Platz zu schaffen für die Stoffe aus Venedig, die ich in den nächsten Tagen erwartete. Bis dahin mußte auch die Tote ihren Platz geräumt haben. Der Verwalter brachte die beiden Knechte hinaus, um sie sogleich nach Reichenhall zu senden. Ich hatte dort ein größeres Kontingent Salz aufgekauft, dessen Bereitstellung mir vor ein paar Tagen avisiert worden war und um das sich ohnehin jemand hätte kümmern müssen. Es war ein Geschäft, in das ich mich als Zwischenhändler eingeschaltet hatte: Der eigentliche Empfänger war ein Kaufherr in Augsburg, zu dem ich das Salz transportieren ließ. Derartige Transporte waren zeitraubend und schwierig; die Stadt München besaß seit altersher das Salzstapelrecht, und dies bedeutete, daß alles zwischen Landshut und den Bergen westwärts geschaffte Salz nur in München die Isar überqueren durfte und dort erst einmal gestapelt und zum Verkauf niedergelegt werden mußte, woran die Münchner kräftig verdienten. Trotz der merkwürdigen Umstände platzten die beiden Männer fast vor Stolz, daß ich sie für diese verantwortungsvolle Aufgabe einsetzte, und waren Feuer und Flamme, sofort loszureiten. Ich selbst war überrascht über die Findigkeit meines Verwalters. Die Salzkarren würden nur langsam vorwärtskommen und eine Ewigkeit in München festhängen; vor Nikolaus waren die beiden nicht zurückzuerwarten.

Ich blieb noch einen Moment in dem Lagerraum stehen, der unvermittelt zu einem Totenzimmer geworden war. Der Verwalter hatte die Kerze mitgenommen, aber die Dämmerung war jetzt so weit angebrochen, daß ein schwacher Lichtschimmer durch das schmale Fenster hereinfallen konnte. Er reduzierte die Gegenstände im Raum zu schemenhaften Umrissen aus Licht und Schatten. Die Tote lag unter der Decke, die ihre Gestalt zusätzlich verhüllte; alles mögliche konnte unter den rauhen Falten verborgen sein, doch zu wissen, was es wirklich war, machte diesen Umstand weniger beruhigend als vielmehr makaber. Vielleicht liegt es daran, daß kaum jemand, der sich einer zugedeckten Leiche gegenüber findet, widerstehen kann, die Decke zu lupfen und in das tote Gesicht zu blicken: der Unglauben, daß der Tod einen menschlichen Körper zu einem abstrakten, lang ausgestreckten Gebilde völliger Regungslosigkeit reduzieren kann. Auch mich drängte es in diesem Augenblick, die Decke noch einmal anzuheben; mir kam in den Sinn, daß ich noch nicht einmal ihre Gesichtszüge kannte. Ich hätte den Lehm fortwischen können, der die Hälfte ihres Antlitzes verkrustete, aber die unbewußte Zärtlichkeit, die in einer solchen Geste steckt, ließ mich erschauern, und der Drang verschwand.

Die Männer hatten den Leichnam beinahe sanft abgelegt und die Decke darüber wieder geradegezogen. Sie hatten kein Wort mehr verloren, seit wir von meinem Hof in die Stadt hinein aufgebrochen waren; weder über den Umweg durch die Widumsgasse, über die wir uns schließlich der Kirche von hinten her näherten (wir betraten sie durch das nur von zwei Wappnern bewachte Südportal); noch über die schweigende, einsame Gestalt Hanns Altdorfers, der am Rand der Grube stand und blicklos hinunterstarrte. Sie hatten die Tote behutsam auf demselben Weg zurücktransportiert, unkenntlich in die dicke Decke gewickelt, und es schien, als würden sie eine Schlafende nach Hause tragen, so vorsichtig gingen sie mit ihr um. Zuletzt hatten sie sie auf den beiden Tischen ausgestreckt, die mein Verwalter zusammengeschoben hatte, und waren gegangen.

Ich starrte auf ihr Werk, ihr Werk und meines, und fühlte mich schwach. Ich dachte daran, mich wieder niederzulegen und noch etwas zu schlafen, bis die Sonne vollends aufgegangen wäre. Aber ich wußte, daß ich keine Ruhe finden würde: Meine Erschöpfung war seelischer Natur, nicht körperlich, und ich hatte noch niemals schlafen können, wenn meine Seele wund war. Plötzlich freute ich mich auf das Essen, das der Verwalter mir gerichtet hatte. Ich schloß die Tür und verriegelte sie.

Der Verwalter leistete mir bei meiner einsamen Speise Gesellschaft, anfangs ohne etwas zu sagen. Später schnitt er ein geschäftliches Thema an. Ich wußte, es war, um mich auf andere Gedanken zu bringen, doch dann steigerte er sich in das Problem hinein und schien zu vergessen, was am heutigen Morgen vorgefallen war. Wir diskutierten, bis die Küchenmägde in die Stube kamen und das Essen für die restlichen meiner Knechte und Mägde auftrugen. Es gab ein paar Fragen nach Egid und Kaspar, die sie befangen von meiner Gegenwart an den Verwalter richteten, doch ich beantwortete sie selbst und auf eine Weise, die keinen Verdacht aufkommen ließ, es könnte an ihrer Entsendung etwas merkwürdig sein. In einigen Gesichtern sah ich gar unterdrückten Neid auf die vermeintlich bevorzugte Behandlung, die den beiden angediehen war. Die Männer und Frauen rückten sich selbst unsicher um den Tisch herum zurecht. Es irritierte sie sichtlich, daß ich ebenfalls auf der

Bank saß und der Verwalter auf dem einzigen Stuhl; als dem Hausherrn hätte dieser Platz mir gebührt, aber ich hatte mich noch niemals um solche Dinge geschert. Da ich jedoch kaum jemals in ihrer Gesellschaft aß, waren sie es nicht gewöhnt, daß ich die traditionelle Ordnung der Dinge mißachtete. Als die Sonne endgültig über die Hügelkette jenseits der Stadt geklommen war, zerstreute sich die Schar, um sich für den Kirchgang zu richten, und mir wurde bewußt, daß heute ein Feiertag war: Allerheiligen, der Tag des Totengedenkens. Wie passend, dachte ich bitter. Der letzte der Knechte verließ die Stube, und ich war wieder mit dem Verwalter allein.

»Ich muß dafür sorgen, daß sich ein Totengräber der Leiche annimmt«, sagte ich. »Kennst du einen in der Stadt?«

»Nein«, erwiderte er. »Und ich glaube nicht, daß Ihr es wünschen würdet, wenn ich mit einem Umgang pflegte.«

Ich zuckte mit den Schultern, aber in diesem Fall hatte er recht; sich mit dem Totengräber abzugeben wurde für ebenso schandbar angesehen wie die Bekanntschaft mit dem Henker. Niemand, der etwas auf sich hielt, würde öffentlich zugeben, daß er den einen oder anderen persönlich kannte.

»Und nun?« fragte ich ihn. »Ich kann sie doch nicht einfach so verscharren.«

»Ein Priester ...«, sagte er zögernd, aber ich winkte ungehalten ab, und er duckte sich. Es war lange her, daß Priester und Bischöfe zu meinen Freunden gezählt hatten.

»Ein Apotheker in der Stadt gehörte vor längerer Zeit einmal zu unseren Geschäftspartnern«, sagte er nach einer Weile.

»Tatsächlich?« fragte ich. »Das muß aber schon lange her sein.«

»Etliche Jahre«, sagte er. »Es war ganz zu Anfang meiner Tätigkeit für Euch, als Ihr Euch noch nicht ... noch nicht wieder um die Geschäfte gekümmert hattet. Sein Name ist Sebastian Löw; soweit ich mich erinnern kann, hat er einen Batzen Geld in eines Eurer Unternehmen gesteckt und ist mit einem schönen Gewinn davongekommen.«

»Ich wundere mich, daß dir der Name noch geläufig ist«, sagte ich.

Er lächelte kaum sichtbar.

»Ich habe in unseren Papieren nachgesehen, während Ihr fort wart«, gab er zu. »Ich erinnerte mich an den Apotheker und dachte, daß er Euch vielleicht von Nutzen sein könnte.«

Ich nickte überrascht; ich hatte ihm so viel Initiative gar nicht zugetraut.

»Ich denke, er wird sich freuen, Euch einen Gefallen erweisen zu können.«

»Das wohl nicht gerade. Aber er ist mir verpflichtet, damit hast du recht. Ich frage mich nur, was ein Apotheker für mich tun kann.«

»Ein Mann seiner Profession kennt sicher wiederum jemanden, der sich ...«, er machte eine verkrampfte Bewegung; es war ihm unangenehm, meinen vermeintlichen Schmerz so direkt ansprechen zu müssen, » ... ohne großes Aufhebens der Verstorbenen annehmen kann.« Er schwieg, als er sah, wie ich mein Gesicht verzog.

Ich hatte viel zuwenig nachgedacht, als ich in der Kirche sagte, ich könne mich des Leichnams annehmen, ohne Aufsehen zu erregen und ohne allzu viele

Leute damit befassen zu müssen. Tatsächlich wurden es immer mehr, die mit der Toten in Berührung kamen. Einen schwatzhaften Apotheker mit hineinzuziehen schien mir in diesem Zusammenhang der Gipfel der Leichtsinnigkeit zu sein. Ich schüttelte den Kopf.

»Ich habe leider keinen anderen Einfall«, murmelte der Verwalter schüchtern.

Ich öffnete den Mund, um zu sagen: Wir begraben sie einfach irgendwo im Wald oder versenken den Leichnam in der Isar, aber ich schloß ihn auf der Stelle wieder. Dazu ist es nun zu spät, mein einfallsreicher Peter, dachte ich voller Zynismus; dazu hättest du das Märchen mit der heimlichen Geliebten nicht erfinden dürfen. Nicht einmal der Verwalter wird dir abnehmen, daß du ihre Leiche lieblos dem Wasser übergibst. Ich hätte die beiden Knechte einfach mitnehmen und ihnen befehlen sollen, die Tote im Verborgenen zu begraben; ich hätte angeben sollen, ich täte es für den Stadtkämmerer, dem ich bei der Aufklärung eines Verbrechens helfen würde; ich hätte

– mich von Anfang an gar nicht darauf einlassen sollen

dem Kanzler und seinem famosen polnischen Rittersmann die Leiche überlassen sollen, anstatt eine derart komplizierte Geschichte zu erfinden und mich in meinen eigenen Fallstricken zu verfangen. Ich mußte erkennen, daß ich unter den gegebenen Umständen keine andere Wahl hatte, als den Vorschlag des Verwalters anzunehmen.

»Ich habe auch keine Idee«, sagte ich. »Daher denke ich, ich werde deinem Ratschlag doch folgen.«

Er verkniff sich zu sagen, daß er dies ebenfalls für das beste hielt. Seinem Gesicht war es dennoch anzusehen.

Ich seufzte und sagte: »Wie kann ich den Mann dazu zwingen, seinen Mund zu halten?«

»Ich glaube, es reicht, wenn Ihr ihn darum bittet.«

»Das kann ich mir kaum vorstellen«, sagte ich düster.

Er drehte die Hände nach außen und hob die Arme, und ich winkte ab.

»Ich werde ihm vorschlagen, ihn an einem der nächsten Geschäfte zu beteiligen«, entschied ich. »Das wird zumindest vorhalten, bis das Geschäft abgewickelt ist.«

»Wenn Ihr meint«, entgegnete der Verwalter. Ich nickte und stand auf.

»Wo liegt seine Apotheke?« fragte ich.

»Schräg gegenüber dem Rathaus in der kleinen Gasse, die zur Floßlände führt.«

»Ich werde sogleich wieder aufbrechen«, seufzte ich. »Zum drittenmal hintereinander in die Stadt.«

»Wenn Ihr wollt, kann ich ebenso gut …«

Ich lächelte, und er senkte den Kopf. »Ich muß Euch nochmals an die Stofflieferung erinnern«, sagte er. Ich zog scharf den Atem ein.

»Richtig«, sagte ich. »Nun komme ich doch nicht dazu, mich selbst darum zu kümmern. Würdest du sie entgegennehmen und die Fuhrleute auszahlen? Und nachsehen lassen, ob der Holländer, der die Lieferung organisiert hat, schon wieder zurück ist?«

»Walther vom Feld? Der für den Herzog arbeitet?«

»Richtig. Sein Haus ist in der Spiegelgasse.«

»Selbstverständlich, Herr Bernward.«

»Danke.«

Er zuckte mit den Schultern, und ich schob die Sitzbank mit den Kniekehlen zurück und kam hinter dem Tisch hervor. Als ich an der Tür war, drehte ich mich nochmals zu ihm um. Er sah mich an, als wollte er mir noch irgend etwas mit auf den Weg geben; einen Trost oder ein gutes Wort. Seine Miene versetzte mir einen leisen Schmerz. Er fand nicht die Worte, die er hatte sagen wollen; er sagte nur: »Ich werde mich hier um alles kümmern.«

»Gut«, antwortete ich und ging.

Der Nebel hatte noch nicht aufgegeben, gegen die Sonne anzukämpfen, die seit ihrem Aufgang seine graue Decke zu schmelzen versuchte. Im Licht des Morgens lag er hell glimmend über dem Tal und verbarg die Umrisse von Gebäuden und Bäumen ebenso gut wie während der Nacht. Ich konnte den niedrigen, schlanken Turm der Abtei erst sehen, als ich mich ihm ein ganzes Stück genähert hatte, und zu diesem Zeitpunkt war mein eigener Hof längst im Morgennebel versunken; aber was die Sicht verbarg, trug den Ton um so weiter, und so hörte ich das dünne Geläut der Klosterglocke bereits, während ich noch unter meinem Tor hindurch ins Freie trat. Es begleitete mich mit seinem monotonen Rhythmus bis zum Ufer des nördlichen Isararms, hinter dem sich das Äußere Tor erhob; dann erstarb es mit einem letzten Mißton, als die heiligen Frauen die Glocke anhielten. Ich war diesmal nicht allein auf der Straße: Ein paar Bauernkarren rumpelten über ihre schadhafte Decke zur Stadt hin, und ihre Lenker grüßten mich mit der interesselosen Freundlichkeit von Reisenden, die sich zufällig auf dem Weg treffen. Die Ladeflächen der Karren waren leer; sie fuhren nicht zum Markt. Die meiste Arbeit für den Winter war getan, und sie konnten es sich leisten, den Feiertag gaffend und staunend in der Stadt zu verbringen. Ihre Frauen und Kinder saßen neben ihnen auf den Böcken, und beim einen oder anderen befand sich als ausnahmsweise menschliche Fracht ein

Knecht oder ein fröstelndes Paar Mägde auf dem Karren. Der neue Kirchenbau und die Messe, die der Domkapitular davor las, würden die Hauptattraktion für die Besucher abgeben, und ich dachte daran, daß nur ein glücklicher Zufall es verhindert hatte, daß heute morgen ein Gaffer über die Leiche stolperte und Gott und die Welt alarmierte. Im selben Moment fiel mir ein, daß niemand von uns den Domkapitular davon in Kenntnis gesetzt hatte, was geschehen war. Ein neuerlicher Fehler, der uns unterlaufen war; Doktor Federkiel, der Kapitular, würde nicht vorbeihören, wenn der Tratsch seine Ohren erreichte, daß des Nachts in der Kirche der Teufel los gewesen war. Und er würde keine Ruhe geben, bis er herausgefunden hatte, was den Grund dafür darstellte. Ich erschrak, als mir das Ausmaß unseres Versäumnisses bewußt wurde; schon nahm ich mir vor, Federkiel schnellstens aufzusuchen. Aber was sollte ich ihm erzählen? Unser Märchen vom wundersam aufgetauchten Kirchenschatz wohl kaum. Während ich noch an diesem neuerlichen Problem arbeitete, stockte mein Schritt unwillkürlich, und ich geriet in die Bahn eines der Ochsengefährte. Sein Lenker pfiff mir schrill zu, und ich sprang erschrocken zur Seite. Er neigte sich zu mir herab, als er seine Tiere an mir vorbeisteuerte, und rief: »Nichts für ungut, Herr. Ich wollte vermeiden, daß Euch die Ochsen auf die Zehen treten.«

Ich blieb ein paar Augenblicke neben der Straße stehen und ließ ihn passieren, dann wanderte ich nachdenklich weiter. Es machte nicht viel Sinn, wenn ich den Domkapitular aufsuchte; er kannte mich kaum. Bestenfalls wußte er, daß ich im Unfrieden aus dem Dienst des Bischofs von Augsburg geschieden war, und dieser Umstand sprach nicht gerade für mich. Wenn ich ihm die

Geschichte unterbreitete, klang sie noch verdächtiger, als wenn es einer der anderen getan hätte. Es war Hanns Altdorfers Aufgabe, Doktor Federkiel zu benachrichtigen. Ich nahm mir vor, den Stadtkämmerer so schnell wie möglich aufzusuchen und ihm unser neues Problem zu schildern. Zuerst stand jedoch Sebastian Löw auf der Liste. Ich stöhnte innerlich: Schon begann die Zeit zu drängen. Ich schritt ein wenig schneller aus.

Wie mein Verwalter gesagt hatte, fand sich die Apotheke des Sebastian Löw schräg gegenüber des Rathauses. Es war nicht die einzige am Platz; zwei weitere befanden sich in unmittelbarer Nachbarschaft. Löws Haus bildete den Anfang des kleinen Gäßchens, das direkt zur Lände am Isarufer hinunterführte; der Eingang zu seinem Laden lag in der Gasse. Entlang der Hauptstraße grenzten ein schön geschmücktes Bürgerhaus und der mächtige Kasten des herzoglichen Zollhauses an seine Fassade; weitere prunkvolle Patrizierhäuser schlossen sich daran an. In der Gasse selbst war nicht zu erkennen, ob das Haus des Apothekers deren gesamte Länge einnahm oder ob sich ein weiteres Haus daran anschloß; die Mauer mit wenigen, schmalen Fenstern war einheitlich. Vielleicht verbarg sich ein kleiner Innenhof mit einem Kräutergarten dahinter.

Ich bog in die enge Gasse ein; ihre rechte Seite lag im diffusen Sonnenlicht, das vom Nebel gestreut wurde, die linke im ebenso unscharf abgegrenzten Schatten. Löws Eingangstüre war ein dunklerer Umriß darin, in dem die metallenen Türbeschläge ein mattes Funkeln von sich gaben. Ich drückte den Riegel hinunter und stand in einem kurzen, düsteren Gang. Als ich die Tür hinter mir schloß, wurde er fast vollkommen dunkel.

Ich zögerte einen Moment, bis sich meine Augen an das schlechte Licht gewöhnt hatten.

Ich hörte kein Geräusch aus dem Inneren des Hauses. Unangenehm wurde ich mir der Möglichkeit bewußt, daß seine Bewohner vielleicht noch schliefen. Immerhin war es ein Feiertag. Ich blieb unschlüssig in dem schmalen Gang stehen.

Dann hörte ich ein paar schnelle Schritte, und zu meiner Linken öffnete sich eine Tür und ließ durch ihre Öffnung das ungewisse Licht des Nebelmorgens in den Gang. Ich kniff die Augen zusammen und erspähte eine hochgewachsene Figur im Gegenlicht.

»Guten Morgen«, sagte die Gestalt mit heller Stimme. »Was können wir für Euch tun?«

Ich erkannte einen jungen Mann; er mochte vielleicht Daniels Alter haben. Ich fragte überrascht: »Seid Ihr Sebastian Löw?«

Der junge Mann schüttelte den Kopf. »Nein«, sagte er fröhlich. »Ich bin sein Sohn. Wollt Ihr meinen Vater sprechen?«

»Ich bitte darum.«

»Wenn es sich um eine Arznei handelt, die Ihr kaufen wollt ...« Er wies mit dem Kopf hinter sich in die Stube, auf deren Schwelle er stand. Ich hatte schon den scharfen Geruch der Tinkturen und Wässerchen wahrgenommen, als er die Tür geöffnet hatte; jetzt trat er unwillkürlich einen Schritt beiseite, und ich erhaschte einen Blick auf ordentliche Reihen dunkler Glasflaschen, die in einem offenen Schrank blinkten. »Ich kann Euch ebenso gut weiterhelfen«, vollendete er.

»Es handelt sich um etwas anderes«, sagte ich. »Würdet Ihr bitte Euren Vater verständigen?«

»Wie ist Euer Name?« fragte er nüchtern.

»Peter Bernward.« Er gab kein Anzeichen, daß ihm der Name bekannt war.

Ich dachte: Das läßt sich nicht gerade erfolgversprechend an. »Ich bin Kaufmann. Euer Vater kennt mich.«

Er nickte und trat vollends beiseite. »Bitte tretet ein«, sagte er. »Ich werde meinen Vater sofort holen.«

Ich drückte mich an ihm vorbei in die Apotheke hinein, und er verließ mich mit einer gemurmelten Entschuldigung. So hatte ich es mir einst vorgestellt: Daniel, mein eigener Sohn, der Geschäftsfreunde und Kunden empfing, wenn ich selbst beschäftigt war, und in die Stube bat. Er hatte es sich anders ausgedacht und mein Haus an dem Tag verlassen, als ihm von Meister Stethaimer die Arbeit eines Steinmetzes an der Kirche angeboten wurde. Seither trafen wir uns einmal im Monat; wenn er viel zu tun hatte, seltener. Wir stritten uns jedesmal. Ich seufzte und sah mich um.

Die Apotheke war ein finsterer Raum, wenn man einmal darinnen stand. Vom noch dunkleren Gang aus hatte sie hell gewirkt, aber wie immer kam es auch hier auf den Standpunkt an. Von innen zeigte sich, daß das Fenster mit seiner dicken Glasscheibe nur wenig Licht einließ, und die dunkel gebeizten Schränke, Truhen und Regale rings an den Wänden taten ein übriges, den Raum zu drücken. Direkt unterhalb des Fensters stand ein schräges Pult mit zerkratzter Oberfläche und vielen Tintenflecken; ein dickes Pergament war mit metallenen Klammern darauf festgehalten. Ich trat näher und erkannte eine feine, blasse Zeichnung, die auf den ersten Blick zu abstrakt wirkte, um etwas darzustellen, und beim zweiten Blick etwas offenbarte, das Hühnergedärm ähnelte. Sie war noch frisch; der junge Löw mochte sie angefertigt haben.

Es war klar zu erkennen, daß Löw sich hier einen Arbeitsraum und gleichzeitig das Lager seiner Arzneien eingerichtet hatte. Wo immer es möglich war, hatte er eine kleine Ablagefläche geschaffen, auf der tönerne und gläserne Vorratsbehälter standen, bereit, irgendeine heilbringende Flüssigkeit aufzunehmen oder etwas aus ihrem Inhalt in ein anderes Gefäß abzugeben. Die Decke des Raumes war hoch, und die Regale an den Wänden reichten bis hinauf. Um an die obersten Reihen von Behältern zu gelangen, würde der Apotheker auf einen Schemel steigen müssen. Mein Blick folgte den ordentlichen, dunkel blinkenden Fläschchen und Krügen, die in Reih und Glied auf den Regalbrettern standen, bis oben zur wuchtigen Holzdecke; als ich den Kopf in den Nacken legte, wurde mir fast schwindlig von dem intensiven Kräutergeruch, der in dem kleinen Raum hing. Selbst an der Decke war Platz für Vorräte: Trockensträuße, grobe Säckchen mit verblaßten Blüten und die obszön geformten Umrisse gedörrter Pilze hingen an einer Unzahl von festen Nägeln, die zur Hälfte in die Deckenbalken getrieben waren. Ein Bündel Alraunenwurzeln in einer Ecke sah aus wie eine phantastische Gruppe von gehenkten Zwergen.

Der Geruch, den die vielen Büschel und Wurzeln ausströmten, war zuerst unangenehm und beißend. Nach einiger Zeit jedoch erlangte er eine beruhigende Qualität; er stieg zu Kopf und machte das Atmen wie auch das Denken leicht. Ich betrachtete die Rücken von mindestens einem halben Dutzend schwerer Folianten und dachte müßig, welches Wissen sich hinter dem fettigen braunen Leder verbergen mochte, als sich die Tür wieder öffnete und Sebastian Löw seine Apotheke betrat.

Er brachte den Duft gebratenen Specks mit herein, und für einen Augenblick verdrängte das herbe Aroma die medizinischen Gerüche. Der Bratengeruch paßte zu ihm: Er war ein mittelgroßer Mann mit einer Halbglatze und einem prallen runden Bäuchlein, das bedeutend größer war als mein eigenes. Er blinzelte mich kurzsichtig an, aber sein Gesicht hatte sich bereits zu einem breiten Lächeln verzogen. Hinter ihm betrat sein Sohn die Stube und schloß die Tür.

»Herr Bernward«, sagte der Apotheker mit überraschender Wärme in der Stimme. »Ich bin erfreut, Euch endlich kennenzulernen.«

Er trat auf mich zu und streckte eine kleine Hand aus. Ich reichte ihm meine voller Erstaunen, und er pumpte begeistert damit auf und ab. Danach legte er seine andere Hand darüber, ohne mich loszulassen. Seine Finger waren weich, und die Innenfläche seiner Hände zart wie die einer reichen Bürgersfrau. Er wandte den Kopf zu seinem Sohn und rief: »Das ist Herr Bernward von Säldental, mein Junge. Dein Studium verdankst du nicht zuletzt ihm.«

Der Junge nickte scheinbar gelassen; ich konnte jedoch trotz des schlechten Lichts sehen, daß sich seine Wangen röteten.

»Ich weiß, Vater«, sagte er verlegen.

Löw blickte wieder zu mir auf.

»Ich freue mich«, sagte er nochmals, bevor er meine Hand losließ. Ich war noch immer so überrascht von seiner Begrüßung, daß ich einen Schritt zurücktrat, um Platz zum Nachdenken zu haben.

»Ich freue mich, daß Ihr Euch freut«, murmelte ich täppisch und verbiß mir im letzten Moment den Nachsatz: Wenn ich auch nicht weiß, weshalb Ihr so voller

Freude seid. Ich bemühte mich nach Kräften, meine Fassung wiederzuerlangen. Es gelang mir erst, als mich das Mißtrauen über seine überschäumende Freundlichkeit einholte. Womöglich erwartete er, daß ich ihm ein Geschäft anbieten würde; er lag noch nicht einmal so falsch damit.

Löw breitete die Arme mit einer Geste des Besitzerstolzes aus.

»Seht Euch um«, sagte er. »Ich habe vor vielen Jahren als kleiner Apotheker angefangen und immer von der Hand in den Mund gelebt. Heute kann ich meinen Sohn auf die Universität nach Innsbruck senden.« Er strahlte mich an und schien auf eine Erwiderung zu warten.

»Die Früchte harter Arbeit«, entgegnete ich unverbindlich. Er schüttelte begeistert den Kopf.

»Nicht nur«, rief er. »Nicht nur. Wißt Ihr, daß ich das erste Geld, das ich beiseite brachte, in einen Handel investierte, den Ihr in Tirol getätigt habt und für den Ihr noch Geldgeber suchtet?«

Ich zuckte mit den Schultern.

»Das ist lange her …«, sagte ich zögernd. Er schien es nicht zu hören.

»Meine Frau wollte mich erschlagen«, fuhr er fort. »Es fehlte nicht viel, und sie hätte es getan. Dann habt Ihr Euren Handel mit großem Erfolg abgeschlossen, und ich bekam mein Geld zurück und noch einmal die Hälfte davon als Gewinn. Daraufhin wollte mich meine Frau zu Tode küssen, und beinahe wäre ihr das auch gelungen.«

Er hatte eine Art zu sprechen, die einem lustigen Singsang glich; seine Stimme hüpfte bei den Vokalen auf und ab. Es war nicht die Stimme, die ich bei einem Apotheker erwartet hätte. Wenn er damit die Verwendung einer Arznei erklärte, mußte es sich fast anhören, als mache er sich insgeheim über deren Benutzer lustig. Seine offenen, faltenlosen Züge glichen diesen Eindruck jedoch wieder aus; wahrscheinlich war es eher so, daß sie in Verbindung mit seiner beschwingten Sprechweise das Gefühl vermittelten, die bloße Einnahme der verkauften Medizin würde sämtliche Beschwerden im Handumdrehen lindern.

Mir war noch immer nicht klar, wie ich mich auf die Begeisterung verhalten sollte, die der Mann an den Tag legte. Ich bemerkte, nur um etwas zu sagen: »Glücklicherweise seid Ihr noch am Leben.«

»Ja«, antwortete er und zwinkerte. »Mit knapper Not. Seit dieser Zeit habe ich immer wieder einmal daran gedacht, in Eure Geschäfte zu investieren; leider hat sich niemals wieder etwas ergeben. Nun, wie auch immer, der damalige Gewinn hat mir neben dem Geld genug Selbstvertrauen gegeben, um mein eigenes Glück zu machen, und das hat es mir wiederum ermöglicht, meinen Sohn studieren zu lassen.«

Er schlug die Hände mit einem lauten Klappen vor dem Bauch zusammen und schüttelte sich. »Ich rede und rede«, sagte er dann sachlich. »Was kann ich für Euch tun, Herr Bernward?«

Ich holte Atem. Ich konnte nicht verhindern, daß mein Blick auf die stumme Gestalt des jungen Löw fiel, der hinter seinem Vater stand und ihn mindestens um eine Haupteslänge überragte. Als ich einen Moment zögerte, schien der alte Apotheker meine Gedanken zu erraten.

»Ihr könnt vor meinem Sohn frei heraus sprechen«, sagte er beruhigend.

Ich setzte zum Sprechen an und verstummte wieder; ich hatte sagen wollen, daß es mir lieber sei, wenn ich mit ihm unter vier Augen sprechen könne, aber ich wußte nicht, wie ich es ihm erklären sollte. Ich dachte daran, daß mein Verwalter gemeint hatte, Löw würde sich freuen, mir einen Gefallen erweisen zu können, und sein Verhalten schien diese Annahme beinahe zu bestätigen. Aber ich konnte mir nicht vorstellen, daß dies tatsächlich der Fall war; ich hatte geplant, sein Schweigen mit dem Anreiz auf eine Geschäftsbeteiligung an meinem nächsten größeren Handel zu erkaufen, eine Geschäftsbeteiligung mit einem entsprechend hoch angesetzten Gewinn, den ich mir zu gegebener Zeit vom Kanzler des Herzogs wieder zurückzahlen lassen würde. Die Frage war, ob der Apotheker grundsätzlich so sehr daran interessiert war, daß er mir sein Schweigen in einer für ihn zumindest äußerst merkwürdigen Angelegenheit versichern würde – ob er überhaupt darauf eingehen würde, mir zu helfen, die Tote unter die Erde zu bringen. Ich wußte nicht, welche Geschichte ich ihm erzählen sollte, um sein Mißtrauen einzuschläfern, und ich wußte nicht, ob ich ihn nicht allzusehr beleidigen würde, wenn ich vor seinem Sohn nicht sprechen wollte. Ich hob die Arme und gab ein unartikuliertes Brummen von mir. Spätestens jetzt wurde mir schmerzhaft klar, daß ich meine Schritte genauer vorplanen mußte, wenn ich mich nicht in den tausend Fußangeln meiner Geschichte verfangen wollte.

Der Sohn des Apothekers unterbrach meine Gedanken: »Ich werde Euch besser alleine lassen«, und machte Anstalten zu gehen. Ich konnte deutlich erkennen, daß sein Vater irritiert war. Ich mußte eine Entscheidung treffen.

Hastig sagte ich: »Nein, bleibt hier. Entschuldigt, daß

ich so lange nachgedacht habe; die Angelegenheit ist sehr delikat.«

Der junge Mann blieb unsicher stehen und sah abwechselnd von mir zu seinem Vater. Ich hatte den Eindruck, daß es ihm lieber gewesen wäre, wenn er hätte gehen können. Er fühlte sich deutlich unwillkommen. Ich versuchte ihn anzulächeln, um die plötzliche Beklemmung im Raum zu lösen. Schließlich überwand der Apotheker mit seiner Unbekümmertheit die ungute Atmosphäre. Er lächelte breit und sagte: »Was immer Euer Problem ist, gegen das Ihr Euch von meinen Arzneien Besserung erhofft, Ihr könnt es getrost auch meinem Jungen anvertrauen. Er ist Medicus.«

»Noch nicht, Vater. Noch nicht«, warf der junge Mann gequält ein, aber Löw tat es mit einem Kopfschütteln ab.

»Was habt Ihr für Beschwerden, Herr Bernward?«

Ich hörte mich beinahe sagen: Ich habe eine Leiche am Hals und kann sie nicht loswerden, und für einen Moment überwältigte mich die Idiotie einer solchen Szene derart, daß mich ein Kichern in der Kehle kitzelte. Ich schluckte es hinunter und sagte zögernd: »Ich brauche Euren Rat und Euer Versprechen, darüber absolutes Schweigen zu bewahren. Ihr könnt versichert sein, daß ich mich entsprechend erkenntlich zeigen werde.«

Er runzelte die Stirn, ging aber nicht weiter auf meine Versicherung ein. Mit gleichbleibender Freundlichkeit sagte er: »Beides steht Euch immer zur Verfügung.«

Ich hatte das Gefühl, ich müsse die Verhältnisse von Anfang an klarstellen. »Ich will Euch im Gegenzug an einem meiner nächsten Geschäfte mit einer einträglichen Marge beteiligen; höher, als irgendeinen anderen Teilhaber.«

Er seufzte, dann lächelte er erneut.

»Wißt Ihr«, sagte er, »Ihr seht die Dinge leider nicht ganz richtig. *Ich* bin an der Reihe, den Gegenzug zu machen. Ich schulde Euch mindestens einen Gefallen, und ich zahle ihn Euch mit der größten Freude zurück. Ganz abgesehen davon bräuchte es diese Verpflichtung nicht einmal. Ich will Euch gerne behilflich sein, ob ich nun in Eurer Schuld stehe oder nicht.«

Er sah mich erwartungsvoll an, als wollte er sagen: Was ist nun, sprecht! Ich fragte: »Und ich kann mich auf Euer Stillschweigen verlassen?«

Er zuckte mit den Schultern und drehte die Handflächen nach außen; die Geste war beredt genug. Ich atmete tief ein, dachte an Hanns Altdorfer und Doktor Mair und hoffte inständig, das Richtige zu tun.

»Ein Mitglied meines Gesindes ist heute morgen ermordet aufgefunden worden«, sagte ich und setzte meine Worte so vorsichtig wie ein Blinder seine Füße. »Der Mörder hat ihr Gewalt angetan und sie dann erwürgt. Ich möchte, daß Ihr mir helft, sie ordentlich zu beerdigen.«

Er sah schockiert aus.

»Warum wollt Ihr das arme Ding nicht offiziell begraben?« fragte er.

»Ihre Eltern sind Geschäftspartner; ich hatte sie ihnen zu Gefallen in meinem Haus aufgenommen. Ich kann ihnen nicht einfach sagen: Eure Tochter ist unter meinem Dach geschändet und erschlagen worden. Es ist ihr einziges Kind; ich muß mir etwas anderes einfallen lassen.«

»Ihr wollt ihnen vermutlich auch den Anblick der Leiche ersparen.«

»Genau das.«

Löw drehte sich um und sah zu seinem Sohn hoch. Der junge Mann gab den Blick zurück, dann heftete er seine Augen auf mich und fragte: »Was ist mit dem Mörder?«

»Einer meiner Knechte ist seit heute morgen abgängig. Ich glaube, daß er es gewesen ist. Er hat sie seit einiger Zeit umworben, und ich habe das Gefühl, sie hat in der Vergangenheit seinem Werben mehr als einmal nachgegeben. Vielleicht wollte sie es diesmal nicht tun. Versteht Ihr: Dieser Umstand kommt noch hinzu und macht es mir doppelt schwer, mit ihren Eltern zu sprechen.«

»Ihr werdet die Geschichte nicht geheimhalten können. Stellt Euch den Tratsch unter Euren Dienstboten vor.«

»Außer dem Verwalter und mir weiß niemand Bescheid. Die Tote liegt heimlich aufgebahrt in einem leeren Lagerraum.« Ich schloß den Mund und wußte im selben Moment, daß ich einen Fehler gemacht hatte: Der Apotheker und mein Verwalter kannten nun zwei unterschiedliche Versionen der Angelegenheit. Wenn sie nur einmal zusammentrafen, würde mein ganzes Lügengebäude einbrechen. Ich hätte mich ohrfeigen mögen. Lahm setzte ich nach: »Mein Verwalter ist völlig erschüttert. Er kannte das Mädchen gut. Aus diesem Grund bin ich selbst zu Euch gekommen. Er erträgt es nicht, sich jetzt mit der schrecklichen Angelegenheit zu befassen. Bitte sprecht ihn vorerst nicht darauf an.«

Sie zuckten beide mit den Schultern, in einer völlig identischen Geste: Vater und Sohn.

»Was wollt Ihr nun anfangen?« erkundigte sich der Apotheker.

»Ich habe bereits zwei meiner Knechte, auf die ich

mich verlassen kann, auf die Spur des Mörders gesetzt. Sie haben Befehl, ihn nötigenfalls mit Gewalt nach Burghausen zu schaffen. Ich selbst werde die dortigen Behörden informieren. Ich will den Fall nicht in Landshut ans Licht zerren.«

»Sind Eure Geschäftspartner aus der Stadt?« fragte Löw mitfühlend.

»Aus der Umgebung«, antwortete ich vage.

Sie nickten beide.

»Ich will das Mädchen nun begraben lassen, damit ihre Seele Ruhe finden kann«, fuhr ich fort. »Es liegt mir daran, sie auf dem Friedhof auf meinem Hof zur Ruhe zu betten. Danach wird mir einfallen, was ich ihren Eltern berichten kann.«

»Und es muß möglichst bald geschehen, damit Euer Gesinde nicht Wind davon bekommt«, sagte der Sohn des Apothekers nüchtern.

»Wie habt Ihr ihr Verschwinden erklärt?«

»Ich habe verlauten lassen, sie sei mit dem geflohenen Knecht durchgebrannt.«

Mittlerweile hatte ich begonnen zu schwitzen. Vor allem der Sohn des Sebastian Löw stellte zu viele Fragen. Ich hatte nicht den Eindruck, daß er argwöhnisch war; er war nur neugierig. Aber er zwang mich zu hektischen Improvisationen. Ich wünschte mir, ich hätte doch verlangt, er solle uns alleine lassen.

»Hoffentlich kommt das den Eltern nicht zu Ohren«, sagte der Sohn des Löw, und ich hätte schreien mögen.

»Das habe ich in der Eile nicht bedacht«, erklärte ich mit zusammengebissenen Zähnen. Er sah mich an und hob die Schultern, als wolle er sagen: Man kann nicht an alles denken. Er sprach es aber nicht aus; im Gegenteil – endlich schwieg er. Ich wandte mich an seinen Vater.

»Ich dachte nun, Ihr könntet mir vielleicht helfen, Herr Löw. Ich brauche einen Totengräber, der die Beerdigung vornimmt.« Ich sprach zögernd, da ich nicht wußte, ob er es nicht als Zumutung auffaßte, nach einem Totengräber befragt zu werden. Aber seine Gesichtszüge veränderten sich nicht; er war ein praktisch denkender Mann. »Am besten noch heute: Mein Gesinde ist fast vollständig in der Stadt, um die Messe zu besuchen, und es wird niemandem auffallen.«

»Heute ist Feiertag«, sagte Löw nachdenklich und bewies, daß sein Reichtum nicht nur von geschickt angelegten Investitionen gekommen war. »Aber für ein entsprechendes Entgelt wird der eine oder andere sicher bereit sein …«

»Mit einem Totengräber ist es nicht getan«, mischte sich der junge Löw ein. »Ihr braucht einen Arzt, der die Todesursache beurkundet.«

Ich starrte ihn vollkommen überrascht an. Im ersten Moment konnte ich nichts darauf erwidern; eine vage Erinnerung lähmte meine Zunge. Ein älterer Mann, der professionelles Mitleid ausstrahlte, während er mich sanft von der Seite meiner toten Gattin schob und lateinische Phrasen murmelte; wahrscheinlich hatte ihn mein damaliger Verwalter kommen lassen. Eine Urkunde, die ich tränenblind und kraftlos unterzeichnete, ohne sie zu lesen – wenn ich sie überhaupt wahrnahm, dann in der Hoffnung, es möge mein Todesurteil sein, das sofort vollstreckt würde; und in gewisser Weise war es das auch. Es war meinem Gedächtnis völlig entschwunden gewesen.

»Fühlt Ihr Euch wohl?« hörte ich den alten Löw sagen.

»Ja«, krächzte ich und kehrte in die Gegenwart zurück. »Ja. Es war alles ein wenig viel auf einmal, befürchte ich. Ich brauche einen Arzt, sagt Ihr?«

»Schon zu Eurer eigenen Sicherheit. Wenn Euch die Eltern der Toten Schwierigkeiten machen …«

Sebastian Löw legte seinem Sohn die Hand auf den Arm.

»Du kannst die Urkunde ausstellen«, sagte er sanft. »Du bist Arzt.«

»Vater«, protestierte der junge Löw. »Ich bin noch nicht fertig mit dem Studium.«

»Aber du weißt bereits alles. Du hast es selbst gesagt.«

»Vater«, rief er nochmals gequält. »Das hat damit nichts zu tun!«

»Wieso nicht? Wenn dich das Wissen nicht mehr von einem ausgebildeten Medicus unterscheidet, was dann?«

Der junge Mann starrte seinen Vater verwirrt an.

»Was dann?« stieß er mit heller Stimme hervor. »Was dann? Ich bin eben noch kein ausgebildeter Arzt. Mir fehlen noch ein paar Semester!«

»Also entweder weißt du nun schon alles, und dann sehe ich den Unterschied nicht«, brummte der Apotheker, »oder du weißt noch nicht alles, und dann hast du die letzten Tage mächtig aufgeschnitten.«

Der Sohn des Apothekers errötete bis unter die Haarwurzeln. Er suchte nach einer Erwiderung. Gerade als ich sagen wollte, sie sollten den Streit beilegen, rief er empört: »Ich habe nicht aufgeschnitten!«

Löw zuckte mit den Achseln. »Also dann …«, sagte er herausfordernd.

»Herr Löw«, unterbrach ich hastig. »Es ist nicht nötig, daß Ihr Eurem Sohn so zusetzt. Vielleicht geht es auch ohne die Urkunde.«

»Ein großes Risiko für Euch«, wandte der junge Löw ein. »Wenn die Tote, wie Ihr sagt, die einzige Tochter ist, können die Eltern sich unberechenbar verhalten. Ihr braucht etwas, das Ihr im Notfall vorweisen könnt und das auch vor Gericht besteht.«

Ich konnte ihm nicht sagen, daß ich tatsächlich nichts brauchte, was vor Gericht irgend etwas aussagte. Innerlich stöhnte ich verzweifelt; ich wollte, er hätte sich nur halb so viele Gedanken um mein Wohlergehen gemacht.

Der junge Mann seufzte.

»Ich werde Euch die Urkunde ausstellen«, sagte er resigniert. »Mein Vater würde mir sonst doch keine Ruhe lassen. Ich werde sie als Studicus der Medizin unterzeichnen; das dürfte Euch im Fall des Falles zumindest fürs erste Luft verschaffen. Zur Not könnt Ihr die Urkunde später noch von einem Medicus beglaubigen lassen.«

Der alte Apotheker strahlte seinen Sohn an. Es fehlte nicht viel, und er hätte ihn umarmt.

»Seht Ihr? Mein Sohn. Da dies nun geklärt ist, werde ich mich um den Totengräber kümmern. Er wird nicht billig sein, aber er wird schweigen. Und ich werde versuchen, den Preis für Euch zu drücken.«

»Seid Ihr sicher, daß er nicht plaudern wird?«

»Absolut«, sagte er. »Ich kenne ihn gut; hoffentlich schockiert Euch dieses Geständnis nicht. Er hat als Knabe bei der großen Pest vor dreißig Jahren seine gesamte Familie verloren und sich durchgebracht, indem er die Pesttoten aus den Häusern abgeholt und verscharrt hat. Er bekam den Hauch des Schwarzen Tods selbst zu spüren, aber er hat ihn überlebt. Der Mann hat keine Veranlassung, aus Freude am Erzählen sein Mundwerk zu benutzen.«

Ich fühlte mich zu erschöpft, um darüber zu diskutieren. Ich konnte nur hoffen, daß ich weiterhin das Richtige tat; ich hatte mittlerweile nicht einmal mehr ein Gefühl dafür, wie ich mich verhalten sollte.

»Bitte verständigt ihn«, sagte ich.

»Es wird wohl eine Stunde dauern, bis er hier ist. Können wir Euch in der Zwischenzeit etwas anbieten? Wollt Ihr mit uns essen? Es wäre mir eine Ehre.«

»Nein, vielen Dank«, wehrte ich ab. »Ich will Euch nicht beleidigen, aber im Moment ist mir nicht nach Essen zumute.«

»Natürlich«, sagte er beruhigend. »Vielleicht ein andermal? Wenn Ihr diese unselige Geschichte hinter Euch gebracht habt.«

»Gerne«, sagte ich. »Wenn Ihr mich nun entschuldigen wollt – ich habe noch ein paar Dinge in die Wege zu leiten. Ich werde in einer Stunde wieder hier sein.«

»Der Totengräber und mein Sohn warten hier auf Euch. Ihr könnt sie dann mit zu Euch hinaus nehmen.«

»Sehr schön«, sagte ich. Er nickte und lächelte wieder so breit wie am Anfang.

»Wißt Ihr«, sagte er, »es ist mir eine wahre Freude, Euch behilflich zu sein. Eine noch größere ist es, Euch nun kennengelernt zu haben – wenn ich mir auch wünschte, es wäre unter für Euch angenehmeren Umständen geschehen. Ich verdanke Euch viel.«

»Ihr übertreibt«, sagte ich.

»Nein, nein«, rief er. »Seht nur, mittlerweile ist sogar die herzogliche Verwaltung auf mich aufmerksam geworden. Man hat mir und einem Zunftgenossen hier in Landshut die alleinige Ausstattung der Hochzeitsfeierlichkeiten mit Arzneien übertragen. Fünfhundert Gulden sind uns dafür avisiert, daß wir Konfekt und Tryett gegen das Podagra liefern.«

»Wogegen?« fragte ich unwillkürlich. Er lächelte nicht ohne Schadenfreude.

»Das Podagra«, sagte er. »Es verschließt den Darm und läßt das Gift nicht mehr aus dem Körper, und die Gebeine werden mürbe und schwellen an. Auch unser Herzog leidet daran; manchmal, so heißt es, kann er sich nicht einmal ohne Hilfe vom Lager wälzen. Er kommt vom üppigen und zu vielen Essen; unser Konfekt hilft, die Stoffe wieder abzuführen.« Er lächelte gemütlich. »Wenn Ihr Euch gestopft fühlt wie eine Martinigans – ein paar Zeltln und Stritzerl, und Ihr düngt den Boden wie kein zweiter.«

»Ein gutes Geschäft«, lobte ich und fragte mich unwillkürlich, ob er diesen Satz auch zur Anpreisung seiner Ware an die Käufer verwandte. Er strahlte.

»Ich habe nur von Euch gelernt.«

Ich sagte ihm irgendeine Artigkeit zur Antwort, und er schüttelte wieder meine Hand und geleitete mich zur Tür. Ich verabschiedete mich auch von seinem Sohn; im Gegensatz zum Vater hatte er harte, lange Finger und einen fast schmerzhaften Händedruck.

»Ich danke Euch für Euer Entgegenkommen«, sagte ich. Er winkte ab.

»Meinem Vater liegt viel daran, und ich will ihm ein guter Sohn sein«, sagte er einfach.

Ich ging hinaus, und die beiden schlossen die Tür hinter mir. Der Nebel hatte sich verflüchtigt, und die Sonne lag auf den Hausfassaden, ohne sie zu wärmen. Innerhalb kurzer Zeit hatte ich mehr erreicht, als ich zu hoffen gewagt hatte; aber ich gewann nicht den Eindruck, daß ich selbst das Geschehen gesteuert hatte.

Ich fühlte eine eisige Beklemmung. Hatte ich mich auf etwas eingelassen, das sich von mir auch nicht steuern ließ? Daneben spürte ich den bekannten Neid auf das gegenseitige Vertrauen, das Vater und Sohn eben vor mir demonstriert hatten. Am meisten aber fühlte ich Erstaunen, daß mir der Apotheker so bereitwillig helfen wollte. Er hatte sich wie ein Freund verhalten. Ich hatte immer gedacht, neben Hanns Altdorfer keinen Freund in der Stadt zu haben; vielleicht hatte ich eine Gelegenheit versäumt. Ich stand im hellen Schein der Morgensonne und fröstelte.

Hanns Altdorfer war im Rathaus; es war nicht anders zu erwarten gewesen. Die beiden Schreiber, die er beschäftigte, hatte er für den Feiertag nach Hause gesandt, er selbst hatte sich jedoch wieder am Ort seiner Arbeit eingefunden. Ich erinnerte mich, daß er gesagt hatte, der junge Herzog habe sein Haus für die Brautkammer auserkoren und er selbst würde nun Tag und Nacht im Rathaus verbringen. Sollte ich es ihm nicht geglaubt haben, hatte ich hier nun den Beweis.

Als ich in seine Kammer eintrat, sah ich ihn ruhelos auf und ab gehen. Das dick verglaste Fenster seiner Arbeitsstube ließ einen verzerrten Blick auf die gegenüberliegende Häuserreihe zu, deren bunte Fassaden im Sonnenlicht erstrahlten, aber er sah nicht hinaus. Er hielt den Blick auf den Bretterboden gerichtet und schien seine Schritte zu zählen. Bei meinem Eintreten blickte er auf; seine Augen waren groß und vor Erregung feucht.

»Mach die Tür zu«, sagte er statt einer Begrüßung. Ich folgte seinem Wunsch, und er trat auf mich zu und zog mich in eine Ecke des Raumes, obwohl niemand im Rathaus war, der uns hätte hören können.

»Ich habe die ganze Zeit hier auf dich gewartet. Was hast du bisher erreicht?«

»Ich habe die Leiche in einem leerstehenden Lager aufgebahrt, ohne daß es jemand bemerkt hätte. Nur der Verwalter ist eingeweiht, und ihm habe ich die Geschichte aufgebunden, die ich heute morgen schon dir und dem Richter erzählte.«

»Daß sie eine Badehure aus dem Frauenhaus war?«

»Ich habe mich über die Details nicht verbreitet«, antwortete ich unwillig.

»Wie wirst du jetzt weiter vorgehen? Du kannst sie nicht ewig in deinem Haus liegen lassen.«

»Noch heute vormittag wird eine Beerdigung auf meinem Hof stattfinden. Mein Gesinde ist so gut wie vollzählig in der Messe; niemand wird etwas bemerken. Ich habe mich an einen Mann in der Stadt gewandt, der absolut vertrauenswürdig ist.« Ich verkniff mir die Bemerkung, daß ich mir über die Richtigkeit meines Tuns durchaus nicht so sicher war. Ich wollte ihn nicht noch mehr beunruhigen, und vor allem wollte ich nicht etwas heraufbereden. Dinge beim Namen zu nennen heißt, ihrem Eintreten Tür und Tor zu öffnen.

Er sah mich eine Weile schweigend an.

»Du beerdigst sie auf deinem Hof; auf dem Friedhof hinter der Holunderhecke«, sagte er sanft. Es war diese Sanftheit in seiner Stimme, die meine Seele wieder Schmerzen ließ.

»Genau dort«, erwiderte ich und bemühte mich, meine Stimme ruhig klingen zu lassen. Er antwortete nichts darauf. Vielleicht scheute er sich, noch tiefer in der Wunde zu bohren, von der er wußte, daß sie sich niemals richtig geschlossen hatte. Hinter der Holunderhecke lag das Grab meiner Frau und des toten

Kindes, bei dessen Geburt sie ums Leben gekommen war.

Ich sagte: »Hat jemand daran gedacht, Doktor Federkiel zu verständigen?«

Er winkte ab. »Er ist ein Mitglied des Gefolges, das die Prinzessin in Wittenberg in Empfang genommen hat«, sagte er und lächelte schief. »Er ließ es sich nicht nehmen. Und da weder Herzog Ludwig noch der junge Georg an diesem Gefolge teilnehmen, kann es nicht schaden, wenn seine Eitelkeit wenigstens ein bißchen Glanz verbreitet. Die Peinlichkeit, daß weder der Bräutigam noch sein Vater die Braut in Empfang nehmen wollen, ist ohnehin schon groß genug, nicht wahr? Vermutlich mußte zudem dem Doktor Federkiel ein kleiner Ausgleich dafür geschaffen werden, daß nicht er, sondern der Bischof von Salzburg die Trauung vornimmt.«

Ich hob die Augenbrauen. Altdorfer fuhr fort: »Doktor Mair hat mir die Zusammenstellung des Empfangskomitees damit erklärt, daß der Herzog und sein Sohn auf der Burg alles für die Ankunft des Kaisers vorbereiten und deshalb unabkömmlich seien. Auf der anderen Seite ist es so, daß der Kaiser und sein Sohn im Zollhaus hier in der Stadt logieren werden. Nun, ich denke, er weiß, wovon er redet.«

Er seufzte und wandte sich wieder dem Grund zu, dessentwegen ich ihn aufgesucht hatte.

»Der Stellvertreter des guten Doktor Federkiel ist von den ganzen Aktivitäten heute nacht nicht einmal wach geworden«, sagte er. »Richter Girigel hat ihn mittlerweile besucht und ihm erklärt, daß wir Sicherheitsmaßnahmen für die Trauung des jungen Herzog geprobt hätten.«

»Nicht schlecht, Hanns. Nur daß wir jetzt schon eine vierte Version des nächtlichen Geschehens in Umlauf haben. Ich habe auch zwei unterschiedliche Varianten erfunden.«

Er legte die Stirn in Falten. »Hältst du es für bedenklich?« fragte er unruhig.

»Ich weiß nicht«, sagte ich ehrlich. »Vielleicht ist es ganz nützlich, mehrere verschiedene Gerüchte zu streuen, die sich gegenseitig neutralisieren können. Aber ich beginne den Überblick zu verlieren, und das halte ich für gefährlich.«

»Wir werden uns künftig aus allem heraushalten«, versprach er, »und die Angelegenheit dir überlassen.«

Ich nickte unglücklich. »So muß es wohl sein.«

Er hob die Hände halb und ließ sie wieder fallen. Als ich nichts sagte, wandte er sich ab und sah nun doch zum Fenster hinaus. Ich war mir sicher, daß er die strahlenden Häuserfassaden gegenüber kaum wahrnahm. Ich hoffte, er würde sich nicht dafür entschuldigen, daß er sich an mich gewandt hatte; er tat es nicht. Nach einem Moment trat ich neben ihn. Diejenigen Bauernkarren, die ich vor den Stadttoren getroffen hatte, waren schon längst vorbeigerumpelt, während ich noch mit dem Apotheker gesprochen hatte; jetzt kamen weitere, und eine Menge Volk zu Fuß. Alle strebten dem Neubau des Doms zu.

Ich sagte: »Das sieht beinahe aus wie der Beginn eines Bauernaufstands.«

»Du kommst zu selten in die Stadt. So ist es an jedem Feiertag; wenn nicht gerade Allerheiligen und Tanzverbot wäre, könntest du sogar noch viel mehr Volk sehen. Keine Gefahr, daß jemand eine Fahne mit dem Bundschuh schwenkt und reiche Kaufleute und Patrizier verprügelt.«

»Oder die Gäule der Adligen füttern geht«, sagte ich. Er sah mich verständnislos an, und ich mußte gegen meinen Willen lächeln.

»Gibt es nicht einen Bauernspruch, daß der Herrgott die Gäule beschützen möge, sonst würden die reichen Herren noch auf den Bauern reiten?«

Er schnaubte und wies mit dem Daumen über die Schulter zum Fenster hinaus.

»Wenn das Namensfest von Sankt Martin ansteht, wird hier eine gewaltige Kirmes abgehalten. Du kannst es dir ja einmal ansehen. Martini ist in zehn Tagen; dann tanzen sie auf der Straße und feiern bis zum Umfallen. Dieses Jahr wird es wahrscheinlich noch weiter ausufern als üblich, mit der Ankunft der Prinzessin gleich danach. Ich habe schon gehört, daß sich das Tanzfieber bis zur Besessenheit gesteigert hat.«

»Hier in Landshut?«

»Eher drüben an der Grenze nach Brabant und Burgund, glaube ich. Unser Volk ist dafür wohl doch ein wenig zu schwerfällig. Aber manchmal habe ich schon gedacht, daß es gleich soweit sein wird und alle im Veitstanz herumspringen.«

Es belustigte mich, ihn so sprechen zu hören. Vermutlich wußte er es nicht, aber in seinen Worten war jedesmal eine Mischung aus Verachtung und Mitgefühl für die einfachen Bauersleute zu hören, wenn er auf sie zu sprechen kam, und zugleich eine Art von ungläubigem Staunen, als könne er die Drolligkeit ihrer Gebräuche niemals zur Gänze verstehen. In diesem Punkt hatte er sich nicht geändert, seit wir uns kannten.

»Wohin fahren diese Leute?« fragte ich.

»Zum Dom. Seit das Gerüst das Langhaus freigegeben hat und man den Turm in die Höhe wachsen sieht, ist er ein gewaltiger Anziehungspunkt.«

»Meister Stethaimer bekommt ein großes Publikum«, murmelte ich. Hanns Altdorfer sah mich von der Seite her an.

»Er freut sich nicht gerade darüber«, sagte er. »Nach jedem Festtag, wenn die Bauern von außerhalb auf der Baustelle herumklettern und Maulaffen feilhalten, kommt er und beklagt sich bei mir. Steinmetzarbeiten werden beschädigt, Bretter und Werkzeuge gestohlen und angeblich unschuldige Bauernmägde hinter den Handwerkerbuden verführt.«

Ich sah wieder zum Fenster hinaus. Wenn ich um den Rahmen herumspähte, konnte ich Sebastian Löws Haus erkennen; ich würde bald wieder hinübergehen müssen und den schweigsamen Totengräber zusammen mit Löws Sohn zu meinem Hof bringen. Mir wurde flau, als ich daran dachte, was danach geschehen würde: Eine rasche Untersuchung der Toten, ein heimlicher Transport in den hinteren Teil der unbebauten Fläche meines Grundstücks, eine flache Grube, in die der zerschundene Leib gesenkt wurde, ein kurzes Gebet. Ich stellte mir das Gesicht des Totengräbers vor; ich dachte es mir hager und voller Narben. Wieviel würde er dafür verlangen, daß er am Feiertag eine Leiche unter die Erde brachte und zu niemandem darüber sprach?

Als hätte Hanns Altdorfer den letzten Teil meiner Gedanken verstanden, sagte er plötzlich: »Ich soll dir im Auftrag des Kanzlers mitteilen, daß sämtliche deiner Auslagen aus der herzoglichen Truhe beglichen werden.«

»Darauf habe ich mich verlassen. Es mag sein, daß

ich ein paar Bestechungsgelder zu bezahlen habe. Ich werde versuchen, nicht zu übertreiben.«

»Wenn diese Hochzeit nur die Hälfte von dem kostet, was Doktor Mair und ich bis jetzt überschlagen haben, kannst du dir ein Söldnerheer mieten und dem Papst eine Grafschaft erobern helfen, und niemandem werden die Kosten auffallen. Doktor Mair rechnet mit mindestens fünfzigtausend rheinischen und ungarischen Gulden.«

Ich wäre kein Kaufmann gewesen, wenn mich diese Zahl nicht wenigstens für den Augenblick aus meinen düsteren Gedanken gerissen hätte.

»Wieviel?« keuchte ich. »Soviel Geld besitzt die ganze niederbayrische Kaufmannszunft nicht.«

»Was glaubst du, was die Bewirtung all der Gäste kostet? Allein der Kaiser wird mit einem Gefolge von siebenhundert Pferden erwartet, und du weißt, daß er ein armer Kaiser ist. Er hat es sich zwar nicht nehmen lassen, den Boten unseres Herzogs die Zusage zu seiner persönlichen Einladung mit sechs Trompetern und vier Pfeifern bekanntzugeben, als sie in einer Herberge in Köln auf seine Erwiderung warteten, aber daraus sieht man nur, daß er gerne prätentiöser auftritt, als er es sich leisten kann.« Altdorfer lachte humorlos. »Der Markgraf von Brandenburg soll sogar mit der doppelten Menge Gefolge anreisen. Wahrscheinlich traut er dem Frieden nicht, den ihm der Herzog in der Einladung versprochen hat. Von den anderen Fürsten weiß ich noch nichts. Aber allein mit den Leuten dieser beiden Herren wird die Stadt einem Heerlager gleichen. Außerdem sollen wenigstens drei große Turniere veranstaltet werden.«

»Dem Volk werden die Augen herausfallen vor Neid.«

»Ich glaube kaum. Der Herzog hat Befehl gegeben, daß die Bürger die ganze Zeit freigehalten werden. Kein Wirt darf für Geld verköstigen, kein Metzger, kein Bäcker, kein Fischer irgend etwas verkaufen.«

»So langsam«, sagte ich, »rechnen sich die Kosten zusammen.«

»Der Herzog wird nachher ruiniert sein. Meines Wissens hat er selbst einen Teil der Mitgift für die Prinzessin in die Kosten eingerechnet. Du siehst, das Gelingen dieser Hochzeit ist auch eine Geldfrage.«

»Alles ist letztlich eine Geldfrage«, sagte ich garstig.

»Die Philosophie eines Kaufmanns«, erwiderte er mit einem leisen Hauch seines gewohnten Humors. Ich lächelte müde, und er schloß die Augen und nickte verständnisvoll.

»Hast du geschlafen seit heute morgen?«

»Mit einer heimlichen Leiche in einem Lagerraum? Und du?«

»Weder geschlafen noch gegessen«, seufzte er. »Nicht, daß ich hungrig wäre. Aber müde bin ich doch.«

»Ich werde wieder aufbrechen. Ich muß noch einer Beerdigung beiwohnen. Ich halte dich auf dem laufenden, Hanns.«

Er nahm meinen Oberarm und drückte ihn leicht.

»Ich weiß, daß es schmerzhaft ist für dich«, sagte er. »Wenn du das Gefühl hast, du störst die letzte Ruhestätte Marias, dann begrabe sie anderswo.«

»Es ist schon in Ordnung«, erwiderte ich nicht ganz ehrlich. »Mach dir keine Gedanken.«

Er geleitete mich bis zur Tür.

»Würdest du Herrn Moniwid auch verständigen?« fragte er.

Ich drehte mich nochmals zu ihm um.

»Wenn mich nicht alles täuscht, logiert seit dem letzten Sommer im Haus des Walther vom Feld ein Botschafter des polnischen Königs«, sagte ich. »Ich dachte, Moniwid sei ihm unterstellt. Wann willst du ihn informieren?«

»Überhaupt nicht, hoffe ich«, seufzte Altdorfer.

»Weshalb nicht? Schlimmer als Moniwid kann er auch nicht sein; und auf jeden Fall wird er über mehr Einfluß verfügen als jener.«

»Er hat gar keinen Einfluß«, stellte Altdorfer unwillig richtig. »Er ist ein alter Trunkenbold, der seinen Mägden unter die Röcke greift und dem Herzog auf der Tasche liegt, seit dieser ihm bei seiner Ankunft ein edles Pferd zum Geschenk machte. Doktor Mair sagte, er habe ihn noch keinen einzigen Tag nüchtern gesehen. Wir müssen uns schon an Albert Moniwid halten.«

»Das habe ich befürchtet«, sagte ich düster. »Ich kann nicht garantieren, daß ich ihn bei unserer nächsten Begegnung nicht anspringe.«

Altdorfer machte ein mißbilligendes Gesicht.

»Wir müssen uns gut mit ihm stellen, sonst setzt er sich noch über unsere Abmachung hinweg«, ermahnte er mich ernst. »Er ist ein äußerst einflußreicher und finanziell unabhängiger Mann. Man hört, daß er mit dem Troß der Prinzessin in Wittenberg eingezogen ist wie der König selbst, mit einem gewaltigen Hengst, der mit einem goldenen Tuch voller Perlen bedeckt war; sein Knappe trug ein Kleid aus derselben Machart.«

»Er hat einen unaufdringlichen Geschmack, wie mir scheint«, sagte ich boshaft. »Aber ich wollte ihn ohnehin aufsuchen und seine Erlaubnis erwirken, mit seiner Gesandtschaft zu sprechen, um mehr über die Tote zu erfahren. Ich wette, er hat sowohl gut geschlafen als auch gut gegessen und fühlt sich wohl bei dem Gedanken, wie wir uns hier abmühen.«

»Es ist eine seiner Schutzbefohlenen ermordet worden, vergiß das nicht. Ich glaube nicht, daß er die Sache auf die leichte Schulter nimmt.«

»Ach was«, sagte ich. »Er hat eine diebische Freude dabei, die Schweißtropfen auf unseren Stirnen zu zählen.«

»Du magst ihn nur nicht«, stellte Altdorfer fest.

»Sehr richtig«, sagte ich und griff nach der Tür. »Und *das* ist das einzige an der ganzen Geschichte, das mir kein Magendrücken verursacht.«

Sebastian Löw hatte seine Aussage, er würde sich gerne um meine Probleme bemühen, wahr gemacht; als ich wieder bei ihm vorsprach, befand sich der Totengräber bereits bei ihm. Er hatte ihn wahrscheinlich durch die Hintertür ins Haus gelassen. Der Totengräber enttäuschte mich in einer Hinsicht: Er war ein kleiner Mann mit einem runden Gesicht und einer strahlenden Stirnglatze. Was seine Schweigsamkeit anging, war er keine Enttäuschung; er nickte nur knapp zu meiner Begrüßung und äußerte weder Erstaunen noch Unmut über seinen ungewöhnlichen Auftrag. Seine hellen Augen hielten meine einen Augenblick lang ohne jede Anteilnahme fest, bevor sich ihr Blick wieder in die Ferne richtete. Die Augenwinkel selbst waren gänzlich ohne Falten. Er schien kaum jemals zu lachen. Plötzlich war ich froh, daß dieser Mann niemanden unter die Erde brachte, der mir nahestand.

Ich führte ihn und den jungen Löw zu meinem Hof zurück, gegen den beständigen Strom an Stadtbewohnern und Besuchern, die sich alle zum Martinsdom hinunter begaben. Ich hatte ein ungutes Gefühl dabei, mich mit dem Mann in der Öffentlichkeit zu zeigen, obwohl ich nicht erwartete, daß mich jemand kennen würde; der Sohn des Apothekers dagegen bewegte sich unbefangen, entweder durch sein Studium über den Dingen stehend oder sich der sozialen Fehlleistung, in Begleitung des Totengräbers gesehen zu werden, nicht bewußt. Es stellte sich jedoch heraus, daß uns niemand auch nur einen zweiten Blick schenkte. Zwischen dem Spitaler Tor und dem Blauen Turm drängten sich die Menschen um den Eingang der Heilig-Geist-Kirche. Wahrscheinlich erwarteten sie den Beginn einer Prozession, die durch die gesamte Länge der Stadt hinunter zum neuen Dom führen würde, um sich ihr anzuschließen. Wir drängten uns durch die Menge, ohne im geringsten aufzufallen. Während wir die Tore hinter uns ließen und die Grüße der Leute erwiderten, die uns außerhalb der Stadt entgegenkamen, befürchtete ich, daß wir auf Mitglieder meines Gesindes stoßen mochten; aber dann beruhigte ich mich: Selbst wenn noch einige Nachzügler unterwegs zur Stadt waren, würden sie in Erwartung der festtäglichen Aufregungen so gebannt sein, daß ich ihnen vermutlich nicht einmal auffiel – und wenn, würden sie weder aus meinem noch dem Anblick meiner Begleiter irgendeinen Verdacht schöpfen.

Unser Weg verlief schweigsam. Ich war zu angespannt, um viel zu sprechen, und Löw schien meine Verfassung zu respektieren und antwortete nur, wenn ich ihn etwas fragte. Der Totengräber marschierte stumm hinter uns her und machte keinerlei Anstalten, überhaupt etwas zu sagen. Ich fragte den jungen Mann, warum er den weiten Weg nach Innsbruck gemacht habe, um dort zu studieren, und er erklärte mir, daß

Herzog Ludwig die Universität in Ingolstadt zu spät gegründet habe. Er hatte sich bereits vor fünf Jahren in Innsbruck eingeschrieben, Ludwig die Ingolstädter Universität aber erst vor drei Jahren gegründet. Ich hatte außerdem das Gefühl, daß er froh gewesen war, dadurch dem Einfluß seines Vaters ein wenig zu entkommen.

Auf meinem Hof waren nur die alten Männer und Weiber und ein paar Kleinkinder übriggeblieben. Sie saßen auf Bänken und Hackklötzen in der Sonne, die Männer mit dem Schnitzen irgendwelcher Werkzeuge, die Weiber mit Flickarbeiten beschäftigt. Sie begrüßten mich ehrerbietig, ohne unserer Gruppe besondere Aufmerksamkeit zu widmen. Um das Haus herum roch es bereits nach heißem Fett und den aus Hefeteig gebackenen Wecken, die heute nachmittag und morgen an die Kinder des Gesindes und an die um Almosen für die Waisen bettelnden Klosterschwestern des nahen Konvents ausgegeben wurden. Ich hatte mich immer wie ein kleiner Junge auf die süßen Wecken und Zöpfe gefreut, die die Mägde in der vor Hitze und Feuchtigkeit brüllenden Küche zubereiteten. Seit Marias Tod war mir ihr Geschmack verleidet. Die alten Frauen nannten sie Seelenwecken und behaupteten, sie würden gebacken, um die Seelen der Toten zu bewirten, die um Allerheiligen und Allerseelen unter ihren Angehörigen weilten. Allein der Gedanke daran raubte mir das Gleichgewicht.

Ich führte die beiden Männer in das Wohngebäude.

»Wo befindet sich die Tote?« fragte der junge Löw.

»Ich bringe Euch hin. Braucht Ihr irgendeine Hilfe?« Ich schluckte, als ich daran dachte, er könne die Frage bejahen und mich darum bitten. Ich hatte kein Begehren, mich mit der Leiche zu befassen.

»Der Herr Totengräber wird mir assistieren«, sagte er. »Ihr könnt der Untersuchung selbstverständlich beiwohnen, wenn Ihr dies wünscht. Sie dauert nicht lange.«

»Vielen Dank«, erwiderte ich. »Ich ziehe es vor, hier in der Stube auf Euch zu warten.«

Er nickte, und ich brachte die beiden Männer zu der verschlossenen Tür. Meine Hände zitterten, als ich den Schlüssel herumdrehte. Noch während ich die Klinke nach unten drückte, war ich mir plötzlich sicher, daß der Raum voller Leute sein würde, die mich vorwurfsvoll anstarrten. Mein Herz klopfte wild; die Vorstellung ließ sich nicht abschütteln. Als ich hineinspähte und das Lager leer fand bis auf die verhüllte Gestalt der Toten, war ich beinahe überrascht. Das Sonnenlicht strömte jetzt ungehindert zur Fensteröffnung herein und lag auf dem Tuch, das ihre Umrisse bedeckte. Ich dachte daran, daß es den Körper unter dem Tuch nicht mehr erwärmen konnte.

»Wir haben sie dort aufgebahrt«, sagte ich rauh.

Löw und der Totengräber betraten den Raum und nickten mir zu. Ich gab dem jungen Mann den Schlüssel. »Bitte sperrt ab; ich will vermeiden, daß zufällig jemand zu Euch hineinplatzt.«

Er nickte nochmals. Ich schloß die Tür hinter mir zu und atmete tief ein. Einen Augenblick stand ich noch vor der geschlossenen Tür; das Geräusch des Schlüssels im Schloß ließ mich hochschrecken. Ich ging steifbeinig und voller Nervosität zurück zur Stube.

Die Zeit dort wurde mir lang. Ich konnte nicht verhindern, daß mein aufgewühlter Geist auf Wanderschaft ging, und mir fiel ein, daß ich so auf die Geburt meiner beiden Töchter gewartet hatte: allein in der Stube meines damals noch kleinen Stadthauses neben dem bischöflichen Palast in Augsburg. Aus dem Warten damals waren zwei aus Leibeskräften krähende junge Leben hervorgegangen; heute wartete ich darauf, daß der Tod eines anderen jungen Lebens beurkundet wurde. Der Gedanke daran brachte mir die Tote noch ein Stück näher, und die Ironie, daß sich die polnische Gräfin im Leben nicht einmal nach mir umgedreht haben würde, nahm nichts von der Grimmigkeit hinweg. Ich dachte weiter: Die Geburt meines Sohnes Daniel hatte ich ebenfalls voller Aufregung erwartet, aber es war weniger des Geburtsvorgangs wegen gewesen als aufgrund der eben entbrannten Fehde zwischen Herzog Ludwig und Markgraf Albrecht von Brandenburg; der Bischof hatte mich informiert, daß er mich als seinen Assistenten wünschte, um die Bedingungen für einen Waffenstillstand oder gar einen Frieden zu verhandeln, und ich brannte vor Neugier auf diesen Auftrag. Bei der vierten Geburt schließlich, die unter meinem Dach stattfand, war ich vollkommen gelassen gewesen; es schien mir nur ein weiterer, alltäglich gewordener Vorgang zu sein und Marias Schwäche und Blässe in den letzten Wochen vor der Niederkunft lediglich ein Zeichen, daß für sie das Alter gekommen war, in dem sie keine Kinder mehr erwarten sollte. Ich hatte mich nicht weiter darum bekümmert; hätte ich es getan, vielleicht wäre alles anders gekommen. Gott straft dann, wenn man nicht darauf gefaßt ist.

Die Stubentür öffnete sich langsam, und ich sah auf und erwartete, meinen Verwalter hereinkommen zu sehen. Statt dessen stand der Totengräber auf der Schwelle.

»Würdet Ihr bitte mitkommen?« fragte er. Er hatte

eine Stimme, die zu seiner Erscheinung paßte: präzise und ohne Gefühlsschwankungen. Es war nicht die Stimme, um kommendes Unheil zu verkünden, aber ich wußte dennoch, daß etwas Unvorhergesehenes geschehen war. Ich wollte aufstehen und fand im ersten Moment keine Kraft dafür.

»Was ist geschehen?« fragte ich schwach.

»Er wird es Euch mitteilen. Bitte kommt.«

Ich kroch hinter dem Tisch hervor und folgte ihm mit schweren Beinen. Was immer mir der Apothekerssohn sagen wollte, ich hatte keine Lust, es zu hören. Ich wollte, daß die Tote endlich unter die Erde gebracht wurde, damit ich wieder klar denken konnte.

Löw erwartete mich mit ernstem Gesicht. Als ich in den Lagerraum trat, schloß er die Tür hinter mir ab. Ich versuchte zu vermeiden, lange in die Richtung der Toten zu blicken; ich sah den Schimmer ihrer Haut im Sonnenlicht und das zerknüllte Tuch, das zu Füßen der Bahre auf dem Boden lag, bevor ich meine Augen auf Löws Gesicht richtete. Er hatte eine steile Falte zwischen den Augenbrauen. Ich fühlte eine leichte Übelkeit, während ich seine Auskunft erwartete. Er setzte zum Sprechen an, unterbrach sich und begann von neuem. Was er sagte, traf mich so unvorbereitet, daß ich es im ersten Augenblick nicht einmal verstand.

»Die Frau ist nicht vergewaltigt worden«, sagte er.

»Was sagt Ihr?« rief ich.

»Man hat sie nicht vergewaltigt«, wiederholte er. »Nicht in dem Sinne, den man diesem Wort gemeinhin hinterlegt. Man hat den Leichnam berührt und ihm Verletzungen zugefügt, die auf einen Koitus hindeuten, und ohne Zweifel bedeutet das die Schändung des Körpers. Aber ich wiederhole: des Körpers. Es fand kein aufgezwungener Verkehr statt, und die Frau war schon tot, bevor man sich mit ihrem Leib befaßte.«

Ich fühlte mich schwindlig; ich befürchtete, daß ich den Sinn seiner Worte nicht ganz erfaßte. Ich warf einen Blick auf den Totengräber, der mit verschränkten Armen neben uns stand, doch seine Augen waren unbeteiligt in die Ferne gerichtet.

»Wie meint Ihr das?«

Er atmete tief ein, dann stieß er den Atem aus. Mit einer brüsken Bewegung marschierte er um mich herum.

»Ich zeige es Euch«, sagte er, und zu meinem Entsetzen führte er mich zu der aufgebahrten Leiche. Ich folgte ihm willenlos. Sie war schon tot, bevor man sich mit ihrem Leib befaßte.

»Seht hier.«

Meine Blicke folgten seiner ausgestreckten Hand, die leicht über den erstarrten Körper glitt und mit kundigen Fingern auf die Stellen wies, die seine Vermutung unterstützten. Währenddessen erklärte er mir, was das, was meine Augen sahen, zu bedeuten hatte. Er war noch jung genug, um bestürzt über seine eigene Entdeckung zu sein, und er drückte sich aus diesem Grund anders aus, als er es vielleicht sonst tat, wenn er seinen Mitstudenten oder einem Mentor etwas erläutern mußte. Die ganze Zeit über befand er sich auf der anderen Seite des toten Mädchen, als wünschte er, daß mein Blick durch nichts behindert würde.

Er hatte mit einem Tuch den festgebackenen Lehm von den Stellen entfernt, die er untersucht hatte. Das Gesicht hatte nicht dazu gehört; es war noch immer verklebt und von einer mittlerweile getrockneten, käsig weißen Schicht überzogen, die der Farbe ihrer toten Haut erstaunlich ähnelte. Selbst wenn jemand Wert darauf gelegt hätte, wäre es ihm unmöglich gewesen, ihre Züge genau zu erkennen oder zu entscheiden, ob sie schön oder häßlich gewesen war. Sein Untersuchungsziel war der Leib der Toten gewesen, und was sich zwischen den Knien und dem Kopf befand, hatte er gründlich gesäubert.

»Ihr seht diese dunklen, blauroten Flecken an ihrem Hals, wo die Haut aufgeschunden und rauh wirkt? Der Mörder hat hier seine Hände angelegt und ihr den Atem abgedrückt. Es dauert eine Weile, bis der Tod auf diese Weise eintritt, selbst bei Hinrichtungen, wo der Delinquent gefesselt ist und sich nicht wehren kann. Wir dürfen annehmen, daß sie sich gewehrt hat: Der Mörder mußte sie niederhalten, und er tat es vermutlich, indem er sich auf ihren Körper kniete. Hier an den Rippen und darüber an den Brüsten ist das Fleisch bösartig gequetscht. Die Adern sind geplatzt und haben diese großen blauen und gelben Stellen verursacht, als sich das Blut in das Gewebe ergoß. An dieser Stelle hier unterhalb der Achsel ist die Haut so tief abgeschürft, daß die Rippenknochen darunter zu sehen sind – vielleicht wurde sie über einen scharfkantigen Gegenstand gewälzt, einen Stein oder dergleichen. Ich nehme an, daß es trotzdem noch einige Zeit dauerte, bis ihre Gegenwehr erlahmte. Vermutlich hat sie sich in der Agonie mehrmals auf die Zunge gebissen; daran habe ich nicht gedacht. Man könnte den Mund öffnen und …«

»Bitte nicht«, würgte ich hervor, und seine Hand zuckte zurück.

»Hier unten an den Hüftknochen ist die Haut aufgeplatzt und das Fleisch verletzt, aber man sieht keine so großen verfärbten Stellen wie die am Oberkörper, die ich Euch gezeigt habe. Sie wurde geschlagen, wahrscheinlich mit einem harten Gegenstand, aber *sie war zu diesem Zeitpunkt schon tot.* Das Blut floß nicht mehr durch die Adern, und folglich konnte sich nur wenig in das Gewebe ergießen, als die Adern zerrissen. Das Blut an ihren Schenkeln stammte mit Sicherheit von der tiefen Aufschürfung an ihren Rippen und wurde später hier verschmiert, um den Eindruck der Vergewaltigung einer Lebenden vorzutäuschen. Das gleiche gilt für die vaginalen Verletzungen. Ich habe festgestellt, daß ...«

»Hört auf«, sagte ich. »Ich habe es mittlerweile verstanden.« Er starrte mich einen Moment an, dann fuhr er fort.

»Nein, Herr Bernward. Es ist wichtig, daß Ihr alles begreift. Auch ich habe es erst nach und nach begriffen. Die Verletzungen ihres Schoßes passierten nicht nur, als das Leben schon aus ihrem Körper gewichen war; sie wurden ihr mit einem Instrument zugefügt, das mit einem männlichen Glied nur die grobe Form gemeinsam hat. Ich habe, um ganz sicher zu gehen, den Innenraum ihres Geschlechts untersucht: Ich habe erstarrtes Blut gefunden, das wahrscheinlich von den Pressungen herrührt, mit denen sich ihre Muskeln gegen die Erdrosselung wehrten, aber ich habe keinerlei Anzeichen für männlichen Samen entdeckt. Da ich davon ausgehe, daß ein Mann, der einer Frau so etwas antut, darin seine Befriedigung finden will, müßten aber Anzeichen eines Ergusses vorhanden sein. Wenn Euch das noch nicht genügt, seht Euch die Verletzungen ihres Schoßes an. Sie sprechen für sich; kein menschlicher Penis, und sei er noch so stark erigiert, könnte das zarte Gewebe dort derart zerreißen.«

»Wollt Ihr damit sagen ...?«

»Ich will damit sagen, daß derjenige, der sie erdrosselt hat, weder davor noch danach Verkehr mit ihr hatte; sich aber gewaltige Mühe gab, einen solchen vorzutäuschen.«

»Weshalb sollte jemand so etwas tun?«

»Das frage ich Euch, Herr Bernward.«

Ich sah von der Toten auf in sein blasses, verschlossenes Jungengesicht. Ein Verdacht keimte in mir auf, der so ungeheuerlich war, daß mir der Atem ausging.

»Glaubt Ihr, ich selbst wäre es gewesen?« keuchte ich. Er starrte mich weiterhin an, dann schüttelte er plötzlich den Kopf.

»Das nicht«, sagte er. »Ich habe mir Eure Hände angesehen. Sie passen nicht zu den Würgemalen an ihrem Hals. Und ich habe noch etwas entdeckt.« Er schob eine Hand vorsichtig unter den Nacken der Toten. Trotz der Leichenstarre konnte er ihren Kopf leicht hin und her bewegen.

»Das Genick ist gebrochen. Der Mörder hatte nicht genügend Kraft, sie vollends zu erwürgen, oder er hatte nicht genügend Zeit. Ich denke, er hat ihr, als sie schon halb besinnungslos war, buchstäblich den Hals umgedreht. Was den Zeitfaktor angeht, kann ich nichts dazu sagen, aber von der Statur her wärt Ihr durchaus in der Lage, einen Menschen durch Erdrosseln zu Tode zu bringen. Ihr hättet es nicht nötig gehabt, ihr noch das Genick zu brechen. Womit ich Euch nicht beleidigen will, Herr Bernward, ich will Euch nur sagen, daß ich Euch nicht für den Täter halte. Dennoch ...«

»Was?«

»Dennoch scheint mir in diesem Licht die Geschichte, die Ihr erzählt habt, ein wenig fragwürdig. Ganz abgesehen davon, daß dies meine erste Hofmagd ist, deren

Haut so blaß ist wie die einer Edeldame und die sich den Aufwand leistete, ihre Scham gründlich auszurasieren.«

Ich starrte ihm wortlos ins Gesicht. Mein Mund arbeitete, aber ich brachte nichts hervor. Ich fühlte, daß meine Wangen brannten. Ich konnte ihn davonschicken, ohne ihm weiter Rede und Antwort zu stehen, ich konnte ihm eine neue Lügengeschichte erzählen, ich konnte ihm die Wahrheit erzählen und ihn mit des Herzogs tiefer Geldtruhe im Rücken fürstlich bestechen; ihn und den Totengräber, der regungslos gelauscht hatte und den Blick weiterhin nach einem Ort gerichtet hatte, in dem verwaiste Jungen, die Pesttote zu den Massengräbern vor den Stadttoren schleppen, einsame alte Männer, die einen merkwürdigen Tod zu verbergen haben, und erdrosselte junge Frauen nicht vorkamen. Ich konnte mich auch entschließen, ihm zu vertrauen, was ich wohl schon von Anfang an hätte tun sollen. Ich senkte den Kopf und stützte mich hart auf die behelfsmäßige Bahre, und der Ruck ließ das Haupt der Toten leicht zur Seite fallen, bis ihre blinden Augen direkt in die meinen zu starren schienen.

»Es handelt sich um die Nichte des polnischen Königs«, sagte ich.

Ich hörte, wie der junge Löw erschreckt Atem holte; ich blickte auf und sah ihn an und den Totengräber, dessen Blick aus der Ferne zurückgekehrt war und der mich jetzt mit zusammengekniffenen Augen musterte.

»Man hat sie heute nacht ermordet aufgefunden und mich gebeten, den Fall so verschwiegen wie möglich zu klären.«

»Wer hat sie aufgefunden?« unterbrach mich der Apothekerssohn.

»Männer, die über jeden Zweifel erhaben sind«, erwiderte ich. »Genügt es Euch, wenn ich sage, daß ich ihre Namen um Eurer eigenen Sicherheit willen nicht nennen kann?«

Er schluckte und nickte heftig mit dem Kopf.

»Ich erzähle Euch dies«, fuhr ich fort und faßte sowohl den jungen Mann als auch den Totengräber scharf ins Auge, »in der Hoffnung, daß Ihr die Tragweite dieses Falles überblicken könnt. Es darf nichts davon an die Ohren des polnischen Königs dringen. Aus diesem Grunde habe ich Euch die Unwahrheit erzählt; ich wollte den Kreis der Wissenden so klein wie möglich halten, und ich wollte vermeiden, Euch in Gefahr zu bringen. Um diese Geschichte zu vertuschen, wird man vor drakonischen Maßnahmen nicht zurückschrecken.«

»Ihr braucht nicht zu drohen«, sagte der Totengräber ruhig. »Wir haben Euch verstanden.«

Ich ging nicht auf ihn ein.

»Werdet Ihr schweigen?« fragte ich die beiden Männer.

Nach einigem Zögern nickte der junge Löw. Er murmelte: »Ich sehe Sinn in Euren Worten. Und ich sehe, welche Tragödie daraus erwachsen kann.«

»Was ist mit Euch?« Ich wandte mich an den Totengräber. Er zuckte mit den Achseln.

»Ich bedauere den Tod dieser jungen Frau«, sagte er zu meinem Erstaunen. »Er war unnötig und grausam. Was für die hohen Herren auf der Burg und hier unten in der Stadt daraus für Unheil erwachsen kann, schert mich weniger, und wenn es Unfrieden und Tod bedeutet, werden jene ganz oben verschont bleiben, jene ganz unten sterben müssen und ich etwas mehr Arbeit haben als zu anderen Zeiten. Ihr seht also, daß es mich nicht bekümmern muß, was daraus wird – ich habe weder einen Vorteil, wenn dieser Mord bekannt wird, noch habe ich einen, wenn Ihr ihn unter der Decke halten könnt. Aber ganz abgesehen davon gibt es niemanden, der sich für eine Geschichte aus meinem Mund interessieren würde. Auf mein Schweigen könnt Ihr also zählen, Kaufmann.«

»Wird denn niemand nach dem Mörder suchen?« fragte der junge Löw mit jugendlich empörter Naivität.

»Er wurde bereits nach Burghausen gebracht«, log ich. Ich wollte vermeiden, daß ihn seine Neugier dazu trieb, in der Sache herumzuschnüffeln, wenn er erst seinen Schrecken überwunden hatte. Er nickte nochmals und fragte: »Wer war es?«

»Werdet Ihr es mir verübeln, wenn ich Euch den Namen verschweige?«

Er hob die Arme und lächelte beinahe.

»Nein«, sagte er. »Ich hoffe nur, man wird ihn seiner gerechten Strafe zuführen!« Er senkte den Kopf und betrachtete den Körper der jungen Frau. Ich nutzte die Gelegenheit und trat von der Bahre zurück. Ich hatte schon zuviel Zeit in unmittelbarer Gegenwart dieses Leichnams verbracht.

Nach einer Weile hob er den Kopf wieder und sagte: »Ich habe Euch mit meiner Aufdringlichkeit in Verlegenheit gebracht, Herr Bernward. Wenn ich Euch nicht die Totenurkunde aufgedrängt hätte, wäre dieses Gespräch niemals nötig gewesen.«

Ich hob die Arme und lächelte ihn schief an. Bei mir selbst dachte ich voller Grimm: Und ich hätte niemals erfahren, welche Mühe sich der Mörder gegeben hat, uns alle an der Nase herumzuführen.

3

Um die Vesperstunde war die polnische Gräfin begraben, ein Gebet aus dem Munde meines Verwalters gesprochen und der junge Löw samt dem Totengräber wieder zurück in der Stadt. Die Ermordete ruhte nun, ihr Leib beschützt von einem schlichten hölzernen Kreuz, neben Maria und meinem vierten Kind. Ich hatte mich davor gefürchtet, der Arbeit eines Totengräbers an diesem Ort zuzusehen, der zugleich meine Vergangenheit und meine Zukunft unter feuchter Erde begraben hielt; aber es war weniger schlimm gewesen, als ich gedacht hatte. Tatsächlich fühlte ich eine vage Beruhigung, als der Totengräber den niedrigen Erdhügel über dem Leichnam festklopfte, sich dann aufrichtete und das Kreuzzeichen schlug. Ich dachte: Herr, ich habe meine Schuldigkeit an ihr getan, und es wurde mir ein wenig leichter ums Herz. Der Verwalter begleitete mich zurück zum Wohngebäude. Wir nahmen eine schweigende Mahlzeit inmitten meines aus der Stadt wieder heimgekehrten Gesindes ein, dem unsere Stille inmitten ihres aufgeregten Stimmengewirrs und ihrer fröhlichen Erzählungen über die Gewaltigkeit des neuen Kirchenbaus nicht auffiel. Nach dem Essen war ich endlich allein, und ich war dankbar dafür.

Ich fuhr mir mit der Hand über das Gesicht und spürte die Taubheit meiner Haut; als ich die Augen schloß, war es ein gutes Gefühl, sie geschlossen zu halten. Ich versuchte, meine nächsten Schritte zu planen, aber meine Gedanken glichen einem wilden Strudel. Es gab nur noch eine Aufgabe, für die ich heute genügend Energie übrig hatte. Ich schickte nach meinen Verwalter.

»Wollt Ihr noch die Unterlagen wegen des Stoffgeschäftes mit mir durchgehen?« fragte er. Ich schüttelte den Kopf.

»Nein, ich bin zu müde«, sagte ich. »Ich wollte dir nur mitteilen, daß ich in der Stadt eine Messe für meine verstorbene Frau bestellt habe; ich will ihr noch beiwohnen, dann komme ich zurück und gehe zu Bett. Wir sprechen uns morgen über unser weiteres Vorgehen ab.«

»Ich werde das Gesinde ein Paternoster für Eure Frau beten lassen.«

»Ich danke dir«, sagte ich. Er zuckte mit den Schultern. Ich sah in sein Gesicht und ahnte seine nächste Frage voraus.

»Laß zwei Paternoster beten«, ordnete ich an, und er nickte betrübt, ohne den wirklichen Grund für meine grimmige Miene zu verstehen. Ich schritt aus der Stube, ohne mich noch einmal umzusehen, zog mich um, bestieg mein Pferd und ritt zur Stadt.

Die ganze Zeit während der kurzen Messe in der Kirche zum Heiligen Geist vermochte ich den Frieden nicht zu finden, der sich in den letzten Jahren beim Besuch von Marias Totenmessen nach und nach eingestellt hatte. Es waren die einzigen Gelegenheiten, zu denen ich die Heilige Messe besuchte, seit ich Bischof Peter verlassen hatte: die Totengedenken an meine Frau. Ich zahlte dem Priester einen großzügigen Betrag, nachdem die späten Kirchenbesucher den Bau verlassen hatten, und vernahm seinen Segenswunsch, ohne ihn wirklich zu hören. Als ich die Geschichte mit der heimlichen Geliebten erfunden hatte, war mir niemals in den Sinn gekommen, daß ich damit das

Andenken an Maria beschmutzen könnte. Nicht einmal während der Beerdigung der Getöteten auf meinem privaten Gottesacker hatte sich dieser Gedanke eingestellt. Jetzt, in der kalten Kirche, umgeben vom Duft des Weihrauchs und dem Gemurmel der alten Weiber, die sich uneingeladen zu der Messe eingefunden hatten und die weder mich noch Maria jemals gekannt hatten, plagte mich dieser Gedanke mit aller Macht.

Ich ritt bedrückt durch die Dunkelheit nach Hause, begleitet von etlichen Bauernkarren, deren Lenker dem Wein in den städtischen Schenken zu lange zugesprochen hatten. Der Roßknecht nahm mein Pferd in Empfang und stellte es im Stall unter, und ich begab mich in meine Schlafkammer, ohne nochmals die Stube aufzusuchen. Ich schlüpfte unter die Decke und schloß die Türen des Bettkastens. Eine Weile starrte ich in die absolute Finsternis und war trotz meiner Erschöpfung sicher, keinen Schlaf finden zu können; aber der Körper forderte sein Recht und zog mich in die Bewußtlosigkeit hinunter.

Einmal wachte ich auf und glaubte, daß es erneut an meiner Schlafkammertür gepocht hatte, und ich lag verkrampft unter der Decke und spürte, wie mir der Schweiß ausbrach. Am nächsten Morgen erwachte ich mit den ersten Rufen der Hähne. Ich hatte eine vage Erinnerung an einen Traum, in dem ich mit Maria am frischen Grab der toten Polin stand und Maria mit zärtlicher Sorgfalt ein kleines Sträußlein Wiesenblumen auf den niedrigen Erdhügel legte, und ich spürte mit der Hand über mein Gesicht, erfühlte die Spuren nächtlicher, unbewußt vergossener Tränen und fühlte mir verziehen.

Die Sonne wurde des Nebels an diesem Morgen schneller Herr, und als sich die letzten weißen Fetzen auflösten, kletterte ich auf mein Pferd und machte mich auf den Weg zur Stadt. Das Wetter versprach einen herrlichen, spätherbstlichen Tag, dessen Luft jene Klarheit hatte, die ich an dem feuchten Klima meiner Wahlheimat zumeist vermißte. In Augsburg, wo ich aufgewachsen war und von wo mich der Unmut des Bischofs vertrieben hatte, waren solche Tage im Frühling und im Herbst die Regel gewesen; hier in Landshut waren sie die Ausnahme. In Augsburg hatte ich oftmals vom Turm des Doms aus die zartblauen Umrisse der fernen Berge gesehen, die durch irgendeinen Zauber oder durch eine merkwürdige Zusammensetzung der Luftschichten in eine beinahe greifbare Nähe gerückt waren. In Landshut war mir dies bisher nur einmal geschehen, an einem Tag, der den Himmel in Flammenfarben getaucht hatte und an dem sich mein Gesinde fortwährend bekreuzigte und über schlechte Vorzeichen murmelte, während mein Verwalter ein sauertöpfisches Gesicht machte und über Kopfschmerzen klagte. Vielleicht hätte man heute in Augsburg das Blinken der schneebedeckten Bergflanken wieder gesehen. Hier reichte es zumindest aus, die prächtigen Bauten der Stadt klar und wie frisch gewaschen dem Betrachter zu präsentieren.

Das Land, auf dem mein Hof lag, befand sich inmitten des weiten Isartales. Bis zum Bau des Zisterzienserinnenklosters mußte es eine gewaltige sumpfige Wiese gewesen sein, die der Pfettrachbach in regelmäßigen Abständen überschwemmte und die nur die wenigen kleinen Anwesen der Landpächter ernährte, die sich darum gruppierten. Die Bauarbeiten des Klosters hatten dazu geführt, daß sich Tagelöhner und Handwerker vor seinen Toren ansiedelten, die durch Entwässerungen und Uferbefestigungen das Säldental nutzbar machten. Heute war zwischen dem Tor des Frauenkonvents und der Stadtmauer kaum noch eine freie Fläche zu finden. In der anderen Richtung hingegen, nach Norden, lagen außer meinem umfangreichen Landstück nur noch wenige kleine Bauernkaten, die sich bis zu den nördlichen Hängen des Isartales verstreuten. Sie bildeten zusammen mit meinem Land, dem Kloster und den Heimen der vom Wirtschaftsbetrieb des Klosters Lebenden ein immer dichter werdendes Netz von Wohnstätten, das schließlich zur Stadt selbst hinführte.

Mit den Außenbezirken mochten etwa zehntausend Menschen in Landshut leben. Auf einem kiesigen Schwemmlandstück zwischen der in ihrem flachen Bett vielfach verzweigten Isar und den steilen Abhängen der südlichen Hangleiten gelegen, vermittelte die Stadt ihren Bewohnern das angenehme Gefühl der Sicherheit, das denjenigen beschert ist, die sich von allen Seiten behütet wissen. Sichtbarer Ausdruck dieses Gefühls war der sorglose Umgang mit der Stadtmauer, in deren langgestreckte Trapezform nicht nur Tore in jede Himmelsrichtung gebrochen waren, sondern auch eine Anzahl kleinerer Mannlöcher, die von verschiedenen Zünften benutzt wurden, deren Arbeitsplätze direkt außerhalb der Stadtmauern lagen.

Mit der neuerbauten Kirche zum Heiligen Geist an ihrem Nordende, dem emporstrebenden Martinsdom im Süden und der Kirche des Sankt Jobst im äußersten Osten beherbergte die Herzogsstadt drei gewaltige Sakralbauten in ihren Mauern; dazu die drei Klöster der Franziskaner, der Dominikaner und der Malteser. Jeder weiß, daß nur der Reichtum einer Stadt die Barfüßerorden anzieht; wem dies aber noch nicht als Beweis für den Wohlstand der Herzogsstadt genügte, mochte sich die Viertel ansehen, die die Häuser der Bewohner aufnahmen.

Auf der Kiesaufschüttung im Süden, auf der die Stadt ursprünglich entstanden war, lagen die Quartiere der herzöglichen Waffen- und Rüstungsschmiede und die Wirtschaftsgebäude der Burg. Die Stadtwohnung des Herzogs bildete dort ein zusätzliches, fast eigenes Viertel, das Herzog Ludwig von seinem Vater Heinrich übernommen und weiter ausgebaut hatte. Die Häuser der herzoglichen Beamten schlossen sich daran an und zogen sich bis zum Fuß des Martinsdoms. Danach führte die Hauptstraße, die man allgemein als Altstadt bezeichnete, mit ihren reichen Bürgerhäusern und deren eigenwilligen Laubengängen, mit Lagerhäusern, Gasthöfen und Handelsgewerben geradewegs in Richtung Norden bis zum Spitaler Turm, jenem Torbau, der den innersten Bereich der Stadt nochmals zum Hospiz und der Heilig-Geist-Kirche hin abschirmte. Parallel zu ihr lief die Neustadt, ebenso von hochaufragenden, bunten Fassaden der Patrizierhäuser eingerahmt, deren Besitzer ihre bisherigen Gebäude in der Altstadt verkauft hatten, um in der Neustadt größer und prunkvoller bauen zu können. Zuletzt war die Freyung um die Kirche des Heiligen Jobst entstanden, ein steuerfreier Bereich, der die dort neu angesiedelten Bürger für zehn Jahre von sämtlichen Abgaben befreit hatte.

Unter seinen Vorgängern war Landshut gewachsen; mit Herzog Heinrich, dem Vater des jetzigen Herzogs, war um die Jahrhundertwende der Wohlstand in die Stadt gekommen; sein Beiname war noch zu seinen Lebzeiten »der Reiche« gewesen. Sein Sohn Ludwig teilte sich mit ihm diese Ehre. Der junge Georg würde dereinst einen Pfrund erben, angesichts dessen Kaiser und Könige vor Neid erblassen konnten und der einen nicht zu unterschätzenden Machtfaktor im Flickwerkgefüge des Reichs darstellte. Herzog Ludwig hatte sich bereits einmal gegen Kaiser Friedrich gestellt und sich als Königsmacher zu etablieren versucht; damit hatte er einen der Anstöße zu jenem Krieg gegeben, in dessen Auswirkungen auch ich vor zwölf Jahren hineingezogen worden war. Nicht wenige munkelten, daß er mit der bevorstehenden Verheiratung seines Sohnes einen neuerlichen Versuch dazu wagen mochte, des Kaisers Macht zu beschneiden. Es war die Art von Gerede, das immer dann voller Häme in die Welt gesetzt wird, wenn ein Mächtiger von seiner persönlichen Statur her nicht imstande scheint, sein großes Amt auszufüllen; und Kaiser Friedrich, der die meiste Zeit mit alchemistischen Übungen am Hof zu Graz verbrachte, schien eine geradezu auserlesene Zielscheibe dafür zu sein.

Die Stadt konnte von derlei Gerede nur profitieren; in ihrem Herzen arbeiteten schon jetzt, weniger als eine Generation nach Herzog Heinrichs des Reichen Tod, die besten Schnitzer, Goldschmiede und Rüstungsmacher in weitem Umkreis, zudem zwei der verehrtesten Baumeister der Zeit. Außerhalb der Stadtmauer hatte sich der ausgedehnte Bereich der Handwerker etabliert, deren Kunstfertigkeit sie über die Grenzen ihres Herzogtums hinaus bekannt werden ließ. Zuletzt hatten sich die Tuchmacher mit ihren Bleichmühlen auf dem südwestlichen Ende der großen Flußinsel niedergelassen, zwischen den hölzernen Isarbrücken, über die die Straße nach Norden hinaus führte. Nicht wenige Kaufleute erwarteten, daß ihre Produkte bald den Venezianer Stoffen den Rang ablaufen würden. In dieser Hinsicht war ich skeptisch, aber das Ansehen der Tuchmachergilde war so groß, daß man für ihre Mühlen einen Kanal quer über die Flußinsel gegraben und danach ein eigenes kleines Türchen in der Nähe des Zerrertores in die Stadtmauer gebrochen hatte, damit sie diese bequem erreichen konnten. Sie stellten ihre eigene Wache dafür und hüteten auch selbst dessen Schlüssel.

Es war nicht zu bezweifeln, daß die Stadt, die vor mir im Herbstsonnenschein lag, bald zu den mächtigsten und schönsten im Deutschen Reiche zählen würde.

Solange nichts Unvorhergesehenes passierte.

Herzog Ludwig hatte sein Stadthaus für die polnische Delegation zur Verfügung gestellt. Die weiträumigen Gebäude mit einem Innenhof bildeten fast ein kleines Dorf für sich innerhalb der Stadtgrenzen; oder eher eine Festung, die in ihrem Grundriß der Burg auf dem steilen Hügel überhalb der Stadt glich. Tatsächlich galt dort der Burgfrieden als Gesetz, nicht die Statuten der Stadt, und hätten sich die Landshuter Bürger zu der Dummheit verstiegen, den Herzog in seinem Stadthaus belagern zu wollen, hätte er es mit seinem Gefolge eine ganze Weile darin ausgehalten, bevor die Lage für ihn ernst geworden wäre. Es gab mehrere Wirtschaftsgebäude, Stallungen und kleinere Vorratsspeicher und ein wuchtiges Wohngebäude, in dem sich eine gut bestückte Rüstkammer verbarg. Hier befand sich auch der Eingang, direkt neben den gewaltigen hölzernen Schließflügeln des Ländtores. Vor seiner Bebauung hatte man das Gebiet Krähenland geheißen. Der Name schien mir nicht schlecht gewählt. Heute erhoben sich dort neben dem Herzogshof die Häuser der meisten höhergestellten Beamten Ludwigs des Reichen, die einem in ihren dunklen Prachtgewändern und ihren blasierten Gesichtern ebenfalls wie Krähen vorkamen; gleich ihnen stocherten sie ihren Lebensunterhalt aus dem Mist der größeren Tiere. Das Haus des Doktor Mair war auch dort zu finden, mit seiner Vorderfront zum Neubau des Doms weisend, mit seinem hinteren Teil direkt an die Gebäude des Herzogs angrenzend. Neben der ehemaligen jüdischen Synagoge hatte der Herzog seinen Hauptkasten errichten lassen, ein gewaltiges Lagerhaus, in dem die Zehntleistungen seiner Untertanen einlagert wurden und das erst vor fünf Jahren endgültig fertiggestellt worden war – immerhin zwanzig Jahre, nachdem Ludwig der Reiche den Herzogsstuhl in Besitz genommen hatte. Das gesamte Südviertel der Stadt diente dem Unterhalt und dem Betrieb der Burg, die über ihm dräute. Es war kein Wunder, daß es die Beamten des Herzogs für richtig gehalten hatten, die polnischen Ritter dort einzuquartieren.

Die Polen hatten sich ihre eigenen Gesetzmäßigkeiten in ihrem Bereich geschaffen; sie hatten sogar Wachen vor dem Zugangstor stehen, die den Eintritt nach ihrem Gutdünken verweigerten. Es war die zweite Kontrolle, die ich zu passieren hatte: Eine in einem lockeren Ring um die Residenz des Herzogs angelegte Patrouille hatte mich schon am Anfang der zum Ländtor führenden Gasse abgefangen und kurz befragt. Moniwids Namen kannten sie; nach kurzer Beratung mit einem Leutnant, der aus seinem Quartier neben Doktor Mairs Haus kam, ließen sie mich durch. Auch sie waren Ortsfremde und sprachen im schleppenden Dialekt des oberen Rottals.

Die Wache der Polen bestand aus drei Männern, die mich mit geschwollenen Augen musterten und die dem

Anschein nach die Freigebigkeit des Herzogs in der letzten Nacht an seinen Weinvorräten erprobt hatten; sie waren entsprechend schlecht gelaunt und übernächtigt. Ich mußte einigen Nachdruck in meine Bitte legen, zu Albert Moniwid vorgelassen zu werden, bis sich einer von ihnen bequemte, den Anführer der Gesandtschaft selbst zu fragen. Er kroch mit aufreizender Langsamkeit über den strohbestreuten Innenhof und verschwand um die Ecke des Wohngebäudes. Keiner der Männer sprach bayrisch – ebensowenig wie Latein. Es war kein leichtes gewesen, ihnen den Zweck meines Besuchs klarzumachen. Während wir auf die Rückkehr des Boten warteten, sahen mich die übriggebliebenen Wachen ungnädig und schweigsam an. Ab und zu warfen sie sich Bemerkungen auf polnisch zu, und ich hatte den Verdacht, daß sie wenig Schmeichelhaftes über meine Person enthielten. Schließlich kehrte der dritte Wächter zurück und machte mir klar, daß er mich zu Herrn Moniwid bringen würde. Ich ließ mein Pferd in der Obhut der Wächter zurück. Die Kennerblicke und zärtlichen Gesten, mit denen sie es zu einem Pferch führten, verrieten mir, daß sie zwar ungeschlachte Kerle, aber doch wenigstens Pferdekenner waren.

Der Boden im Innenhof bestand aus festgestampftem Lehm, den man mit Stroh und Reisig aufgestreut hatte. Das feuchte Herbstwetter und die vielen Pferdehufe und Stiefel hatten ihn in eine Landschaft verwandelt, die einem frisch gepflügten Feld glich. Zahlreiche Pfützen und Lachen glänzten im Sonnenlicht. Es war ein enger Hof, bedrängt durch den wuchtigen Bau des Wohngebäudes zur Linken und die Wirtschaftsgebäude am jenseitigen Ende. Nur ein Teil davon war von der Sonne beschienen; der hohe Giebel des Wohngebäudes warf seinen schweren Schatten über den Rest.

Der Enge zum Trotz hatten die Polen den Innenhof in ein Übungsgelände für die bevorstehenden Turniere verwandelt. Eine Stechpuppe stand im hinteren Drittel, die untere Hälfte bereits vom Schatten des Wohnhauses verdunkelt: ein Sandsack mit einem verbeulten Helm obenauf und einer langen Stange, die an der Stelle durch den Sandsack gesteckt war, an der sich bei einem Menschen die Arme befunden hätten. Das eine Ende der Stange trug einen kleinen runden Schild, das andere Ende einen freischwingenden Dreschflegel. Die Basis der Puppe ruhte in einer einfachen Mechanik, die es ihr gestattete, sich um ihre senkrechte Achse zu drehen: Wer an den kleinen Schild stieß, löste damit unweigerlich ein schnelles Herumschwingen der Puppe und des Dreschflegels am anderen Ende der Stange aus. Die Puppe diente dazu, die Geschicklichkeit des Turnierreiters zu festigen und zu erhöhen. Sie war ein sinnvolles Instrument – sie übernahm die Bestrafung des Ungeschickten selbst, sofort und mit unparteiischer Grobheit. Als ich zum Hof hereintrat, sah ich eben einen der Polen in einem leichten Lederhaubert gegen die Puppe anrennen. Er traf den Schild exakt, aber das Aufprallgeräusch der hölzernen Lanzenspitze erschreckte sein Pferd, und anstatt weiterzurennen, stemmte es für einen kurzen Augenblick die Hufe in den Boden. Der Dreschflegel schwang mit täuschender Trägheit herum, der Übende versuchte sich zu ducken, und dann kamen mit einem trockenen Geräusch Flegel und Kopf in Berührung. Das Pferd machte einen Satz, daß der Reiter beinahe aus dem Sattel gefallen wäre, und alle Umstehenden grinsten. Er fand sein Gleichgewicht wieder, faßte sich an seinen schmerzenden Hinterkopf und sah sich mißmutig um. Ich erkannte mit Vergnügen, daß der Reiter Albert Moniwid selbst war.

Er steckte die Lanze in einen Halter, faßte die Zügel und trabte aus der Übungsbahn, um einem anderen Mann Platz zu machen. Sein Nachfolger hatte mehr Glück: Auch er traf den Schild, aber sein Pferd blieb gelassen und trug ihn sicher aus der Bahn des herumschwingenden Dreschflegels. Die Puppe drehte sich ein paarmal um sich selbst, bis sie von zwei herbeieilenden Knappen wieder ruhiggestellt wurde. Der polnische Ritter wendete sein Pferd mit bewundernswerter Geschicklichkeit in vollem Lauf in dem engen Hof und sprengte mit einem triumphierenden Aufschrei an der Stechpuppe vorbei zurück zu seinen Genossen. Moniwid nickte, dann lenkte er sein Pferd auf mich zu, noch immer die Beule an seinem Kopf reibend. Mir war klar, daß er mich mit seinem Auftritt hatte beeindrucken wollen. Daß es ihm nicht gelungen war, konnte seine mürrische Laune kaum verbessern. Sein Gaul war hochnervös, und ich kannte mich mit Pferden genügend aus, um erkennen zu können, daß es schwierig genug gewesen war, ihn mit der bedrohlichen Lanze direkt neben seinem Kopf auch nur halbwegs gerade auf die Puppe losgaloppieren zu lassen, aber ich hatte keine Lust, dem Polen dafür den angebrachten Respekt zu bezeigen. Ich sah schweigend zu ihm empor. Er verzog das Gesicht und sagte: »Die Beule schinerzt fast so sehr wie Euer Anblick, Herr Kaufmann. Was wollt Ihr von mir?«

»Ich muß mit Euch sprechen.«

»Habt Ihr den Mörder etwa schon gefunden?«

Ich sah zu ihm hinauf, groß und mächtig auf seinem wuchtigen Streitroß sitzend. Ich fragte mich, ob ich den Gaul mit jener famosen goldenen Decke vor mir hatte, die in Wittenberg genug Aufsehen erregt hatte, daß sich der Tratsch bis in Hanns Altdorfers Amtsstube fortgepflanzt hatte. Das Pferd liebte es nicht stillzustehen und tänzelte unruhig von einem Fuß auf den anderen. Moniwid hielt die Zügel straff angezogen, so daß der Unterkiefer des Tieres eng gegen seinen Hals gepreßt wurde. Die Luft zum Atmen wurde ihm dadurch knapp, und es versuchte sich zu befreien; es würde erst später begreifen, daß es keinen Sinn hatte, sich gegen seinen Reiter behaupten zu wollen. Der Ritter parierte die Ausbruchsversuche seines Pferdes mit instinktiven Körperbewegungen, und so wurde nicht mehr als das aufgebrachte Tänzeln daraus; man konnte daran erkennen, daß er tatsächlich ein ausgezeichneter Reiter und im Turnier wahrscheinlich ein furchterregender Gegner war.

Ich kniff die Augen zusammen und sagte ruhig: »Natürlich nicht.«

»Natürlich«, höhnte er. »Welchem Umstand verdanke ich es dann, daß Euer Weg bei mir vorbeiführt?«

»Es gibt etwas, das ich Euch berichten muß.«

»Dann fangt an.«

»Hier?«

»Was habt Ihr gegen diesen Platz einzuwenden? Er wurde uns von *Eurem* Herrn zugewiesen; ich wußte nicht, daß er einem Landshuter Kaufmann nicht passend erscheint.«

»Soll ich die widerwärtigen Details über den ganzen Hof schreien?« rief ich aufgebracht. »Was man Eurer edlen Gräfin alles angetan hat?«

Seine Augenbrauen senkten sich und verwandelten seine Augen in schmale Schlitze. Ich sah das Zornesfunkeln darin; aber wenigstens stieg er nun ab. Das Pferd, von seiner Last befreit, versuchte, auf der Hinterhand hochzusteigen, und der Pole wurde ein paar Schritte weit von ihm mitgerissen, bis er es wieder mit den Vorderbeinen auf den Boden gezwungen hatte. Einer der Knappen, die vorhin die Stechpuppe ruhiggestellt hatten, lief durch die Pfützen auf ihn zu und nahm ihm die Zügel ab. Es fiel ihm noch schwerer als Moniwid, das Tier in die Richtung davonzuzerren, in der er es haben wollte.

Albert Moniwid marschierte mit brüsken Schritten zu mir zurück. Als er vor mir stand, wies er hinter sich.

»Die Turniere sind nicht mehr weit, und wir müssen unsere Pferde einreiten. Von den sogenannten bayrischen Rittern wird nicht mehr viel übrigbleiben, wenn wir in die Planken gehen.«

Ich verzog achtlos den Mund, und er sah sich genötigt, noch etwas hinzuzufügen: »Ich habe gehört, Herzog Christoph der Starke wird bei den Turnieren kämpfen. Er ist ein ganz und gar gottloser, aufgeblasener Popanz. Ich habe mir vorgenommen, ihn in Grund und Boden zu rennen; Ihr stört mich bei meinen Übungen.«

»Herr Moniwid, wenn wir den Mörder nicht fassen, wird es keine Hochzeit und kein Turnier geben. Ihr wolltet dafür sorgen; erinnert Ihr Euch?«

»Pah«, winkte er ab. »Dann werde ich ihn auf dem Schlachtfeld treffen, und die Waffen werden scharf sein. Um so besser.«

»Wollt Ihr nun hören, was ich Euch zu sagen habe?«

»In Gottes Namen; sprecht, Herr Kaufmann.«

»Die Dame wurde erdrosselt, bis sie offensichtlich das Bewußtsein verlor; sodann wurde ihr das Genick gebrochen. Danach bediente sich der Täter irgendeines Werkzeuges, damit die Tat nach einer Vergewaltigung aussah. Tatsächlich hat eine solche niemals stattgefunden.« Es hörte sich nicht richtig an; ich wollte hinzufügen: Jedenfalls nicht in dem üblichen Sinne, aber an seinem Gesicht konnte ich erkennen, daß er verstanden hatte. Er schwieg eine lange Weile, nachdem ich zu Ende gesprochen hatte, und währenddessen schien er mein Gesicht scharf zu mustern. Seine Wangenmuskeln zuckten dabei, und über seine Züge huschten Gedanken wie finstere Schatten.

Nach einigen Momenten erkannte ich, daß er nicht ob der neuen Details sprachlos war; sein Schweigen hatte einen viel profaneren Grund. Er versuchte, sich darüber klar zu werden, ob ich ihm nicht einen Bären aufband. Ich konnte förmlich den inneren Kampf sehen, den er mit sich ausfocht. Es brauchte eine geraume Zeit, bis er sich zu dem Entschluß durchrang, daß ich die Wahrheit gesagt hatte.

»Was hat das zu bedeuten?« fragte er rauh.

»Herr Moniwid«, sagte ich ruhig. »Es ist kein Zufall, daß die Nichte des Königs auf diese Art und Weise ums Leben gebracht wurde. Jemand versucht, die Hochzeit Eurer Prinzessin mit unserem Herzogssohn zu verhindern.«

»Warum sollte jemand …?« rief er laut, und alle Köpfe fuhren zu uns herum. Ich fühlte mich merkwürdig schwindlig, als ich es ausgesprochen hatte. Es war nicht über mich gekommen wie eine Erleuchtung. Seitdem ich heute morgen aufgewacht war und meine Sinne wieder in ruhigeren Bahnen verliefen, fraß dieser Gedanke an mir. Moniwid zog die Luft mit einem scharfen Geräusch durch die Nase ein und fauchte dann zwischen zusammengebissenen Zähnen: »Warum sollte jemand das wollen? Ihr habt den Verstand verloren.«

»Ihr sagtet selbst, daß Ihr nichts dagegen hättet, wenn die Hochzeit abgesagt würde«, erinnerte ich ihn. Er starrte mir ins Gesicht; plötzlich packte er mich und schob mich mit derselben erstaunlichen Leichtigkeit wie schon in der Kirche vor sich her in einen schattigen Winkel des Hofes. Als wir dort angelangt waren, brachte er sein Gesicht so nah wie möglich an das meine und zischte erstickt: »Wenn Ihr damit andeuten wollt, ich hätte womöglich mit diesem Mord zu tun ...«

»Das will ich nicht, um Himmels willen«, sagte ich und machte meinen Arm los. »Tatsächlich kam ich nur her, um Euch klarzumachen, daß die Sachlage keineswegs so einfach ist, wie wir bisher dachten.«

Er schnaubte aus. Mit einem heftigen Kopfschütteln beruhigte er sich wieder.

»Was erwartet Ihr jetzt von mir?« fragte er.

»Daß Ihr die Frist verlängert, die Ihr uns gegeben habt.«

»Weshalb sollte ich dies tun?«

»Weshalb?« rief ich verblüfft. »Die Ausgangsvoraussetzungen für den ganzen Fall haben sich geändert!«

»Inwiefern? Die Gräfin Jagiello wurde ermordet.«

»Aber aus gänzlich unterschiedlichen Motiven ...«

»Die Motive«, sagte er unwirsch, »die Motive sind nebensächlich. Es kann sich gut um ein Hirngespinst handeln, das Euch befallen hat; sollte es sich aber so verhalten, wie ihr mir geschildert habt, ist die Ungeheuerlichkeit doppelt groß, die einer Eurer Landsleute begangen hat.«

Sein Sticheln hatte den Erfolg, daß ich meine Argumentation vergaß.

»Warum sollte es denn nicht einer von Euren Landsleuten gewesen sein?« erwiderte ich ärgerlich. »Wenn alle hier so denken wie Ihr, scheint es mir sogar recht wahrscheinlich, daß der Täter in diesen Mauern zu finden ist.«

»Das ist eine Frechheit ...«, knurrte er.

Ich ermahnte mich zur Ruhe. »Bitte«, sagte ich drängend und breitete die Hände aus. »Es hat keinen Sinn, uns zu streiten. Ich entschuldige mich für meine Worte. Aber bitte denkt nach und laßt einmal die Ressentiments beiseite: Die Möglichkeit, daß der Mörder einer von Euch ist, ist mindestens genauso groß wie die, daß er einer von uns ist. Auf beiden Seiten gibt es wohl Vorbehalte gegen diese Verbindung. Setzt den Termin aus, den Ihr uns gestellt habt. Ich verspreche Euch, daß uns an der Aufklärung des Verbrechens ebensoviel gelegen ist wie Euch. Was habt Ihr davon, uns einem solchen Druck auszusetzen? Wer so arbeitet, macht Fehler, und ich nehme an, daß wir beide dies gerade vermeiden wollen. Wenn wir genügend Zeit haben, kann ich Vertraute finden, die mir helfen werden; im Moment bin ich ganz alleine. Ich kann mich in Ruhe zuerst bei Euren Leuten umhören und dann in der Stadt. Ich bin sicher, wir werden den Mörder einkreisen und zur Strecke bringen.«

Er dachte nicht einmal über meine Worte nach. »Der Termin bleibt«, sagte er hart.

»Warum denn? Bis die Hochzeit vorüber ist und Ihr nach Hause aufbrecht, um Euren König vom Tod seiner Nichte in Kenntnis zu setzen, vergehen noch drei oder vier Wochen. Ich glaube nicht, daß der Prinzessin das Verschwinden ihrer Base auffallen wird; sie hat genügend mit den Feierlichkeiten zu tun, sobald die Hochzeit erst einmal ...«

»Der Termin bleibt«, wiederholte er. Ich unterbrach mich und schaute in sein Gesicht. Was ich sah, ließ mich wissen, daß weitere Worte keinen Sinn hatten. Er hatte uns die Daumenschrauben angelegt, und er genoß es zu sehen, wie sie uns peinigten. Schließlich erwachte mein eigener Stolz.

»Also gut«, sagte ich. »Wie sieht es mit einer Befragung Eures Gefolges aus?«

»Der Schuldige ist nicht hier«, knurrte er hartnäckig.

»Bei Gott«, sagte ich nun genauso hart wie er, »jetzt habe ich genug. Ich schmeiße Euch den ganzen Kram vor die Füße. Ich habe Euer Edeldämchen hinter meinem Haus beerdigt, wie es sich gebührt; ich lasse sie wieder ausgraben und hier mitten auf Eurem von Pferdemist stinkenden Hof abladen, und dann macht mit ihr, was Ihr wollt. Und Ihr könnt sicher sein, daß ich und der Notarius und wenn es sein muß auch der Kanzler schon vor Herzog Ludwig und dem Kaiser stehen, während Ihr noch darüber nachdenkt, an welchem ihrer Gliedmaßen ihr sie auf den Friedhof schleifen sollt. Und was der Herzog und der Kaiser über Eure Rolle in dieser ganzen leidigen Angelegenheit erfahren, wird nicht sonderlich viel Positives enthalten.« Ich atmete schwer, als ich geendet hatte; noch während ich sprach, war meine Wut immer größer geworden. Am liebsten hätte ich ihn in diesem Moment ins Gesicht geschlagen.

»Man kann Euch leicht aus der Reserve locken«, sagte Moniwid nüchtern. »Das ist mir schon in der Kirche aufgefallen.«

»Leichter, als Euch zur Zusammenarbeit zu bewegen«, keuchte ich.

»Ihr sollt Euren Willen in dieser Sache haben«, erwiderte er nach einer kurzen Pause. »Fragt meine Leute, aber tut es so, daß nichts über die ganze Geschichte herauskommt. Ich habe das Verschwinden der Gräfin Jagiello damit erklärt, daß die Prinzessin sie sofort zu sich befohlen habe. Ich denke, mein Gefolge hat es mir abgekauft.«

»Ihr setzt mich in Erstaunen, Herr Moniwid«, sagte ich nicht ohne Sarkasmus.

Diesmal zuckte er nur mit den Schultern. »Schließt daraus nicht, daß ich mit Eurer Person oder Euren Landsleuten einverstanden bin. Ich mag es nur, wenn einer sich wacker schlägt.«

»Ich habe schon verstanden«, sagte ich.

Er musterte mich nochmals eindringlich, dann gab er sich einen Ruck.

»Wollt Ihr sogleich anfangen?« fragte er.

»Nein; ich muß mich noch mit Hanns Altdorfer und dem Richter besprechen. Ich komme nach dem Mittag wieder. Bis dahin solltet Ihr Eurem Gefolge erklären, daß ich ein Landshuter Kaufmann bin, der ein paar Handelsbande knüpfen will.«

»Derlei ist verboten, bevor der Hochzeitstroß eintrifft«, erinnerte er mich. »Alle Pfeffersäcke in der Stadt halten sich daran.«

»Ich weiß. Ich bin eben ein wenig ehrgeiziger als meine Zunftgenossen; zumindest könnt Ihr es so darlegen. Das würde auch erklären, warum ich Euch jetzt aufgesucht habe.«

»Ihr hattet es Euch schon zurechtgelegt, nicht wahr?«

Ich hob die Hände, und er grinste widerwillig.

»Einverstanden«, brummte er.

Ich nickte, und wir trennten uns wortlos. Ich war schon aus dem Schatten wieder hinaus in das Sonnenlicht getreten, als er mir nachrief: »He, Herr Kaufmann!«

Ich drehte mich um. Er stand am Rand der Schattenfläche und hatte beide Fäuste in die Hüften gestemmt.

»Der Termin bleibt, hört Ihr?« rief er fast fröhlich. »Der Termin bleibt.«

Ich nickte nochmals und holte mein Pferd.

»Um Gottes willen«, flüsterte Hanns Altdorfer, und seine schlaksige Gestalt, die er in seinen unbequemen Stuhl gefaltet hatte, sackte zusammen. »Bist du dir sicher, daß die Folgerung des jungen Mannes stimmt?«

»Natürlich; ich habe alles selbst nachgeprüft«, knurrte ich. »Was für eine Frage, Hanns! Wie soll ich mir sicher sein? Habe ich in solchen Dingen Erfahrung? Ich glaube ihm einfach; warum sollte er mir eine solche Lüge erzählen?«

Er zuckte mit den Schultern und machte ein unglückliches Gesicht.

»Kannst du dir vorstellen, was das zu bedeuten hat?« flüsterte er.

»Im Augenblick kann ich mir noch nicht einmal recht vorstellen, was der Täter für Gründe hatte.«

»Aber warum diese ... diese ...«

»Schlächterei?« vollendete ich für ihn. »Vielleicht war es nur ein Verrückter.«

Ich konnte ihm ansehen, daß er innerlich erschauerte. Sein Gesicht war für ein paar Momente ein offenes Buch, als er sich vorzustellen versuchte, was den Täter getrieben haben mochte. Ich beschloß, ihm den Gedanken nahezubringen, mit dem ich heute morgen erwacht war.

»Hast du dir schon einmal überlegt, daß es auch ein gezielter Versuch sein kann, die Hochzeit zum Scheitern zu bringen?« fragte ich. Er riß die Augen auf.

»Denk nur an die Reaktion Moniwids; wer weiß, wie viele von den Polen so denken wie er. Und wie viele Landshuter.«

»Aber eine solche Tat zu begehen, um die Hochzeit zu behindern …«

»Es lohnt sich doch«, sagte ich gelassener, als ich mich fühlte. »Selbst wenn die Hochzeit dadurch nicht verhindert wird, dürfte es die Beziehungen zwischen Kasimir von Polen und Herzog Ludwig deutlich verschlechtern. Moniwid hat gesagt, die Tote sei äußerst beliebt bei Hofe gewesen. In der Politik muß man manchmal in kleinen Schritten planen.«

»Es graust mich, wenn ich dich so reden höre«, warf er mir vor. Ich zuckte mit den Schultern. Er griff mit den Händen vor sich in die Luft, als müßte er den nächsten Gedanken einfangen.

»Aber warum hat der Täter dann nicht selbst … Du weißt, was ich meine; warum hat er sie nicht selbst … berührt?« brachte er hervor. Ich kehrte die Handflächen nach oben. Ich wußte es nicht.

»Und wie brachte er die Gräfin dazu, des Nachts in die Kirche zu kommen? Woher wußte er überhaupt, wer sie war?« ergänzte ich.

»Das ist einfach«, sagte Altdorfer, ohne lange nachzudenken. »Er kannte sie.« Dann verstummte er und sah mich betroffen an.

»Und sie ihn«, sagte ich. »Was darauf hindeutet, daß der Täter unter den Polen zu finden ist.«

»Großer Gott. Hast du schon mit Moniwid gesprochen?«

»Ich komme gerade von ihm. Er hat mir erlaubt, mich unter seinen Leuten umzuhören.«

Er konnte sich nicht verkneifen, die nächste Frage

zu stellen. »Glaubst du, er hat selbst etwas damit zu tun?«

»Ich weiß es nicht«, sagte ich ehrlich. »Wenn, dann traut er mir entweder so gut wie gar nichts zu, oder er hofft, auf diese Weise jeden Hinweis auf seine Person zerstreuen zu können.«

»Ich glaube«, sagte Altdorfer dumpf, »wir sollten sofort den Kanzler und den Richter informieren.«

Ich nickte langsam.

»Und sie warnen«, setzte ich hinzu.

Er starrte mich an. Seine Augenbrauen zogen sich zusammen.

»Was meinst du damit?«

»Wer auch immer der Täter war: Er liegt sicher auf der Lauer und wartet auf den Aufruhr, der nach dem Fund der Toten in der Stadt ausbrechen sollte. Mittlerweile dürfte ihm klar sein, daß seine Absicht durchkreuzt wurde. Entweder er versucht es ein zweites Mal, oder er versucht, die Verschleierung des Mordes ungeschehen zu machen.«

Altdorfer kniff die Augen zusammen und massierte seinen Hals.

»Du denkst, wir sind in Gefahr.«

»Ich halte es für möglich.«

»Um Gottes willen«, stieß er nochmals hervor. »Du sagst das, als würde es dich nichts angehen.«

Ich schnaubte unlustig. Tatsächlich hatte ich seit dem Morgen an nichts anderes mehr gedacht.

»Wir müssen ihn so schnell wie möglich finden«, sagte Altdorfer mit unsicherer Stimme.

»Ja«, erwiderte ich. »Jetzt haben wir nicht mehr nur Albert Moniwids Drohung als Motivation.«

Wir verließen Hanns Altdorfers Amtsstube und suchten den Richter auf. Es war ein vergeblicher Weg: Einer seiner Schreiber teilte uns mit, Girigel sei noch am Allerheiligentag abends nach Burghausen gerufen worden. Er habe jedoch eine Nachricht für den Stadtkämmerer hinterlassen.

Altdorfer nahm das versiegelte Schreiben entgegen und trug es zu einem Fenster. Während er las, blickte ich ihm über die Schulter. Es waren nur ein paar hastige Zeilen in einer eckigen Handschrift daraufgeworfen, die besagten, daß Richter Girigel hoffe, so schnell wie möglich nach Landshut zurückkehren zu können und daß wir ihn derweilen über die Fortschritte unterrichten möchten; seine Brieftauben stünden uns zur Verfügung. Er hatte unverbindlich formuliert – wir würden das Schreiben zur Not als Legitimation vorweisen können, wenn wir seine Brieftauben wirklich benötigten. Altdorfer rollte es zusammen und wollte es einstecken. Nach einem Moment des Zögerns streckte er es jedoch mir entgegen.

»Du wirst es eher brauchen als ich«, murmelte er.

Der Kanzler war ebensowenig zu erreichen. Nachdem Hanns Altdorfer seinen Namen genannt hatte, führte uns ein Knecht zu seiner Frau, und wir erfuhren, daß der Kanzler in den nächsten Tagen in Eching weilen würde, um die Formalitäten für die letzte Rast der polnischen Prinzessin zu klären. Er ließe uns ausrichten, daß er uns viel Glück für die geschäftliche Transaktion wünsche und bedauere, uns derzeit nicht mit seinem Rat weiterhelfen zu können. Er hatte nicht einmal seine Frau in den Fall eingeweiht. Wir verabschiedeten uns von ihr und kehrten zum Rathaus zurück.

Im Stadtzentrum hatte sich mittlerweile ein staunenswertes Spektakel entwickelt; die breite Altstadt war erfüllt von menschlichem und tierischem Lärm. Ich blieb abrupt stehen, um zu schauen, und Hanns Altdorfer, der unbeeindruckt weitergegangen war, drehte sich zu mir um und lächelte dann. Er sagte etwas, das ich auf Anhieb nicht verstehen konnte, aber seine Geste und die Bewegung seiner Lippen verrieten mir, was er gemeint hatte: »Jetzt geht es los.«

Eine lange Reihe von Bauernkarren zog sich vom Spitaler Tor bis zum Rathaus herauf; ihre hohen, teilweise mit Eisen beschlagenen Räder ratterten erbärmlich über das bucklige Pflaster. Sie bewegten sich im Schrittempo voran, von mächtigen, im Gedränge unruhig werdenden Ochsen gezogen, denen die Pfiffe und die schnalzenden Peitschen der Wagenlenker im Nacken saßen. Die Wagen reihten sich dicht an dicht, und wo sich eine Lücke zwischen ihnen auftat, wurde sie von einer Schar schnatternder Gänse, kleineren Herden wild ausschlagender Lämmer und aneinandergebundener Kälber ausgefüllt. Sie hatten ihre eigenen Treiber, die mit lauten Rufen und gellendem Pfeifen dafür sorgten, daß die Tiere sich in die richtige Richtung bewegten; da und dort sprangen große dunkle Hunde um die Herden herum und sorgten mit eifrigem Schnappen und heiserem Bellen ebenfalls für Disziplin. Der Treck bewegte sich zäh und stockend voran, kam immer wieder zum Stehen, wenn ein Ochsengespann die Nerven verlor und die Hufe in den Boden stemmte oder ein paar Gänse aus dem Zug ausbrachen, und bog in einer steten Reihe hinter dem Rathaus in die Steckengasse ab. Dutzende von Bürgern standen an der Straße wie ein Empfangskomitee, johlten und klatschten und lachten, und die Scharen von Wappnern, die den Treck links und rechts begleiteten, leisteten mit gebrüllten Befehlen und Flüchen ihren eigenen Beitrag zum allgemeinen Lärm. Das Pflaster war schlüpfrig von den Exkrementen der Tiere, und besonders den aufgeregten Gänsen zog es immer einmal wieder die Füße weg, was von den Umstehenden mit erfreutem Hohngelächter quittiert wurde. Als sich das Gelächter weiter hinten zu einem Beifallssturm steigerte und dazwischen eine Serie von ganz und gar gotteslästerlichen Flüchen zu hören war, wußte ich, daß dort einer der Wappner das Schicksal der Gänse geteilt hatte.

Hanns Altdorfer kam zu mir zurück und wies auf den Treck.

»Sie sind pünktlich«, rief er mir ins Ohr.

»Weshalb? Was ist das?«

»Das sind die Vorräte für die Hochzeit. Rentmeister Hohenecker hat den Beginn ihrer Anlieferung für den heutigen Tag angefordert. Erstaunlich, daß alles so reibungslos abläuft.«

»Wo kommen sie her?«

»Aus dem ganzen Umland. Jedes Landgericht wurde angewiesen, Hühner, Gänse, Lämmer, Spansauen, Kälber und Eier nach Landshut zu liefern. Die Landrichter und Kastner hatten in ihren jeweiligen Bezirken dafür zu sorgen, daß die herzoglichen Bauern und die Stiftsklöster, deren Vogt unser Herzog ist, die angeforderten Vorräte bereitstellten.«

Die Leute begannen in der Enge zu drängeln, damit ihnen nichts entging. Ich erhielt einen sanften Stoß in die Seite und sah eine magere Frau mit blassem Gesicht, die sich mit einem Bündel an der Brust an mir vorbeidrückte: offensichtlich ein vor nicht allzu langer Zeit geborenes Kind. Zwei weitere Kinder hingen an ihrem Rockzipfel und gafften mit offenen Mündern und laufenden Rotznasen zu den Erwachsenen nach oben. Ich zwinkerte ihnen unbeholfen zu, aber sie zeigten keine Reaktion. Man verlernt den Umgang mit Kindern, wenn die eigenen schon so lange aus dem Hause sind.

»Wo werden die Tiere hingebracht?« fragte ich den Stadtkämmerer. »Zu den Zehrgaden hinter Peter Oberndorfers Haus in der Steckengasse, wo die Vorräte eingelagert werden; wir haben dort Ställe und auch die Küchen aufbauen lassen. Kennst du die Fleischbänke hinter dem Rathaus? Man mußte sie aufbrechen, um genug Platz zu schaffen und die Anrichten nach vorne heraus stellen zu können. Was dort keinen Platz findet, kommt in die Vorratskammern im Brothaus und im Weinhaus, und der Rentmeister hat selbst den Stadel von Wolfgang Leutgeb angemietet, um alles unterzubringen. Die beiden Küchenmeister wetzen sicher gerade ihre Messer.«

»Das müssen Hunderte von Gänsen und Lämmern sein; von den Kälbern gar nicht zu reden.«

»Jedes Gericht hat fünfhundert Gänse und Lämmer zu stellen; dazu alle Spansauen, die in der Zeit anfallen, sowie alle schlachtreifen Kälber. Und das ist nur, was heute anzuliefern ist. Die Landrichter kaufen daneben bei allen Klöstern, Pfarrhöfen und Sedelhöfen an Kapaunen ein, was sie nur bekommen können. Die Jäger und Fischmeister des Herzogs haben Wildbret und Fische zu liefern; seit Tagen sind die Wälder nicht mehr sicher, die Kerle schießen ihre Bolzen in alles, was sich bewegt. Und die Seen um München und der Chiemsee werden vermutlich bald leergefischt sein.«

Er unterbrach sich. Die Zuschauer begannen zu jubeln und zu pfeifen, und wir versuchten den Grund ihrer erneuten Belustigung zu erspähen. Ein Zugochse war so eng in die Steckengasse eingebogen, daß der vollbeladene Wagen mit der Seite an eine Hausecke prallte und die Bohlen, die als Seitenwand dienten, herabfielen. Einige Büschel Stroh und mit ihnen Hunderte von Eiern rutschten aus dem Wagen und auf den Boden. Was nicht zerbrach und als unappetitlicher Matsch zwischen den Pflastersteinen herumschwamm, wurde von den Umstehenden eilends eingesammelt; die Wappner, die sich die Bäuche hielten vor Lachen, schritten viel zu spät ein. Der Wagenlenker jammerte lauthals, bis er außer Sicht war, und der Treck bewegte sich wieder weiter.

»Ich wette, dieser Ochse steckt noch im Verlauf der Hochzeit am Spieß«, sagte ich.

»Wahrscheinlich. Wenngleich ihn die Fürsten und Herrschaften zu zäh finden würden; für sie sind zartere Bissen gerichtet. Er kommt aus dem Volk und wird wohl zum Volk zurückkehren.«

»Welches sein zähes Fleisch mit Schwarzbrot verzehren und mit billigem bayrischen Wein hinunterspülen wird, während die edlen Damen und Herren süßes Weißbrot essen und ihre Gaumen mit Muskateller und Malvasier benetzen«, vollendete ich boshaft. Altdorfer erlaubte sich ein Grinsen. Nach einem kurzen Moment wurde er wieder ernst.

»Laß uns weiterarbeiten«, sagte er. »Du siehst ja, was hier los ist. Irgend jemand muß sich auch noch um die Holzversorgung kümmern. Der Kanzler hat schon zwei Holzmeister bestellen lassen, und ich muß mit ihnen über einen geeigneten Stapelplatz sprechen. Sie möchten das Holz in der Freyung aufschichten; ich fürchte, der Platz dort wird nicht ausreichen. Aber zuerst möchte ich mich noch mit dir beraten.«

»Du hast recht, Hanns«, seufzte ich. »Wir können uns keinen Fehler erlauben. Wenn wir versagen, sind hier eindeutig zu viele Gänse angeliefert worden.«

Bis wir das Rathaus betraten, hatte sich Hanns Altdorfers Freude über den reibungslosen Beginn der Hochzeitsvorbereitungen wieder gelegt. Er war zugleich aufgebracht und mutlos, als wir uns in sein Zimmer begaben.

»Der Kanzler und der Richter haben uns im Stich gelassen, findest du nicht auch?« brummte er, nachdem er die Tür hinter sich geschlossen hatte. »Wir stehen mit dem Fall ganz allein da.«

»Wir brauchen sie nicht«, sagte ich. »Wenn sie nicht in Landshut sind, kann ihnen auch nichts zustoßen. Betrachte es einmal von der Seite.«

Er lachte freudlos auf.

»Wenn das so ist, sollte ich mir auch irgendwo anders etwas Dringendes zu tun suchen«, keuchte er. »Am besten in Ägypten.«

Ich erwiderte nichts, und er sah mich ernst an und erklärte: »Das war nur so dahingesagt. Ich lasse dich nicht hängen; schließlich habe ich dich in die ganze Sache verwickelt.«

Ich hätte gerne abgewinkt und geprahlt, daß ich ihn nicht brauche und daß es das Beste sei, wenn er die Stadt ebenfalls verließe. Aber ich schwieg; ich wußte, daß ich seine Hilfe noch benötigen würde.

»Was geschieht nun?« fragte er schließlich.

»Ich weiß nicht«, sagte ich. »Ich denke darüber nach, was ich vor fünfzehn Jahren getan hätte.«

»Und was ist das?«

»Wir verfolgen die Spur weiter, die wir bisher haben«, erklärte ich, ohne mir meiner Sache ganz sicher zu sein. »Wir haben Gäste aus der Umgebung des polnischen Hofes in der herzoglichen Stadtresidenz; der Täter kann sich darunter befinden. Wir haben weiterhin den polnischen Botschafter mit seinem Gefolge im Haus Walthers vom Feld, den wir nicht außer acht lassen dürfen. Befinden sich sonst in irgendeinem Quartier in der Stadt Polen?«

Altdorfer bückte sich unter seinen Tisch, ohne mir zu antworten. Er kam mit einer großen pergamentenen Rolle wieder zum Vorschein und hielt sie in die Höhe.

»Der Häuserplan«, sagte er. »Ich habe alle Quartiernehmer eingezeichnet, um den Überblick zu behalten.« Er wischte die Federn und den Sandstreuer auf dem Tisch beiseite und breitete den Plan aus.

Es war ein Stadtplan, in dem alle Häuser und Anwesen in der Stadt in Parzellen eingezeichnet waren; die offiziellen Behausungen außerhalb der Stadtmauern, die nicht von Pfahlbürgern errichtet worden waren, fanden sich ebenfalls darin. Jemand hatte mit schwarzer Tusche in jede Parzelle den Namen des Besitzers geschrieben; ich fand Hanns Altdorfers Namen dort, wo sein Haus stand, und ich entdeckte ebenfalls die Namen Löw und Oberndorfer und etliche andere, die mir bekannt waren. Der Stadtkämmerer schien die Beschriftung ständig zu erneuern: Bei einigen der Namen konnte man erkennen, daß sie über einer Stelle standen, an der man einen anderen Namen ausgekratzt hatte. Ich sah wieder hoch und stellte fest, daß Hanns Altdorfer ein selbstzufriedenes Gesicht machte.

»Ich nehme an, der Plan ist auf dem neuesten Stand«, sagte ich, um ihm eine Freude zu machen. Er nickte mit Nachdruck.

»Er stammt noch aus den Zeiten des Stadtkämmerers Pätzinger, vor mehr als zehn Jahren. Ich habe damals schon als einer seiner Schreiber mit diesem Plan gearbeitet.«

»Was bedeuten die in rot eingetragenen Namen neben denen der eigentlichen Besitzer?«

»Das«, erklärte er stolz, »sind die Namen der Gäste oder Delegationen, die für die Hochzeit dort untergebracht sind.«

Ich nickte und betrachtete den Plan wieder. Unter den roten Namen waren besonders viele ausgekratzte Stellen; scheinbar war es nicht leicht, eine endgültige Belegung vorzunehmen. Ich befeuchtete einen Finger und tupfte leicht an einen der Namen; die Tusche war sicher noch keine zwei Tage alt.

»Sieh her«, sagte Hanns Altdorfer und wies auf die Stelle, an der die Stadtresidenz Herzog Ludwigs eingezeichnet war: Ich sah in Schwarz den Namen Ludvicus Dux und daneben, in Rot, in schlichter Stilisierung den Adler des polnischen Wappens. »Hier logiert die Delegation von Albert Moniwid.«

Ich fuhr mit dem Finger über die Karte, bis ich das Haus Walthers vom Feld erreichte; auch hier war wieder der kleine rote Adler zu sehen. Ich warf einen Blick aus dem Augenwinkel zu Hanns Altdorfer, aber er wartete nicht auf mein Lob, sondern suchte bereits nach weiteren Eintragungen mit dem gekritzelten Wappen.

»Ich mache nicht alle Einträge selbst«, sagte er entschuldigend. »Eigentlich ist der Stellvertreter von Richter Girigel, Wilhelm Trennbeck, mit der Zuweisung der Logis befaßt, und ich habe mit ihm vereinbart, daß er jede neue Information sofort an meine Schreiber weitergibt, die diesen Plan vervollständigen.«

Er bewegte den Finger in einer Schlangenlinie zwischen den beiden Häuserreihen der Altstadt hin und her und fuhr vom Judentor bis zur Heilig-Geist-Kirche langsam alle Einträge ab. »Hier ist nichts«, murmelte er.

Ich folgte seiner planmäßigen Suche unwillkürlich mit den Augen, aber schon gegenüber des Rathauses stieß ich auf einen weiteren Namen, der mir auffiel.

»Fridericus Rex«, sagte ich erstaunt. »Soll das bedeuten, daß der Kaiser schon in der Stadt ist?«

»Nein«, sagte er. »Wir haben seinen Namen nur schon eingetragen, weil es sicher ist, daß er dieses Quartier erhalten wird. Sieh her: Bei meinem Haus und beim Haus von Peter Oberndorfer steht ebenfalls schon, daß der Bräutigam und die Braut dort logieren werden. An diesen Zuweisungen wird sich nichts mehr ändern.«

»Das ist das herzogliche Zollhaus, in dem der Kaiser wohnen wird.«

»Richtig. Der Herzog hat Order gegeben, es für die Bequemlichkeit des Kaisers einzurichten.«

»Ich kann mich erinnern, daß du gesagt hast, der Kaiser sei nicht auf der Burg untergebracht.«

»Zuwenig Platz. Und zu nahe an Herzog Ludwig; die beiden sind nicht unbedingt Freunde, wenn sie auch längst keine Feinde mehr sind. Wahrscheinlich wollte der Kaiser einen Ort, an dem er sich sicher fühlen konnte.«

Mittlerweile hatte Altdorfer in seiner systematischen Art die Neustadt und die Freyung nach polnischen Logiergästen untersucht, ohne fündig zu werden. Er umrundete die Stadtmauer mit dem Finger und sah dann zu mir auf.

»Nichts«, erklärte er. »Sieh ruhig nochmals selbst darüber, aber ich denke, es gibt im Moment keine weiteren polnischen Gäste in der Stadt.«

»Was ist mit der Ländgasse zwischen der Altstadt und dem Fluß?«

»Die Häuser dort wurden als mögliches Quartier nicht in Betracht gezogen«, sagte er. »Es gibt nur im unteren Drittel Wohnhäuser; der Rest bis zum Ländtor hinauf sind Städel und Lagerhäuser. Du siehst keine einzige rote Eintragung dort.«

Ich deutete auf eine Parzelle in der östlichen Häuserzeile der Ländgasse.

»Hier ist euch ein Fehler unterlaufen«, bemerkte ich. »Ein Name wurde ausgekratzt, aber kein neuer eingetragen.«

Er schüttelte den Kopf.

»Das ist richtig«, brummte er. »Das Haus steht leer.«

»Es steht leer? Wem gehört es denn?«

»Soweit ich weiß, dem Herzog. Es wurde vor langer Zeit von seinem Vater konfisziert, aber er hat niemals etwas damit angefangen.« Er zuckte mit den Schultern, und ich hatte den Eindruck, daß er noch etwas mehr dazu sagen wollte, es sich aber verkniff. »Es verfällt; schade darum«, sagte er nur.

Er richtete sich seufzend aus seiner gebückten Haltung auf und begann, die Karte einzurollen. Er verstaute sie vorsichtig wieder unter seinem Tisch.

»Zwei Möglichkeiten«, erklärte er. »Der Täter steckt entweder bei Albert Moniwid oder beim Botschafter.«

»Das vereinfacht die Sache«, sagte ich mit falscher Fröhlichkeit. »Es hätten auch zwanzig verschiedene Möglichkeiten zutage kommen können. So kann ich heute noch anfangen, mich bei Moniwid und dem Botschafter ein wenig umzuhören.«

Altdorfer schniefte nur. Bevor er sich zu einer Antwort aufraffen konnte, öffnete sich jedoch die Tür, und einer seiner Schreiber streckte den Kopf herein. Altdorfer sah ihn ungnädig an.

»Verzeihung, Exzellenz«, sagte der Schreiber demütig. »Hier ist der herzogliche Futtermeister Pammberger, der Euch sprechen will.«

»Ich habe keine Zeit!« rief Altdorfer. »Der Futtermeister soll ein anderes Mal wiederkommen.«

Der Schreiber machte ein verzweifeltes Gesicht, und ich wußte, daß er selbst schon vergeblich versucht hatte, den Besucher loszuwerden. Er wollte etwas einwenden, aber offensichtlich hatte auch der ungebetene Gast draußen in der Schreibstube des Stadtkämmerers ablehnende Antwort vernommen. Er polterte mit tiefer Stimme:

»Keine Zeit? Das wäre ja noch schöner.«

Er drängte sich an dem Schreiber vorbei zur Tür herein, ein schwerer Mann mit langen grauen Haaren, dessen Beine in mächtigen, kotigen Stiefeln steckten und der den Geruch von Heu und Pferden mitbrachte. Er ignorierte mich vollkommen, baute sich mit der selbstbewußten Arroganz eines herzoglichen Beamten neben dem Tisch Altdorfers auf und grollte: »Ich habe ein Problem, und Ihr werdet mir zuhören, Notarius.«

Die Hofbeamten des Herzogs, mächtige und einflußreiche Männer, waren während der Zeit der Hochzeitsvorbereitungen mit weitreichenden Sonderbefugnissen ausgestattet worden. Das Selbstverständnis eines Stadtbeamten wie des Kämmerers mußte diese Maßnahme hart treffen; dazu brauchte es nicht das großspurige Auftreten eines jener Amtsinhaber. Ein Mann wie Hanns Altdorfer war es sicherlich gewohnt, daß die herzoglichen Beamten grob mit ihm umsprangen; aber zu anderen Zeiten gab es Stellen, bei denen man sich über einen Amtsinhaber beschweren konnte, wenn er seine Grenzen überschritt. Während der Vorbereitungen zur Hochzeit allerdings gab es vermutlich keine Grenzen für die Hofbeamten. Altdorfer starrte den Futtermeister gequält an.

»Ich habe einen Gast«, sagte er.

»Für den Ihr anscheinend genügend Zeit übrig habt. Also habt Ihr diese auch für mich.«

Altdorfer verdrehte die Augen und gab auf.

»Dann sprecht, in Gottes Namen.«

»Es handelt sich um die Pferde der Eingeladenen«, sagte der Futtermeister. »Wir werden sie nicht alle in der Stadt unterbringen. Bei etwa sechstausend Stück ist die Kapazität aller Städel und Hinterhöfe erschöpft, selbst wenn wir die Ackerbürger im Bereich der Stadt, die Pächterhöfe im Habran und die Ställe des Zisterzienserinnenklosters mit benutzen. Wir rechnen aber mit etwa zehntausend Pferden.«

»Das ist nicht meine Angelegenheit«, stieß Altdorfer hervor. »Der Stellvertreter des Stadtrichters kümmert sich um die Unterbringung der Gäste und ihrer Pferde. Fragt Herrn Trennbeck.«

»Wenn er aufzufinden wäre, jederzeit«, rief der Futtermeister. »Leider scheint es, als hätte er sich versteckt.«

»Richtig«, stöhnte Altdorfer. »Der Kanzler hat ihn schon vor ein paar Tagen nach Eching gesandt, um dort die Unterstellmöglichkeiten für den letzten Aufenthalt des polnischen Hochzeitszuges auszukundschaften.«

»Und nun?«

Hanns Altdorfer zuckte mit den Achseln. Ich folgte

dem Gespräch nur mit halbem Interesse und wartete auf eine Möglichkeit, mich zu verabschieden. Der Stadtkämmerer kratzte sich heftig am Kopf und sagte dann zögernd: »Soweit ich weiß, hat man sich mit diesem Problem schon auseinandergesetzt. In den Einladungen wurde die zu erwartende Anzahl der Pferde abgefragt und die Gäste angewiesen, nur die persönlichen Reittiere mit zur Stadt zu nehmen. Troß und Wagenpferde sollten in den Pachthöfen draußen auf dem Land bleiben.«

»Schön, daß man mir das auch einmal sagt«, knurrte der Futtermeister.

»Vielleicht solltet Ihr mit den herzoglichen Schreibern sprechen, wenn Ihr diese denn finden könnt, Herr Pammberger«, sagte Altdorfer mit einem so unüblichen Anflug von Sarkasmus, daß ich aufhorchte. Pammberger brummte etwas, das niemand weiter hinterfragte. Scheinbar fühlte er sich im Augenblick geschlagen. Nach einem Moment wandte er sich wieder an Hanns Altdorfer.

»Wo befinden sich diese Pachthöfe genau, Kämmerer?« fragte er.

»So eingehend bin ich nicht informiert. Es ist eigentlich die Aufgabe von Wilhelm Trennbeck.«

»Nun gut«, brummte der Futtermeister. »Wenn sich jemand des Problems bewußt ist, hat es keine solche Eile mehr. Ich dachte nur, es hätte sich noch niemand darüber Gedanken gemacht.«

»Dann wünsche ich Euch noch einen schönen Tag«, sagte Hanns Altdorfer.

Der Futtermeister überhörte die Verabschiedung, ohne mit der Wimper zu zucken. »Das Futter im Hauptkasten des Herzogs dürfte reichen«, murmelte er mehr zu sich selbst als zu uns. »Dafür ist ebenfalls gesorgt. Die Frage ist nur noch, wie wir es in der gebotenen Schnelligkeit auf die Straße hinunterbekommen. Die Vorräte liegen im ersten Stock.«

»Laßt es von kräftigen Kerlen in geschlossene Wägen schaufeln«, schlug Hanns Altdorfer vor, aber Pammberger schüttelte den Kopf.

»Die Fenster sind zu klein«, sagte er. »Nein, ich denke, wir werden Löcher in die Wand schlagen und das Futter über eiserne Röhren herausgleiten lassen.«

»Dann tut das«, sagte Altdorfer ungeduldig.

»Tut das!« rief der Futtermeister. »Tut das! sagt er. Dazu muß ich mich erst wieder mit den Kanzlern abstimmen oder mit dem Hofkastner oder mit wem auch immer. So einfach ist das nicht; das Gebäude ist ja ganz neu.«

»Ja«, sagte der Stadtkämmerer beinahe mitleidig. »Das ist nun Euer Problem.«

Der Futtermeister warf die Hände in die Luft und wandte sich ab. »Wo ist Richter Trennbeck gleich?« fragte er, schon im Gehen.

»In Eching, ein paar Meilen flußaufwärts.«

»Ich weiß, wo Eching ist«, sagte Pammberger knapp. Er griff nach der Tür; er war schon halb draußen, als ihm die Grundregeln der Höflichkeit wieder einfielen und er sich kurz vor uns verneigte, bevor er nach draußen verschwand. Noch im Schließen der Tür hörten wir ihn murmeln: »Hufeisen und Nägel. Hoffentlich haben die Hufschmiede genügend auf Vorrat gelegt.« Er schloß die Tür mit einem lauten Knall. Wir hörten seine schweren Stiefel über den Boden der Stube poltern, und gleich darauf steckte der Schreiber seinen Kopf wieder herein und flüsterte: »Entschuldigung.«

»Schon gut. Ich bin seiner auch nicht Herr geworden«, sagte Altdorfer und winkte ab. Er schüttelte den Kopf und sah mich an. Fast erwartete ich, daß er als nächstes mich mit dem gleichen irritierten Tonfall fragen würde, was er für mich tun könne. Ich streckte ihm die Hand entgegen.

»Ich mache mich wieder an die Arbeit«, sagte ich. »Vielleicht hat ja Pammberger den Mord begangen, dann überlasse ich dir die Genugtuung, ihn zu verhaften.«

»Mach keine Scherze«, erwiderte er düster, und ich ließ ihn allein.

4

Aus den Schänken in der Altstadt drang der Geruch nach gebratenem Fisch, Kohlrabi und das saure Essigaroma von Sulzgerichten auf die Straße, und mein Magen erinnerte sich daran, daß ich das letzte Mal im Morgengrauen etwas zu mir genommen hatte. In der Altstadt trieb sich eine Menge Volk herum; es war der Tag nach Allerheiligen, Allerseelen, und viele Bauern nutzten die Gelegenheit, auch heute ihre Pachthöfe zu vernachlässigen und in der Stadt zu gaffen. Kleine Gruppen von Kindern bettelten vor den Bürgerhäusern in der Hoffnung, noch ein paar von gestern übriggebliebene Seelenwecken zu ergattern. Es fehlten nur die Stände, um den Eindruck eines Markttages komplett zu machen; aber aufgrund des Feiertags oder wegen der Hochzeitsvorbereitungen schien der Stadtrat keine Erlaubnis gegeben zu haben, heute Markt abzuhalten.

Es stellte sich als kein leichtes Unterfangen heraus, die polnische Delegation in Herzog Ludwigs Stadtresidenz zu befragen. Nicht, daß sie sich widerwillig oder gar feindselig gezeigt hätten; sie brachten mir im Gegenteil die herablassende Freundlichkeit entgegen, die ein Adliger, und sei er noch so klein, verarmt und unbedeutend, einem Bürgerlichen gegenüber an den Tag legt. Es war nur so, daß sie sich den ganzen Tag über als äußerst beschäftigt gaben und zwischen Turnierübungen, Leibesertüchtigungen und der Pflege der Pferde kaum Zeit fanden, sich mit mir zu befassen. Außerdem war kaum einer von ihnen einer anderen Sprache als des

Polnischen mächtig, und Albert Moniwid mußte mir als Übersetzer vom Lateinischen ins Polnische und zurück dienen; ein Dienst, den er nicht ohne deutlich zur Schau getragenem Spott erledigte. Ich war nicht mehr so erstaunt über die sprachliche Ungelenkheit der polnischen Ritter, als ich erfuhr, daß auch die Prinzessin nur Polnisch sprach.

Ich hatte während meiner Dienste für Bischof Peter mehr als einmal Menschen ausgehorcht, von denen ich annahm, sie eines Verbrechens überführen zu können. Ich war erstaunt, daß ich kaum etwas von den Kniffen verlernt hatte; und ich fühlte mich wie ein Mann, der nach langer Untätigkeit seine Glieder zum ersten Mal wieder bewegt und feststellt, daß seine Muskeln noch ihren Dienst verrichten.

Alles, was ich sagte und hörte, ging jedoch durch den Filter Albert Moniwid. Ich war bemüht, die Mimik und Körpersprache der Befragten mit dem zu vergleichen, was Moniwid mir in der lateinischen Übersetzung präsentierte, und ab und zu flocht ich in meine eigenen Sätze Bemerkungen ein, die meinem Gegenüber bei wahrheitsgemäßer Übersetzung bestimmte Reaktionen entlocken mußten. Soweit es sich hierüber nachprüfen ließ, übertrug Moniwid wortgetreu; aber wer vermochte zu sagen, ob er diese kleinen Fußangeln nicht durchschaute und sie übersetzte, anderes jedoch ausließ oder veränderte? Ich biß die Zähne zusammen und hoffte, daß ich es schon bemerken würde, wenn jemand etwas zu verbergen hatte, oder daß Moniwid mit der Zeit unachtsam werden und sich in seinen eventuellen Lügen verstricken würde.

Ich erfuhr manchen Klatsch über die Hochzeit und deren Hauptpersonen, wie sie sich aus polnischer Sicht darstellten; man konnte den Polen nicht vorwerfen, daß sie mit ihren Ansichten hinter dem Berg hielten. Von mehreren der Ritter wurde mit einiger Bitterkeit erwähnt, daß ihre Prinzessin erst die dritte Wahl für den jungen Herzog gewesen war und daß es edlere (wenn auch nicht so reiche, was die polnischen Recken ebenfalls erbitterte) Anwärter auf die Hand der jungen Frau gegeben habe. Von einer der Frauen, die die Delegation in größerer Zahl begleiteten und die ein bewundernswertes Selbstbewußtsein an den Tag legten, ob sie nun die Gattin eines der Herren waren oder als alleinstehende Edeldame mit einem kleinen Schwarm Zofen in des Herzog Residenz logierten, erhielt ich unabhängig davon eine phantastische Erklärung für die Heiratspolitik König Kasimirs: Ohne vor Albert Moniwid ein Blatt vor den Mund zu nehmen, erwähnte sie verächtlich, die Prinzessin sei wohl kaum mehr eine *virgo intacta* (dies war Moniwids lateinische Umschreibung für einen vermutlich viel stärkeren polnischen Ausdruck) und es dürfe niemanden verwundern, wenn sie zur Unzeit einen Nachkommen auf die Welt bringe. Daß die finanzielle Lage des gesamten polnischen Königreichs hinreichend prekär sein mußte, erklärte sich mir durch einige schadenfrohe Bemerkungen, wonach König Kasimir den bayrischen Gesandten die Bezahlung der Mitgift auf Raten in den Ehevertrag diktiert hatte – dies ganz entgegen den Anweisungen, die die herzogliche Delegation erhalten hatte und die deshalb vor Angst schlotternd sich der Unterstützung durch die polnische Königin versichert hatte, welche immerhin eine Base Herzog Ludwigs war. Außerdem wurde mir klar, daß die Polen einen ingrimmigen Ehrgeiz hegten, bei den zu erwartenden Turnieren die bayrischen Ritter von den

Pferden zu rennen; beinahe jeder zweite sprach davon, und wie es schien, konzentrierte sich ihr Ehrgeiz auf Herzog Christoph den Starken, den Bruder des Herzogs Albrecht von München, dessen Triumphe in vielen Turnieren die Münder der Männer und die Herzen der übriggebliebenen Jungfrauen füllten. Ich war mit der Zeit geneigt zu glauben, daß die gesamte Delegation aus den unbezähmbarsten Raufbolden unter der polnischen Ritterschaft bestand, ihren Anführer mit eingeschlossen. Die Respektlosigkeit, mit der sie sowohl von ihrem als auch von meinem Souverän sprachen, schien mir diese Annahme noch zu unterstützen und auch, daß sie dabei vor Moniwid keine Scheu an den Tag legten. Ich begann zu vermuten, daß man sie nur deshalb nach Landshut vorausgeschickt hatte, damit sie als Begleitung des Brautzuges in den vielen Städten, durch den dieser zog, keinen Unsinn anstellen konnten.

Was sich mir nicht offenbarte, war, ob sich der Täter unter den von mir Befragten befand. Ich erfuhr zwischen den Zeilen einige Einzelheiten über die tote Gräfin; zum Beispiel, daß sie sich mit Moniwid über seine Kompetenzen als Anführer der Delegation gestritten hatte. Aber es erschien mir trotzdem nicht wahrscheinlich, daß er der Täter war; ich mochte ihn nicht, aber ich war sicher, daß Moniwid nicht fähig gewesen wäre, einen Mord auszuführen – und noch weniger auf diese Art und Weise.

Als ich mich von Moniwid verabschiedete, hielt er die Zügel meines Pferdes fest.

»Was werdet Ihr als nächstes tun?« fragte er.

»Nachdenken«, antwortete ich knapp.

»Beeilt Euch damit«, knurrte er und gab die Zügel meines Pferdes frei. »Ihr habt nur noch elf Tage Zeit.«

Ich konnte mich nicht zurückhalten und sagte: »Zwölf Tage mit heute.«

»Natürlich«, erwiderte er und wandte sich ab. »Ich hatte vergessen, daß Ihr gut rechnen könnt.«

Ich hatte den gesamten Nachmittag des Donnerstag mit der polnischen Delegation verbracht, ohne auch nur den kleinsten Hinweis zu erhalten. Als ich die herzogliche Residenz beim Einbruch der Dämmerung verließ, war ich wütend und voll Sorge. Der Eingang zur Ländgasse lag dem Tor der Residenz direkt gegenüber, und ich ritt hindurch, um mir den Umweg über die Altstadt zu sparen. Die Hufe meines Pferdes klangen dumpf auf dem festgetretenen Erdreich in der Gasse. Hier, in ihrem oberen Drittel, war es stockduster. Ich erinnerte mich, daß Hanns Altdorfer gesagt hatte, erst in der unteren Hälfte stünden Wohnhäuser. Ich sah an den Städeln hoch, die sich links und rechts über die Gasse lehnten. Jedes Haus stand abweisend, die Fenster blind, die Türen unbewegt. Die dunklen Eingänge der Tordurchfahrten, deren Torflügel offenstanden, und der kleinen Gassen zu beiden Seiten gähnten menschenleer. Als ich die ersten Fackeln vor mir sah, die an der Ecke brannten, an der die kleine Seitengasse an Sebastian Löws Haus vorbei zur Altstadt führte, fiel mir das unbewohnte Haus ein, über dessen Schicksal Altdorfer so merkwürdig ausweichend gesprochen hatte, aber ich wußte nicht, wo in der dunklen Straße hinter mir das Gebäude liegen mochte. Ich versuchte, es aus meinen Gedanken zu verdrängen, aber es wollte nicht vollständig verschwinden. Es war das einzige Haus weit und breit, das nicht einem Bürger oder wenigstens einem Gast als Behausung diente.

Bei der kleinen Seitengasse bog ich schließlich doch

wieder zur Altstadt ab, um ins Licht zu kommen. Es trafen noch immer vereinzelte Transportkarren mit Vorräten ein, aber das Gros schien für heute erledigt zu sein. Ich kam an zwei Wappnern vorbei, die von einem Offizier ihre Anweisungen für morgen erhielten: Man erwartete die Ankunft von etlichen hundert Ochsen und Schafen auf Flößen, und die beiden sollten mit einer kleinen Mannschaft das Ländtor sowie die kleinen Flößertore besetzen, um etwaige während der Nacht ankommende Lieferungen sofort in Empfang nehmen zu können.

Ich hoffte, daß der polnische Botschafter im Haus des Holländers anwesend war; ich hatte ihn mir für den morgigen Tag vorgenommen. Unwillkürlich stellte ich mir auf dem Ritt nach Hause die Frage: Und danach? Ich wußte nicht, was ich danach tun sollte. Mein Plan endete mit der Hoffnung, unter den Polen einen Verdächtigen auszumachen. Ich erwartete den kommenden Tag voller Angst und Ungeduld, während ich mich eine lange Weile schlaflos auf meinem Lager herumwälzte.

Am Morgen erinnerte ich mich, daß ich Sebastian Löw noch den Betrag schuldete, mit dem er den Totengräber bezahlt hatte, und ich steckte etwas Geld ein, bevor ich mich auf den Weg zum polnischen Botschafter machte. Ich traf auf einen womöglich noch größeren Trubel als am gestrigen Tag. Die Spiegelgasse, in der sich das Haus des holländischen Kaufmanns befand und die Alt- und Neustadt miteinander verband, lag am entgegengesetzten Ende der Altstadt, und ich sah mich gezwungen, in die Neustadt auszuweichen, wenn ich vorankommen wollte.

Zwei Wappner bewachten den Eingang zum Logis

des polnischen Botschafters. Ich sah mit Erleichterung, daß es sich um Hiesige handelte, mit denen ich mich wenigstens verständigen konnte. Einer von ihnen führte mich und mein Pferd in einen kleinen Innenhof, der von dem weitläufigen Haus umschlossen wurde, und übergab mich einem polnischen Dienstboten des Botschafters. Der Dienstbote war ein älterer Mann, der bayrisch sprach und sich davon beeindrucken ließ, daß ich vermeintlich im Auftrag des Landshuter Bürgerrates vorsprach. Er brachte mich ohne langen Aufenthalt zu seinem Herrn und stellte mich vor.

»Der Rat Priamus, mein Herr«, sagte er dann zu mir und zog sich zurück.

Priamus war ungeachtet seines klassischen Namens keine stattliche Erscheinung; klein und aufgeschwemmt, sah man seinem Körper und vor allem seinen rotgeäderten Augen seine Laster an. Er nickte mir halb ungeduldig, halb neugierig zu und bot mir einen Sitzplatz an einem wuchtigen Tisch an. Ein Zinnkrug mit mehreren Bechern stand auf einem Tablett in der Mitte des Tisches; ein Becher befand sich vor dem Stuhl, in dem der Pole saß. Eine zittrige Tröpfchenspur auf der Tischplatte, die sich von dort bis zum Standort des Kruges zog, verriet, daß dieser heute schon mehrere Gänge vom und zum Becher zurückgelegt hatte. Priamus beugte sich ächzend über den Tisch, schnappte einen zweiten Becher und stellte ihn vor mir ab. Ungefragt schenkte er mir ein. Ich roch den aufsteigenden Weinduft; es war nicht gerade ein billiger Krätzer.

»Was kann ich für Euch tun?« Er sprach mit einem leichten Akzent, der ebenso davon herrühren konnte, daß er bereits etliche Worte verschliff.

»Ihr sprecht unsere Sprache sehr gut«, sagte ich. Er

nickte nur, ohne zu zeigen, ob er sich über das Kompliment freute. Ich holte Atem und begann ihm die Geschichte zu erzählen, die ich mir für ihn zurechtgelegt hatte.

»In Wahrheit«, begann ich, »spreche ich nicht stellvertretend für alle Landshuter Bürger, sondern …«

Er zog eine Augenbraue hoch. In seinen Augen stand plötzlich Mißtrauen, und er ließ mich nicht ausreden.

»Wollt Ihr mir etwas verkaufen?« fragte er barsch. »Habt Ihr Euch deswegen eingeschlichen?«

»Nein«, erwiderte ich. »Es geht mir vielmehr um folgendes: Nicht alle Bürger sind der Ansicht, daß die Verbindung des jungen Herzogs mit Eurer Prinzessin eine glückliche Idee ist, und so …«

»Wieso?« schnappte er.

»Nun, der junge Herzog …«, ich lachte und tat so, als wolle ich ihm etwas Vertrauliches mitteilen, »wißt Ihr, der junge Herzog ist ein wenig – wie sagt man: ungestüm; ja, und er liebt die Jagd und die Turniere über alles und widmet eine Menge Zeit nur …«

»Wollt Ihr damit andeuten, er würde die Prinzessin vernachlässigen, wenn er sie erst einmal geheiratet hätte?«

Seine Art, mich ständig zu unterbrechen, machte mich nervös. Ich hatte das Gefühl, daß ich die Kontrolle über das Gespräch verlor.

»Also, etliche Bürger sind der Ansicht, daß …«

Er stellte seinen Becher so hart auf den Tisch zurück, daß ein wenig Wein herausschwappte. Seine Wangen röteten sich.

»Wie heißen die undankbaren Burschen, die Euch geschickt haben?«

»Was?« stotterte ich.

»Hört einmal«, zischte er und stach mit seinem Zeigefinger auf mich ein. »Euer Herzog Ludwig ist der beste Herrscher, den sich ein Mann wünschen kann. Seht her, was er aus Eurer Stadt gemacht hat; seht her, wie freigiebig er Euch zu der Hochzeit seines Sohnes einlädt und alle Bürger freihält. Da wollt Ihr zu mir kommen und den jungen Herzog schlechtmachen, damit ich meinem König Schauermärchen berichte, wie es seiner Tochter wohl in Zukunft ergehen wird? Ich halte das für eine Unverschämtheit!«

Ich schüttelte den Kopf und wollte etwas sagen, aber er ließ mich nicht zu Wort kommen. Ärgerlich nahm er einen Schluck Wein und sprach weiter, noch bevor ich Atem holen konnte.

»Steckt Ihr vielleicht mit den Ungarn unter einer Decke? Genügt es Mathias Corvinus nicht, daß er widerrechtlich in unser Land eingedrungen ist und die Grafschaften im Süden verwüstet hat? Will er mit Intrigen gegen König Kasimir vorgehen, jetzt, nachdem er den Waffenstillstandsvertrag mit ihm unterzeichnet hat?« Er schnaubte empört.

Ich versuchte, mit seinen Gedanken Schritt zu halten, aber es gelang mir nicht.

»Sprecht Ihr von König Matthias von Ungarn ...?« fragte ich.

»Tut bloß nicht so unschuldig!« fuhr er mich an. »Wenn Ihr Euch zu seinem Knecht gemacht habt, wißt Ihr so gut wie ich, wozu dieser Bauernlümmel fähig ist. Er ist wütend, weil König Kasimir seinen Herrschaftsanspruch über Ungarn auch beim Kaiser durchgesetzt hat, und klammert sich daran, daß die Katholischen ihn, Matthias, zum König gewählt haben. Daneben bildet er sich ein, die Krone Böhmens gehöre ihm, obwohl der älteste Sohn unseres Königs auf den Thron gewählt wurde. Und außerdem kocht er vor Zorn darüber, daß Königin Elisabeth ständig seine Werbung um die Prinzessin Jadwiga ausgeschlagen hat.«

»Er hat um die Hand der Prinzessin ...?«

»Mehrfach; mehrfach! Aber er ist es nicht wert, die Hand einer Königstochter zu erhalten, dieser Furchenzieher. Dabei ist er ganz versessen auf sie, seit er sie zum ersten Mal gesehen hat. Das kann ich mir schon vorstellen!« Er lachte freudlos. »Wie es ihm gefallen würde, seine schwieligen Pfoten auf ihren unschuldigen Leib zu legen.« Er schenkte sich aufgebracht nach. Meinen Becher ignorierte er betont; er hätte auch nichts eingießen können. Ich hatte noch keinen Schluck getrunken. Ich hatte ihm vielmehr atemlos zugehört. Als er schwieg, sagte ich: »Es ist nicht so, wie Ihr denkt«, um ihn zum Weiterreden zu animieren.

»Es ist ganz genauso, wie ich denke. Matthias weiß genau, daß er gegen eine Verbindung König Kasimirs mit dem Herzog Ludwig und damit mit dem Reich keine Chance hat – noch dazu, da er auch in Ungarn selbst mit einer Opposition zu kämpfen hat, die lieber König Kasimirs zweiten Sohn als ihn auf dem Thron sähe. Er hat den Waffenstillstand nur unterzeichnet, weil er uns militärisch nicht gewachsen ist; und unter seinem Schutz sieht er jetzt eine günstige Gelegenheit, die Achse zwischen König Kasimir und dem Reich zu zerstören, indem er die Hochzeit zwischen der Prinzessin und dem jungen Herzog zu verhindern versucht.« Er hob eine Hand und ballte sie zur Faust. »Man sollte ihm eine Tracht Prügel verabreichen, wie es sich für einen Bauern gehört.« Er holte seinen Blick aus den Niederungen der polnischen Politik zurück und fokussierte seine roten Äuglein wieder auf mich. Ich erkannte, daß es ihm mittlerweile Mühe bereitete.

»Euch sollte man auch eine Tracht verabreichen; Euch und den feinen Herren, die Euch zu mir geschickt haben. Ich lasse mich nicht von Euch aufwiegeln, weder gegen meinen König noch gegen Euren Herzog, den ich als feinen Mann kennengelernt habe. Verschwindet aus meinem Haus.«

Er stand auf und warf sich in eine drohende Pose. Sie verfehlte ihre Wirkung, da er viel kleiner war als ich und sich mit beiden Händen an der Tischkante festhalten mußte. Ich ging dennoch ohne ein weiteres Wort. Wäre ich der gewesen, für den ich mich ausgegeben hatte, hätte ich über sein Pathos gelacht. So aber konnte ich nicht verhehlen, daß mich seine Loyalität beeindruckte. Er war ein Trunkenbold, und er mochte hinter den Weibern her sein, aber in seiner Ergebenheit den Herren gegenüber, denen er zu dienen sich verpflichtet hatte, bewies er eine gewisse Würde, die anderen Männern mit größerer Sittenstrenge fehlte. Ich verließ sein Haus und ritt durch die Spiegelgasse weiter zur Altstadt hinüber. Ich mußte mich erneut mit Hanns Altdorfer absprechen.

Die Altstadt war noch immer ein einziger Tumult, und ich versuchte, mein Pferd bei den Wappnern am Ländtor unterzustellen, aber die Männer weigerten sich, darauf aufzupassen; sie hatten alle Hände voll zu tun, um die Scharen von Ochsen und Schafen in die richtigen Bahnen zu leiten, die mittlerweile auf den ersten Flößen vor der Stadtmauer landeten. Ich ritt zur Altstadt hinauf und versuchte mein Glück ebenso vergeblich bei der Baustelle und beim Rathaus. Es gab vor vielen Häusern

Pfosten und kleine Vordächer, unter die man sein Pferd stellen konnte, aber es schien mir nicht ratsam, mein Reittier ohne Bewachung zurückzulassen. Eine Menge Gesindel trieb sich in der Stadt herum, zur Zeit noch verstärkt durch die Attraktivität der bevorstehenden Hochzeitsfeiern, und so mancher Gutgläubige fand sein Pferd ohne Zaum und Sattel wieder – oder Zaum und Sattel ohne Pferd. Schließlich sah ich mich gezwungen, den Gaul in die Obhut eines Gasthauses zu geben, dessen Wirt mit unschuldiger Miene sechs Pfennig bis zum Abend veranschlagte, Heu und Stroh nicht inbegriffen, und verlangte, ich müsse das Pferd bis zum Abendläuten wieder entfernt haben, weil er zu diesem Zeitpunkt eine Menge Gäste erwarte. Ich zahlte zähneknirschend und beschloß, diesen Posten dem herzoglichen Kanzler gesondert in Rechnung zu stellen, um ihm zu zeigen, wie sehr die Prunksucht seines Herrn die Landshuter Wirte verdarb. Danach machte ich mich auf den Weg zu Sebastian Löw, um zuerst meine Schulden zu bezahlen.

Die Altstadt war in der Zwischenzeit buchstäblich zu einem gefährlichen Pflaster geworden; über den getrockneten Dung von gestern legte sich als Schmierschicht der Kot der Ochsen und Schafe, die vom Ländtor her und der Ländgasse quer über die Straße zu den Fleischbänken getrieben wurden. Ich balancierte vorsichtig hinüber und wartete eine Pause im Viehtrieb ab, um mich zu Löws Haus hindurch zu zwängen. Wie auch schon gestern stand eine Menge Volks Spalier und beobachtete die Bemühungen von Wappnern und Viehtreibern, ihre Neugier ungetrübt von dem beißenden Gestank der Ausdünstungen und der dicken Schichten aus antrocknendem Kot.

Es hatte sich wohl herausgestellt, daß die kleinen

Flößertore in der Stadtmauer zu eng für die mächtigen Leiber der Schlachtochsen waren; man trieb sie deshalb kurzentschlossen durch das Ländtor und an der Baustelle der Kirche vorbei die Altstadt hinunter. Durch die Bauhütten und das herumliegende Material wurde der Weg dort jedoch zu einem Nadelöhr, und ich konnte mir vorstellen, daß der mächtige Hans Stethaimer nicht gewillt war, wegen der Tiere seine Baustelle aufzuräumen. Um den Viehtrieb nicht deshalb ins Stocken geraten zu lassen, verlegte man einen Teil der Strecke auch durch die Ländgasse; ich sah durch die Gasse von weitem die Rücken der Zuschauer, die sich am Weg entlang aufgestellt hatten.

Als ich die Eingangstür zu Löws Haus öffnete, rannte ich beinahe in einen alten Mann mit einem groben Kittel, der sich dahinter aufgehalten hatte. Er sah mich erwartungsvoll an.

»Ich möchte zu Sebastian Löw«, sagte ich.

»Der Herr ist drüben in der Gasse und schaut dem Viehtrieb zu.«

»Ist sein Sohn zu sprechen?«

»Er hält sich irgendwo in der Stadt auf. Kann ich Euch zur Herrin führen?«

»Nein, danke. Wo, sagtest du, ist Herr Löw?«

»In der Ländgasse. Er ist eben losgegangen. Ich nehme an, Ihr werdet ihn gleich in der Nähe des Gasseneingangs finden.«

Ich nickte und verließ das Haus. Einen kurzen Moment überlegte ich, ob ich die Bezahlung nicht auf morgen verschieben und mich zuerst mit Altdorfer treffen sollte, doch ein Blick zurück in die Altstadt sagte mir, daß es im Moment sinnlos war, sie durchqueren zu wollen. Ich machte mich auf die Suche nach dem Apotheker.

Er stand nicht weit von der Einmündung in die Ländgasse entfernt und versuchte, über die Köpfe der von ihm Stehenden zu spähen. Ich sprach ihn an, und er machte einen kleinen Sprung.

»Ihr seid es, Herr Bernward«, stieß er hervor. »Ihr habt mich erschreckt.

»Das tut mir leid«, erwiderte ich. »Seid Ihr so schreckhaft?«

»In letzter Zeit schon«, sagte er. Dann breitete sich ein freundliches Lächeln über sein rundes Gesicht aus. »Was kann ich für Euch tun?«

»Nichts«, erklärte ich. »Ich tue etwas für Euch. Zuerst möchte ich Euch sagen, daß Euer Sohn seine Arbeit gut gemacht hat.«

Er erlaubte sich, vor Stolz zu erstrahlen.

»Hat er Euch die Urkunde ausgestellt?«

Ich dachte an das wertlose Stück Papier, das ich in meiner Kleidertruhe verstaut hatte, und sagte: »Ja. Sie wird mir gute Dienste leisten.«

Er nickte. Sein Lächeln verschob sich um ein paar Grade von Stolz zu Anteilnahme. Es war überraschend, wie offen sein Mienenspiel seine Gefühlslage ausdrückte. Ich revidierte meinen Eindruck von unserem ersten Treffen, daß seine Kunden sich durch seine fröhliche Stimme verspottet fühlen mußten, nochmals; wer ihm länger als ein paar Augenblicke ins Gesicht sah, würde bedenkenlos jedes Mittel in sich hineinstopfen, das der Apotheker einem empfahl. Er strahlte Aufrichtigkeit aus, wie ein Holzfeuer Wärme abgibt.

»Ihr habt mit den Eltern des jungen Mädchens noch nicht gesprochen?«

»Nein. Ich fand noch – ah, nicht den Mut dazu.«

»Ich kann es Euch nicht verdenken. Eine schwierige

Aufgabe wartet auf Euch. Zögert nicht, meinen Sohn zu Hilfe zu nehmen, Herr Bernward; die Gegenwart eines Medicus kann bei derartigen Gesprächen manchmal Wunder wirken.«

»Ich werde daran denken; vielen Dank«, erwiderte ich.

Er zuckte mit den Schultern, als wäre es eine Selbstverständlichkeit. Ich räusperte mich und sagte: »Ich bin Euch noch schuldig, was Ihr dem Totengräber gegeben habt.«

»Einen halben Gulden. Es tut mir leid; er ließ nicht mit sich handeln.«

»Macht Euch keine Sorgen. Er war seinen Preis wert.« Ich händigte ihm das Geld aus, und er steckte es in die Tasche, ohne nachzuzählen. Dann zog er die Nase hoch und sah einen Moment den vorbeiziehenden Tieren zu, und über seine Miene wechselten rasch freundlicher Spott, Faszination und der Gesichtsausdruck eines Menschen, dem der Geruch von frischen Exkrementen in die Nasenlöcher gestiegen ist.

»Seid Ihr geschäftlich hier?« fragte er, als er sich wieder zu mir umwandte und mit dem Daumen auf den Viehtreck zeigte.

»Ich habe nach Euch gesucht«, antwortete ich. »Ich wollte meine Schulden begleichen.«

»Das hätte aber keine Eile gehabt«, entgegnete er beinahe verlegen. Ich klopfte ihm leicht auf die Schulter, und er lächelte. Er deutete wieder auf die vorbeiziehenden Tiere mit ihren Treibern.

»Eine ganze Menge Vieh, nicht wahr?« sagte er. »Ihr hättet es gestern sehen sollen, als das Gros der Vorräte aus den umliegenden Landgerichten durch die Stadt zog. Wahrscheinlich sind die ganzen Höfe in der Umgebung so ausgeplündert wie nach einem Kreuzzug. Die Tiere hier stammen sogar aus Ungarn.«

»Ich kann es mir vorstellen«, erwiderte ich. »Was führt Euch hier heraus? Nur die Neugier?«

»Nein«, lachte er. »Wenn ich wollte, könnte ich von den Fenstern meines Vorratsspeichers das Ganze viel besser überblicken, und das, ohne im Gestank zu stehen. Ich warte auf einen der Flößer; ich habe ihm aufgetragen, mir eine Ladung ungarisches Rosenöl für das Konfekt mitzubringen.«

»Ich dachte, die Flößer transportieren nur das Vieh her.«

Er zwinkerte mir zu.

»Eine Ladung Rosenöl nimmt kaum Platz weg«, sagte er. »Nicht ein Schaf muß dafür seinen Platz räumen. Ein unproblematisches Zusatzgeschäft für den Besitzer des Floßes.«

»Und auch für den Auftraggeber, der dadurch einen niedrigen Transportpreis erzielt«, grinste ich, und er grinste zurück. Beinahe hörte ich ihn denken: Das habe ich nur von Euch gelernt.

»Wo trefft Ihr Euren Flößer?«

»An der Lände, jenseits der Stadtmauer. Ich muß warten, bis das ganze Vieh entladen ist; vorher hat er bestimmt keine Zeit, sich um mein Anliegen zu kümmern. Wollt Ihr mir noch ein wenig Gesellschaft leisten?«

»Gern«, sagte ich. Ich wußte, daß ich so schnell wie möglich mit dem Stadtkämmerer sprechen mußte, aber die unkomplizierte Freundlichkeit des Apothekers tat mir gut. Ich dachte: Eine halbe Stunde Verzug kann auch nicht schaden, und lehnte mich bequem gegen die Hausmauer in meinem Rücken.

Wir schwiegen eine Weile und sahen dem Strom von

Ochsen und Schafen zu, die mit von der Floßfahrt noch unsicheren Beinen an uns vorbeitrabten. Die scharfen kleinen Hufe der Schafe hatten das Erdreich in der Gasse mittlerweile aufgerissen, und die schweren Tritte der Ochsen vermischten den Lehm und den herabgefallenen Kot zu einem zähen, übelriechenden Brei. Angesichts dessen konnte ich mir denken, daß die meisten der in der Altstadt wohnenden Patrizier die Umleitung nicht ungern sahen; das Pflaster auf der Straße war schon verschmutzt genug. Vielleicht hatten sie Hans Stethaimers Weigerung, für den Viehtreck Platz zu machen, mit einigen kleinen Gaben den Rücken gestärkt.

»Kennt Ihr das Haus da drüben?« fragte Löw unvermittelt. Ich sah hoch; er deutete auf ein Gebäude weiter oben in der Ländgasse.

– »Nein«, sagte ich.

»Es steht schon seit ewigen Zeiten leer«, erklärte er.

Ich horchte auf; dies war das Haus, von dem Altdorfer gesprochen und das ich gestern übersehen hatte.

»Was ist damit?« fragte ich vorsichtig.

Er dämpfte plötzlich seine Stimme und beugte sich zu mir herüber; ich mußte mich bücken, um ihn verstehen zu können. Er sagte: »Wißt Ihr, ich bin kein leichtgläubiger Mann. Ich weiß, daß man bestimmte Pilze und Kräuter einnehmen kann, um Dinge zu sehen, die andere Menschen nicht sehen können – schöne und schreckliche Dinge. Aber es sind Dinge, die aus den Giften in diesen Pflanzen entstehen, weil sie das Gehirn des Menschen durcheinanderbringen, und nicht etwa Dinge, die es in Wirklichkeit gibt. Ich weiß auch, daß die Irrlichter in den Sümpfen nicht die Seelen von Ertrunkenen sind, sondern aus Gasblasen entstehen, die sich entzünden, wenn die Luft schwül und kurz vor einem Gewitter ist. Und ich weiß, daß die meisten der alten Weiblein, die man im Fränkischen und Hessischen als Hexen verbrannt hat, im Grunde nichts Verwerflicheres taten als ich selbst und vom Satan so wenig verbuhlt worden sind wie die reinste Jungfrau in irgendeinem Kloster. Und deshalb habe ich auch gelacht, wenn aufgeregte alte Jungfern oder halb betrunkene Flößer meinen Vater aufsuchten, um ihm zu erzählen, sie hätten gespenstische Lichter in diesem alten Haus dort drüben gesehen. Meister Löw, sagten sie, die Seelen der Toten gehen dort um und finden keine Ruhe. Mein Vater war freundlich und gab ihnen beruhigende Kräuter mit, doch wenn sie den Laden wieder verlassen hatten, drehte er sich zu mir um und sagte ernst: Sebastian, höre auf zu lachen; das sind arme Menschen, denen ihre Angst und ihr Geisterglaube Dinge vorgaukeln, die gar nicht vorhanden sind. Die Seelen der Toten sind im Fegefeuer und büßen dort ihre Zeit ab – sie haben in alten Häusern nichts verloren.«

Er fuhr sich mit der Hand über den Mund, als müsse er nachdenken, ob er überhaupt weitersprechen sollte. Dann schluckte er und sagte: »Und nun habe ich selbst flackernde Lichter in diesem verfluchten Haus gesehen, spät in der Nacht, und so etwas wie hohle Stimmen gehört. Deshalb bin ich so schreckhaft.«

Ich starrte ihn mit weitaufgerissenen Augen an; ich konnte nicht verhindern, daß mir eine Gänsehaut den Rücken hinunterlief, wenn auch aus anderen Gründen als jenen, die sichtbar die letzten verbliebenen Haare in Sebastian Löws Nacken aufstellten.

»Wann war das?« fragte ich scharf.

»Gestern.«

»Was habt Ihr unternommen?«

»Ich? Nichts. Ich werde es künftig tunlichst vermeiden, bei Nacht an dem Haus vorbeizugehen, das ist alles. Ich fürchte, daß ich zu viele Jahre in den Ausdünstungen meiner Arzneien und Kräuter verbracht habe und daß auch mein Hirn beginnt, mir Dinge vorzugaukeln.«

»Habt Ihr von jemand anderem gehört, der die gleichen Beobachtungen gemacht hat?«

»Nicht, daß ich wüßte. Warum fragt Ihr so eindringlich nach?«

Ich zuckte zurück; ich hatte mich von meiner Aufregung mitreißen lassen. Löw musterte mich halb erwartungsvoll, halb mißtrauisch. Ich suchte nach einer unverfänglichen Antwort.

»Das Haus steht doch nahe am Fluß«, stotterte ich schließlich. »Der ganze Untergrund war früher ein Sumpf. Ich habe einmal gehört, daß sich auch dort jene Gase bilden können, von denen Ihr als Irrlichter gesprochen habt. Ich habe nach einer Erklärung gesucht, deshalb wollte ich wissen, ob auch andere Menschen solche Erscheinungen hatten.«

Er entspannte sich und begann wieder zu lächeln. Plötzlich wurde mir klar, daß er befürchtet hatte, ich würde ihn für vollkommen verrückt halten.

»Schon möglich«, sagte er. »Dazu müßte man das Innere des Hauses einmal genau untersuchen, aber mich persönlich bringen keine zehn Pferde dort hinein; Vernunft hin oder her. In einem habt Ihr ohnehin Unrecht: Der Untergrund besteht nicht aus ehemaligem Sumpf, sondern aus Kies. Und von Gasen, die sich in Kies bilden, habe ich noch nie etwas gehört.«

Ich sagte gleichmütig: »Dann ist es etwas anderes,

das sich mit natürlichen Dingen erklären läßt. An Geister, die mit hohlen Stimmen reden, mag ich jedenfalls nicht glauben.«

»Ich auch nicht«, lachte er, aber es klang nicht überzeugend. »Vor allem aber will ich nicht einen meiner Nachbarn fragen, ob er des Nachts Stimmen gehört hat, wenn Ihr mich versteht.«

Er wandte sich wieder dem Viehtrieb zu, aber mein Interesse daran war erloschen. Ich versuchte die Bedeutung dessen zu verstehen, was er mir gesagt hatte. Erst als Löw sich zu mir umdrehte und mir ins Gesicht sah, merkte ich wieder auf.

Seit einigen Minuten war kein Tier mehr vorbeigetrieben worden, und es schien, als sei die Verladeaktion fürs erste beendet. Die Menschen begannen sich wieder zu zerstreuen. Löw schüttelte sich, wie um seine alte Fassung wiederzuerlangen, und hielt mir dann die ausgestreckte Hand hin.

»Ich muß meinen Flößer aufsuchen«, sagte er und erwiderte meinen Händedruck mit seinen weichen Fingern. »Ich hoffe, Ihr haltet mich jetzt nicht für unzurechnungsfähig.«

»Mein Verwalter schwört Stein und Bein, er habe einmal den Teufel an einem Wegkreuz um den Leichnam eines Gehenkten tanzen sehen«, sagte ich. »Und ich halte ihn für so vernünftig, daß ich immer wieder mein Geschäft in seine Hände lege.«

Er lächelte mich verwirrt an; sichtlich wußte er nicht, ob dies nun eine positive oder eine negative Antwort war.

»Nun denn«, sagte er und zog seine Hand zurück. »Gott behüte Euch.«

»Gott befohlen«, erwiderte ich, und er marschierte

mit schnellen kleinen Schritten durch den Matsch in der Gasse davon.

Ich ließ ihm Zeit; ihm und den anderen, die sich noch in der Gasse befanden. Es dauerte nicht lange, dann lag sie wieder verlassen da, jetzt noch mehr als sonst gemieden wegen des Morasts, in den sich der Untergrund verwandelt hatte. Ich sprang hinüber auf die andere Seite der Gasse und wanderte zu dem verlassenen Gebäude hinauf. Es war ein großes, auf den ersten Blick ansehnliches Bürgerhaus im oberen Teil der Ländgasse. Von seinem Tor aus konnte man bereits den Fuß des Torturmes sehen, der das Ländtor bewachte, und den Eingang zum Lager der Polen. Ein Mauerbogen überspannte eine breite Zufahrt, die mit einer doppelflügligen Tür versehen war. Ich trat näher und rüttelte an einem der Türflügel; sie waren fest geschlossen, und als ich die Hand zurückzog, hatte ich den Schlick vermodernden Holzes an meiner Handfläche. Ich betrachtete den Verputz. Aus der Nähe konnte man erkennen, daß er schäbig und bröckelig war. Ich zupfte an einer hervorstehenden Ecke; ein handtellergroßer Fladen löste sich und fiel zu Boden. Ich zerrieb ihn nachdenklich mit dem Fuß und schaute an der Fassade entlang nach oben. Die Farbe war überall verblichen, und wo sich das Wasser hatte sammeln und ablaufen können, hatte es lange, moosige Streifen gebildet, die wie mißgünstige Bärte von den Ecken und Kanten nach unten hingen. Die Fensterscheiben in den oberen Stockwerken waren heil; im Erdgeschoß waren sie eingeworfen. Kinder, für die es eine Mutprobe bedeutete, in einem verlassenen Haus etwas zu zerstören. Das Haus sah so unbewohnt aus, wie es nur sein konnte. Es schien Kälte auszustrahlen, und obwohl es zwischen anderen Gebäuden stand, wirkte es einsam wie die verlassene Kate eines Einsiedlers. Dann machte mich etwas stutzig.

Ich trat wieder auf die Straße zurück, um besser sehen zu können. Die von der Sonne beschienenen Fassaden der gegenüberliegenden Häuser spiegelten sich in den unversehrten Scheiben. Ich drehte mich um; was direkt gegenüberlag, waren Lagerhäuser und Städel; die Wohnhäuser begannen erst wieder unterhalb der Wirtschaftsgebäude. Ich hielt die Hand über die Augen und betrachtete eines der Fenster im oberen Stockwerk.

Ich konnte es zuerst nicht richtig erkennen. Das Glas spiegelte, und das Fenster war von innen mit einer Decke verhängt. Aber von meinem neuen Standpunkt aus war es deutlich zu sehen. Die Decke war an einer Seite ein wenig zurückgezogen, ganz, als hätte jemand einmal durch das Fenster gespäht und sie nicht wieder richtig zurechtgerückt. Durch den so entstandenen Spalt konnte man ohne Schwierigkeit einen Teil der Fensterbank sehen. Eine brennende Kerze stand darauf.

»Ist es nicht schade, wenn ein Haus so verkommt?« fragte eine weibliche Stimme neben mir, und ich fuhr herum.

Ich wußte nicht, wie sie so lautlos neben mir erschienen war. Sie trug einen Mantel aus blauem Atlas, auf dessen dunkler Oberfläche ein Granatapfelmuster schimmerte, und darunter ein Kleid aus dunkelgrünem Damast, dessen Rock sich weit um ihre Beine bauschte und mit einem breiten Rand von schwarzem Pelz abgenäht war. Schwarz war auch das gefältelte Tuch in ihrem Dekolleté. Die Taille war tiefer gesetzt, als es der Mode entsprach, und ihr silberverzierter Gürtel ließ erkennen, daß sie beinahe zu schlank war. Die Spitzen von hohen, schmalen Schuhen, die bereits vom Schmutz der Gasse überzogen waren, ragten unter dem langen Rock hervor. Als ich den Blick hob, sah ich in ein Paar glänzend dunkler Augen, in denen sich der Streifen Himmel hinter den Fassaden spiegelte, eine entschlossene Nase und die Schatten von Fältchen um die Mundwinkel, die sich bei einem Lächeln sicherlich in kleine Grübchen verwandelten und die in vorteilhafterem Licht kaum zu sehen gewesen wären. Ihr Haar war in der Art der polnischen Edeldamen aufgesteckt. Es war von einem matten Blond, das seltsam mit den dunklen Augen kontrastierte. Sie war nur unwesentlich kleiner als ich. Sie hielt ihren Oberkörper mit beiden Armen umfaßt und spähte mir mit verengten Lidern ins Gesicht, als wäre sie ein ganz klein wenig kurzsichtig.

Ich bemühte mich, nicht zu zeigen, daß mich ihr plötzliches Erscheinen erschreckt hatte. Ich starrte sie an, und sie gab meinen Blick ruhig zurück. Die Ruhe wollte nicht zu den rastlosen Bewegungen ihrer Hände passen, mit denen sie ihre Oberarme knetete. War sie aus dem alten Haus gekommen? Ich mußte mich ermahnen, nicht zu der brennenden Kerze hinaufzuschauen.

»Das Haus«, sagte sie. »Es wäre ein schönes Wohnhaus, aber es zerfällt. Bald wird es nur noch eine Ruine sein.« Ihre Stimme war sanft und tief, und erst jetzt bemerkte ich den Akzent: Sie dehnte die Vokale länger, als es richtig gewesen wäre.

»Niemand scheint es zu wollen«, sagte ich verwirrt.

Sie zuckte mit den Schultern. Ich fand meine Geistesgegenwart wieder und machte ein paar Schritte von dem Haus weg die Gasse hinunter, und zu meiner Verblüffung folgte sie mir.

»Wenn das so ist, sollte es der Stadtkämmerer den Armen als Behausung zuweisen. Ich habe gesehen, daß Familien draußen vor den Toren in selbstgezimmerten Bretterbuden hausen«, erklärte sie.

»Die Leute vor der Stadt sind keine Bürger«, sagte ich. »Niemanden schert es, wie sie leben. Sie gehören nicht zur Stadt.«

»Ich dachte, es seien – wie sagt man bei Euch: Pfahlbürger?«

»Ihr meint: Ausbürger; die Menschen, die auf dem Lande wohnen, aber sich der Stadt verpflichten, um ihren Pflichten gegenüber ihren Landherren ledig zu werden. Diese Menschen hausen gewöhnlich nicht außerhalb der Stadtmauern und leben von den Abfällen, die dort heruntergeworfen werden, sondern bearbeiten redlich ihr Land und liefern ihre Produkte in die Stadt. Was Ihr gesehen habt, ist land- und besitzloses Gesindel, um das sich niemand kümmert.«

Sie schniefte unzufrieden.

»Auch bei uns ist das so«, erwiderte sie. »Es ist kurzsichtig. Wenn man sich um die Armen besser bemühen würde, müßten sie nicht vom Betteln und vom Straßenraub leben, und die Stadt wäre sicherer. Letztendlich würde das den Behörden sogar Geld sparen.«

»›Bei uns‹«, sagte ich. »Wo ist das?«

Sie lächelte plötzlich, aber es war ein gezwungenes Lächeln, das zu viele Zähne zeigte.

»Ich gehöre zur Vorausdelegation des Hochzeitszuges«, erklärte sie. Ich betrachtete sie aufmerksam; sie erstaunte mich nicht nur aufgrund ihrer Sprachkenntnisse. Sie war mir nicht aufgefallen, als ich gestern mit den Polen gesprochen hatte, und es konnte durchaus sein, daß sie mich belog. Ich sah zum zweiten Mal auf ihre Hände hinunter. Sie waren noch immer so rastlos wie zu Beginn.

»Ich habe Euch gestern gesehen, als Ihr mit den anderen Mitgliedern der Gruppe gesprochen habt«, fuhr sie fort.

»Ich habe Euch nicht gesehen. Und dabei dachte ich, Herr Moniwid hätte mir jeden seiner Begleiter vorgestellt.«

»Ich bin nur eine Bedienstete«, sagte sie bescheiden. Diesmal war ich sicher, daß sie mich belog. Was ich von ihrem Kleid sah, war zu teuer für eine Zofe; desgleichen die Schuhe, deren Leder unter dem dunklen Stoff des Mantels schimmerte.

»Ich bin erstaunt, daß Ihr Euch die Mühe gemacht habt, die Herren anzusprechen«, sagte sie wie nebenher. »War Euch nicht klar, daß mit ihnen keine Geschäfte zu machen sind?«

Mit dieser Aussage hatte ich nicht gerechnet.

»Was meint Ihr?« fragte ich überrascht.

»Daß die Herren nur von geringem Adel sind, mit notorisch schlecht gefüllten Beuteln«, erläuterte sie. »Ich halte die Idee für naiv, mit ihnen ins Geschäft kommen zu wollen.«

»Ihr seid sehr offen«, brachte ich hervor, und sie errötete. Sie senkte den Kopf, aber ich hatte den Eindruck, daß sie sich bewußt zu dieser Demutsgeste zwang. Wenn sie tatsächlich eine Zofe war, dann war sie die selbstbewußteste Zofe, die ich jemals gesehen hatte.

»Verzeihung«, murmelte sie. »Es liegt an der fremden Sprache. Ich wollte Euch nicht beleidigen.« Sie sah mir wieder in die Augen.

»Euer Einfall war aber trotzdem – nicht zu Ende gedacht«, sagte sie dann mit leichtem Zögern. »Um so mehr, wenn man bedenkt, welches Risiko Ihr damit eingegangen seid.«

Ich versteifte mich unwillkürlich und konnte einen schnellen Blick zu dem alten Haus ein paar Dutzend Schritte weiter die Gasse hinauf nicht unterdrücken. Es stand so unberührt da wie vorhin; niemand spähte aus einem Fenster oder lungerte in einer offenen Tür, bereit, sich auf mich zu stürzen.

»Wie darf ich das verstehen?« sagte ich. Es war offensichtlich, daß ihr meine Reaktion nicht entgangen war. Plötzlich begann ich mich unter ihrer intensiven Musterung unwohl zu fühlen.

Ihr Miene war unbewegt, aber die Stimme angespannt, als sie sagte: »Liegt nicht eine Strafe darauf, vor der Ankunft der Hochzeitsgesellschaft heimlich Handelsgeschäfte mit den Delegationsmitgliedern anzuknüpfen?«

»Nun …«, sagte ich, aber sie fuhr fort: »Besonders, wenn man dies unter Umgehung der Zunft zu tun versucht. Oder täusche ich mich in meiner Annahme, und Euch hat die Zunft ausgesandt?«

»Nein«, stotterte ich. »Die Zunft hat damit nichts zu tun …«

Sie sah mich mit einem Ausdruck an, in dem ich nur Mißtrauen lesen konnte.

»Dann kann ich nicht verstehen, weshalb Ihr das Risiko einer hohen Geldstrafe eingegangen seid für eine so kleine Gewinnchance. Für einen Kaufmann scheint Ihr nicht viel von Eurem Geschäft zu verstehen.«

Ich öffnete den Mund, ohne etwas herauszubringen. Ihre Hände waren jetzt ruhig, aber ich sah, daß sie sie fest um ihre Ellbögen geklammert hatte. Sie kniff die Augen zusammen, dann überraschte sie mich plötzlich mit einem breiten Lächeln, das nicht echter wirkte als ihr erstes, aber nach ihrer mißtrauischen Miene völlig unerwartet kam. Sie senkte den Kopf erneut, ohne jedoch die Augen von mir zu lassen.

»Ich habe mich wohl wieder anders ausgedrückt, als ich es eigentlich wollte«, sagte sie halblaut. »Ich muß Euch erneut um Verzeihung bitten.«

Ich besann mich und sagte: »Man hat mir mitgeteilt, die Nichte Eures Königs befände sich unter der Delegation. Sie war es, mit der ich Geschäfte machen wollte.«

Sie schnaubte.

»Das hört sich vernünftiger an. Aber fürchtet Ihr das Verbot nicht?« Ich setzte mein strahlendstes Lächeln auf. Vermutlich kam es bei ihr ebenso falsch an wie ihres bei mir.

»Ihr werdet mich doch nicht verraten, oder?« fragte ich sie. »Wäre es umgekehrt, würde ich mir für Euch jedenfalls die Zunge herausreißen lassen.«

Wenn ich gehofft hatte, damit ihr Mißtrauen zu zerstreuen, hatte ich mich geirrt. Sie zog die Schultern hoch, und ihre Miene verfinsterte sich jäh.

»Ich habe nichts Unrechtes getan«, rief sie.

»Ich wollte Euch nichts nachsagen«, sagte ich und hob abwehrend die Hände.

»Wie sollte ich auch etwas gegen Eure Gesetze anstellen?« fragte sie ruhiger. »Ich tue nur, was meine Herrin mir aufträgt.«

Aus einem Einfall heraus fragte ich: »Hat sie Euch beauftragt, mich anzusprechen?«

Sie antwortete nicht. Statt dessen zog sie den Mantel um ihre Schultern und sagte: »Ich muß gehen. Es tut mir leid, daß ich so harsch mit Euch gesprochen habe. Manchmal fallen mir die richtigen Worte nicht ein.«

Ich rief: »Wer ist Eure Herrin?«

Sie wandte sich zum Gehen, aber dann drehte sie sich doch nochmals um. Jetzt lächelte sie zum ersten Mal, ohne sich dazu zwingen zu müssen. Scheinbar amüsierte sie sich selbst über ihre Antwort.

»Die Gräfin Jagiello; die Nichte von König Kasimir«, erklärte sie. Ich war so überrascht, daß ich für einen Moment vergaß, meiner Rolle treu zu bleiben.

»Wenn sie zurückkommt«, sagte ich dann hastig, als sie mir wieder einfiel, »würdet Ihr ihr ausrichten, daß ich sie sprechen möchte? Sie wurde wohl zur Prinzessin gerufen, habe ich erfahren, um ihr seelischen Beistand zu geben.«

Sie sah mir wieder in die Augen.

»Wenn sie zurückkommt«, sagte sie ruhig, »werde ich ihr es ausrichten.«

Ich sah ihr bestürzt hinterher, als sie mit hastigen Schritten die Gasse hinauf eilte. Wenn ich ihren Blick und ihren Tonfall richtig gedeutet hatte, hatte sie eine ganz andere Antwort auf der Zunge gehabt: Wenn du glaubst, was man dir über den Aufenthaltsort der Gräfin erzählt hat, bist du ein noch größerer Narr, als ich angenommen habe.

Ich gab mich nicht der Täuschung hin, daß dies ein zufälliges Gespräch gewesen war. Sie hatte die Begegnung mit mir gesucht, und sie hatte versucht, mich auszuhorchen; ihre Anspannung hatte sie verraten. Ich dachte an ihre glänzenden Augen und die Grübchen um ihre Mundwinkel, und der Gedanke, sie könnte in die Ermordung der Gräfin verwickelt sein, begann mir zu mißfallen. Ich wußte, daß sie kein einziges wahres

Wort über sich selbst gesagt hatte; ebenso wie ich, und ich nahm an, daß ihr das durchaus bewußt war. Aber was war der Grund für ihren Auftritt?

Ich wußte noch nicht einmal ihren Namen. Ich hob die Hand und wollte ihr hinterherrufen, aber dann senkte ich sie wieder und schloß den Mund. Ich beobachtete, wie ihre Gestalt um die leichte Krümmung verschwand, die die Gasse hinter dem alten Haus beschrieb. Verwirrt wandte ich mich ab.

Ich stapfte in die Altstadt zurück, in der sich das Treiben mittlerweile beruhigt hatte, um Hanns Altdorfer über die Kerze in dem verlassenen Haus Bescheid zu geben und danach mein Pferd zu holen. Er war nicht in seiner Amtsstube zu finden, aber ich bat einen seiner Schreiber auszurichten, daß ich den Stadtkämmerer morgen früh wieder aufsuchen wolle. Als ich das Rathaus verließ, fühlte ich mich beinahe erleichtert, meinem Freund nicht begegnet zu sein; es gab noch etliches, worüber ich in Ruhe nachdenken mußte. Ich holte mein Pferd, zankte mit dem Wirt, der noch einmal zwei Pfennige für Heu wollte, das mein Gaul angeblich gefressen hatte, aber ich konnte lauter schreien als er, und nachdem schon ein paar Gäste den Kopf zur Wirtsstube herausstreckten, gab er nach und erließ mir jede weitere Zahlung. Ursprünglich hatte ich bei ihm einen Bissen essen wollen; ich unterließ es und ritt mit knurrendem Magen und leichtem Schwindelgefühl davon.

Vor dem Spitaler Tor war ein kleiner Menschenauflauf. Als ich näher kam, sah ich, daß einem großen Holzkarren auf dem höllischen Katzenkopfpflaster ein Rad abgesprungen sein mußte: Seine hoch aufgepackte Ladung aus wenigstens mannsstarken Ästen und Stämmen hatte sich selbständig gemacht und blockierte in einem gewaltigen wirren Haufen die Tordurchfahrt. Die drei Holzknechte, die die Ladung begleitet hatten, kletterten dazwischen mit hochroten Köpfen umher und versuchten nervös, wenigstens eine schmale Gasse freizuräumen. Der Wachführer der Torwache feuerte sie mit phantasievollen Beschimpfungen an, die der gaffenden Menge ab und zu ein schadenfrohes Gelächter entlockten.

Es war klar, daß die Räumungsarbeiten noch eine Weile in Anspruch nehmen würden. Ich trieb mein Pferd an den Städeln und Malztennen vor der Heilig-Geist-Kirche vorbei in die Neustadt hinüber und verließ die Stadt durch das Kapuzinertor, das nur eine Viertelmeile weiter flußabwärts lag. Es war ein Umweg, denn das kleine Wehr über die Isar, das hinter dem Kapuzinertor lag, führte nur zu den Bleichmühlen auf der Flußinsel und war für alle Passanten außer den Tuchmachern und Färbern gesperrt; ich mußte daher an der Stadtmauer entlang wieder flußaufwärts reiten, um zum Inneren Isartor und der ersten der beiden Brücken zu gelangen. Aber ich hatte den Eindruck, daß ich auf diese Weise immer noch schneller war, als wenn ich auf die Erledigung der Sisyphusarbeit am Spitaler Tor gewartet hätte.

Das Wehr, das einen Teil des Isarwassers aus dem südlichen Flußarm durch den Bleichgraben in den nördlichen Flußarm umleitete, war wie der Graben selbst auf Anforderung der Tuchmachergilde erstellt worden. Das Wasser, das durch den Graben lief, betrieb die Bleichmühlen, deren Klopfen man an den Tagen vor einem Wetterumschwung bis zu meinem Hof hinaus hören konnte. Im allgemeinen war das diesseitige Flußufer immer mit ein paar johlenden jungen Burschen besetzt; nicht wenige Frauen arbeiteten als Bleicherinnen in den Mühlen, und an warmen Tagen schlugen und drehten sie die Tuche in großen Zubern am jenseitigen Flußufer, während ihre triefend nassen Schürzen eng an ihren Körpern klebten und mehr enthüllten als verbargen. Ich hatte aufgrund der schlechten Witterung nicht erwartet, daß sich jemand am Flußufer aufhalten würde; um so erstaunter war ich, wenigstens zwei Dutzend Menschen vorzufinden, die sich am Wasser drängten und die Hälse ausrenkten; selbst ein paar von den Torwachen waren darunter. Sie wichen auseinander, als sie die Hufe meines Pferdes hörten, und mein Gaul betrat von selbst die Gasse, die sie bildeten. Auf seinem Rücken hatte ich einen Ehrenplatz, um das Geschehen zu beobachten.

Das Wehr war im wesentlichen eine gerade Reihe aus mächtigen Holzpfählen, die in Abständen in den Flußboden getrieben waren. An ihnen waren Bohlen befestigt, die das Wasser in den Bleichgraben umleiteten, und ein wackliger Steg, der über die Wehrkrone zur Flußinsel hinüber führte. Je nach Wasserstand mußten Bohlen hinzugefügt oder weggenommen werden, um die Menge des abgeleiteten Wassers zu kontrollieren. Es war eine Aufgabe, die einige Erfahrung verlangte: Besonders im Frühjahr konnten sich die Wassermengen, die der Fluß transportierte, rasch ändern, und wenn man die Änderungen nicht im Ansatz erkannte und so schnell wie möglich handelte, konnte von einem katastrophalen Rückstau, einem Bruch des Wehrs bis zu einem kurzfristigen dramatischen Sinken des Wasserspiegels hinter dem Wehr alles passieren. Im Wasser treibende Äste und sonstiges Bruchholz waren eine weitere Gefahr, die sofort beseitigt werden mußte, wollte man nicht Schäden an der Konstruktion des Wehrs riskieren. Die Tuchmacher hatten aus diesen Gründen eine ständige Wache auf dem Wehr postiert, ein kleines Häuflein kräftiger Männer, die mit ihrem Hiersein ganz nebenbei auch noch verhinderten, daß Unbefugte das Wehr benutzten, um auf die Insel zu gelangen.

Zwei dieser Männer waren im Augenblick damit beschäftigt, eine Schlinge um einen Gegenstand zu werfen, den der Wasserdruck gegen das Wehr preßte. Sie stießen mit langen Stangen hinab, um die Schlinge fachgerecht befestigen zu können; man konnte es dumpf poltern hören, wenn das Treibgut sich herumdrehte und wieder gegen die Bohlen schlug. Plötzlich kam der Gegenstand einen Augenblick an die Wasseroberfläche und rollte herum, und ich erkannte, daß es ein menschlicher Körper war. Während ich noch schockiert den Bemühungen zusah, die Wasserleiche zu bergen, wurde mir klar, daß sich die Zuschauer ihretwegen hier eingefunden hatten – die Beseitigung eines ausgerissenen Baumstammes hätte sicherlich keinen Hund hinter dem Ofen hervorgelockt.

Schließlich gelang es, die Schlinge so festzumachen, daß ihr Sitz den Anforderungen der beiden Wehrhüter entsprach. Sie packten das Hanfseil zu zweit und zogen die Leiche am Wehr entlang auf das diesseitige Ufer zu. Das Wasser wurde rasch seichter, je näher sie dem Ufer kamen; bald lief der aufgeschwemmte Körper auf Grund und widersetzte sich allen Bemühungen, dem Zug des Seils zu folgen. Die beiden Männer fluchten und machten Anstalten, in das Wasser hineinzuwaten; zögernd folgten ihnen ein paar jüngere Zuschauer, und gemeinsam gelang es ihnen, die Leiche bald schleifend, bald rollend über den Kies an Land zu bringen. Die Menschen wichen zurück, als sie völlig im Freien lag, nur um gleich darauf einen noch dichteren Ring darum zu schließen. Ich auf meinem Gaul behielt trotzdem mühelos den Überblick, wenn ich auch nicht besonders begierig darauf war.

Es handelte sich um einen Mann, wenngleich nur die Kleidung diesen Umstand verriet und nicht sein Gesicht; soweit man ein Gesicht nennen konnte, was sich zwischen einem nassen Schopf dunkler Haare und dem Kragen seines Kittels befand. Er mußte schon seit mehreren Tagen im Wasser gelegen haben, und die Fische hatten sich an dem gütlich getan, wozu ihnen die Kleider den Zugang nicht verwehrten. Die Wehrhüter hatten ihn auf den Rücken gelegt, und seine Arme standen steif und halb abgewinkelt in die Höhe, als wolle er sein Erstaunen darüber ausdrücken, daß man ihn aus dem Wasser gezogen hatte. Das Wasser rann in kleinen Bächen an ihm herab.

Die Empfindsameren unter den Zuschauern wandten die Köpfe ab oder machten das Kreuzzeichen; die jungen Männer, die den Wehrhütern geholfen hatten, wischten sich die Hände an ihren Hosenbeinen ab und versuchten, ihren Ekel vor dem aufgedunsenen Leib zu verbergen. Alle standen tatenlos um die Leiche herum und starrten auf sie hinab; wenn die Fische seine Augen nicht schon aufgefressen hätten und der Tote wundersamerweise wieder zum Leben erwacht wäre, hätten ihn die vielen Gesichter vermutlich sofort wieder zu Tode erschreckt.

Die Torwachen erinnerten sich ihrer Pflicht und drängten nach vorne, um die Zuschauer zurückzuschieben. Einer lief zum Tor zurück und kam gleich darauf in Begleitung seines Wachführers wieder zum Ufer.

»Den hier haben sie eben aus dem Wasser gezogen«, hörte ich ihn sagen.

Der Wachführer betrachtete die Leiche mit ausdruckslosem Gesicht.

»Weiß jemand, wer es ist?« fragte er leise.

»So würde ihn doch nicht einmal seine eigene Mutter wiedererkennen.«

»Durchsucht ihn«, befahl der Wachführer.

Seine Männer sahen sich unangenehm berührt an. Es war klar, daß sich keiner darum riß, dem Toten in die Taschen zu fassen. Schließlich ermannte sich einer von ihnen, legte seinen Spieß nieder und kniete sich neben der Leiche auf den Boden. Er starrte einen Moment lang in das zerstörte Gesicht, und ich war froh, daß ich weit genug entfernt war, um von den Details verschont zu bleiben. Er schluckte und tastete den Körper vorsichtig ab. Ich hatte fast erwartet, daß das aufgeschwemmte Fleisch nachgeben und einen fauligen Geruch verströmen würde, der in Sekundenschnelle alle Gaffer vertriebe, aber es geschah nichts dergleichen. Die tastenden Hände des Wappners erreichten den Rock, der von den aufgequollenen Schenkeln zurückgeschlagen war, und strichen ihn glatt. Sie fanden zwei Taschen und fuhren hinein, aber die Taschen waren leer. Sichtlich erleichtert, erhob sich der Wappner und trat so rasch zurück, daß niemand auf den Gedanken kommen konnte, ihn zu gründlicherer Suche anzuspornen.

»Nichts«, meldete er.

»Dreht ihn um«, befahl der Wachführer ungerührt.

Nach einigem Hin und Her bohrten sie ihre Spieße unter dem Toten in den Kies und benutzten sie als Hebel, um den Körper herumzuwuchten. Die Männer, die als Wache auf dem Wehr arbeiteten, beobachteten sie amüsiert. Sichtlich waren sie den Umgang mit Wasserleichen gewöhnt, aber da niemand sie zur Hilfe aufforderte, hielten sie sich im Hintergrund und hatten ihren Spaß an den bleichen Gesichtern der Wappner. Der Tote drehte sich steif und widerwillig auf die Seite, zögerte einen Moment und plumpste dann auf den Bauch, die Arme eingestemmt, als würde er im nächsten Moment einen Liegestütz machen. Die Sehnen und Muskeln gaben unter dem Gewicht des Körpers nach, und die Arme bogen sich zur Seite, bis er flach auf dem Gesicht lag. Eine Lache breitete sich unter ihm aus und versickerte rasch zwischen den Steinen.

Einer der Zuschauer deutete auf den Hinterkopf des Toten. Das Haar war naß und lag eng am Schädel an. Man konnte deutlich die große Delle knapp über der Stelle sehen, an der der Kopf in das Genick überging.

Der Wachführer trat selbst neben den Toten und beugte sich zu ihm hinunter. Mit einem zögernden Finger strich er über die eingedrückte Stelle.

»Was ist das?« hörte ich ihn murmeln.

»Das wird von seinem Aufprall auf das Wehr verursacht worden sein«, sagte einer der Wappner. Ich blickte unwillkürlich zu den Wehrwächtern hinüber und sah, wie einer von ihnen stumm den Kopf schüttelte. Auch für meine Augen sah es nicht so aus, als wäre die Verletzung durch die Konstruktion des Wehrs entstanden. Wäre die Strömung stark genug gewesen, um ihn mit einer solchen Wucht gegen die Pfosten zu schmettern, hätte sie vermutlich das halbe Wehr davongerissen.

Der Wachführer zuckte mit den Schultern. Er brummte etwas Unverständliches. Ich dachte plötzlich an den Sohn des Sebastian Löw. Ein weiteres Objekt, an dem er seinen Scharfsinn unter Beweis hätte stellen können.

Der Gürtel, den der Tote um den Leib trug, hatte dem Druck des aufgeschwemmten Gewebes standgehalten; er lag wie der Einschnitt einer tiefen Schlucht zwischen den Fleischmassen, die den Stoff seiner Kleidung an Rücken und Hintern spannten. Der Wachführer faßte um den Körper herum und strich den hochgezerrten Rock nach unten; ein kleiner Lederbeutel kam zum Vorschein. Die Menge, die bisher eher stumm den Bemühungen zugesehen hatte, stieß einen einheitlichen Seufzer aus.

Der Wachführer öffnete den Beutel und holte ein paar Tonscherben und ein regelmäßiges, zweifingerdickes Stäbchen daraus hervor. Er starrte beides an, ohne einen Ton zu sagen oder den Eindruck zu machen, daß er sehr viel schlauer daraus wurde. Zuletzt legte er sie neben dem Toten in den Kies.

»So, wie er aussieht, liegt er nicht erst seit gestern im Wasser«, sagte er. Er hob den Kopf und wandte sich an die Männer, die das Wehr überwachten. »Wie kommt es, daß ihr ihn erst jetzt herausgeholt habt?«

»Weil er gerade erst angetrieben wurde«, sagte einer von ihnen herablassend.

»Merkwürdig«, brummte der Wachführer.

»Was ist daran so merkwürdig?« erwiderte der Wehrwächter. »Wer weiß, wo der Kerl ins Wasser gefallen ist.«

»Der Fluß ist lang«, rief eine Stimme aus der Menge.

»Er ist hier in Landshut ins Wasser gefallen«, sagte der Wachführer.

Der Wehrwächter sah plötzlich interessiert aus.

»Wie kommst du darauf?« fragte er.

Der Wachführer hob das Stäbchen vom Boden auf und hielt es in die Höhe.

»Das hier ist ein Siegel, wie es ein Schreiber bei sich trägt. Es trägt das Landshuter Wappen.«

Der Wehrwächter schlenderte heran und ging auf der anderen Seite des Toten in die Hocke. Er nahm das Stäbchen und betrachtete es mit zusammengekniffenen Augen, bevor er es dem Wachführer zurückgab.

»Wenn er hier ins Wasser gefallen ist«, sagte er langsam und nachdenklich, »kann er sich höchstens irgendwo verfangen haben und dort ein paar Tage hängengeblieben sein. Seit heute morgen ist der Wasserspiegel wegen der Regenfälle in den Bergen stark angestiegen; vielleicht wurde er davon losgerissen.«

Der Wachführer verzog das Gesicht.

»Warum nicht?« sagte der Wehrwächter. »Selbst der herzogliche Fischweiher ist über sein Ufer getreten; sein Wasser fließt in die Isar hinein.«

»Woher willst du denn das wissen?«

»Weil man's mir gesagt hat«, brummte der Wächter und zwinkerte mit einem Auge. »Und weil man seit heute morgen vor unserem Wehr prächtige Hechte aus dem Wasser angeln kann.«

»Ich denke, wir sollten dem Stadtrichter Bescheid geben«, sagte der Wachführer und richtete sich ächzend auf. »Soll er sich um den Kerl kümmern.«

Er steckte das Siegel in seine Tasche und stapfte zurück zum Tor. Ich hörte, wie er im Vorbeigehen zu einem seiner Männer sagte: »Treibt mir die Leute auseinander«, und die Wappner begannen, die Zuschauer mit waagrecht vor den Körper gehaltenen Spießen zurückzudrängen. Einer von ihnen pflanzte sich breitbeinig vor dem Toten auf; allerdings drehte er ihm den Rücken zu. Die Menschen ließen sich davonschieben, wandten sich schließlich ab und kehrten in die Stadt zurück. Auch ich zerrte mein Pferd vom Ufer weg. Ich war nachdenklich. Es war anscheinend niemandem aufgefallen: Der Tote trug keine Schuhe, und um einen seiner bloßen Knöchel lag tief im Fleisch versunken ein Rest der Schlinge, mit der seine Füße zusammengebunden gewesen waren.

Während des Ritts nach Hause tauchte ständig das Bild vor meinen Augen auf, wie sie den Ertrunkenen über den flachen Uferkies aus dem Wasser herausgerollt und geschleift hatten, als sei er ein seltsamer, gestrandeter Fisch – oder mehr noch, als sei er ein kompakter Haufen Abfall, der endlich beiseite geräumtwurde, weil er die Augen beleidigte. Er hatte ein seltsames Pathos besessen, wie er da auf dem Rücken lag, seine zu Pratzen aufgeschwemmten Hände mit jener halb erstaunten Geste erhoben und sein Gesicht vom Wasser und den scharfen Zähnen der Fische zu einer Monstrosität verformt, die weniger erschrocken als traurig machte und die keinen Hinweis mehr darauf zuließ, ob die Züge häßlich oder fein gewesen waren, und die jegliche Individualität leugnete. Wie hatte der eine der Stadtknechte gesagt? Nicht einmal seine Mutter würde ihn so wiedererkennen.

Der Gedanke, daß der Körper ein unwichtiges, pathetisches Ding war, wenn die Seele ihn verlassen hatte und das Fleisch nicht mehr beschützen konnte, war mir nicht neu. Zu oft war ich in den ersten Monaten nach Marias Tod schreiend aufgewacht, wenn ich mit schrecklicher Realität davon geträumt hatte, wie ihr

Leib verfiel; und nicht nur einmal konnte ich mich nur zähneknirschend davon abhalten, mitten in der Nacht zu den beiden Gräbern hinauszutaumeln und stöhnend und schluchzend die Erde beiseite zu scharren, um sie und das Kind davor zu bewahren.

Doch mehr noch als all diese Überlegungen kreiste der Anblick der Schlinge in meinem Kopf herum, deren Rest sich noch tief im Fleisch eingegraben um den Knöchel des Ertrunkenen befunden hatte. Ich war mir sicher, daß seine Füße zusammengebunden gewesen waren. Hatte man ihn erhängt? Aber wie war er dann ins Wasser gelangt? Wenn er ein Verbrechen begangen hätte, wäre er je nach Strenge des jeweiligen Gerichts am Galgen hängen gelassen worden, bis die Raben ihn von der Schlinge gepickt hätten, oder seine Angehörigen hätten ihn nach drei Tagen abnehmen und verscharren dürfen; in den Fluß wäre sein Leichnam aber keinesfalls geworfen worden. Zudem hätte sich das Siegel und die Tonscherben, von denen ich annahm, daß sie zu einem Gefäß für seinen Tintenstein, einen Lappen und ein oder zwei Federn gehört hatten, nicht mehr in seiner Tasche befunden.

Ich dachte an die beinahe unbedeutend wirkende Delle in seinem Hinterkopf. Vielleicht war er überfallen und totgeschlagen und seine Leiche danach in den Fluß gestoßen worden; die Füße konnten sie ihm zusammengebunden haben, weil sie ihn vorher eine Strecke weit befördern mußten. Aber Räuber hätten nicht nur seine Schuhe gestohlen, sondern seine Taschen ebenfalls leergeräumt, wenngleich sie das Siegel vermutlich fortgeworfen hätten: sicher hätten sie es nicht zurück in die Tasche gesteckt. Vielleicht war er auch nur im Vollrausch ins Wasser gerollt und ertrunken, und das

Seil hatte sich später um seine Knöchel gewickelt; es lag genug Abfall und Zeug auf dem Grund des Flusses.

Ich vergaß den Toten wieder, denn zu Hause überfiel mich der Verwalter mit der Frage, ob ich wegen der ausbleibenden Stofflieferung etwas herausbekommen habe, und ich erschrak; weniger aufgrund der Tatsache, daß die Lieferung noch immer auf sich warten ließ, sondern weil ich nicht mehr daran gedacht hatte. Ich habe ein Geschäft, dachte ich grimmig, und ich sollte mich eigentlich auch damit befassen. Ich sagte kurz, daß ich mich auf jeden Fall morgen darum kümmern werde, und beendete das Thema. Mein Verwalter leistete mir daraufhin beim Essen Gesellschaft, ohne noch irgendein geschäftliches Gespräch anzufangen. Er war zu taktvoll, um mich zu fragen, ob man schon etwas über den Mörder wisse, und da wir sonst kein gemeinsames Gesprächsthema hatten, verlief das Essen schweigend. Ich ging früh zu Bett und wälzte mich lange Zeit schlaflos darin herum. Zum ersten Mal seit langen Jahren hatte ich das Gefühl wieder, das mich während meiner Dienstzeit für Bischof Peter ständig begleitet hatte: Das Gefühl, in einen wirbelnden Strudel zu blicken und zu erkennen, daß sich darin Muster ausmachen ließen; zu ahnen, daß man nur den richtigen Blickwinkel finden mußte, um die Muster entschlüsseln zu können; und zu wissen, daß man in der Lage war, diesen Blick zu tun. Es war ein Gefühl der Rastlosigkeit, das einen atemlos machte und zugleich mit Freude erfüllte. Wahrscheinlich war es nicht mehr als das: Jagdfieber.

Ich dachte an die Ereignisse, die zu meinem Bruch mit Bischof Peter geführt hatten; die Ereignisse während des mehrjährigen Krieges zwischen Herzog Ludwig und dem Markgrafen Albrecht von Brandenburg, die mich regelmäßig als Alptraum heimsuchten. Während all der Zeit hatte ich vermieden, mich bewußt mit ihnen zu befassen; der Gedanke daran würde nur die Gewißheit meiner verzweifelten Ohnmacht und meines Versagens auslösen. Jetzt, zu wach, um dösen oder gar schlafen zu können, und meine Sinne in dem gleichen fiebrigen Aufruhr, in dem sie sich damals die ganze Zeit befunden hatten, konnte ich es jedoch nicht verhindern. Ich starrte in die Dunkelheit und erinnerte mich, ohne es wirklich zu wollen, und ich war beinahe erstaunt, wie leicht es war, wenn die Erinnerung nicht in die surreale Welt eines Alptraums verpackt war.

Die politischen Wirren nahmen ihren Anfang auf dem Türkentag zu Regensburg im Jahre des Herrn 1455, als die deutschen Fürsten versuchten, der Tatenlosigkeit Kaiser Friedrichs mit der Wahl eines der ihren zum König entgegenzutreten. Schon dort verfeindeten sich Herzog Ludwig von Niederbayern und Markgraf Albrecht Achilles von Brandenburg, die einstigen Jugendfreunde, wegen der Aufstellung des Kandidaten ernsthaft miteinander. Bis zum Jahr 1459 hatten sie es vermocht, den Großteil der deutschen Fürsten in zwei Lager zu spalten. Selbst Kaiser Friedrich ergriff Partei: Auf der Seite des Markgrafen mischte er sich in die Streitigkeiten ein. Jedem mußte klar sein, daß eine kriegerische Auseinandersetzung jetzt nur noch eine Frage der Zeit war.

Im Frühsommer 1459 verhängte der Kaiser über Ludwig die Reichsacht und betraute Markgraf Albrecht mit der Vollstreckung der Acht. Der Krieg ging in die erste Runde.

Zu diesem Zeitpunkt hatten weder der Bischof noch ich mit den Kriegshandlungen selbst zu tun. Der Bischof weilte die längste Zeit des Jahres in Rom, um sich mit den Plänen von Papst Pius herumzuschlagen, einen Kreuzzug gegen die Türken ins Leben zu rufen; und ich selbst führte einen Teil meiner weltlichen Geschäfte in Augsburg, vollauf damit und mit dem Versuch beschäftigt, meinem fünfjährigen Sohn Daniel das Lesen beizubringen. Das Kriegsgeschehen war ein weit entferntes Rumoren, das sich nachteilig oder vorteilig auf die Handelsgeschäfte des Bischofs auswirkte, meine Sphäre aber ansonsten nicht berührte. Herzog Ludwig geriet ins Hintertreffen und bot Verhandlungen an, während derer er einen halbwegs ehrenhaften Friedensschluß für sich erwirken konnte. Es dauerte jedoch nicht lange, bis ihm aufging, daß er trotz alledem von Markgraf Albrecht vermittels einiger mißverständlich formulierter Paragraphen hereingelegt worden war.

Der Krieg brach im Frühjahr 1460 erneut aus, noch während die päpstlichen Legaten in der halben christlichen Welt Frieden und Einheit gegenüber den Türken predigten. Diesmal erhielt Ludwig die Unterstützung seitens König Georgs von Böhmen, und der eingekreiste Markgraf bot nun seinerseits Friedensverhandlungen an. Papst Pius, in Dingen weltlicher Macht von großer Weitsicht, beauftragte Bischof Peter von Augsburg, die Entwicklung der Angelegenheit weiter im Auge zu behalten, und stattete ihn mit großen Vollmachten aus. Sein Ziel war, seinen Namen in den Chroniken mit einem Sieg über die Türken zu verzieren, und er wußte, daß mit einem in sich zerstrittenen Reich dieser Sieg nicht zu erringen war.

Pius hatte richtig gedacht; die Sache war weder für die

beiden streitbaren Fürsten Albrecht und Ludwig bereinigt, noch für den Kaiser, der seine Stellung durch Ludwigs Bündnis mit Böhmen aufs äußerste gefährdet sah. Nach einigen verhältnismäßig ruhigen Monaten überschlugen sich die Ereignisse wieder, als Herzog Ludwig den mit dem Kaiser in Fehde stehenden österreichischen Erzherzog mit Truppen unterstützte. Friedrich ergriff die Gelegenheit beim Schopf (angesichts seines ansonsten sprichwörtlichen Zauderns möglicherweise eindringlich beraten durch Markgraf Albrecht) und erklärte den Reichskrieg gegen den Landshuter. Papst Pius schlug sich auf die Seite Ludwigs, der Bischof und ich begannen mit den ersten Verhandlungen, aber der Krieg hatte sich mit der ihm eigenen Logik zum dritten Mal in Bewegung gesetzt und war bereit, Städte, Dörfer und Menschenleben zu verschlingen.

Im Herbst 1462 belagerte Herzog Ludwig die Stadt Ansbach; das heißt, er beobachtete sie aus der Ferne. Er wagte nicht, einen festen Ring um die Stadt zu legen, der das wirtschaftliche Leben darin zum Erlöschen gebracht hätte. Vielmehr hatte er ein Feldlager in kurzer Entfernung zur Stadt aufbauen lassen, nahe genug, daß man von den Wach- und Kirchtürmen die Staubwolke sehen konnte, die darüber in der Luft schwebte, und vermied es ansonsten tunlich, die Ansbacher zu belästigen. Vielleicht hoffte er, durch seine stumme, drohende Anwesenheit die Ansbacher so weit zu verunsichern, daß sie ihm eine gewaltfreie Kapitulation anboten. Zu diesem Zeitpunkt hatte sich der Krieg schon wieder festgefahren, und der Bischof und ich folgten abwechselnd dem Troß Herzog Ludwigs und dem des Markgrafen Albrecht; der Bischof wußte, daß unter diesen Umständen, mit der Drohung des nahenden Winters, die Gelegenheit günstig war, einen Waffenstillstand oder gar einen neuerlichen Frieden zu schließen.

Wir bezogen Quartier im Haus eines Landadligen, der sich mit den Erträgen seiner Pächter ein Auskommen gestaltete, das ihm und seiner Familie gerade das Überleben sicherte, ohne ihm Wohlstand zu bescheren, aber auch ohne ihn besorgt in die Zukunft blicken zu lassen. Mit unserer Ankunft und damit dem Beginn des Krieges verwandelte sich seine Sorglosigkeit rasch in Düsternis: Er war nicht reich und nicht gebildet, aber er hatte Augen und Ohren, die weit geöffnet waren, und diese hatten die Nachrichten wohl empfangen, die über die Brandschatzungen und Plünderungen der Söldner beider Kriegsgegner im Umlauf waren. So unglücklich er aber auch darüber war, daß die Kämpfe nun in seine Nähe gekommen waren, so glücklich schätzte er sich doch, uns zu beherbergen. Bischof Peter war ein mächtiger Kirchenfürst, und in seiner (und meiner unbedeutenden) Gegenwart fühlte der Mann sich und seine Familie sicher.

Ich mochte das Quartier. Ansbach lag für einen guten Reiter nicht mehr als eine lange Tagesreise von Augsburg entfernt, mit der Erhebung des Ries als einzigem bedeutenden Weghindernis zwischen hier und dort, und die Möglichkeit, im Zweifelsfall meine Familie relativ schnell erreichen zu können, beruhigte mich. Ich hatte meine Frau und meine Kinder schon seit Wochen nicht mehr zu Gesicht bekommen; aber obwohl ich wußte, daß es mir der Bischof in diesem Stadium der Geschehnisse niemals erlauben würde, mich für mindestens zwei Tage von ihm zu entfernen, beruhigte mich der Gedanke doch, daß es wenigstens denkbar war, zu ihnen zu gelangen.

Ich mochte das Quartier auch noch aus anderen, viel unmittelbareren Gründen. Die Familie des Landadligen bestand aus zwei Töchtern und einem alten Mann, der der Oheim des Landadligen war; die Mutter der Mädchen war vor wenigen Jahren verstorben. Das ältere der beiden Mädchen erinnerte mich an meine älteste Tochter Sabina; sie war zwar um viele Jahre älter, aber sie besaß die gleiche Unbekümmertheit und hatte sich jenes kindliche Maß an Freude und Überschwang bewahrt, das auch Sabina zu eigen war. Sie war angenehm; es machte Freude, sich mit ihr zu unterhalten, und ihre Ansichten glichen in vielem meinen eigenen Gedanken. Wenn ich sie ansah, hatte ich das Gefühl, Sabinas Zukunft zu sehen, und diese Erwartung machte mir Freude. Sie kümmerte sich zusammen mit dem alten Mann um den Haushalt und um ihre jüngere Schwester. Da es der Bischof für unter seiner Würde hielt, sich mit ihr abzugeben, blieb es mir überlassen, mich mit ihr auf die Bedingungen unseres Hierbleibens zu verständigen, und es wurde ein beständiger Ideenaustausch daraus. Sie war begierig zu lernen; sie war noch nie von ihrem heimatlichen Hof fortgekommen und brannte vor Neugierde auf andere Menschen, andere Gegenden und Städte. Sie betrachtete mich bald als einen Freund, ungeachtet des Altersunterschiedes zwischen uns; und sogar ihre Schwester schien mich zu mögen, wenn auch nur aus dem Grund, daß der bärbeißige und ständig übelgelaunte Bischof wenigstens in meiner Gegenwart ab und zu auftaute und ein Lächeln sehen ließ. Ich war gern in ihrer Nähe, ich sah gern ihr Gesicht, ich hörte gern ihre Stimme und fühlte eine seltsame Art von Befriedigung in ihrer Gegenwart, als würde ich mich inmitten meiner eigenen Familie befinden, die ich ansonsten schmerzlich vermißte.

Der Bischof und ich hielten uns beinahe täglich bei Herzog Ludwig auf, der die Kampfhandlungen satt hatte und seine größte Chance, die Front seiner Gegner zu durchbrechen, auf dem Verhandlungswege sah. Zuweilen begleitete uns der Landadlige in das Kriegslager, um seine Neugier zu befriedigen oder um sich wichtig zu machen. Er trieb sich zumeist den ganzen Tag bei den Rittern oder bei den Offizieren der Söldner herum, und auf dem Heimweg glühte er gewöhnlich vor Begeisterung darüber, welches rege Kommen und Gehen unter den kriegerischen Truppen herrschte und wie die Befehlshaber dennoch alles unter Kontrolle hatten. Mehr als einmal drückte der Bischof danach mir gegenüber seine Befürchtung aus, daß die Offiziere ihre das Plündern gewohnten Soldaten bei weitem nicht so sehr im Griff hatten, wie unser einfältiger Gastgeber es vermutete.

»Dieser Tor sollte sich lieber Gedanken machen, wie er seine Familie von hier wegbringt«, sagte er. »Der Winter steht vor der Tür, die Landsknechte wie die Ritter schlafen im Dreck und haben Hunger, und die Lagerhuren sind entweder zu alt oder zu häßlich, um sie auf die Dauer zu befriedigen.«

Seine Worte erfüllten mich mit klammer Sorge, und ich nahm die ältere Tochter eines Abends zur Seite und teilte ihr die Befürchtungen des Bischofs mit; aber sie lachte und sagte halb im Scherz: »Wie sollte ich mich in Eurer Nähe ängstigen?«, und ich war geschmeichelt genug, daß ich meine Ängste für dieses Mal vergaß und auch den Umstand, daß ihr in ihrem Zustand naiver Unbekümmertheit das wirkliche Ausmaß der Gefahr, die ihr und ihrer Schwester drohte, nicht im mindesten bewußt war.

»Wenn die Leute hier so gefährdet sind«, sagte ich einmal zum Bischof, »warum versuchen wir dann nicht, die Verhandlungen so schnell wie möglich zu Ende zu bringen, damit die Truppen aus der Gegend abziehen?«

»Es wäre unklug, die Geschehnisse forcieren zu wollen. Unser Vorteil besteht darin abzuwarten, bis sich eine Konstellation ergibt, an der wir einhaken können.«

»Können wir selbst denn gar nichts tun?«

»Wir könnten eine ganze Menge tun, mein Sohn. Aber wer weiß, ob es das Richtige wäre? Glaube mir, es ist immer besser, so lange zu warten, bis man die Richtung klar erkennen kann, in der man sich zu bewegen hat. Und du wirst zugeben, daß man bei diesen Verhältnissen, wie sie zwischen den Kriegsgegnern herrschen, froh sein muß, auch nur den Punkt klar zu erkennen, an dem man steht.«

An einem Tag im Oktober – es hatte seit einer Woche ununterbrochen geregnet, und der Schlamm im Feldlager des Herzogs war so tief, daß es möglich schien, ein ganzes Pferd aufrecht darin zu versenken – befanden wir uns in gedrückter Stimmung auf dem Heimweg; nur unser Gastgeber war aufgekratzt. Er saß auf einem neuen Pferd; sein altes hatte er bei einem der böhmischen Offiziere eingetauscht, und wenn er auch sonst von nichts etwas verstand – Pferdekenntnis besaß er. Er war nicht schlecht bei dem Tausch gefahren und saß voller Selbstzufriedenheit fröhlich schnatternd auf dem Rücken seines neuen Gauls. Der Bischof war schweigsam und machte ein grimmiges Gesicht. Der Feldpriester hatte ihn zuvor zu zwei Männern geführt, die man an einem Baum unweit des Lagers aufgeknüpft hatte: Sie waren schuldig befunden worden, Vorräte der Truppe gestohlen zu haben.

»Wenn sie schon Diebe mit dem Tod bestrafen, sind die Verhältnisse schlechter, als ich angenommen habe«, hatte der Bischof dumpf gesagt, während wir mit gesenkten Häuptern zu Füßen der Baumelnden gestanden hatten und der Priester ein Gebet gemurmelt hatte. »Wer weiß, was sich sonst noch alles zugetragen hat, von dem wir nur nichts mitbekommen haben.«

Unser Gastgeber sah die dünne Rauchfahne als erster, die sich über dem geduckten Schatten eines Waldstücks in den grauen Abendhimmel erhob. Sein Plaudern erstarb, und er starrte den Rauch an und danach den Bischof. Die gute Laune verließ sein Gesicht und enthüllte die nackte Panik. Dann kam das Lächeln wieder, als wollte er sich selbst einreden, daß nichts passiert sei; zuletzt verschwand es vollkommen, als er sah, wie sich das finstere Gesicht des Bischofs noch mehr verschloß. Er wurde bleich und schwankte. »Mein Gott«, flüsterte er. »Jesus, Maria und Josef.«

Er schrie auf und hieb seinem Gaul die Fersen in die Weichen; das Tier machte einen Satz und preschte los. Ich spürte, wie sich mein Magen schmerzhaft verkrampfte, und ich starrte den Bischof nicht weniger hilfesuchend an als unser Gastgeber. Er zog die Mundwinkel nach unten und sah böse hinter dem davonsprengenden Mann her.

»Ich habe es ja gesagt«, murmelte er. Sein Kopf ruckte zu mir herum, und an dem plötzlichen Erstaunen in seinem Gesicht konnte ich ermessen, wie schreckensbleich ich selbst sein mußte. Ich hatte Mühe, meine Zügel festzuhalten. Die Umgebung ertrank in einer körperlichen Woge der Angst, die selbst den Bischof ansteckte.

»Komm, mein Sohn«, flüsterte er und trieb sein Pferd an.

Unser Gastgeber war längst im Haus, als wir seinen kleinen Hof erreichten. Zwei der vielen Hunde, die das Gut bewacht hatten, lagen zerhauen in Blutlachen gleich hinter dem Tor, von den anderen war nichts zu sehen. Das neue Pferd schnupperte angewidert an den Kadavern und trottete ungebunden im Hof herum. Die Hälfte des Hauses, die als Stall gedient hatte, war ausgebrannt; daß das Feuer nicht auch auf den Wohntrakt übergegriffen hatte, war nur dem nassen Wetter zu verdanken. Vor dem verkohlten Stalltor schwammen weitere Blutlachen; ein paar nasse Kügelchen ausgerissenen Schaffells rollten im leisen Wind hin und her. Die Eingangstür des Wohntraktes war eingetreten und lag zerbrochen zur Hälfte drinnen, zur Hälfte draußen. Der alte Mann schien noch versucht zu haben, die Plünderer aufzuhalten. Er lag mit eingeschlagenem Schädel unter den Trümmern der Haustür. Neben der Türöffnung an der Außenwand des Hauses war ein dunkler Fleck geronnenen Blutes, als hätte jemand etwas Lebendiges gepackt und mit aller Macht dagegen geschmettert.

All das war nicht das Schlimmste. Das Schlimmste waren die heiseren Schreie, die aus dem Inneren des Hauses drangen und die völlig ohne jede Artikulation den wilden Schmerz dessen herausschrien, der neben den Leichen seiner Kinder auf dem Boden kniete. Ich glitt vom Rücken des Pferdes und wollte in das Haus hineinlaufen, aber der Bischof brachte seinen Gaul mit einem Sprung zwischen mich und die gähnende Eingangstür.

»Bleib hier, mein Sohn«, rief er scharf.

»Sie sind tot!« schrie ich und sah zu ihm auf. Ich

konnte nur seinen Umriß gegen den dämmrigen Himmel ausmachen: Die Tränen strömten aus meinen Augen und trübten meine Sicht.

»Sie sind *seine* Familie«, erwiderte er.

Ich spürte, wie mich die Kraft verließ; im nächsten Moment hockte ich auf dem Boden und versuchte, das heiße Würgen in meiner Kehle zu unterdrücken. Es gelang mir nicht: ich saß mit dem Hintern im Dreck und schluchzte.

Undeutlich sah ich, wie der Bischof abstieg und sich neben mich stellte. Ich versuchte, sein Gesicht zu erkennen, aber meine Augen verweigerten ihren Dienst. Er setzte an, etwas zu sagen, aber es dauerte einen Moment, bis seine Stimme klar war. Aus dem Haus drangen noch immer die gepeinigten Schreie unseres Gastgebers.

»Es ist unsere Schuld«, knurrte der Bischof. »Wir haben zu lange abgewartet. Und wir haben noch Glück gehabt, daß wir nicht selbst hiergewesen sind.«

Ich hörte ihn kaum; ich erinnerte mich, wie sie gesagt hatte, in meiner Gegenwart brauche sie sich nicht zu ängstigen. Ich wollte nicht daran denken, was der Mann, dessen Schreie wir bis hierher hörten, dort drinnen vorgefunden hatte. Ich senkte den Kopf, und die Tränen fielen in meinen Schoß.

5

Am Samstagmorgen erreichte mich ein Bote; ein erschöpfter Reiter, dem das Unbehagen deutlich ins Gesicht geschrieben stand. Er begrüßte mich mit vertrautem Respekt: Er war einer der Angestellten meines Geschäfts, Jörg Tannberger, dessen älterer Bruder ein Bekannter des Stadtkämmerers war und als Ordonnanz am Hof des Herzogs diente. Tannberger war derjenige, der den Transport meiner Leinenlieferung zu überwachen hatte und gleichzeitig als mein Vertreter bei Walther vom Feld auftrat; es war sein erster größerer Auftrag, und ich hatte ihn damit betraut, weil ich der Ansicht gewesen war, daß die Aufgabe unkompliziert genug war und er außerdem unter den Fittichen des Holländers stand. Ich war zuerst erleichtert, als ich ihn zur Tür hereintreten sah, denn ich dachte, er sei zusammen mit dem Warentransport in Landshut eingetroffen; aber dann bemerkte ich sein düsteres Gesicht und den Schmutz, der von einem langen Ritt ohne Pausen stammte, und das Essen schmeckte mir plötzlich fad. Er war naß vom Regen, der in der Nacht eingesetzt hatte und seitdem ununterbrochen fiel, und ich hieß ihn am Feuer Platz nehmen; er bedankte sich, wischte sich über sein Gesicht, wo seine Hände braune Spuren hinterließen, und nahm dankbar eine Schüssel mit warmer Suppe an.

»Schlechte Nachrichten, Herr«, sagte er, noch bevor er etwas zu sich nahm. Ich warf meinem Verwalter einen raschen Blick zu; dieser hatte sich nach vorn gebeugt und starrte den Boten voller Erwartung an. Sein Gesichtsausdruck wechselte von Spannung zu Bestürzung. »Die Stofflieferung kommt nur zum Teil. Der Treck mit der Seide für die Hofkleidung, den der Holländer beaufsichtigt, ist unterwegs. Sie haben sich gestern in Innsbruck in Marsch gesetzt; sie dürften im Laufe des heutigen Tages Kufstein erreichen und dort auf den herzoglichen Pfleger treffen. Aber die Lieferung Zwilch für die Tischwäsche sitzt noch in Innsbruck fest.«

Die ganze Zeit über hatte ich darauf gewartet, daß die Schwierigkeiten noch größer würden; jetzt war der Moment gekommen. Ich war nicht überrascht. Ich schüttelte den Kopf und sagte ruhig: »Erzähle der Reihe nach.«

Er schniefte und holte tief Luft. Als er die Suppenschüssel neben dem Kaminfeuer abstellte, sah ich, wie seine Hände zitterten. Er war übernächtigt und aufgeregt und voller Angst, weil sein erstes Geschäft sich in ein Fiasko verwandelt hatte. Er war nicht dumm; er wußte, daß es grundsätzlich eine einfache Aufgabe gewesen war, und er wußte auch, daß ein hübscher Batzen Geld darin steckte.

»Wie Ihr mir aufgetragen habt, habe ich mich Herrn vom Feld als Schreiber angedient«, sagte er. »Er war sehr dankbar für Eure Großzügigkeit. Daß ich auf Eure eigene Rechnung noch Leinwand einkaufen sollte, erfreute ihn hingegen weniger, und er war einige Tage lang nicht gut auf mich zu sprechen. Als er jedoch merkte, daß ich besser Italienisch spreche als sein eigener Gehilfe, war ich wieder in seiner Gnade. Es war nicht schwierig, die Samt- und Seidenstoffe in Venedig zu bekommen. Ihr glaubt nicht, über welche Verbindungen dieser Holländer verfügt; selbst beim Dogen wurde er empfangen, und er nahm mich in den Palast mit. Dort stellte ich fest, daß er selbst ausgezeichnet Italienisch spricht. Ich nehme an, er hielt es nur für unter seiner Würde, mit den Krämern und Tuchfärbern zu reden. Der Doge sprach ein paar Minuten mit ihm und versicherte ihm, daß die venezianische Kaufmannsgilde über seinen Auftrag sehr erfreut sei und alles tun werde, um ihm die besten Stoffe zu liefern. Es war allerdings leicht festzustellen, daß die venezianischen Händler die Preise für die Stoffe extrem erhöht haben. Es hieß, man habe alle anderen Aufträge ablehnen müssen, um das große Kontingent an braunem, weißem und grauem Samt herzustellen, und dadurch erhöhte Kosten gehabt.«

»Diese Gauner«, sagte ich beinahe amüsiert. »Sie wollten nur den Umstand ausnützen, daß Herzog Ludwig seinen ganzen Hofstaat einheitlich in seinen Hoffarben einkleiden will.«

»Sie jammerten außerdem, das Angebot sei sehr knapp, weil einige Lagerhäuser überschwemmt und viele Ballen ruiniert worden wären, aber ich hörte, wie Herr vom Feld zu einem seiner Gehilfen sagte, er hätte erst in diesem Sommer Venedig besucht, und die Kanäle wären fast ausgetrocknet gewesen. Ich glaube, die Venezianer haben nur zu gut gewußt, daß wir ihnen ausgeliefert waren.«

»Habt ihr das Fondaco Tedesci nicht eingeschaltet?«

»Die deutsche Zunftniederlassung? Nein, Herr. Sie sind dem Holländer dort nicht grün, weil er sie bei der Anknüpfung des Handels übergangen hat, um bessere Bedingungen zu erzielen. Er dachte, mit seinen eigenen Verbindungen würde er besser abschneiden, als wenn er den Zunftmeistern dort ein paar Prozente abtreten müßte. Vielleicht haben sie auch die venezianischen Händler aufgehetzt.«

»Er hatte sich aber verrechnet«, sagte ich und machte mich darauf gefaßt, gleich zu hören, mein Gewinn wäre zusätzlich zu der Lieferverzögerung auch noch ins Bodenlose abgesunken.

»Nicht ganz, Herr. Wie gesagt, er hat dort sehr gute Verbindungen. Aber es war ein hartes Feilschen, und es zog sich viel länger hin als ursprünglich geplant. Ich mußte ihm wegen meiner Sprachkenntnisse die meiste Zeit assistieren und kam kaum dazu, mich um das Leinengeschäft zu kümmern. Gott sei Dank gibt es so viele Leinenweber in Venedig, daß sie sich nicht alle absprechen und die Preise erhöhen konnten, und so mußte ich nicht viel herumlaufen. Ich habe zu Eurer Zufriedenheit abschließen können, Herr.«

»Bis auf die Tatsache, daß die Lieferung nicht ankommt«, brummte ich, und er verzog wieder das Gesicht.

»Zuerst wollte ich die Leinwand zusammen mit der Seidenlieferung transportieren lassen, aber der Herr vom Feld wollte es mir nicht erlauben. Er sagte, wenn dieses Geschäft auf Eure Rechnung ginge, so müßte ich den Rücktransport auf Eure Rechnung organisieren. Also stellte ich eigene Wagenlenker an; sie durften aber bei der großen Karawane bleiben und in ihrem Schutz reisen. Wir zogen ohne Zwischenfälle bis zum Fuß der Berge. Dort, am Anfang des Brennerpasses, trafen wir auf einen anderen großen Treck. Es stellte sich heraus, daß es der von Herrn Halterspiel war, der eine Samtlieferung aus Florenz nach Landshut transportierte. Es war ihm ähnlich ergangen wie uns in Venedig, nur daß Herr Halterspiel sein Problem mit Hilfe der dort ansässigen deutschen Kaufleute löste. Wir legten die Karawanen zusammen, um besseren Schutz vor den Wegelagerern am Brennerpaß zu haben, aber das Wetter war während der ganzen Überquerung so schlecht, daß keiner von den Buben sich blicken ließ. Die Schwierigkeiten begannen erst in Innsbruck, als wir alle glaubten, das Schlimmste läge schon hinter uns. Wir verbrachten dort ein paar Tage, um die Pferde und Zugochsen zu schonen. Während dieser Zeit muß jemand den beiden Karawanenführern erzählt haben, daß Türkenbanden die Gegend unsicher machen.«

»Lächerlich«, entfuhr es mir. »Die Türken sind wohl schon in der Steiermark gesehen worden, aber doch nicht am Inn.«

»Wie auch immer«, sagte er achselzuckend. »Die Karawanenführer verlangten eine Sonderzahlung wegen der Türkengefahr, und die Herren Halterspiel und vom Feld argumentierten sich mit ihnen die Köpfe heiß. Die Wagenlenker und die Ochsentreiber wollten nicht nachgeben. Ich bin beinahe verzweifelt, Herr; es war zum Wahnsinnigwerden, wenn man den Gesprächen beiwohnte. Die Kerle waren stur wie die Ochsen, die ihre verdammten Karren die Berge hochzogen, und dabei so ängstlich wegen der Türken wie ein Haufen alter Weiber.«

Aus der Ecke, in der die alten Frauen meines Gesindes saßen, erhob sich aufgebrachter Protest. Ich brachte ihn mit einer Handbewegung zum Schweigen.

»Nach einigem Verhandeln einigten sich die Karawanenführer und die beiden Herren auf die Hälfte des geforderten Preises, und die Ochsentreiber luden die Wägen wieder auf. Gestern morgen brachen sie auf.«

Ich wußte, was kommen würde. Ich sagte: »Ohne die Wägen mit der Leinwand.«

Er sah auf und rang beinahe die Hände.

»Herr, Ihr habt mir keinen Ermessensspielraum gegeben, was die Entlöhnung der Wagenführer angeht. Ich konnte auf ihre Forderungen nicht eingehen. Beinahe hätte ich sie soweit gehabt, daß sie auf das Versprechen hin, Ihr würdet Euch die Sache bei der Ablieferung anhören, weitergezogen wären. Aber sie wollten ein Versprechen, das weiter ging als das: Sie wollten hören, daß Ihr Ihnen bei der Ablieferung *zahlen* würdet, was sie verlangen. Dies konnte ich ihnen nicht zusagen. Als zuletzt der Großteil der Karawane weg war, hatte ich überhaupt keine Chance mehr. Um allein weiterzuziehen, fehlte ihnen der Mut; sie hätten es nicht für noch soviel Geld getan. Es tut mir leid, Herr. Aber ich hatte keine andere Möglichkeit.«

Es entsprach nicht ganz meinen Gefühlen, als ich sagte: »Schon gut. Es ist nicht dein Fehler.«

Tatsächlich hätte ich ihm ins Gesicht springen mögen. Aber ich zeigte ihm meinen Ärger nicht. Ich hatte die Situation falsch eingeschätzt, und wenn Tannberger sich tatsächlich so schwerfällig betragen hätte, wie ich im ersten Unmut dachte, wäre die Leinwand noch immer auf den Webrahmen der venezianischen Händler. Es war mir klar, daß es ganz allein meine Schuld war. Ich hatte ihm zuwenig Spielraum gelassen. Ich biß die Zähne zusammen und fragte: »Wo ist die Lieferung jetzt?«

»In einem Lager in Innsbruck. Als sie erkannten, daß ich ihnen keine Zugeständnisse machen konnte, brachen die Wagenführer gestern mittag auf zurück nach Venedig. Ich suchte den ganzen Nachmittag noch nach

Fuhrleuten in Innsbruck, die bereit wären, die Lieferung zu übernehmen; aber anscheinend war mein Problem bereits überall bekannt, denn die dortigen Kärrner wußten um ihren Vorteil und verlangten ebenfalls viel zu hohe Preise. Am Abend brach ich schließlich auf und ritt die ganze Nacht durch, um Euch Bescheid zu sagen.«

Ich lehnte mich zurück und schwieg eine lange Weile. Zuletzt sagte ich: »Ich danke dir. Iß etwas und leg dich hin. Ich muß nachdenken.«

Der Bote nickte und schlich mit gesenktem Kopf aus der Stube. Das übrige Gesinde nahm seinen Abgang zum Anlaß, ebenfalls so leise wie möglich zu verschwinden.

»Ein großes Unglück«, sagte der Verwalter vorsichtig. Ich stieß den Atem aus. »Das kann man wohl sagen.« »Was sollen wir jetzt tun?«

»Ich weiß es nicht.« Ich war verärgert; gerade jetzt konnte ich ein Problem dieser Art am allerwenigsten gebrauchen. Mein Gehirn war leer. Es machte mir sogar Mühe, mir die in einem Lagerhaus in Innsbruck lagernden Stoffballen vorzustellen. »Ich weiß es nicht«, seufzte ich nochmals.

»Zumindest kommt die Seidenlieferung einigermaßen rechtzeitig an. Darin steckt das größte Kapital«, sagte mein Verwalter. Ich rief ärgerlich: »Ich habe fast hundertfünfzig Gulden in die Leinwand investiert. Glaubst du, ich will diesen Batzen einfach abschreiben?«

»Natürlich nicht. Ich wollte Euch nur vor Augen führen, daß nicht alles verloren ist.« Er breitete die Hände aus, wie ein erschrockener Hund einem anderen seine Kehle darbietet.

»Schon gut«, sagte ich. »Ich wollte dich nicht anschreien.« Er winkte ab; wie immer versuchte er mich nicht nur zu verstehen, sondern auch, mir zu verzeihen.

»Selbst wenn wir gewillt sind, diesen Halsabschneidern in Innsbruck zu zahlen, was sie verlangen, bekommen wir niemals mehr rechtzeitig eine Karawane zusammengestellt. Wir brauchen mindestens zehn Wagen, wenn mich nicht alles täuscht.«

»Das schätze ich auch«, brummte der Verwalter. »Wir können den Boten nochmals genauer fragen.«

»Was nützt es schon? Es würde mindestens eine Woche dauern, bis wir die Lieferung hier in Landshut haben. Bis dahin hat Meister Krel aus Nürnberg sein Zeug zweimal hierher geschafft.«

»Wir können noch froh sein, daß wir die Stoffe nicht aus Ungarn geliefert bekommen«, sagte der Verwalter. »Den Landweg vom Schwarzen Meer über Pest und Preßburg her haben die Türken vollständig unsicher gemacht. Wenngleich auch das kein großer Trost ist«, fügte er hastig an, um nicht einen weiteren Ausbruch meinerseits zu provozieren. Aber ich war weit davon entfernt, wieder aufzufahren. Ich starrte ihn überrascht an. In meinem gelähmten Gehirn war plötzlich eine Idee entstanden; nein, nicht eine Idee, sondern eher ein Fünkchen, ein kleiner Schimmer, der eine Idee ankündigte. Ich bemühte mich krampfhaft, ihn nicht zu verlieren. Was hatten seine Worte in mir geweckt? Welche Assoziation ließ sich mit seinem unzulänglichen Versuch, mich zu trösten, verbinden?

Ungarn.

Ungarische Ochsen und Schafe.

Ich hörte die Stimme von Sebastian Löw: Ein unproblematisches Zusatzgeschäft für den Besitzer des Floßes, nicht wahr?

– den Besitzer des Floßes.

Ich keuchte auf, als mir die Lösung beinahe wie ein vollständiger Plan vor Augen stand. Ich beugte mich nach vorne und packte ihn an den Oberarmen, und er zuckte so erschrocken zurück, daß er beinahe von der Sitzbank gefallen wäre.

»Aus Ungarn!« rief ich. »Ungarisches Rosenöl. Ungarische Ochsen und Schafe!«

Sein Gesicht zog sich in einer Maske des Nichtbegreifens zusammen.

»Ich verstehe nicht ...«, stammelte er.

»Gestern«, sagte ich und zwang mich zur Ruhe. Ich ließ seine Arme los und ballte die Hände nervös zu Fäusten. »Gestern sah ich, wie von den Floßländen Hunderte von Ochsen und Schafen zu den Fleischbänken getrieben wurden. Ein Zuschauer sagte mir, die Tiere stammten aus Ungarn.«

»Und?«

»Verstehst du denn nicht?« rief ich. »Sie haben die Tiere mit den Flößen hergebracht. Vermutlich hätte es viel zu lange gedauert, sie aus der ungarischen Tiefebene über Mähren und das böhmische Reich nach Bayern her zu treiben; sie haben sie einfach auf Flöße verladen und die Donau und die Isar hochgetreidelt.«

Er starrte mich an und versuchte, meinem Gedankengang zu folgen. Es dauerte nicht lange; mit einemmal begann er breit zu lächeln.

»Ihr meint, wir lassen die Stoffe auch auf Flöße verladen ...«

»Richtig! Wie lange braucht man von Innsbruck zum Isaroberlauf mit Transportwagen? Das dürften um die vierzig Meilen sein, über den Paß – höchstens zwei Tage. Und mit dem Floß bis nach Landshut? Man braucht die Flöße in dieser Richtung nur mit dem Fluß treiben zu lassen. In vierundzwanzig Stunden lassen sich bestimmt die hundert Meilen von Scharnitz bis nach Landshut zurücklegen. Nochmals zwei Tage. In spätestens vier Tagen haben wir die Stoffe hier; wenn die Näherinnen, die du angestellt hast, fleißig arbeiten, werden sie noch rechtzeitig fertig. Die Prinzessin trifft noch mal sechs Tage danach ein.«

»Meister Krel aus Nürnberg wird schneller liefern können, fürchte ich«, sagte mein Verwalter. Ich kniff die Augen zusammen und lächelte böse.

»Wahrscheinlich«, sagte ich. »Er war von Anfang an eine ernstzunehmende Konkurrenz bei diesem Geschäft. Aber zur Zeit habe ich die besseren Beziehungen. Wenn ich zusichern kann, daß alles zur rechten Zeit bereit steht, werde ich den Auftrag bekommen.«

»Wenn Ihr meint ...«

Ich nickte; ich dachte an den Kanzler. Ich hatte kaum jemals gute Beziehungen irgendwohin gehabt, und wenn, hatte ich mich immer gescheut, diese zu benutzen. Jetzt schien einmal eine wirkliche Gelegenheit dazu gekommen zu sein. Ich lachte auf.

»Verlaß dich drauf«, sagte ich.

»Das größte Problem wird dann wohl sein, die Flößer zu beauftragen.«

»Ich glaube nicht«, sagte ich. »Nach dieser Ochsen- und Schafelieferung befinden sich eine Menge von ihnen unten am Fluß; sie werden froh sein, einen neuen Auftrag zu erhalten. Flöße und Floßbesitzer, bei denen man die Gefährte mieten kann, dürfte es dann genügend im Gebirge geben.«

»Wir werden eine ganze Menge Flöße brauchen. Eines faßt doch kaum mehr Ladung als ein Ochsenkarren.«

»Na und? Schlimmstenfalls kaufen wir die Flöße auf und verkaufen hier in Landshut das Holz. Ich sehe eher ein Problem, die Leute rechtzeitig zum Oberlauf der Isar zu bringen.«

»Sie könnten mit mehreren unserer Pferde losreiten und die Tiere wechseln, sobald eines müde wird. Wenn sich Ochsen auf den Flößen transportieren lassen, tun es Pferde auch; sie könnten die Gäule auf den Flößen wieder zurückbringen.«

»Gut. Wie bekommen wir die Stoffe rechtzeitig dorthin, wo die Flöße ablegen? Die Wegstrecke ist nicht weit – nur dauert es einige Zeit, eine Karawane zusammenzustellen.«

Ich dachte eine Weile darüber nach.

»Hol mir Jörg Tannberger«, sagte ich schließlich. »Er kann uns weiterhelfen.«

Tatsächlich war er so begierig darauf, seinen vermeintlichen Fehler wiedergutzumachen, daß er darum bat, sofort wieder losreiten zu dürfen, um in Innsbruck alles vorzubereiten.

»Bist du nicht zu erschöpft?« fragte ich ihn.

»Nein, Herr!« rief er. »Ich kann mich bei der Rückfahrt auf dem Floß ausruhen. Bitte laßt mich gehen.«

»Ich habe vermutlich keine andere Wahl«, brummte ich. »Bis sich jemand anderer in Innsbruck zurechtfindet, vergeht zuviel Zeit. Du kennst dich dort schon aus.«

»Sicher, Herr. Ich danke Euch«, sagte er eifrig.

Ich sah die tiefen Ringe unter seinen Augen und daß er seine schmutzigen Kleider noch nicht einmal abgelegt hatte, aber ich kannte den Zustand, in dem er sich befand. Er brannte darauf, seine Scharte auszuwetzen. Ich sagte: »Du bist der Ansicht, daß du den Transport von Innsbruck das Inntal aufwärts schnell genug auf die Beine stellen kannst?«

»In dieser Richtung hat noch niemand einen Türken auch nur von weitem gesehen. Es wird nicht einmal mehr kosten als den üblichen Preis. Und für eine Fahrt von zwei Tagen bedarf es keiner großen Vorbereitungen; ein Treck ist in wenigen Stunden abmarschbereit. Wir müssen den Paß südlich von Scharnitz überwinden, da wird es sogar besser sein, mit so wenig Zuladung wie möglich zu fahren.«

»Dann laß dir für mehrere Männer Essen richten und besorge dir Pferde. Ich reite zur Stadt und treibe ein paar Flößer auf. Komm mir so bald wie möglich nach; wir treffen uns bei der Floßlände.«

Er verneigte sich und verschwand. Ich blieb noch einen Moment sitzen und schaute meinen Verwalter an. Plötzlich hatte ich das Gefühl, ich sollte ihn damit beauftragen, die Flößer unten am Fluß auszusuchen und auf den Weg zu schicken. Ich öffnete den Mund und schloß ihn wieder; es war ein zu großes Risiko. Alles hing jetzt davon ab, wie schnell gute und willige Männer aufzutreiben waren. Ich mußte es selbst erledigen. Ich richtete mich auf und sagte: »Ich reite sogleich los. Du weißt, was du zu tun hast.«

Er nickte und erwiderte: »Ich lasse hier alles für die Abreise richten.«

Ich wußte so gut wie er, daß diese Aufgabe eine Arbeit für die Küche und den Pferdeknecht war und nicht für meine rechte Hand. Ich hatte ein schlechtes Gewissen, aber ich konnte mich nicht dazu bringen, das Geschäft jetzt aus der Hand zu geben. Es wäre das Vernünftigste gewesen, besonders in Anbetracht der Tatsache, daß die Aufklärung eines Mordfalles auf mich wartete. Und hatte ich diese Art von Arbeit nicht immer gehaßt? Einen Handel zu organisieren? Aber ich konnte mir nicht vorstellen, meinen Verwalter damit zu betreuen; ich wußte, wie schwierig die Aufgabe war.

Das Gesicht des Verwalters war undurchdringlich, als er mich am Hoftor verabschiedete, und ich konnte nur raten, was in ihm vorging. Ich packte die Zügel, sprang auf mein Pferd und sprengte davon.

Es waren noch genügend Flößer auf dem kiesigen Schwemmlandstück vor der Stadtmauer, daß ich doppelt soviel Leinwand hätte nach Landshut transportieren können. Sie saßen und standen um die Reste eines Feuers herum, das sie in der Nähe der Stadtmauer entzündet hatten; man konnte diejenigen, die aus Landshut waren und in den kleinen Häusern entlang der Stadtmauer lebten, nicht unterscheiden von den Auswärtigen, denn beide Gruppen waren unrasiert und verdreckt, und ich hätte die achtlos herumgeworfenen Knochen und die schräg im Kies liegenden Bierfässer nicht sehen müssen, um zu wissen, daß sie die Nacht hindurch gefeiert hatten. Ich war nicht gerade glücklich über den verkaterten Anblick, den die meisten von ihnen boten: Wie viele würden sich unter diesen Umständen für einen Auftrag entscheiden, der eine Menge Arbeit versprach? Mein Pferd kam auf dem losen Kies ins Stolpern, und ich stieg ab und zerrte es hinter mir her auf die Ansammlung zu.

Als ich näher gekommen war, bemerkte ich, daß einige der Männer sich um einen weiteren Mann gruppierten, der so aussah, als hätte er die Nacht auf anständige Weise verbracht. Ich hörte ihn reden und erkannte, daß es einer der vom Stadtkämmerer mit dem Ankauf des Holzes Beauftragten sein mußte: Er verhandelte den Preis für die schweren Baumstämme, aus denen die Flöße zusammengebunden waren. Die Antworten, die die Flößer mit rauhen Stimmen gaben, waren vernünftig genug. Vielleicht fühlten sie sich nicht so unausgeschlafen und elend, wie einige von ihnen aussahen.

Nachdem sie ihren Handel mit dem Holzbeauftragten abgeschlossen hatten, wandten sie sich mir zu. Es schien, daß sie einen Dreierrat gebildet hatten, der für die Gruppe sprach, solange sie hier vor den Toren der Stadt beisammen waren. Sie grüßten mich mit freundlicher Aufmerksamkeit, als ich mich vorstellte.

»Wären einige von Euch an einem Auftrag interessiert?« fragte ich, und sie sahen sich an und scharten sich dann um mich.

Zuerst waren die Flößer nicht sonderlich begeistert; vermutlich hatten sie damit gerechnet, einen kleineren Auftrag zu erhalten, der sie lediglich ein paar Meilen flußab- oder -aufwärts führen würde. Als ich ihnen auseinanderlegte, worum es ging, schüttelten sie die Köpfe und winkten ab.

»Seht einmal«, sagte einer der von ihnen gewählten Sprecher, während wir auf Holzklötzen um das wiederaufflackernde Feuer saßen und ein paar der Männer die letzten Schlucke schalen Bieres kreisen ließen. »Wenn es stimmt, was man hört, werden zu dieser Hochzeit alle Bürger der Stadt kostenlos mit Speisen und Getränken versorgt; was bedeutet, daß auch die ärmsten unter uns einmal die Gelegenheit erhalten, sich die Bäuche vollzuschlagen und sogar noch etwas mit nach Hause zu bringen. Wir Landshuter Flößer haben die Erlaubnis erhalten, unsere auswärtigen Kameraden zu beherbergen, damit auch ihnen die Großzügigkeit des Herzogs zuteil wird. Keiner will sich das entgehen lassen; darum will keiner zu einer Mission aufbrechen, die ihn vielleicht nicht rechtzeitig zurückbringt.«

»Sie wird ihn rechtzeitig zurückbringen!« rief ich. »Nur dann hat die ganze Sache überhaupt Sinn. Versteht Ihr das nicht?«

»Das Risiko ist zu groß. So eine Freigiebigkeit wie bei dieser Hochzeit erfährt man nur einmal im Leben.«

Ich stöhnte. Als ich mir aufgeregt durch die Haare fuhr, fiel mein Blick auf die im Wasser schaukelnden Flöße. Ich fragte: »Haben die auswärtigen Flößer schon alle ihr Holz verkauft?«

»Nein, noch nicht. Der Holzmeister des Herzogs hat uns mitteilen lassen, daß die Stapelplätze vorerst voll sind und das Holz reichen wird. Ich wage das zu bezweifeln, aber er läßt sich nicht umstimmen.«

»Wie wäre es«, sagte ich, »wenn ich anbiete, daß ich jedem auswärtigen Flößer, der meine Fuhre übernimmt, das Holz zu verkaufen versuche, und ihm vom Gewinn – sagen wir, achtzig Prozent übergebe? Wie wird der Gewinn üblicherweise aufgeteilt? Sechzig zu vierzig?«

»Das hört sich nobel an«, sagte der Sprecher. Er beriet sich eine Weile mit seinen beiden Kollegen, dann rief er die versammelten Flößer zu sich und unterbreitete ihnen meinen Vorschlag. Die hageren, bärtigen Gesichter der Männer wurden nun nachdenklich, und ein paar warfen mir lange Blicke zu, als wollten sie ermessen, inwiefern ich in der Lage war, mein Angebot auch einzulösen. Einige nickten schließlich, aber die Mehrzahl hatte immer noch ein Problem, und diese stimmten die Zaudernden wieder um. Der Sprecher der Flößer wandte sich wieder mir zu.

»Was hattet Ihr Euch als Entlohnung für die Fuhre gedacht?«

»Den üblichen Fuhrlohn, was sonst?«

»Das ist lächerlich.«

»Wieso ist das lächerlich?« fuhr ich auf. »Ich besorge Euch einen Auftrag, mit dem Ihr Geld verdienen könnt, anstatt tagelang hier im Kies zu liegen und auf den Beginn der Hochzeitsfeierlichkeiten zu warten, ohne auch nur einen halben Pfennig einzunehmen. Ich garantiere Euch, daß Ihr rechtzeitig zurück sein werdet, weil auch das ganze Gelingen *meines* Handel davon abhängt. Und«, ich erhob meine Stimme noch lauter, aber es hatten mir ohnehin schon fast alle zugehört, »und zusätzlich biete ich Euch an, während Eurer Abwesenheit Eure im Wasser verschimmelnden Holzbalken zu verkaufen und Euch fast den gesamten Gewinn davon zu übergeben, obwohl ich die ganze Arbeit damit haben werde.«

Sie steckten die Köpfe wieder zusammen und berieten sich aufs neue, und wiederum war ich gezwungen, der trägen Prozedur hilflos zuzusehen. Die Zeit brannte mir unter den Nägeln, und ich war so überrascht von der Halsstarrigkeit der Flößer, daß ich die in Geschäftsangelegenheiten übliche Diplomatie völlig vergessen hatte. Womöglich hatte ich es mir mit ihnen jetzt vollends verdorben. Ich verdrehte die Augen, während ich mit schmerzendem Gesäß auf dem Holzstumpen saß und ihre Diskussion verfolgte, und ich konnte mir nicht helfen, aber der Gedanke, aufzuspringen und zu rufen: Vergeßt die ganze Geschichte! und meine hundertfünfzig Gulden in den Wind zu schreiben, stieg immer stärker in mir hoch. Ich war beinahe erstaunt über meine eigene Resignation; sonst war ich zäher.

Endlich waren sie zu einem Ergebnis gekommen. Das Stimmengewirr flaute wieder ab.

»Einige der Männer sind aus der Scharnitzer Gegend«, sagte der Sprecher der Flößer. »Sie haben sich bereit erklärt, die Fuhre zu übernehmen; sie sagen, sie wären am besten in der Lage, den Transport so schnell wie möglich abzuwickeln, weil sie die Leute am Ausgangsort kennen und notfalls schnell Hilfe rekrutieren können.«

Ich schloß die Augen und sagte: »Ihre Kinder und Kindeskinder sollen vor Gesundheit strotzen.«

Der Sprecher ließ sich nicht beeindrucken; mit ruhiger Stimme fuhr er fort: »Sie bestehen allerdings darauf, daß Ihr ihnen die Entlohnung sofort auszahlt.«

Ich öffnete die Augen wieder und starrte ihn bestürzt an. Er gab meinen Blick fest zurück, und ich sah, daß sich viele Augenpaare auf mein Gesicht gerichtet hatten. Ich sagte eisig: »Man bezahlt den Fährmann nicht, bevor man übergesetzt hat.«

»Dies ist aber eine ganz besondere Fuhre«, erwiderte der Sprecher und lächelte.

Ich sah von ihm zu den anderen, zu denjenigen, die mich mit brennenden Augen musterten. Kaum einer schlug den Blick nieder. Ich atmete ein und wieder aus; ich wußte, wann ich geschlagen war.

»Also gut. Ich bin einverstanden.«

Der Sprecher der Flößer grinste; er spuckte kräftig in seine rechte Hand und hielt sie mir hin, und ich tat es ihm nach und schlug ein. Auch ich grinste; dann kam mir schlagartig etwas zu Bewußtsein, und meine Freude verflog. Ich ließ seine Hand los und suchte unter meinem Wams herum, aber ich wußte, daß ich nicht finden würde, was ich suchte. Ich hatte keine Veranlassung gesehen, mehr als ein paar Pfennige einzustecken.

»Ich habe nicht soviel Geld bei mir«, sagte ich.

Ein paar der Umstehenden verzogen die Gesichter, und einer zischte hörbar. Der Sprecher der Flößer schüttelte den Kopf.

»Es gibt kein neues Angebot«, sagte er fest. »Die Bezahlung im voraus, oder Ihr könnt den Handel vergessen.«

Ich biß die Zähne zusammen und erwiderte: »Mein Hof ist eine ganze Strecke weit vor der Stadt. Ich muß eigens dorthin zurückreiten.«

»Dann leiht Euch in der Stadt Geld.«

Ich schnaubte unlustig; ich hatte noch nicht daran gedacht. Sebastian Löw kam mir in den Sinn, doch zu ihm zu gehen war mir peinlich. Andererseits war der Weg zu meinem Hof und wieder hierher zurück zu lange; sie mochten es sich nochmals anders überlegen, während ich weg war, oder wieder mit der Sauferei beginnen und dann unbrauchbar sein.

In die Gruppe der Flößer kam plötzlich Bewegung, und mir wurde bewußt, daß sie alle mit einem seltsamen Gesichtsausdruck über meine Schulter spähten. Ich dachte: Tannberger ist schon angekommen; aber er hätte mit den Pferden mehr Lärm gemacht. Ich drehte mich um.

»Guten Morgen«, sagte sie mit ihrer sanften Stimme und neigte mir lächelnd den Kopf zu.

»Was wollt Ihr schon wieder?« entfuhr es mir. Ich

hörte, wie ein paar der Männer in meinem Rücken albern zu kichern begannen.

»Ich wollte ein wenig an die frische Luft«, sagte sie unschuldig. Ihre Nervosität von unserer ersten Begegnung schien geschwunden zu sein. Sie verzog die Lippen zu einer amüsierten Schnute. »Ich ahnte nicht, daß sie durch all die Feilscherei mittlerweile so zäh geworden ist.«

»Wie lange steht Ihr denn schon hinter mir?«

»Wenn Ihr damit andeuten wollt, ich hätte Euch belauscht, so scheint diesmal Ihr mich beleidigen zu wollen. Man konnte Euch mit den Männern hier bis hinter die Stadtmauer streiten hören.«

Sie hatte ihr Haar nicht hochgesteckt; es legte sich in einer widerspenstigen Welle um ihre Schultern, und obwohl es nicht den reichen Glanz hatte, der zu einer solchen Kaskade langen Haares gewöhnlich gehört, stand es ihr doch besser als die strengen Zöpfe, die sie gestern um ihren Kopf gewunden hatte. Sie trug wieder ihren dunkelblauen Mantel, den sie in der Art einer Schaube vorne geöffnet hatte; diesmal lag zusätzlich ein schwerer Chaperon um ihre Schultern, dessen Rand mit Goldstickereien abgesetzt war. Ihr Kleid war heute von goldfarbenem Brokat mit einem Blütenmuster und einem weiten Ausschnitt; das Tuch darin war aus blauem Taft. Ich wandte mich wieder an den Sprecher der Flößer, aber meine absichtliche Unhöflichkeit schien sie nicht im mindesten zu veranlassen, sich zurückzuziehen. Sie stellte sich neben mich, als wäre es die natürlichste Sache der Welt. Unruhe über ihr plötzliches Erscheinen stieg in mir hoch und brachte mich aus dem Konzept. Ich mußte mich zwingen, auf den Mann vor mir zu achten.

»Was ist nun?« fragte der Flößer.

»Es dauert zu lange, das Geld zu holen«, rief ich. »Ich gebe Euch mein Ehrenwort; wenn Ihr wollt, unterzeichne ich Euch auch ein Papier.«

»Wer, glaubt Ihr, kann das von den Männern hier lesen?« brummte er. »Zahlt im voraus, wie ich gesagt habe.«

Ich knirschte mit den Zähnen und warf meiner ungewollten Begleiterin einen Blick zu. Sie hob die Augenbrauen und sagte halblaut zu mir: »Laßt es sein, mein Freund. Die Fuhrleute drüben in der Stadt haben inzwischen zugesagt, ohne irgend etwas im voraus zu verlangen.«

Der Sprecher der Flößer und ich riefen gleichzeitig: »Was!?«

Sie richtete den Blick auf den Flößer und lächelte ihn freundlich an. »Wir würden natürlich den Auftrag lieber Euch erteilen«, erklärte sie. »Wenn es darum geht, die Zuverlässigkeit der Flußfahrer mit derjenigen der Fuhrleute zu vergleichen …«

»Das will ich meinen«, grollte er und blickte mich finster und gleichzeitig geschmeichelt an.

»Wißt Ihr«, sagte sie, als wäre es ihr eben erst eingefallen, »zuerst wollten die Fuhrleute auch einen Teil der Bezahlung im voraus; aber ihr Sprecher – ich habe den Namen vergessen …«

»Herbert Wagner«, unterbrach der Flößer, »ein feister Mensch mit einem Vollbart und einer eingefetteten Glatze.«

»Das kann sein«, erklärte sie. »Die Namen in Eurer Sprache sind schwer zu behalten. Nun, auf jeden Fall wurde er angesichts dieses Ansinnens seiner Männer wütend. Er sagte …«

Sie verstummte und senkte den Kopf. Als wollte sie ihre nächsten Worte bei sich behalten, hielt sie sich die Hand vor den Mund. Von meinem Standpunkt aus konnte ich sehen, daß sie amüsiert die Lippen spitzte.

»Was hat er gesagt, dieser Wegelagerer?« fragte der Sprecher der Flößer voll dunkler Vorahnung.

»Daß nur die Gauner von Flußschiffern die Bezahlung im voraus verlangen würden, weil sie wüßten, daß die Hälfte ihrer Flöße ohnehin untergeht«, sagte sie hastig. »Es tut mir leid: Ihr habt gewollt, daß ich das sage.«

Er weitete die Augen und starrte aufgebracht von ihr zu mir. Ich besaß soviel Geistesgegenwart, mit den Schultern zu zucken. Die Flößer hinter ihm begannen laut zu murren und die Fäuste zu ballen.

»Es ist nichts Ehrloses dabei, wenn man den Lohn vorab verlangt – unter diesen Auftragsbedingungen!« rief der Sprecher der Flößer anklagend.

»Selbstverständlich nicht«, sagte sie, und wie sie es sagte, hörte es sich wie das genaue Gegenteil davon an. Er kniff ein Auge zusammen.

»Also gut!« knurrte er dann und sah mich wütend an. »Die Hälfte des Lohns vorab. Was sagt Ihr dazu?«

Ich starrte ihn an.

»Ihr habt die Aussage der Fuhrleute gehört«, sagte ich dann wie im Traum und sah aus dem Augenwinkel, wie die junge Frau neben mir lächelte.

Er stampfte mit dem Fuß auf und ballte die Hände ebenfalls zu Fäusten. Die Flößer hinter ihm riefen durcheinander; ich hörte einen davon sagen: »Gib schon nach!«

Er biß sich auf die Lippen und funkelte die Männer zornig an. Aber seine Schultern sanken herab; er wußte, daß er verloren hatte. Er drehte sich wieder um.

»Ihr seid ein zäher Geschäftspartner«, sagte er zu mir, aber der Blick, den er der Frau neben mir zuwarf, verriet, für wen das Kompliment eigentlich gedacht war. Sie lachte hell auf, kramte in der kleinen Tasche an ihrem Gürtel und holte ein paar glänzende Münzen daraus hervor. Bevor ich einschreiten konnte, hielt sie sie dem Flößer entgegen.

»Betrachtet das als Spende für die Gilde«, sagte sie. »Bestimmt gibt es Waisen, die auf Eure Unterstützung angewiesen sind.«

Ich spürte, wie es heiß in mir emporstieg. Sie hatte mich mit all ihrer Raffinesse übertölpelt wie einen kleinen Jungen; ebenso den Sprecher der Flößer, der die Münzen mit einem verlegenen Grinsen entgegennahm. Was immer sie von mir wollte; nun stand ich zumindest in ihrer Schuld. Ich funkelte sie an, und sie wurde ernst und trat ein paar Schritte beiseite. Sie öffnete den Mund, aber was sie sagte, wurde von dröhnendem Getrappel auf der hölzernen Isarbrücke verschluckt. Ich drehte mich um und sah eine Gruppe von mehreren Pferden mit zwei Reitern über die Brücke sprengen und auf die Kiesbank herunter traben. Einer der beiden Reiter war Jörg Tannberger. Ich warf der jungen Frau noch einen Blick zu, dann eilte ich ihm entgegen. Sie folgte mir zögernd nach.

Ich hob die Hand, und Tannberger hielt an. Er warf meiner Begleiterin einen erstaunten Blick zu, dann beugte er sich eifrig über den Rücken seines Pferdes zu mir herunter.

»Ich – *wir* – haben uns mit den Flößern einigen können«, sagte ich grimmig. »Die Kerle lagern dort drüben. Geh du schon vor und erkläre ihnen im einzelnen, worum es geht. Von mir haben sie nur einen Überblick bekommen.«

Er fragte nicht, was ich in der Zwischenzeit zu tun gedachte. Er nickte nur knapp und trieb seine kleine Herde wieder an. Ich sah ihm hinterher. Sein Verhalten gefiel mir; er hatte sogar den Pferdeknecht mitgenommen, um mit seinem halben Dutzend Pferde ohne Verzögerungen zur Floßlände zu kommen. Ich selbst hätte es nicht besser machen können.

Ich drehte mich mit einem Ruck zu der jungen Frau um, die die Hände vor dem Schoß übereinandergelegt hatte und mich ruhig ansah.

»Wer seid Ihr?« fragte ich heftig.

»Mein Name ist Jana Dlugosz«, erwiderte sie. »Euer Name ist…«

»Wie mein Name lautet, weiß ich«, unterbrach ich sie unwirsch. »*Was* seid Ihr?«

»Ich bin die Zofe von Gräfin Jagiello.«

»Hört auf damit«, brummte ich. »Ihr gebt beileibe nicht das Bild einer Zofe ab.«

»Wenn es danach ginge«, sagte sie fröhlich, »wäret auch Ihr nicht, was Ihr seid, denn Ihr gebt manchmal beileibe nicht das Bild eines Kaufmanns ab.«

Ich schluckte es, aber es weckte meinen Zorn.

»Warum habt Ihr Euch vorhin eingemischt?« zischte ich.

»Hätte ich es nicht tun sollen? Es hat sich doch alles zum Guten für Euch gewandt.«

Ich brachte mein Gesicht in die Nähe des ihren. Ich roch den leichten Duft von frischen Äpfeln, der ihr Parfüm zu sein schien, aber ich beschloß, mich nicht davon beeindrucken zu lassen.

»Ihr seid nicht, was Ihr zu sein vorgebt«, sagte ich leise. »Ich weiß nicht, was Ihr vorhabt, und ich weiß vor allem nicht, warum Ihr Euch für mich interessiert.«

»Natürlich wißt Ihr es«, erwiderte sie scharf. Ich zuckte zurück.

Sie seufzte und schien einen Moment nachzudenken. Etwas veränderte sich in ihrem Gesicht, als sei sie zu einem Schluß gekommen. Sie nickte.

»Ich will es Euch so erklären«, sagte sie. »Ihr habt vorgegeben, mit meinen Landsmännern in der Vorausdelegation Geschäfte abschließen zu wollen, entgegen eines Verbots, das von Eurer Stadt erlassen wurde. Kein Kaufmann, der seine fünf Sinne beieinander hat, würde jedoch auf die Idee kommen, mit einem Haufen verschuldeter Raufbolde in Rüstungen Handelsbeziehungen anzuknüpfen. Als ich Euch darauf ansprach, habt Ihr Euch in die Ausrede geflüchtet, Ihr hättet eigentlich mit der Gräfin Jagiello in Verbindung treten wollen; immerhin der Nichte von König Kasimir. Ich sage Euch nun, daß ich auch das für eine Lüge halte. Ich möchte wissen, was Ihr wirklich sucht.«

Mein Herz begann schneller zu schlagen. Ich krächzte: »Ihr redet Unsinn!«

Sie ließ sich nicht beirren.

»Denn«, fuhr sie fort und hob einen Finger, »wenn Ihr als Kaufmann auch nur einen Federstrich in Euren Rechnungsbüchern wert seid, hättet Ihr Euch erkundigt, wie die Verbindungen der Gräfin zum Königshaus und zu ihrem Oheim sind, um festzustellen, ob sich wenigstens mit ihr ein Geschäft lohnt und wie es Eure Chancen verbessern könnte, mit dem Hof selbst in Kontakt zu treten. Ihr hättet nicht bloß auf den Rat Albert Monidws und seiner Streithähne gehört – und dann wäre

Euch unweigerlich zur Kenntnis gelangt, daß zwischen der Gräfin und der Prinzessin nur gegenseitige Verachtung besteht – und dann hättet ihr das Märchen nicht geglaubt, Prinzessin Jadwiga habe nach ihrer Cousine geschickt. Sie würde lieber Kröten schlucken, als sich in irgendeinem Fall an die Gräfin zu wenden.«

Ich sah sie bestürzt an. Wenn Moniwids Ausrede so leicht zu durchschauen war, warum hatte er sie dann gewählt? Oder war die Frage anders zu stellen: Wenn die Ausrede nicht leicht zu durchschauen war, weshalb wußte dann die junge Frau vor mir darüber Bescheid? Als hätte sie meine Gedanken gelesen, sagte sie: »Als Zofe der Gräfin ist mir dieser Umstand natürlich bekannt.«

Es war, als würde mich der Teufel selbst drängen; aber ich mußte herausfinden, was sie noch alles wußte. Ich fragte: »Und wo befindet sich Eurer geschätzten Meinung nach die Gräfin dann?«

Ich hielt meine Ungeduld nur mühsam im Zaum, während sie an ihrer Unterlippe kaute.

»Das weiß ich auch nicht«, sagte sie dann, und zu meiner Enttäuschung klang es ehrlich. Sie lächelte plötzlich: »Vielleicht hat sie einen Liebsten in der Stadt oder auf der Burg?«

»Was wollt Ihr damit sagen?«

Sie zuckte mit den Schultern.

»Nichts«, sagte sie. »Nur ein ganz leises Gerücht.«

»Nennt das Gerücht auch Namen und Adressen?«

Sie legte die Stirn in Falten und sah mich von unten herauf an.

»Nun frage ich mich aber doch, warum Ihr Euch trotz allem, was ich Euch mitgeteilt habe, noch immer für die Gräfin interessiert«, sagte sie.

Ich biß die Zähne aufeinander.

»Reine Neugier«, sagte ich lahm. »Als Kaufmann muß man alles wissen.«

»Wie ich bereits gesagt habe«, erwiderte sie und sah mich nachdenklich an. Ich verfluchte mich für meine Tölpelhaftigkeit und dafür, daß dieses Frauenzimmer offensichtlich schneller denken konnte als ich.

»Ich habe jetzt zu tun«, sagte ich barsch und zeigte mit dem Daumen über meine Schulter hinweg. Ich darf sie nicht aus den Augen verlieren, dachte ich gleichzeitig. Ich muß herausfinden, welche Rolle sie spielt. »Ich wäre Euch dankbar, wenn wir dieses Gespräch ein andermal fortführen könnten.«

»Jederzeit«, sagte sie und betrachtete mich noch immer mit jenem merkwürdig nachdenklichen Gesichtsausdruck, als würde sie gerade versuchen, ihrem Bild von mir einen anderen Anstrich zu geben. »Ihr wißt ja, wo Ihr mich finden könnt«, setzte sie zerstreut hinzu. Sie schüttelte den Kopf, und ihre Augen klärten sich plötzlich auf. Mit einer überraschend offenen Geste hielt sie mir die Hand hin. Ich ergriff sie verblüfft, und sie drückte kräftig zu.

»Auf Wiedersehen«, sagte sie und drehte sich um. Sie schritt zielstrebig über den Kies davon.

Ich spürte, daß ich Kopfschmerzen bekam. Als ich mir mit der Hand über das Gesicht fuhr, roch ich einen Hauch ihres Apfelparfüms. Es roch bestürzend nach Sommer an diesem grauen, kalten Novembertag hier am Fluß, und ich fühlte einen plötzlichen Schmerz, von dem ich nicht wußte, woher er kam.

Es wurde schließlich Nachmittag, bis Tannbergers Gruppe endlich aufbrechen konnte. Ich sah dem Häuflein Männer und Ersatzpferden zu, das mit schnellem Trab durch das Ländtor in die Stadt hinein verschwand, und wußte, daß eine lange Nacht vor ihnen lag und nochmals ein anstrengender halber Tag, ehe sie auch nur Scharnitz erreichten. Jörg Tannberger würde von dort weiterreiten und hoffentlich am Abend in Innsbruck eintreffen, um den Transport der vielen Dutzend Leinwandballen bis zum Mittag des folgenden Tages zu organisieren. Mir wurde das Herz eng, als ich daran dachte, welche Aufgaben noch zu bewältigen waren, bis die Lieferung heil in Landshut einträfe; meine Finger und Zehen juckten, so sehr drängte es mich, den Handel selbst zu retten, und so sehr widerstrebte es mir, die ganze Verantwortung nun dem jungen Mann überlassen zu müssen. Ich seufzte und wandte mich ab, als der letzte Reiter hinter den wuchtigen Flankentürmen des Tores verschwand. Ich konnte nichts mehr tun. Ich wünschte mir, nach Hause zurückzukehren und mich in der Stube vor das Feuer zu setzen, um nachzudenken und mich beruhigen zu können. Doch das war nicht alles, und ich wußte es nur zu gut: Was ich mir eigentlich wünschte, war, nach Hause zu kommen und Maria zu erzählen, was geschehen war. Ich wünschte mir, das Lachen Marias zu hören und ihre Stimme, wie sie sagte: Wenn du alles getan hast, dann vergiß es, bis es wieder soweit ist, daß du etwas tun kannst; und völlig unvermittelt ertappte ich mich dabei, wie ich mich suchend auf der Kiesbank umblickte, ob Jana Dlugosz noch zu sehen wäre. Ich stellte mir vor, daß sie in etwa das Gleiche sagen würde. Ich starrte einen Moment verwirrt zu Boden.

Als ich den Kopf wieder hob, blickte ich die Mauer an, hinter der sich die Stadt duckte. Unwillkürlich suchte ich nach dem Dach des leerstehenden Hauses, aber ich konnte es im Gewirr der Schindeln nicht entdecken. Ich dachte an die verhängten Fenster und die Kerze, die man auf einer Fensterbank hatte stehen lassen; an die Stimmen, die Sebastian Löw gehört haben wollte. Ich war durchaus nicht der Meinung, daß er sich diese Dinge eingebildet hatte.

Jemand bewohnte das Gebäude, ohne daß der Stadtkämmerer davon wußte; oder sollte ich sagen, jemand verbarg sich darin? Gestern hatte ich vorgehabt, Hanns Altdorfer danach zu fragen. Heute dachte ich anders darüber: Altdorfer hätte ein paar Büttel in das Haus geschickt, und diese hätten womöglich nur die Spuren eines nächtlichen Liebeslagers gefunden oder diejenigen verschreckt, die sich tatsächlich darin versteckten. Keines dieser Ergebnisse wollte ich erreichen. Ich mußte mehr darüber in Erfahrung bringen, bevor ich mich wieder an den Stadtkämmerer wandte.

Ich weiß nicht genau, was ich mir vorgestellt hatte, als ich den Plan faßte, das alte Haus zu beobachten; vermutlich eine überwältigende Entdeckung, einen buckligen, vernarbten Riesen mit Mörderhänden und blutunterlaufenen Augen, der aus dem Haustor schlurfte und dem noch das Blut der Ermordeten von den Krallen troff – etwas in dieser Art. Natürlich geschah nichts dergleichen, kein Riese und auch kein normaler Sterblicher ließen sich in oder um das Haus blicken, sooft ich auch meine Runden darum zog: von der Ländgasse durch das Ländtor hinaus zum Landeplatz der Flößer vor der Stadtmauer und von dort durch eines der kleinen Flößertore wieder zurück in die Ländgasse, um die Runde von neuem zu beginnen. Die Männer an den

Flößen schenkten mir keine Beachtung; nachdem ein Teil von ihnen in meinem Auftrag davongeritten war, beschäftigten sich die meisten der Übriggebliebenen damit, ihrem Rausch vom Vorabend neue Nahrung zuzuführen. Einige legten jedoch wieder ab und stakten in die Mitte des flachen Isarbetts hinaus, um sich flußabwärts unter der Holzbrücke beim Spital treiben zu lassen, wo sie außer Sicht gerieten. Ich legte hier und dort Pausen ein, um nicht allzuoft an dem alten Haus vorbeizukommen. Einmal besuchte ich mein Pferd, das ich eingedenk der gestrigen Erfahrung bei den Flößern gelassen hatte, und fütterte es mit einer holzigen kleinen Rübe, die gestern von einem der Vorratskarren gefallen und im Rinnstein der allgemeinen Aufmerksamkeit entgangen sein mußte. Aber sooft ich mich aus der Nähe des Hauses entfernte, plagte mich der Gedanke, gerade jetzt in diesem Moment würde etwas Wichtiges geschehen, und ich eilte voller Unruhe an meinen Beobachtungsort zurück.

Ich trieb dieses Spiel mit wachsendem Unmut und sinkender Begeisterung, bis ein leichter Nieselregen einsetzte, der das schwächer werdende Licht des Nachmittags vollends in eine kalte, unfreundliche Dämmerung verwandelte. Ich begann zu frieren; als der Regen stärker wurde und länger anhielt, verwandelte sich der Boden in der Gasse in eine knöcheltiefe Mischung aus Kot und Lehm, und meine Schritte verursachten unangenehm saugende Geräusche. Mehr als einmal hatte ich das Gefühl, die Stiefel würden mir von den Füßen gezogen. Vorher war ab und zu noch jemand durch die Gasse gekommen; jetzt war ich ganz alleine, und endlich wurde mir klar, wie sehr ich auffallen mußte, wenn ich weiter meine Runden zog. Ich beschloß, meine Wache für diesen Tag aufzugeben, wenn auch mit einem Gefühl der Versäumnis: Mit einsetzender Dunkelheit hätte es durchaus sein können, daß sich ein Licht hinter den verhängten Fenstern entzündet und mir die allerletzte Gewißheit gegeben hätte, daß sich jemand in dem verfallenden Gebäude herumtrieb, der dort nicht hingehörte. Aber nachdem sich die ganzen Stunden über nichts geregt hatte, war ich unsicher geworden. Je mehr ich darüber nachdachte, desto mehr schien mir die brennende Kerze gestern wie eine Täuschung der Augen oder eine Spiegelung im Fensterglas, und ich ritt unbefriedigt nach Hause, ohne den Stadtkämmerer aufzusuchen.

Ich nahm meine Runden am Sonntag morgen wieder auf, diesmal in der Menge der morgendlichen Kirchenbesucher versteckt, die in jeglicher Richtung durch die Gasse zogen. Das Wetter war nun schon den zweiten Tag schlecht, mit einzelnen nieselnden Regenfällen und einer feuchten Kälte, die einem den Atem vor dem Mund stehen ließ, wenn man tief genug ausatmete. Ich kannte diese Witterung mittlerweile gut genug. Sie würde lange anhalten und den üblichen Unmut der Landshuter Bürger wecken: Jeden November klagten sie über die trübselige, neblige Feuchtigkeit, die sie nun fast ein halbes Jahr einhüllen würde, und fragten sich, womit sie diese Unbill verdient hätten.

Infolge der tiefhängenden Wolkendecke wurde es zu keiner Stunde richtiggehend Tag. Vor allem das Schwemmlandstück vor der Stadtmauer, auf dem die Flößer lagerten, schien sich unter dem düsteren Licht zu ducken, in dem sich Menschen und Bauwerke nur verschwommen abbildeten und das flackernde Feuer am Flußufer einen grellen goldfarbenen Punkt darstellte. Ich hatte mir etwas zu essen in einen Beutel eingesteckt, und ich stand am Flußufer vor der Stadtmauer und kaute hungrig an einem Kanten Brot, während das Licht noch düsterer wurde und sich schließlich von Grau zu Blau färbte. Ich war überrascht, als ich die Vesperglocken hörte; der Tag war leise und unbemerkt zwischen meinen Fingern zerronnen, wie es solche zwielichtigen Herbsttage an sich haben.

Ich fühlte mich ratlos. Ich war mir mittlerweile beinahe sicher, daß meine Runden tagsüber vergebene Liebesmüh darstellten; wenn sich jemand blicken ließ, dann vermutlich zur Nachtzeit. Andererseits sah ich keine Möglichkeit, nachts unauffällig einem Menschen zu folgen, der etwa das Haus verließ; tagsüber wäre es eine leichte Übung gewesen. Ich wußte nicht, wie ich diesem Dilemma begegnen sollte. Wie oft, wenn man nicht weiß, wie man weitermachen soll, setzt man seine bisherige Tätigkeit fort und hofft, der Heilige Geist möge dabei über einen kommen – und so tat auch ich das gleiche: Ich beschloß, noch eine letzte Runde zu drehen, bevor ich mich nach Hause zurückbegab.

Ich hatte die Front des Hauses vorhin erst passiert, bevor ich nach draußen vor die Stadtmauer getreten war; daher marschierte ich zunächst in die Altstadt, um etwas Zeit verstreichen zu lassen. Die Gasse, in der Sebastian Löws Apotheke lag, war düster. Das unruhige Licht der Fackeln, die an der Fassade des Rathauses drüben in der Altstadt steckten, warf matte Flecken und graufarbene Schatten herein und störte eher, als es half. Ich schritt hindurch und hörte meine Tritte an den Häuserwänden widerhallen. Als vorne eine gedrungene Gestalt wie ein Schattenriß auftauchte, stockte ich unwillkürlich, aber es war nur ein Stadtknecht, der neugierig in die Gasse hereinspähte und auf meinen Gruß mit einem gelassenen Kopfnicken reagierte. Ich drückte mich an ihm vorbei in die Altstadt hinaus und war aus keinem bestimmten Grunde froh, die Gasse hinter mir gelassen zu haben.

Ich wandte mich südwärts, in Richtung der Baustelle. Als ich am herzoglichen Zollhaus vorüberkam, sah ich, daß dessen Türen weit offen waren; zwei Männer standen mit einer Fackel gleich hinter dem Eingang und blickten mir entgegen. Einer der beiden machte ein finsteres Gesicht; der andere schien mir vage bekannt, aber erst, als ich näher herangekommen war, erkannte ich Wilhelm Trennbeck, den Stellvertreter des Stadtrichters. Sein Begleiter bewegte sich nicht, sondern starrte nur weiter düster vor sich hin. Gestern nachmittag hatte ich Lärm und Klopfen aus dem ersten Stock des Zollhauses und seines Nachbargebäudes gehört und einen der müßig herumstehenden Gaffer gefragt, was dort vor sich gehe. Ich hatte erfahren, daß man Türen in die Trennwand zwischen den beiden Gebäuden brach, um Platz für einen Speisesaal für die geladenen Fürsten zu schaffen, und daß dies dem Besitzer des dem Zollhaus benachbarten Gebäudes, dem Herrn Contzen von Asch, trotz einer ansehnlichen Entschädigungssumme nicht recht gefallen wollte. Ich nahm an, daß der schlecht gelaunte Mann Contzen von Asch selbst war; aber ich drehte mich nicht um, auch nicht, als die Stimmen der beiden sich plötzlich erhoben wie im Streit. Ich wußte, daß ähnliches auch im Haus von Hanns Altdorfer passierte, in welchem das Brautgemach eingerichtet wurde: Man brach eine Tür vom Tanzsaal des Rathauses in den Raum, der das Brautgemach beherbergen sollte, um den ungehinderten Zugang vom Brauttanz zum Beilager zu gewährleisten.

Ich nahm die zweite, weiter südlich liegende Gasse, über die man von der Altstadt aus die Ländgasse erreichen konnte. Sie führte in einer weiten Rechtskrümmung von der Altstadt fort und an den Fronten einiger Städel vorüber, deren Ladebalken wie leere Galgen von den Dachfirsten ragten. Sie war ebenso ausgestorben wie die Gasse, in der Sebastian Löws Apotheke lag, und noch um einiges trüber. Ich stolperte durch den aufgeweichten Lehmboden und versuchte, mich von den Rändern der Gasse fernzuhalten. Wie kleine, unregelmäßige Bäche flossen die Fäkalien unten an den Hausmauern entlang; ich hatte kein Verlangen danach, daß sich zu dem klebrigen Lehm auch noch Kot und verfaulende Essensreste an meine Stiefel hefteten. Es war gar nicht so einfach, dem Dreck auszuweichen: Die Hauswände standen eng zueinander, und in dem aufgewühlten Boden suchten sich die flüssigen Bestandteile der Jauche ihren eigenen Weg. Als ich endlich in die Ländgasse hinaustrat, war ich erleichtert. Ich blickte in den Himmel, der sanft und tiefgrau über den Hausdächern lag. Es roch nach Rauch und nassem Lehm. Der Duft des Abendmahls, das überall gekocht wurde, vermochte nicht bis hierher vorzudringen, auch nicht das Scheppern aus dem einen oder anderen Kellerfenster, hinter dem eine Küche arbeitete. Ich hörte nichts außer einem gelegentlichen gedämpften Ruf aus der Altstadt und das leise Gezeter der Möwen und Krähen draußen am Flußufer. Ich wandte den Blick vom Himmel ab, dann wanderte ich wieder an dem altem Haus vorüber und versuchte, nicht zu auffällig in die blinden Fensterscheiben zu starren.

Es gab mehrere Möglichkeiten, sich eine Weile auf unverdächtige Weise in der Nähe eines Hauses aufzuhalten. Ich hatte sie im Laufe der letzten beiden Tage alle ausprobiert: Man konnte einen zufällig des Weges kommenden Menschen aufhalten und sich als Ortsfremder ausgeben, der um einige Auskünfte bat; man konnte gerade vor dem zu beobachtenden Haus ein Problem mit seinen Schuhen (mit dem Mantel, der Mütze, dem Gürtel, als Berittener: mit allen möglichen Utensilien an und um das Pferd) bekommen und anhalten müssen; man konnte mit weitausholenden Armbewegungen so tun, als würde man Häuser zählen und die Ergebnisse auf eine imaginäre Tafel kritzeln; man konnte an einem der benachbarten Städel klopfen, als suche man jemanden, und hoffen, daß einem für eine lange Weile niemand öffnen würde. Wichtig war, daß man nicht immer die gleiche Erscheinung bot, und so hatte ich meinen Mantel entweder angezogen oder als Umhang um die Schultern gehängt oder lose im Arm (man mußte nur aufpassen, daß man mit der jeweils herrschenden Witterung konform ging) oder gar das Innenfutter nach außen gewendet, was ihm ein völlig neues Aussehen und Farbe gab. Mit der Zeit war ich so damit beschäftigt, meinen jeweiligen Aufenthalt vor dem alten Haus deutlich sichtbar zu erklären, daß meine Konzentration sich eher auf meine wechselnden Verstellungen als auf das Haus selbst richtete. Dies und wohl auch meine mittlerweile eingetretene Erschöpfung mochten daran schuld sein, daß ich den Mann erst nach einigen Momenten erblickte.

Den Mann, der im ersten Stock des Hauses in einem der Fenster stand und finster auf mich herabblickte.

Ich hatte die ganze Zeit überlegt, was ich tun würde,

sollte ich unverhofft auf einen der mysteriösen Hausbewohner stoßen. Ich würde mit einem nachlässigen Kopfnicken grüßen, an ihm vorbeigehen, mir sein Aussehen und seine Kleidung einprägen, in die nächste Seitengasse huschen und ihm dann mit weitem Abstand folgen. Ich würde mir jedes Haus und jeden Menschen merken, bei dem der Verfolgte vorsprach, und mit diesem Wissen Hanns Altdorfer versorgen, damit er entweder weitere Erkenntnisse abwarten oder mit einem großen Aufgebot an Stadtknechten zuschlagen und Verhaftungen vornehmen konnte.

All das war meinem Gehirn jetzt völlig entschwunden. Ich sah die dunkle Gestalt im Fenster stehen, vage erleuchtet von einer kleinen Lichtquelle, die sich hinter ihr im Zimmer befinden mußte, und prallte vor Schrecken zurück; fast wäre ich gestolpert. Erst später wurde mir klar, daß er sich so aufgestellt hatte, daß ich ihn sehen mußte; er hatte sogar noch dafür gesorgt, daß ein wenig Licht auf ihn fiel. Ich stand im Schmutz der Gasse, mein Herz klopfte so wild, daß es mich in der Kehle würgte, und ich starrte gebannt zu dem Fenster empor, ohne mich noch zu regen.

Ich weiß nicht, wieviel Zeit so verging: Ich in der finsteren Gassenschlucht, reglos, starr vor Schreck und Überraschung, mit offenem Mund nach oben gaffend, und er oben hinter der blinden Fensterscheibe und der zerbröckelnden Mauer, schweigend, eine massige Gestalt, die sich vom helleren Hintergrund des beleuchteten Zimmers abhob wie ein Schatten, der jeden Moment dunkle Schwingen entfalten und sich auf mich herabstürzen würde. Dann kehrten Leben und Verstand in mich zurück, und ich tat, was ich für das Nächstliegende hielt: Ich räusperte mich, spuckte auf den Boden und begann, mit lallender Stimme ein Trinklied zu grölen; ich tat, als könne ich mich nur mühsam auf den Beinen halten, und torkelte die Gasse hinunter, ohne mich noch einmal umzublicken, bis ich die nächste Stichgasse zu einem der Flößertore erreichte. Dort stolperte ich hinein, prallte gegen eine Hausmauer und lehnte mich dagegen. Mein Herz wollte fast zerspringen, und meine Hände zitterten. Mir war so übel, daß ich mich hätte übergeben können, aber mein Magen war leer, und ich würgte nur trocken. Plötzlich merkte ich, daß mein Körper naß von Schweiß war.

Als ich zu frieren begann, stieß ich mich wieder von der Hausmauer ab und spähte zurück in die Ländgasse hinein. Von hier war die Front des Hauses nicht zu sehen, aber man konnte die Gasse bis zu ihm hin überblicken. Ich versicherte mich, daß niemand in der Gasse stand und nach mir Ausschau hielt. Ich zog den Kopf zurück und atmete auf. Ich spürte mein Herz noch immer in der Kehle, aber mein Atem hatte sich wieder beruhigt. Ich fühlte Erleichterung, daß mir niemand auf den Fersen war, und zugleich dachte ich erbittert: Ich habe es verdorben. Im nachhinein erschien mir meine Verstellung als Betrunkener so lächerlich, daß ich am liebsten meinen Kopf gegen die Wand geschlagen hätte.

Ich schlich nach draußen vor die Stadtmauer, um mein Pferd zu holen; mein Hirn war leer. Ich sagte mir: Es war zu dunkel in der Gasse; er hat dein Gesicht nicht gesehen und von deiner Gestalt bestenfalls einen vagen Umriß. Aber ich wußte selbst, daß es leeres Geschwätz war. Der Mann im Fenster hatte auf mich gewartet; er hatte gewußt, daß ich über kurz oder lang nochmals vorbeikommen würde, und das hieß, er hatte gewußt, daß ich das Haus beobachtete. Während all der Zeit, in der ich mir eingebildet hatte, ihn zu belauern, hatten seine Augen auf mich herabgestarrt.

Die Flößer winkten, als ich mein Pferd losband, und riefen mir etwas zu, aber ich ignorierte sie. Ich fühlte mich schlecht. Das Pferd stolperte durch den Kies, flußaufwärts am Ufer der Isar entlang, bis ich das Ländtor erreichte. Die Wappner dort wiesen mich ab, und ich mußte bis zum Judentor reiten, an den herzoglichen Fischweihern vorbei und die steile Böschung hoch, die zur Straße hinaufführte. Die Torwachen dort ließen mich ein. Ich ritt durch die einsame, dunkel liegende Altstadt, passierte ohne Zwischenfall das Spitaler und das Innere Isartor, ritt mit weit hallendem Hufgeräusch über die erste der beiden Holzbrücken, von der aus man den kleinen Lichtpunkt des Flößerfeuers über das Wasser tanzen sah, und durchquerte das provisorische Gerüst des Äußeren Isartors. Ich wurde von einem Wappner aufgehalten und ausgefragt, doch ich erregte keinerlei Aufsehen. Schließlich stand ich an der Stelle, wo das Terrain gleich hinter dem Tor in die weite Flußniederung überging, in der das Kloster der Zisterzienserinnen und die kleine Pfahlsiedlung darum lagen. Das Gelände war dunkel, und es war keine Menschenseele zu erblicken. Ich fühlte, wie ein Kribbeln meinen Rücken hinunterlief. Ich wandte mich um, aber der Wappner hatte das Tor bereits geschlossen. Es dauerte einen Moment, bis ich den Impuls unterdrückt hatte, dagegen zu schlagen und wieder Einlaß zu fordern.

War es schon in der Stadt nicht ratsam, allein in den verlassenen, nachtdunklen Straßen umherzuspazieren, so galt dies erst recht für eine Pfahlsiedlung außerhalb der Stadtmauern, für die nicht einmal die Gesetze der

Stadt galten. Ich hatte mir bislang darüber noch niemals Gedanken gemacht. Ich war ein bulliger Mann, an den sich so schnell kein Gesindel herangewagt hätte, und ich wirkte sicherlich verteidigungsbereiter, als ich es in Wirklichkeit war. Durch mein Pferd hatte ich einen zusätzlichen Vorteil sowohl im Kampf als auch auf der Flucht – wäre in meinem Pferd nur etwas mehr von einem Streitroß und etwas weniger von einem Ackergaul gewesen. Aber auch das konnte man nicht sofort erkennen. Dennoch sah ich mich mit argwöhnischen Blicken um, ehe ich weiterritt. Die schweigende, düstere Gestalt im Fenster, die so offensichtlich auf mein Erscheinen gewartet hatte, hatte mein Gleichgewicht ins Wanken gebracht.

Das Pferd setzte vorsichtig einen Schritt vor den anderen, während es mich den sanften Abhang hinab und den ersten Häusern entgegentrug. Es hielt den Kopf gesenkt, als könnte es so den Boden besser sehen, und ich verfluchte mich dafür, nicht an eine Fackel gedacht zu haben. Ich hing über seinen Nacken gebeugt und spähte voraus, um auf ein Stolpern des Gauls vorbereitet zu sein. Plötzlich stoppte das Pferd, und ich geriet ins Schwanken. Ich richtete mich auf und sah, daß sich mehrere Gestalten in unseren Weg stellten.

Es war eine merkwürdige Situation: Ich sah die Männer, aber ich könnte heute noch nicht sagen, wie viele es eigentlich waren; ihr plötzliches Auftauchen aus dem Dunkeln war wie ein Schock. Ich erblickte sie, und mein Magen zog sich zusammen wie eine Faust, das Blut schoß mir aus dem Hirn, und meine Oberschenkel wurden so weich, daß ich ohne die Unterstützung meines Sattels vom Pferd gefallen wäre. Die Männer traten einen Schritt auf mich zu. Das Pferd warf den Kopf zur

Seite, machte einen Satz zurück und blieb daraufhin wieder stehen, den Hals nach hinten gereckt. Ich drehte mich wie in Trance um und sah dort eine weitere Gestalt, die mit verschränkten Armen mitten auf dem Weg stand. Mein Pferd schnaubte und war dann still; die Metallteile an seinem Zaum klinkerten noch einen Augenblick nach. Ich hob die rechte Hand vom Sattelrand und schloß sie um den Zügel und merkte, daß keine Kraft in meinen Fingern war. Ich dachte unzusammenhängend: Nun ist es soweit.

Einer der Männer trat einen weiteren Schritt nach vorne. Eine Armlänge von meinem Pferd entfernt blieb er stehen und sagte deutlich: »Gott zum Gruße, Herr.«

Ich wollte etwas erwidern und brachte nichts hervor. Er wartete einen Moment, dann fuhr er fort: »Hättet Ihr etwas dagegen, Euch einen Moment mit uns zu unterhalten?«

Er stand allein vor seinen Kameraden. Ich dachte: jetzt kannst du ihn niederreiten und in wilder Flucht davongaloppieren, und meine Hand zuckte am Zügel, ohne etwas zu bewirken. Der Mann schien meine Gedanken gelesen zu haben. Er faßte mit beiden Händen die Zügel gleich hinter dem Beißstück, und der Augenblick war vertan. Das Pferd schnaubte widerwillig, aber er ließ nicht los, und es fügte sich in sein Schicksal.

»Worüber?« krächzte ich.

»Vielleicht über Eure Absichten?« sagte er leichthin. Er hatte einen zähen Dialekt, den ich erst vor kurzem gehört hatte, aber mein Gehirn drehte sich zu sehr im Kreis, als daß ich diesen Gedanken hätte festhalten können.

»Wie meint Ihr das?« fragte ich.

»Steigt doch ab, Herr, dann können wir uns besser unterhalten. Meint Ihr nicht?«

»Den Teufel werde ich tun«, stieß ich hervor. Ich hoffte, daß er nicht merkte, wie meine Stimme fast in meinem Hals erstickte.

Er machte eine knappe Kopfbewegung, und seine Begleiter rückten näher. Ich blickte mich um; ich war von einem lockeren Ring umgeben. Ich hörte das Blut in meinen Ohren rauschen. Meine Handflächen juckten plötzlich unerträglich.

»Es ist unhöflich, wenn Ihr auf dem Pferd sitzen bleibt«, sagte er mit unerschütterlicher Ruhe. Ich schüttelte den Kopf.

»Bleibt, wo Ihr seid«, keuchte ich, »wenn Ihr nicht wollt, daß mein Gaul Euch die Gesichter zertritt.«

Der Mann vor mir lachte amüsiert. Plötzlich zog er die Zügel nach unten, und das Pferd mußte den Kopf vor ihm beugen.

»Ich habe Euren Gaul in der Hand, seht Ihr?« sagte er. »Wenn er etwas tut, dann das, was ich will. Steigt ab.«

Ich sah zu ihm hinunter. Ich hätte gerne gesagt: Holt mich herunter, wenn Ihr könnt!; aber ich wußte nur zu gut, daß es ohne weiteres in ihrer Macht stand, mich aus dem Sattel zu holen. Ich hatte Angst davor abzusteigen, und ich hatte noch viel mehr Angst davor, gewaltsam vom Pferd gezerrt zu werden. Ich bewegte meine Beine. Meine Glieder waren steif.

»Also gut«, sagte ich.

Es kostete mich Kraft, auf den Boden hinunter zu kommen. Als ich stand, hämmerte mein Herz so gewaltig, daß es mich schmerzte.

»Nun?« sagte ich und blinzelte; ich rechnete jeden

Moment damit, daß sie sich auf mich stürzen würden. Aber alle blieben an ihren Plätzen. Der Mann, der die Zügel meines Pferdes hielt, schien eine Weile nachdenken zu müssen.

»Wie ist Euer Name, Herr?« fragte er schließlich.

Ich antwortete: »Wie ist Eurer?«

Er lachte wieder, und es schien, als würde er verständnisvoll nicken. Dann sagte er scharf: »Euer Name ist Peter Bernward. Ihr seid Kaufmann. Wo ist Euer Geschäft?«

Ich wiederholte stur:

»Wie ist Euer Name?«

»Mein Name ist Wohlbefinden!« zischte er so plötzlich, daß ich zusammenzuckte und das Pferd einen kleinen Sprung zur Seite machte. »Falls Ihr mir sagt, was ich wissen will. Im anderen Fall heiße ich Unbehagen. Äußerstes Unbehagen.«

Ich wünschte, mir würde irgendeine freche Antwort einfallen; aber alles, was mir durch den Kopf ging, war: laßt mich in Frieden.

»Fragen wir andersherum«, sagte der Mann. »Ist Euer Geschäft in der Nähe des herzoglichen Zollhauses?«

Als ich nichts erwiderte, sagte er: »Das war doch eine einfache Frage. Wollt Ihr sie mir nicht beantworten?«

»Geht zum Teufel.«

Er grunzte unzufrieden. Ohne jede Vorwarnung ließ er plötzlich die Zügel los, sprang auf mich zu und packte mich vorne am Mantel. Er war ebenso groß und mindestens ebenso schwer wie ich. Er zog mich zu sich heran; ich ruderte erschrocken um Gleichgewicht. Er brachte sein Gesicht vor meines und brüllte mit voller Lautstärke: »Antwortet!«

Ich zuckte zusammen und sackte gegen seinen Oberkörper. Die Angst und der plötzliche Schrecken über seine Reaktion ließen meine Eingeweide rumoren. Nicht weit entfernt begann ein Hund zu bellen.

»Nicht so laut«, zischte einer der anderen Männer.

Er schüttelte mich, und ich gewann so viel Kraft zurück, daß ich wieder alleine stehen konnte. Ich hielt noch immer seine Oberarme umspannt. Unter dem groben Stoff seiner Jacke konnte ich spüren, wie seine Muskeln bebten.

– Er hat Angst.

Er hat Angst. Plötzlich konnte ich wieder atmen. Ich holte Luft.

»Ihr habt mich erschreckt«, sagte ich so ruhig ich konnte, und meine Stimme klang fast normal.

Er ließ mich los und trat wieder einen Schritt zurück. Sein Gesicht verschmolz mit der Dunkelheit. Ich hatte es versäumt, mir seine Gesichtszüge einzuprägen. Er fuhr sich mit dem Ärmel über die Nase und packte die Zügel meines Pferdes aufs neue.

»Sprecht, dann passiert so etwas nicht mehr«, knurrte er.

»Mein Geschäft ist nicht in der Nähe des herzoglichen Zollhauses«, sagte ich.

»Wo arbeitet Ihr dann?«

»Überall. Ich kaufe und verkaufe leerstehende Häuser.«

»Was?« keuchte er. »Wollt Ihr mich auf den Arm nehmen?«

»Durchaus nicht.«

Ich sah, wie er den Kopf schüttelte und einen Blick zu einem der anderen Männer sandte. Ich folgte seiner Kopfbewegung, aber ich konnte den anderen noch weniger erkennen als ihn. In meinem Mund formten sich bereits die nächsten Sätze, die ich vorbringen wollte; ich mußte mich krampfhaft daran hindern, sie hervorzusprudeln.

»Nun werdet Ihr mir sicher sagen, was Ihr von mir wollt?« fragte ich und bemühte mich, soviel Sicherheit wie möglich in den Klang meiner Stimme zu legen. Im Moment war er zu verblüfft; das und die Erkenntnis, daß er ebensolche Angst hatte wie ich, gab mir die Oberhand. Meine Furcht war nicht weniger geworden, aber nun gelang es mir, sie zu beherrschen.

»Ich stelle die Fragen«, rief er aufgebracht.

»Im Moment nicht mehr ...«, sagte ich und hätte mir gleich danach auf die Zunge beißen mögen. Er trat wieder auf mich zu und hob die Hand. Es gelang mir, nicht zurückzuzucken.

»Halt's Maul!« schrie er.

»Sprich doch leise, um Gottes willen!« drängte einer der Männer. Er fuhr herum und breitete beide Hände aus.

»Warum denn!?« zischte er. »Denkst du, es kommen gleich die braven Bürger herausgerannt, um nachzusehen, ob sie jemandem helfen können? Du kannst hier die ganze Nacht liegen und vor Schmerzen schreien, und sie werden dir höchstens einen Schuh an den Kopf werfen, damit du das Maul hältst. Was glaubst du, wo du hier bist?«

Er ließ die Arme sinken und schnaubte angewidert; er drehte mir noch immer halb den Rücken zu. Ich stieß ein »Jesus, steh mir bei!« hervor, hob den Fuß und trat ihm mit aller Kraft ins Kreuz. Der Stoß ließ mich gegen die Flanke meines Pferdes taumeln; er aber flog förmlich nach vorne, riß beide Arme hoch, prallte in zwei seiner Gesellen und riß sie mit um. Ich wirbelte zu meinem Pferd herum; ich merkte nicht, daß ich einen gellenden Schrei ausstieß. Das Pferd stieg vor Schrecken mit den Vorderbeinen in die Höhe. Irgendwie kam ich halb in den Sattel und strampelte mit den Beinen nach den Steigbügeln. Das Pferd fiel mit den Vorderhufen wieder zur Erde zurück, und ich wurde nach vorne geworfen, quetschte mir mit einem Ruck die Hoden an der Sattelkante, daß es wie ein glühendes Schwert in meine Eingeweide fuhr; ich hing über dem Hals meines Gauls, er warf den Kopf zurück und stieß gegen meine Stirn, aber der Schmerz in meinen Lenden ließ mich alles andere vergessen. Ich holte Atem und brüllte dem Pferd so laut ich konnte ins Ohr: »Lauf!«

Es wieherte und stieg erneut in die Höhe. Ich rutschte in den Sattel zurück und saß auf einmal so darin, wie es sich gehörte. Undeutlich nahm ich wahr, wie zwei oder drei Männer auf mich zuliefen, aber die wirbelnden Hufe des Pferdes hielten sie auf Distanz. Einem gelang es, nach den Zügeln zu fassen, aber ich riß sie ihm mit einem Ruck wieder aus der Hand. Mein Gaul drehte sich wie verrückt einmal um sich selbst, ich spürte einen Aufprall und sah, wie noch einer der Angreifer zu Boden stürzte, und dann ging der Gaul durch, sprengte mitten durch zwei Männer, die links und rechts davongeschleudert wurden und sich auf dem Boden überschlugen, und wir waren beide frei. Ich ließ die Zügel schießen und krümmte mich vor Schmerzen, während mich der wilde Galopp im Sattel umherschleuderte.

Ich hörte, wie mir jemand in wilder Wut hinterherschrie: »Wir kriegen dich, Pfeffersack, wir kriegen dich!«; aber ich drehte mich nicht um, und das wütende Gebrüll wurde schnell leiser und verstummte schließlich. Meine Eingeweide revoltierten, mir war zum Erbrechen übel, und jeder Schrittwechsel des Pferdes fuhr mir mit einem wühlenden Ruck durch den Leib, aber ich ließ dem Gaul die Zügel, und er lief und lief, bis er vor dem geschlossenen Tor meines Hofs haltmachte und mit zitternden Beinen stehenblieb. Ich rutschte aus dem Sattel und fiel neben dem Pferd zu Boden, wo ich ausgestreckt liegenblieb, bis ich wieder zu Atem kam und das quälende Pochen in meinem Unterleib verebbte.

Als ich wieder ruhig atmen konnte, lag ich noch immer mit dem Rücken auf dem kalten Erdreich und konnte mich nicht bewegen, weil mich die Angst in ihren Krallen hatte. Wie sie aus dem Dunkel aufgetaucht waren. Wie sie mir die Zügel meines Pferdes aus der Hand genommen hatten; wie sie mich in ihrer Gewalt gehabt hatten. Wie sie mir ungerührt gedroht hatten. Ich wünschte mir mit aller Kraft, daß ich dergleichen nicht wieder erleben mußte – ja, daß ich es gar nicht einmal erlebt hatte, daß ich träumte und binnen kurzem in meinem Bett aufwachen würde. Ich hatte schon von Überfällen gehört, sowohl auf Handelskarawanen als auch auf einzelne, doch ich selbst war immer davon verschont geblieben. Es war eine Sache, die den anderen passierte; niemals einem selbst. Ich blieb ausgestreckt auf der Erde liegen, und es schien mir die einzige Stellung zu sein, in der ich das Wanken meiner aus dem Gleichgewicht geratenen Welt nicht spürte. Dann aber begann ich die Kälte zu fühlen, die durch meine Kleider kroch, und die Feuchtigkeit, die an meine Haut drang. Meine Glieder begannen zu schmerzen; ich kroch mühsam auf die Knie, umfaßte ein Vorderbein meines Pferdes und zog mich daran in die Höhe.

Das Tor war nicht versperrt, die Flügel nur geschlossen. Ich schob einen davon auf und zerrte das Pferd hinter mir in den Hof hinein. Noch während ich das Tor schloß, hörte ich das leise Traben von krallenbewehrten Hundepfoten auf dem festgestampften Boden innerhalb meines Hofes, und ich drehte mich um. Zwei der vier Hunde, die auf dem Hof mit durchgefüttert wurden, standen hinter mir und blickten schwanzwedelnd und mit heraushängenden Zungen zu mir auf. Mein Verwalter hatte sich die Mühe gemacht, sie abzurichten: Einen Fremden hätten sie verbellt und mit entblößten Gebissen in Schach gehalten, bis der gesamte Haushalt zusammengelaufen wäre. Ich hatte seine Bemühungen immer belächelt; nun plötzlich hatte ich das starke Bedürfnis, die Hunde zu küssen, und ich kniete mich schwerfällig auf den Boden. Die beiden kamen auf mich zugetrottet und schmiegten sich in meine ausgebreiteten Arme, und ich klopfte ihnen auf die sehnigen Rücken und streichelte ihr Fell, roch den dumpfen, säuerlichen Hundegeruch, der von ihren Körpern ausging, und fühlte, daß sie mir ein wenig Sicherheit zurückgaben.

Ich hatte erwartet, daß ich nicht würde schlafen können; statt dessen lag ich wie bewußtlos in meinem Bett, bis mich der Lärm meines erwachenden Haushalts im Morgengrauen weckte. Während des Essens war ich schweigsam; ich hörte weder, was um mich herum gesprochen wurde, noch gab ich selbst einen Kommentar ab.

Die Männer, die mich gestern

– überfallen?

hatten. War es tatsächlich ein Überfall gewesen? Nicht, daß ich es für unmöglich hielt, daß Straßenräuber mit süffisantem Spott um ein Gespräch bitten würden. Wer den Knüppel in der Hand hält, kann sich einen gesunden Humor leisten. Was mich stutzig machte, war die Tatsache, daß sie meinen Namen gekannt hatten. Strauchdieben wäre er nicht nur unbekannt, sondern zudem in höchstem Maße egal gewesen; es zählte, was im Beutel drin war, nicht, was darauf stand. Also waren es keine Strauchdiebe gewesen – wenigstens keine gewöhnlichen.

Wenn sie meinen Namen herausgefunden hatten, konnte es sich nur um eine Frage der Zeit handeln, bis sie auch wußten, wo ich lebte. Was würden sie dann tun? Meinen Hof belagern? Sei nicht albern, sagte ich mir. Selbst wenn sie auf eine derartige Idee kommen, du hast genug kräftige und ergebene Männer, um dich von einem Ende der Altstadt zum anderen durch eine Schar von Stadtknechten zu schlagen. Aber der Gedanke, in meinem eigenen Heim plötzlich zur Zielscheibe dunkler Absichten zu werden, war äußerst beunruhigend. Jedoch war es wahrscheinlicher, daß sie mir irgendwo auflauern würden; eine Variante, die mich noch heftiger beunruhigte. Sollte ich in Zukunft nur noch in Begleitung erwachsener Männer meinen Hof verlassen oder nur noch im hellen Tageslicht? Verlassene Gassen und Plätze meiden? Und selbst wenn: Auch im dichtesten Gedränge konnte man ein Messer zwischen die Rippen bekommen, wenn der Täter nur kaltblütig genug war.

Ein drittes Szenario tauchte in meinem Geist auf: Ein Attentäter, der sich lautlos auf den Hof schlich, in das Haus und in meine Kammer und mir die Kehle durchschnitt, um wieder ungesehen zu verschwinden, vorbei an den vergifteten (erschlagenen, erdolchten) Hunden, während ich ebenso lautlos in meinem Bettkasten verröchelte und mein Blut gemächlich aus dem Türspalt auf den Boden tropfte. Ich schüttelte mich und verschüttete etwas Suppe, die eine der alten Frauen mit vorwurfsvollem Blick und einem Kanten Brot auftunkte.

Was hatten sie von mir gewollt? Die Frage ließ sich nur im Zusammenhang mit einer anderen beantworten. Wer hatte sie geschickt?

Ich dachte an eine dunkle Gestalt, die hinter einem Fenster stand und den Kerzenschein auslöschte.

Nach dem Frühstück brach ich auf und besuchte Hanns Altdorfer. Die Stadt war still, ohne den Bauernmarkt leblos; die Geschäfte würden nach dem morgendlichen Kirchgang öffnen, und dieser hatte eben erst begonnen. Das Rathaus war unverschlossen. Der Wappner, der neben der Tür an der Mauer lehnte, schien eher dekorativen Zwecken denn als Wächter zu dienen: er beantwortete meine Frage nach dem Stadtkämmerer mit einem bejahenden Brummen und zuckte nicht einmal, als ich die Tür aufstieß und ins Innere des Hauses vordrang. Die Schreibstube war leer, die Schreiber noch bei ihren Familien oder in der Kirche. Zum ersten Mal fiel mir der provisorische Schlafplatz in einer Ecke des weiten Raumes auf. Ich trat näher heran und erkannte den Mantel meines Freundes auf der Strohmatratze; dafür, daß dies nun für längere Zeit seine Schlafstätte sein würde, war sie äußerst spartanisch eingerichtet. Ich kannte Hanns Altdorfer: Er würde es noch nicht einmal bemerken, daß er nicht besser schlief als ein Knecht. Ich schüttelte den Kopf und drückte an die Tür seines Arbeitszimmers. Zu meinem Erstaunen war sie verschlossen; ich klopfte dagegen und bekam keine Antwort.

Als ich zurücktrat, vernahm ich Stimmen aus dem Obergeschoß. Ich stieg die breite Treppe hinauf und stolperte an ihrem oberen Ende in Bretter, Vorhangstangen und eine Menge Schutt hinein. Die Stimmen, die ich gehört hatte, waren aus einer offenen Doppeltür gekommen. Ich kletterte über die herumliegenden Teile und trat ein. Es war der Ratsherrensaal; aber nicht einmal sein Erbauer hätte ihn wiedererkannt.

Er war nun größer; man hatte Wände herausgenommen. Im hinteren Teil fehlte ein großes Stück in der Außenwand, und Teile eines Gerüsts waren durch die Öffnung zu sehen. Dort, wo ich stand, verkleideten Bahnen aus rotem Samt die Wände. An den Seitenwänden und der Wand mit der Öffnung fehlte die Verkleidung. Man würde sie vermutlich anbringen, wenn die Arbeiten dort abgeschlossen waren. Inmitten des Raumes standen zwei Männer: Hanns Altdorfer und Wilhelm Trennbeck. Bei meinem Eintreten drehten sie sich um und sahen mich fragend an.

»Der Wächter hat mich hereingelassen«, sagte ich.

Altdorfer verdrehte die Augen und schnaubte.

»Wahrscheinlich hat er dich für den Zimmermann gehalten«, sagte er. »Wir haben ihn herbestellt.«

Er wandte sich zu Trennbeck um und fragte: »Kennt Ihr den Kaufmann Peter Bernward, Richter?«

Trennbeck schüttelte den Kopf, und ich trat näher und drückte ihm die Hand. Er war breit gebaut, aber nicht füllig; er machte den Eindruck eines sehnigen Menschen, dem die Arbeit mit den Händen nicht unbekannt war. Sein Gesicht war lang und kantig, mit einem vorspringenden, blauschimmernden Kinn. Als er lächelte, entblößte er eine Reihe großer, gut gepflegter Zähne, mit denen er hätte Nüsse knacken können. Ebenso strahlend wie sein Gebiß waren seine Augen: ein helles Blau mit einem dunklen Rand um die Iris, das selbst von seinen im düsteren Raum geweiteten Pupillen nicht beeinträchtigt wurde. Ich hatte auf Anhieb das Gefühl, daß er mir als Richter in einem Streitfall lieber gewesen wäre als der kleine, verkrüppelte Girigel.

Er ließ meine Hand los und sagte: »Ich freue mich, Euch kennenzulernen. Habt Ihr auch mit den Hochzeitsvorbereitungen zu tun?«

»Nur am Rande«, sagte Hanns Altdorfer hastig, und ich setzte hinzu: »Ich bin an der Stofflieferung des Herrn vom Feld beteiligt.« Der Stellvertreter des Stadtrichters nickte.

»Es gab Schwierigkeiten, nicht wahr?«

»Ja. Der Treck wurde in Innsbruck aufgehalten.«

»Mittlerweile befindet er sich irgendwo zwischen Rosenheim und Landshut«, sagte er. »Der Pfleger des Herzogs zu Kufstein, Christoph Paumgartner, hat Nachricht bringen lassen, daß er die Lieferung gestern entgegengenommen und den Holländer ausbezahlt hat. Wir haben schon dringend darauf gewartet.« Er drehte sich um und wies auf die unverkleideten Wände des großen Saales. »Seht Ihr, wir konnten nicht weitermachen mit dem Ausschlagen der Wände. Nur dort vorn, wo der Kaiser und die Fürsten sitzen sollen, sind wir schon fertig.«

Ich warf Altdorfer einen raschen Blick zu. Er trat vor Ungeduld von einem Fuß auf den anderen und sah mich drängend an.

»Was wird das hier?« fragte ich den Richter. »Ich dachte, der Speisesaal sei drüben im Zollhaus?«

»Wir bauen hier den Tanzsaal auf«, sagte er. »Der Ratsherrensaal erwies sich jedoch als zu klein. Wir lassen dort draußen einen neuen Aufgang errichten, damit man vom Innenhof direkt herauf gelangen kann.

Die Treppe, die Ihr gerade heraufgekommen seid, wird verschlagen.«

»Ein hübsches Stück Arbeit, das noch vor Euch liegt.«

»Das ist richtig«, seufzte er. »Hier greift mir wenigstens der Herr Stadtkämmerer unter die Arme. Aber drüben beim Zollhaus, wo wir den Speisesaal errichten, muß ich mich mit dem Eigentümer des Nachbarhauses herumschlagen, der mir Knüppel zwischen die Beine wirft, wo er nur kann.«

»Ich sah Euch gestern, wie Ihr mit ihm diskutiert habt«, sagte ich lächelnd. »Ich hatte zufällig in der Stadt zu tun.«

»Diskutiert?« dehnte der Richter. »Dann seid Ihr aber in einem frühen Stadium des Gesprächs vorbeikommen. Der Herr von Asch hat uns die Zimmer im ersten Stock seines Gebäudes zur Verfügung gestellt, aber daß wir Türöffnungen vom Zollhaus zu seinen Räumen brechen müssen, wurde ihm angeblich niemals mitgeteilt. Jetzt beklagt er sich, daß er weder schlafen noch arbeiten könne und seine Töchter von den Handwerkern belästigt würden.«

Er hob die Hände und lächelte ebenfalls. Ich sah, daß er dunkle Schatten unter den Augen hatte, aber ich sah auch, daß er die Aufregung und die Hetze genoß.

»Ich glaube, ich werde einmal zu ihm hinübergehen«, sagte er. »Mittlerweile dürfte er von der Messe zurück sein. Vielleicht hat er den Heiligen Geist in sich und ist friedlicher Stimmung. Wenn der Zimmermann eintrifft, schickt einfach nach mir, Herr Stadtkämmerer. Es hat mich gefreut, Euch kennenzulernen, Herr Bernward.«

Ich drückte ihm die Hand zum Abschied und sah ihm zu, wie er durch die Wandöffnung hinaustrat und die provisorischen Treppen hinunterkletterte. Als er außer Reichweite war, drehte ich mich zu Hanns Altdorfer um.

»Er redet und redet!« stöhnte er. »Dabei verbrenne ich vor Ungeduld. Was hast du bisher herausgefunden, Peter?«

»Jemand hat mich gefunden«, sagte ich düster.

Er zog die Brauen zusammen.

»Wie darf ich das verstehen?«

»Hanns«, sagte ich und nahm ihn beim Arm, »ich bin gestern überfallen worden.«

»Was?«

»Mehrere Kerle; frag mich nicht, wie viele es genau waren. Wenn ich nicht mein Pferd so erschreckt hätte, daß es durchging, hätten sie mir wohl die Haut abgezogen.«

»Straßenräuber?« fragte er, obwohl ich ihm vom Gesicht ablesen konnte, daß er selbst nicht daran glaubte.

»Nein; ich bin sicher, daß sie nicht an mein Geld wollten.«

Er starrte mich entgeistert an; er war merklich blasser geworden.

»Komm mit nach unten«, sagte er. »Dort können wir uns besser unterhalten.«

Drunten schloß er die Tür zu seiner Stube auf. Es war kalt im Rathaus, und die große Maueröffnung im Obergeschoß machte es nicht besser. Er warf seinen Mantel über, ließ sich schwer in einen Stuhl fallen und sah mich fragend an.

»Hanns«, sagte ich, »erinnerst du dich an das alte Haus in der Ländgasse? Das unbewohnt ist und seit langer Zeit leersteht?«

»Was ist damit?« fragte er mißtrauisch.

»Einer der Nachbarn hat Gespenster darin gehört«, fing ich an und stockte, weil der Stadtkämmerer die Augen aufriß. »Ich habe nachgesehen«, fuhr ich fort, »Gespenster habe ich keine gefunden; wer darin umgeht, ist aus Fleisch und Blut.«

»Würdest du dich etwas genauer ausdrücken?« würgte er.

»Laß mich von vorne anfangen.« Er nickte, und ich beugte mich seufzend nach vorne.

»Ich habe die letzten beiden Tage damit zugebracht, die Polen auszuhorchen; zuerst Moniwids Leute, dann den polnischen Gesandten. Danach hatte ich ein Treffen mit dem Apotheker Löw, dem ich Geld schuldete; er erzählte mir beiläufig, er habe Stimmen in einem alten Haus in seiner Nachbarschaft gehört. Es handelt sich um das Haus, das in deinem Plan als leerstehend gekennzeichnet ist. Ich habe es gestern und den Tag davor beobachtet. Es versteckt sich jemand darin.«

»Beobachtet? Warum?«

Ich zuckte mit den Schultern.

»Aus Neugier, zuerst. Weil es mir schon auf deinem Plan aufgefallen war. Ich fand es merkwürdig, daß es leerstand. Und als ich es zum ersten Mal aufsuchte, sah ich eine brennende Kerze in einem der oberen Fenster.«

Er schüttelte ungläubig den Kopf, und ich sagte: »Ich habe beim polnischen Gesandten ein paar Dinge erfahren, die es mir gar nicht so abwegig erscheinen lassen, daß sich jemand in dem alten Gebäude versteckt.« Ich machte unwillkürlich eine Pause, aber Altdorfer regte sich nicht.

»Der Rat Priamus glaubt, daß eine Verschwörung im Gange ist«, sagte ich dann. »Jedoch nicht gegen Herzog Ludwig – gegen König Kasimir. König Matthias von

Ungarn liegt im Krieg gegen Polen, der nur durch einen unsicheren Waffenstillstand stillsteht.«

»Glaubst du, der Mord wurde deswegen ...«, flüsterte er.

»Ich weiß noch nicht, was ich glaube«, erwiderte ich. »Der polnische Rat behauptet, Matthias sitze unrechtmäßig auf dem ungarischen Thron, weil Kaiser Friedrich die ungarische Krone König Kasimir zugesprochen habe; daneben versuche er sich auch noch Böhmen anzueignen, auf dessen Thron Kasimirs ältester Sohn sitzt. Und nicht zuletzt scheint Matthias ein Auge auf die Prinzessin geworfen zu haben, wurde aber wohl mehrfach ziemlich schnöde abgewiesen. Ich weiß nicht, ob das alles Grund genug ist, mit einem Mord die Hochzeit ins Wanken zu bringen. Aber ich weiß, daß ich letztens zu dir sagte, wer immer den Mord begangen habe, würde sich möglicherweise ein zweites Opfer suchen. Erinnerst du dich?«

»Natürlich«, sagte er ohne Begeisterung.

»Nun«, fuhr ich fort, »sieht es so aus, als würde sich jemand in einem leerstehenden alten Haus verstecken, das nur einen Steinwurf weit weg ist von der Unterkunft Kaiser Friedrichs. Jemand, der möglicherweise ein zweites Opfer sucht. Kannst du mir folgen?« Er ächzte.

»Sie verüben einen Anschlag auf den Kaiser und schieben ihn König Kasimir in die Schuhe. Ob er gelingt oder nicht, ein Großteil des Reichs wird dem Polen daraufhin den Krieg erklären.«

»Und Mathias Corvinus wird sich auf der richtigen Seite zu finden wissen«, ergänzte ich.

Altdorfer schloß die Augen und verbarg das Gesicht in seinen Händen.

»Reckels Geist«, sagte er dumpf. »Man hätte das Haus damals abreißen sollen, wie es die Gesetze vorschreiben; es entwickelt sich nur Unglück darin.«

»Was willst du damit sagen?«

Er nahm die Hände herunter und sah mich an. Er wirkte noch müder und blasser als bei meinem Eintreten.

»Das alte Haus«, sagte er. »Es gehörte Dietrich Reckel, dem Baumeister.«

Ich zuckte mit den Schultern.

»Hat er die Martinskirche geplant?« fragte ich. Altdorfer schnaubte. »Nein«, sagte er. »Er hat einen Aufstand gegen Herzog Ludwigs Vater angezettelt und das größte Blutgericht entfacht, das die Stadt jemals erlebt hat.«

Ich starrte ihn überrascht an.

»Wann war das?« brachte ich hervor. »Vor zweihundert Jahren?«

»Vor fünfundsechzig«, sagte er, und beinahe huschte ein Lächeln über sein Gesicht. »Das ist kein Märchen, Peter.«

»Ich habe niemals davon gehört«, erklärte ich. Er zuckte mit den Schultern und ging nicht näher darauf ein. Vielleicht wollte er nicht sagen, daß es möglicherweise daran lag, daß ich mich anfangs nur um meine Familie und später nur um mein Geschäft gekümmert hatte, ohne mich sonderlich in der Stadt zu engagieren.

»Womöglich haben sich heute wieder Verschwörer dort eingenistet«, sagte ich. »Das erscheint mir nicht unpassend.«

Er schniefte und wischte sich mit dem Ärmel über die Nase. Ich sah, daß seine Hand zur Faust geballt war.

»Der Überfall auf dich …?« fragte er.

»Man hat mich entdeckt, als ich das Haus beobachtete«, sagte ich. »Wahrscheinlich wußten sie schon die ganze Zeit über, daß ich um ihr Versteck herumstrich. Sie hatten sogar genug Zeit, um meinen Namen auszuspionieren. Der Himmel weiß, wie ihnen das gelungen sein mag; Gott sei Dank wußten sie weiter nichts über mich, oder sie hätten mich wohl zu Hause überfallen.«

»Was machen wir jetzt?« überlegte er. »Willst du eine Wache? Ich könnte ein paar Wappner von ihren momentanen Aufgaben abziehen.«

Ich schüttelte den Kopf. Ich hatte genügend Männer, die mir beistehen konnten. Und ich konnte selbst auf mich aufpassen. Im Tageslicht war es leichter, tapfer zu sein, dachte ich.

»Wann wird der Kaiser erwartet?« fragte ich.

»In etwa einer Woche. Man hat die Herren von Stain und von Rechberg dem Kaiser nach Nördlingen entgegengesandt, um das herauszufinden. Er wollte gestern in Nördlingen ausreiten und über Neuburg, Ingolstadt und Mainburg nach Landshut kommen.«

Ich nickte.

»Eine Woche. Soviel Zeit haben wir noch. Moniwids Vorgabe war gnädiger.«

Altdorfer fuhr sich mit den Händen über das Gesicht.

»Peter«, sagte er drängend, »was sollen wir tun? Der Richter ist noch immer in Burghausen, und auch der Kanzler hat die Stadt wieder verlassen. Es hat sich herausgestellt, daß der Kaiser wohl am gleichen Tag wie der Brautzug in Ingolstadt eintreffen wird. Man will alles tun, um das zu verhindern, sonst reichen die Quartiere nicht aus. Die beiden herzoglichen Räte sollen ihn überreden, auf dem schnellsten Wege nach Landshut zu kommen. Außerdem kommen noch der Graf von

Württemberg, der Herzog von Vorderösterreich, der Kurfürst von Brandenburg und was weiß ich wer noch alles über Ingolstadt. Das sind über dreieinhalbtausend Menschen, den Brautzug noch gar nicht mit eingerechnet. Das Weiterkommen auf den Straßen, die Übernachtungsmöglichkeiten, das alles will koordiniert sein.«

Ich fühlte mich für einen Moment versucht zu erwidern, daß die ganzen Vorbereitungen möglicherweise vergeblich waren. Statt dessen sagte ich: »Ich werde nachdenken«, und stand auf. »Ich bin noch eine Weile in der Stadt. Kann ich das Pferd in der Obhut deiner Wappner lassen?«

»Selbstverständlich.«

Er begleitete mich zur Tür und blieb darin stehen, während ich davonschritt. Ich drehte mich noch einmal nach ihm um; er stand bewegungslos im gefältelten Spitzbogen, der das Eingangsportal zum Rathaus umrahmte, und wirkte in all seiner Hagerkeit gebückt und verlassen. Ich wandte mich wieder um und drängte mich durch die Menschen, die vom Kirchgang zurückkamen und ihre Geschäfte öffneten. Seine Verlassenheit wirkte ansteckend. Plötzlich sehnte ich mich nach Maria.

Ich hatte bereits nachgedacht und war zu dem Ergebnis gekommen, daß das alte Haus im Licht der neuen Ereignisse um so mehr unter ständige Beobachtung gestellt werden mußte. Ich selbst konnte es nicht mehr tun; ich mußte jemanden damit beauftragen. Dazu bestanden mehrere Möglichkeiten. Eine war, einen der jungen Tunichtgute dafür einzuspannen, die die Gastwirtschaften und Schänken bevölkerten – aber wie hätte ich wissen können, wer darunter halbwegs vertrauenswürdig war? Ich hätte mich auch an Sebastian Löw wenden können (wieder einmal), doch dessen Interesse an den Vorgängen im alten Haus war schon durch seine vermeintlichen Gespenstererscheinungen zu nachhaltig geweckt, als daß ich mich bei ihm nach einem Spitzel hätte erkundigen können, ohne ihn vollends mißtrauisch zu machen. Der Totengräber, den Löw mir vermittelt hatte, fiel gleichermaßen aus. Zuerst war er mein Hauptfavorit gewesen, bis mir klarwurde, wie merkwürdig es gewirkt hätte, wenn er sich in der Stadt herumgetrieben hätte; außerdem war es mehr als fraglich, ob er an dem Auftrag interessiert wäre. Der Sohn des Sebastian Löw? Er wohnte in der Nähe und konnte das Haus im Auge behalten, ohne Verdacht zu erregen. Aber abgesehen davon, daß auch er mein Ansinnen mit aller Wahrscheinlichkeit ablehnen würde, war er zu impulsiv und ehrlich, um einen guten Spion abzugeben.

Es mußte jemand sein, der wenig genug Bekannte und Freunde in der Stadt hatte, so daß er nicht in Versuchung käme zu plaudern. Gleichzeitig durfte er nicht auffallen, wenn er sich in der Nähe des Hauses herumtrieb; sein Aufenthalt dort mußte plausibel sein. Nicht zuletzt mußte er auch an meinem Angebot interessiert sein, die zu erwartende Belohnung mußte ihn also locken. Ich war sicher, daß ich jemanden finden würde, auf den die drei Kriterien einigermaßen zutrafen; es gab jedoch ein viertes Kriterium, das mir von allen am wichtigsten schien: Er mußte zuverlässig sein. Wie sollte ich diese Tatsache feststellen können?

Dann fielen mir die Flößer ein, die vor den Toren der Stadt am Flußufer kampierten. Die Auswärtigen unter ihnen erfüllten die ersten drei Kriterien: Sie waren in der Stadt fremd; sie fielen nicht sonderlich auf, wenn sie ab und zu in der Ländgasse auftauchten; und sie waren auf Geld scharf, weil sie die Tage bis zum Fest mit großer Wahrscheinlichkeit ohne einen Fährauftrag vertrödelten. Was die Zuverlässigkeit anging, so war mir durch den Auftrag über den Transport der Leinwand wenigstens der Sprecher der Flößer gewogen: Er mochte mir einen Mann nennen, auf den ich mich verlassen konnte.

Die Erinnerung an die Verhandlungen mit den Flößern ließ mich auch wieder an Jana Dlugosz denken. Ich würde einen Teil meiner Aufmerksamkeit auf ihre Person richten müssen; was sie bisher über sich ausgesagt hatte, war widersprüchlich genug, um auch sie in Verdacht geraten zu lassen. Ich dachte an das fröhliche Funkeln in ihren Augen und daran, wie sich die Grübchen in ihren Wangen vertieften, wenn sie amüsiert lächelte. Ich schüttelte den Kopf und verschob es auf später.

Das Häuflein der Flößer war merklich kleiner geworden; vermutlich hatten sich angesichts des feuchtkühlen Wetters alle Einheimischen in ihre Häuser verdrückt. Ich grüßte das halbe Dutzend verbliebener Männer, die eine verblichene Plane zum Schutz vor der Witterung an eisernen Haken in der Stadtmauer befestigt hatten und mit zwei aufrecht in den Kies gesteckten Stangen abspannten. Ich hatte mir die Gesichter der Flößer nicht gemerkt, und ich konnte nicht sagen, ob ich einen davon hätte wiedererkennen sollen. Es war unerheblich; sie erkannten mich. Die Eifrigkeit, mit der sie aufsprangen und meinen Gruß erwiderten, ließ mich vermuten, daß sie sich mittlerweile dafür ohrfeigten, meinen Auftrag ihren Kameraden überlassen zu haben.

»Ich möchte gerne mit Eurem Sprecher reden«, sagte

ich. »Ist es noch der Mann, mit dem ich neulich verhandelt habe, oder habt Ihr einen neuen gewählt?«

»Nein, Steckenhauser ist noch immer unser Sprecher«, erwiderte einer. »Er ist bei seiner Familie. Soll ihn jemand holen?«

»Ich bitte darum.«

Sie diskutierten kurz, dann rannte einer von ihnen in leichtem Trab los. Sie hätten mich auch zu seinem Haus führen können, aber darauf kamen sie nicht. Ich stand halb verlegen unter ihnen, während wir auf die Rückkehr des Boten und die Ankunft Steckenhausers warteten, und wünschte mir, ich hätte etwas gehabt, was ich ihnen hätte anbieten können – einen Schluck Wein oder wenigstens etwas frisches Wasser. Ich lächelte sie an, und sie lächelten unbeholfen zurück, sichtlich bestrebt, einen guten Eindruck zu machen. Sie standen ebenso befangen wie ich unter der Plane herum und ließen ihre Arme pendeln, weil sie nicht wußten, wohin sie die Hände stecken sollte.

»Es tut mir leid, daß das Wetter so schlecht ist«, sagte ich schließlich.

Sie winkten großzügig ab; sie waren die Nässe gewohnt.

»Wenn die Hochzeit stattfindet, werdet Ihr sicherlich die Belohnung für Euer Ausharren erhalten«, fuhr ich angestrengt fort.

Sie nickten begeistert. Die Belohnung würden sie sich holen, darauf war Verlaß.

Ich beugte mich unter der Plane nach draußen und kniff die Augen zusammen, um in den Himmel zu spähen. Er war mit einer konturlosen hellen Schicht aus Wolken überzogen, die keinerlei farbliche Abstufung erkennen ließ und aus der sanfter Nieselregen zur Erde geweht wurde. Die Flößer taten es mir nach, starrten ebenfalls mit kritischem Gesicht unter ihrer ärmlichen Deckung hervor und musterten den Himmel mit fachmännischen Blicken.

»Das ändert sich so schnell nicht«, sagte ein älterer Mann, der die allgemeine Wetterlage in Landshut rasch erfaßt hatte. An sein Gesicht konnte ich mich vage erinnern.

»Während der Hochzeit wird bestimmt die Sonne scheinen«, sagte ich.

»Da ist es mir dann egal«, sagte er gelassen, und seine Kumpane lachten.

Endlich kam der Bote zurück, in Begleitung des Mannes, mit dem ich gestern verhandelt hatte. Er reichte mir die Hand zum Gruß.

»Herr Bernward«, sagte er. »Was können wir diesmal für Euch tun?« Ich legte ihm die Hand auf die Schulter und schob ihn sanft unter der Plane heraus zum Flußufer hin. Zuerst dachte ich, die anderen würden uns folgen, aber dann blieben sie zurück und blickten uns gespannt hinterher.

»Ich hätte noch einen Dienst für einen Eurer Männer«, sagte ich.

»Ihr werdet feststellen, daß sie alle froh sind, ein wenig Geld verdienen zu können.«

»Ich werde nicht geizig sein«, versprach ich. »Allerdings ist der Auftrag, den ich habe, auf den ersten Blick ein wenig merkwürdig.«

Er antwortete nicht, aber seine Brauen zogen sich zusammen.

»Ich möchte, daß er ein bestimmtes Haus in der Nähe überwacht und sich alle Bewegungen darin merkt«, sagte ich.

Er machte ein verständnisloses Gesicht, und ich sah mich gezwungen anzufügen: »Es ist eine geschäftliche Sache, wenn Ihr versteht.«

Er verstand nicht, aber er wagte auch nicht nachzufragen.

»Um welches Haus handelt es sich?« fragte er schließlich.

»Ihr müßtet es kennen. Es heißt Reckel-Haus.«

»Ich kenne es«, sagte er. »Dort geht es nicht mit rechten Dingen zu.«

Ich wußte nicht, wie ich darauf reagieren sollte. Vielleicht war es ein Fehler gewesen, das Haus zu erwähnen. Ich dachte an Hanns Altdorfers Gesicht; er war unangenehm berührt gewesen, daß das ehemalige Haus des Baumeisters und Anführers einer Bürgerrevolte seinem dahinmodernden Vergessen entrissen werden sollte.

Ich sagte vorsichtig: »Wie meint Ihr das?«

»Nun, Lichter, Stimmen – was weiß ich. Die alten Weiber zerreißen sich immer wieder einmal das Maul darüber. Jedenfalls hat noch keiner lange darin gewohnt. Wißt Ihr, was ich glaube?«

»Nein.«

»Ich glaube, daß die Lichter von Liebespaaren kommen, die sich in die verlassenen Räume schleichen, um dort heimlich …« Er kniff ein Auge zusammen und stieß mich leicht mit dem Ellbogen an. »Ihr könnt es Euch ja denken.«

Sicher dachte er jetzt, auch bei meinem »Geschäft« würde es sich darum handeln. Ich ließ ihn in seinem Glauben.

»Könnt Ihr mir einen zuverlässigen Mann empfehlen?« fragte ich.

»Den grauen Bertold«, sagte er, ohne lange nachzudenken. »Er ist einer meiner beiden Sprecherkollegen. Er ist nicht von hier, aber auf ihn ist Verlaß. Ich kenne ihn von früher her.«

»Gut«, erwiderte ich. »Ich werde mich täglich zu einem bestimmten Zeitpunkt hier mit ihm treffen.«

»Soll ich ihn holen?«

»Bitte.«

Er schritt über den Kies davon; einen Augenblick später kam er mit dem älteren Mann zurück, der die Bemerkung über das Wetter gemacht hatte. Ich setzte ein freundliches Lächeln auf, als die beiden Männer vor mir standen, und begann meine Geschichte aufs neue.

Bis ich mich endlich wieder bei Hanns Altdorfer einfand, war es bereits Nachmittag. Der Nieselregen hatte alle, die sich vielleicht noch vor der Abendmesse die Beine vertreten hatten wollen, in ihre Behausungen verscheucht. Die Fackeln an den Hauswänden kämpften lustlos gegen die Nässe an, die sich über das holprige Pflaster senkte. Mein Pferd stand noch da, wo ich es verlassen hatte, mit hängendem Kopf dem Regen ergeben. Die Wachen vor dem Rathauseingang waren auf zwei verstärkt worden; einer davon streichelte dem Pferd über die Flanke, während sich der andere so weit wie möglich in den Bogen über der Eingangstür drückte, um dem Regen zu entgehen. Als ich mich ihnen näherte, versperrten sie mir mit gekreuzten Spießen den Durchgang. Ich wandte mich an denjenigen, den ich von heute morgen kannte.

»Laßt mich ein«, sagte ich. »Ich war bereits heute morgen hier. Ich bin ein Freund des Stadtkämmerers. Dies ist mein Pferd.«

»Stimmt«, sagte er. Er zeigte entschieden mehr Elan

als heute früh; vielleicht weckte die weite, einsame Straße und die hereinbrechende Dämmerung ein Gefühl des Mißtrauens. Unwillkürlich dachte ich an den gestrigen Abend. Würden sie mir heute nochmals auflauern?

Er ließ mich passieren. Der zweite Wächter war ein junger Mann, dessen Gesicht unter dem Helm das eines kleinen Buben war und dessen Nase in der Kälte lief. Er hatte bereits davor resigniert, und ein kleiner, zäher Tropfen hing ihm an der Nasenspitze. Ich hatte plötzlich das Bedürfnis, ihm einen Kanten Brot in die Hand zu drücken, damit er das Pferd füttern konnte: Er war es, der meinen Gaul gestreichelt hatte. Ich nickte ihm zu und trat durch die Tür in das Rathaus.

Hanns Altdorfer studierte im Schein einer Kerze seinen Plan.

»Ich wollte noch einmal bei dir vorbeikommen, bevor ich nach Hause reite«, sagte ich.

Er hatte seinen Mantel angezogen und vorne zugeknöpft; auf seinem Kopf saß ein Barett. Er sah auf und lächelte.

»Gibt es etwas Neues?«

»Nichts Besonderes. Ich habe einen Mann gedungen, um das alte Haus weiter zu überwachen. Bei dir?«

»Der Zimmermann hat versprochen, mit den Arbeiten rechtzeitig fertig zu sein. Außerdem hat Trennbeck sich wieder mit dem alten von Asch gestritten. Und ich erlebte den Auftritt eines Propheten.«

»Eines was?«

»Eines Verrückten«, sagte er. »Er ist bekannt in der Stadt; sie nennen ihn den Heiligen Rochus.« Altdorfer kurbelte mit der Hand vor seiner Stirn.

Ich schnaubte belustigt.

»Woher hat er diesen Namen?«

»Er ist ein alter Mann, der sich von Abfällen ernährt und auf der Straße oder in den Auwäldern um die Stadt herum lebt. Bevor er den Verstand verlor, war er Medicus; nicht einmal ein schlechter, habe ich mir sagen lassen. Er gehörte zum Troß der Leibärzte von Herzog Heinrich, dem Vater von Herzog Ludwig. Während der Pest vor fünfundzwanzig Jahren hat er nicht nur einen Großteil seiner Familie verloren, sondern auch noch seinen hochwohlgeborenen Patienten Heinrich. Er konnte nicht verschmerzen, daß seine Künste völlig belanglos waren gegen den Schwarzen Tod. Seitdem ist er von Jahr zu Jahr verrückter geworden.«

»Und was hat er dir erzählt?«

»Er kam hier hereingeplatzt und erklärte mir, daß die Hochzeit zum Scheitern verurteilt sei. Du kannst dir vorstellen, wie sehr ich erschrak, das zu hören; bis mir klar wurde, worauf er hinauswollte. Er sieht die Wiederkehr der Pest voraus. Das tut er jedes Jahr.«

»Wie ist er denn hier hereingekommen?«

»Er kommt überall hinein. Im Grunde ist er harmlos, aber wenn man ihn aufzuhalten versucht, zieht man seinen heiligen Zorn auf sich, und es kann passieren, daß er einem den halben Tag auf Schritt und Tritt nachläuft und wüst beschimpft. In dieser Beziehung ist er hartnäckig; deshalb gewährt man ihm für gewöhnlich dort Eintritt, wo er hin will. Er plaudert ein bißchen, dann geht er friedlich wieder. Es ist die bessere Lösung, anstatt ständig mit ihm zu streiten.«

Ich lächelte, und er schüttelte mit komischer Verzweiflung den Kopf.

»Und – kommt die Pest nun?« fragte ich ihn.

Er zuckte mit den Schultern.

»So wie jedes Jahr«, sagte er resigniert. Er rückte seinen Mantel zurecht.

»Was sitzt du in dieser Aufmachung herum? Gehst du noch aus?«

»Ich wollte in die Abendmesse gehen«, erwiderte er. »Ich bin den ganzen Sonntag nicht zur Kirche gekommen und wollte es heute nachholen. Begleitest du mich?«

»Ich hatte vor, auf dem schnellsten Weg nach Hause zu reiten. Ich will nicht wieder bei völliger Dunkelheit unterwegs sein. Seit gestern bin ich ein wenig nervös, um die Wahrheit zu sagen.«

»Ich habe keine rechte Lust, alleine in die Andacht zu gehen. Komm doch mit.«

»Ich verzichte«, erwiderte ich mit einem schiefen Lächeln.

Altdorfer erhob sich und schüttelte den Kopf. »Man möchte nicht glauben, daß dieser Heide einmal ein eifriger Diener der Kirche war.«

»Laiendiener«, sagte ich. Er nickte und lächelte schwach. Mit zwei angefeuchteten Fingern löschte er die Kerze aus.

»Gehen wir«, meinte er und stapfte aus dem Raum. Unter dem Eingangsportal blieb er stehen und spähte mit zusammengekniffenen Augen in den Regen.

»Es ist noch recht hell«, sagte er über die Schulter zu mir. »Du könntest mich wenigstens ein paar Schritte begleiten.«

»Also gut«, seufzte ich und dachte daran, daß ich, sollte die Dunkelheit mich einholen, immer noch einen Umweg über das Ländtor und das weite Flutland der Pfettrach machen konnte, um mich meinem Hof von hinten zu nähern. Kaum jemand würde vermuten, daß ich diesen Weg nähme; er führte an ein paar verstreut liegenden Pachthöfen vorbei und durch nur teilweise trockengelegtes Marschland. Niemand war dort freiwillig bei Nacht unterwegs; man wollte Irrlichter gesehen haben, die die Reisenden in den Sumpf lockten. Irrlichter jedoch waren das, was mir im Augenblick die geringste Sorge bereitete.

Ich sagte zu den Wachen: »Ich lasse das Pferd hier; ich komme gleich zurück und hole es ab.« Sie nickten gleichmütig.

Altdorfer wünschte den Wappnern eine gute Nacht und setzte sich in Bewegung. Vom Rathaus führte die Grasgasse direkt hinüber zur Neustadt, die schon bei Tage deutlich weniger belebt war als die Altstadt und jetzt, bei hereinbrechender Dunkelheit und dieser Witterung, weit, düster und verlassen dalag. Hinter der herzoglichen Münze am Südende der Neustadt erhob sich die steile Flanke des Lenghart, bekrönt vom Burgsöller und den Maueranlagen, die sich bis herunter zu den Gebäuden des Franziskanerklosters zogen; sonst ein massiger Schatten, der sich über den Bürgerhäusern in die Höhe reckte, jetzt unsichtbar hinter den feinen Schleiern des allgegenwärtigen Nieselregens.

Noch auf der Höhe der Fleischbänke hinter dem Rathaus hatte uns eine Gruppe von Männern überholt, die eiligen Schrittes ebenfalls zur Neustadt strebten und uns hastig grüßten; ich hörte, wie einer von ihnen sich laut ärgerte, daß sie die Kirche vor Meßbeginn nicht mehr erreichen würden. Altdorfer nahm diesen Umstand gelassen hin. Ich hatte den Eindruck, daß er froh war, sich an der frischen Luft bewegen zu können. Als wir in die Neustadt kamen, war die Gruppe bereits verschwunden, vermutlich angespornt durch die Befürchtung, in der Kirche nur mehr die Plätze zu bekommen, an denen es sich weder bequem stehen noch unbemerkt dösen ließ.

Im Gegensatz zur Altstadt war die Neustadt nicht gepflastert. Der festgetretene Boden wies bereits die ersten Furchen und weichen Stellen auf; bald würde er sich, wie jeden Herbst, in knöcheltiefen Schlamm verwandeln, den nur ein selten auftretender Frost zu knochenbrecherischen Formen erstarren ließ und der sich erst im Verlauf des darauffolgenden Frühlings langsam und widerwillig wieder ebnete. Wir marschierten über die Straße und in die breite Gasse zwischen Lagerhäusern und Städeln hinein, die zugleich die Zufahrt zum Kloster der Dominikaner bildete. An dem freien Platz, der vor dem Kloster lag, öffneten sich mehrere Gassen in alle Himmelsrichtungen; eine davon führte auch zur Kirche des heiligen Jobst, die sich inmitten der großzügigen Freyung erhob. Der Weg über das Dominikanerkloster war die kürzeste Verbindung vom Rathaus zur Kirche.

Sie hatten ihren Überfall gut geplant; wahrscheinlich waren sie mir schon gefolgt, als ich mich zu Hanns Altdorfer ins Rathaus begeben hatte. Da sie unser Ziel nicht gekannt hatten, waren sie hinter uns hergelaufen, bis ihnen klar wurde, daß wir zur Kirche strebten, hatten uns bei den Fleischbänken überholt und sich in der Neustadt getrennt, um beide möglichen Wege zur Kirche – den über das Dominikanerkloster und den über das Südende der Neustadt und das Franziskanerkloster – abzuriegeln. Es sprach für ihre Geschicklichkeit, daß weder Hanns noch ich etwas ahnten von ihrem Hinterhalt. Die Gruppe, die uns überholt hatte, hatten wir völlig arglos betrachtet; besonders ich, der ich mit einem weiteren Überfall gerechnet hatte, erwartete sie weder um diese Zeit noch an diesem Ort. Im Gegenteil – innerhalb der Stadtmauern und zudem in Begleitung des Stadtkämmerers fühlte ich mich trügerisch sicher.

Wir machten es ihnen leicht, uns zu überfallen: Die Messe hatte bereits begonnen, die Straßen waren leer, und wir nahmen den Weg zwischen den finsteren Lagerhäusern. Der Boden in der Gasse war von den schweren Lastkarren, die von und zum Kloster und den Städeln fuhren, zerwühlt und tief gefurcht, und in der Dunkelheit mochte ihn kaum jemand gehen; üblicherweise nahm man den Umweg über das Franziskanerkloster in Kauf. Sie hatten die finsterste Stelle in der Gasse gefunden, sich dort in den dunklen Tordurchfahrten der Lagerhäuser versteckt und besaßen genug Geduld abzuwarten, bis wir uns in ihrer unmittelbaren Nähe befanden, durch die Krümmung der Gassenführung sowohl den Blicken von der Neustadt als auch denen vom Kloster her entzogen. Dann schlugen sie rasch und geplant zu.

Ich hörte die hastigen Schritte hinter mir, und ich spürte die körperliche Annäherung eines Menschen mit einer plötzlichen Dringlichkeit, die mir einen Schauer den Rücken hinuntersandte. Der Aufprall traf mich, als ich mich schon halb herumgedreht hatte: Der Mann rannte mit voller Wucht in mich hinein. Ich spürte keinen Schmerz, eher einen Schock, als habe jemand eine Tür direkt vor meinem Gesicht zugeschlagen. Ich verlor den Boden unter den Füßen, hatte das unwirkliche Gefühl zu fliegen, noch während der Anblick des auf mich zustürmenden Mannes wie in meine Augen eingebrannt war, und stürzte zu Boden.

Die Wucht des Zusammenstoßes ließ meinen Angreifer taumeln. Er stolperte in meine Richtung, brachte die Füße übereinander, dann fing er sich und nutzte den eigenen Vorwärtsschwung, um sich auf mich zu werfen. Ich lag ohne Regung am Boden, atemlos durch den wuchtigen Sturz, und erst, als ich sein Gewicht plötzlich auf meinem Körper spürte und seinen Versuch, mit dem Bein meine Knie auf der Erde festzunageln, erwachte ich aus der Überraschung. Die Dinge verloren ihre seltsame Trägheit. Auf einmal war mir klar, daß ich unsere unbekannten Feinde bei weitem unterschätzt hatte.

Er richtete sich halb auf und holte mit einer Faust weit aus. Meine Hände hoben sich vor mein Gesicht, aber darauf hatte er gewartet: Er schlug mich unterhalb der Rippen in die Seite, zweimal, dreimal hintereinander, so schnell es ging. Die Stelle wurde mit dem ersten Schlag gefühllos, beim zweiten begann sie zu glühen, und der dritte Schlag war, als hätte jemand mit aller Kraft in eine offene Wunde geschlagen. Ich keuchte und versuchte, einen weiteren Treffer dort unten abzuwehren, worauf er mir mit derselben Leichtigkeit zwei Schläge ins Gesicht versetzte, die meine linke Gesichtshälfte in eine pochende Zone des Schmerzes verwandelten. Ich spürte, wie mir das Wasser in die Augen trat. Zuerst war ich zu erschrocken gewesen, um Angst zu fühlen; jetzt richtete sich mein Denken schlagartig nur noch darauf aus, weitere Faustschläge abzuwehren. Ich fürchtete nicht um mein Leben. Ich hatte keine derart abstrakten Gedanken. Ich war eine Ansammlung bloßliegender Nervenenden, die an zwei Stellen vor Schmerz bebten, und ich hatte das einzige Ziel, jeglichen weiteren Schmerz von diesen Stellen abzuhalten. Er hob die Faust nochmals, und auf irgendeine Weise gelang es mir, einen

Arm nach oben zu bringen und den herabzuckenden Schlag von meinem Gesicht abzuwehren: Er traf die Seite meines Unterarms und schrammte daran entlang, und der Schmerz schoß mir bis in die Fingerkuppen.

Er rief nicht und schrie nicht. Er keuchte nur laut vor Aufregung und Konzentration. Mit einer raschen Bewegung drückte er meinen erhobenen Arm zur Seite. Sein Knie rutschte über mein Schienbein, als er sich besser abstützte. Ich schielte voller Panik auf seine rechte Faust und fuchtelte mit beiden Händen vor meinem Gesicht hin und her. Sein Knie rutschte noch weiter ab, bis er breitbeinig über mir kniete. Plötzlich griff er mit der linken Hand nach meinem Hals und drückte mit erstaunlicher Kraft zu, preßte mir den Atem so vollständig ab, daß ich nicht einmal mehr ein Keuchen zustande brachte. Ich konnte sein Gesicht in der Dunkelheit nicht sehen, aber ich wußte, daß es blaß sein und der Mund weit offenstehen und die Augen zusammengekniffene Schlitze sein würden, in denen die Mordlust funkelte. Ich stieß ihn mit meinem freigewordenen Knie in den Unterleib, zwischen die Beine, und es war ein Ruck, den ich bis in meine eigenen Zähne herauf spürte, und wenn ich überhaupt einen Wunsch hatte in diesem Moment, dann den, daß ich so hart zustoßen möge, daß ihm seine Hoden zerplatzten. Wenn ich Luft gehabt hätte, hätte ich gekreischt.

Seine erste Reaktion war, meinen Hals noch fester zu umklammern. Der Druck schoß mir bis in die Augenwinkel und ließ meine Augen schmerzhaft hervortreten. Dann erschlaffte seine Hand, und er gab seinen ersten Laut von sich: ein dumpfes Grollen, das mehr aus seinem Bauch als aus seiner Kehle zu stammen schien. Er fiel steif zur Seite, rollte sich zusammen und stieß das Grollen erneut aus, ein langanhaltendes, finsteres, schmerzerfülltes Geräusch, das mit einem Seufzen endete. Dann begann er, stoßweise zu keuchen und zu winseln und sich neben mir im Schmutz zu krümmen. Er hatte jedes Interesse an mir verloren.

Ich blieb auf dem Rücken liegen und starrte blind in die Finsternis, bis mir klarwurde, daß die nächste logische Reaktion meine Flucht sein mußte. Ich raffte mich auf, bis ich auf allen vieren kniete, den klopfenden Schmerz in meiner Seite und in der linken Gesichtshälfte ein Gefühl, als wäre alles Fleisch dort geschwollen und aufgeplatzt. Meine Oberschenkel hatten ihre Kraft verloren; als ich versuchte, noch weiter hochzukommen, sackte ich wieder zurück. Ich dachte: Um Gottes willen, lauf davon, und meine Beine strampelten erneut im Dreck, und ich kam schwankend in die Höhe und stieß gegen eine Mauer, die mir eine unerwartete Stütze gewährte.

Dann geschahen mehrere Dinge gleichzeitig.

Das Licht von Fackeln und das Geräusch rennender Füße näherte sich aus der Altstadt, und ich hörte über dem Klingen in meinen Ohren heisere Rufe. Zugleich fiel mir Hanns Altdorfer ein, und diesmal schoß die Panik beinahe noch schärfer in mich als vorhin, während ich mich des Hagels aus Faustschlägen erwehrt hatte. Ich sah ihn keine Mannslänge von mir entfernt. Sie hatten es nicht vermocht, ihn zu Boden zu stoßen – vielleicht hatte seine schlaksige Gestalt den Aufprall besser gedämpft als mein eigener schwerer Körper. Er hatte sein Barett verloren und versuchte, die beiden Männer, die auf ihn einschlugen, mit ungezielten Fußtritten abzuwehren. Er sah nicht auf, und auch er gab außer einem scharfen Keuchen keinen Ton von sich; er sprang vor und zurück, einer der Angreifer fiel plötzlich nach vorne, ob von der Unebenheit des Bodens oder von einem Tritt Altdorfers war nicht auszumachen, und der andere stolperte über seinen Genossen und stürzte dem Stadtkämmerer in die Arme. Ich stieß mich von der Wand ab, um ihm beizustehen; die Fackeln bogen um die Ecke, ich sah das Blinken von Lanzen und Schwertklingen und hörte wilde Rufe. Ich blieb wie angewurzelt stehen. Mein erster Gedanke war: Sie sind bewaffnet. Wir sind erledigt. Meine Beine wollten nachgeben.

Die beiden Männer, mit denen Hanns Altdorfer kämpfte, warfen sich herum. Der zu Boden Gefallene stolperte wild in die Höhe und versuchte zu fliehen, aber aus der Gruppe der Neuankömmlinge setzte ihm einer nach und verfolgte ihn laut fluchend. Der andere Mann zerrte an Altdorfers Armen und versuchte sich loszureißen. Ich sah, wie der Stadtkämmerer ihn festzuhalten versuchte. Ich hörte mich erschrocken rufen: »Laß ihn laufen!«

Der Mann kämpfte eine Hand frei, schlug nach Altdorfers Gesicht, aber dieser bog den Kopf weit genug nach hinten, um ihm auszuweichen. Die Männer mit den Fackeln sprangen auf die Kämpfenden zu, um sie

– *niederzuhauen*

auseinanderzuzerren, und der Festgehaltene hob die Faust erneut, im Licht der Fackeln blitzte die Klinge eines Messers auf, das Aufblinken gleichzeitig mit einem vielstimmigen Aufschrei des Entsetzens, Faust und Messer fuhren herab, und Altdorfer taumelte zurück und stürzte schwer zu Boden.

Ich schrie: »Nein!!«

Der Angreifer fuhr herum, die Hand mit dem Messer vorgestreckt. Zwei, drei Schwerter erhoben sich zugleich, eine Klinge zuckte nach unten, und das Messer fiel auf den Boden, und eine weitere schlug zu, und eine Hand folgte dem Messer nach. Wenn nicht alles laut durcheinandergerufen hätte, wäre vielleicht das entsetzliche Geräusch zu hören gewesen, mit dem mehrere Spieße durch Gewand, Haut, Fleisch und Knochen drangen; so sah ich nur, wie der dritte der Angreifer einen Augenblick an den Spießen hing, als wäre er eine Puppe und die Lanzen nur dazu da, um ihm eine aufrechte Haltung zu verleihen, dann wurden die Spieße ruckartig zurückgerissen, und er taumelte dem Ruck hinterher und fiel den Männern mit den Fackeln lautlos vor die Füße.

Es war, als wäre er auf eine geheimnisvolle Weise mit mir verbunden gewesen. Ich sah ihn stürzen, und dann sah ich nichts mehr. Schwach spürte ich, daß ich ebenfalls zusammensackte, und ich hörte noch, wie einer der Neuankömmlinge rief: »Schnell, helft ihm.«

Dann versagte auch mein Gehör und mit ihm mein Gleichgewichtsgefühl, und ich hatte keinen Körper mehr und schwebte in einem schmerzfreien, erinnerungsfreien Raum.

Mein erster, bewußter Eindruck danach war der mehrerer Gesichter unter matt blinkenden Helmen, die mich angespannt musterten, und ein Tätscheln auf meiner verletzten Wange, das zuerst lästig war und dann, als ich vollkommen erwachte, einen scharfen Schmerz in mein Gehirn sandte. Ich hob einen Arm und schob die tätschelnde Hand schwach zur Seite. Die linke Hälfte meines Unterleibs begann zu schmerzen; dann wurde mir von der Bewegung übel, und ich würgte. Das Innere meines Halses brannte wie Feuer. Mit einem

Schlag wußte ich wieder, wo ich mich befand und was geschehen war.

»Wie geht es Euch, Herr?«

Ich lallte: »Wo ist der Stadtkämmerer?«

Jemand schob die um mich stehenden Männer beiseite und drängte sich zu mir durch: Es war Hanns Altdorfer.

»Ich bin in Ordnung«, sagte er ruhig.

»Hanns«, krächzte ich. In diesem Moment hätte ich weinen mögen. »Ich dachte, er hätte dich umgebracht.«

»Er hat mich nur geritzt«, sagte er. »Erinnerst du dich, wie kalt es im Rathaus war wegen der Treppenöffnung im Tanzsaal? Ich hatte so viele Jacken und Wämser übereinander an und darüber noch den Mantel, daß der Stoß fast vollständig abgefangen wurde.«

Er lächelte, aber er war unnatürlich blaß. Im Fackelschein glänzte ein feines Netz aus Schweißtropfen auf seiner Stirn, und seine Augen waren weit.

»Ohne das«, sagte er und hob einen Fetzen seines Mantels hoch, »hätte er mich abgestochen.«

Ich schloß die Augen und ließ mich zurücksinken. Langsam verging das Gefühl der Übelkeit; ich atmete tief ein und roch den beißend harzigen Geruch der Fackeln. Die Kälte des Erdbodens drang durch meine Kleidung, und das Liegen wurde mir unangenehm. Ich öffnete die Augen wieder und richtete mich auf. Als ich saß, begann meine linke Gesichtshälfte zu pochen. Ich versuchte, auf die Beine zu kommen, und ein paar Hände griffen zu und zogen mich in die Höhe. Ich schwankte, aber ich blieb stehen. Durch das Aufstehen hatte sich die Wunde auf meiner Wange wieder geöffnet, ein scharfer Stich inmitten des betäubenden Pochens, und ich spürte, wie mir ein dünner Blutfaden die

Backe hinunterlief. Ich griff nach oben und wischte ihn weg, und die Bewegung brachte mich erneut aus dem Gleichgewicht. Einer der Männer griff zu und stützte mich. Erst jetzt fiel mir auf, daß er und seine Kumpane einheitlich gestreifte Wämser trugen.

»Wer sind diese Männer?« fragte ich Altdorfer.

»Wappner«, sagte der Stadtkämmerer. »Stadtknechte.«

»Was für ein glücklicher Zufall, daß sie in der Nähe waren.«

»Es war kein Zufall«, sagte Altdorfer.

Einer der Männer stellte sich neben Altdorfer und nahm seinen Helm ab. Er schien der Anführer der Truppe zu sein. Er lächelte grimmig.

»Kein Zufall?« echote ich.

Der Wappner ergriff das Wort.

»Nein«, sagte er. »Wir handeln im Auftrag des Kanzlers.«

»Doktor Mair?« Ich wandte mich an Hanns Altdorfer. »Was hat das zu bedeuten?«

Der Stadtkämmerer hatte sich abgewandt und beobachtete, was neben der Mauer des Lagerhauses vor sich ging. Die Wappner hatten den Mann, der mich angegriffen hatte, unsanft auf die Beine gestellt. Er krümmte sich noch immer, aber er schien sich so weit erholt zu haben, daß er wieder atmen konnte. Sie lehnten ihn gegen die Mauer und leuchteten ihm mit einer Fackel ins Gesicht; selbst von hier aus konnte ich sehen, daß er leichenblaß war und ihm Blut aus dem Mund lief – er hatte sich auf die Zunge gebissen. Bei jedem Ausatmen war ein kurzes Ächzen zu hören, und er stützte sich mit beiden Händen auf die Oberschenkel. Dabei starrte er verbissen nach unten und ließ das Blut auf den Boden tropfen. Derjenige der Angreifer, der zu fliehen versucht hatte, wurde ebenfalls unsanft herbeigezerrt und gegen die Wand gedrückt. Er hatte eine Schürfwunde im Gesicht und sah betäubt und verängstigt aus.

Altdorfer hatte seine Aufmerksamkeit auf den dritten der Männer gerichtet, jenen, der den Dolch gegen ihn gezogen hatte. Die Wappner packten ihn an den Beinen und schleiften ihn zur Hausmauer, neben die anderen, die sich bemühten, den Toten nicht anzublicken. Als sie ihn davonzerrten, wanderte auch der Fackelschein seiner Träger mit ihm, und die Schatten bemächtigten sich der Stelle, an der er zusammengebrochen war. Bevor das Licht den Platz endgültig verließ, konnte man die dunkelglänzenden Blutlachen sehen, die sich in den Furchen gesammelt hatten, und ein unsägliches, abgetrenntes totes Ding, das wie ein Häufchen Dreck in einer eigenen Blutlache lag. Ich sah weg, als einer der Wappner sich bückte und die Hand mit spitzen Fingern aufhob; ich richtete den Blick auf den Toten, der jetzt ausgestreckt mit dem Gesicht nach oben neben der Hausmauer lag, das ganze Vorderteil seines Wamses zerrissen und schwarz vor Blut. Der Stadtknecht trat hinzu und legte ihm die abgehackte Hand auf die Brust. Dann bückte er sich, fuhr dem Toten über das Gesicht und schloß die weitaufgerissenen Augen. Ich war froh, als die Männer von der Leiche zurücktraten und auch das Fackellicht mitnahmen, so daß nur noch ein dunkler Körper im Schatten an der Hausmauer zu erkennen war. Ich sah zu Hanns Altdorfer. Er schluckte trocken, und seine Hände zitterten. Als er sich zu mir umdrehte, stand sein Mund offen, und sein Gesicht war verzerrt. Die Wirkung des Schocks klang offensichtlich ab.

Altdorfer machte eine Geste zu dem Anführer der

Wappner. »Erklärt es ihm«, sagte er rauh. »Ich glaube, mir wird übel.«

Er trat einige Schritte beiseite und setzte sich dann hart auf den Boden, als hätten seine Beine plötzlich nachgegeben. Er blieb so sitzen, mit angezogenen Knien, zwischen denen seine Hände baumelten, und gesenktem Kopf. Der Führer der Stadtknechte blickte ihn besorgt an.

»Er braucht etwas zu trinken«, sagte er und nestelte einen Beutel vom Gürtel, dem er eine krumme Steingutflasche entnahm. Er entkorkte sie, zögerte einen Moment, dann hielt er sie mir hin. Ich packte sie und sog kräftig an ihrem Hals; der Schnaps brannte mit dem Geschmack fauler Weintrauben meine Kehle hinunter und schmerzte in meinem wunden Hals. Die Tränen stiegen mir in die Augen, aber mein Kopf wurde kurzzeitig klar. Der Wappner winkte einem seiner Männer und übergab ihm die Flasche; ich sah, wie dieser sich zu Altdorfer bückte und ihm die Flasche vor das Gesicht hielt, aber der Stadtkämmerer schüttelte den Kopf.

Ich fragte: »Was hat der Kanzler mit Eurem Auftauchen zu tun?« Der Anführer der Wappner zuckte mit den Schultern.

»Er hat uns beauftragt, auf den Herrn Notarius achtzugeben.«

»Wußte der Stadtkämmerer denn davon?« fragte ich fassungslos.

»Nein. Ich habe es ihm eben erklärt. Um ihn nicht nervös zu machen, sollten wir soweit wie möglich darauf schauen, daß er uns nicht bemerkt. Das ist heute natürlich hinfällig geworden.«

»Wozu denn das alles?«

»Ich weiß nicht. Ich nehme an, daß der Herr Kanzler großen Wert auf die Gesundheit des Herrn Notarius legt.«

Natürlich; es war vollkommen klar. Hanns Altdorfer trug zusammen mit dem Kanzler die Verantwortung für die Hochzeitsvorbereitungen. Ich fragte mich, ob der Kanzler erst nach dem Mord an der polnischen Gräfin daran gedacht hatte, Altdorfer heimlich bewachen zu lassen; aber im Grunde genommen war der Zeitpunkt gleichgültig. Seine Umsicht hatte uns heute vermutlich das Leben gerettet. Die Ironie an der Geschichte war, daß der Überfall mit Sicherheit nicht dem Stadtkämmerer, sondern mir gegolten hatte. Ich schauderte. Hätte ich meinen Freund nicht zur Kirche begleitet, wäre ich aller Wahrscheinlichkeit nach jetzt bereits ein toter Mann. Es ist nicht leicht, sich mit dem Gedanken abzufinden, daß man gerade dem Tod entronnen ist; noch weniger leicht ist es, wenn man erfährt, daß man diesen Umstand nur einem Irrtum verdankt. Ich schloß die Augen und atmete tief ein und aus. Am liebsten hätte ich mich neben Altdorfer auf den Boden gesetzt.

»Wie seid Ihr so schnell hierher gekommen?« fragte ich nach einer Weile.

»Wir haben das Rathaus beobachtet«, erwiderte er. »Im Normalfall sind immer einer oder zwei von uns dem Stadtkämmerer unauffällig gefolgt, wenn er sich irgendwohin begab. Das war auch heute der Fall. Wir waren anfangs beruhigt, weil wir Euch in seiner Begleitung sahen. Dann stellten wir fest, daß Euch eine Gruppe von sechs Männern in einem gewissen Abstand folgte. Ich sandte zwei Männer dieser Gruppe hinterher. Sie kamen bald zurück und berichteten, daß die Kerle Euch überholt und sich in Neustadt getrennt hätten, um so schnell wie möglich beide Zugänge zur Freyung abzuriegeln. Da war mir klar, daß sie nichts Gutes im Schilde führten, und ich trommelte alle verfügbaren Männer zusammen und folgte Euch nach.«

»Habt Ihr die anderen erwischt?«

»Ich habe es gar nicht erst versucht. Ich wollte kein Risiko eingehen und bin mit all meinen Leuten Euch nachgelaufen. Ich nehme an, sie werden inzwischen über alle Berge sein.«

Ich nickte langsam; es hätte mir besser gefallen, wenn auch die übrigen Strolche den Wappnern in die Hände gefallen wären.

»Kann ich die Gefangenen etwas fragen?«

Er breitete gleichgültig die Hände aus.

»Wenn Ihr Euch etwas davon versprecht ...«

Ich nahm eine der Fackeln und schritt zu den Männern. Als ich mich ihnen näherte, begann meine Hand zu zittern, aber ich unterdrückte die Reaktion und leuchtete ihnen ins Gesicht; ich betrachtete selbst die Züge des Toten. Keiner der drei schien der Mann zu sein, der sich gestern als der Anführer der Strauchdiebe hervorgetan hatte. Ihre Gesichter waren mir unbekannt, aber das bedeutete nichts; ich hatte gestern keinen der anderen Männer genau angesehen. Ich versuchte, in ihren Augen ein Zeichen des Erkennens zu lesen, aber der eine hielt den Blick stur zu Boden gerichtet, und der andere starrte mir nur voller Panik ins Gesicht. Er zitterte beinahe ebenso stark wie ich selbst. Er war jung, höchstens so alt wie mein Sohn Daniel.

»Wer hat euch geschickt?« fragte ich ihn.

Er antwortete nicht. Sein Mund arbeitete, und seine Augen zuckten hin und her, aber außer seinem stoßweisen Atem kam ihm nichts über die Lippen. Der Anführer der Wappner trat neben mich und leuchtete ihm mit einer zweiten Fackel ins Gesicht. Die Augen des jungen Mannes irrten von mir ab und hefteten sich mit noch größerer Furcht auf ihn.

»Wer hat euch geschickt?« wiederholte ich.

Ich erhielt keine Antwort. Der Anführer der Wappner wandte sich an mich und sagte gelassen: »Ich glaube nicht, daß Ihr damit weiterkommt.« Er wandte sich ab. Im nächsten Moment wirbelte er herum, stieß die Fackel dem jungen Burschen ins Gesicht und brüllte: »Wer hat dich geschickt, du Bastard!?«

Der Bursche zuckte zurück und stieß sich den Hinterkopf heftig an der Mauer. Ein Winseln entrang sich ihm, und seine Lippen fingen noch heftiger an zu zittern. Plötzlich rann ihm ein Speichelfaden den Mundwinkel hinunter. Der andere der Männer regte sich, faßte zu ihm hinüber und legte ihm eine Hand auf den Arm. Dann hob er das Gesicht und starrte mir mit funkelndem Haß in die Augen. Auch er sagte kein Wort.

»Das hab ich gerne«, knurrte der Anführer der Wappner. »Ehrbare Männer aus dem Dunkel heraus überfallen und sich dann vor Angst in die Hose machen.«

Er wies verächtlich auf die Oberschenkel des jungen Burschen, und seine Männer drängten sich vor und lachten rauh. Im Schritt seiner schmutzigen Hose breitete sich ein nasser Fleck aus.

»Schafft mir die Kerle aus den Augen«, sagte er zu seinen Männern. »Dann bringen wir den Stadtkämmerer und den Herrn nach Hause.«

6

Ich hatte mir genügend Feinde gemacht während meiner Tätigkeit für Bischof Peter, und es hatten der eine oder andere die Faust gegen mich geschüttelt. Niemals jedoch hatte mich jemand umbringen wollen. Der Zwischenfall am Sonntag hatte mich erschreckt; jetzt aber war mein Gleichgewicht nachhaltig gestört. Ich lag wach in meinem Bett; schlaflos, schaudernd und halb betrunken. Gleich nach Marias Tod hatte ich gedacht, nichts würde mich mehr wirklich erschüttern können; und an manchen Tagen war mir schon danach gewesen, als wollte ich den willkommen heißen, der mich von meinem Leben erlöste. Doch die Zeit hatte das ihre getan und jener Kreatur wieder Stärke gegeben, die sich mit beiden Händen an ihre Existenz klammerte und rief: Ich will leben. Ich hatte ihren Ruf schon lange nicht mehr so deutlich vernommen wie heute. Der große Schnitter hatte nicht genügend aufgepaßt, und Hanns Altdorfer und ich waren dem Schwung seiner Sichel entgangen.

Am Dienstag morgen erwachte ich erst, als die Sonne schon hoch am Himmel stand und meine Schlafkammer in helles Licht getaucht war. Ich konnte mich nicht entsinnen, wann ich eingeschlafen war. Meine Glieder schmerzten, als hätte ich am Vortag lange und hart körperlich gearbeitet. Ich taumelte, noch halb im Schlaf befangen, in die Stube, um den Verwalter dafür auszuschelten, daß er mich nicht geweckt hatte; er saß am Tisch, hatte Wasser, Milch, eine unangetastete Schale mit geröstetem Getreide und ein paar Scheiben weißes Brot um sich herum ausgebreitet und lächelte mich an.

»Setzt Euch zum Essen, Herr«, sagte er und wies auf die Speisen.

»Warum hast du mich nicht geweckt?« brummte ich.

»Ich hatte das Gefühl, Ihr wart sehr erschöpft.«

»Ich war auch sehr betrunken von dem Glühwein, den du mir gestern eingeflößt hast«, sagte ich.

Er war bestürzt gewesen, als mich ein Trupp von fünf Wappnern gestern abend nach Hause gebracht hatte; und noch bestürzter zu hören, daß der Stadtkämmerer und ich Opfer eines Überfalls geworden waren. Er nahm mich in Empfang, setzte mich, der ich noch immer ab und zu am ganzen Körper erschauerte und wortlos in düsteren Gedanken versunken war, in die Stube ans Feuer, ließ einen Topf mit Wein erhitzen und gesellte sich zu mir. Während ich den gewürzten Wein mit durstigen Schlucken trank, ereiferte er sich über die Verhältnisse in der Stadt, in der die Zahl der Strauchdiebe in den Straßen von der Zahl der frei herumlaufenden Schweine und Kühe kaum mehr übertroffen wurde; ich hörte ihm kaum zu, aber ich wußte, daß es seine Art war, mich zu trösten. Obwohl der Sinn des Gesprächs zumeist unverstanden an meinen Ohren vorbeitrieb, beruhigte mich der Fluß seiner Worte. Zuletzt taumelte ich angetrunken in meine Schlafkammer, vor dem Feuer beinahe im Sitzen eingeschlummert.

Ich hockte mich neben ihn an den Tisch und trank ein paar Schluck Wasser. Nachdem ich das getan hatte, erschien es mir möglich, etwas feste Nahrung zu mir zu nehmen, und ich schaufelte mit wachsendem Hunger den gerösteten Weizen in mich hinein. Die körperlichen Beschwerden vergingen mit dem Essen, und ich begann mich wieder besser zu fühlen.

»Hast du schon etwas bezüglich des Verkaufs des Flößerholzes erreicht?« fragte ich ihn mit vollem Mund.

»Ich wollte mich heute darum kümmern.«

»Ich lasse dir freie Hand damit«, sagte ich. »Tu, was du für nötig hältst. Du brauchst dich nicht eigens mit mir abzustimmen.«

Wenn er erstaunt war, zeigte er es nicht.

»Vielen Dank«, sagte er.

Ich nickte. Es war keine großartige Aufgabe, und er wußte es ebensogut wie ich. Was zählte, war die Geste dahinter.

»Euer Gesicht sieht schlimm aus«, befand er. »Was werdet Ihr unternehmen wegen der Kerle, die Euch angegriffen haben?«

»Ich muß mit dem Stadtkämmerer darüber sprechen«, erwiderte ich vorsichtig. »Ich denke, daß man sie mittlerweile verhört hat.«

»Reitet Ihr in die Stadt?«

»Sobald ich mit dem Essen fertig bin.«

Er stand auf.

»Ich lasse Euer Pferd richten«, sagte er und verschwand.

Hanns Altdorfer saß mit finsterem Gesicht in seiner Arbeitsstube im Rathaus; er begrüßte mich mit einem Kopfnicken. Im Kamin brannte ein Feuer, und es war im Vergleich zu den vergangenen Tagen relativ warm im Raum. Er trug nur ein leichtes Wams aus Leinen am Oberkörper. Um sich vor der Zugluft zu schützen, hatte er seinen Sessel mit Schaffellen verkleidet.

»Du lieber Gott, wie sieht dein Gesicht aus!« fuhr er auf.

»Wie geht es dir?« fragte ich.

Er zog mühsam mit der rechten Hand sein Wams auseinander und zeigte mir einen gut handspannenlangen Schnitt, der sich von seinem Schlüsselbein nach unten zur Brust zog. Die Wundränder waren gerötet und geschwollen, der Schnitt selbst kaum verkrustet. Die Wunde glänzte von einer Heilsalbe.

»Er hat mich doch schlimmer erwischt, als ich zuerst dachte«, sagte er. »Ich habe heute morgen einen Apotheker aufgesucht. In der Wunde war Schmutz, und die Klinge hat ein paar Stoffetzen abgerissen und tief in den Schnitt hineingedrückt. Ich mußte sie mir säubern lassen.«

»Und jetzt ...«

»... tut mir die ganze linke Seite weh«, vollendete er mißmutig. »Wenn ich schwere Stoffe trage, scheuern sie, und die Wunde brennt wie die Hölle. Deshalb kann ich nur dies lächerliche Wams anziehen. Ich friere wie ein nasser Hund.«

»Trink etwas Glühwein«, sagte ich. »Mein Verwalter hat mich gestern damit ertränkt.«

Er schnaubte und wies auf einen hölzernen Becher.

»Da«, sagte er. »Leider kann ich nicht viel genug trinken, um warm zu werden. Ich muß einen klaren Kopf behalten.«

Ich hob mit einer bedauernden Geste die Arme. Er lächelte plötzlich und sagte: »Ich jammere und klage; dabei kann ich wohl froh sein, daß ich nicht tot bin.«

Ich ließ mich schwer auf eine Bank fallen und nickte. Er starrte ins Feuer und rieb sich geistesabwesend mit der rechten Hand über die schmerzende Stelle.

»Hanns«, sagte ich nach längerem Schweigen, »die Kerle hatten es auf mich abgesehen. Du warst nur ein zufälliges Opfer.«

»Wenn das eine Entschuldigung werden soll«, sagte er und hob den Kopf, »dann denk daran, daß ich dich gebeten habe, mich zu begleiten. Und daß dies alles nicht passiert wäre, wenn ich dich nicht in diese Geschichte hineingezogen hätte.«

Ich nickte langsam.

»Ich bin froh, daß dir nichts geschehen ist«, sagte ich. Er gab meinen Blick zurück und zog die Augenbrauen hoch, ohne mir zu antworten.

»Das Glück an der ganzen Sache ist, daß wir jetzt Gefangene haben«, sagte ich. »Wir müssen die Kerle schnellstens verhören lassen.«

»Richter Girigel kümmert sich bereits darum.«

»Tatsächlich?« sagte ich verblüfft. »Ich dachte, er sei in Burghausen?«

»Ich habe ihn gestern abend noch benachrichtigen lassen; mit einer seiner Brieftauben. Vor ein paar Minuten fand sich seine Antwort an einer anderen Taube in seinem Taubenschlag.«

»Was hat er geschrieben?«

»Er sei sehr betroffen und bedauere den Vorfall. Er habe bereits Anweisungen gegeben, einen seiner Vertrauten nach Landshut zu schicken und mit der Befragung zu beginnen.«

»Ich hoffe, er hält uns auf dem laufenden.«

»Bestimmt. Ich habe ihm ein schlechtes Gewissen eingeredet.«

»Ein schlechtes Gewissen? Was hätte er schon tun können, wenn er in Landshut gewesen wäre?«

»Das meine ich nicht«, sagte er und lächelte. »Ich

habe ihm im Scherz geschrieben, er solle sich für seine Landsleute schämen. Wir konnten wenigstens erfahren, daß die Leute, die uns überfallen haben, aus Ingolstadt stammen. Der Richter auch.«

Ich mußte plötzlich ebenfalls lächeln und schüttelte den Kopf. »Als die Kerle mich am Sonntag abend ansprachen«, sagte ich, »bemerkte ich ihren Dialekt. Er kam mir bekannt vor; ich habe die ganze Zeit darüber nachgedacht, weshalb. Natürlich; sie sprachen wie der Richter.«

»Mir ist noch etwas anderes aufgefallen.« Altdorfer wurde wieder ernst. »Kommst du nicht darauf?«

»Bezüglich Ingolstadt?«

Er nickte. »Du weißt, welche unguten Erinnerungen Landshut und Ingolstadt verbinden«, sagte er.

»Der Krieg zwischen Herzog Ludwig dem Bärtigen von Ingolstadt und seinem Sohn! Hat nicht Herzog Heinrich damals den Sohn unterstützt?« rief ich.

»So ist es«, knurrte Altdorfer. »Ludwigs des Bärtigen Sohn, den sie Ludwig den Höckrigen nannten; in Frankreich geboren, von seiner Mutter zu Fuß bis nach Ingolstadt getragen und durch den langen Transport in der Kraxe für sein Leben verkrüppelt.«

Ich konnte mich an den Konflikt erinnern, der ursprünglich durch die ungerechte Aufteilung des Herzogtums Straubing an die damaligen drei Wittelsbacher Herzöge ausgelöst worden war; ich war zu jener Zeit ein Lehrling in den Diensten eines Augsburger Kaufherrn gewesen, und ich wußte noch gut, daß er nach dem Ende der Auseinandersetzungen, die nicht nur Ludwig den Bärtigen und seinen Sohn, sondern über Jahrzehnte hinweg alle drei Wittelsbacher Linien Landshut, München und Ingolstadt beschäftigt hatte, zu mir sagte: Gott sei Dank hat Heinrich von Landshut jetzt die größte Macht in Bayern; seine Führung macht das Land, das ihm gehört, für einen Kaufmann zu einem Rosengarten.

»Wenn ich mich recht entsinne, hat sich Ludwig der Höckrige gegen die Verachtung, die ihm sein Vater entgegenbrachte, und gegen die geplante Enterbung aufgelehnt und ihn – ich weiß nicht mehr, wann – gefangengenommen«, sagte ich.

»Richtig«, erwiderte Altdorfer. »Danach hat er zwei Jahre regiert, bevor er ebenfalls verstarb. Sein Vater wurde an Herzog Heinrich ausgeliefert und starb vier Jahre nach seiner Gefangennahme im Kerker von Burghausen, von der Welt verachtet und von Gott und der Kirche verlassen. Die Länder der Ingolstädter aber fielen Herzog Heinrich zu, als sich ihm deren Landstände unterwarfen.«

»Gegen den Willen der Münchner Herzöge«, sagte ich grimmig, »und gegen den Willen der unehelichen Söhne von Ludwig dem Bärtigen. Du nimmst an, daß noch immer Ressentiments aus jener Zeit gegen Landshut vorherrschen und König Matthias von Ungarn sich einiger rachsüchtiger Querköpfe bedient, um seine Ziele zu erreichen.«

»Es ist nur eine Vermutung«, erklärte er. »Da Herzog Heinrich von Landshut schon bald nach Ludwig dem Bärtigen starb, konnte man an ihm keine Vergeltung mehr üben. Heinrichs Sohn Ludwig der Reiche war aber bis auf die Zeit, während der er mit Albrecht Achilles die Klingen kreuzte, niemals so verwundbar wie sein jähzorniger Vater. Vielleicht haben sie erst jetzt eine Möglichkeit gesehen, sich zu rächen.«

»Es hat nur einen Haken«, sagte ich. »Das Ganze ist vor dreißig Jahren passiert.«

»Warum? Haß ist eine Flamme, die lange brennt.«

Ich zuckte mit den Schultern.

»Im Moment ist es noch nicht einmal von großem Belang«, sagte ich. »Wir müssen warten, bis der Beauftragte des Richters eintrifft.«

»Was wirst du in der Zwischenzeit unternehmen?«

»Ich statte dem Haus des Dietrich Reckel einen Besuch ab«, antwortete ich grimmig.

Er wäre beinahe aufgesprungen; im letzten Moment hielt ihn seine schmerzende Seite davon ab. Mit verzerrtem Gesicht sank er wieder in seinen Sessel zurück.

»Bist du verrückt geworden?« rief er. »Du begibst dich in die Höhle des Löwen. Ich bin nicht damit einverstanden. Es ist viel zu riskant. Du spazierst ihnen ja direkt ins Messer!«

»Man wollte mir zweimal ans Leder; ich habe das Gefühl, daß ich jetzt etwas unternehmen muß. Wenn unsere Vermutung falsch ist und die Überfälle nichts mit den geheimnisvollen Bewohnern des Hauses zu tun haben, droht mir vermutlich keine Gefahr«, sagte ich. »Und wenn doch: Einer der Spitzbuben ist tot, und die anderen beiden liegen in Ketten. Wie sollen sie mir noch gefährlich werden?«

Ich verschwieg, daß es mindestens drei weitere Kerle gab. Ich wollte nicht mit ihm diskutieren; ich hatte das Gefühl, daß mein Entschluß richtig war. Ich wollte es mir nicht womöglich noch ausreden lassen.

»Ich begleite dich«, rief er.

»Das kommt nicht in Frage«, sagte ich fest. Er betrachtete mich unglücklich.

»Nimm einen Wappner mit. Am besten zwei.«

»Dieses Angebot nehme ich an. Sie können das Tor aufbrechen, wenn mir niemand aufmacht.«

Er bückte sich mühsam und öffnete eine Truhe, die neben seinem Tisch stand. Ich hörte, wie er darin herumkramte. Das Klirren von Eisen war zu hören. Als er wieder auftauchte, hielt er einen massiven Schlüssel in der Hand.

»Dieser hier öffnet dir die Türen leichter«, sagte er und legte ihn auf den Tisch. »Das Schloß vor dem Tor hat die Stadt anbringen lassen.«

Ich nahm ihn und lächelte.

»Bald wissen wir mehr.«

Das Schloß, das das Tor in der Mauer abriegelte, ließ sich nur schwer bewegen; der Schlüssel kreischte und widersetzte sich anfangs allen Bemühungen, bevor er sich doch drehen ließ. Die beiden Büttel standen auf der gegenüberliegenden Seite der Gasse und behielten die Hausfassade im Auge. Ich hatte sie angewiesen, dort, gut sichtbar, auf mich zu warten. Ich hatte nicht vor, sie mit ins Haus hineinzunehmen; je weniger sie erfuhren, desto weniger konnten sie herumtratschen. Ganz abgesehen davon erwartete ich nicht, weiter als bis in den Hof zu kommen. Wenn die Bewohner des Hauses ihr Hoftor überwachten, mußte es ihnen ein leichtes sein, mich noch draußen abzufangen.

Als ich unbeschadet über den Hof bis zur Haustüre kam, die schief in den Angeln hing, wußte ich, daß das Haus leer war.

Ich spürte eine merkwürdige Mischung aus Erleichterung und Bedauern, als ich mir diesen Umstand klarmachte. Ausgeflogen, dachte ich, dir wird nichts passieren. Zugleich fragte ich mich, wie es nun weitergehen mochte.

Ich legte den Kopf in den Nacken und sah nach oben.

Hier, vom Inneren des abgeschlossenen Hofes aus, machte das Haus einen noch verwahrlosteren Eindruck. Die Fenster waren hier größer, der Stuck um sie herum prunkvoller; aber die hölzernen Rahmen waren zerborsten und hingen schief in den Fensterlöchern, und das weit über die Außenmauer hinaus gezogene Dach wies so viele fehlende Schindeln auf, daß es wirkte wie der Kiefer eines Totenschädels, der aus zu vielen Zahnlücken grinst. Der Hof war größtenteils gepflastert, wie auch der sichtbare Teil des Hausganges, ein erblindetes, grobflächiges Mosaik aus Steinfliesen, die kalt und grau den Himmel widerzuspiegeln schienen. Eine Ecke war von der Pflasterung ausgespart geblieben, aber die Kräuter, die dort früher einmal gezogen worden waren, hatten sich längst in gelblich-trockenes, zerzaustes Gras verwandelt. Ich dachte: Hanns Altdorfer, du hast dieses Haus noch niemals aus dieser Position gesehen; sonst würdest du nicht mit dem Gedanken spielen, notfalls hier einige Hochzeitsgäste einzuquartieren.

Ich drückte die Tür auf. Sie schleifte über den Fliesenboden und zirkelte einen Halbkreis durch die Grassamen und verwelkenden Blätter, die der Wind hereingeweht hatte. Als ich das Laub mit dem Fuß beiseiteschob, konnte ich erkennen, daß der Halbkreis auch in den Boden geritzt war, ein heller, unregelmäßiger Strich in der altbackenen Schmutzschicht und auf den Fliesen. Die Tür war kürzlich benützt worden.

Während meiner Zeit als Assistent des Bischofs hatte ich viele leerstehende Häuser gesehen: Bauernhäuser, aus denen der Krieg die Bewohner vertrieben hatte, und Pächterhütten, bei denen eine drückende Schuldenlast das gleiche getan hatte. Einige waren planmäßig verlassen worden und nur mehr aufrecht stehende Hüllen, aus denen verbitterte Hände alles losgerissen hatten, was sich wegtragen und auf irgendeine Weise verwerten ließ. Andere standen noch voll kargem Mobiliar, mit in die Ecke geschobenen Tischen, umgefallenen Stühlen und aufgebrochenen Truhen, in denen verblassende Kleider Modergeruch in die Luft sandten. Bei manchen hatte ich ein schlechtes Gewissen verspürt, während ich für meinen Herrn eine Bestandsaufnahme machte; bei vielen war ich voll Mitleid gewesen für die einstigen Bewohner, die jetzt heimatlos waren.

Bei keinem jedoch hatte ich ein ähnliches Gefühl der Beklemmung gefühlt wie hier, während ich die breite, gerade nach oben führende Treppe hinaufstieg, die direkt hinter der Tür ins Dunkle führte. Obwohl ich sicher war, daß sich außer mir niemand im Haus befand, spürte ich, daß ich in einen Bereich eindrang, in dem ich nicht willkommen war. Ich hatte eine deutliche Erinnerung an die Gestalt, die als ein dunkler Schatten vor einer kleinen Kerze im Fenster gestanden und schweigend auf mich herabgeblickt hatte, und merkwürdigerweise erfüllte mich diese Erinnerung mit größerer Beklommenheit als diejenige an die beiden Überfälle. Ich legte die letzten Treppenstufen in völliger Finsternis zurück, mit einem Schauder, der mir mit jedem Schritt über den Rücken lief. Ich mußte den Drang bekämpfen, schnell zu laufen wie ein kleiner Junge, der aus einem finsteren Keller flüchtet, weil er den Todesschrei einer Maus gehört hat, der die Katze das Rückgrat zerbricht. Die Treppe endete an einem Absatz; zwei weitere Schritte brachten mich zu einer Wand. Ich fuhr mit den Fingerspitzen daran entlang, und noch während meine Augen sich langsam an das schlechte Licht gewöhnten und ich begann, vage Umrisse zu sehen, stießen meine

Finger auf einen Türstock. Die Tür war geschlossen, aber ich fand die Klinke, ein dünnes Winkeleisen mit einem rauhen Griff, und öffnete die Tür.

Es war nicht viel heller dahinter. Ein großer Raum, vollkommen leergeräumt und mit einem Holzboden versehen, dessen Planken sich in der Feuchtigkeit an beiden Seiten aufbogen und in der Stille überlaut knarrten, sobald man sich bewegte. An einer Seite konnte ich deutlich die lichten Umrisse sehen, wo die Fenster mit Decken verhängt waren. Ich durchquerte den Raum, stolperte über die rissigen Kanten der Holzplanken und packte die Decke vor dem nächstliegenden Fenster. Sie war ohne Befestigung über eine altersschwache Vorhangstange gehängt worden: Als ich zu heftig daran zog, flatterte sie mit einem Schwall aus Modergeruch und Staub auf mich herab. Das Nachmittagslicht drang herein und blendete mich. Ich mußte für einen Moment die Augen schließen. Als ich sie wieder öffnete, sah ich durch die schmutzblinden Scheiben in die Gasse hinab. Die beiden Wappner standen gelangweilt an der Mauer des gegenüberliegenden Gebäudes, ohne mich zu bemerken. Ich wußte, daß ich in demselben Fenster stand wie der düstere Schatten, der mich von hier aus beobachtet hatte.

Ich drehte mich um und betrachtete den Raum. Im Grunde hatte ich nichts Besonderes erwartet, und er bot auch keinen besonderen Anblick. Das dürre Laub vieler Herbstfälle, das der Wind und die kriechende Zugluft bis hier herauf transportiert hatten, war in einer Ecke zusammengeschoben worden. Bestimmt ein halbes Dutzend herabgebrannter Kerzenstummel war zu sehen, kalt in den erstarrten Pfützen aus Unschlitt stehend. Ich bückte mich und löste einen davon von den

Brettern: Der Docht war noch intakt, aber mehr als ein paar Minuten Licht würde sie nicht mehr geben. Man hatte sie lange brennen lassen. Was einmal als Tapete die Wände eines reichen Bürgerhauses bedeckt hatte, war verblaßt, verschimmelt und in Ecken und Kanten aufgeplatzt wie die rissige Borke eines sterbenden Baumes; von der Decke und vom Boden krochen an den Außenwänden runde, schwarze Flecken aufeinander zu wie Geschwüre. Es roch nach dem Laubhaufen in der Ecke, nach der Erinnerung an brennende Kerzen und nach nassen Backsteinwänden, und es war beinahe noch kälter in dem großen Raum als draußen im Freien.

Ich klopfte an die Fensterscheibe, bis die beiden Stadtknechte auf mich aufmerksam wurden. Ich krümmte einen Finger, und sie nickten. Der größere der beiden lehnte sich wieder an die Mauer, während der Kleinere über die Gasse schritt und durch das Hoftor verschwand. Gleich darauf hörte ich seine Schritte die Treppe heraufkommen.

»Ich bin hier«, rief ich laut, und er trat über die Schwelle und sah sich mit zusammengekniffenen Augen um.

»Könnt Ihr mir die Kerze hier anzünden?« fragte ich.

Er nickte und nahm mir den Stummel ab. In seinem Lederbeutel fanden sich Feuersteine und eine Lunte, und er schlug fachmännisch ein paar Funken in sie hinein, bis sie genügend glomm, um den Kerzendocht damit zu entzünden. Er hielt die Kerze hoch und betrachtete sie prüfend.

»Die macht es nicht mehr lange«, sagte er.

»Wir brauchen sie nur kurze Zeit«, erwiderte ich.

Ich hob die Decke vom Boden auf und warf sie wieder über die Vorhangstange. Ich glaubte nicht, daß die Leute, die hier gehaust hatten, noch einmal zurückkehren würden, aber ich hatte das Gefühl, ich sollte wieder in Ordnung bringen, was ich gestört hatte. Zusammen verließen wir den Raum und öffneten nacheinander alle anderen Türen im Obergeschoß. Der Anblick unterschied sich in nichts von dem im großen Zimmer; nur die Kerzenstummel fehlten. In einem der Zimmer schnüffelte der Stadtknecht plötzlich und zog die Nase hoch; dann sagte er: »Hier riecht es nach Parfüm.«

Ich konnte keinen besonderen Geruch wahrnehmen und wollte seine Feststellung mit einer Handbewegung abtun, dann erinnerte ich mich an die letzte Begegnung mit Jana Dlugosz. Der Duft nach frischen Äpfeln, der mich an Sommer und lange zurückliegende, fröhliche Zeiten erinnert hatte und der ihr Parfüm gewesen war. Ich schnupperte angestrengt, aber ich hatte keine Nase dafür.

»Wonach riecht es denn?« fragte ich ihn.

Er zuckte mit den Schultern.

»Nach irgendwas. Frisches Obst«, sagte er. Ich biß die Zähne zusammen. Es gibt eine Menge frisches Obst, sagte ich mir und fragte mich im selben Moment, warum ich mir so sehr wünschte, daß er nicht den Duft von Jana Dlugosz' Parfüm wahrgenommen hatte. Er sagte nichts mehr dazu, und ich ließ die Sache auf sich beruhen.

Das Obergeschoß hatte die Wohnräume des Hausherren beherbergt; das Erdgeschoß, zu dem wir danach hinunterstiegen, diente vermutlich der Unterkunft seines Gesindes, der Küche und der Stube. Die Fenster waren hier nicht verhängt; der Steinboden knirschte von den Splittern der eingeworfenen Fensterscheiben, und das Laub war dichter und überall verstreut. Wir fanden keine Anzeichen, daß sich jemand im Erdgeschoß aufgehalten hatte. Ich seufzte und sah auf den Unschlittstumpen nieder, den ich in der Hand hatte. Mit der Durchsuchung des Hauses hatte ich nur das Eingeständnis verzögert, daß ich für den Augenblick nicht mehr weiterwußte.

»Gehen wir«, sagte ich.

»Wollt Ihr den Keller nicht untersuchen?« fragte der Wappner. Ich sah ihn überrascht an.

»Den Keller?«

»In der hinteren Ecke des Hofes habe ich eine niedrige Tür gesehen. Ich schätze, daß sie in einen Vorratskeller hinabführt.«

»Zeigt sie mir.«

Er trat vor mir ins Freie hinaus, und ich zog mit dem gleichen Gefühl, das mich oben genötigt hatte, die Decke wieder an ihren Platz zu hängen, die Tür hinter uns zu. Ich folgte ihm zu der bezeichneten Stelle: Wie ein niedriger Buckel erhob sich ein moosbewachsener Ziegelhaufen in der Hofecke, an einer Seite mit einer Tür versehen, die massiv wirkte und so klein war, daß man sich tief bücken mußte, um hindurch zu gelangen. Der Riegel steckte in der Öse, und in der Öse hing ein verrostetes Schloß. Der Bügel stand offen. Es war zu schwer, sonst wäre es im leichten Wind hin und her gebaumelt.

Ich streckte die Hand aus und zog das Schloß herunter. Der Wappner packte den Riegel und öffnete die Tür.

Was hatte ich erwartet? Eine weitere zerschundene Leiche? Weil ich bereits eine Leiche in einer ähnlichen

Gruft erblickt hatte? Oder den dunklen Schatten im Fenster, jetzt zusammengekauert hinter der Tür, die eher ein Verschlag war, mit funkelnden Augen ins Licht starrend? Ich spürte eine plötzliche, unselige Erregung, als der Stadtknecht die Klappe öffnete, und ich zuckte beinahe zurück, als mir der dumpfe Erdgeruch eines unbelüfteten Kellers ins Gesicht schlug.

Der Stadtknecht streckte den Kopf in die Öffnung. Ich hielt den Atem an. Nach einem Moment sagte er: »Könnt Ihr mit der Kerze einmal hereinleuchten?«

Ich gab ihm den kleinen Stummel, und er kroch halb in die Kelleröffnung hinein und spähte herum.

»Nichts zu sehen«, sagte er. Seine Stimme klang hohl ins Freie. »Wollt Ihr selbst einmal nachsehen?«

Er rappelte sich umständlich hoch und machte mir Platz. Ich nahm ihm die Kerze ab. Ihr Licht bewirkte nicht viel: Ich sah ein paar Stufen aus Backsteinen, die nach unten führten, und einen kleinen Raum, dessen Decke kaum hoch genug war, um darin aufrecht stehen zu können. Der Boden bestand aus unebener, schlecht gestampfter Erde, aus der die hellen Punkte der Flußkiesel leuchteten. Am liebsten hätte ich über das Gefühl gelacht, das mich beim Öffnen des Kellers befallen hatte.

Ich kam wieder ins Freie und sagte: »Nichts Neues. Machen wir die Tür wieder zu und verschwinden wir.«

Er schob den Riegel in die Öse und hängte das Schloß ein, dann sah er mich nachdenklich an. Ich konnte beinahe erkennen, wie er die Frage zurückdrängte, wonach ich eigentlich gesucht hatte.

»Ob dies hier einmal als Familiengruft geplant gewesen war?« fragte er schließlich.

»Ich kenne das Haus nicht besser als Ihr«, sagte ich erstaunt. »Weshalb fragt Ihr?«

»Wo ich lebe, bin ich Maurergeselle«, erwiderte er. »Wir haben schon mehrmals Gruften ausgebaut oder ausgebessert. Der Anblick dieses Lochs hier hat mich daran erinnert.«

»Inwiefern?«

»Wißt Ihr, manchmal muß der Totengräber die früher vergrabenen Särge wieder ausgraben, um sie anders zu legen und Platz zu schaffen für die Neuankömmlinge. In der Regel gräbt er dazu den Boden einmal um, damit die verstreuten Überreste eines früher Begrabenen aufgesammelt und neu bestattet werden können. Der Boden – sieht danach genauso aus wie der dort unten.«

Ich starrte ihn an.

»Mich wundert nur«, fuhr er fort, »wie man dort eine Gruft anlegen konnte. Draußen fließt doch gleich der Fluß vorbei. Der Teufel soll mich holen, wenn man tief genug graben kann, um Platz für einen Sarg zu haben, ohne daß man auf das Grundwasser stößt.«

Es gab ein weiteres flußseitig gelegenes Wohngebäude in diesem Teil der Gasse; ein Lagerhaus und ein alter, offensichtlich aufgegebener Schuppen befanden sich zwischen ihm und dem Haus des Dietrich Reckel. Ich hatte es niemals beachtet und auch keinen Gedanken daran verschwendet, ob es bewohnt war oder leerstand. Jetzt allerdings, als wir daran vorbeimarschierten, sah ich eine kleine Gruppe vor der offenen Tür stehen und neugierig zu uns herüberspähen. Es waren drei Menschen, ein sehr alter Mann und zwei Frauen, und als wir auf gleicher Höhe mit ihnen waren, sprach mich der alte Mann an.

»Ist etwas nicht in Ordnung?« fragte er. Er hatte eine helle, rauhe Greisenstimme, die nicht recht zu seinem schweren Körperbau passen mochte und die man dennoch recht oft an massigen Menschen hört. Er sprach die hiesige Ausfärbung der bayrischen Sprache, aber es klang bemüht, als wäre er lange weg gewesen und könne sich nur noch mit Mühe wieder darein finden.

»Wie kommt Ihr darauf?« fragte ich vorsichtig zurück. Ich warf einen raschen Blick auf meine zwei behelmten Begleiter, aber ihre Gesichter waren ausdruckslos. Sie würden nur reden, wenn sie etwas gefragt wurden.

»Ihr wart doch drüben in dem leerstehenden Haus, nicht wahr?«

»Und wenn?«

Er lachte plötzlich.

»Entschuldigt«, sagte er. »Ich vergesse die einfachsten Formen der Höflichkeit. Mein Name ist Leutgeb; ich wohne hier mit meiner Familie.«

Die beiden Frauen nickten mir zu, und ich reichte ihm die Hand.

»Peter Bernward von Säldental«, sagte ich.

»Ich freue mich«, sagte er. »Bitte verzeiht meine Aufdringlichkeit, aber das Haus dort drüben steht schon seit Jahrzehnten leer, und wenn jemand sich plötzlich dafür interessiert, wird man neugierig.« Ich sah ihn einen Moment lang schweigend an, während ich mir meine Antwort überlegte. Er wirkte alt genug, um den Schatten des Sensenmannes schon an seinen Fersen zu spüren, aber seine Augen waren wach und musterten mich mit einem unangenehm stechenden Blick. Es konnte an der wasserblauen Farbe seiner Iris liegen, oder daran, daß er kurzsichtig war und die Augen zusammenkneifen mußte, um mich sehen zu können. Er war sehr groß, fast eine Handspanne größer als ich; womöglich machte es mich auch nur nervös, zu ihm aufschauen zu müssen, ich, der ich es gewohnt war, fast alle anderen wenn schon nicht an Größe, dann wenigstens an Bulligkeit zu überragen.

Oder lag es an der überlegten Art, in der er seine Worte setzte, und an seinem Lächeln, das seine Augen nicht zu erreichen schien? Er seufzte und sah die Gasse hinauf und hinab.

»Wißt Ihr«, sagte er, und es klang leichthin, »es ist mir immer wieder ein Greuel, wenn ich daran denke, wie es dasteht und verfällt. Was könnte man daraus machen! Es ist ein schönes Haus, und es ist eine Schande, daß es der Witterung so preisgegeben wird. Ich war längere Zeit auf Reisen und bin erst vor wenigen Tagen wieder zurückgekommen, um die Hochzeit des jungen Prinzen zu erleben. Die ganze Zeit über habe ich nicht daran gedacht, wie es sozusagen in meiner Nachbarschaft verfault; als ich heimkam, habe ich jedoch wieder angefangen, mich darüber zu ärgern.«

»Warum kauft Ihr es nicht?« fragte ich spontan. Er hob eine Hand und winkte abwehrend.

»Nein, nein, ein Haus reicht völlig aus für mich und meine Familie.« Einer der Wappner gähnte unterdrückt und stieg von einem Fuß auf den anderen. Ich nahm den willkommenen Anlaß und sagte: »Ich glaube, wir müssen weiter. Wir haben noch einiges vor.«

»Soll es abgerissen werden?« fragte er und deutete auf das alte Haus. Er war hartnäckig wie eine Filzlaus.

»Nein«, sagte ich widerwillig. »Wir haben es uns nur angesehen.«

»Wollt Ihr es kaufen?«

»Ebensowenig wie Ihr.«

»So. Ich dachte schon, Ihr seid vielleicht ein Kaufmann, der für einen Kunden auf der Suche nach einem Wohnhaus ist.«

»Wie kommt Ihr denn darauf?«

»Warum solltet Ihr wohl sonst ein leerstehendes Haus ansehen?« fragte er, und ich hatte für einen erschreckenden Moment das Gefühl, daß das Lächeln sein Gesicht verlassen hatte und mühsam beherrschte Wut in seinen Zügen zu lesen war. Er hob die Augenbrauen, und in einer komischen Pantomime hoben sich seine Schultern mit, und das Lächeln legte seine Züge wieder in viele Falten.

»Wenn Ihr es unbedingt wissen müßt«, sagte ich angespannt, »ich arbeite für den Stadtkämmerer, der nach freistehenden Unterkünften für die Unterbringung der Hochzeitsgäste sucht.« Ich vermied es angestrengt, mich nach den beiden Stadtknechten umzublicken. Was würden ihre Gesichter zeigen? Aber sie machten keine Bewegung, die etwa verraten hätte, daß diese Aussage sie überraschte. Ich übersah jedoch nicht, daß der alte Mann einen schnellen Blick zu meinen Begleitern hinüberwarf, wie um gerade eine solche Reaktion abzuschätzen.

»Jetzt habe ich Euch verärgert«, sagte er und schob die Lippen vor wie ein gescholtenes Kind. »Verzeiht mir.«

»Schon gut«, erwiderte ich. »Wir müssen nun los. Gott behüte Euch.«

Er verzog einen Mundwinkel, bis ein saugendes Geräusch zu hören war, und legte die Stirn in Falten. Er machte den Eindruck, als versuchte er mir etwas mitzuteilen, was nicht recht heraus wollte.

»Ich habe Euch vorhin angelogen«, murmelte er schließlich. »Tatsächlich würde mich das Haus schon interessieren. Aber man munkelt, daß es darin umgeht.«

»Wie bitte?«

»Geister«, sagte er dumpf. »Verlorene Seelen, die nach dem Leben dürsten. Es schaudert mich, wenn ich nur daran denke. Das ist der Grund, warum ich es nicht längst schon gekauft habe: Ich fürchte mich. Es wäre wahrscheinlich ein großes Unglück, ein verfluchtes Haus zu kaufen.«

»Ich habe noch nichts davon gehört«, sagte ich knapp.

»Und ich dachte, Ihr hättet es vielleicht deswegen untersucht. Weil man Euch erzählt hat, man hätte Stimmen gehört und Lichter gesehen.«

»Wer sollte so etwas erzählen?«

Er wies die Gasse hinab, wo ein ganzes Stück weiter unten das Haus des Sebastian Löw den Anfang der Wohngebäude machte.

»Die Nachbarn; der Apotheker, die Flößer, was weiß ich. Ich bin schon oft angesprochen worden, ob ich nicht Angst um mich und meine Familie hätte – so nahe an diesem Geisterhaus zu wohnen.«

»Ihr habt ja welche, wie Ihr selbst sagtet.«

Er lächelte wieder und drohte beinahe scherzhaft mit dem Finger.

»Hier nicht«, sagte er. »Hier nicht. Dieses Haus hier hat mein Vater erbaut, und ich habe als kleiner Junge in allen Räumen gespielt. Warum sollte ich hier Angst haben. Nein. Dort drüben – das ist etwas anderes. Dort würde ich mich ängstigen.«

»Es hat uns niemand angesprochen«, sagte ich, um die Begegnung zu beenden. »Und meinetwegen können sich die Geister dort gegenseitig auf die Zehen treten, solange sie nur genug Platz machen für die Gäste, die wir dort unterbringen möchten.«

Er lehnte sich zurück. Sein Lächeln wurde breiter
– und seine Augen noch ein wenig kälter?
und er sagte: »Nun, nichts für ungut, Herr Meinhard.«

»Bernward«, sagte ich unwillkürlich.

»Ach, entschuldigt«, sagte er und blickte mir intensiv in die Augen. »Wie konnte ich Euren Namen vergessen?«

»Macht nichts«, brummte ich. »Lebt wohl, Herr Leutgeb.«

»Lebt wohl«, antwortete er. Er blieb mit den beiden Frauen vor seiner Tür stehen, als wir weitergingen. Ich sah mich nicht mehr um, bis wir in die untere Gasse einbogen und aus seinem Sichtfeld verschwanden, aber ich spürte die ganze Zeit über seinen brennenden Blick in meinem Rücken, und ich wußte ganz genau: Wenn ich mich umgedreht hätte, bevor wir die Ländgasse verließen, wäre er noch immer vor der Tür seines Hauses gestanden, die Hände vor seinem Bauch gefaltet und die breiten Schultern vom Alter nach vorne gekrümmt, und seine hellen Augen hätten unter dem vorspringenden Felsmassiv seiner gefurchten Stirn hervor Blitze nach mir geschleudert.

Plötzlich wünschte ich, ich hätte besser auf seine Worte geachtet, anstatt seine Gesichtszüge zu studieren und auf das allzu perfekt wirkende Bayrisch, das er sprach. Mir schien, als hätte nicht alles, was er gesagt hatte, dem Bild entsprochen, das er hatte darstellen wollen. Ich versuchte, alle Gedanken aus meinem Kopf zu verbannen, um den Wortlaut seiner Rede wieder zu erinnern, aber es war vergeblich. Sie war an mein Ohr, aber nicht an mein Gehirn gedrungen. Ich gab es auf.

Vielleicht hatte es mich nur befremdet, daß er scheinbar keine Notiz von meinem in allen Farben prangenden Gesicht genommen hatte.

Ich suchte zur vereinbarten Stunde meinen Spitzel, den Flößer, auf. Wenn die Bewohner das Haus irgendwann seit gestern nachmittag aufgegeben hatten, mußte er es bemerkt haben. Aber er hatte niemanden gesehen, der es verließ, und niemanden, der hineingegangen war. Wohin waren die Leute verschwunden?

»Da Ihr mich fragt, nehme ich an, daß Eure Tochter nicht zu Hause ist«, sagte er, und ich starrte ihn einen Augenblick völlig verwirrt an und hatte keine Ahnung, wovon er sprach.

»Entschuldigt«, sagte er, als er meine Verwirrung bemerkte. »Ich habe mir sagen lassen, daß sich in dem alten Gebäude wohl manchmal Liebespaare treffen, und da Ihr nicht sagen wolltet, weswegen Ihr einen Wächter vor dem Haus braucht, habe ich mir selbst Gedanken gemacht. Ich nehme also an, es handelt sich um Eure Tochter.«

»Nein«, stieß ich heftig hervor, noch immer zu überrascht, um klar zu denken.

»Das tut mir leid«, sagte er und zögerte dann einen winzigen Augenblick. »Etwa Eure Frau?«

Ich glotzte ihn entgeistert an; ich machte den Mund auf, ohne ein Wort hervorzubringen. Plötzlich wurde er rot und schlug die Augen nieder.

»Ich bin ein alter Mann«, erklärte er. »Ich bin es gewohnt, ehrlich zu sein. Ich wollte Euch jedoch nicht verletzen.« Er wischte sich mit dem Ärmel über die Nase und sah mir dann wieder in die Augen. »Wie auch immer, ich muß wissen, woran ich bin. Wißt Ihr, ich glaube nicht, daß ich zu Eurer Zufriedenheit arbeiten kann, wenn ich keine Ahnung davon habe, was eigentlich vorgeht.«

Ich mußte dem alten Flößer etwas antworten.

»Es ist mein Mündel«, sagte ich widerwillig und wußte nicht, wie ich darauf gekommen war. Vielleicht wollte ich nicht, daß meine Töchter oder meine verstorbene Frau in diese Angelegenheit gezogen wurden; obwohl keine davon noch in meiner Nähe weilte.

»Wie sieht sie aus?« fragte er.

Ich griff mir an die Stirn und brachte eine Beschreibung zusammen, von der ich hoffte, daß sie auf niemanden zutraf.

Er nickte.

»Ich werde aufpassen. Verlaßt Euch auf mich. Und ich hoffe, daß Euer Gesicht bald verheilt. Seid Ihr gestürzt?«

Ich verließ ihn, noch immer verwirrt. Es machte mir beinahe Mühe, die Gedanken an den alten Mann beiseite zu schieben, aber ich hatte an Wichtigeres zu denken. Er würde auf das Haus aufpassen, das war alles, was zählte. Trotzdem war ich wütend, auf ihn und auch auf mich selbst, und aus keinem anderen Grund als dem, daß sowohl seine Neugier als auch seine Offenheit mich vollkommen überrascht hatten.

Und ich war wütend darauf, wie sich die Dinge entwickelt hatten. Ich war mir sicher, daß das alte Haus und seine geheimnisvollen Insassen den Schlüssel zu dem Mord besaßen; aber wie es schien, waren sie mir davongeflogen wie eine Fliege, die man erwischt zu haben, deren Summen in der Faust man zu hören glaubt, und wenn man die Faust öffnet, stellt man fest, daß sie die ganze Zeit über leer war.

Als ich an Sebastian Löws Haus vorüberkam, blieb

ich aus einem Einfall heraus stehen und öffnete die Tür. Ich klopfte an sein Apothekerzimmer. Er öffnete selbst die Tür.

»Herr Bernward«, sagte er. »Ich freue mich über Euren Besuch.«

Dann musterte er mich eingehend. Seine Miene verdüsterte sich.

»Was ist Euch denn zugestoßen?« fragte er und wies auf meine zerschundene Wange.

Ich dachte an die Frage des Flößers. »Ich bin vom Pferd gefallen«, log ich.

Er grinste plötzlich fröhlich.

»Habt Ihr einen Geschäftsabschluß zu sehr gefeiert?«

»So etwas Ähnliches«, sagte ich. »Wollt Ihr vielleicht versuchen, mir eine Salbe dafür zu verkaufen?«

»Ich werde Euch im Gegenteil etwas zu trinken anbieten«, sagte er und zog mich am Ärmel in sein duftendes Reich. »Was haltet Ihr von einem gut abgelagerten Birnenschnaps?«

»Ich will Euch keine Umstände machen«, wehrte ich ab.

»Ach was. Das ist eine Medizin. Danach werdet Ihr Euch drei Tage lang an mich erinnern, zumindest jedesmal, wenn Ihr auf den Abtritt rennen müßt.«

Ich sah ihn bestürzt an, und sein Gesicht verzog sich zu einer komischen Grimasse aus Heiterkeit und Bedauern.

»Ein Scherz«, sagte er hastig. »Wirklich nur ein Scherz. Entschuldigt.«

»Ich muß mich entschuldigen. Ich bin ein wenig schwerfällig. Ich denke über etwas nach.«

»Etwas, wobei ich Euch helfen kann?« fragte er gespannt. Er reckte sich, bis er in ein höher gelegenes Fach in einem seiner Regale fassen konnte; seine Hand kam mit einer dunklen Flasche wieder zum Vorschein.

Ich nickte.

»Was sagt Euch der Name Leutgeb?« fragte ich. Er mußte nicht lange überlegen.

»Das Haus weiter oben zwischen den Städeln gehört der Familie von Wolfgang Leutgeb. Sie bewohnt es schon seit drei Generationen.«

In einem anderen Fach fand er zwei Gläser, die er mit dem Jackenärmel putzte. Er hielt sie gegen das spärliche Licht, das durch das Fenster fiel, und war mit ihrem Aussehen zufrieden. Aus der Flasche schenkte er eine hell goldfarbene Flüssigkeit in die Gläser und reichte mir eines.

»Auf Euer Wohl«, sagte er.

Wir tranken. Er hatte wirklich nur einen Scherz gemacht, als er mir die Folgen des Genusses eines von ihm gebrauten Schnapses beschrieben hatte. Der Alkohol lief samten und ölig meine Kehle hinunter und hinterließ einen angenehmen scharfen Geschmack nach gärenden Birnen, als wäre ein Sonnentag darin eingefangen.

»Ich bin dem alten Leutgeb begegnet«, erzählte ich. »Er machte einen merkwürdigen Eindruck auf mich.«

»Das würde mich nicht wundern«, erwiderte er, und ich konnte erkennen, daß er ein Grinsen unterdrückte. »Wenn er nicht schläft oder den Stadtrat mit seinen Nörgeleien belästigt, hängt er am Schnapsfaß. Prosit.«

Er trank den Rest seines Glases leer und schenkte sich und mir nach, bevor ich es verhindern konnte. Dann verkorkte er die Flasche und stellte sie wieder beiseite, als wollte er eine weitere Versuchung verhindern.

»Ich hatte nicht das Gefühl, einen Säufer vor mir zu haben.«

»Tatsächlich? Ich dachte immer, man sähe es ihm im Dunkeln an. Aber vielleicht habe ich als Apotheker einen Blick für solche Dinge.«

»Weswegen trinkt er? Wißt Ihr es?«

Er hob die Schultern und sah einen Augenblick ins Leere.

»Es gibt viele Gründe, die einen Mann dem Schnaps zutreiben«, sagte er. »Und was für den einen ausreichend erscheint, wäre für den anderen lächerlich. Ich nehme an, daß das Unglück seiner Sippe auf ihm lastet.«

»Welches Unglück denn?«

Er blickte mich an und lächelte schwach.

»Christian Leutgeb war einer der Rädelsführer des Bürgeraufstands vor sechzig Jahren. Er war der Bruder von Wolfgang Leutgebs Großvater. Der Herzog ließ damals sein ganzes Hab und Gut pfänden, seine Familie vertreiben; er selbst wurde verstümmelt und hingerichtet. Etliche Jahre danach hat man sein Haus der Familie seines Bruders zurückgegeben. Dieser hat den Namen Leutgeb wieder zu einem geachteten Begriff in der Stadt Landshut gemacht; aber er hat niemals auch nur versucht, die vertriebenen Überreste von seines Bruders Familie zu finden und zu unterstützen. Er hat sie gnadenlos verkommen lassen, wo immer sie sich auch hingeflüchtet haben mögen. Dieser Makel hat schon an Wolfgangs Vater gezehrt, der ein stiller, nachdenklicher Mensch gewesen ist, und seinen Sohn scheint er vollends aufzufressen. Es ist schon erstaunlich, daß sich immer diejenigen ein schlechtes Gewissen machen, die gar nichts dafür können.«

»Ihr habt mir geholfen«, sagte ich und stürzte den

zweiten Schnaps hinunter. Ich drückte ihm das leere Glas in die Hand. »Ich danke Euch. Auch für Eure Gastfreundschaft.«

»Jederzeit wieder«, sagte er mit einem Achselzucken.

Ich verließ sein Haus; aber anstatt in die Altstadt zurückzukehren, begab ich mich wieder in die Ländgasse. Mein Herz begann lauter zu schlagen, als ich den Weg zu Reckels altem Haus einschlug. Wie immer befanden sich kaum Menschen in der Gasse; der aufgeweichte Boden vertrieb die meisten Passanten in die gepflasterte Altstadt. Ich ging langsam an den beiden Häusern vorbei: zuerst an der intakten Fassade des Wolfgang Leutgeb, dann an den blinden Fensterscheiben im Haus des Dietrich Reckel. Mein Gefühl sagte mir, daß es noch immer genauso leer war wie vorhin, aber ich konnte mich nicht dazu bringen, davor anzuhalten. Es stand leer, doch ich hatte den dumpfen Verdacht, daß sich irgendwo jemand verbarg und mich scharf beobachtete. Sie mochten untergetaucht sein; verschwunden waren sie nicht.

Ich erstattete Hanns Altdorfer Bericht. Während ich ihm von dem leeren Haus und meiner beunruhigenden Begegnung mit dem alten Leutgeb erzählte, kam mir der Gedanke, daß es geraten sein mochte, auch Albert Moniwid von den bisherigen Ereignissen zu berichten. Aber dann dachte ich daran, wie er voller Spott darüber herziehen würde, daß man uns überfallen hatte. Ich konnte dieses Erlebnis aus meinem Bericht herauslassen; aber dann wäre es ein kläglicher Rest gewesen, den ich zu erzählen gehabt hätte, und Moniwid hätte vermutlich einmal mehr den Verdacht gehegt, daß wir in der Angelegenheit gar nichts tun wollten. Es gab keine greifbaren Ergebnisse, und all die halben Ahnungen und Vermutungen würden ihn weder beruhigen noch von unserer Kompetenz überzeugen. Die Gefahr, daß es ihm zu dumm würde und er einfach mit erhobenem Finger zu seinem König liefe, ohne sich um unsere Abmachung zu kümmern, war zu hoch. Ich beschloß abzuwarten, was Richter Girigel aus den beiden Festgenommenen herausholen würde.

Der Beauftragte des Richters tauchte an diesem Tag nicht mehr auf. Als es bereits kurz vor der Dämmerung war und ich zum Aufbruch drängte, schickte Hanns Altdorfer einen seiner Schreiber zum Gericht; aber dieser kam mit der lapidaren Botschaft zurück, es sei niemand aus Burghausen dort eingetroffen. Ich verabschiedete mich von dem Stadtkämmerer, dem ich den halben Tag Gesellschaft geleistet und der dafür sein karges Mahl aus Brot und Milch mit mir geteilt hatte, und ritt nach Hause.

Der Verwalter wartete zu Hause auf mich.

»Die Seidenstoffe sind eingetroffen!« rief er mir entgegen, als ich die Stube betrat und das Geschnatter des Gesindes leiser wurde.

»Wann?« fragte ich überrascht.

»Heute im Laufe des Tages. Ich habe sie einlagern und sofort mit den Näharbeiten beginnen lassen.«

»Sehr gut«, sagte ich. »Was ist mit der Bezahlung?«

»Herr Walther vom Feld hat Euren Anteil persönlich hierher begleitet. Er wartete eine Weile auf Euch, weil er noch mit Euch sprechen wollte. Ich habe ihm gesagt, daß Ihr Euch in den nächsten Tagen mit ihm in Verbindung setzen würdet.«

»Hat er dir Schwierigkeiten gemacht?«

»Nein, es gab keine Probleme. Ich habe die Lieferung entgegengenommen, zwei der Näherinnen holen lassen, während ich ihm einen Schluck Wein anbot, und dann die Ballen vor seinen Augen mit den beiden Frauen geprüft. Zuletzt habe ich ihm einen Schuldschein über den Wert der Lieferung mit Eurem Siegel abgestempelt.«

»Ich hätte es nicht besser machen können«, entfuhr es mir beinahe gegen meinen Willen. Er lächelte geschmeichelt.

»Ich bemerkte, daß wir durch die späte Anlieferung erhöhte Kosten hätten, an denen er sich sicherlich durch einen Nachlaß beteiligen wolle«, fuhr er betont beiläufig fort. »Er antwortete, daß er dafür den Jörg Tannberger zu sich genommen hätte, und ich sagte, Tannberger habe uns schon mitgeteilt, welch wertvolle Dienste er für den Herrn vom Feld geleistet habe. Daraufhin wurde er zuerst ärgerlich.«

»Und dann?«

»Dann lachte er und sagte: 'Wie der Herr, so das G'scherr.'«

Ich schwieg einen Moment lang, verblüfft, wie elegant er sich mit dem holländischen Kaufmann geschlagen hatte.

Er legte das Schweigen falsch aus, denn er fügte hastig an: »Ich dachte, es wäre in Eurem Sinn. Dadurch könnt Ihr mit ihm über ein paar Prozente verhandeln.«

Ich zwang mir ein Lächeln auf die Lippen. Ich war nicht ärgerlich auf ihn, nur zu sehr erstaunt. Ich hatte ihm diese Beweglichkeit nicht zugetraut. Schließlich streckte ich eine Hand aus, und er schlug zögernd ein.

»Die Bemerkung des Holländers betrachte ich als Kompliment«, sagte ich. »Für *mich.*«

Er errötete. Ich hatte ihn noch nie erröten sehen. Ich hatte ihn auch noch niemals derartig gelobt. Als ich mich umsah, bemerkte ich, daß das ganze Gesinde mit großen Augen auf unsere verschränkten Hände blickte, und ich drückte noch einmal demonstrativ zu und klopfte ihm mit der anderen Hand auf die Schulter.

»Wie wäre es, wenn du die Verhandlungen mit dem Holländer zu Ende führtest?«

Er zögerte nicht zuzugreifen. In den ganzen Jahren hatte ich ihn kaum jemals wirklich Verantwortung übernehmen lassen.

»Natürlich; ich werde Euch nicht enttäuschen, Herr«, versicherte er rasch.

Er stand auf und gab dem Gesinde ein Zeichen, und sie wünschten mir eine gute Nacht und verließen die Stube. Zwei ältere Frauen blieben zurück und räumten das Geschirr ab. Der Verwalter griff mit zu und folgte ihnen hinaus, während ich allein in der Stube zurückblieb und überlegte, ob ich mich nicht doch selbst mit den Verhandlungen hätte beschäftigen sollen und mich gleichzeitig fragte, warum es mir immer so schwerfiel, Vertrauen zu meinen Angestellten zu haben. Oder zu sonst jemandem.

Am folgenden Morgen hatte ich die Einkaufsverhandlungen mit dem holländischen Kaufmann wieder verdrängt. Ich fand langsam in meine alte Gewohnheit zurück, mit dem Essen am Morgen zu warten, bis das Gesinde die Stube verlassen hatte; so betrat ich den Raum, als sie gerade nach draußen drängten. Als ich im Bett gelegen hatte, war ihre Unterhaltung bis in meine Schlafstube herüber gedrungen: Sie klang deutlich ungezwungener als während der letzten Tage, in denen ich mich zu ihnen gesellt hatte. Vermutlich waren sie dankbar, daß ich sie wieder in Frieden ließ. Sie grüßten mich höflich, und ich trat beiseite; sie schoben sich aus der Tür und verschwanden in den verschiedenen Stuben und Kammern im Haus, um nach ihren Schuhen und ihren Werkzeugen zu suchen. Ich setzte mich und grübelte darüber nach, wie ich weiter vorgehen sollte. Seit dem zweiten Überfall schleppte ich den Gedanken mit mir herum, dem Kanzler einen Boten zu senden und ihn davon zu überzeugen, die Hochzeit nochmals zu verschieben, um nicht das Leben des Kaisers zu gefährden. Ich war mir sicher, daß auch Hanns Altdorfer daran dachte und nur wartete, bis ich diesen Vorschlag aussprach. Aber es war ein gewaltiger Schritt, und noch schien es mir zu früh, ihn zu tun. Offensichtlich teilte Richter Girigel meine Meinung, sonst hätte er in seinem Antwortschreiben auf Altdorfers eilige Botschaft selbst einen derartigen Vorschlag gemacht. Es sah so aus, als läge die Angelegenheit weiterhin in meiner Hand. Ich wußte nicht, ob ich darüber froh sein sollte.

Ich hörte das Gesinde draußen mit ihren Holzschuhen poltern und ihre gedämpften Stimmen. Plötzlich wurde das Gemurmel lauter. Sie riefen durcheinander, als wäre jemand eingetroffen, mit dessen Erscheinen sie keinesfalls gerechnet hatten. Ich dachte: Tannberger ist wieder zurück; aber es war nicht möglich, daß die Flöße schon in Landshut angekommen waren. Dann dachte ich: Er ist ohne die Flöße zurückgekommen; er hat seine Aufgabe nicht bewältigt. Ich zuckte zusammen, als jemand ungestüm die Tür aufriß, doch der Ankömmling war nicht Jörg Tannberger, sondern Daniel, mein Sohn. Er stand mit verlegenem Lächeln auf der Schwelle.

Ich fuhr voller Verblüffung auf und stieß an den Tisch; mein halbvoller Becher mit Milch geriet ins Schwanken und vergoß einen großen Schluck auf die Tischplatte.

»Daniel«, rief ich überrascht.

Er deutete auf den Tisch, auf dem die Milch schwamm, und sagte fröhlich: »Ist das Schreck oder die Freude, mich wiederzusehen, Vater?«

»Die Freude, du Dummkopf«, entgegnete ich heftig. Ich stand noch immer in einer lächerlichen Pose hinter dem Tisch eingeklemmt; ich ließ mich auf die Bank zurücksinken. »Daniel«, sagte ich dann zärtlich. »Wie schön, dich zu sehen.«

Er trat an den Tisch und ließ die Tür hinter sich zufallen. Als er mir die Hand reichte, kniff er die Augen zusammen.

»Ich freue mich auch, Vater. Aber was ist mit Eurem Gesicht geschehen? Hattet Ihr einen Unfall?«

»Nichts Schlimmes«, sagte ich. »Setz dich doch.«

Er setzte sich neben mich und sah sich in der Stube um, als wäre er vor Jahren zuletzt hier gewesen. Ich betrachtete ihn und spürte plötzliche Verlegenheit. Wie in den meisten Fällen wußte ich nicht, welche Worte ich wählen sollte; bei jedem seiner Besuche fühlte ich eine anfängliche Entfremdung, die immer stärker zu werden schien und mich beklommen machte.

»Bist du hungrig?« brachte ich schließlich hervor.

Er fuhr mit einem Finger durch die Milchlache und sah mich von der Seite her an.

»Bevor Ihr alles verschüttet ...«, sagte er gedehnt.

»Mehr als das gibt es nicht«, brummte ich und wies auf die weiße Pfütze. Er lachte, und ich faßte zu ihm hinüber und umarmte ihn. Er klopfte mir auf die Schulter und umarmte mich ebenso heftig.

Jedesmal, wenn wir uns sahen, schien er mir breiter und kräftiger geworden zu sein. Die Arbeit am Dom forderte seine Kräfte, und ich konnte sehen, wie zerschunden seine Hände und seine Unterarme waren. Sein Körper war mit dicken Muskelsträngen bepackt. Er war noch nie von zarter oder schlanker Statur gewesen; er ging nach mir, mit breiten Schultern, breiten Hüften und stämmigen Beinen. Anders als bei mir war an ihm noch kein überflüssiger Speck zu finden, und die Muskeln bewegten sich dicht unter seiner Haut, als er sich aus meinem Griff befreite. Er lächelte mir fröhlich ins Gesicht. Seine Züge hatte er von Maria geerbt: fein geschwungene Augenbrauen, dunkle Augen und eine gerade Nase unter einem ungebärdigen Haarschopf. Wahrscheinlich liefen ihm die Mörtelweiber und die Brotverkäuferinnen auf der Baustelle in Scharen hinterher. Er würde es nicht einmal zu schätzen wissen; er hatte diverse Liebchen gehabt, solange er noch hier im Haus gewohnt hatte, aber er war jeder einzelnen treu gewesen, und jede Trennung hatte ihn mindestens ebensosehr mitgenommen wie das jeweilige Mädchen. Ich wußte nicht einmal, ob er zur Zeit wieder ein Mädchen hatte. Ich verspürte einen Stich: Ich sah ihn viel zu selten.

»Solltet Ihr in Eurer Kammer doch noch etwas mehr finden als einen Schluck verschüttete Milch«, sagte er, »könnt Ihr Euch darauf verlassen, daß ich es vertilgen werde.«

Ich rief eine Küchenmagd herein. Sie wischte den Tisch sauber und streichelte Daniels Wange.

»Der junge Herr«, sagte sie strahlend, und Daniel lächelte ihr so schmelzend zu, daß ihre alten Bäckchen rot erglühten. Ich schüttelte den Kopf, und er schnitt mir eine Grimasse, die bedeutete: Ich kann auch nichts dafür.

Ich sah schweigend zu, wie er aß. So überraschend, wie er eben aufgetaucht war, kam er immer; er meldete sich niemals an. Ich wußte, daß er nur kam, wenn er nichts auf der Baustelle zu tun hatte oder wenn ihn das Heimweh zu arg drückte, und es tat mir doppelt weh, wenn wir bei einer dieser seltenen Gelegenheiten nach kurzer Zeit miteinander stritten. Aber es geschah beinahe zwangsläufig, daß wir auf ein Thema kamen, zu dem wir unterschiedliche Ansichten hegten, und sooft ich mir auch vorsagte, diesmal nachsichtig zu reagieren, wenn er mir eine seiner unausgegorenen Ideen präsentierte, so selten gelang es mir. Die Freude über sein Erscheinen verdunkelte sich, als ich daran dachte.

»Hast du heute am Dom nichts zu tun?« fragte ich ihn.

»Die Arbeiten wurden für einen oder zwei Tage eingestellt«, erwiderte er mit vollem Mund. »Stethaimer hat alle seine Gesellen heute nach Sonnenaufgang zusammengerufen, um es uns mitzuteilen, und bis ich es wieder meinen eigenen Gehilfen weitergesagt hatte, verging einige Zeit. Danach beschloß ich, die Gelegenheit zu nutzen und Euch zu besuchen.«

Ich nickte; vorsichtig und mit einem unguten Gefühl fragte ich: »Weshalb wird nicht gearbeitet?« Hatten sie noch etwas in der Kirche gefunden, das nicht ans Tageslicht hätte kommen sollen?

»Der Bischof von Salzburg besichtigt heute die Baustelle«, sagte Daniel mit einer wegwerfenden Handbewegung. »Er ist wohl gestern oder vorgestern in der Stadt angekommen und will die Kirche sehen, in der er den jungen Herzog trauen soll.«

Ich lehnte mich erleichtert zurück.

»Und dabei kann man euch nicht gebrauchen.« Er zuckte mit den Schultern.

»Wahrscheinlich haben sie Angst, jemand könnte ihm einen Stein auf den Kopf fallen lassen; ihm und den anderen Pfaffen.«

»Wer ist denn noch außer ihm angekommen?«

»Wen Ihr Euch vorstellen könnt: der Bischof von Chiemsee, von Passau, von Freising«, er begann, sie an den Fingern aufzuzählen, »von Bamberg, von Eichstätt – habe ich einen vergessen? Richtig, den Bischof von Augsburg.«

Er blinzelte mich schelmisch an, als ich unwillkürlich zusammenzuckte. Aber Bischof Peter war schon seit Jahren tot, und sein Nachfolger wußte sowenig von mir wie ich von ihm.

»Du weißt gut Bescheid«, sagte ich.

»Was Wunder! Jeder einzelne von ihnen ist in den letzten Tagen auf der Baustelle erschienen und hat geistreiche Bemerkungen losgelassen. Stethaimer ist vor jedem von ihnen auf dem Boden gekrochen.«

Ich schnaubte; aber ich konnte der Versuchung widerstehen, ihn darauf hinzuweisen, daß das Gehabe des Baumeisters von größeren politischen Erwägungen diktiert wurde. Er schob den Teller von sich und wischte sich mit dem Ärmel über den Mund. Dann klopfte er sich auf den Bauch.

»Ich platze gleich«, stöhnte er. Er wandte mir das Gesicht zu, den Kopf bequem an die Wand gelehnt, und studierte mich einen Augenblick.

»Wie geht es Euch, Vater? Ihr seht müde aus.«

»Ich hatte ein paar Schwierigkeiten in letzter Zeit.«

»Geschäftlich?«

»Unter anderem.«

Er schüttelte den Kopf.

»Warum laßt Ihr den Hof nicht einmal für eine Weile allein?«

»Brauchst du einen Handlanger?«

»Nein«, lachte er. »An ungelernten Arbeitskräften gibt es genug, seit die Stadt vor lauter Hochzeitsgästen aus den Nähten platzt. Aber Ihr könntet einmal Sabina oder Maria besuchen …«

»Was sollen sie mit ihrem alten Vater?« sagte ich und dachte daran, wie sehr vor allem Sabina ihrer Mutter ähnelte. Ich liebte meine beiden Töchter; aber als sie aus dem Haus waren, wurde es mir plötzlich leichter ums Herz – ich hatte zu oft in freudigem Schrecken den Atem angehalten, wenn ich in Gedanken versunken auf dem Hof herumwandelte und dabei auf meine älteste Tochter stieß, wie sie mit dem Gesinde sprach oder die Tiere fütterte und Maria von der Ferne aufs Haar glich. Es war auf die Dauer anstrengend, mit der Inkarnation meiner toten Frau unter einem Dach zu leben.

»Habt Ihr von ihnen in letzter Zeit gehört?« fragte Daniel.

»Sie schreiben regelmäßig«, antwortete ich. »Sabina hat vor ein paar Wochen eine Tochter auf die Welt gebracht.«

»Und Maria?«

Ich zuckte mit den Schultern.

»Sie ist wohl glücklich drüben in Augsburg. Ihr Mann arbeitet jetzt als Fernkaufmann für die Hochstetter, und sie ist viel allein; aber sie schreibt, es mangele ihr an nichts.«

»Ob sie mich noch zum Onkel machen wird?«

Ich hatte die Frage geahnt. Ich haßte die Antwort darauf.

»Ich weiß es nicht, Daniel. Ich glaube, sie hat Angst davor, Kinder auf die Welt zu bringen. Du weißt, wie verstört sie war, als Mutter …«

Er nickte, als meine Stimme leiser wurde.

»Ich werde demnächst versuchen, ihnen auch einen Brief zu schreiben. Wenngleich ich geschickter darin wäre, den Text in einen Stein zu ritzen.«

Er lächelte schief in dem Versuch, ein anderes Thema anzuschneiden. Ich seufzte und zwang mich dazu, wieder eine fröhliche Miene aufzusetzen.

»Was gibt es Neues auf der Baustelle?«

Er holte Atem; ich wußte, er war jetzt in seinem Element. Hans Stethaimer hielt große Stücke auf ihn, und einer der Gründe dafür war Daniels ungebrochene Begeisterung für das Bauwerk. Man hatte es begonnen, als mein Vater, Daniels Großvater, den er nie kennengelernt hatte, gerade laufen konnte, und über drei Generationen hinweg daran gebaut. Daniel würde vermutlich in meinem Alter sein, wenn der Turm als letztes Teil des Doms vollendet wäre, und es faszinierte ihn, an einem Werk teilzunehmen, dessen Fertigstellung sich über mehrere Generationen hinweg vollzog. Schon als wir uns in Landshut ansiedelten, hatte er bettelnd und flehend so lange vor der Haustür gestanden, bis wir ihn auf den Wagen luden und zur Stadt hinein mitnahmen: ein kleiner, stämmiger Junge, der mit laufender Nase und offenem Mund die gewaltige Baustelle besichtigte, vollkommen verzaubert von dem ameisenhaften Gewühl, das sich darauf entfaltete. Man konnte ihn getrost in sicherer Entfernung zu den Bauarbeiten abstellen und alleine lassen, um Geschäfte zu erledigen: er bewegte sich nicht vom Fleck, bis man wieder zurückkam, und selbst auf dem Wagen drehte er den Kopf noch nach hinten, bis er nichts mehr von der Kirche erblicken konnte. Dann überfiel er einen mit Fragen und löcherte das Gesinde, wenn Maria oder ich oder auch Hanns Altdorfer nicht in der Lage waren, ihm die gewünschten Antworten zu geben. Es war mein Fehler gewesen, diese Leidenschaft nicht genügend zur Kenntnis genommen zu haben; der Tag, an dem er mir mitteilte, er habe eine Stelle als Steinmetzlehrling auf der Baustelle angenommen, wäre nicht so schmerzlich für uns beide verlaufen, hätte ich meine Augen und mein Herz weit genug für ihn geöffnet.

»Es geht drunter und drüber«, sagte er, und sein Grinsen ließ keinen Zweifel daran, daß ihm das Chaos von Herzen zusagte. »Der Hochaltar ist noch nicht soweit, daß die Trauungszeremonie davor stattfinden könnte, das Chorhaus ist ein wirrer Haufen aus Ziegeln und Brettern, und es gibt noch so viele nicht aufgefüllte Gruben im Kirchenschiff, daß erst letzte Woche ein altes Weiblein mit einer Fuhre Mörtel in eine hineingefallen ist und alles verschüttete. Stethaimer war so wütend, daß er sie am liebsten als Füllmaterial in der Grube gelassen hätte.«

Ich dachte mit Schaudern: Eine ähnliche Idee hat auch ein anderer gehabt; aber Daniel bemerkte nicht, wie ich zusammenzuckte, und erzählte unbekümmert weiter: »Hanns Altdorfer setzt den Baumeister noch zusätzlich unter Druck, weil es in der Kirche angeblich aussieht wie in einem Schweinestall. Jeden zweiten Tag taucht er auf der Baustelle auf und rechnet Stethaimer vor, wie viele Tage ihm noch bleiben bis zur Ankunft der Braut.«

Ich vergaß Daniels makabre Bemerkung und lächelte unwillkürlich. Daniel sagte: »Ich habe mich mit dem Stadtkämmerer schon eine Ewigkeit nicht mehr unterhalten.«

Als kleiner Junge hatte er ihn als seinen Oheim angesehen; als junger Mann schien es sich nicht mehr zu schicken, Hanns Altdorfer so zu bezeichnen. »Ich finde es schade; ich mochte ihn sehr gern. Trefft Ihr ihn noch zuweilen, Vater?«

»Wir sind nach wie vor Freunde geblieben«, erwiderte ich ruhig, und sein Gesicht nahm für einen winzigen Augenblick einen merkwürdigen Ausdruck an, als würde es ihn erleichtern, daß ich von Altdorfer als einem Freund sprach. Der Ausdruck verging, aber ich hatte ihn gesehen. Es war nicht wegen des Stadtkämmerers; es war die Tatsache, daß ich überhaupt jemanden meinen Freund nannte. Machte er sich Gedanken über meine Art zu leben? Mein eigener Sohn?

Er holte kurz Luft und schüttelte gleichzeitig belustigt den Kopf.

»Ich hätte gedacht, der Baumeister wäre zäher; aber wie es scheint, haben ihn die vielen Besuche des Stadtkämmerers mürbe gemacht. Er hat vermutlich Angst, man könnte ihn beschuldigen, den Bau zu verzögern. Er hat sich vor ein paar Wochen mit allen geschworenen Meistern zusammengesetzt und für die Dauer der Hochzeitsvorbereitungen die Landshuter Zunftordnung überarbeitet. Bislang war es so, daß kein Meister, Geselle oder Lehrling von Georgi bis Jakobi eine Arbeit auf dem Land annehmen durfte; er mußte der Stadt ständig zur Verfügung stehen. Nun hat er diese Zeitspanne noch nachträglich bis nach Martini ausgedehnt, damit keine Arbeitskraft der Kirche verlorengeht. Jeder Meister hat außerdem die Erlaubnis erhalten, bis zur Ankunft der Braut so viele Gesellen, Hilfskräfte und Träger anzuwerben, wie er für nötig hält, und es ist egal, ob sie Fremde oder Einheimische sind. Damit die Arbeiten schneller vorangehen, darf auch jeder Meister einen oder zwei Gesellen für selbständige Arbeiten empfehlen, damit diese ihre eigenen Gruppen von Hilfsarbeitern beschäftigen können.«

Er lächelte und strich sich über den Bauch.

»Ihr könnt mir gratulieren«, sagte er stolz. »Ich gehöre auch zu jenen Selbständigen.«

»Dann gratuliere ich«, sagte ich und lächelte.

»Ich beaufsichtige jetzt eine Gruppe von vier Steinhauern«, erklärte er. »Natürlich nur, bis die Hochzeit vorüber ist.«

»Gibt es denn in Landshut noch Männer, die etwas vom Bauhandwerk verstehen und nicht schon lange am Dom arbeiten?« fragte ich.

»Kaum«, lachte er. »Wir haben schon Leute aus dem halben Herzogtum angeworben, und es sind nicht gerade die Allerhellsten darunter. Stellt Euch vor, Vater: Unter den fremden Wappnern gibt es ein halbes Dutzend Maurer, die uns bereits angesprochen haben, sie würden lieber auf der Baustelle arbeiten, anstatt die Tore zu bewachen, aber der herzogliche Hauptmann läßt sie nicht gehen. Auf der anderen Seite laufen in der Kirche jede Menge Galgenvögel herum, die besser bei den Stadtknechten aufgehoben wären, und schleppen uns die Ziegel hinterher.«

»Das ist das Übliche«, bemerkte ich. Er hörte kaum hin.

»Ab und zu sind auch ein paar gute Leute darunter«, fuhr er fort. »Ein Freund hat in seiner Gruppe einen jungen Kerl, der schon als Steinmetz gearbeitet hat und der sich recht geschickt anstellt.«

»Aus deinem Mund ist das wohl ein Lob.«

Er nickte mit unbewußter Herablassung. Wenn ich ihn ansah, wußte ich, wie ich selbst in solchen Momenten aussah; wir besaßen auf unseren unterschiedlichen Wissensgebieten beide die Arroganz des Experten.

Dann machte er ein nachdenkliches Gesicht.

»Allerdings ist er ein merkwürdiger Kauz«, sagte er. »In den Arbeitspausen geht er herum und fragt nach alten Geschichten oder gibt selbst welche zum besten. Sein bevorzugtes Thema ist der Bürgeraufstand in Landshut. Ich wußte gar nicht, daß einmal einer stattgefunden hat.«

»Ich auch nicht«, sagte ich zerstreut. »Ich habe erst in den letzten Tagen etwas darüber gehört.«

»Ich hatte noch gar nichts davon gehört. Jedenfalls, der Kerl erzählt jedem, der es hören will, wie ungnädig der damalige Herzog mit den Aufständischen umgesprungen ist. Das Blut muß ja in Strömen geflossen sein.«

»Er spricht so über den Aufstand?« fragte ich nun doch interessiert. »Ich dachte, er sei nicht aus Landshut.«

»Ist er auch nicht. Aber er hetzt die Leute ständig damit auf, wie ungerecht und grausam damals alles abgelaufen sei.«

Ich beugte mich nach vorne. Plötzlich fühlte ich mich beunruhigt. »Er wiegelt die Leute auf?«

»Es läßt sich keiner aufhetzen«, besänftigte er mich. »Die meisten lachen über ihn; aber er hat eine Art, die Geschehnisse immer wieder anzusprechen, daß unter den Gesellen selbst schon bald kein anderer Gesprächsstoff mehr möglich ist.« Er seufzte; ihm selbst war das Thema sichtlich egal.

»Woher stammt der Kerl?« fragte ich hastig.

Er breitete die Hände aus.

»Woher soll ich das wissen?« sagte er. »Aus Bayern, jedenfalls. Ich selbst habe ein paar Helfer aus Italien und Polen ...«

»Daniel«, drängte ich. »Aus welcher Stadt?«

Seine Brauen krausten sich, und er schloß die Augen, als er nachdachte.

»Er hat es einmal erwähnt, weil ihn jemand seiner Sprache wegen aufzog. Aber ich weiß es nicht mehr, Vater.«

Ich holte Atem und fragte: »Kommt er aus Ingolstadt?«

»Richtig!« rief Daniel. »Hat es etwas zu bedeuten, daß Ihr so genau nachfragt?«

Ich antwortete ihm nicht.

»Vater?«

Ich sah zu Daniel und dachte: Ich darf ihn nicht hineinziehen. Es reicht, wenn sie es auf mich abgesehen haben.

»Es hat mit etwas zu tun, an dem ich arbeite«, sagte ich unwillig. »Ich würde es bevorzugen, wenn du mich nicht weiter fragtest.«

»Weshalb denn?«

Ich sah ihn starr an.

»Weil ich dich nicht belügen möchte.«

Seine Augen weiteten sich, und sein Unterkiefer sackte herab. Ich hob die Hand, um seine nächsten Worte abzuwehren.

»Laß uns das Thema nicht vertiefen, einverstanden?«

Er lehnte sich zurück und machte ein verdrossenes

Gesicht. Seine Stirn legte sich in Falten. In einer unbewußten Geste kreuzte er die Arme vor der Brust, aber schließlich nickte er.

»Wenn Ihr meint …«, murmelte er unzufrieden.

»Nur eines noch, Daniel: Kannst du mich mit dem Mann zusammenbringen?«

»Was?« rief er erstaunt.

»Ich muß mit ihm sprechen.«

»Er wird nicht da sein«, sagte er verwirrt. »Heute haben alle Arbeiter frei, wie ich bereits sagte.«

»Morgen?«

Er zuckte mit den Schultern.

»Sicherlich«, sagte er. »Ich muß Euch vorher nur bei Hans Stethaimer anmelden; er hat es nicht gerne, wenn er nicht in allen Einzelheiten weiß, was auf der Baustelle vorgeht.«

»Ich komme im Laufe des Vormittags vorbei«, versprach ich. Er zuckte nochmals mit den Achseln. Für einen Moment entstand Schweigen zwischen uns, ein Schweigen, wie es sich immer wieder einmal über uns legte; aber diesmal bemerkte ich es nicht. Ich war so aufgeregt, daß ich am liebsten aufgesprungen und hin und her gelaufen wäre. Ich durfte es nicht, wenn ich Daniel nicht mißtrauisch machen wollte. Und wenn ich ihn mißtrauisch machte, konnte es sein, daß er anfing, hinter mir herzuschnuppern. Es war das letzte, was ich riskieren wollte; ich hatte das abgründige Gefühl, daß der Tod seine Ernte noch nicht beendet hatte.

Schließlich ergriff Daniel wieder das Wort und erzählte weiter über die Schwierigkeiten auf der Baustelle, und ich hörte ihm mit halber Aufmerksamkeit zu. Als er sich zuletzt verabschiedete, war ich beinahe froh, nun in Ruhe nachdenken zu können. Er war zu Fuß herausgekommen, und ich sah zu, wie er durch mein Tor ins Freie ging und seine Gestalt über den kleinen Weg durch die Wiesen schmäler und schmäler wurde, bis sie mit dem Novembergrau verschmolz. Wir hatten uns dieses Mal nicht gestritten. Ich wußte, daß es nur daran lag, daß ich die meiste Zeit kaum auf das gehört hatte, was er sprach.

7

Mein Spitzel erwartete mich an unserem Treffpunkt. Er schien unruhig, und ich sah, daß ihm etwas auf der Zunge lag. Er starrte mich nach einem knappen Gruß mit einem Blick an, der halb ärgerlich und halb unsicher war, dann sagte er stockend: »Seid Ihr sicher, daß Ihr mir vertraut?«

»Wie kommt Ihr darauf, daß es nicht so sein könnte?«

Er seufzte; es war ihm anzusehen, daß er überlegte, ob er sich seine Ehrlichkeit ein zweites Mal leisten konnte. Er sah auf seine Fußspitzen und trat von einem Bein aufs andere.

»Weil noch jemand anderer das Haus beobachtet«, sprudelte er schließlich hervor. »Habt Ihr diesen Mann angestellt?«

»Was sagt Ihr da?« rief ich.

»Wenn Ihr mit mir nicht zufrieden seid, bitte ich Euch, mir zu sagen, was ich falsch gemacht habe ...«, begann er, aber ich unterbrach ihn aufgeregt.

»Was soll das bedeuten?« drängte ich hastig. »Schnell, sprecht.«

Er starrte mich an und blinzelte. Scheinbar kam ihm zu Bewußtsein, daß er die falschen Schlüsse gezogen hatte.

»Ich weiß nicht«, stammelte er. »Er ist mir aufgefallen, weil ich sein Gesicht immer wieder in der Gasse sah, und mittlerweile weiß ich, daß auch er das Haus beobachtet.«

Ich sah in an, ohne ihn zu sehen. Ich bemühte mich krampfhaft, meine Aufregung zu unterdrücken.

»Seltsam«, brummte ich.

»Zuerst dachte ich mir, vielleicht haben die Verwandten des jungen Mannes ihn geschickt«, sagte er eifrig.

Ich fragte ihn einmal mehr überrascht: »Welchen jungen Mannes?«

»Na, Euer Mündel trifft sich doch mit einem jungen Mann, nehme ich an.«

»Ja, ja«, stieß ich hervor. »Natürlich.«

»Seht Ihr, ich bin dem anderen gestern abend ein wenig hinterhergeschlichen«, gestand er mit einer Miene, als erwarte er auch dafür sofortige Schelte. »Ich habe gesehen, wie er sich mit einem zweiten Mann besprach, und ich nehme an, es handelt sich dabei um seinen Auftraggeber.« Ich horchte auf.

»Wie sah er aus?« erkundigte ich mich.

»Ich sah ihn nur von weitem – und von hinten.«

»Groß? Klein? Welche Kleidung trug er?«

Er zuckte mit den Schultern.

»Normale Größe, würde ich sagen. An seiner Kleidung ist mir nichts Besonderes aufgefallen.«

Ich sah ihn an; er selbst war klein und mager und in ausgeblichenes Zeug gekleidet. Ich wußte, daß man auf seinen Maßstab nicht viel Wert legen konnte.

»Kennt Ihr den Mann?« fragte er neugierig.

»Anhand dieser Beschreibung sicher nicht«, erwiderte ich beißender, als ich beabsichtigt hatte. Er machte sich nichts daraus.

»Wißt Ihr«, sagte er eifrig, »ich habe mir gedacht, es könnte ja sein, daß die Familie des jungen Mannes ebensowenig mit der Entwicklung der Dinge einverstanden ist wie Ihr.« Er schaute in mein Gesicht, stutzte, zog wieder den falschen Schluß und stieß hervor: »Bei allem schuldigen Respekt, Herr! Euer Mündel ist sicherlich eine feine junge Dame; aber der junge Mann ist vielleicht auch ein aufrechter Kerl. Ich meine, möglicherweise wäre ein Gespräch zwischen den Parteien angebracht ...« Er verstummte.

Ich versuchte zu lächeln. Ich ahnte, daß ich so finster ausgesehen hatte wie immer, wenn ich angestrengt über etwas nachdachte.

»Schon gut«, sagte ich. »Ich bin nicht beleidigt.«

Er rieb nervös die Handflächen aneinander und versuchte ebenfalls zu lächeln. Er schniefte und sagte dann entschlossen: »Wenn Ihr es wünscht, spreche ich ihn an.«

»Nein«, rief ich.

»Warum nicht?«

»Weil ... weil ich nicht will, daß man von Euch erfährt.«

Er sah mich betreten an, und ich fragte ihn voll düsterer Ahnung:

»Hat er Euch etwa schon entdeckt?«

»Nein, ich glaube nicht«, sagte er hastig. »Aber ich fürchte, daß es nur noch eine Frage der Zeit ist; wenn ich in der Lage war, ihn zu entdecken, wird es ihm bei mir nicht anders ergehen.«

Ich schwieg verdrossen.

»Wir treffen uns morgen wieder«, erklärte ich dann. »Vielleicht geschieht heute abend noch etwas. Bleibt auf Eurem Posten.«

Er nickte, sichtlich unzufrieden, daß er sich nicht als Friedensstifter betätigen konnte. Ich klopfte ihm leicht auf die Schulter und ging. Ich sollte ihn nicht mehr lebend wiedersehen.

Ich stolperte zurück in die Altstadt, tief in Gedanken versunken. Der alte Flößer hatte in einem Punkt mehr als recht: Es war an der Zeit, ein Gespräch zu führen. Ein Gespräch mit dem Beauftragten des Richters, der die Gefangenen verhören sollte, um herauszufinden, welche Aussagen sie gemacht hatten – und sollte er noch immer nicht eingetroffen sein, mußte ich mich selbst mit den beiden Überlebenden des Überfalls auseinandersetzen. Es mochte sein, daß ich sie zum Sprechen ermuntern mußte. Ich konnte nicht behaupten, daß dieser Gedanke mich mit freudiger Erwartung erfüllte. Wenn ich ehrlich sein wollte, hatte er mich auch bisher davon abgehalten, diese Unterredung selbst zu suchen. Sie hatten nicht gesprochen, als sie verletzt und verängstigt vor den Spießen der Stadtknechte gestanden hatten; sie hatten nach zwei Nächten im Kerker nicht gesprochen, oder der Stadtkämmerer hätte es erfahren – und ich fürchtete, sie würden nun erst recht nicht sprechen. Das naheliegende Mittel, ihnen die Zungen zu lösen, aber war, es mit Gewalt zu versuchen. Das bedeutete: die Folter. Ich wand mich bei dem Gedanken daran; ich wollte nicht dafür verantwortlich sein, daß man Menschen marterte, um ihnen ein Geständnis zu entreißen. Ein anderer Teil von mir sagte roh: Was kümmert's dich? Die Burschen wollten dir ans Leder! Aber ich konnte keine Befriedigung empfinden angesichts der Vorstellung, daß man einem Mann die Glieder gewaltsam streckte oder die Fußsohlen über glühenden Kohlen röstete. Ich hatte die Begegnung mit der Folter während meiner Zeit mit Bischof Peter immer zu vermeiden versucht. Manchmal war es mir nicht gelungen. Ich schlug den Weg zum Stadtgericht ein.

»Ich erwarte einen Beauftragten des Richters«, erklärte ich einem der Schreiber. »Er müßte aus Burghausen kommen. Ist er bereits eingetroffen?«

»Bei uns hat sich niemand gemeldet.«

Ich seufzte. Worauf wartete der Mann? Aber das Wetter war schon seit Tagen schlecht, und es brauchte nur einer der kleinen Flüsse über das Ufer getreten sein, um die Straße von Burghausen nach Landshut unpassierbar zu machen. Ich vermutete, daß der Richter in diesem Fall eine weitere Taube geschickt hätte; doch es konnte gut sein, daß sein Bote zwischen zwei Hochwassern gefangen war, die ihm sowohl den Her- als auch den Rückweg abschnitten, und der Richter ebenso uninformiert war wie wir. Nicht zuletzt konnte auch einer der herzoglichen Jäger aus Versehen eine eventuell geschickte Taube abgeschossen haben; Hanns Altdorfer hatte deutlich genug erklärt, daß die Wälder rund um Landshut von Bolzen und Pfeilen schwirrten.

Ich konnte jedoch nicht viel länger warten. Ich mußte es selbst versuchen.

»Mein Name ist Peter Bernward«, sagte ich zu dem Schreiber. »Der Stadtkämmerer und ich wurden am Montag abend von ein paar Männern überfallen. Zwei davon wurden von den Wappnern festgenommen.«

Der Mann nickte und betrachtete mich mit neuem Interesse.

»Ihr seid das«, sagte er. »Ich habe schon davon gehört.«

»Ist es möglich, mit den Gefangenen zu sprechen?« fragte ich vorsichtig.

»Die Festgenommenen sind aber nicht hier«, erklärte er.

Ich schaute ihn verblüfft an.

»Wo sind sie dann?«

»In Burghausen.«

»Warum in aller Welt habt Ihr sie nach Burghausen gebracht?«

Er sah mich einen Moment lang nachdenklich an, als wäre er erstaunt über meine Unwissenheit. Später kam mir der Gedanke, daß er selbst einen Grund zu finden suchte, weshalb man die beiden Männer nicht in Landshut eingekerkert hatte.

»Um das Gefängnis für die zu erwartenden Übertretungen während der Hochzeit freizuhalten«, sagte er schließlich.

»Wer hat das angeordnet?« rief ich laut.

»Es gibt einen Befehl vom herzoglichen Rat.«

»Seit wann?«

»Soweit ich informiert bin, gilt diese Anordnung seit der Hochzeit Herzog Ludwigs.«

Ich schloß die Augen.

»Kennt der Richter diesen Befehl?«

»Er hat zur Zeit viel um die Ohren,« erwiderte der Schreiber, als wolle er seinen Herrn verteidigen. »Weshalb? War es ein Fehler, die Gefangenen nach Burghausen zu verlegen?«

»Ich hätte dringend mit ihnen sprechen müssen!« knirschte ich. »Und Richter Girigel wollte eigens deswegen einen Mann nach Landshut senden.«

Der Schreiber machte ein nachdenkliches Gesicht und sagte endlich würdevoll: »Ich hätte Euch ohnehin keinen Zutritt zum Kerker gewähren dürfen.«

Ich diskutierte nicht mit ihm darüber; es machte keinerlei Sinn. Ich dankte ihm düster und ging. Der Gedanke plagte mich, daß ich zu spät gekommen war. Ich hätte die beiden Männer nicht mehr aus den Augen lassen sollen. Meine einzige Hoffnung war jetzt der Gehilfe, von dem Daniel gesprochen hatte. Selbst wenn seine Spießgesellen untergetaucht waren, mochte er auf der Baustelle zurückgeblieben sein, um die Entwicklungen weiter zu beobachten. Er war im großen und ganzen unauffällig. Ich hoffte, er wäre zurückgeblieben; *ich* hätte ihn zurückgelassen.

Ich besuchte die Baustelle, aber sie war verwaist bis auf eine langsam den Platz abschreitende Patrouille aus zwei Wappnern, die mich nicht beachteten. Daniel hatte recht gehabt; ich konnte frühestens morgen hoffen, mit dem jungen Mann zu sprechen. Ich kehrte um und ging mein Pferd holen. An der Einmündung zum Ländtor blieb ich unschlüssig stehen und überlegte, ob ich Jana Dlugosz aufsuchen sollte; aber ich hätte es nicht tun können, ohne auf Albert Moniwid zu stoßen, und ihm wollte ich unbedingt ausweichen. Ich informierte Hanns Altdorfer, den ich an seinem üblichen Platz im Rathaus fand, und wünschte mir hinterher, ich hätte es nicht getan, denn die Nachricht schien ihn zu entsetzen, und es gelang mir weder ihn noch mich selbst aufzuheitern. Ich ritt nach Hause. Die Hälfte unserer Frist war bereits verstrichen, und wir hatten noch nichts erreicht.

Am Donnerstagmorgen fand ich mich so früh wie möglich in der Stadt ein, um die Baustelle aufzusuchen. Als ich am Rathaus vorbeiritt, öffnete sich ein Fenster, und Hanns Altdorfer winkte heraus und rief mir etwas zu. Ich kehrte um, band mein Pferd fest und betrat das Gebäude. Um diese Stunde war noch keiner der Schreiber anwesend, nur vom oberen Stockwerk hörte ich die Geräusche der Arbeiter, die mit dem Umbau des Ratsherrensaals beschäftigt waren. Hanns Altdorfer entließ zwei Stadtknechte, als ich eben zu ihm eintreten wollte. Er blickte ihnen mit einem verdrossenen Gesichtsausdruck hinterher, dann bot er mir mit einer brüsken Handbewegung einen Platz an.

»Was gibt es?« fragte ich. »Ich bin in Eile.«

»Ich wollte dich unterrichten, daß ich gestern abend nur mit Mühe die Ratsherren davon abbringen konnte, die Stadttore vor der Prinzessin zu schließen.«

»Was?«

»Ich weiß nicht, was sie sich davon versprochen haben. Wir haben bis in die Nacht gestritten; vor allem Contzen von Asch hat sich mit seinem großen Mundwerk hervorgetan.«

Ich schüttelte verständnislos den Kopf.

»Hoffentlich wird das nicht ruchbar. Wenn es Moniwid erfährt, ist der Teufel los.«

»Ich weiß. Ich bin froh, daß sie schließlich auf die Vernunft gehört und sich zum Nachgeben haben bewegen lassen.«

Ich dachte an die Tote und an das leerstehende alte Haus.

»Glaubst du, wir haben es hier mit einer Verschwörung zu tun, in die noch ein paar der reichen Bürger verstrickt sind?«

Er verzog den Mund und hob die Schultern.

»Kaum«, sagte er dann. »Wenn ich mich nicht irre, war die gestrige Aktion nur der Ausdruck überschätzten Bürgerstolzes, den ein paar aufgeblasene Streitgockel angefacht haben.«

Ich schmunzelte unwillkürlich. Seine Empörung amüsierte mich trotz meiner Ungeduld, zur Baustelle zu gelangen.

»Das ist die richtige Aufgabe für dich«, sagte ich. »Den überschäumenden Bürgerstolz zu dämpfen.«

Er schnaubte angewidert.

»Glaub das nur nicht. Ich habe offenen Mundes gestanden vor soviel Sturheit. Vermutlich haben sie mir nur zugestimmt, weil sie mich bedauerten.«

Ich lachte und schüttelte den Kopf.

»Wer waren denn die Rädelsführer?«

»Die sattsam bekannten Querköpfe: von Asch, der alte Kettner, Heinz Moosburger ... schon ihre Großväter haben damals beim Aufstand auf die eine oder andre Weise mitgemacht. Streitsüchtigkeit scheint sich zu vererben.«

»Wolfgang Leutgeb?« fragte ich aus einer plötzlichen Eingebung heraus.

»Der ist leider nicht in der Stadt; er hätte wohl noch am ehesten Partei für den Herzog ergriffen.«

»Ich habe vorgestern mit ihm gesprochen«, sagte ich befremdet. Altdorfer hob die Augenbrauen.

»Ich habe nach ihm schicken lassen, und es hieß, er sei geschäftlich unterwegs. Vielleicht hat man ihn auch nur nicht aus seinem Rausch aufwecken können.« Er wischte die Bemerkung mit einer Handbewegung beiseite.

»Das war alles, was ich dir sagen wollte. Nein, noch etwas: Einer deiner Angestellten hat einen Boten zu mir gesandt. Er sollte dir ausrichten, daß deine Flöße angekommen sind, und suchte dich bei mir. Ich wollte den Boten zu dir hinaus senden, aber er sagte mir, daß die Nachricht bereits dorthin unterwegs sei. Wen immer du beauftragt hast, er scheint ein umsichtiger Mann zu sein.«

Ich sprang auf und rief verblüfft: »Was? Meine Flöße?«

»Ja, die Flöße mit der Stofflieferung aus Innsbruck. Das war es wohl, was er mich dir mitzuteilen bat.«

»Hanns«, sagte ich erregt, »du mußt mich entschuldigen. Ich muß zur Floßlände.«

Er zuckte mit den Schultern, und ich rannte hinaus.

An der Floßlände hatte sich eine große Menschenmenge eingefunden, um das Schauspiel zu beobachten. Ich drängte mich hindurch, und man machte mir unwillig Platz. Durch meine Größe konnte ich über die Köpfe der Menge hinweg zum Wasser hinunter sehen. Fünf oder sechs gewaltige Flöße hingen in einem weiten Bogen bis fast zum anderen Ufer hinüber in die Strömung des Flusses hinein. Ich erreichte das Flußufer, wo die Menschen Platz für die landenden Flößer ausgespart hatten, und blieb atemlos stehen.

Die Flöße waren mit langen Ketten aneinandergehängt; vermutlich, um sie besser an Land ziehen zu können. Vielleicht war dies auch die Art, wie sie den Fluß herunterfuhren: zusammengefesselt, damit keines verlorengehen konnte. Es war eine schwierige Aufgabe, die störrischen, hochbeladenen Fahrzeuge aus der Strömung zu zerren und ins seichte Wasser zu bugsieren. Die Flößer hatten ein Dutzend oder mehr Taue an Land geworfen, und an jedem Ende standen ein oder zwei Männer und stemmten sich in den Kiesboden ein; die Taue waren an den Flößen festgemacht und spannten sich oder klatschten mit knallenden Lauten ins Wasser, je nachdem, wohin die Strömung die einzelnen Flöße zog. Sie brachten eines nach dem anderen aus der Fahrrinne heraus; sobald sie ein Floß im seichten Wasser hatten, wateten ein paar von ihnen hinein und luden sich die Stoffballen auf die Schultern, um sie an Land zu tragen. Andere hielten das Floß mit langen Stangen und Haken an einem Ende fest. Sowie die Ballen fast zur Gänze abgeladen waren, begannen sie damit, die verschnürten Stämme der Flöße auseinanderzubinden und die einzelnen Stämme an Land zu rollen. Ich wußte, daß sie nur ein oder zwei Flöße intakt lassen würden, um schnell ein Transportmittel zur Hand zu haben. Sie waren erstaunlich geschickt darin und arbeiteten schnell. Ich sah, daß nicht nur die Männer, die Tannberger mitgenommen hatte, sich mit dem Entladen der Flöße beschäftigten, sondern auch ihre Kameraden, die in Landshut zurückgeblieben waren. Sie spornten sich gegenseitig mit Rufen und heiseren Liedern an, und diejenigen, die auf den Flößen geblieben waren, um sie im Fall eines Losreißens weiter unten wieder an Land steuern zu können, antworteten ihnen mit Gelächter und Flüchen. Selbst aus der Menge der Zuschauer ertönten Rufe und Pfiffe. Die Flöße trieben auseinander, bis die Ketten, die sie verbanden, straff waren, dann stakten die Flößer sie wieder zueinander, so daß sich die Ketten ins Wasser senkten. Danach wiederholte sich das Schauspiel. Das Wasser hinter den Flößen färbte sich hellbraun.

Hart am Wasser begann der Berg von entladenen Stoffballen zu wachsen. Ich trat näher und wurde von einem Wappner aufgehalten, der um die Ballen herumkam.

»Tretet zurück«, schrie er über den Lärm. »Das ist der Besitz von Peter Bernward.«

»Ich bin Peter Bernward!« rief ich zurück und mußte

gleichzeitig lachen. »Wer hat Euch beauftragt, auf den Stoff aufzupassen?«

»Wenn Ihr Peter Bernward seid, wißt Ihr seinen Namen«, sagte er schlau.

»Jörg Tannberger?«

Er nickte und trat einen Schritt zurück. Seine bauernschlaue Vorsicht amüsierte mich; noch mehr aber amüsierte mich der Betrieb, mit dem meine Stofflieferung entladen wurde. Amüsierte? Nein, ich freute mich so darüber, daß ich laut zu lachen begann, noch während ich den Arbeiten zusah.

»Wo ist Tannberger?« rief ich dem Wappner zu.

»Er ist gleich nach Ankunft der Flöße fortgeritten, um Transportkarren zu holen«, schrie er. »Er müßte bald zurück sein.«

Ich nickte und wandte mich ab, um die Ballen zu prüfen. Tannberger hatte die Stoffe in dichtes Tuch einwickeln und zum Teil Leder darum festbinden lassen, um sie vor dem Wasser zu schützen. Plötzlich tat es mir leid, daß ich ihn nicht persönlich in Landshut hatte willkommen heißen können. Ich wischte mir die nassen Hände an den Hosenbeinen ab, legte den Kopf in den Nacken und schloß die Augen. Er hatte es geschafft. Ich begann, den Lärm um die Ausladestelle zu genießen.

Dann stieß eine Frau einen spitzen Schrei aus, und das Singen und Rufen verstummte nach und nach. Ich öffnete verwirrt die Augen und sah mich um, aber ich erblickte es erst, nachdem nochmals jemand in meiner Nähe aufschrie und auf das Wasser hinaus zeigte.

Die Strömung hatte die Flöße wieder auseinandergezerrt, und die Spannung hatte die schwere Kette vom Flußboden hochgezogen. Sie war schmutzig; Algen und Wassergras hingen triefend von ihren Gliedern und tanzten mit den Schwingungen der Kette auf und ab. Dazwischen hing der schlaffe, nasse Körper eines Menschen. Ich sah ihn, und in diesem Moment fiel er durch die Bewegungen der Kette ins Wasser zurück und versank. Ein paar Männer auf den Flößen stachen sofort mit den Stangen hinterher, und andere stürzten sich vom Land aus ins Wasser. Sie hatten ihn in Sekundenschnelle herausgezogen; anders als das würdelose Gezerre um den Toten vom Bleichwehr. Zwei der Flößer hoben ihn aus dem seichten Wasser und trugen ihn an Land. Sie legten ihn vorsichtig auf den Rücken und sahen sich betreten um. Einer bückte sich und pflückte Schmutz von seinem Gesicht.

Mein Herz setzte aus und pumpte dann Eis in meinen Körper. Es war mein Spitzel, und er war so tot wie ein Büschel Tang.

Nicht lange danach stand ich mit Hanns Altdorfer vor dem Versammlungshaus der Flößer und Fischer am oberen Ende der Ländgasse. Man hatte die Leiche in einer Ecke des engen Beratungsraums aufgebahrt. Ein Kreis von Männern mit langen Gesichtern stand um sie herum und starrte sie an; beinahe alle von ihnen trieften noch vor Nässe von der Entladeaktion. Ich dachte flüchtig daran, daß meine Stoffe mittlerweile bereits auf die Transportkarren geladen wurden, die Jörg Tannberger beschafft hatte, aber ich konnte keine Freude mehr darüber empfinden. Die Männer drehten sich nach unserem Eintreten zu uns um. Hanns Altdorfer blieb einen Moment auf der Schwelle stehen, aber ich eilte ohne Zögern auf die Bahre zu. Die Männer wichen zur Seite, und plötzlich fand ich mich Auge in Auge mit dem Sprecher der Flößer wieder. Er sah mich mit einer Mischung aus Verwirrung und Zorn an, als wollte er sagen: Dafür bist du verantwortlich; ich weiß nur nicht wie. Ich öffnete den Mund, um etwas zu sagen, aber er wandte den Blick nach unten, und ich folgte ihm unwillkürlich und sah dem Toten ins Gesicht. Es war von leuchtender Blässe; die Bartstoppeln stachen scharf von der weißen Haut ab. Sonst hatten Tod und Wasser keine deutlichen Beschädigungen in seinen Zügen angerichtet. Jemand hatte kleine Münzen auf die Augen gelegt, damit die Lider geschlossen blieben. Als ich ihn zum letzten Mal gesehen hatte, wollte er sich als Friedensstifter zwischen den Familien zweier vermeintlicher Liebender betätigen.

Der Sprecher sagte mit erstickter Stimme: »Gott sei seiner Seele gnädig.«

Ich stützte mich schwer auf die Bahre und atmete tief ein und aus. Undeutlich spürte ich, wie Hanns Altdorfer neben mich trat.

»Wer ist der Mann?« fragte er leise.

Ich sah auf und begegnete dem verwundeten Blick des Sprechers der Flößer. Ich biß die Zähne zusammen und drehte mich zu Hanns um. Ich sah ihm eindringlich in die Augen und sagte: »Er hat einen kleinen Dienst für mich verrichtet.«

Der Stadtkämmerer verstand genug, um nicht weiter nachzufragen. Sein Blick irrte ab und traf ebenfalls das Gesicht des toten Mannes. Er schüttelte kaum merklich den Kopf.

»Hatte er Familie?« hörte ich mich fragen.

Der Sprecher der Flößer nickte.

»Die Zunft wird sich ihrer annehmen. Wenn Ihr für sie etwas spenden wollt …«

Ich antwortete nicht sofort, und er setzte stockend

hinzu: »Es ist Eure Entscheidung. Ich möchte nicht, daß Ihr Euch verantwortlich fühlt für seinen Tod. Ihr seid sicherlich schuldlos.« Er sah mir in die Augen, und sein Blick strafte seine Worte Lügen. Er war sich nicht im mindesten sicher, daß ich für den Tod seines Kameraden nicht verantwortlich war; aber er konnte sich keinen Umstand denken, der meine Schuld bewiesen hätte. Ich selbst glaubte es besser zu wissen, aber ich schwieg. Nach einem Moment dieses Schweigens sah er sich gezwungen, weiterzusprechen.

»Er war schon alt«, sagte er abwesend. »Ich habe gehört, wie er des Nachts hustete. Vielleicht hat ihn ein Schlag getroffen.« Er warf mir einen erneuten Blick zu, der bewies, daß er selbst nicht an seine Worte glaubte.

»Ertrunken«, murmelte Hanns Altdorfer. Ich sah, wie sich ein paar der bleichen Gesichter um uns herum verschlossen. Ich dachte bei mir: Ein Mann, der sein ganzes Leben auf dem Wasser zugebracht hat, ertrinkt nicht so leicht. Nicht einmal, wenn er so besoffen ist wie ein ganzer Trupp Landsknechte. Ich sog heftig die Luft ein und drehte mich abrupt um. Ich hatte den dringenden Wunsch, den düsteren Raum zu verlassen. Dann sah ich die Füße, die nackt und mit blauen Zehennägeln aus der Hose ragten. Ich trat nochmals auf den Toten zu und sah sie mir näher an. Unwillkürlich folgte mir der Blick des Sprechers.

Ich faßte vorsichtig an die ausgefranste Öffnung eines Hosenbeins und schob den nassen Stoff über das Schienbein zurück. Knapp über den Knöcheln war die Haut an der Außenseite des Beins wundgescheuert und aufgerissen. Die Stelle war so weiß wie der übrige Körper, weil das Wasser alles Blut herausgewaschen hatte, aber man konnte die Verletzung doch deutlich sehen. Ich schob das andere Hosenbein hoch und sah die gleichen Aufschürfungen auf der dort außenliegenden Seite. Ich biß die Zähne zusammen und blickte hoch.

Der Sprecher der Flößer sah mich fragend an. Als ich nichts sagte, wanderte sein Blick zwischen den Füßen des Toten und mir hin und her. Ich nickte ihm zu.

»Ich werde mich wieder an Euch wenden«, sagte ich, ohne mein Verhalten zu erklären. Er nickte langsam und ratlos, mit schmalen Lippen und ohne jede Freundlichkeit in seinen Zügen. Ich schritt eilig hinaus, Hanns Altdorfer im Gefolge. Das Licht draußen war düster und neblig, aber es blendete mich dennoch. Ich kniff die Augen zusammen und blinzelte. Ich spürte eine Übelkeit, daß ich mich hätte übergeben mögen, aber es war eine Übelkeit, die aus meiner Seele kam und nicht aus meinem Bauch. Der Mann war tot; ohne mich würde er noch leben.

»Ich hatte ihn beauftragt, das Reckel-Haus zu beobachten«, erklärte ich Altdorfer. »Noch gestern teilte er mir mit, daß er einen weiteren Beobachter entdeckt habe. Heute ist er tot.«

»Was hast du an seinen Beinen gesehen?«

»Die Spuren eines Stricks, den das Wasser oder die Kette der Flöße heruntergezerrt haben. Ein Strick, mit dem seine Beine zusammengebunden waren.«

»Glaubst du, man hat ihn …?«

»Ertränkt«, sagte ich. »So wie sie damals dieses Bürgermädchen in Straubing ertränkt haben, weil der Sohn des Herzogs sie heimlich geheiratet hatte. Das glaube ich. Aber warum? Was hat er gesehen oder gehört, das sein Todesurteil besiegelte?« Ich hieb mir mit der Faust in die andere Hand. »Wenn ich ihn nicht angeworben hätte, wäre er noch am Leben.«

Altdorfer sah mich an. Ich erwartete, daß er sagen würde: Du kannst nichts dafür; aber statt dessen fragte er: »Weißt du, wer der andere Beobachter ist?«

»Ich habe nicht die geringste Ahnung.«

Hanns Altdorfer schüttelte den Kopf, diesmal deutlicher. Er seufzte. »Mir wird bange«, sagte er schlicht. »Als wir die Tote in der Kirche fanden, machte ich mir Sorgen. Jetzt habe ich wirkliche Angst.«

Ich blickte ihn an. Ich dachte nach; über das blasse Gesicht des Toten im Versammlungsraum des Zunfthauses schob sich unvermittelt ein anderes Gesicht, aufgeschwemmt und entstellt. Über die blinkenden Münzen auf den Lidern schoben sich leergefressene Augenhöhlen. Ich sah Knöchel, in deren aufgedunsenes Fleisch tiefe Rillen gegraben waren.

»Um Gottes willen«, stieß ich hervor.

»Was hast du?«

Ich dachte an einen weiteren Strick um zwei Fußgelenke; an eine unscheinbare Delle unter einem Wirbel nassen, schwarzen Haares.

»Peter?«

»Der Mann, den sie am Freitag aus dem Wasser gezogen haben. Ich war zufällig bei der Bergung dabei.«

»Ich habe davon gehört.«

»Ich sah eine Schlinge um seine Beine, mit der man ihn wahrscheinlich gefesselt hatte. Und daß sein Schädel eingeschlagen war und die Männer am Wehr der Vermutung, diese Verletzung sei durch sein Anschwemmen ans Wehr geschehen, nicht viel Glauben geschenkt haben.«

Er hob die Schultern, aber der Blick in seinen Augen zeigte eher Entsetzen als Nichtbegreifen. Mir wurde klar, daß er trotz seines dicken Mantels fröstelte.

»Der Tote ist mir anfangs immer wieder im Kopf umgegangen«, sagte ich. »Aber dann habe ich ihn vergessen. Er war tot, und ich kannte ihn nicht, und sein Tod schien mir keinerlei Bedeutung für mich zu haben. Jetzt allerdings ...«

Ich drehte mich zu Hanns herum und klopfte ihm mit der Faust auf die Brust.

»Hat sich denn schon ein Angehöriger gemeldet?«

»Nicht daß ich wüßte; jedenfalls nicht bei mir. Vielleicht bei Hauptmann Seis auf der Burg.«

Ich dachte an das Siegel und die zerbrochenen Tonscherben, die der Stadtknecht in der Ledertasche des Toten gefunden hatte.

»Vermißt jemand einen Schreiber?« fragte ich.

Er riß die Augen auf.

»Wieso denn?« rief er.

»Der Tote hatte ein Siegel bei sich wie ein Schreiber.«

»Niemand hat mich darauf angesprochen«, sagte er. »Ich habe das noch gar nicht gewußt; ich wußte nur, daß man einen Ertrunkenen aus dem Wasser gefischt hat.« Er machte ein ärgerliches Gesicht, als ob er sich jetzt über die Schlamperei der Stadtwache mehr entrüstete als über die Todesfälle selbst.

»Wir sollten uns die Sache näher ansehen«, sagte ich. »*Ich* hätte mir die Sache schon viel früher näher ansehen sollen. Begleitest du mich zum Kapuzinertor? Ich muß mit den Torwächtern sprechen.«

Er nickte.

»Wenn du mir auf dem Weg dorthin mitteilst, worauf du eigentlich aus bist ... Ich fühle mich mehr und mehr im Dunkeln.«

»Ich auch«, murmelte ich so leise, daß er es nicht hörte. Er drehte sich zum Eingang des Zunfthauses um und schniefte. Ich starrte gleich ihm auf die geschlossenen Türflügel. Ich schauderte bei dem Gedanken an den toten Mann, der dahinter aufgebahrt lag.

Der Wappner, der müßig vor dem Eingang in die untere Turmkammer lümmelte, richtete sich auf, als er uns herankommen sah und schließlich den Stadtkämmerer erkannte. Er trat uns in den Weg und grüßte höflich. Ich sah ihm in die Augen und erkannte, daß er vor Schreck und Nervosität beinahe schielte. Das schlechte Gewissen strahlte von ihm aus, aber ich hielt mich nicht mit den Gedanken auf, was daran schuld sein mochte. Vielleicht war er kurz davor gewesen einzudösen, und wir hatten ihn aufgeschreckt.

Altdorfer grüßte zurück und blieb stehen, aber ich ließ mich nicht aufhalten. Ich murmelte eine Frage nach der Anwesenheit des Wachführers und wartete nicht erst auf die Antwort. Ich war in Eile und sorgte mich darum, was ich noch alles sträflich unterlassen haben mochte, und ich hatte keine Zeit für Höflichkeiten. Altdorfer folgte mir auf dem Fuß, und der junge Stadtknecht flatterte uns unglücklich hinterher, als ich auf die Tür zutrat und sie entschlossen öffnete.

Es waren drei Männer in der engen, dunklen Stube, und sie fuhren erschrocken auseinander, als das Licht von der Türöffnung auf sie fiel. Eine junge Frau mit schmutzigen Haaren streifte hastig ihren Rock über die Oberschenkel hinunter und versuchte, mit dem schäbigen Vorderteil ihres Kleids ihre nackten Brüste zu bedecken. Sie hatten eine Dirne bei sich in der Turmkammer. Einer der Männer warf einen Blick voll lodernden Zorns auf uns; ich erkannte ihn als den Offizier, der auch bei der Bergung des Toten am Freitag vor Ort gewesen war. Bevor er etwas sagen konnte, piepste der junge Kerl, den sie draußen als Aufpasser abgestellt hatten: »Der Herr Stadtkämmerer ist hier!«

Der Wachführer zog so hart die Nase hinauf, daß es sich anhörte, als ob er knurrte. Sein Gesicht lief feuerrot an. Er schluckte, dann machte er eine knappe Verneigung. Die anderen beiden Männer versuchten, in den Boden zu sinken; das Mädchen drückte sich in die Ecke und warf einen halb ängstlichen, halb ärgerlichen Blick zu uns herüber. Wir hatten ihr soeben ein Geschäft verpatzt.

»Was ist denn hier los?« fragte Hanns Altdorfer scharf.

Die beiden einfachen Wappner räusperten sich, während ihr Anführer es vorzog, den Blick in die Ferne zu richten und sich die Antwort zu ersparen. Ich drehte mich halb zu Altdorfer um und sagte: »Es ist schon in Ordnung, Hanns.«

Altdorfer zuckte unzufrieden mit den Schultern, erwiderte aber nichts mehr. Ich deutete auf die Dirne und sagte: »Verschwinde hier.«

Sie zog die Oberlippe verächtlich hoch, raffte sich aber auf und schritt wie eine Königin an uns vorbei. Als sie an mir vorbeikam, ließ sie das Oberteil ihres Kleides sinken und streifte mit einer bloßen Brust meinen Unterarm, dann kicherte sie höhnisch und lief nach draußen. Ich drehte mich nicht nach ihr um.

»Ihr habt am Montag einen Toten aus der Isar geborgen, draußen beim Bleichwehr«, sagte ich zu dem Wachführer.

Er sah mich vorsichtig an und sagte: »Das ist richtig, Herr.« Er fragte nicht, woher ich dies wüßte oder wie ich dazu käme, ihm Fragen zu stellen; vermutlich war er noch zu erschrocken von seiner eben erfolgten Blamage.

»Wo ist die Leiche jetzt?«

Er zog seine Augenbrauen erstaunt hoch.

»Wir haben sie verscharren lassen«, erwiderte er. Ich schnaubte verärgert; ich war tatsächlich zu spät. Ich wandte mich zu Hanns Altdorfer um und sagte resigniert: »Ich hätte mich gleich darum kümmern müssen.«

»Sie fing schon an zu stinken«, sagte der Wachführer zur Entschuldigung.

»Der Tote hatte eine Ledertasche, die Ihr untersucht habt. Was fandet Ihr darin?«

»Ein Siegel und einige Tonscherben.«

»Sonst nichts?«

»Nein.«

Ich fragte: »Hatte der Tote nicht einen eingeschlagenen Schädel und einen Strick um die Füße?«

»Das stimmt. Die Wunde an seinem Kopf sahen wir gleich; die Schlinge erst später. Sie war zu sehr in sein Fleisch eingesunken.«

Aus dem Augenwinkel sah ich, wie Altdorfer angeekelt den Kopf zur Seite wandte.

»Was glaubt Ihr, hat das zu bedeuten?« fragte ich. Der Wachführer zuckte gleichmütig mit den Schultern.

»Er wird mit dem Kopf irgendwo angeschlagen sein, als er den Fluß heruntertrieb«, erwiderte er. »Wir haben uns keine Gedanken darüber gemacht.«

»Und die Schlinge?«

Er verzog das Gesicht und antwortete nichts. Er hatte es nicht als seine Aufgabe angesehen, sich um den Zustand einer Wasserleiche, die man zufällig aus dem Fluß geborgen hatte, Gedanken zu machen.

Ich nickte langsam.

»Darf ich das Siegel sehen?« erkundigte ich mich dann.

Jetzt wurde er mißtrauisch. Er machte schmale Augen und musterte mich zum erstenmal eingehend; die Fragerei wurde ihm zuviel.

»Seid Ihr ein Angehöriger?« fragte er.

»Ihr sollt antworten, nicht Fragen stellen!« bellte Altdorfer.

»Ein Partner, dessen Geschäft ich mitführe, vermißt einen seiner Schreiber«, sagte ich glatt.

Der Wachführer brummte etwas, aber scheinbar war er zufrieden.

Er drehte sich zu einem seiner Männer um.

»Haben wir das Zeug des Toten noch da?«

Sie nickten eifrig, noch immer verwirrt von dem Schreck, der sie aus ihrer lüsternen Beschäftigung gerissen hatte, und bestrebt, den schlechten Eindruck wieder wettzumachen. Einer bückte sich zu einer verschlossenen Truhe, deren Schlüssel sinnigerweise auf einem Brett gleich darüber lag, öffnete sie und förderte nach einigem Kramen einen leinernen Beutel zutage, den er auf den Tisch legte. Der Wachführer nestelte das Band auf und schüttete den Inhalt heraus; Münzen, ein paar grünspanüberzogene billige Schmuckstücke und sonstiger Kleinkram, den man bei ihnen abgegeben oder den sie selbst gefunden und behalten hatten, rollten auf die Tischplatte. Das Siegel war darunter. Ich hob es auf und zeigte es Hanns Altdorfer.

Er hielt die Siegelfläche ins Licht und betrachtete sie. Seine Brauen zogen sich zusammen. Er warf mir einen raschen Blick zu, dann sah er sich um. Als er nicht fand, wonach er suchte, trat er nach draußen. Ich folgte ihm überrascht. Er suchte den Boden ab, kniete sich neben der Turmmauer am Rand der Straße nieder und fegte mit der Hand ein paar Steinchen von einer kleinen Fläche glatten, festgetretenen Lehmbodens. Mit der anderen Hand hob er das Siegel und rammte es fest in den Lehm. Ein schwacher Abdruck war zu erkennen, nicht besonders deutlich, aber für den Stadtkämmerer genügte er. Er sah zu mir auf und holte tief Luft. Er machte den Mund auf, aber ich schüttelte leicht den Kopf; er schloß ihn wieder und erhob sich. In seinem Gesicht arbeitete es. Er packte das Siegel fester.

»Wir nehmen es mit«, erklärte er den umstehenden Wappnern.

Der Anführer nickte ohne Widerspruch. Er wußte, daß er es nicht hätte behalten dürfen.

»Natürlich«, sagte er; dann drückte und drückte er und brachte schließlich heraus: »Wegen vorhin, Herr; ich bitte Euch zu verstehen …«

Hanns Altdorfer sah ihn mit neu erwachendem Ärger an. Ich kam ihm zuvor.

»Es ist in Ordnung«, erwiderte ich rasch, und auch Altdorfer rang sich dazu durch zu sagen: »Laßt Euch ja nicht mehr erwischen.«

Er drehte sich ohne Gruß um und stapfte davon; bei seiner sonstigen Höflichkeit ein deutliches Zeichen seines Zorns, und diesmal trottete ich ihm hinterdrein. Außer Hörweite der Wappner sagte ich: »Du kennst das Siegel, nicht wahr?«

Er schnaubte und nickte.

»Es ist das des Richters«, sagte er.

Was hatte ich erwartet? Ich wußte es nicht – aber nicht das, soviel war sicher. Ich fragte: »Was jetzt?«

»Verdammt, daß der Richter in Burghausen festsitzt.

Ich muß unbedingt mit ihm sprechen. Ich möchte wissen, warum er mir nichts davon gesagt hat, daß einer seiner Schreiber fehlt.«

Ich gab ihm keine Antwort. Mir wurde klar, daß ich damit gerechnet hatte, daß uns eine nähere Untersuchung des Toten oder seiner Hinterlassenschaft weiterhelfen würde; statt dessen standen wir vor einer neuen Ungereimtheit. Ich fühlte mich wie vor den Kopf geschlagen. Altdorfer betrachtete mich und sagte: »Du hast fest geglaubt, der Tote würde uns weiterbringen, nicht wahr?«

Ich nickte stumm. Er seufzte.

»Ich glaubte es beinahe auch schon. Du warst sehr überzeugend.«

»Das Gefühl, daß er wichtig wäre, kam über mich wie eine Eingebung«, sagte ich. »Ich wäre besser bei dem geblieben, was man sehen kann, anstatt einem Gefühl nachzulaufen.«

Altdorfer schniefte und sagte nichts mehr. Wir gingen eine Weile schweigend nebeneinander her, durch die ruhige Neustadt, an deren nördlichem Ende der Geruch der Malztennen zwischen den Hausfassaden lag und im Nieselregen von klebriger Süße war wie verrottendes Heu. Wir waren schon fast an der Einmündung der Rosgasse, an der nur noch der Name an die dichten Bestände von Schilf und Rosgras erinnerte, die vor der Stadterweiterung hier gewuchert hatten, als Altdorfer plötzlich sagte: »In Wahrheit bist du nicht überzeugt davon, daß der tote Schreiber für uns keine Rolle spielt; habe ich recht?«

»Ja«, antwortete ich widerwillig. »Aber ich kann ihn nirgends unterbringen. Ich weiß noch nicht einmal, ob es uns geholfen hätte, wenn der Leichnam noch hier gelegen hätte, mit einem Schild um den Hals, wie und warum er ums Leben gekommen ist.«

Altdorfer wog das Siegel in der Hand.

»Vielleicht sollten wir mit den Schreibern des Richters sprechen«, überlegte er und fügte in einem Anfall von Sarkasmus hinzu: »Jedenfalls mit denen, die noch am Leben sind.«

»Später«, sagte ich. »Ich habe genug Zeit vertan mit dieser unglücklichen Wasserleiche; ich muß zur Baustelle.«

Er zuckte mit den Schultern und sah mich unschlüssig an. Ich klopfte ihm auf die Schulter und verließ ihn, am Anfang der Grasgasse stehend, die zum Rathaus hin führte. Er blickte mit gerunzelter Stirn auf das Siegel nieder, das er in seiner Hand hielt, und machte ein Gesicht, als könne es sich plötzlich in einen Hundekötel verwandeln.

Ich marschierte bis zur Pfarrgasse, die an der Pfarrschule vorbei zur Baustelle der Kirche führte; ich war überrascht, als ich sie von einigen Dutzend Menschen bevölkert sah, die wie ich in Richtung Altstadt strebten. Meine überreizte Phantasie veranlaßte mich sofort zu dem Gedanken: Es ist wieder etwas passiert!, aber die Leute unterhielten sich und schienen es nicht besonders eilig zu haben. Man hatte eher den Eindruck, daß es dort, wo sie hinwollten, etwas zu sehen gäbe, das nicht unbedingt von eminenter Wichtigkeit war, das man aber dennoch nicht versäumen sollte. Ich überholte die meisten von ihnen auf dem Weg zur Kirche; als ich um die Ecke bog, hinter der sich der Kirchhof erstreckte und dahinter der gewaltige Rundbogen des Chorhauses erhob, wurde mir klar, daß wir alle dasselbe Ziel hatten: die Baustelle des Domes.

Es waren nicht so viele Menschen, daß man es für einen Aufstand hätte halten können; allenfalls ein- oder zweihundert, und sie unterhielten sich friedlich und wandten nur ab und zu den Kopf und streckten die Hälse, um zur Kirche hinübersehen zu können. Weder auf dem Dach noch auf dem Turmgerüst, noch sonst irgendwo auf der Baustelle sah ich auch nur einen Arbeiter. Ganz offensichtlich wurde auch heute nicht gearbeitet; nur die Zuschauer waren anwesend. Sie standen oder gingen in dem engen Platz zwischen den Häusern und Bauhütten und der wuchtigen Fassade des Langschiffs umher. Ich drängte mich durch sie hindurch, um zur Kirche selbst zu gelangen, und stand plötzlich vor dem quergehaltenen Spieß eines Wappners, der mich am Weitergehen hinderte. Ich sah mich um: Zusammen mit seinen Kameraden bildete er einen engen Ring um die Baustelle und ließ niemanden passieren.

»Die Baustelle darf nicht betreten werden«, sagte er nicht unfreundlich.

»Ich möchte mit einem der Steinmetze sprechen«, erwiderte ich. »Er ist mein Sohn.«

Er zuckte mit den Schultern.

»Er ist nicht da.«

»Woher wollt Ihr das wissen?«

»Heute wird nicht gearbeitet«, beschied er mich.

»Dann möchte ich zu Meister Stethaimer«, hörte ich mich sagen. Im gleichen Moment dachte ich: Ich weiß gar nicht mehr, wie der Baumeister aussieht; ich habe ihn nur ein einziges Mal gesehen. Jemand wird ihn mir vorstellen müssen.

Der Wappner zeigte erste Anzeichen von Ungeduld.

»Heute nicht«, sagte er bestimmt.

»Was ist denn passiert?«

»Nichts.«

Ich sah mich hilflos um; ein Mann mit einem feinen Mantel, der in meiner Nähe stand, beugte sich zu mir herüber und sagte: »Der Herzog wird angeblich mit seinem Hofstaat die Baustelle besuchen; deshalb lassen sie keinen durch.«

»Der Herzog? Herzog Ludwig?«

»Mit seinem Sohn, dem jungen Prinzen, und Bischof Bernhard von Salzburg.«

»Und was machen all die Leute hier?« fragte ich und wies auf die Umherstehenden.

»Wir sehen sie uns an«, sagte er mit einem erstaunten Unterton, als wäre meine Frage von ausgesuchter Torheit. »Was macht Ihr denn hier?«

»Ich habe etwas auf der Baustelle zu erledigen.« Er grinste plötzlich.

»Heute nicht«, wiederholte er fröhlich die Ablehnung, mit der mich schon der Wappner bedacht hatte. Er wandte sich ab, und ich trat wieder auf den Mann mit dem Spieß zu.

»Ich habe etwas Dringendes mit Hans Stethaimer zu besprechen«, sagte ich erneut. »Ich bitte euch, mich zu ihm vorzulassen.« Mit einer Hand fischte ich ein paar Pfennige aus der Tasche und ließ sie in sein Wams gleiten. Er warf seinen Kameraden links und rechts neben sich verstohlene Blicke und wechselte unschlüssig den Griff an seinem Spieß.

»Wir dürfen niemanden durchlassen, bis der Herzog die Baustelle wieder verlassen hat«, erklärte er mir.

»Der Herzog ist ja noch gar nicht angekommen«, gab ich ihm zu bedenken.

Er überlegte, ohne den Spieß zur Seite zu nehmen.

Ich wartete voller Ungeduld; wenn ich noch ein paar kleinere Münzen gehabt hätte, hätte ich seinem Denkprozeß ein wenig nachgeholfen. Plötzlich schritt eine Gruppe von Männern aus dem östlichen Eingangsportal ins Freie und sah sich um; einige von ihnen trugen lederne Schürzen. Zwischen ihnen stand eine gebeugte Gestalt mit fein geschmücktem Wams, und entgegen aller Erwartungen erkannte ich sein Gesicht auf Anhieb wieder. Es brauchte nicht die neben mir stehenden Leute, die mit den Fingern auf ihn zeigten und zu tuscheln anfingen.

»Dort ist der Baumeister«, sagte ich und wies auf die Gruppe. »Nun laßt mich bitte zu ihm durch.«

Der Wappner konnte sich noch immer nicht entschließen, den Weg freizugeben; der Widerstreit seiner Gefühle spiegelte sich deutlich in seinem Gesicht. Stethaimer stieg mit seinen Begleitern die wenigen Stufen auf den Platz herunter und setzte sich zum westlichen Portal hin in Marsch, direkt in unsere Richtung. Ein paar der weiter hinten stehenden Zuschauer drängten sich heran, um festzustellen, ob es sich bei ihm und seinen Männern nicht vielleicht schon um einen der erwarteten Würdenträger handle, und ich erhielt ein paar Stöße in den Rücken.

Ich holte Luft und rief: »Herr Stethaimer!«

Er drehte sich um und suchte mit den Blicken nach mir. Ich hob eine Hand und winkte ihm zu, und er kniff die Augen zusammen. Ich seufzte; er versuchte, mich zu erkennen. Da er mich nur ein einziges Mal gesehen hatte, und das vor mehreren Jahren, würde er im nächsten Moment mit den Schultern zucken und weitergehen. Einen der Landshuter Kaufleute und reichen Bürger hätte er wohl auf Anhieb erkannt; sie überschlugen sich mit ihren Gunstbeweisen ihm gegenüber und mit Einladungen zu gewaltigen Menüs. Ich war in den vergangenen Jahren noch nicht einmal oft genug in die Nähe der Baustelle gekommen, um mir das Gesicht des Baumeisters seit unserer ersten und letzten Begegnung genügend einzuprägen. Ich hob die Hand erneut und bedeutete ihm, zu mir zu kommen.

»Ich muß Euch sprechen!« rief ich.

Ich erhielt noch ein paar Stöße in den Rücken, als sich weitere Zuschauer herandrängten, um zu erfahren, was vor sich ginge. Die mir zunächst standen, starrten mich voll stummer Neugier an. Ärger ergriff mich.

»Nun kommt doch schon!« sagte ich laut, als Stethaimer noch immer zögerte.

Unwillkürlich trat er die paar Schritte auf mich zu.

»Was wollt Ihr von mir?« fragte er ungeduldig.

»Ich muß ein paar Dinge mit Euch besprechen. Dringend«, sagte ich.

Der Baumeister starrte mich unwirsch an. Ich sah Schatten unter seinen Augen und ein aufgeregtes Zucken um seine Lider. Er war nervös. Seine wenigen grauen Haare standen vom Kopf ab wie ein verblaßter, lückenhafter Hahnenkamm, und seine Stimme klang schrill und hastig. Er taxierte mich kurz. Ich konnte sehen, daß er sich über mich wunderte; meiner Kleidung nach war ich keiner der üblichen Bittsteller und Arbeitssuchenden. Einen Moment lang zögerte er, aber seine Nervosität gewann die Oberhand.

»Ich habe jetzt keine Zeit; der Herzog wird jeden Moment kommen«, stieß er hervor. Er wandte sich brüsk ab und wollte gehen.

»Erinnert Ihr Euch nicht mehr an mich?« fragte ich ihn.

Er drehte sich wieder um und schüttelte den Kopf. »Ich bedaure«, sagte er.

»Ich bin Peter Bernward. Mein Sohn Daniel ist einer Eurer Gesellen.« Ich hatte ein merkwürdiges Gefühl dabei, mich mit dem Namen meines Sohnes auszuweisen. Eigentlich hätte es umgekehrt sein sollen. Es wäre umgekehrt gewesen, wenn ich mich öfter in der Stadt hätte blicken lassen.

Das Gesicht des Baumeisters hellte sich auf.

»Ich freue mich«, sagte er. »Wenn ich mich auch nicht mehr an Euch erinnern konnte. Wir sind uns begegnet, als Ihr Euren Sohn bei mir angemeldet und den Lehrpfennig bezahlt habt, nicht wahr?«

»So ist es. Kann ich ein paar Minuten Eurer Zeit beanspruchen?«

»Herzog Ludwig besucht die Baustelle«, erwiderte er unentschlossen.

»Ich weiß. Es dauert nur ein paar Augenblicke.«

»Also gut«, seufzte er. Er stemmte die Hände in die Hüften und sah mich erwartungsvoll an. Ich verdrehte innerlich die Augen.

»Können wir uns vielleicht ein paar Schritte beiseite begeben?« fragte ich.

Stethaimer zuckte zusammen und machte ein schuldbewußtes Gesicht.

»Entschuldigt«, murmelte er. »Ich bin schon ganz verwirrt. Natürlich.« Er tippte dem Wappner auf die Schulter, und dieser stellte den Spieß senkrecht und ließ mich an sich vorbeischlüpfen. Ich trat an die Außenmauer der Kirche; Stethaimer folgte mir.

»Gerade jetzt muß der Herzog auftauchen«, stöhnte

er, als wolle er mir sein aufgebrachtes Verhalten erklären. »Wir sind mit allen Arbeiten im Verzug, und er hält uns noch zusätzlich auf.«

Ich lächelte verständnisvoll und hatte das Gefühl, ich müsse etwas zu seiner Klage bemerken.

»Mein Sohn hat mir erzählt, daß die Arbeiten bereits gestern ruhen mußten.«

»Es stimmt; gestern war der Bischof von Salzburg auf der Baustelle – ohne den Herzog; er war wohl ans Bett gefesselt. Da er sich heute angeblich besser fühlt, wollte er es sich nicht nehmen lassen, Bischof Bernhard nochmals persönlich herzuführen. Dann sind da noch die anderen hohen Herren Prälaten, die mir ständig zwischen den Füßen herumlaufen und alle halb verrückt machen.«

Ich lächelte wieder und wollte zum Zweck meines Besuches kommen, aber sein Ärger hatte sich noch nicht genügend Luft gemacht.

»Und es sind alles erfahrene Baumeister«, sagte er mit beißendem Sarkasmus. »Ihr glaubt nicht, was für Spezialisten unter den Bischofsmützen stecken; ein jeder hat schon mindestens eine doppelt so große Kirche wie diese hier gebaut.«

Stethaimer machte eine verächtliche Geste, und ich dachte daran, wie sehr Daniel sich in seiner Beurteilung des Baumeisters getäuscht hatte.

»Hat mein Sohn mit Euch gesprochen?« fragte ich ihn endlich. Er schüttelte erstaunt den Kopf.

»Worüber?«

Ich seufzte. Offenbar hatte ich Daniel zu gründlich eingeredet, daß die Angelegenheit nebensächlich sei.

»Er hat mir von einem Mann auf Eurer Baustelle erzählt, mit dem ich unbedingt sprechen möchte«, sagte ich. »Er wollte Euch darauf hinweisen.«

»Ich habe mit Eurem Sohn schon länger nicht mehr gesprochen«, erwiderte er. »Er ist zu gut, als daß man ihn oft beaufsichtigen oder anleiten müsse. Aber es ist kein Problem. Wie heißt der Mann, mit dem Ihr reden wollt?«

»Ich weiß leider seinen Namen nicht«, sagte ich zähneknirschend.

»Dann ist es doch ein Problem«, entgegnete er betroffen.

»Vielleicht können wir meinen Sohn hinzuziehen?«

»Ich habe allen Gesellen und Arbeitern freigegeben; ich weiß nicht, wo er sich aufhält. Nur die Meister sind auf der Baustelle geblieben.«

»Einer der Meister könnte ihn kennen, wenn ich ihn beschreibe«, schlug ich vor. Er zuckte mit den Schultern.

»Fragen wir sie«, sagte er. »Aber beeilt Euch.«

Tatsächlich war der Mann einem der Steinmetze ein Begriff, nachdem ich seine Eigenarten und seine vermutliche Heimatstadt angesprochen hatte.

»Ich habe ihn bei einem meiner Gesellen als Gehilfen angestellt; ein geschickter Mensch«, meinte er.

»Könnt Ihr mich mit ihm zusammenbringen?«

»Ich fürchte, nein«, sagte er gelassen. »Er arbeitet nicht mehr hier.«

»Seit wann?« ächzte ich.

Er sah nach oben, um nachzudenken. Im selben Moment ging eine Bewegung durch die Zuschauer, die außerhalb des Kordons der Wappner auf den Herzog und seine Begleitung warteten; wie ein Windstoß durch hohes Gras fährt, wandten sich alle ihre Köpfe der Altstadt zu, und ein Raunen wurde hörbar. Stethaimer drehte sich um. Sein Gesicht verschloß sich.

»Der Herzog kommt«, sagte er. »Ihr müßt gehen.«

Es war niemand zu sehen; aber irgendwo weiter vorne klatschte plötzlich jemand in die Hände, und ein anderer rief etwas, und in Sekundenschnelle klatschte über die Hälfte der Wartenden oder schrie fröhlich durcheinander. Stethaimer wandte sich ab und machte eine fahrige Abschiedsgeste. Seine Meister scharten sich um ihn, mit einemmal ebenso nervös wie der Baumeister selbst; der eine oder andere zerrte an seiner Lederschürze oder strich sich die Haare glatt.

Ich setzte den Männern einen Schritt nach und faßte meinen Gesprächspartner am Arm.

»Wann hat er die Baustelle verlassen?« fragte ich drängend. »Bitte sagt es mir.«

Er rechnete im Gehen mit den Fingern nach und bewegte dabei die Lippen.

»Am Dienstag kam er nicht mehr zur Arbeit«, sagte er dann. »Deshalb ließ ich ihn von der Lohnliste streichen.«

»Hat sich niemand danach erkundigt, ob ihm etwas zugestoßen ist?«

»Er hat keine Anschrift hinterlassen, unter der wir ihn in der Stadt ausfindig machen konnten. Den Zunftschreibern war er auch nicht bekannt.« Er zuckte mit den Schultern. »Unter normalen Umständen hätten wir ihn gar nicht eingestellt, aber bei all dem Gesindel, das hier bei uns vorspricht, war er ein echter Lichtblick.«

»Also weiß niemand, was aus ihm geworden ist.«

Er zuckte nochmals mit den Schultern. Es war Antwort genug. Als ich nichts mehr darauf sagte, wandte er sich endgültig ab und ließ mich stehen. Ich trat auf die Wappner zu, und der mir zunächst Stehende hob seinen

Spieß halb in die Höhe und ließ mich darunter durch wieder auf die andere Seite treten. Die Leute dort rückten unwillig beiseite; sie hatten diesen Platz mit vielen Püffen und Ellbogenstößen bezahlt, und nun kam ich und machte ihn ihnen streitig. Dennoch pöbelte mich niemand an: Der Umstand, daß ich von *innerhalb* der Absperrung gekommen war, verschaffte mir einen ungewissen Respekt. Ich drehte mich um und sah Stethaimer und seinen Männern nachdenklich hinterher, die sich am westlichen Seitenportal aufstellten und auf den Herzog und seine Begleiter warteten. Stethaimer strich sich mit den Handflächen über sein Wams.

Herzog Ludwig näherte sich um das ausladende Gerüst des Turmes herum; wie eine Welle in einem Teich lief ihm der Jubel in der Zuschauermenge ein paar Schritte voraus. Sie applaudierten nicht, weil er der Herzog und der Stadtherr war oder weil sie ihn ganz besonders geliebt hätten; sie hätten auch einem Tanzbären zugejubelt, den ein Vagant um die Ecke führte. Er und sein Gefolge stellten lediglich eine willkommene Abwechslung dar. Ich versuchte, mich nach draußen zu drängen, aber jetzt schoben sich die hinten Stehenden nach vorne und verkeilten die Menge so sehr, daß an ein Durchkommen nicht zu denken war. Es bereitete mir schon Mühe, mich so weit umzudrehen, daß ich dem Kirchenbau wieder das Gesicht zuwandte. Wohl oder übel blieb ich an vorderster Front der Zuschauer stehen; es war ein schwacher Trost, daß ich von meinem Standort aus einen vorzüglichen Blick auf das Geschehen hatte.

Der Herzog konnte nicht aus eigenen Kräften gehen oder stehen; insofern war der Vergleich mit einem Tanzbären noch nicht einmal weit hergeholt. Wie ein türkischer Potentat ließ er seinen massigen Körper in einer Sänfte herumtragen; das Podagra hatte ihn in seinem schmerzhaften Griff. Ludwig führte die kleine Prozession an. Hinter seiner Sänfte befand sich mindestens ein Dutzend vornehm gekleideter Herren mit festen Wämsen, ausladenden Hüten und eng anliegenden, zweifarbigen Beinlingen, sowie zwei in das Weiß ehrwürdiger Prälaten gekleidete Männer mit hohen, goldglitzernden Bischofsmützen. Ich kniff die Augen zusammen, um sie besser sehen zu können. Ich kannte keinen der beiden Kirchenmänner; sie waren mittelgroße, rundliche Herren mit gesunder Gesichtsfarbe und roten Apfelbäckchen, die demonstrativ beeindruckt von der Konstruktion und der Wucht des Kirchenbaus, den sie alle mindestens schon dreimal besichtigt hatten, bald hierhin, bald dorthin deuteten und die Köpfe in die Nacken legten, bis ihre Tiaren ins Wanken gerieten. Der junge Herzog Georg ging hinter ihnen. Er winkte ein paarmal, als er seinen Namen aus der Menge rufen hörte, aber die Geste schien mir halbherzig, und sein hübsches Gesicht unter den langen Locken war eher verschlossen und trotzig. Auch der Kanzler, der schweigend zwischen den aufgeputzten Höflingen herschritt und sich in seinem dunklen Mantel auffallend von den bunt gekleideten Männern abhob, machte ein finsteres Gesicht. Er sah nicht links und nicht rechts und erblickte mich nicht, obwohl er so nahe an meinem Platz vorbeiging, daß ich ihn mit einem Steinwurf hätte treffen können, ohne dabei besonders auszuholen. Ich war mir sicher, daß er, selbst wenn er aufgeblickt und mich erkannt hätte, nicht mit der Wimper gezuckt hätte. Er schien tief in Gedanken versunken und ungehalten darüber zu sein, daß man ihn mit dieser Repräsentationspflicht von seinen Aufgaben abhielt. Sein Anblick munterte mich dennoch auf; wenn er wieder zurück war, konnte ich ihn später vielleicht sprechen.

Die von Hans Stethaimer geleitete Gruppe und die Prozession des Herzogs trafen vor dem westlichen Seitenportal der Kirche zusammen; der Baumeister und seine Männer beugten das Knie, erhielten ein freundliches Winken von Herzog Ludwig und einen Segen, den die zwei beeindruckten Bischöfe mit inbrünstigen Gesten erteilten, und ohne lange zu zögern, verschwanden beide Gruppen in der Kirche. Die Flügel des Portals schlossen sich dumpf, zwei Wappner stellten sich breitbeinig davor auf, und das Schauspiel war vorüber, noch bevor es richtig begonnen hatte.

Es dauerte noch eine geraume Weile, ehe sich die Menge wieder zerstreute und ich endlich ohne Schwierigkeiten meinen unwillkommenen Ausblick aufgeben konnte. Wir waren am Montag abend überfallen worden, und am Dienstag morgen war der neue Hilfsarbeiter nicht mehr auf der Baustelle aufgetaucht. Ich dachte an das Gesicht des jungen Mannes, der zusammen mit seinem finsteren Gesellen den Eingriff der Wappner überlebt hatte. Es war vor panischer Angst verzerrt gewesen, als der Truppführer der Stadtknechte ihn anschrie. Er hatte nichts gesagt; hätte er es getan, wären die Worte sicherlich mit der Klangfärbung des Ingolstädter Dialekts herausgekommen. Ich nickte freudlos; ich war mir sicher, daß ich dem Meister Hans Stethaimers hätte sagen können, wo sich sein spurlos verschwundener Arbeiter befand.

8

Altdorfer war in seinem Arbeitszimmer und empfing mich mit den Worten: »Schade, daß du nicht ein paar Minuten früher gekommen bist.«

Er grinste, schien aber nicht wirklich amüsiert zu sein.

»Weshalb?«

»Ich hatte gerade Besuch von einem deiner besten Freunde«, sagte er und trommelte dabei mit der Hand auf seinen Tisch. »Er spricht nur Polnisch und Latein.«

»Albert Moniwid«, stieß ich hervor.

»Derselbe.«

Ich verdrehte die Augen.

»Was wollte er?«

»Er war auf der Suche nach einem Prügelknaben. Er sagt, er hat seit einer Woche nichts mehr von dir gehört, weiß nicht, wie er dich erreichen kann, weiß nicht, was du schon alles herausgefunden hast, weiß nicht, ob er nicht am besten gleich zu seinem König rennen und alles erzählen soll ...«

»... und weiß nicht, wem er als erstem die Ohren abreißen möchte«, vollendete ich. Hanns Altdorfer lächelte dünn.

»Peter«, sagte er besorgt und beugte sich nach vorne, »ich will dir keinen Ratschlag geben; aber bedenke bitte: Dieser Mann hat uns in der Hand.«

Ich seufzte.

»Was hätte ich ihm denn mitteilen sollen? Wir wissen so gut wie gar nichts. Warum, denkst du, scheue ich vor einer Begegnung mit Moniwid zurück? Wenn ich das auf den Tisch lege, was wir uns zusammengereimt haben, lacht er sich halbtot und läßt die Hochzeit platzen wie eine zu fest aufgepumpte Schweinsblase.«

Der Stadtkämmerer schloß die Augen. Er wirkte erschöpfter denn je.

»Was war auf der Baustelle?« fragte er nach einer Weile.

Ich winkte ab.

»Daniel hatte mir erzählt, auf dem Bau sei ein neuer Hilfsarbeiter, der versuche, die Leute aufzuwiegeln, und zudem aus Ingolstadt stamme. Ich wollte mir den Mann einmal ansehen.«

»Und?«

»Er ist seit Dienstag morgen nicht mehr zur Arbeit erschienen. Ich bin sicher, er war an dem Überfall auf uns beteiligt. Erinnerst du dich an den jungen Kerl, der sich vor Angst in die Hosen gemacht hat?«

»Nicht wirklich«, sagte Altdorfer und rieb sich unbewußt über die verletzte Stelle auf seiner Brust.

»Laß uns zusammen zum Gericht gehen und mit jemandem wegen des toten Schreibers sprechen«, schlug ich vor.

Wilhelm Trennbeck saß in der Arbeitsstube des Richters und zermarterte sich über Dutzenden von Listen den Kopf. Einer der Schreiber war bei ihm und bemühte sich zu helfen. Trennbeck sah kaum auf, als wir den Raum betraten.

Hanns Altdorfer gab ihm das Siegel des Toten und sagte: »Wie es aussieht, ist dies ein richterliches Siegel.«

Trennbeck musterte das Siegel, dann musterte er den Stadtkämmerer. In seinen Augen stand deutlich die Abneigung dagegen zu lesen, jetzt bei seiner Arbeit gestört zu werden. Schließlich lehnte er sich zurück, wie um sich körperlich von seinen Listen zu distanzieren, damit er klarer denken könne. Er nickte.

»Woher habt Ihr es?« fragte er.

»Es befand sich im Besitz eines Toten, der am Freitag aus der Isar geborgen wurde«, sagte Altdorfer, und Trennbeck und der Schreiber wechselten einen überraschten Blick. »Ist vielleicht einer Eurer Schreiber abgängig?«

Trennbeck zuckte mit den Schultern.

»Ich kümmere mich seit Tagen nur noch um die Unterbringung der Gäste«, meinte er entschuldigend. »Ich habe den Überblick ein wenig verloren, was hier in der Stadt vor sich geht.«

Er wandte sich an den Schreiber und sah ihn fragend an, und dieser nickte.

»Ernst Wechsler«, sagte er ruhig. »Der Herr Stadtrichter hat ihn beurlaubt.«

Ich horchte auf. Trennbeck gab dem Schreiber das Siegel weiter, und dieser bückte sich, um aus einem Täschchen auf dem Boden einen ledernen Lappen hervorzuholen. Der Lappen war feucht; ein paar flache Lehmtäfelchen waren darin eingewickelt, wie man sie für Urkunden und Geschäftsabschlüsse verwendet, wenn man Papier sparen will: Man kratzt das Datum hinein, und die beiden Partner siegeln ihren Abdruck direkt in den Lehm. Es ist nichts weiter als eine Bekräftigung des Händedrucks. Der Schreiber packte das Siegel und hämmerte es in eines der Täfelchen hinein; dann musterte er den schwachen Abdruck eingehend. Er zeigte mit dem Finger auf eine Stelle unterhalb des Stadtwappens.

»Das ist sein Siegel«, erklärte er. »Er hatte eines mit seinen Initialen darauf.«

»Wozu soll denn das gut sein?« entfuhr es Altdorfer, aber der Schreiber zuckte nur mit den Schultern. Er hatte einen merkwürdigen Gesichtsausdruck, als hätte er gern mehr gesagt, könne sich aber nicht recht dazu entschließen.

Trennbeck nahm das Siegel wieder an sich und studierte ebenfalls den Abdruck im feuchten Lehm. Danach heftete er den Blick auf den Stadtkämmerer.

»Ihr habt gesagt, ein Toter hätte es bei sich gehabt?«

»Er wurde beim Bleichwehr angeschwemmt. Die Besatzung des Kapuzinertors nahm sich seiner an und ließ ihn begraben, nachdem sich niemand gemeldet hatte.« Altdorfer schilderte meinen Anteil an der Entdeckung der Leiche und fuhr fort: »Ich nehme deshalb an, es handelt sich bei dem Toten um Euren Schreiber.«

Trennbeck sah vage betroffen aus; er machte den Eindruck eines Menschen, der vom Tod eines anderen hört, den er zwar kannte, der ihm aber nichts bedeutet hat.

Der Schreiber zögerte einen Augenblick und fragte dann: »Habt Ihr eine Beschreibung des Toten?«

Altdorfer wies auf mich, und ich antwortete: »Ich will Euch lieber nicht beschreiben, wie er aussah, als sie ihn aus dem Wasser gezogen hatten. Sein Haar scheint dunkel oder schwarz gewesen zu sein, und ich glaube, er war eher hochgewachsen. Alles andere war unkenntlich.«

Er atmete tief ein und wandte sich an Richter Trennbeck. »Es könnte Wechsler gewesen sein.«

»Kennt Ihr Angehörige oder Freunde des Toten, die wir benachrichtigen müssen?«

Der Schreiber sah von ihm zu uns, und ich dachte erneut, jenen merkwürdigen Gesichtsausdruck an ihm zu wahrzunehmen. Ich konnte ihn nicht deuten; sah er aus, als versuchte er, seine *Befriedigung* zu unterdrücken?

»Nein«, beschied er schließlich.

Trennbeck schwieg eine Weile. Er sah ins Leere; mir schien, daß er den Tod des Schreibers schon wieder halb aus seinen Gedanken verdrängt hatte.

»Habt Ihr Nachricht von Richter Girigel?« fragte ich in die Stille hinein.

Trennbeck fand in die Gegenwart zurück. Er seufzte.

»Nein«, sagte er. »Ich wußte nicht einmal, daß er nicht in Landshut ist; ich erfuhr es gerade erst heute.«

»Ich muß dringend mit ihm sprechen«, sagte ich.

»Ich auch, das könnt Ihr mir glauben.«

Er sah auf die Tischplatte nieder und auf das Siegel, das noch immer auf seinen Listen lag. Er nahm es mit einem geistesabwesenden Ausdruck in die Hand und drehte es hin und her.

»Was ist mit dem Mann passiert?« fragte er zögernd.

»Er ist wohl ins Wasser gefallen und ertrunken«, sagte ich rasch.

Trennbeck schüttelte den Kopf. Er wandte sich an den Schreiber, der mit zusammengekniffenen Augen auf den Tisch starrte und mit dem Finger unbewußt die Linien des Siegelabdrucks in dem Lehmtäfelchen nachzeichnete.

»Er war beurlaubt, sagtet Ihr?«

Der Schreiber nickte langsam, ohne den Blick zu heben.

»Ja. Der Herr Richter hatte ihm ein paar Tage gegeben.«

»Das ist ja eine schöne Art, seine freien Tage zu beenden: ins Wasser zu fallen und zu ersaufen. Armer Teufel«, meinte Trennbeck. Ich hatte nochmals den Eindruck, dem Schreiber läge etwas auf der Zunge.

»Ich werde Richter Girigel benachrichtigen, sobald er zurück ist«, sagte Trennbeck und drehte das Siegel unschlüssig hin und her. Seine Augen suchten den Tisch ab, als ob er einen freien Platz suche, wo er es ablegen könne. Hanns Altdorfer streckte die Hand danach aus, und er reichte es dem Stadtkämmerer zurück. »Kann ich sonst noch etwas für Euch tun, meine Herren?«

Altdorfer sah mich an, und ich schüttelte den Kopf. Der Stadtkämmerer lächelte und sagte: »Nein, wir wollten Euch nur unterrichten. Wir bedauern, Euch aufgehalten zu haben.«

»Halb so schlimm«, erwiderte der Richter. »Ich muß ohnehin nochmals aufbrechen und nach Moosburg reiten; ich hätte diese Arbeit hier auf keinen Fall beenden können.« Er schnippte nachlässig mit dem Handrücken über die Listen. »Danke für die Nachricht.«

Draußen auf der Straße blieb Hanns Altdorfer stehen und fuhr sich über die Stirn.

»Wir sind genausoweit wie vorher«, seufzte er.

»Das würde ich nicht unbedingt meinen«, widersprach ich.

»Wie kommst du darauf?«

»Hast du den Schreiber während unseres Gesprächs beobachtet?«

»Nein; weshalb?«

»Ich hatte das starke Gefühl, er wollte mehr sagen, als er sich in Gegenwart von Richter Trennbeck traute.«

»Was? Was hätte er denn sagen sollen?«

Ich zuckte mit den Schultern.

»Was weiß ich. Vielleicht weiß er doch mehr über seinen toten Genossen, als er zugegeben hat.«

»Und warum sollte er das verschweigen?«

Ich zuckte nochmals mit den Schultern.

»Es gibt alle möglichen Gründe: Vielleicht hat er Dreck am Stecken, oder die beiden haben zusammen etwas ausgefressen, das der Richter nicht hören darf; oder es geht ganz einfach nur darum, daß er vor seinem Herrn nicht den Mund aufmachen will.«

»Und was hast du nun vor?«

»Ich warte, bis Trennbeck wegreitet, dann rede ich nochmals mit dem Burschen.«

»Ich weiß nicht, ob uns diese ganze Angelegenheit überhaupt weiter bringt«, seufzte Altdorfer.

Ich hätte ihm darauf antworten können, daß all meine anderen Fährten ausgetrocknet waren; aber das traf die Sachlage nur ungenügend. Der Anblick des Schreibers, der vor lauter Anstrengung, seine Zunge zu bezähmen, beinahe gezappelt hätte, hatte meine Aufmerksamkeit geweckt.

»Ich bin der Meinung, daß es nichts schaden kann«, sagte ich nur.

Altdorfer ließ die Schultern sinken und sah unzufrieden aus. Er zwang sich zu fragen: »Willst du, daß ich dir Gesellschaft leiste?«

»Ich will sogar, daß du verschwindest, Hanns. Du hast eine Menge Arbeit, und ich glaube nicht, daß der Schreiber in deiner Gegenwart gesprächiger ist. Wenn ihn einer zum Reden bringen kann, dann nur ich allein.«

Er sah es ein, ohne lange Widerstand zu leisten. Mit einem Gruß verabschiedete er sich, und ich bezog auf der gegenüberliegenden Straßenseite Posten. Ich dachte darüber nach, was ich tun würde, wenn ich auch hier nicht weiterkam oder Informationen erhielt, die mit meiner Aufgabe absolut nichts zu tun hatten.

Ich konnte wieder selbst damit anfangen, das Haus zu überwachen; ich konnte auch mit einer neuerlichen Eskorte nochmals darin herumstöbern. Aber ich versprach mir weder etwas von dem einen noch von dem anderen.

Nach einer Weile begann ich mich unbehaglich und wie ein Idiot zu fühlen, während ich darauf wartete, daß Richter Trennbeck sich endlich wieder auf den Weg machte. Ich sah, daß die Vorratskarren, die heute nochmals in großer Zahl eintroffen waren, die Stadt wieder verließen, und ich wußte, daß ich schon eine ganze Weile hier stand. Vermutlich war die Warterei ohnehin vergebens, aber ich konnte mich noch nicht entschließen aufzugeben.

Zuletzt hätte ich beinahe den Augenblick verpaßt, in dem Richter Trennbeck das Gebäude verließ, ein Pferd bestieg und langsam davontrabte. Ich geduldete mich, bis er außer Sichtweite war, dann betrat ich die Schreibstube von neuem.

Trennbeck hatte den Schreiber in Girigels Stube zurückgelassen; offenbar hatte er ihm aufgetragen, seine Listen zu vervollständigen. Die beiden anderen Männer in der Schreibstube winkten mich mit dem Kopf hinein, und ich betrat den kleinen Raum ein zweitesmal. Der Schreiber sah auf; als er mich erblickte, schien er aufrichtig erstaunt. Dann wurden seine Augen schmal.

»Kann ich noch etwas für Euch tun?« fragte er.

Mir war klar, daß es schwierig sein würde. Wenn er etwas wußte, was er vorhin nicht gesagt hatte, würde er auch jetzt nicht einfach drauflosplappern. Es mochte ihn zwar ersticken, wenn er es zurückhielt; aber er würde nicht so vertrauensselig sein, einem Fremden sein Herz auszuschütten. Er kannte mich nicht, und er hatte keine

Ahnung, weshalb ich mich für seinen toten Genossen interessierte.

Es kam auf jeden Fall darauf an, ihn nicht glauben zu lassen, ich wolle ihm selbst etwas am Zeug flicken. Ich überlegte scharf, wie ich das Gespräch beginnen könnte. Wie sich nach ein paar Momenten herausstellte, war meine Vorsicht jedoch vollkommen überflüssig.

»Ich wollte Euch doch noch etwas fragen«, sagte ich und lächelte so breit ich konnte. »Mir ist etwas aufgefallen.«

Er verengte die Augen noch stärker, und sein Gesicht spannte sich an.

»Und was wäre das?«

»Wenn ich Richter Trennbeck so ansehe, nehme ich an, daß wegen der Hochzeitsvorbereitungen eine ganze Menge zu tun ist.«

Ich beendete meinen Satz, und als ich nicht gleich weitersprach, sah er sich genötigt zu nicken. Ich bemerkte das Glitzern in seinen Augen und wußte, ihm wurde klar, worauf ich hinauswollte. Aber er hielt sich bedeckt und erwiderte nichts.

»In diesem Zusammenhang«, fuhr ich fort, »erscheint es mir seltsam, daß Richter Girigel einen seiner Männer gerade zu dieser Zeit beurlaubt.«

Ich hatte erwartet, er würde mir mit seiner Antwort ausweichen, um nicht die Entscheidungen des Richters zu kritisieren. Tatsächlich starrte er mich einen langen Moment lang durchdringend an. Seine Hand auf dem Papierstapel machte kleine Gesten, eine unbewußte Pantomime, als wolle er jemanden zu etwas überreden.

Dann lachte er plötzlich böse auf und sprudelte danach förmlich über. Hatte ich vorhin Befriedigung zu bemerken geglaubt, als er vom Tod seines Kameraden erfuhr? Ich hatte mich geirrt: Er war *hocherfreut* darüber.

»Nicht, wenn es keinen großen Unterschied macht, ob der Mann anwesend ist oder nicht«, schnaubte er aufgebracht.

»Wie darf ich das verstehen?«

»Dieser Wechsler«, sagte er und beugte sich über den Tisch zu mir herüber, »hat nicht viel getaugt. Jedenfalls nicht als Schreiber.«

»Tatsächlich?«

»Ihr dürft es mir glauben. Seine Rechenkünste waren nicht besser als die eines dieser dressierten Pferde, denen man das Ergebnis vorher eingebleut hat; und wenn er etwas schreiben sollte, war es jedesmal ein Tagewerk. Ich glaube, er hatte seine Qualitäten ganz woanders.«

»Und wo?«

Er deutete nach unten, zwischen seine Beine.

»Da«, rief er. »Jeder Weiberrock lief ihm hinterher; er hielt sich für den schönsten Mann in der Stadt. Ihr hättet ihn an manchem Morgen sehen sollen, wenn er mit einer im Heu gewesen war: noch immer besoffen wie ein Schwein, mit rot unterlaufenen Augen, aber kein Makel in seinen Haaren oder seinem Gesicht. Weiß der Teufel, wie er es angestellt hat – dabei war er der Älteste von uns allen. Wahrscheinlich hat er sich die Haare mit Tinte gefärbt und sein Gesicht über Nacht in Milch getunkt. Die Weiber haben jedenfalls reihenweise die Beine breit gemacht; und er hat es immer wieder genüßlich erzählt. Ich denke, er hat jede gekriegt, die er haben wollte, und es gab keine, die ihm nicht gefallen hätte.«

Ich hörte ihm beinahe amüsiert zu. Er war ein magerer, unansehnlicher Kerl mit großen Ohren und einer großen Nase. Welche Mängel der Tote auch sonst noch gehabt haben mochte, sein Erfolg bei Frauen wurde ihm nicht gerade als einer der kleinsten angerechnet. Vielleicht hatte er sich an einem Mädchen vergriffen, das mein ergrimmter Gesprächspartner auch gerne gehabt hätte; und vielleicht hatte sie sich für den schönsten Mann der Stadt besser erwärmt als für seinen großohrigen Kameraden.

»Das kann doch wohl nicht der Grund gewesen sein, warum ihn der Richter hier geduldet hat«, bemerkte ich, um das Gespräch weiter in Gang zu halten. Auch das war nicht nötig; er hatte nur kurz Luft geholt und pflügte danach mit unverminderter Vehemenz weiter. Auch einem schlechteren Menschenkenner als mir wäre aufgefallen, daß er seit langer Zeit darauf brannte, jemandem sein Leid zu klagen.

»Ich hoffe, das Wasser hat ihn noch viel schlimmer zugerichtet, als Ihr es angedeutet habt«, murmelte er. »Wißt Ihr, nicht nur, daß er den ganzen Tag mit seinen Weibergeschichten prahlte und so langsam arbeitete, daß es einem vorkam, er stehle dem lieben Gott die Zeit. Nein – wann immer es eine besonders leichte oder angenehme Arbeit zu tun gab, gelang es ihm, damit beauftragt zu werden; wann immer man sich ein paar Pfennige verdienen konnte, indem man eine oder zwei Wochen in einem Landgericht aushalf, bekam er die Erlaubnis hinzugehen; und wenn dann irgendein armer Teufel enteignet wurde oder ohne Erben starb und einen Haufen Geld hinterließ, erhielt er einen ebenso großen Anteil wie wir anderen Schreiber – und das, obwohl wir ständig seine Arbeit für ihn mit erledigt haben. Er durfte sogar mit den Brautwerbern nach Lentschiza, als einer der Schreiber von Doktor Mauerkircher hier in der Stadt krank wurde; und er sprach weder polnisch noch gut genug Latein! Würde Euch da nicht auch die Galle platzen?«

»Natürlich«, sagte ich. »Ich frage mich nur, weshalb Richter Girigel ihn so bevorzugte. Habt Ihr ihn denn nicht wissen lassen, daß Ernst Wechsler ein Versager war?«

»Glaubt Ihr, einen Herrn wie den Richter würde unsere Meinung interessieren?« brummte der Schreiber. »Es ist ja nicht so, daß er sich Wechsler gegenüber besonders freundlich gezeigt hätte. Er hat nur die Augen vor seinen Schwächen verschlossen. Ich weiß nicht, weshalb er so einen Narren an ihm gefressen hatte; es ging schon so, als ich hier als Schreiber anfing, und das ist bereits ein paar Jahre her.«

»Vielleicht ist es Richter Girigel einfach nicht aufgefallen. Wenn Ihr seine Arbeit zu Ende gebracht habt, wie sollte er dann bemerken, daß Wechsler nichts taugte?«

Er zog eine Schnute und prustete verächtlich. Ich wußte selbst, daß mein Einwand töricht war; aus eigener Erfahrung war mir klar, daß ein Mann, der eine Gruppe von Helfern angestellt hat, nach kürzester Zeit sehr wohl weiß, wo die Starken und wo die Schwachen unter seinen Leuten sitzen.

Ich überlegte, ob ich ihm sagen sollte, daß man seinen ungeliebten Kameraden womöglich umgebracht hatte, aber dann entschied ich mich dagegen. Seine Zunge saß zu locker. Für mich war dies von Vorteil; zugleich aber stieß es mich ab, wie er sein Gift verspritzte. Ich hätte ihn nicht bei mir als einen meiner Schreiber haben wollen.

»So ist das wohl im Leben«, erklärte ich unverbindlich. Er winkte ab.

»Wir anderen mußten immer wieder für ihn in die Bresche springen«, führte er weiter aus. »Selbst am Feiertag war einer von uns anwesend, um dem Richter zu helfen.«

»Weshalb war er denn beurlaubt worden?« fragte ich.

»Ich weiß es nicht. Angeblich mußte er etwas Privates erledigen. Womöglich brauchte er ein paar Arzneien, weil er einer Schlampe ein Kind gemacht hatte.«

»Das hätte er doch auch von hier aus erledigen können.«

»Was weiß ich«, sagte er mißmutig. »Vielleicht mußte er nach Ingolstadt.«

Ich dachte, ich hätte nicht richtig gehört.

»Wohin?« stieß ich hervor. »Nach Ingolstadt?«

»Sagte ich das nicht? Er kam von daher. Der Richter hat ihn damals nach Landshut mitgebracht; er war wohl schon dort sein Gehilfe.«

»Aus Ingolstadt«, flüsterte ich.

»Richtig. Stellt Euch vor: Wechsler hat am Vorabend seines Urlaubs zu uns nicht einmal gesagt, daß er ein paar Tage nicht hier sei. Er hat es wohl mit dem Richter erst nach der Arbeit besprochen. Ein anderer Schreiber mußte Wechslers Dienst übernehmen.«

»Seinen Dienst?«

»Ja; am Tag vor Allerheiligen. Ich sagte Euch doch, daß einer von uns am Feiertag für ihn in die Bresche springen mußte.«

»Am Allerheiligentag!?«

»Am Mittwoch; richtig. Wir haben ihn am Dienstag abend zum letzten Mal gesehen.«

»Das ist bemerkenswert«, stammelte ich. Ich war mit einemmal so aufgeregt, daß ich meine Hände nicht stillhalten konnte. Seit ich vor dem Zunfthaus der Flößer gestanden und unvermittelt das verunstaltete Gesicht des Toten aus dem Bleichwehr vor mir gesehen hatte, war ich mir sicher gewesen, daß sein Tod keinen Zufall darstellte; wenn ich mir auch noch immer nicht vorstellen konnte, wo die Verbindung war. Ich hätte den Schreiber beinahe gebeten, mir alles nochmals zu erzählen; so unwirklich kam es mir mit einemmal vor, was er mir berichtet hatte. Aber ich wußte, daß ich mich nicht verhört hatte, und ich wußte, daß ich nicht weiter in ihn dringen durfte. Ich konnte ihm ansehen, daß er den meisten Ärger losgeworden war, von dem er sich hatte befreien wollen. Hätte ich nochmals nachgefragt, wäre sein Mißtrauen erwacht.

Er fuhr sich mit der Hand über das Gesicht, als hätte sein langer Ausbruch ihn erschöpft. Es gab nichts mehr zu sagen; ich verließ ihn, bevor ich seine Reue mit anzusehen hatte, daß er einem Fremden gegenüber sein Herz ausgeschüttet hatte.

Ich benutzte den Heimweg, um nachzudenken, aber es kam nichts dabei heraus außer dem Gefühl, eine Menge Fäden in der Hand zu halten und nicht zu wissen, wohin sie führten oder wie sie miteinander verknüpft waren. Ich fühlte mich wie ein Mann auf dem Jahrmarkt, dem ein Gaukler das Kunststück vorführt, vor seinen Augen einen kleinen Kieselstein unter einer von drei Nußschalen verschwinden zu lassen. Wo liegt der Stein, verehrter Herr? Ihr müßt es doch wissen; Ihr seid ihm die ganze Zeit über mit den Blicken gefolgt. Wann habt Ihr ihn aus den Augen verloren?

Jemand wartete zu Hause in der Stube auf mich, mit dem ich nicht gerechnet hatte. Als ich die Tür öffnete, gefolgt von meinem Verwalter, der mir hastig von den Fortschritten bei der Verarbeitung der Seidenstoffe und des von Jörg Tannberger mühsam hergeschafften Leinens berichtete, stand der Sohn von Sebastian Löw von der Bank auf und blieb linkisch stehen.

»Der junge Herr ist heute nachmittag gekommen und hat seitdem auf Euch gewartet«, erklärte der Verwalter.

Ich starrte den jungen Mann an und hatte plötzlich ein lähmendes Gefühl in den Beinen.

»Kann ich Euch sprechen, Herr Bernward?« fragte der junge Löw atemlos.

»Würdest du uns ein paar Momente alleine lassen?« bat ich den Verwalter. Ich hätte gerne noch eine Erklärung hinzugefügt, aber es fiel mir nichts Plausibles ein. An seinem Blick erkannte ich, daß er irritiert war, aber er folgte meiner Bitte und schloß leise die Tür hinter sich. Ich ging zum Tisch und ließ mich schwer auf die Bank fallen.

»Setzt Euch«, sagte ich, und er kam zu mir herüber und nahm neben mir Platz.

Es dauerte einen Augenblick, bis er sprach. Während dieser Zeit musterte ich sein Gesicht, und meine Erregung nahm zu. Er war bestürzt; mehr als das: Er war fassungslos. Sein Antlitz war bleich, seine Lippen zitterten, und seine Augen irrten unstet umher. Ich brauchte nicht mehr auf seine Hände sehen, die einander umkrampften und umschlangen, als wollten sie sich gegenseitig Mut abringen. Seine Aufregung teilte sich mir mit, und ich spürte, daß auch mein Herz zu klopfen begonnen hatte. Er machte den Eindruck eines Mannes, der

– etwas gesehen hatte.

»Herr Bernward«, sagte er und räusperte sich und

begann nochmals von vorne. »Herr Bernward, erinnert Ihr Euch, daß Ihr mir sagtet, der Mörder jener Unglücklichen, die wir hinten in Eurem Hof begraben haben, sei gefaßt und warte in Burghausen auf sein Urteil?«

Ich nickte. Er atmete schwer, bevor er wieder zu sprechen anfing. »Das war nicht die Wahrheit, habe ich recht?«

Ich hätte rufen können: Wie kommt Ihr denn darauf?

Aber ich sagte: »Ja.«

Seine Hände wechselten die Stellung und umklammerten einander erneut.

»Zuerst habe ich Euch geglaubt«, erklärte er. »Ich war zu schockiert über das, was ich entdeckt und was Ihr mir erzählt hattet. Auf dem Rückweg aber fing ich an, über alles nachzudenken, und kam zu dem Schluß, daß Euer Verhalten nicht Eurer Aussage entsprach.«

Ich mußte über seine behutsame Wortwahl beinahe lächeln; obwohl ich erschrocken war über das, was er sagte.

»Als ich zu Hause war, hatte ich mir die feste Meinung gebildet, daß der Täter noch frei herumlief; und mehr noch, ich begann zu vermuten, daß Ihr verzweifelt versuchtet, nicht nur zu klären, weshalb der Mord geschehen war, sondern auch, den Mörder zu finden.«

Er wartete auf meine Antwort; als ich stumm blieb, redete er seufzend weiter.

»Ich hätte gerne mit meinem Vater darüber gesprochen, aber ich wagte es nicht. Nicht, daß es mir an Vertrauen fehlte – ich wollte ihn nur nicht in die Sache verwickeln und womöglich in Gefahr bringen. Denn daß die ganze Angelegenheit gefährlich war, das glaubte ich Euch ohne weiteres Nachdenken. Ich überlegte, was Ihr weiter tun würdet und was ich an Eurer

Stelle tun würde. Dann erzählte mein Vater beiläufig, er habe Euch in der Stadt getroffen, als die Tiere von den Flößen getrieben wurden, und er habe sich darüber gewundert, da Ihr in dem Ruf stündet, kaum jemals die Stadt aufzusuchen. Kurz darauf sah ich Euch zufällig unten bei den Flößern stehen und mit ihnen verhandeln.«

Er seufzte nochmals und gestand dann: »Wißt Ihr, danach habe ich Euch beobachtet. Ich bin Euch nachgeschlichen.«

Er ließ den Kopf hängen und schaute zu Boden. Ich war für ein paar Augenblicke zu erstaunt, um sprechen zu können.

»Nachgeschlichen?« echote ich schließlich. »Wohin?«

»Nicht weit; ich habe bald bemerkt, daß Ihr Euch für das leerstehende Haus in der Ländgasse interessiert. Nachdem meine Aufmerksamkeit erst einmal geweckt war, fielt Ihr mir immer wieder auf, als Ihr durch die Gasse kamt.«

Ich schüttelte den Kopf. Und ich hatte mir etwas darauf eingebildet, wie unauffällig ich vorgegangen war. Es war kein Wunder, daß mich auch die Leute in dem Haus schließlich entdeckt hatten.

»Seit wann habt Ihr mich beobachtet?«

»Seit Samstag«, sagte er. »Am Montag vermißte ich Euch; ich dachte schon, Ihr wärt auf etwas gestoßen. Ich wartete den ganzen Tag auf Euch, aber Ihr kamt nicht zum Vorschein. Ich behielt die meiste Zeit über das Haus im Auge, weil ich hoffte, vielleicht auch etwas zu entdecken.«

»Und? Habt Ihr etwas entdeckt?«

»Keine Menschenseele. Ich hätte beinahe aufgehört, mich um die Angelegenheit zu kümmern, weil ich glaubte, Ihr hättet sie zum Abschluß gebracht.« Er breitete die Hände aus und sah mir drängend ins Gesicht. »Es war ja nicht so, daß ich Euch aus Neugier hinterhergeschlichen wäre. Es war …«

Er brach ab und suchte nach den richtigen Worten. »… es war – ich wollte wissen, was aus der ganzen Sache wird. Ich hatte das Gefühl, daß Ihr vielleicht – nun …«

»… Hilfe brauchen würdet?« vollendete ich aufs Geratewohl. Er nickte und wandte wieder den Blick ab.

»Ihr saht an dem Tag, an dem ich die Tote untersuchte, so aus, als hättet Ihr ein Gespenst gesehen«, murmelte er kaum hörbar. Ich konnte mir vorstellen, daß es schwierig war für ihn, über die Lippen zu bringen, was er eigentlich sagen wollte. Ich war so alt wie sein Vater und ein beinahe Fremder für ihn; und was er meinte, war, daß ich ihm leid getan hatte. Er war ein junger Student der Medizin und ich ein alter, reicher Kaufmann mit einem eigenen Hof und einem Dutzend Gehilfen, und er hatte meine Hilflosigkeit gesehen und mich bedauert. Ich wußte nicht, was ich ihm darauf antworten sollte. Vage dachte ich, daß er sein Mitleid früher oder später würde abstreifen müssen, wenn er als Arzt nicht verzweifeln wollte.

Er schwieg so lange, daß ich dachte, er hätte nichts mehr zu sagen. Aber seine Beichte war noch nicht vollendet.

»Nach einer Weile sah ich Euch wieder mit zwei Wappnern, wie Ihr das Haus untersuchtet. Das war das letzte Mal, daß ich Euch in der Gasse sah. Danach kam ich dahinter, daß Ihr die Beobachtung des alten Hauses nicht aufgegeben hattet; Ihr hattet nur jemand anderen damit beauftragt – einen der Flößer. Ich begann folgerichtig damit, nun ihn zu überwachen.«

Ich nickte und sagte grimmig: »Dieser Mann ist jetzt tot.«

Zu meiner Bestürzung erwiderte er nur: »Ich weiß.«

»Ihr wißt …?«

»Ich habe gesehen, wie er umgebracht wurde«, sagte er; es klang nicht so ruhig, wie er es wahrscheinlich hatte sagen wollen. Mir wurde klar, daß all seine bisherigen Aussagen, so überraschend sie auch gewesen sein mochten, nur die Einleitung zu der Geschichte darstellten, die er mir eigentlich erzählen wollte.

»Sprecht«, drängte ich, und er nickte unglücklich und fuhr fort: »In der Nacht von Dienstag auf Mittwoch kam ich spät von einem Krankenbesuch nach Hause. Ihr wißt ja, daß mein Vater meine Dienste recht freizügig anpreist. Ich ging rasch durch die Gasse und sah mich immer wieder um, weil die Straßen nachts nicht sicher sind. Aus diesem Grund fielen mir auch die drei Männer auf, die sich von oben her durch die Gasse auf mich zubewegten. Ich behielt sie im Auge, mißtrauisch, was sie vorhätten. Zwei von ihnen waren stämmige Kerle, und sie lachten und schwankten so deutlich von einer Gassenseite zur anderen, daß ich wußte, ihre Räusche waren nur gespielt. Den Dritten schleppten sie gar zwischen sich herum, als ob er nicht mehr alleine gehen könne. Ich führe immer einen kurzen Dolch bei mir, und ich umfaßte seinen Griff fester, als die drei sich näherten. Ich war nicht mehr weit von zu Hause entfernt, und ich war entschlossen, mein Heil in der Flucht zu suchen; sollten sie mich allerdings verfolgen, wollte ich ihnen meinen Pelz so teuer wie möglich verkaufen.«

Er machte ein Gesicht, das mich zweifeln ließ, ob er

den Dolch jemals benützt hätte. Er schien es selbst zu bezweifeln, denn er machte eine resignierte Handbewegung.

»Wir begegneten uns, jeder auf seiner Seite der Gasse, ein wenig unterhalb des Leutgeb-Hauses. Sie taten so, als würden sie mir keinen Blick gönnen; ich hingegen starrte zu ihnen hinüber, um auf jedes noch so kleine Anzeichen von Angriffslust gefaßt zu sein. Dann sah ich dem dritten Mann ins Gesicht, und ich erkannte den Flößer, den Ihr als Spitzel angestellt hattet. Er hatte die Augen halb geschlossen und den Mund offen. Als einziger der drei war er wirklich nicht bei Sinnen.«

»War er betrunken?« warf ich hastig ein. Er zuckte mit den Schultern.

»Betrunken; oder halb betäubt, wie durch einen festen Schlag auf den Kopf. Die beiden, die ihn voranzerrten, grinsten und grölten ein paar Reime, aber auch einem Idioten wäre aufgefallen, daß sie es nur mit halber Lautstärke taten. Sie hatten nicht die geringste Absicht, irgend jemanden in der Gasse aufzuwecken, und sie waren nicht betrunkener als ich selbst. Wir gingen aneinander vorbei, ohne daß etwas geschehen wäre. Ich drehte mich nach ihnen um, und ich erschrak, als mir auffiel, daß die Beine des Flößers an den Knöcheln zusammengebunden waren. Ich kam bis zur Haustür meines Vaters; die ganze Zeit über dachte ich nach, was diese Komödie zu bedeuten hatte. Schließlich legte ich meine Tasche ab und trat wieder auf die Gasse hinaus, um den Männern nachzuschleichen. Meine Angst hatte sich gelegt, als ich Euren Spitzel erkannte; ich weiß, das war unvernünftig, aber so verhielt es sich nun einmal. Ich folgte ihnen vorsichtig, aber sie drehten sich nicht um. Sobald sie sich allein dachten, fiel die Komödie von ihnen ab, und sie schritten zielbewußt und hastig voran, den Flößer in ihrer Mitte halb tragend, halb schleifend. Fast schon am Ende der Gasse, wandten sie sich nach rechts und verschwanden zwischen zwei Häusern. Ich ließ ein paar Sekunden verstreichen, bevor ich ihnen folgte; ich wußte nicht, ob sie nicht etwa gleich hinter der Ecke auf mich warteten. Aber sie hatten noch immer keinen Verdacht geschöpft. Ich sah eine hellere Öffnung im dunklen Schatten der Stadtmauer – eines der Flößertore. Ich huschte mit klopfendem Herzen näher. Sie hatten offenbar einen Schlüssel dazu; sie hatten es ordentlich aufgesperrt und waren ins Freie gegangen. Vielleicht hatte der Flößer einen Schlüssel besessen.«

»Nein«, warf ich ein. »Er war nicht aus Landshut. Sie mußten den Schlüssel von jemand anderem haben; oder sie gehörten selbst zu den Landshuter Flößern.«

Er zuckte mit den Schultern und setzte seinen Bericht fort. Die Anspannung war jetzt ein wenig von ihm gewichen; seine Hände lagen flach auf dem Tisch, und nur seine Finger zuckten noch leicht, als die Erinnerung an die Szene, die er beobachtet hatte, ihn einholte.

»Ich wagte es nicht, ihnen durch das offene Tor zu folgen. Aber es war leicht, an den Türbohlen hochzuklettern, um auf den Kranz der Stadtmauer zu gelangen. Ich hoffte, von dort sehen zu können, wohin sie sich gewandt hatten. Es war dunkel draußen; man konnte keine Gesichter erkennen, aber die drei Gestalten waren deutlich zu unterscheiden; zudem hörte ich ihre Schritte im Kies. Ich hörte auch das Lachen, das vom Lager der Flößer flußabwärts herüberwehte: Es waren nur noch ein paar Stimmen, und sie waren heiser vom Singen und Plärren. Die zwei Männer mit dem Flößer in ihrer Mitte wandten sich flußaufwärts, aber sie gingen nicht allzu weit weg. Ich sah, wie sie stehenblieben und diskutierten, dann wandten sie sich zielstrebig zum Fluß. Das Wasser war schwarz in der Dunkelheit, wie ein dicker Strich aus Tinte. Sie wateten hinein, bis sie vielleicht knietief im Wasser standen.«

Er schluckte und sah mich mit weiten Augen an. Seine Finger zuckten jetzt schneller; eine Hand ballte sich plötzlich zur Faust.

»Sie hatten sich als dunkle Figuren vor dem Kies abgezeichnet«, sagte er. »Vor dem Hintergrund des Wasser waren sie jedoch kaum mehr zu sehen; nur wenn sie sich bewegten, konnte man ahnen, wo sie waren und was sie taten. Ich hörte das Platschen ihrer Schritte im Wasser und das Gurgeln, mit dem der Fluß um ihre Beine strich. Das Platschen wurde lauter, und ich sah Wasser hochspritzen. Plötzlich wurde mir klar, was sie taten: Sie zwangen den Mann in ihrer Mitte auf die Knie und versuchten, seinen Kopf unter Wasser zu drücken. Wahrscheinlich kam er durch die Kälte des Flusses wieder zu sich und begann sich zu wehren, aber er hatte nie eine Chance. Ich hörte ihn nicht schreien; ich nehme an, sie hatten seinen Kopf schon unter die Wellen gedrückt, als er endlich vollends bei Bewußtsein war. Was ich hörte, war das Zappeln seiner Beine, mit denen er vergeblich um sein Leben strampelte. Ich hörte die beiden Männer keuchen und unterdrückt fluchen, und ab und zu hörte ich ein krampfhaftes, gurgelndes Atemholen, wenn er den Kopf doch kurz ins Freie brachte. Sie überwältigten ihn aber jedesmal wieder. Es dauerte lange; sie taumelten im Wasser hin und her, wenn er ihrem Griff zu entgleiten drohte, und einmal fiel einer der zwei der Länge nach ins Wasser, aber er kam so schnell auf die Beine zurück, daß der Flößer keine Gelegenheit zur Flucht hatte. Sie schlugen ihn nicht, und sie traten nicht auf ihn ein; was immer ihr Ziel war, sein Tod sollte auch bei einer näheren Untersuchung so aussehen, als sei er schlicht und einfach ertrunken. Schließlich wurden die Geräusche schwächer; es war wie bei einem Fisch, den man ins seichte Wasser geschleudert hat: Das Platschen brach ab, lebte wieder für einen Moment auf, erstarb nochmals und endete schließlich in einem letzten krampfhaften Aufbäumen. Ich konnte sehen, wie sie sich aufrichteten und den Leichnam vom Ufer weg ins tiefere Wasser stießen. Einer hielt ihn fest, und sie banden die Fessel los. Sie blieben noch einen Moment lang im Wasser stehen, um sich zu vergewissern, daß der Fluß ihn auch mitnahm, dann stapften sie langsam zurück. Ich erwachte wie aus einer Erstarrung; ich ließ mich einfach von der Mauerkrone fallen, plumpste auf den Boden wie ein Sack, rappelte mich auf und lief zurück nach Hause ...« er wischte sich zitternd über den Mund » ... und da spie ich mir die Seele aus dem Leib. Heute morgen erfuhr ich durch den Klatsch in der Apotheke, daß die Flößer ihren Kameraden gefunden hätten. Als ich das mitbekam, fiel mir wieder ein, daß ich während der ganzen Zeit, in der die beiden Kerle den armen Teufel ertränkten, das Lachen und Singen von ihrem Lagerplatz hörte.«

»Mein Gott!« flüsterte ich, als er endlich schwieg.

Er schnaubte; als er die Finger spreizte und ein ironisches Lächeln versuchte, wurde mir klar, daß er seine Erzählung noch nicht beendet hatte. Er sah auf seine Hände hinab und umfaßte die eine mit der anderen, um sie ruhigzuhalten.

»Noch etwas beschäftigt mich«, sagte er. »Als die Kerle mit ihrer Arbeit fertig waren, kamen sie direkt auf mich zu. Ich hatte solche Angst, daß sie mich entdecken würden, deshalb sprang ich einfach von der Mauer, ohne mich noch darum zu kümmern, was draußen vor sich ging. Und doch glaube ich, daß ich aus dem Augenwinkel gesehen habe, wie jemand zum Wasser hinunterhuschte, nachdem die Mörder schon beinahe zurück beim Tor waren.«

»Jemand?« dehnte ich mit einem dumpfen Gefühl im Bauch.

»Jemand«, wiederholte er. »Ich weiß nicht, ob die Gestalt der Auftraggeber der beiden war, der sich davon überzeugen wollte, daß sie ihre Aufgabe zu Ende gebracht hatten, oder ob es sich um jemanden handelte, der wie ich die Szene beobachtet hatte und nun versuchte, dem armen Kerl zu helfen. Zu helfen«, stieß er hervor.

»Anders als ich, der ich die Hosen voll hatte.« Er spie die Worte ärgerlich aus.

»Ihr konntet nicht erkennen, wer dieser Jemand war?« fragte ich.

»Nein«, seufzte er. »Aber ich sah lange Haare und eine schlanke Gestalt, und der Teufel soll mich holen, wenn es sich nicht um eine Frau gehandelt hat.«

Ich fühlte, daß mir das Blut aus dem Gesicht wich. Plötzlich waren meine Hände eiskalt.

»Ihr habt nicht gesehen, was – *sie* – letztendlich getan hat?« keuchte ich.

Er schüttelte den Kopf.

»Zu dem Zeitpunkt war es mir auch egal«, gestand er. »Ich hatte nur den Gedanken, mich so schnell wie möglich in Sicherheit zu bringen. Ich wußte nicht, daß die seltsamen Geschehnisse dieser Nacht noch lange nicht zu Ende waren.«

»Was meint Ihr damit?« fragte ich ihn, aber meine Gedanken kreisten um seine vorherigen Worte. Eine Frau. Eine schlanke Gestalt.

So gut wie alle Frauen haben langes Haar, sagte ich zu mir selbst. Und die meisten Männer dazu. Ebenso wie eine schlanke Gestalt.

Aber ich wußte, daß es kein Mann gewesen war. Und ich wußte, daß es nicht irgendeine Frau gewesen war.

Jana Dlugosz.

Die Zofe der toten Gräfin.

– Oder wer immer sie sonst sein mochte.

»Ihr könnt Euch denken, daß meine Nachtruhe nach diesem Erlebnis gestört war«, sagte Löw, aber seine Absicht mißlang, es ironisch klingen zu lassen. »Deshalb hörte ich auch die gedämpften, aufgeregten Geräusche von der Straße eine oder zwei Stunden später. Ich schlafe in einem eigenen Zimmer, wenn ich in Landshut auf Besuch bin; es ist ein ehemaliges Zimmer für Knechte oder Dienstmägde, und es hat ein Fenster auf die Ländgasse hinaus. Ich öffnete es vorsichtig und spähte hinaus; es ist im zweiten Stock, und wenn man sich vornüberbeugt, kann man bis zum Tor des alten Reckel-Hauses sehen. Es war eine Abteilung Wappner, fünf oder sechs Männer. Sie waren jedoch nicht bei dem alten Haus, sondern ein wenig weiter unten, beim Haus des Wolfgang Leutgeb. Sie zerrten drei Männer heraus und verhafteten sie.«

»Verhafteten sie? Beim Haus des Leutgeb?« fragte ich verblüfft.

»Ich hatte es nicht von Anfang an mitbekommen. Ich nehme jedoch an, sie pumperten gegen die Tür, und als ihnen jemand endlich öffnete, rannten sie hinein und stellten das Haus auf den Kopf. Drinnen schepperte und klirrte es, als müßten sie Gewalt anwenden, um der Männer habhaft zu werden. Ich sah Fackelschein aus den Fenstern, und obwohl sich die Wappner bemühten, möglichst leise vorzugehen, hörte ich sie doch fluchen und schimpfen und von Zimmer zu Zimmer hasten. Die ganze Zeit über standen zwei Frauen in Nachtgewändern auf der Gasse und rangen die Hände und flehten die Wappner an, die vor der Tür geblieben waren; aber diese hatten ihre Befehle und beachteten die Frauen nicht. Sie hielten sie nur fest, so daß sie ihnen nicht dazwischenkommen konnten. Als sie die Verhafteten endlich auf der Straße hatten, konnte ich erkennen, daß diese sich vehement gewehrt haben mußten. Alle drei bluteten aus Platzwunden, und auch zwei oder drei der Wappner hielten sich irgendwelche Körperteile, wohin sie getreten oder geschlagen worden waren. Sie stießen die zwei Frauen zurück ins Haus, nahmen die Verhafteten in die Mitte und marschierten so schnell wie möglich ab. Es dauerte keine fünf Minuten, und der Spuk war vorbei. In gewisser Weise erinnerte mich der Vorgang an das, was mein Vater mir über die Ereignisse damals beim Bürgeraufstand erzählt hat«, setzte er hinzu. Er schüttelte verwirrt den Kopf.

»Die Männer, die verhaftet wurden«, fragte ich, »waren das dieselben, die den Flößer umgebracht haben?«

»Ich konnte es nicht erkennen. Warum glaubt Ihr das?«

»Es war nur eine Vermutung«, sagte ich und zuckte mit den Schultern. Wenn sie es nicht waren, dachte ich, gibt es tatsächlich noch eine dritte Partei in diesem Spiel. Ist Jana eines ihrer Mitglieder?

»Ich möchte wissen, was der alte Leutgeb zu dieser Angelegenheit sagen wird«, brummte der junge Löw. »Man verhaftet nicht einfach Gäste in seinem Haus.«

»War er denn nicht zugegen?«

»Nein, er ist überhaupt nicht in Landshut. Er hält sich in Wildbad auf, um ein Magenleiden zu kurieren.«

»Das kann nicht sein«, sagte ich. »Ich habe noch vor ein paar Tagen mit ihm gesprochen.«

Löw sah mich scharf an und runzelte die Stirn.

»Ich selbst habe den alten Leutgeb nach Wildbad gesandt; er gehört auch zu denjenigen, denen mein Vater meine Dienste in Aussicht zu stellen pflegt.«

»Ich habe noch mit Eurem Vater über Leutgeb gesprochen und daß ich ihn kennengelernt hätte. Er schien es nicht verwunderlich zu finden.«

Er zuckte mit den Schultern.

»Ich halte meinen Vater nicht über jeden meiner Patienten auf dem laufenden.«

Ich ließ mich zurücksinken und versuchte, meine Verblüffung zu überwinden. Ich konnte nicht glauben, was der junge Mann mir erzählte. Nein: Ich *konnte* es durchaus glauben; ich *wollte* es nur nicht.

»Wolfgang Leutgeb«, sagte ich. »Ein großer, schwerer Mann, größer als ich, mit Schultern, die einmal breit gewesen sind und jetzt heruntersinken; helle, blaue Augen und eine vorspringende Stirn mit tiefen Falten.«

Löw grinste plötzlich über das ganze Gesicht.

»Soll das ein Scherz sein, Herr Bernward?«

»Wieso?« stieß ich hervor.

»Weil Ihr mir gerade das Gegenteil geschildert habt. Wolfgang Leutgeb ist klein, leicht, von gekrümmter Gestalt; ich möchte sagen, er wiegt gerade halb soviel wie Ihr. Sein Magen bringt ihn langsam um; und da er versucht, die Schmerzen mit Wein zu betäuben, beschleunigt er seinen Untergang nur.«

Er sah mich durchdringend an, aber ich konnte seinen Blick nicht erwidern. Ich war so fassungslos, daß ich nur in die Ferne starrte. Ich zweifelte nicht daran, daß er mir die Wahrheit gesagt hatte.

»Mit wem zum Teufel habe ich dann gesprochen?« rief ich.

»Die Beschreibung sagt mir leider nichts«, erwiderte Löw.

»Er hat sich mit dem Namen Leutgeb vorgestellt und mich eingehend darüber ausgefragt, was ich in dem alten Haus des Dietrich Reckel zu suchen hatte.«

»Wolfgang Leutgeb war es jedenfalls nicht. Vielleicht hat er einen Sohn?«

»Der Mann war so alt, daß er beinahe *mein* Vater sein könnte.«

»Leutgeb hat jedenfalls keinen Bruder; soviel weiß ich sicher.«

Ich schwieg darauf, und auch er hatte nichts mehr zu sagen. Ich starrte weiterhin ins Leere und versuchte, mir über das Gehörte klarzuwerden. Wer immer der Mann gewesen war, der mich angesprochen hatte: Die Wappner hatten ihn entweder nicht im Haus vorgefunden, oder er war nicht von Belang für sie. Aber wer im Haus des Wolfgang Leutgeb war überhaupt von Belang?

Dem Aufgebot der Wappner nach zu schließen, hatten entweder der Stadtkämmerer oder Richter Trennbeck die Verhaftung angeordnet; und Hanns Altdorfer konnte es nicht gewesen sein. Es konnte sich durchaus um einen Zufall handeln und die Polizeiaktion aus Gründen stattgefunden haben, die nichts mit dem Fall zu tun hatten. Warum aber glaubte ich nicht daran? Mein ganzes Gefühl war dagegen. Ich war mir beinahe sicher, daß auch Richter Trennbeck die Verhaftung nicht befohlen hatte. War es Richter Girigels Werk? Womöglich waren die Gefangenen doch bei ihm eingetroffen; sein Beauftragter mochte auf sie gestoßen sein und sie nach Burghausen gebracht haben. Hatte er aus den beiden etwas herausgefoltert? Wenn ja, war seine Tüchtigkeit bemerkenswert: Er hatte keine Zeit verloren. Vielleicht war die gesamte Angelegenheit nun endlich erledigt.

– Außer, daß es nicht so einfach war.

Die Verhaftung hatte gestern nacht stattgefunden; heute morgen aber hatte laut Aussage von Wilhelm Trennbeck und seinem Schreiber noch immer keine Nachricht aus Burghausen vorgelegen.

»Warum erzählt Ihr mir das alles?« fragte ich.

Löw schaute von der Tischplatte auf und sah mir ins Gesicht.

»Ich dachte, Euch damit weiterzuhelfen«, sagte er schlicht.

»Ihr habt es«, erwiderte ich. »Und Ihr habt Euch selbst in große Gefahr gebracht.«

Er machte eine abwehrende Handbewegung.

»Was werdet Ihr jetzt tun?« forschte er.

»Ich weiß es nicht«, sagte ich seufzend. »Zuallererst: Euch danken für Euren Besuch. Und Euch bitten, die Angelegenheit nicht mehr weiterzuverfolgen.«

Er zögerte einen Moment, und ich setzte hinzu: »Im Sinne Eurer eigenen Gesundheit. Und um Eures Vaters willen.«

Er nickte schwer.

»Tatsächlich macht mir die Sache angst«, gestand er

freimütig. »Seit ich den Mord im Fluß beobachtet habe, sehe ich die Szene immer wieder vor mir. Ich habe noch niemals gesehen, wie ein Mensch umgebracht wird. Ich habe schon manchen sterben sehen, aber getötet zu werden ... Ich wäre froh, wenn mir diese Erfahrung erspart geblieben wäre.«

»Dann bemüht Euch, sie zu vergessen«, sagte ich.

»Und was ist mit Euch?«

»Ich werde weiter versuchen, den Knoten zu entwirren. Ich wünschte, ich wäre Alexander und hätte ein scharfes Schwert.«

Er lächelte dünn.

»Wenn Ihr mich braucht ...«, bot er an. »Ich habe wenigstens ein Skalpell.«

»Nein, Herr Löw«, erwiderte ich scharf. »Ihr habt mir zweimal mehr geholfen, als jeder andere mir in diesem Fall weitergeholfen hat. Begebt Euch jetzt bitte aus der Gefahr.«

»Ich tue nichts lieber als das«, sagte er. »Aber es verursacht mir ein schlechtes Gewissen, Euch alleine zu lassen.«

Das war eine Aussage, die ich schon lange nicht mehr gehört hatte. Plötzlich dachte ich an Daniel, der sogar vergessen hatte, Hans Stethaimer auf meinen Besuch vorzubereiten. Ich dachte: Ich könnte weiß Gott Hilfe brauchen; zumindest jemanden, der mir beim Denken hilft. Aber ich wage es nicht, mein Freund. Es wurde bereits einer ermordet, den ich als Helfer angestellt hatte.

»Eine Frage noch«, sagte ich. »Ihr habt gesagt, es wurden drei Männer aus dem Haus geführt, und zwei Frauen versuchten, die Verhaftung zu verhindern. Der Mann, mit dem ich sprach, war in Begleitung zweier

Frauen. Seid Ihr sicher, daß meine Beschreibung nicht wenigstens auf einen der Verhafteten zutrifft?«

Er dachte nach.

»Ganz sicher bin ich nicht«, sagte er zögernd. »Ich würde aber meinen, daß ich einen alten, schwer gebauten Mann auf die Entfernung und im Fackellicht erkannt hätte.«

Ich zuckte mit den Schultern. Ich hatte selbst nicht daran geglaubt, daß man meinen unbekannten Gesprächspartner verhaftet habe. Aus irgendeinem Grund hatte ich nicht den Eindruck, daß er sich wie ein Vöglein würde fangen lassen, wer immer er war.

Löw stand auf und machte Anstalten, mich wieder zu verlassen. Ich begleitete ihn nach draußen, wo er sein Pferd angebunden hatte. Mittlerweile war es dunkel geworden, aber er schlug mein Angebot aus, ihm zwei meiner Knechte zu seinem Schutz mitzugeben.

»Ihr haltet Euch jetzt aus der Sache heraus, versprecht Ihr mir das?« drang ich in ihn.

Er nickte.

»Wenn Ihr mir erzählt, was daraus geworden ist.«

»Wenn mir die Klärung der Angelegenheit nicht gelingt, werdet Ihr es noch früh genug merken«, brummte ich, und er schnaubte unlustig.

»Viel Glück«, sagte er.

Er drückte mir die Hand und bestieg das Pferd. Ich sah zu ihm hinauf und wollte ihn mit einem Gruß auf die Reise senden, als mir noch etwas einfiel.

»Seid Ihr sicher, daß Ihr der einzige seid, der sich Gedanken gemacht hat? Was ist mit dem Totengräber?«

»Wenn er über die Sache nachdenkt und zu demselben Schluß kommt wie ich, wird er es jedenfalls für sich behalten. Er wird allerdings auch nicht zu Euch kommen, so wie ich. Ihr könnt ihm trotzdem vertrauen. Mein Vater kennt ihn schon seit vielen Jahren. Er ist zwar nur ein Totengräber, mit dem sich ein angesehener Bürger der Stadt nicht zeigen darf, aber er ist ein besserer Mensch als viele der hier ansässigen Patrizier.«

»Das glaube ich Euch unbesehen.«

Er verabschiedete sich und ritt in die Dunkelheit hinaus. Ich sah ihm hinterher, bis ihn die Nacht verschlang, und dachte mit Neid daran, daß er jetzt nach Hause ritt zu seiner Familie und vielleicht noch mit seinem Vater ein Gläschen Schnaps in der nach allen wunderlichen Essenzen duftenden Apotheke trank. Ich hatte Daniels Besuch schon hinter mir, und es würde eine Weile dauern, bis er ihn wiederholte; und keinesfalls würde dabei zwischen uns mehr herrschen als eine gespannte Atmosphäre.

Ich schüttelte meine Gedanken ab – sie führten mich nur in eine düstere Stimmung. So kehrte ich ins Haus zurück und setzte mich wieder in die Stube. Eine der Küchenmägde näherte sich scheu und fragte, ob ich etwas zu essen wünsche, nachdem mein Gast jetzt gegangen sei. Ich bemerkte, daß ich tatsächlich hungrig war, und bat sie um etwas Brot und Wein. Wie zu erwarten gewesen war, bereitete sie mir statt dessen eine vollständige Mahlzeit zu, die ich nichtsdestotrotz verschlang.

Nach dem Essen verliefen meine Gedanken in ruhigeren Bahnen. Ich dachte an Jana Dlugosz, die noch immer eines der losen Enden in dieser Geschichte darstellte. Aber den Gedanken, was wäre, wenn sie tatsächlich mit dem Mord an meinem Spitzel zu tun hätte, vermochte ich nicht weiterzuverfolgen. Mein ganzes Selbst sträubte sich dagegen. Ich ging zu Bett und träumte, daß sie vor dem Richtblock auf dem Boden kniete und mit ihren dunklen Augen zu ihrem Scharfrichter aufsah. Der Scharfrichter war ich, und ich sah, daß sich der Himmel in ihren Augen spiegelte, und ich hob das Schwert in die Höhe und zerschmetterte es auf dem harten Steinpflaster in tausend Stücke.

9

Als ich am nächsten Morgen an die Tür des Leutgebschen Hauses schlug und dem Widerhall des Klopfens in das Innere des Hauses hinein nachhorchte, hatte ich das seltsame Gefühl, auch dieses Gebäude würde leerstehen. Ich hatte bereits ergebnislos versucht, die Tür zu öffnen, und als mir auf mein erstes Klopfen niemand aufmachte, zögerte ich eine Weile, bevor ich es nochmals versuchte. Ich sah an der Straße auf und ab, aber wie üblich verirrte sich kaum ein Passant in die Gasse. Von der Altstadt her drang der Lärm der Zimmerer, die die Planken und die Tribünen für das Stechen vor dem Rathaus vorbereiteten.

Ich hörte das gedämpfte Geräusch von Schritten, als ich es gerade zum drittenmal versuchen wollte. In der Tür gab es keine Klappe, die man hätte öffnen können, um den Besucher vorab in Augenschein zu nehmen; man mußte sie einen Spaltbreit aufmachen und durch den Schlitz hinausspähen. Ich konnte mir vorstellen, wie die Wappner vorgestern nacht sofort dagegen gedrückt und denjenigen, der die Tür geöffnet hatte, in den Hausflur zurückgeschoben hatten. Ich war aufgeregt genug, um das gleiche zu versuchen, aber ich beherrschte mich. Ich starrte das verwitterte Holz der Eingangstür an; ich hatte das Gefühl, heute schärfer sehen zu können als üblich. Mein Atem ging schnell.

Es war eine ältere Dame, die durch den Spalt herausspähte; ich hatte sie bereits in der Begleitung des alten Mannes gesehen. Sie musterte mich mit der herablassenden Distanz desjenigen, der aus einer Haustür heraus einen unbekannten Besucher ansieht und mit der Möglichkeit rechnet, dieser könne ihn im nächsten Moment anbetteln. Nach einem Augenblick erkannte ich, daß die Herablassung nur eine Maske war. Ihre Augen und ihre Hände, die sich um das Türblatt klammerten, verrieten mehr als deutlich, daß sie Angst hatte.

»Was wollt Ihr?« Ihre Stimme klang rauh.

Ich dachte: Vergiß nicht, daß diese Menschen versucht haben, dich umzubringen; sie haben den Flößer ermordet. Flüchtig dachte ich auch daran, daß ich vielleicht doch den jungen Löw hätte mitnehmen sollen oder Hanns Altdorfer oder einen Stadtbüttel. Ich sah der Frau in die Augen, und ihre Furcht teilte sich mir mit.

»Ich möchte gerne mit Wolfgang Leutgeb sprechen.«

»Herr Leutgeb ist nicht zugegen«, erwiderte sie, ohne daß ihre Anspannung nachgelassen hätte.

Mit dieser Antwort hatte ich gerechnet. Ich schluckte trocken und sagte laut: »Wir kennen uns. Mein Name ist Peter Bernward.«

Sie zuckte nicht mit der Wimper, als ich meinen Namen nannte. Der Blick ihrer Augen veränderte sich nicht.

»Und?«

»Der Name ist wichtig.«

»Herr Leutgeb ist trotzdem nicht anwesend. Es tut mir leid«, sagte sie knapp und machte Anstalten, die Tür zu schließen. Ich drückte mit der Hand dagegen, und ihre Augen weiteten sich überrascht. Sie schob, ich drückte, dann zischte sie: »Nehmt Eure Hand weg. Was fällt Euch ein?«

»Das ist genau wie mit den Wappnern vorgestern

nacht, nicht wahr?« rief ich, und diesmal hatte ich die Genugtuung, daß sie zurückzuckte.

»Was meint Ihr damit?« flüsterte sie. Für den Augenblick war ihr Widerstand gebrochen. Ich ließ die Hand an der Tür, aber ich war unschlüssig, wie ich weiter vorgehen sollte. Nach allem, was ich wußte, konnte es gut möglich sein, daß mir im nächsten Moment ein schwerer Stein aus einem der oberen Fenster auf den Kopf fiel. Ich versuchte nicht nach oben zu blicken.

Dann hörte ich eine andere Stimme, die ebenso hell wie schneidend war.

»Laß ihn herein, Agnes.« Ich kannte die Stimme.

Die Tür öffnete sich ganz, und ich sah seine massige Gestalt im Dunkel des Hausflurs stehen. Die Treppe ins Obergeschoß schwang sich hinter ihm in die Höhe und umrahmte ihn mit dem hellen Licht aus dem Innenhof. Ich konnte sein Gesicht nicht erkennen.

»Kommt schon«, sagte er ungeduldig.

Ich zögerte. Links und rechts hinter der Tür konnte sich ein halbes Dutzend bewaffneter Kerle verstecken. Plötzlich hörte ich meinen Herzschlag ganz laut in meinen Ohren. Es war heller Tag, von der Altstadt war noch immer das Hämmern der Bauleute zu hören, aber der Anblick des dunklen Flurs mit dem wartenden Schatten darin löschte die alltäglichen Geräusche vollkommen aus. Wir hätten ganz alleine auf der Welt sein können, er und ich.

Ich trat über die Schwelle und machte einen vorsichtigen Schritt ins Hausinnere hinein. Er bewegte sich nicht vom Fleck; mein Mißbehagen war dennoch so deutlich, daß ich es körperlich spürte. Auf einmal hatte ich Angst vor meinem eigenen Mut. Er stand weit hinten im Flur, so daß das Licht aus der offenen Haustür sein Gesicht nicht erreichen konnte. Ich ging noch einen Schritt weiter.

Die Haustür fiel zu und löschte das wenige Licht beinahe vollkommen aus. Ein grober Arm packte mich um den Hals, und ich spürte die harte, kalte Berührung einer Messerspitze an meiner Kehle. Ich dachte einen panischen Moment lang: Es war doch ein Fehler!, dann fiel die Panik von mir ab und wich einer tiefen Ruhe. Es hatte unwiderruflich begonnen. Mein Kopf war plötzlich leicht.

»Vor dem Rathaus steht einer meiner Männer und wartet auf mich«, sagte ich ruhig. »Wenn ich in einer halben Stunde nicht wieder bei ihm bin, alarmiert er die ganze Stadt.«

Der Mann, der mich von hinten umklammert hielt, rührte sich nicht; noch immer drückte die Spitze des Messers gegen meine Kehle. Auch der Mann am Fuß der Treppe machte keine Bewegung. Ich spürte, wie sich der Speichel in meinem Mund sammelte, aber ich unterdrückte den Schluckreflex.

»Wer seid Ihr wirklich?« flüsterte der düstere Schatten zuletzt.

»Ich bin der, der ich sagte. Anders als Ihr habe ich mich mit meinem richtigen Namen vorgestellt.«

Er antwortete nicht; er schien angestrengt nachdenken zu müssen. Mit einem Kopfnicken hätte er meinen Tod veranlassen können – ich baute darauf, daß er es nicht tun würde. Alles, was er über mich wußte, waren ein paar Daten zu meiner Person und daß ich hinter ihm her war. Wenn er sich denken konnte, daß es wegen des Mordes an der Polin war, dann mußte er sich fragen, wieso ich darüber Bescheid wußte. Außerdem stand er unter Druck: Man hatte einige von seinen Männern verhaftet, sie gar aus seinem Unterschlupf gezerrt; mindestens einer war bereits tot. Er wußte nicht, ob ich dafür verantwortlich war und welche Macht hinter mir stand. Ich war ein Kaufmann; ich paßte ebensowenig in sein Bild der Ereignisse, wie er in meines paßte. Er war irritiert. Er mußte sich näher mit mir befassen, besonders, da schon zwei Anschläge gegen mich fehlgeschlagen waren. Ich neige nicht zum Heldentum, aber dieser Umstand war mir am Abend vorher so klar geworden, daß ich beschloß, meinen Hals dafür zu riskieren. Ich war mir beinahe sicher gewesen, daß ich ihn nicht verlieren würde; und ich hatte immer noch meinen Knecht, der mit unseren beiden Pferden vor dem Rathaus stand und den Auftrag hatte, im Falle meines Ausbleibens Hanns Altdorfer und die gesamte Stadtwache zu Leutgebs Haus zu führen.

»Laß ihn los«, befahl er unvermittelt dem Mann, der mich festhielt. Ich hörte, wie dieser enttäuscht schnaubte. Die Messerspitze blieb noch einen Augenblick länger an meinem Hals, dann löste er seinen Griff und stieß mich von sich. Ich taumelte ein paar Schritte in den Gang hinein und drehte mich um. Er war ebenfalls nur ein Schatten in der Düsternis, eine breite Gestalt neben der schmalen Figur der Frau, die sich gegen die Tür drängte.

»Johannes«, bat sie flehentlich, und der Mann, der mich festgehalten hatte, rief: »Du weißt doch, was er uns angetan hat. Wie kannst du ihn davonkommen lassen?«

»Er ist ja noch nicht davongekommen«, brummte der Mann am Fuß der Treppe. Ich hatte das Gefühl, daß er mich eingehend von Kopf bis Fuß musterte. »Außerdem hast du gehört, was er über seinen Helfer gesagt hat.«

»Wer weiß, ob es den überhaupt gibt.«

»Wir können ja abwarten und sehen, was passiert«, schlug ich vor. Ich wußte, daß ich im Moment die Oberhand hatte; mein Kopf war noch immer leicht, und ich hätte lächeln mögen.

Sie schwiegen daraufhin. Ich versuchte den Mann mit dem Messer im Auge zu behalten, aber er bewegte sich nicht von der Stelle. Im oberen Stockwerk schlug eine Tür, und ich hörte Schritte. Ich spähte zur Treppe hinauf: Die junge Frau, die ich bereits gesehen hatte, stand oben und schlug sich erschrocken die Hand vor den Mund. Das Oberlicht aus dem weitem Treppenhaus fiel über ihre Haare, ihr Gesicht und ihr Kleid. Ihre Augen waren weit.

Der Schatten unten an der Treppe bewegte sich und trat auf mich zu; aus dem Augenwinkel sah ich, daß der Bursche mit dem Messer eine beunruhigte Bewegung in meine Richtung machte, als fürchte er, ich könne plötzlich eine Waffe zücken. Als der alte Mann bei mir angekommen war, konnte ich ihm ins Gesicht sehen.

»Guten Morgen, Herr Leutgeb«, sagte ich.

Er schnaubte und musterte mich nochmals eindringlich. »Das ist nicht mein Name.«

»Welcher ist es dann?«

Er zögerte; ich sah, daß er einen schnellen Blick zu den beiden Gestalten im Gang warf. Ich war mir sicher, daß beide den Kopf schüttelten. Er wandte sich wieder mir zu und forschte in meinem Gesicht.

»Ich kann Euch jederzeit töten lassen, ist Euch das klar?« fragte er.

Ich zuckte mit den Schultern.

»In einer knappen halben Stunde müßt Ihr Euch darüber entschieden haben«, sagte ich. »So lange dauert es nämlich noch, bis mein Gehilfe im Rathaus Alarm schlägt.«

Er lächelte, aber es war keine Wärme darin. Er zog nur die Lippen von den Zähnen zurück. Ich konnte die gleiche mühsam unterdrückte Wut in seinen Zügen lesen wie vor ein paar Tagen, als er mich gefragt hatte, was ich in dem leerstehenden Haus zu suchen habe.

Ich wußte, daß die Zeit auch gegen mich arbeitete. Ich mußte ihn reizen.

»Wenn Ihr mich tötet«, sagte ich, »werdet Ihr mich dann ertränken oder mich erwürgen und danach den Hals umdrehen?«

Seine Augen weiteten sich. Ich dachte, er würde mich packen, aber dann sah ich, daß für einen kleinen Moment der Haß in seinem Gesicht von totalem Unverständnis abgelöst wurde. Er schüttelte den Kopf.

»Was redet Ihr da?« platzte er heraus.

Ich sah ihn an. Meine Selbstsicherheit schwand plötzlich dahin. Ich behaupte nicht, daß ich ein außergewöhnlich guter Menschenkenner bin, aber die Jahre in geschäftlichen Verhandlungen haben meinen Blick für Gesichtsausdrücke geschärft, und was ich in diesem kleinen Moment in seinem Gesicht sah, brachte meinen Plan ins Wanken. Ich hatte vorgehabt, ihn mit meinem Wissen zu konfrontieren und zu hören, was er dazu zu sagen hatte. Jetzt mußte ich erkennen, daß er nicht die leiseste Ahnung hatte, wovon ich sprach.

Ich hörte ihn wie von weitem sagen: »Ich beginne zu glauben, daß wir uns eingehend unterhalten müssen«, und mich selbst hörte ich sagen: »Deswegen bin ich hergekommen.«

»Was ist mit Eurem Helfer drüben vor dem Rathaus? Wenn es ihn denn gibt.«

»Es gibt ihn«, erwiderte ich.

»Ihr solltet zu ihm gehen und ihn benachrichtigen; danach kehrt Ihr wieder hierher zurück.«

Ich mußte plötzlich lächeln.

»Einer von Euch begleitet mich«, sagte ich entschlossen.

Er kniff die Augen zusammen.

»Ihr wollt Euch versichern, daß wir Euch nachher noch einlassen.«

»Ich will mich versichern, daß nachher noch jemand da ist, der mich einlassen kann.«

»Konrad wird Euch begleiten.«

Er wies auf den Mann mit dem Messer; dieser trat einen Schritt auf uns zu und bleckte die Zähne in meine Richtung. Sein Messer steckte er in den Gürtel zurück. Ich wandte mich an meinen Gesprächspartner.

»Seht Ihr«, sagte ich, »es wäre mir doch lieber, wenn *ich* mir meine Begleitung aussuchen könnte.«

Er knurrte: »Und wer sollte das sein?«

»Vielleicht die junge Frau da oben?« Ich zeigte die Treppe hinauf, wo die Frau noch immer stand und auf uns herunterblickte. Als ich sie erwähnte, zuckte sie zurück und schüttelte beinahe panisch den Kopf.

Er atmete tief ein, und es war deutlich zu sehen, daß er versuchte, sich zu beherrschen. Seine Stimme klang heiser, als er sagte: »Das kommt nicht in Frage.«

Ich verschränkte die Arme.

»In diesem Fall warte ich hier ab. Ihr könnt ja versuchen, mich zum Rathaus zu prügeln.«

Er krallte die Hände vor meinem Gesicht zu Fäusten zusammen und zischte erstickt: »Ihr macht uns allzu deutlich klar, daß Ihr uns in der Hand zu haben glaubt.«

»Ich habe keine andere Wahl«, sagte ich grimmig.

»Mir gefällt auch nicht, was ich hier tue; aber mein Vertrauen zu Euch reicht nicht so weit, als daß ich Euch einfach hier zurücklassen würde.«

»Dann gehe ich selbst mit«, entschied er.

Die junge Frau am oberen Treppenende rief entsetzt: »Nein, Vater!«, und auch der Mann namens Konrad und die ältere Frau an der Tür protestierten.

»Ich begleite ihn«, sagte die Frau auf der Treppe zuletzt. Ihre Stimme klang entschlossen.

Ich war erstaunt. Gewiß, sie konnten mir eine Komödie vorspielen, aber ich glaubte nicht daran. Plötzlich fühlte ich mich versucht zu sagen: In diesem Fall will ich mich mit Konrad begnügen; aber vielleicht war es genau das, was sie hören wollten. Ich biß die Zähne zusammen und sagte statt dessen: »Gehen wir.«

Sie kam nach kurzem Zögern die Treppe herunter und stellte sich neben ihren Vater. Sie sah mich an und wandte dann den Blick ab, aber ich erkannte, daß sie mir am liebsten das Gesicht zerkratzt hätte.

»Ich werde meinen Knecht natürlich nicht einfach nach Hause senden«, sagte ich zu dem alten Mann. »Ich verlängere nur die Frist.«

»Wie lange?« schnappte er.

Ich bemühte mich zu lächeln.

»Ihr werdet es früh genug erfahren.«

Er zuckte mit den Schultern. Es schien, als habe er nicht wirklich etwas anderes erwartet.

»Laßt ihn hinaus«, sagte er, und die alte Dame öffnete mir die Tür. Sie sah mich nicht an, als ich mit meiner Begleitung auf die Gasse hinaus trat. Ich war geblendet vom hellen Licht, und mit dem ersten Atemzug strömte die beißendfeuchte Nebelluft und der Geruch von Rauch und faulendem Stroh in meine Nase. Trotzdem tat ich einen tiefen Atemzug; ich hatte das Gefühl, aus einer Gruft entkommen zu sein. Die Tür fiel hinter mir zu, und ich fuhr entsetzt herum, beinahe sicher, daß die junge Frau wieder ins Haus zurückgesprungen wäre, aber sie stand neben mir und blickte auf den Boden.

Als ich mich ihr zuwandte, bemerkte ich plötzlich den schwachen Duft nach Nelken und Südfrüchten, der von ihr ausging; mein Herz machte einen Sprung.

»Ich mag Euer Parfüm«, murmelte ich unwillkürlich. Sie sah mich befremdet an, dann zogen sich ihre Brauen zusammen, als dachte sie, ich wolle sie auf eine besonders plumpe Art verspotten. Ich achtete nicht darauf. Dieser Duft war es, den der Wappner in dem alten Haus wahrgenommen hatte; nicht der Hauch von Jana Dlugosz' zartem Apfelparfüm, und aus keinem besonderen Grund erfüllte mich dieser Gedanke mit Freude und Erleichterung.

Sie machte keine Bewegung, bis ich sie zu gehen aufforderte; dann schritt sie schweigend neben mir her. Sie hielt ihr Gesicht noch immer gegen den Boden gerichtet; vielleicht, um mich nicht ansehen zu müssen, vielleicht, um nicht von anderen gesehen zu werden. Sie hatte protestiert, als ihr Vater mit mir gehen wollte: Fürchtete sie, daß man ihn in der Stadt kannte? Wahrscheinlich fürchtete sie nur, daß ich ihn zu den Stadtbehörden schleppen würde, wenn er erst einmal in meiner Gewalt war. Ich wußte noch immer nicht seinen Namen; er hieß nicht Leutgeb, soviel war sicher.

»Wie ist Euer Name?«

Sie schüttelte den Kopf, ohne mich anzusehen, und sagte zwischen den Zähnen: »Ich will nicht mit Euch reden.«

Ich hatte nichts anderes erwartet, und es machte mir

nichts aus. Nach und nach wurde mir bewußt, daß ich mit einer einzigen verrückten Tat so weit vorwärts gekommen war wie an all den anderen Tagen zusammen nicht. Ich schmunzelte, und meine Begleiterin hob den Kopf und sah mich für einen kurzen Augenblick an, bevor sie den Blick wieder senkte.

Mein Knecht stand vor dem Rathaus und trat von einem Bein aufs andere, während er sich die Augen nach mir ausspähte. Ich winkte ihm über die Straße hinweg zu, und er winkte mit einer Begeisterung zurück, daß ich seine Erleichterung über die Entfernung hinweg spürte. Ich stürzte ihn in einen erneuten Kummer, als ich ihm leise mitteilte, die neue Frist würde nun eine Stunde betragen; er hatte gehofft, er könne mit mir wieder zurückkehren. Ich vergewisserte mich, daß die junge Frau nicht hören konnte, was ich mit dem Knecht vereinbarte. Sie stand abseits, als hätte sie mich einfach in der Stadt getroffen und warte nun ab, welche Verabredungen ich treffen würde, bevor ich mich wieder dem Gespräch mit ihr zuwenden würde; aber ich sah die Anspannung, die sie in der Nähe der beiden Wappner vor der Rathaustür befiel. Ich klopfte dem Knecht auf die Schulter und kehrte mit ihr zusammen wieder in die Ländgasse und zum Haus des Wolfgang Leutgeb zurück.

Diesmal erwartete mich Konrad an der Tür. Er schien beschlossen zu haben, mir ab sofort mit kühler Abneigung zu begegnen, denn er wandte sich ohne ein Wort ab und führte mich die Treppe hoch ins erste Obergeschoß. Ich sah mich um nach der jungen Frau, die unten an der Treppe stehenblieb und uns nachblickte, bis wir den Treppenabsatz erreichten und uns nach rechts wandten.

Das Haus war gebaut wie eines der Laubenhäuser

vorne in der Altstadt, mit einem Lichthof in seinem Zentrum, um den sich das Treppenhaus wand. Wir machten vor einer schweren Holztür halt, und Konrad schob den Riegel auf und öffnete sie vor mir. Ich trat ein, und er schloß die Tür hinter meinem Rücken.

Der alte Mann saß hinter einem Arbeitstisch, der in einem sonst völlig kahlen Raum stand. Das einzige Fenster ging zu einem der kleinen Gäßchen hinaus, die zu einem Flößertor führten, und die nächste Hausmauer war so nahe, daß ein Mann mit langen Armen zum Fenster hinausgreifen und sie hätte berühren können. Eine Kerze brannte auf dem Schreibtisch und gab mehr Licht, als vom Fenster hereinfallen konnte. Ich sah mich unwillkürlich um; die Wände waren weiß gekalkt, und in einer Ecke war ein dunkler Herrgottswinkel mit einem einfachen Kruzifix aus Holz. Ansonsten besaß das Zimmer keinen Wandschmuck und auch keine Verzierungen an der hohen Decke. Es war einfach ein Raum mit einem Tisch darin, und selbst ich hätte es als Strafe empfunden, hier arbeiten zu müssen.

»Dies ist das Arbeitszimmer von Wolfgang Leutgeb«, sagte der alte Mann, als hätte er meine Gedanken auf meinem Gesicht abgelesen. »Ich habe die Erlaubnis, es zu benutzen.«

»Ihr seid ein Nachkomme von Christian Leutgeb«, sagte ich aus einer Eingebung heraus und wußte im selben Moment, daß es falsch war. Er schüttelte den Kopf und lächelte zum erstenmal wirklich. Als er sich zurücklehnte, wurde mir klar, daß sich die Sachlage aus irgendwelchen Gründen wieder umgekehrt hatte; er hatte den Vorteil wieder auf seiner Seite, oder zumindest hatte er diesen Eindruck, und das war es, was zählte. Er war ruhig und gelassen.

»Setzt Euch«, sagte er beinahe freundlich und zeigte mit der Hand auf einen niedrigen Hocker, der vor dem Arbeitstisch stand. Ich sah auf ihn hinab und dachte: Wenigstens bist du noch auf vertrautem Gebiet; so werden manchmal auch Geschäftsverhandlungen geführt. Ich verzichtete auf die Sitzgelegenheit, auf der ich mich nur unbequem hätte niederlassen können, und trat so nahe an den Schreibtisch heran, daß er zu mir hochblicken mußte. Ich sah, daß das Lächeln von seinem Gesicht verschwand; aber dann verlosch der mißmutige Gesichtsausdruck, als er die Situation durchschaute. Er dachte nur einen kleinen Moment nach, dann stand er auf und trat zum Fenster. Er lehnte sich mit einer Schulter dagegen und sah mich erwartungsvoll an. Er wollte, daß ich den Anfang machte, aber ich war unschlüssig, was ich zu ihm sagen sollte. Ich war mir bewußt, daß er von sich aus nichts preisgeben würde: Ohne daß wir es ausgesprochen hätten, war mir klar, worauf er abzielte. Er wollte ein Geschäft; zunächst Information gegen Information. Er wollte erfahren, was ich von ihm und seinen Leuten wollte; was ich gegen sie in der Hand hatte und worauf meine Handlungen abzielten. Dann würde er antworten, und es würde ihm freistehen, die Wahrheit zu sagen oder gelassen zu lügen.

Ich hätte mich wieder verabschieden und binnen einer Stunde mit einem Trupp Wappner zurückkommen können, auf die Gefahr hin, daß er und der Rest seiner Leute in der Zwischenzeit verschwunden waren. Ich hätte mich nicht auf sein Spiel einzulassen brauchen; er mochte mich unsicher gemacht haben, doch noch immer hatte ich die Trümpfe in der Hand. Aber der Ausdruck in seinem Gesicht, als ich ihn gefragt hatte, wie er mich vom Leben zum Tode zu befördern gedenke, hatte mich zutiefst nachdenklich gemacht; ebenso das Verhalten seines Kameraden und der jungen Frau, die ihn Vater genannt hatte. Plötzlich hielt ich es für möglich, daß ich mich in all meinen Schlußfolgerungen getäuscht hatte.

Und nicht zuletzt wollte ich wissen, wer er wirklich war.

Ich dachte an meinen Knecht, der womöglich meine einzige Garantie war, daß ich meinen Vorstoß hierher überleben würde. Ich hielt sie noch immer für gut genug, um das Risiko fortzusetzen.

Ich atmete tief ein und sagte: »Ihr kennt meinen Namen bereits; ich möchte jetzt gern den Euren erfahren.«

Er lächelte und schüttelte den Kopf.

»Eröffnet mir alles, was Ihr über uns wißt«, verlangte er. Ich war nicht überrascht.

»Ich könnte Euch anlügen«, sagte ich.

»Ich ebenso.«

Ich dachte: Auf diese Art können wir uns im Kreise drehen, bis die Stunde abgelaufen ist. Mir war klar, daß ich nachgeben mußte – er würde es nie tun.

»Ich werde Euch sagen, was mich hierher geführt hat.« Er dachte einen Moment nach, dann nickte er.

»Am Morgen des Allerheiligentages«, begann ich ruhig, »wurde die übel zugerichtete Leiche einer polnischen Edeldame gefunden; wie sich herausstellte, die Nichte von König Kasimir. Um keinen Skandal zu verursachen, beauftragte der Kanzler des Herzogs mich mit der Aufklärung des Falles. Er wollte unter allen Umständen vermeiden, daß Informationen darüber publik würden. Im Zuge meiner Nachforschungen wurde ich auf das leerstehende Haus drüben aufmerksam und entdeckte, daß jemand heimlich darin Unterschlupf gefunden hatte: Ihr und Eure Leute. Die Nähe zum herzoglichen Zollhaus, in dem der Kaiser logieren wird, machte mich nervös. Ich beobachtete Euch, bis ich jemandem auffiel – ich nehme an, Ihr wart es selbst. Ich wurde zweimal überfallen und bin nur mit knapper Not mit dem Leben davongekommen. Ich setzte einen Spitzel auf das Haus an, einen Flößer; dieser Mann wurde vorgestern im Fluß ertränkt. Ein weiterer Mann kam bereits vor einer Woche oder mehr zu Tode; auch seine Leiche wurde im Fluß gefunden.«

Ich endete; ich hatte nicht vor, ihm noch mehr zu erzählen. Hanns Altdorfers Beteiligung, die Aktionen des jungen Löw – er brauchte nichts davon zu wissen. Ich beobachtete seine Reaktion, aber er lehnte nur bewegungslos am Fenster und sah mich an.

»Ich mache Euch für alle diese Morde verantwortlich«, sagte ich.

»Erklärt mir gütigst, welche Motive ich dafür haben soll.«

»Vielleicht will ich das von Euch hören?«

»Für dieses Vielleicht geht Ihr ein großes Risiko ein.«

Ich sagte ungeduldig: »Lenkt nicht ab. Nun seid Ihr an der Reihe.«

Er lachte leise, ohne seine Haltung zu verändern.

»Habt Ihr gelogen?« fragte er.

»Nein.«

»Dann werde ich auch nicht lügen«, erklärte er leichthin. »Aber ich warne Euch – es wird Euch so vorkommen.«

»Das könnt Ihr getrost mir überlassen.«

»Ich wollte es nur gesagt haben.« Ganz unmotiviert streckte er seine rechte Hand aus, und ich war so überrascht, daß ich sie ergriff und schüttelte. Hinterher wurde mir klar, daß die Geste zu seinem überreichen Repertoire an theatralischen Ausdrucksmöglichkeiten gehörte.

»Erlaubt mir, mich vorzustellen, Herr Peter Bernward von Säldental«, sagte er. »Ich bin Johannes Reckel; der Sohn von Dietrich Reckel, dem Baumeister.«

Ich hörte Lärm von der kleinen Seitengasse hereinkommen; eine Gruppe von Männern bewegte sich vom oder zu dem kleinen Flößertor und unterhielt sich lautstark, und die eng beieinanderstehenden Wände vervielfachten den Lärm und leiteten ihn geradewegs nach oben. Einer von ihnen machte eine Bemerkung, und die anderen brüllten erheitert: Die Gasse schien vor Lachen explodieren zu wollen. Ich hörte, wie jemand das Tor aufschloß und die Männer gutgelaunt hindurchscheuchte, dann hörte ich, wie es wieder zugeschlagen wurde. Es war wieder still in Wolfgang Leutgebs erbärmlich kahler Zelle von einem Arbeitszimmer; so still, daß ich vom Erdgeschoß das Scheppern von Töpfen vernehmen konnte: Jemand bereitete ein Essen zu. Es waren diese Geräusche, die mir verrieten, daß ich nicht träumte. Ich versuchte, meine Augen auf die massige Gestalt vor mir zu fokussieren.

Der alte Mann mußte über siebzig sein. Was wollte er in Landshut? Späte Rache? Die ihm zwei gräßliche Morde wert war – und ihn zum Werkzeug von Mathias Corvinus machte? Plötzlich wurde mir klar, daß auch mein Leben in seiner Hand möglicherweise weniger wert war, als ich ursprünglich gedacht hatte. Er war kein Söldner – er hatte einen Grund zu hassen.

»Warum habt Ihr sie ermordet?« flüsterte ich.

Diesmal lächelte er nicht.

»Ihr befindet Euch im Irrtum. Ich habe es nicht getan«, sagte er.

»Dann war es einer Eurer famosen Totschläger. Was macht es für einen Unterschied?«

Er schüttelte nachdrücklich den Kopf.

»Ich bin an all den Toden, die Ihr aufgezählt habt, gänzlich unschuldig.«

»Ich dachte, Ihr wolltet nicht lügen?« rief ich mit beißendem Sarkasmus; mein Zorn auf ihn wurde nur größer durch die Tatsache, daß ich fast bereit war, ihm zu glauben. Es war wie vorhin am Fuß der Treppe: Er strömte Wut aus, aber seine Wut schien gerecht, und er strömte etwas aus, das deutlich sagte: Ich habe es nicht nötig zu lügen.

»Ich werde es Euch erklären«, seufzte er. »Vielleicht bin ich Euch doch mehr schuldig als nur meinen Namen.«

Ich nickte stumm, und er drehte sich von mir weg und sah zum Fenster hinaus. Das Tageslicht war nur in einem schmalen Streifen des Himmels sichtbar, der zwischen den beiden Häuserwänden links und rechts der Gasse aufschien. Es war ein enger, langgestreckter Lichtstreif, aber er fing sich in seinen Augen. Sie blitzten in seinem dunklen Gesicht auf. Er sprach zum Fenster hin, doch ich konnte seine Worte mühelos verstehen. Ich wußte, daß er nicht zu mir sprach; er sprach zu seiner eigenen Vergangenheit, und seine Geschichte überbrückte die Jahre, die sein Alter ihm aufgebürdet hatte, und rührte an eine Wunde, die niemals geheilt war. Sie war nur verschorft; unter der Kruste schwärte und eiterte sie weiter und ließ ihn seit sechzig Jahren nicht zur Ruhe kommen. Er *wollte* reden, und als er sich durch die Präliminarien gearbeitet hatte, die seine Geheimnistuerei, sein Mißtrauen und seine Vorsicht ihm aufgebürdet hatten, gewann seine schneidend helle Stimme an Fluß. Es war nicht angenehm, ihr bei einer längeren Geschichte zuzuhören; aber es war auch nicht angenehm, was er zu berichten hatte. Ich hörte ihm zu und sah, daß seine Augen trocken blieben, doch ich konnte die Tränen aus seiner Stimme heraushören.

»Es gibt keinen Grund, Euch die Geschichte nicht zu erzählen«, sagte er. »Sie hat mehr Schaden angerichtet dadurch, daß niemand sie erfahren hat. Es ist die Geschichte, wie ein jähzorniger Herrscher sich an seinen rechtschaffenen Bürgern gerächt hat.« Er legte die Stirn an das Fensterglas und spähte blicklos auf den Gassenboden fünf Meter unter uns hinab.

»Wart Ihr damals mit dabei?« fragte ich. Ich wußte, daß er vom Aufstand sprach. Ich hatte beinahe erwartet, daß er seinen Bericht damit beginnen würde. Es war nur logisch: Die ganze Angelegenheit hatte damit begonnen.

»Das interessiert Euch, nicht wahr?«

»Natürlich.«

»Erinnert Ihr Euch an ein einschneidendes Erlebnis, das Ihr hattet, als Ihr zehn Jahre alt wart? Ich nehme an, es würde Euch nach kurzem Nachdenken eines einfallen: Eine jüngere Schwester oder ein Bruder, die am Fieber starben; oder jemand vergiftete Euren Hund; oder Ihr wart mit Eurem Vater auf dem Markt und gerietet in eine Hinrichtung, und Euer Vater konnte Euch nicht schnell genug die Hand vor die Augen halten, als das Rad auf den Hals des Verbrechers niederfiel. Wenn Ihr es hervorruft, werdet Ihr bemerken, daß Eure Erinnerung Euch wie ein Traum vorkommt: Es gibt keine Menschen, keine Häuser, keine Welt um das Vorkommnis herum – wie auf der Bühne eines Gauklers könnt Ihr nur die handelnden Personen erblicken und nicht, was um sie herum vorgeht. Wenn Ihr genauer nachdenkt, werdet Ihr feststellen, daß das Erlebnis selbst unwirklich erscheint und Euch das Gesicht des verstorbenen Geschwisterchens nicht mehr präsent ist oder wie der Hund geheißen hat oder das Aufseufzen, mit dem die Menge den Streich des Scharfrichters quittierte.« Er wandte sich nicht vom Fenster ab; er warf nur einen kurzen Blick zu mir herüber und preßte danach seine Stirn wieder an die Scheibe. Es interessierte ihn nicht, ob er tatsächlich eine Erinnerung in mir geweckt hatte; er hatte das Bild nur gewählt, um mir den Unterschied zu erklären.

»Bei dem Erlebnis, an das ich mich aus meinem zehnten Lebensjahr erinnere, verhält es sich genau umgekehrt. Ich weiß noch, wie die Judensynagoge ausgesehen hat, an deren Stelle jetzt der Zehntstadel des Herzogs steht; ich kann mich an das lächerliche Bild erinnern, das der Neubau des Martinsdoms zu der Zeit abgab: Wie sich der Altarraum des neuen Doms über der alten Kirche erhob und rund um das alte Kirchenschiff bereits die Gräben für das Fundament des neuen Langhauses ausgehoben waren, so daß man nur über hölzerne Stege das Innere der Kirche erreichen konnte. Wo heute die Stadtresidenz des Herzogs liegt, befanden sich kleine Hütten von Flößern und Fischern; man hatte gerade begonnen, sie niederzureißen, damit der Herzog seine Stadtwohnung errichten konnte. Hier in der Ländgasse waren die meisten Städel noch Wohnhäuser, und der Fluß jenseits der Stadtmauer lief näher an der Stadt entlang: Er änderte seinen Lauf erst später, als die

Kiesaushübe für die Kirche und des Herzogs Residenz ihn in ein anderes Bett zwangen. Ich erinnere mich sogar noch an die Gerüche. Sie waren nicht sehr viel anders als heute: die dumpfe moosige Ausdünstung des Flusses an einem kalten Morgen, der beißende Rauch der Torffeuer, der Geruch nach frischem Holz und Steinstaub, der vom Kirchenbau herüberwehte, wenn der Wind richtig stand ...«

Seine Stimme verklang, als seien ihm seine Gedanken leise davongelaufen, und er sah schweigend auf die gegenüberliegende Hausmauer. Ich hütete mich, ihn zu stören. Nach einer Weile fing er wieder von alleine an.

»Ich wünschte mir schon oft, es verhielte sich nicht so; ich wünschte mir, daß die Erinnerungen eine nach der anderen verblassen und zuletzt nur noch die leere Bühne eines Gauklers zurücklassen würden, auf der sich ein paar Personen wie im Traum bewegen und scheinbar nichts mit der Wirklichkeit zu tun haben.« Er griff nach oben und hämmerte gegen seine Schläfe. »Aber es ist hier, als wäre es eingebrannt. Ich erinnere mich niemals nur an einen Teil davon. Es ersteht alles komplett vor meinen Augen und würgt mich wieder vor Grauen, als wäre ich noch immer der zehnjährige Knabe. Versteht Ihr das?«

Ich nickte, und er wandte den Kopf lange genug vom Fenster ab, um mir dabei zuzusehen. Er nickte ebenfalls; danach schwieg er lange genug, daß meine eigene Erinnerung an die Dinge wach werden konnte, die meinen persönlichen Alptraum darstellten, und sie war ebenso komplett wie die seine. Vielleicht hatte seine lange Einleitung dazu geführt: Ich hörte seine Worte, aber ich spürte meine eigene Hilflosigkeit wieder wie damals,

als ich die toten Körper der Kinder unter dem Laken gesehen hatte, und irgendwo auf dem langen Weg seiner Geschichte vermischten seine Erinnerungen sich mit meinen, bis ich die Tränen auch hinter meinen Augen spürte und weinen wollte über das, was man ihm angetan hatte.

»Ich war dabei«, sagte er. »Von Anfang bis zum Ende war ich dabei. Ich ließ meinen Vater damals keinen Schritt weit aus den Augen, und so kam es, daß ich Zehnjähriger das ganze grausige Ende des Landshuter Bürgeraufstands aus einem Blickpunkt erlebte, als wäre ich einer der kirchlichen Würdenträger in den geschnitzten Kolonnaden des Chorgestühls während der Wandlung: Ich war mitten darin.«

»Wie kam das zustande?« fragte ich ihn, und er schnaubte.

»Das ist eine Geschichte für sich«, erwiderte er. »Mein Vater war bereits ein alter Mann gewesen, als er mich zeugte; alt jedenfalls für meine Mutter, die zwanzig Jahre jünger war als er. Er war ein ernster, verschlossener Mann, und zu jener Zeit war er noch verschlossener denn je – seine Verstrickung in die Vorbereitungen zu dem geplanten Aufstand nagten an ihm, und daß man Hans Krumenauer statt seiner damit beauftragt hatte, den Dom zu bauen und nach dessen Weggang einen Meister Hans aus Burghausen kommen ließ, demütigte ihn schon seit langem. Meine Mutter hingegen pflegte durchs Haus zu tanzen und am Abend in der Stube zu singen. Sie konnte ihn nicht erreichen, um ihre Fröhlichkeit mit ihm zu teilen, und er konnte ihr nicht erklären, wie wichtig ihm die Ernsthaftigkeit war, mit der er sein Leben bestritt. Er verachtete sie nicht; er tat alles für sie. Vielleicht fühlte sie sich in einem goldenen Käfig, oder vielleicht hatte sie nach einiger Zeit den Eindruck, er wolle ihre Zuneigung kaufen; vielleicht hatte ihre Heirat aber auch nur ganz einfach die Liebe nicht hervorgebracht, wie es im allgemeinen der Fall sein soll. Jedenfalls nahm sie sich einen Liebhaber, der ihrem Naturell entsprach und der ihre Bedürfnisse befriedigen konnte. Mein Vater wußte darüber nicht Bescheid; es wäre nichts Seltsames daran gewesen, wenn er es gewußt hätte – viele Eheleute hielten es so –, aber es wurde ihm niemals klar. Auch von den Freunden der Familie kam meiner Mutter niemand auf die Schliche. Schließlich war ich es, ihr Sohn, dem die ganze Wahrheit aufging, doch zu diesem Zeitpunkt war es schon zu spät. Ich denke, ich habe einiges von der Nachdenklichkeit meines Vaters geerbt, und ich benutzte mein Gehirn, um die kleinen Anzeichen der ehelichen Mißverhältnisse meiner Eltern zu durchforschen, bis ich von selbst auf die Lösung kam. Habe ich erwähnt, daß ich all die Schrecklichkeiten vielleicht hätte verhindern können, wenn ich meinem Vater nur gesagt hätte, was ich wußte? Ich tat es nicht. Wie soll ein zehnjähriger Junge seinem Vater erklären, daß seine Mutter sich einen jungen Stutzer als Geliebten hält? Nun, wie auch immer: ich verstand mich auch vor dieser Entdeckung nicht gut mit meiner Mutter; was ich immer gewußt hatte, war, daß sie meinen Vater nicht liebte, ja, nicht einmal respektierte. Daher wich ich meinem Vater kaum jemals von der Seite, wohl um ihm so zu beweisen, daß wenigstens einer aus seiner Familie ihm seine ganze Zuneigung entgegenbrachte. Vermutlich hungerte er danach: er schickte mich niemals weg, obwohl manche seiner Freunde ihn dazu drängten. ›Kinder plappern‹, sagten sie. ›Willst du riskieren, daß er uns die Meute des Herzogs auf den Hals hetzt?‹ Mein Vater pflegte stets zu antworten: ›Mein Sohn plappert nicht‹, und er setzte sich jedesmal damit durch.«

»Habt Ihr jemals ›geplappert‹?« fragte ich.

»Dreimal in meinen Leben«, antwortete er. »Das erstemal, als ich meine Frau heiratete und ihr alles aus meiner Vergangenheit erzählen wollte; das zweite Mal vor meinen Freunden, von denen Ihr einige bereits kennengelernt habt; das dritte Mal – heute.«

Er schien es als ein Kompliment zu meinen; es mutete mich merkwürdig an, daß er es mir erteilte – letztlich mußte er mich noch immer für seinen Feind halten. Seine ganze Offenheit überraschte mich. Es mochte sein, daß die Wirrnisse innerhalb seiner Familie zu der Geschichte gehörten, die ihn letztlich hierher gebracht hatte, aber ich bezweifelte, daß ich an seiner Stelle darüber so offen gesprochen hätte.

»Was wißt Ihr über den Bürgeraufstand?« fragte er.

»Nicht viel; nur, daß er stattfand und daß der Herzog recht übel mit den Aufständischen umgesprungen sein muß.«

Er schüttelte den Kopf; er schien fast ärgerlich zu sein, daß ich so wenig Ahnung hatte.

»Dann muß ich Euch die Vorgeschichte erklären«, brummte er. »Ich glaube, wir setzen uns; es wird ein wenig Zeit in Anspruch nehmen.«

So gelang es ihm schließlich doch, mich auf den niedrigen Hocker zu setzen und auf mich herunterzublicken; aber ich war mir sicher, daß er es diesmal ohne Hintergedanken tat. Er war trotz allem ein alter Mann, und er hatte das Stehen satt. Als er in Leutgebs Stuhl saß, ließ er sich darin zusammensinken, bis er nur noch die vorderste Kante der Sitzfläche mit seinem Hintern berührte; seine langen Beine streckte er links und rechts aus. Er schien es für eine bequeme Stellung zu halten.

»Natürlich waren mir die Zusammenhänge damals nicht klar; ich habe nachgeforscht und nachgelesen und mit einigen der Überlebenden gesprochen, damit ich mir ein Bild machen konnte. Es stellt sich so dar, daß Herzog Heinrich, der zunächst die von seinen Vorgängern der Stadt gewährten Rechte bestätigte und zum Teil sogar erweiterte, plötzlich eine entgegengesetzte Politik wählte und sich weigerte, die Stadtfreiheit mit einem Freibrief zu gewährleisten. Zugleich brach er über verschiedene Kleinigkeiten Streitereien mit dem Stadtrat vom Zaun. Die Männer um meinen Vater vermuteten damals, es sei auf den Einfluß zurückzuführen, den seine Vormünder über den Herzog hatten: Zu jener Zeit war er noch ein Jüngling von gerade fünfzehn Jahren. Bald war es ein polizeilicher Übergriff innerhalb seines Rechtsgebiets, der Heinrich sauer aufstieß; bald waren es unrechtmäßige Pfändungen seines Besitzes. Nach einer Weile nahmen die Klagen einen handfesteren Charakter an: Daß die Stadtsteuer seit Jahren nicht mehr bezahlt worden sei, daß man dem Herzog die jährliche Gerichtsabgabe verweigere und daß sich unter dem Einfluß der Stadträte seine Münze so verschlechtert habe, daß ihm hoher Schaden daraus entstanden sei. Vielleicht hatten diejenigen recht, die glaubten, die von Heinrichs Vorfahren und von seinem eigenen Hofstaat verschwendeten Gelder sollten jetzt von der Stadt erpreßt werden.«

Er wischte mit einer seiner weitausholenden Armbewegungen über die Tischplatte, als wollte er Platz machen für ein anderes Argument.

»Mein Vater war der Ansicht, daß es Heinrich um

politische Ziele gehe. ›Er wollte und will noch immer unsere Bestrebungen nach Selbständigkeit zurückdrängen‹, sagte er. ›Unsere Privilegien sind ihm beim Ausbau seiner Macht hinderlich.‹ Aber er setzte sich mit seiner Anschauung nicht durch; die Mehrheit der Männer unterstellte dem Herzog und seinen Beratern Geldgier. Sie riefen wild durcheinander, wie ich es schon bei mehreren Gelegenheiten erlebt hatte, und nannten bald den herzoglichen Kanzler, bald den Herzog selbst einen Teufel und steigerten sich in Tagträume hinein, wie sie die Vormünder des Herzogs vor sich her durch die Stadt treiben würden: demnächst, bald, in ein paar Wochen, noch vor der Auferstehung Christi – so tasteten sie sich gedanklich und verbal an den Tag heran, an dem sie alle Farbe bekennen und endgültig ihre Seite in dem Konflikt würden wählen müssen. Letztendlich spielte es wohl keine Rolle, welche Ziele sie Heinrich unterstellten. Nur manchmal denke ich daran, daß ihre lauten Beschimpfungen und Drohungen vielleicht auch ihre Unsicherheit ausdrückten, ob sie sich zu einem offenen Aufstand durchringen sollten oder nicht, und ich schaudere, wenn ich mir vorstelle, daß sie nur sehnsüchtig darauf warteten, daß einer aufstand und rief: ›Seid ihr alle verrückt geworden? Das können wir niemals wagen!‹ Es stand aber niemand auf, und so nahm das ganze Verhängnis seinen Lauf, ohne daß einer von ihnen dies wirklich wollte. Christian Leutgeb, der Bruder von Wolfgang Leutgebs Großvater, war die eine Ausnahme unter ihnen. Leutgeb wußte, was er wollte, und wenn es nur Rache war dafür, daß man ihn soweit gedemütigt hatte, einen Urfehdebrief zu unterzeichnen, in dem er in vielen Einzelheiten versprechen mußte, seinen Bürgerstolz im Zaum zu halten. Er hatte genügend Charisma, daß sie ihm hinterherliefen. Und doch: Es hätte nur einer zu sagen brauchen: ›Tut es nicht!‹, und sie wären das Risiko nicht eingegangen. Ich hätte aufstehen sollen, ich, ein zehnjähriger Knirps: Ich hätte ihnen möglicherweise allen das Leben retten können.«

Er sagte es emotionslos; es war ein Gedanke, mit dem er sich schon so lange auseinandergesetzt hatte, daß er ihn nicht mehr erregte. Er hatte ihn wohl in den langen Jahren immer wieder aufgegriffen und herumgedreht und von allen Seiten begutachtet und sich gesagt: Ich hatte es in der Hand, und ich habe versagt. Schließlich war der Gedanke geworden wie ein glattpolierter Kieselstein in seiner Seele: Die Kanten und Ecken waren abgeschliffen vom vielen Herumwenden, und er tat nicht mehr weh – man spürte nur noch ab und zu sein Gewicht.

»Sie hätten nicht auf Euch gehört«, entgegnete ich, aber er beachtete meinen Einwand nicht. Er hatte mir seine Gedanken nicht offenbart, weil er auf einen Trost hoffte; sie gehörten nur zu seiner Geschichte, und er wollte sie vollständig erzählen.

»Zuletzt drohte der Rat dem Herzog damit, sich wegen seiner Beschwerden an den Kaiser zu wenden und die Überprüfung durch das Hofgericht zu verlangen«, fuhr er fort. »Das war im Herbst 1408; ein herrlicher Herbst, der einen mehr als entschädigte für den Tod des Sommers und der manchen sagen ließ, daß er getrost auf den Sommer verzichten könne, wenn nur jeder Herbst so wäre … Die treibende Kraft war Christian Leutgeb. Er und mein Vater waren Freunde; sie waren wie Feuer und Wasser, aber sie schienen einander zu ergänzen, und ich glaube, daß sie sich näherstanden als Brüder. Mein Vater erbaute sogar Christian Leutgebs Haus: das

Haus, in dem wir hier sitzen. Leutgeb hatte in den Jahren seit 1405 gewaltigen Einfluß im Rat gewonnen; er war vom äußeren in den inneren Kreis übergewechselt und setzte seinen Stolz darein, die Geschicke der Stadt maßgeblich bestimmen zu können. Ich hatte mich vor ihm immer gefürchtet: Er war laut und hochfahrend und hielt niemals mit seiner Meinung hinter dem Berg – leider war es ihm aber auch nicht gegeben, diese Meinung auf diplomatischem Wege auszudrücken, und so wirkte er öfter beleidigend als offenherzig. Mit seinem Bruder hatte er sich bereits vor Jahren vollständig überworfen. Vielleicht dachte er, er habe ein Recht darauf, herablassend und grob zu sein: Er hatte sein eigenes Vermögen eingesetzt, um den Rat und natürlich auch seine eigene Position darin zu stärken, und sich so sehr damit verschuldet, daß er ständig auf Kredit lebte – allerdings ohne daß er es sich dadurch wesentlich schlechter gehen ließ als vorher. Einmal hörte ich, wie meine Mutter im Scherz zu meinem Vater sagte: ›Paßt nur auf den Leutgeb auf, damit er nicht zu Schaden kommt, bevor er Euch seine Schulden zurückgezahlt hat. Wir wären sonst ruiniert.‹ Kennt Ihr Contzen von Asch?« fragte Reckel unvermittelt.

»Dem Namen nach«, sagte ich. »Er besitzt das Haus neben dem herzoglichen Zollhaus und macht dem Stadtkämmerer Schwierigkeiten wegen des Mauerdurchbruchs im ersten Obergeschoß.«

»Davon weiß ich nichts«, erklärte er und zuckte mit den Schultern. »Sein Großvater – Martin von Asch – war der zweite Mann hinter der ganzen Angelegenheit, wenn Ihr so wollt. Er war der Vater meiner Mutter; Contzen von Asch ist mein Vetter. Er besaß nicht weniger Feuer als Leutgeb, aber er war von Natur aus ein höflicher, ruhiger Mensch. Wo Leutgeb jemanden mit der Gewalt seiner Stimme überzeugte, tat Asch dies durch ruhige Freundlichkeit. Selbst zu Kindern war er immer ruhig und nahm sich viel Zeit, ihnen alles zu erklären – ich mochte ihn sehr gerne. Ich möchte sogar sagen, Asch war das Gehirn hinter der Aktion – Leutgeb aber war ihre Seele. Nun, jedenfalls gehörte Martin von Asch zu denjenigen, die der Zorn des jungen Herzogs als erste traf. Kaum war Heinrich die Drohung unterbreitet worden, daß die Räte sich mit einer Beschwerde an Kaiser Ruprecht wenden wollten, als er schon im Handstreich deren Rädelsführer verhaften ließ. Heinrich Eberlein, der ein Jahr nach dem Aufstand starb, erzählte kurz nach der Verhaftungswelle, was passiert war. Er war fett und so nervös wie ein Huhn, aber er hatte einen wachen Sinn, und wenn man ihn während irgendeiner unangenehmen Situation herumflattern sah, mochte man nicht glauben, daß er dennoch jede Einzelheit davon mitbekommen hatte und später sogar bewerten konnte, wenn er sich wieder beruhigt hatte. Er sagte, die Wappner hätten sie am Abend aus der Stube herausgezerrt und in die damalige Stadtresidenz des Herzogs geschleppt; ihn, Leutgeb, Martin von Asch, Friedrich Pelchinger und noch etliche andere, bestimmt mehr als ein Dutzend Männer. Die Residenz war schwerer bewacht als die Schatzkammer des Papstes, sagte er; sie flimmerte im Schein der Fackeln, die von den Wachen hochgehalten wurden. Sie wurden dazu genötigt, sich in einer Reihe aufzustellen. Kanzler Apfenthaler schritt auf sie zu und sagte: ›Ein stattliches Aufgebot, Durchlaucht. Fast jedes brave Ratsmitglied ist vertreten, und dabei haben wir noch gar nicht einmal alle von ihnen erwischt.‹ Der Herzog saß hinter einem Tisch, den man ins Freie gebracht hatte, und machte ein finsteres Gesicht. Er war entweder wütend auf die Gefangenen oder aufgebracht wegen der Umstände, die hier gemacht wurden. Er sagte nichts. Was dann folgte, beschrieb Eberlein als eine so erbärmliche Komödie, daß man jeden Gauklertrupp, der sie aufgeführt hätte, mit faulen Äpfeln aus der Stadt vertrieben hätte. Sie wußten über die Vermögensverhältnisse jedes einzelnen der Gefangenen Bescheid, und ohne Ansehen der Person wurden sie einer nach dem anderen unterrichtet, daß ihre Habe gepfändet sei und sie das Recht verwirkt hätten, in der Stadt zu leben. Würden sie oder ihre Familien drei Tage nach diesem Schuldspruch noch in der Stadt angetroffen, hätten sie schlimmere Strafen zu vergegenwärtigen. Einige fluchten, einige weinten, aber sie beugten sich.«

Ich schüttelte den Kopf, und er betrachtete mich aus seinen scharfen hellen Augen.

»Was hättet Ihr getan?« fragte er mich. »Euch widersetzt?«

»Wahrscheinlich«, antwortete ich. Er lächelte freudlos.

»Man hatte diese Männer mit Waffengewalt aus ihren Häusern gezerrt, zum Teil durch die halbe Stadt geschleift und saß jetzt ganz öffentlich in einer Farce über sie zu Gericht. Niemand war ihnen zu Hilfe gekommen, und jedem saß der Gedanke im Nacken, daß das, was ihnen passiert war, ebensogut auch ihren Frauen und Kindern zustoßen konnte – ihren Familien, für die sie verantwortlich waren. Hat man Euch schon einmal abends durch Eure Heimatstadt mit Fußtritten vor sich hergetrieben, während Ihr saht, wie die rechtschaffenen Bürger rundherum schnell die Fensterläden schlossen, anstatt Euch zu befreien; und habt Ihr Euch ausgemalt, wie es sein würde, wenn die rauhen Tritte und derben Fäuste statt dessen Eure Frau oder Eure Töchter mißhandeln würden?«

Ich schwieg, und er sagte hart: »Ihr hättet Euch genausowenig gegen das Urteil gesträubt wie all die anderen; Ihr wärt ebenso froh gewesen, unverletzt davonzukommen. Eberlein erzählte, daß es ihnen seltsamerweise nicht klar gewesen zu sein schien, wieweit Christian Leutgeb in die Sache verwickelt war. Sie erkannten Martin von Aschs Rolle richtig, aber Leutgeb war ihnen irgendwie aus den Augen geraten. Sie sprachen kein Verbannungsurteil über ihn aus; statt dessen mußte er den Urfehdebrief unterschreiben und sich mit einer horrenden Summe loskaufen. Damals war es mir noch nicht so klar gewesen, aber heute glaube ich, daß ihnen Leutgeb keineswegs durch die Finger geschlüpft war: sie wußten nur zu genau über seine Vermögensverhältnisse Bescheid und daß er nichts an finanziellen Werten besaß, was man hätte einziehen können. Es war klüger, ihn in der Stadt zu lassen, zu beobachten und erst dann zuzuschlagen, wenn es sich für den Herzog und seine Gesellen wieder lohnte. Die Summe, mit der er sich loskaufen sollte, würde ihm jemand einstweilen vorstrecken, davon gingen sie aus. Auch Heinrich Eberlein entging der Verbannung und unterschrieb die Urfehde; er sagte: ›Der Herr hat sich meiner erbarmt, als ich mit schlotternden Knien vor dem Kanzler stand‹, aber ich denke, sie nahmen ihn einfach nicht ernst genug, als daß sie ihn der Verbannung unterworfen hätten. Nach dieser Aktion säuberten sie den inneren und äußeren Rat systematisch. Zuletzt war es Weihnachten geworden, und zwei Dutzend Bürger waren der Stadt verwiesen. Die Geburt Christ im Jahre 1408 wurde in Landshut mit schreckgeweiteten Augen begangen.«

»Der Herzog dachte danach, die Sache sei ausgestanden«, mutmaßte ich.

Er nickte schwer; anstatt etwas zu sagen, hustete er plötzlich und klopfte sich mit der Hand auf die Brust.

»Ich bekomme einen wunden Hals vom Reden«, sagte er und stand auf. Er streckte seine Beine, ging zur Tür und öffnete sie einen Spalt. Er wechselte ein paar Worte mit jemandem, und mir wurde klar, daß dieser Jemand die ganze Zeit über draußen gestanden hatte. Man hatte uns – man hatte *mich* – überwacht. Reckel war ein vorsichtiger alter Fuchs.

Als er wieder zum Tisch zurückkam und sich setzte, fuhr er nahtlos zu erzählen fort.

»Der Herzog war im Irrtum. Er hatte dem Patriziat der Stadt einen schweren Schlag versetzt, das ist wahr, aber er hatte nicht damit gerechnet, daß sich der Widerstand in der Bürgergemeinde fortsetzen würde. Er hatte dem Stadtrat den Mut abgekauft, aber er rechnete niemals damit, daß die Handwerkerzünfte die Fackel des Widerstandes danach ergreifen würden. Es dauerte fast ein Jahr, bis sie es wagten, die Köpfe hochzustrecken, aber sie taten es.«

»Wie kam es dazu?« fragte ich.

»Wie es dazu kam, daß sich noch Männer fanden, die die Opposition fortführten?« fragte Reckel, und ich nickte.

»Ich kann nur raten«, sagte er. »Ich denke, Christian Leutgeb verstand es, den beinahe gelöschten Funken nochmals anzufachen. Er hatte hartnäckige Argumente: Vorher war es um eher abstrakte Dinge gegangen, die Verteilung gesellschaftlicher Macht, politisches Kalkül und ähnliches – jetzt aber standen die Bürger plötzlich vor der Situation, daß der Herzog mitten in ihre Gemeinde gegriffen und die Menschen gnadenlos herausgerissen hatte, die ihm nicht zur Nase standen. Vorher hatte er die ehrgeizigen Patrizier an ihrem Machthunger gepackt; jetzt packte er die einfachen Bürger an ihrem gerechten Zorn. Außerdem hatte er im Handstreich auch die Rechte der Zünfte eingeschränkt, und wenn es schon nicht der Gerechtigkeit wegen war, daß sie mittaten, so doch aus Wut über die Beschneidung ihres Wirkungskreises. Mein Vater, der der ersten Aktion völlig entgangen war – ein Umstand, den niemand von uns so recht fassen konnte, ich fuhr noch Wochen nach Weihnachten entsetzt zusammen, wenn jemand nach Einbruch der Dunkelheit gegen unsere Tür pochte – geriet jetzt unter dem Einfluß von Christian Leutgeb tiefer in die Verschwörung hinein. Leutgeb vermißte die Ruhe und Besonnenheit Martin von Aschs, und es war klar, daß er meinen Vater als dessen Nachfolger ansah. Ihre Freundschaft und die Tatsache, daß von Asch der Schwiegervater meines Vaters war, taten ein übriges, um ihn in dieser Ansicht zu bestärken.«

Reckel räusperte sich und zog ein Gesicht, das klarmachte, daß er Leutgebs Haltung noch heute verurteilte.

»So bedacht und überlegt mein Vater sonst war, in dieser Hinsicht hatte er einen blinden Fleck: Seine Freundschaft zu Leutgeb war unerschütterlich, und es wurde ihm niemals klar, wie sehr ihn dieser in seiner brennenden Leidenschaft ins Verderben zog. Meine Mutter konnte ihm keinen Rat geben; sie durchschaute die Situation ebensowenig, wenn auch aus anderen Gründen, und ich bin mir sicher, daß es ihr niemals vollends klar war, was sich im Kreis der Verschwörer überhaupt abspielte und worum es den Männern ging. Ihre Gedanken waren beim Tanz, beim Gesang und bei ihrem Liebhaber. Vielleicht wäre es besser gewesen, wenn mein Vater bei der ersten Verhaftungswelle mit dabei gewesen wäre, dann hätte sie die Gefahr ernst genommen, in die er sich begab und in die er uns hineinzog; so aber hielt sie die Treffen und geflüsterten Unterhaltungen und halblauten Drohungen gegen den Herzog für eine der üblichen Männerdummheiten, hinter der der laute Christian Leutgeb steckte – gegen den sie im übrigen eine ebenso starke Abneigung gefaßt hatte wie ich. Der Umstand, daß man ihren Vater verbannt hatte, erschütterte sie ebenfalls nicht tief genug. Sie paßte mit ihrem leichtherzigen Wesen ebensowenig zu ihm wie zu ihrem Mann, und zwischen ihnen war niemals viel Verständnis oder gar Liebe gewesen. Sie gab sehr viel auf den äußeren Glanz, und da man ihren Vater wegen einiger mißglückter Geschäfte hinter seinem Rücken verspottete, hatte sie ihn zu verachten begonnen. Ich zuletzt war ein Kind, noch nicht einmal ein Knabe, und ich erkannte die Situation ebensowenig wie meine Mutter.«

Er schauderte plötzlich und zog die Schultern hoch, als ob ihn friere. Er sah mich wieder mit einem der durchdringenden Blicke aus seinen hellen Augen an.

»Aber ich war der einzige, der den dunklen Schatten des Sensenmannes sehen konnte«, sagte er dumpf. »Seinen Schatten, der mächtig ausholte und mit seinem Streich auf unser Haus, unsere Familie und unser Leben zielte. Ich erkannte ihn nicht als den, der er war; doch ich spürte die Grabeskälte, die schon von ihm ausging, und ich lebte nach kurzer Zeit in einer namenlosen, lähmenden, schrecklichen Angst, die mir den Schlaf raubte und mich so reizbar und aufbrausend machte, daß ich jedermann zur Last wurde. Selbst meine Mutter, die mir trotz meiner Abneigung gegen sie immer mit Liebe begegnet war, wandte sich irritiert von mir ab, und meinem Vater begann zu seinen anderen Nöten auch noch die Sorge um mich die Stirn zu furchen.«

»Habt Ihr mit niemandem gesprochen?« fragte ich. Er schüttelte den Kopf.

»Sehr bald redeten die Männer davon, daß man die Verbannten zurückholen solle«, sagte er. »Natürlich war es Christian Leutgebs Idee. Er schwärmte davon, daß die ganze Stadt sich ihnen danach anschließen würde wie ein Mann. Er hatte herausgefunden, wo sich einige der Familien aufhielten, und vertraute darauf, daß diese den Plan an die anderen weitergeben würden. ›Wenn es sich unter den Verbannten herumspricht, dann wird es auch bis zum Herzog vordringen‹, murmelte Heinrich Eberlein. Niemand hörte auf ihn, denn in diesem Moment begann Christian Leutgeb mit lauter Stimme zu erklären, welchen Plan er sich schon zurechtgelegt habe, um das Wort von der Rückkehr zu verbreiten. Niemand außer mir; ich saß neben ihm in einer Ecke, wie ich es meistens tat, weil ich mich in der Nähe seines robusten Körpers geborgen fühlte, und seine leisen Worte ließen meinen Mund vor Furcht austrocknen. Er brauchte mir nicht zu erklären, was die Konsequenz dessen war, was er befürchtete: Er hatte kaum geendet, als ich schon zu hören glaubte, wie harte Fäuste gegen unsere Tür pochten und meinen Vater aus dem Hause schleiften.«

»Habt Ihr denn nicht wenigstens hinterher versucht, auf Euren Vater Einfluß zu nehmen?«

»Nein«, sagte er kurz. »Er war mein Vater; ich wäre

niemals auf die Idee gekommen, ihm einen Rat zu erteilen.«

»Was geschah danach?«

Er beugte sich nach vorne und legte die Hände flach auf den Tisch. Als er zu sprechen ansetzen wollte, öffnete sich die Tür, und die junge Frau schob sich herein mit einem Krug und zwei Bechern. Sie stellte sie wortlos ab; Reckel streckte eine Hand aus und fuhr ihr sanft über den Arm. Sie lächelte ihn an. Mir schenkte sie einen kalten Blick, dann verließ sie das Zimmer ebenso schweigend, wie sie gekommen war. Reckel seufzte, packte den Krug und schenkte in beide Becher ein. Der Duft von gewürztem Wein verbreitete sich. Er schob mir einen Becher zu, hob den seinen auf und trank einen tiefen Schluck. Ich zögerte; ich fragte mich, was er mit dieser Geste bezweckte. Aber es war nichts dahinter außer der Höflichkeit des Gastgebers, und ganz gewiß hatte es nichts mit plötzlicher Sympathie für mich zu tun. Der Umstand, daß er nicht gewartet hatte, bis ich trank, bewies es mir zur Genüge. Ich führte den Becher zum Mund und trank ebenfalls. Der Wein war mir zu süß.

»Ich werde es kurz machen«, sagte der alte Mann. »Leutgeb verließ die Stadt und war zwei oder drei Wochen unterwegs. Auf dieser Reise schien er mit den wichtigsten der Verbannten zusammengetroffen zu sein, denn als er wiederkehrte und sich zu meinem Vater in die Stube setzte, strahlte er über das ganze Gesicht und sagte nur: ›Sie kommen zurück, Dietrich. Sie kommen.‹

›Wann?‹ fragte mein Vater. Ich erinnere mich, daß sein Antlitz blaß war.

›In der Nacht auf den Karfreitag.‹

Danach wurden nicht mehr viele Gespräche geführt; sie hielten es in diesem Stadium für äußerst gefährlich zusammenzukommen. Außerdem gab es nichts mehr zu bereden. Leutgeb hatte die Situation abgesteckt, und obwohl man den meisten Gesichtern ansehen konnte, daß er sie überrollt hatte, begehrte dennoch keiner gegen den Plan auf. Noch nicht einmal Heinrich Eberlein opponierte dagegen, obwohl er bei jedem der selten gewordenen Treffen krank war vor Angst. Ich möchte nicht wissen, ob nicht auch ein paar von den anderen in der Kirche Kerzen anzündeten und beteten, Leutgeb möge der Schlag treffen oder der Herzog ihn letztlich doch aus der Stadt verbannen; oder es möge endlich jemand den Mut finden, aufzustehen und zu sagen: Hören wir endlich auf damit! Wenn es so war, erhörte sie der Herr nicht.«

Ich sah auf, aber er bemerkte es nicht; sein Blick war wieder in die Ferne gerichtet, als könne er in einer der Zimmerecken ein Fresko sehen, das die Ereignisse von damals mit schrecklicher Deutlichkeit darstellte.

»Mein Vater zog sich immer mehr in sich selbst zurück und brannte in seiner privaten Hölle: Sollte er der Verschwörung ein Ende machen und ewig als Versager und Feigling gebrandmarkt werden? Sollte er der Sicherheit seiner Familie den Vorrang geben?«

Ich wollte etwas einwenden und verbiß es mir; aber er bemerkte es und holte seinen Blick aus der Zimmerecke zurück und heftete ihn auf mich.

»Was?« fragte er. »Wundert Ihr Euch, warum er sich diese Frage überhaupt stellte?«

»Um ehrlich zu sein: ja. Ich hätte die Sicherheit meiner Familie niemals aufs Spiel gesetzt.«

»Habt Ihr nicht vorhin gesagt, Ihr hättet Euch dem demütigenden Strafgericht des Herzogs und seines Kanzlers widersetzt?« fragte er spöttisch. »Ihr habt im ersten Augenblick nur an Euren verletzten Stolz gedacht, habe ich recht? Jetzt stellt Euch meinen Vater vor, der von seiner Frau zurückgestoßen wird, dessen Familienleben nicht die Urkunde wert ist, auf der es gesiegelt ist, und dem man die öffentliche Schande angetan hat, für das größte Bauprojekt der Stadt einen anderen Baumeister zu benennen. Wie sollte er nicht zweifeln, was zu tun war?«

Er wartete nicht ab, ob ich eine Antwort formulieren wollte. Er trank einen weiteren Schluck Wein und rollte ihn in seinem Mund hin und her; unwillkürlich nahm ich ebenfalls einen Schluck, obwohl mir die Schwere des Weins widerstand. Dann sprach er weiter.

»Mein Vater saß tagelang in der dunklen Stube und dachte nach. Ich selbst hockte tagelang auf dem Dachboden und zermarterte mir ebenfalls das Gehirn. Wart Ihr auf dem Dachboden?« fragte er unvermittelt.

»Was?«

»Der Dachboden. Wart Ihr auf dem Dachboden meines Hauses?«

»Nein; ich kam nur bis ins erste Obergeschoß.«

Er nickte langsam, als würde es ihn befriedigen.

»Der Dachboden war damals wie ein Weltreich für einen kleinen Jungen, wenn er von so nachdenklicher und träumerischer Natur war wie ich. Heute ist er verrottet und übersät von Vogel- und Mäusedreck, und der Bretterboden ist nicht sicher, aber damals war er eine weite, hohe Halle, unter deren First sich die kühne Konstruktion der Dachbalken schwang. Er war als Trockenboden und Speicher gedacht, aber es gab niemals so viel zu speichern in unserem Haus, daß er zur Gänze voll gewesen wäre. Es fanden sich immer geräumige Flecken zwischen den Arbeitsgeräten meines Vaters, zwischen alten Decken, Truhen und Getreidesäcken, Flächen, auf denen man sich ausstrecken und den Staubgeruch und den Duft des Harzes aufnehmen konnte. Wenn ich Hunger bekam, schnitt ich mir mit meinem kleinen Messer eine dünne Scheibe Räucherfleisch von den Zenterlingen ab, die dort oben aufgehängt waren, und obwohl die Küchenmägde bestimmt errieten, welches Mäuschen sich an den Vorräten gütlich getan hatte, verrieten sie mich doch nie.«

Er lächelte beinahe friedlich, aber es hielt nicht lange vor.

»Zu jener Zeit benutzte ich den Speicher, um der Realität zu entfliehen. Ich hatte gerade entdeckt, daß meine Mutter es mit einem Speichellecker von Herzog Heinrichs Hof trieb, und ich lag dort oben und vergaß für Tage die geplante Verschwörung und wünschte abwechselnd meiner Mutter, ihrem Liebhaber und mir selbst den Tod.«

»Das ist ja unglaublich«, stieß ich verblüfft hervor. »Ein Höfling des Herzogs. Seid Ihr Euch sicher?«

»Natürlich bin ich mir sicher«, brummte er heiser. »Ich weiß sogar seinen Namen; ich werde ihn niemals vergessen: Ulrich Ebran von Wildenberg. Ich weiß nicht, was er im Gefolge des Herzogs zu suchen hatte: Vielleicht hielt er den aufgeblasenen Rittern den Hintern hin, damit sie ihre Stiefel daran abputzen konnten.«

Ich war schockiert, ihn plötzlich so sprechen zu hören; sein Haß nach über sechzig Jahren war ungebrochen. Er atmete tief ein und beruhigte sich mühsam.

»Wie hatte Eure Mutter diesen Mann kennengelernt?«

»Das habe ich niemals herausbekommen. Manchmal neige ich dazu zu glauben, nicht sie habe ihn, sondern er sie gefunden. Vielleicht hat der Herzog oder eher sein Kanzler ihn auf meine Mutter angesetzt; daß sie nicht wenigstens einen unbestimmten Verdacht gegen meinen Vater gehegt haben sollen, scheint mir fast unglaubwürdig. Andererseits war meine Mutter eine Schönheit und überstrahlte jede Gesellschaft mit ihrer Anmut und ihrer Fröhlichkeit. Jedenfalls lag ich auf dem Dachboden, weinte in meine Ellbeuge hinein, haßte meine Mutter aus tiefstem Herzen und fragte mich, ob und wie ich es meinem Vater beibringen sollte. Nach einiger Zeit klang der Schock ab, und ich besann mich wieder auf die geplante Verschwörung, und ich bekam wirkliche Todesangst.«

»Der Höfling«, rief ich. »Wenn er etwas erfahren sollte …«

»Exakt«, sagte er wie ein Lehrer, der sich über eine unerwartet kluge Antwort eines seiner Schüler freut. »Ich wußte, er würde nicht zögern, die Pläne dem Herzog zu verraten; er hatte gar keine Veranlassung dazu, die Verschwörer zu decken. Und ich wußte, daß meine Mutter naiv genug sein konnte, ihm davon zu erzählen. Sie wußte nicht alles, aber sie wußte genug, daß ein halbwegs intelligenter Zuhörer sich den Rest zusammenreimen konnte.«

»Was passierte?« flüsterte ich.

»Sie war noch naiver, als ich dachte«, sagte er zornig.

Ich starrte ihn an, und er lehnte sich zurück und strich sich mit der Hand über den Schädel.

»Ich brachte es nicht übers Herz, meinem Vater davon zu erzählen«, erklärte er. »Ich hatte eine einigermaßen zutreffende Vorstellung, was passieren konnte, aber ich fand keine Worte, um meinem Vater aufzuklären. Ich war erst zehn Jahre alt und vielleicht reif für mein Alter, aber ich war noch ein Kind.«

Seine Stimme klang plötzlich gequält, aber er rang sich die Kraft ab weiterzusprechen.

»Ich wußte noch nicht einmal, was genau es bedeutete, daß meine Mutter einen anderen Mann zu sich in die Kammer ließ; mir war nur klar, daß sie auf irgendeine Weise meinen Vater, meine Familie, *mich selbst* betrog. Ich erwog wieder und wieder, zu meinem Vater zu gehen und ihm zu sagen: ›Mutter hat einen anderen Mann.‹ Aber ich war sicher, daß ich bei dem Versuch vor Scham sterben würde, und wenn nicht ich, dann mein Vater, und so wälzte ich mich stöhnend auf dem Dachboden zwischen den Getreidesäcken hin und her und brannte ebenfalls. Am Nachmittag des Gründonnerstags trafen sich die Männer zum erstenmal seit mindestens drei Wochen wieder bei meinem Vater. Ich war diesmal nicht zugelassen worden, aber ich wußte einen Platz in der Küche, von dem aus man jedes Wort hören konnte, das in der Stube gesprochen wurde. Leutgeb erklärte, daß diejenigen der Verbannten, die zurückkommen wollten, sich nach Einbruch der Dunkelheit an einer bestimmten Stelle außerhalb der Stadtmauer einfinden würden. Die kräftigsten unter den Anwesenden sollten sie innerhalb der Mauer mit Leitern und Seilen erwarten und ihnen zur Stadt hereinhelfen. Ich war alleine in der Küche; Vater hatte das Gesinde fortgeschickt, um das Treffen ungestört stattfinden zu lassen. Es war warm dort, und die Stille, in der ich angestrengt zuhörte, schläferte mich ein. Ich schrak hoch, als ich Bewegungen und Stimmen hörte, und als ich zwischen all dem aufgeregten Geschnatter die Stimme meines Großvaters vernahm, wußte ich, daß ich längere Zeit geschlafen hatte: Sie hatten die Verbannten bereits zur Stadt hereingeholt, und sie befanden sich alle in der Stube im Haus meines Vaters. Ich kann Euch die Angst nicht beschreiben, die ich fühlte. Als stünde es schwarz auf weiß vor mir, wußte ich plötzlich, daß die Verschwörung in einer Katastrophe enden würde. Ich wußte, daß der Tod unsichtbar zwischen den Männern in der Stube stand, nur durch eine Mauer von mir getrennt. Ich spürte, wie sich all meine Haare aufstellten. Kennt Ihr ein solches Angstgefühl, daß Ihr nicht stillstehen könnt? Man muß sich bewegen; es ist wie bei unerträglichen Zahnschmerzen, aber wenn man im Griff dieser Angst ist, wünscht man sich, es wären statt dessen Zahnschmerzen, und meinetwegen zehnmal so schlimme. Ich streife durch das ruhige Haus, ohne etwas von meiner Umgebung zu sehen, durch helle und durch dunkle Zimmer, mit weitaufgerissenen Augen und leise stöhnend, die Angst läßt meinen Magen revoltieren und meine Blase jucken. Ich weiß nicht, wieviel Zeit vergeht; bald weiß ich nicht einmal mehr, weshalb ich diese Angst verspüre. Sie ist allmächtig, sie ist ausschließlich, und ich weine, ohne zu schluchzen, und gehe, ohne zu stolpern, ein totenblasses Kind, in dessen Ohren das namenlose Entsetzen gellt. Als ich wieder zu mir komme, stehe ich vor der Tür zur Küche und sehe meine Mutter mit dem fremden Mann, von dem ich weiß, daß sie ihn mehr liebt als meinen Vater. Sie haben mich nicht kommen gehört. Ich sehe, wie der Mann sein Ohr an die Stelle hält, die meine Mutter ihm gezeigt hat, und wie seine Augen sich weiten von dem, was er da hört. Es ist die Stelle, an der vorhin mein eigenes Ohr gelegen hat. Ich sehe, wie meine Mutter unbekümmert lacht und weiß, daß sie zu ihm gesagt hat: Nun höre dir einmal den Unsinn an, den mein Mann dort drinnen immer wieder veranstaltet, damit wir beide kräftig darüber lachen können!, und ich sehe, ohne es zu sehen, wie ihre Hand auf seinem Hintern liegt, der sich klein und muskulös in seiner lächerlichen engen Hose abzeichnet, und diesen liebkost.«

Er fuhr sich mit der Hand so hart durch sein Haar, daß die Strähnen nachher wild zu Berge standen. Er sah mich mit funkelnden Augen und verzerrtem Gesicht an; in diesem Moment wirkte er, als wäre er hochgradig verrückt. Ich wußte, daß er es nicht war; nur seine Seele ergab sich in diesem Moment dem alles erstickenden Zorn.

»Ebran riß sich von der Mauer los und starrte meine Mutter an. Sein Mund arbeitete, aber seine Augen begannen zu leuchten wie die eines kleinen Hündchens, das unter den Abfällen der großen Hunde plötzlich einen fetten Brocken Fleisch gefunden hat. Er stürmte aus der Küche, rannte mich über den Haufen, daß ich zu Boden fiel und er selbst an die gegenüberliegende Wand prallte; er fuhr herum, erblickte mich, kicherte einmal, als könne er nicht fassen, was sich ihm soeben dargeboten hatte, und floh mit fliegenden Armen und Beinen aus dem Haus. Ich lag auf dem Boden, halb benommen und mit dem bleiernen Geschmack meines eigenen Blutes im Mund; mir war kaum bewußt, daß ich aus der Nase und aus einer aufgeplatzten Stelle in meiner Unterlippe blutete. Meine Mutter stand in der Tür und blickte auf mich herab, ihr Gesicht eine Maske des totalen Unverständnisses, und dann lächelte sie. Ich werde dieses Lächeln niemals vergessen; es war so blöde, so hirnlos, als wolle sie mich und vor allem sich selbst davon überzeugen, daß eigentlich nichts passiert war, obwohl ihr schon zu dämmern begann, daß sie eine gewaltige, himmelschreiende Dummheit begangen hatte. Versteht Ihr, mir wurde alles klar, während mir das Blut auf das Hemd tropfte und ich nach oben in Mutters fassungsloses Gesicht sah: Ebran würde auf dem schnellsten Weg zu der Gaststätte rennen, in der sein Pferd angebunden war, würde aufspringen und es antreiben, bis er die Burg oben auf dem Berg erreicht hätte; dort würde er noch im Burghof ›Aufstand‹ und ›Revolution‹ kreischen, bis alles zusammengelaufen wäre, und dann keuchend und in abgehackten Worten berichten, was er soeben gehört hatte. Sagte ich vorhin, er habe ausgesehen wie ein kleiner Hund, der einen fetten Brocken findet? Er packte den Brocken mit den Zähnen und schleifte ihn zu den großen Hunden und bot ihn ihnen zum Fressen an, damit sie ihn einmal statt zu beißen ableckten. Ich rappelte mich auf, stieß die Arme meiner Mutter beiseite, die mir aufhelfen wollte, und rannte gegen die Tür der Stube. Sie war verschlossen, und mein Aufprall warf mich wieder zu Boden, aber ich hörte, wie sie drinnen erschreckt auffuhren. Ich schrie nach meinem Vater. Plötzlich wurde die Tür aufgerissen, und er stürzte heraus, im Gesicht so bleich, daß ich dachte, er sei bereits tot, und sein Leichnam würde auf mich zufallen. Ich kreischte. Er fiel neben mir auf die Knie und schüttelte mich wie ein Wilder.

›Was ist los?‹ rief er. ›Was fehlt dir?‹

Ich blickte mich wild um. Ich sah meine Mutter, die ebenfalls vor die Tür zur Stube gekommen war, und ich sah meinen Großvater, der neben Christian Leutgeb stand und nach draußen spähte. Ich sah, wie die Augen meiner Mutter immer weiter wurden, als sie ihren Vater erkannte, ihn und einige der anderen Verbannten, die sich aus der Stube drängten. Ich glaube, daß ihr in diesem Moment klarwurde, was wirklich in den letzten Wochen vorgefallen war. Mein Vater sah von mir zu ihr und zurück, ohne zu begreifen, was geschehen war, und selbst Christian Leutgeb schien so verwirrt, daß er keinen klaren Gedanken fassen konnte. Mutter keuchte auf und stürzte davon, ohne ein Wort zu sagen, sie rannte mit *klappernden Schuhen* die Treppe hinauf. Sie schrie nicht, sie weinte nicht, sie flüchtete in *völliger Lautlosigkeit*, und wir hörten, wie ihre Schritte über den Boden im ersten Obergeschoß *polterten* und wie die Tür ihres Zimmers aufgerissen und wieder zugeschlagen wurde. Vater blickte ihr verständnislos nach. Zuletzt wandte er sich wieder an mich.

›Was ist passiert, Sohn?‹ fragte er.

›Der Mann‹, blubberte ich. ›Der Mann weiß alles.‹

›Welcher Mann, zum Teufel?‹ rief Leutgeb, und ich zuckte vor seiner Stimme zurück. Ich sah in meines Vaters Augen, ich saugte mich förmlich in seinen Blick hinein.

›Der Mann!‹ schrie ich und begann zu weinen. ›Mutters Mann.‹

Ich sah nicht, was danach passierte; ich konnte nichts mehr sehen, weil die Tränen wie Ströme aus meinen Augen rannen und ich so stark schluchzte, daß es mich schüttelte und ich zu ersticken glaubte. Mein Vater drückte mich an sich, und ich weinte Rotz und Wasser auf sein Wams. Ich weiß nicht, wie lange es dauerte, bis ihnen klarwurde, was ich gemeint hatte. Jemand zerrte mich aus den Armen meines Vaters, ich wollte nicht loslassen, aber meine Finger waren zu schwach, und mein Vater selbst bog sie auf und streckte mich von sich. Jemand anderer drückte mich an sich, ich roch den herben Geruch von Heinz Eberleins schweißgebadetem runden Körper und wand mich wie ein Verrückter, um zu meinem Vater zurückzugelangen. Eberlein wehrte meine schwachen Fäuste ab, mit denen ich versuchte, ihn ins Gesicht zu schlagen, und zog mich nach draußen. Er brachte mich aus dem Haus, aus der Gasse, und in weniger als einer Stunde aus der Stadt. Das letzte, was ich von meinem Vater sah, war sein tief gefurchtes Gesicht, mit dem er voller Entsetzen Christian Leutgeb anblickte.«

Er sank langsam zurück, und ich hörte ein sanftes Klopfen: die Stuhlbeine, die zurück auf den Boden prallten. Er sah mich ausdruckslos an.

»Wohin hat Eberlein Euch gebracht?« fragte ich.

»Er hatte Verwandte in Ingolstadt, die seine Familie und mich aufnahmen. Es stellte sich heraus, daß er der einzige gewesen war, der vorgesorgt hatte: Er war ängstlicher oder schlauer als alle anderen gewesen. Seine Frau und seine Kinder, sogar seine greise Mutter befanden sich bereits bei den Verwandten, dazu der klägliche Rest seines Vermögens, den er zwei Jahre vorher hatte retten können.«

»Nach Ingolstadt«, flüsterte ich.

»Es war eine sichere Zuflucht. Herzog Heinrich und Herzog Ludwig der Bärtige waren verfeindet.«

»Was ist mit den Aufständischen passiert?«

Er schnaubte resigniert.

»Es dauerte lange, bis ich alle Einzelheiten herausgefunden hatte«, sagte er. »Als ihnen klargeworden war, daß ich mit meinen Worten hatte sagen wollen, meine Mutter habe einen Liebhaber und dieser wisse Bescheid, konnten sie sich nicht einigen, ob dies eine Gefahr darstellte, und wenn, wie groß sie war. Wie sollten sie auch ahnen, daß meine Mutter einen Höfling vom Herzogshof zum Galan hatte. Nach einigem Hin und Her entschloß sich mein Vater, zusammen mit Martin von Asch meine Mutter zu befragen, aber sie sie öffnete ihnen die Tür nicht. Sie wußten nicht, ob sie sie eintreten sollten; sie taten es nicht. Vielleicht war mein Vater dagegen; vielleicht ließ ihn das plötzliche Bewußtsein, daß seine Schande noch größer war als angenommen, nicht mehr klar denken. Sie stürzten unverrichteter Dinge die Treppe wieder hinab. Er und mein Großvater plädierten dafür, die Sache sofort zu beenden und die Verbannten wieder nach draußen zu schaffen, aber Leutgeb und die meisten der Verbannten waren dagegen. Sie waren der Ansicht, daß sie sofort Unterstützung aus der Stadt bekommen würden, sollte der Herzog etwas gegen sie unternehmen, und abgesehen davon, wie hätte der Herzog es erfahren sollen? Der Liebhaber meiner Mutter war wahrscheinlich ein Maurergeselle oder etwas ähnliches, der in wildem Entsetzen davongestürmt war und sich in irgendeinem Loch verkrochen hatte. Sie begannen darüber zu streiten, nehme ich an; sie vertrödelten die ganze Zeit, die ihnen zur Flucht geblieben wäre. Schließlich spalteten sie sich in zwei Lager, von denen das eine, kleinere, von meinem Vater und meinem Großvater angeführt wurde; sie beschlossen, sofort aus der Stadt zu fliehen. Leutgebs Fraktion wollte die Bürger wecken und auf die Burg marschieren. Sie kamen beide nicht mehr dazu, ihre Pläne umzusetzen. Der Herzog und seine Berater hatten so schnell reagiert, wie es ihnen möglich war. Leutgeb und seine Männer kamen kaum bis in die Altstadt, als ihnen ein Haufen Wappner entgegenrannte. Sie kehrten voller Entsetzen um und flüchteten sich zurück ins Haus meines Vaters, die Wappner auf den Fersen. Dann begann das Schlachten.«

Er räusperte sich und biß sich auf die Lippen. Es schien ihn Kraft zu kosten, seine Stimme noch immer ruhig zu halten.

»Der Herzog war noch nicht einmal mit dabei; später erfuhr ich, daß ihn seine Kanzler sofort zur Abreise genötigt hatten. Andere würden es Flucht nennen. Sie dachten ganz richtig, wenn der Aufstand Erfolg hätte, wäre es gut, wenn Heinrich weit genug entfernt von seinem wütenden Volk sei; wenn sie ihn aber niederknüppeln konnten, wäre es ebensogut, wenn der Herzog nachher angeben könne, er sei nicht dabeigewesen und wisse von nichts und verurteile die Todesfälle aus ganzem Herzen. Wenn Euch die Geschichte der Stadt einigermaßen bekannt ist, wißt Ihr, daß er genau das später getan hat. Leutgeb scheint zumindest persönliche Tapferkeit bewiesen zu haben. Er zog sein Messer und warf sich den Angreifern entgegen, aber sie prügelten ihn sofort zu Boden, wo er besinnungslos liegenblieb. Ein paar der anderen Aufständischen, vor allem die jüngeren unter ihnen, entrissen den Wappnern ihre Spieße oder hatten selbst Dolche und Schwerter einstecken, aber es war, als ob sich ein Bauernhaufen gegen einen Trupp Landsknechte erhoben hätte. Die Wappner waren gut ausgebildet. Schon nach Sekunden floß das erste Blut: auf seiten der Aufständischen. Sie stachen und schlugen und hackten auf die Bürger ein, bis die wenigen Überlebenden sich ergaben oder ohnmächtig auf den Boden sanken. Es dauerte vielleicht ein paar Minuten. Danach war alles wieder ruhig.«

»Euer Vater?« fragte ich. »Was war mit ihm?«

»Letztendlich hat er doch noch die Tür zum Zimmer

meiner Mutter eingetreten. Sie war schon besinnungslos, als er sie fand – sie schwamm in ihrem eigenen Blut. Sie hatte sich mit einen kleinen Messer die Adern geöffnet. Er taumelte die Treppe hinunter, blutverschmiert und mit dem Messer in der Hand, das er ihrem schwächer werdenden Griff entwunden hatte, und lief auf die Straße hinaus. Zu diesem Zeitpunkt war das Morden schon vorbei; aber als die Wappner ihn so aus der Tür kommen sahen, dachten sie, es ginge noch einmal von vorne los.« Er lachte böse. »Mein Vater hat sie vermutlich nicht einmal gesehen; wenn er etwas sah, dann den Anblick seiner Frau, die in ihrem von Blut triefenden Bett lag und dem Tode entgegenröchelte. Er hielt das Messer ausgestreckt in der Hand, und einer der Wappner hieb ihm mit dem Schwert in die Kniekehle, daß er vornübersackte, und ein weiterer schlug mit der Klinge nach seinem Kopf und enthauptete ihn sauberer, als es jeder Scharfrichter gekonnt hätte. Er war der vorletzte Tote dieses Aufstands, wenn man annehmen will, daß meine Mutter im Augenblick seines Todes bereits verstorben war.«

»Wer war der letzte?« fragte ich leise.

Er sah mich an. Er hatte sich wieder in der Gewalt und sagte ruhig: »Christian Leutgeb. Sie zerrten ihn auf die Burg, zusammen mit den anderen Überlebenden. Sie saßen noch in der Nacht über sie zu Gericht, während unten in der Stadt ein mächtiges Aufgebot an Bütteln patrouillierte und jeden Gedanken an weiteren Widerstand im Keim erstickte. Leutgeb wurde von allen anderen Beschuldigten der Führung des Aufstandes angeklagt; er und Martin von Asch, den sie nicht gekriegt hatten. Sie versuchten, seinen Aufenthaltsort aus Leutgeb herauszubekommen, indem sie ihn folterten und schließlich die Augen eindrückten, aber Leutgeb wußte es nicht. Seine eigene Beteiligung an der Angelegenheit gestand er schreiend und flehend, sie sollten endlich ein Ende mit ihm machen. Sie taten es ohne Verzug und richteten ihn mit dem Schwert auf der Burgwiese. Meinen Großvater fanden sie erst am nächsten Tag. Er lag im Zimmer meiner toten Mutter, deren Leichnam sie bei dieser Gelegenheit ebenfalls fanden. Er war tot; er war schon ein sehr alter Mann gewesen, und vermutlich hatte ihn der Schlag getroffen.«

»Was geschah mit Euch? Hat man nach Euch und Eberlein suchen lassen?«

Er zuckte mit den Schultern.

»Mit Sicherheit. Ebran wußte zumindest, daß es mich gab. Aber in Ingolstadt waren wir außerhalb der Reichweite des Herzogs. Ich bin in Ingolstadt aufgewachsen; mit Hilfe von Eberleins Familie gründete ich eine eigene Existenz. Er hatte gute Verbindungen zu den Tuchmachern in Florenz, und ich übernahm diese Verbindungen und baute sie aus, bis ich mich selbst als Tuchhändler etablierte. Danach schuf ich mir eine eigene Familie. Die Männer, die mich hierher begleitet haben, gehören dort zu meinen Freunden.«

»Und Eure Tochter ...«

»Sie ist meine jüngste Tochter«, sagte er sanft. »Meine anderen Kinder sind bereits verheiratet. Sie bestand darauf, mich zu begleiten. Niemand konnte es ihr ausreden.«

»Dann ist die ältere Frau Eure Gattin?«

»Nein; sie ist Agnes Leutgeb, die Frau von Wolfgang Leutgeb.«

»Wie kommen sie und ihr Mann ins Spiel?«

»Ich bin nicht das erstemal zurück in Landshut«, erklärte er zu meiner Überraschung. »Sie haben mir und meinen Freunden jedesmal Zuflucht gewährt. Wolfgang Leutgeb verzehrt sich in Selbstvorwürfen, weil sein Großvater nie einen Finger krumm machte, um die Familie seines Bruders Christian zu finden und ihr zu helfen.«

»Habt Ihr nach ihnen gesucht?«

»Als ich dazu in der Lage war, war jede Spur verloschen«, antwortete er so endgültig, daß ich wußte, ich würde nicht mehr darüber erfahren. Ich atmete tief ein und aus. Ich hatte mit einemmal Kopfschmerzen.

»Niemand hat mir die Geschichte erzählt«, sagte ich schließlich.

»Verständlich«, erwiderte Reckel. »Wer es überlebt hatte, versuchte es schnellstens zu vergessen; und kein Chronist des Herzogs war scharf darauf, die näheren Umstände genau zu skizzieren.«

»Aber nicht alle haben es vergessen«, begehrte ich auf. »Die Ratsversammlung konnte letztens nur mit Mühe davon überzeugt werden, der Prinzessin die Tore aufzumachen. Glaubt Ihr nicht daran, daß das eine späte Vergeltung darstellt?«

»Vergeltung?« schnaubte er. »Von wem? Keiner im Rat hat das Morden miterlebt; was sollte es sie kümmern, was vor sechzig Jahren geschehen ist. Und wozu auch? Die Stadt und ihre Bürger haben all ihre Rechte wieder, und das Blut, das an Heinrichs Händen klebte, haben er und sein fetter Sohn Ludwig mit Wein und Bier wieder abgewaschen.«

»Dann seid Ihr der einzige weit und breit, der es nicht vergessen hat«, sagte ich.

»So ist es. Ich habe es nicht vergessen.«

Er sah mich noch immer unverwandt an und ließ den

Satz einwirken. Er mußte wissen, daß er meine nächste Aussage damit geradezu herausforderte; ich kam mir beinahe lächerlich vor, sie auszusprechen.

»Dann ist es nur logisch, Euch des Mordes an der polnischen Gräfin zu verdächtigen.«

Er lächelte, ohne daß seine Lippen sich nennenswert verzogen.

»So dumm seid Ihr doch nicht, das weiterhin anzunehmen«, erklärte er.

»Und weshalb nicht? Ist es denn nicht Euer Ziel, an Herzog Ludwig Rache zu nehmen?«

»Mein Ziel hat mit Rache nicht das geringste zu tun«, sagte er hart. »Glaubt Ihr nicht, daß ich in sechzig Jahren genügend Zeit gehabt hätte, in irgendeiner Weise Vergeltung zu üben? Ich bin ein reicher Mann, Herr Bernward, und ich war schon wohlhabend, als Herzog Heinrich noch am Leben war. Ich hätte leicht ein paar Mörder dingen können, die ihm auflauerten: ihm selbst, damals, und nicht heute seinem mittlerweile todkranken Sohn oder seinem aufgeblasenen Enkel. Warum hätte ich Euch die ganze Geschichte des Aufstandes erzählen sollen, wenn ich der von Euch gesuchte Mörder wäre?«

»Weil ich Euch in der Hand habe.«

Jetzt lächelte er wirklich.

»Nicht halb so fest, wie Ihr gerne möchtet. Erinnert Ihr Euch? Mein Vater war Baumeister. In den zwei Jahren zwischen dem ersten Vergeltungsakt des Herzogs und dem Aufstand baute er einen Verbindungsgang zwischen unserem und Christian Leutgebs Haus. Er verläuft zwischen den Mauern der Hinterhöfe und der Stadtmauer, und auf halber Strecke ist ein unauffälliges Dach angebracht, unter dem die Stadtmauer so weit ausgehöhlt wurde, daß ein paar starke Pickelschläge ein Loch hineinbrechen können, groß genug, um ins Freie und zur Isar zu gelangen. Eine kurze Strecke zu einem von Gott geschaffenen Fluchtweg. Wenn sie am Karfreitag nicht so überrumpelt worden wären, hätten fast alle fliehen können. Was denkt Ihr wohl, wie Heinrich Eberlein und ich entkommen sind?«

Ich kniff die Augen zusammen; er konnte versuchen, mich in die Irre zu führen, aber ich glaubte es nicht. Ich glaubte, daß er die Wahrheit sprach. Ich war noch nicht einmal sonderlich überrascht darüber.

»Warum habt Ihr Euch dann auf meine ... Erpressung eingelassen?«

»Mit Eurem ersten Ultimatum habt Ihr mich überrascht. Eine halbe Stunde Zeit wäre zuwenig gewesen, um flüchten zu können. Nur zu diesem Zeitpunkt hattet Ihr wirklich Macht über uns. Die Stunde, die wir hier nun fast verplaudert haben – Euer zweites Ultimatum – hätte uns dagegen leicht gereicht, uns alle abzusetzen.«

»Dann verstehe ich nicht, warum Ihr noch hier seid.«

»Weil ich unschuldig bin«, sagte er großartig und hob die Hände. Er übertrieb zu stark.

»Hört mir auf damit«, rief ich ungehalten.

»Also gut«, sagte er gelassen. »Der wahre Grund ist, daß ich mit Euch ein Geschäft machen will.«

»Ein Geschäft?«

»Ja. Ich möchte, daß Ihr meine Freunde aus dem Kerker befreit.«

»Das ist ja lächerlich«, prustete ich. »Was würdet Ihr mir denn dafür bieten?«

»Den Mörder«, sagte er. »Ich kenne ihn.«

10

»Wer ist es?« keuchte ich.

Er schüttelte den Kopf. »Seid Ihr verrückt? Befreit meine Männer, dann reden wir weiter.«

»Wie soll ich das anstellen, zum Teufel?« brauste ich auf.

Er zuckte mit den Schultern.

»Ihr habt doch Verbindungen zu den Stadtbehörden. Wie sonst hätte man ausgerechnet Euch damit beauftragt, den Fall aufzuklären?«

Ich holte Atem, aber ich blieb stumm. Wie hätte ich ihm erklären sollen, was Hanns Altdorfer dazu bewogen hatte, dem Kanzler meinen Namen zu nennen?

Ich schloß den Mund wieder, und er sagte: »Seht Ihr?«

»Wenn Ihr mir den Namen nicht nennt, ist das geradeso, als hättet Ihr den Mord selbst begangen«, sagte ich. Er lachte amüsiert.

»Hört schon auf«, erwiderte er. »Das ist unter Eurer Würde.«

»Doch«, beharrte ich. »Ihr seid verantwortlich für alles Unheil, das aus dieser Tat entstehen wird.«

So plötzlich, daß ich erschrak, fuhr er aus seinem Stuhl hoch und beugte sich weit über den Tisch zu mir herüber. Er packte mich vorne am Mantel und zog mich zu sich heran.

»Für nichts bin ich verantwortlich; außer für die Sicherheit meiner Freunde«, flüsterte er heiser. »Denkt einmal an Eure eigenen Verantwortlichkeiten. Habt Ihr mir nicht gesagt, man hätte Euren Spitzel umgebracht? Habt Ihr ihn denn nicht in den Tod gesandt?«

Ich gewann meine Fassung wieder; zuerst hatte ich ihm nur erschrocken ins Gesicht gestarrt. Ich packte ihn am Handgelenk und zerrte seine Hand von mir weg.

»Gut, reden wir davon«, knurrte ich, ohne seine Hand loszulassen. »Wie ist es mit den Leuten, die Ihr mir auf den Hals gehetzt habt, um mich zu beseitigen? Einer starb vor meinen Augen: Wer ist für seinen Tod verantwortlich?«

Ich hatte einen schlechten Geschmack im Mund, trotz des Zorns, der nach dem Schreck in mir hochgekocht war. Wir konnten hier tagelang sitzen und uns die gegenseitigen Verantwortlichkeiten vorrechnen, ohne etwas zu erreichen. Ich sah ihm trotzig ins Gesicht und erschrak aufs neue: Die Röte in seinem Gesicht wich einer unheilverkündenden Blässe, und zum erstenmal zeigten die hellen Augen unter seinen dichten Brauen einen anderen Ausdruck als den des Zorns: sie füllten sich plötzlich mit den Tränen, die all seine schmerzvolle Erinnerung nicht hatte hervorrufen können.

Er stützte sich noch immer mit der einen Hand auf die Tischplatte, während die andere in meinem Griff war. Ich spürte, wie sie leblos wurde; ich lockerte den Griff, und er ließ sich langsam wieder zurücksinken.

»Ihr habt einen meiner Freunde … umgebracht?« flüsterte er.

»Die Wappner«, sagte ich sanfter als beabsichtigt. »Er stach auf den Stadtkämmerer ein und drohte danach mit dem Messer gegen die Stadtknechte.«

»Mein Gott«, sagte er und schloß die Augen. »Das habe ich noch gar nicht gewußt. Konrad und seine

Gruppe kamen nicht nahe genug an die Wappner heran, die Euch zu Hilfe geeilt waren, um alles erkennen zu können.«

»Die beiden Überlebenden sitzen im Kerker von Burghausen«, fuhr ich fort. Ich dachte: Jetzt hast du ihn endlich da, wo du ihn haben wolltest. Gib ihm den Rest. Ich betrachtete den alten Mann, der mir völlig erschüttert gegenüber saß und dem das Wasser in den Augen stand.

»Ich bin mir nicht sicher, ob sie nicht ebenfalls bereits tot sind«, zwang ich mich zu sagen. »Man hat sie mit Sicherheit gefoltert; warum glaubt Ihr, haben die Wappner Euch in diesem Haus ausfindig gemacht und noch weitere Männer verhaftet?«

Als ich die Folter erwähnte, zuckte er nochmals zusammen. Eine Träne trat über den Rand seines Lides und rann über seine faltige Wange nach unten. Er hob den Blick und sah mich an.

»Ich dachte, Ihr hättet ...«, murmelte er.

»Euch die Wappner auf den Pelz geschickt? Ich wußte noch nicht einmal, daß Ihr mit alldem zu tun hattet; ich hielt Euch für Wolfgang Leutgeb, richtig?«

»Warum habt Ihr mich dann aufgesucht?«

»Weil ich annahm, Ihr hättet meinen Spitzel umgebracht – so wie Ihr versucht habt, mich umbringen zu lassen.« Ich teilte ihm nichts von Löws letzter Beobachtung mit und von meinem Verdacht, es handle sich dabei um Jana Dlugosz. Vielleicht hoffte ich, er würde die Sache mit ihr auf irgendeine Weise aufklären. Aber er schüttelte den Kopf. Ich wußte, daß er alt war: Jetzt sah er zum erstenmal auch so aus. Er war ein Greis, dessen Lebenskraft zum großen Teil nur noch aus Zorn und Haß bestand.

»Ich habe Euren Beauftragten nicht auf dem Gewissen, und ich wollte niemals Euren Tod«, sagte er kaum hörbar. »Ich hielt Euch für einen Handlanger von … Ich wollte Euch nur einen Denkzettel geben; Euch ein wenig Angst einjagen, damit Ihr uns in Ruhe laßt. Die Dinge sind mir offensichtlich entglitten.«

»Für wessen Handlanger hieltet Ihr mich?« fragte ich, aber er schüttelte nur nochmals den Kopf.

»Geht jetzt«, sagte er. »Die Stunde dürfte schon beinahe vorüber sein. Kommt morgen wieder.«

»Aber nein!« rief ich. »Ich habe nicht mehr viel Zeit, um den Fall aufzuklären. Sagt mir wenigstens den Namen des Mörders.«

»Nein«, sagte er fest. »Er ist die einzige Garantie, daß Ihr mir helfen werdet, meine Freunde zu befreien.«

»Euch helfen? Aber ich brauche doch Eure Hilfe!« stieß ich unwillkürlich hervor. Das hatte ich nicht sagen wollen. Ich biß mir auf die Zunge, aber er reagierte nicht darauf.

»Geht«, sagte er und bedeckte die Augen mit einer Hand. »Wenn meine Freunde vor mir stehen, erfahrt Ihr den Namen.«

Ich wußte, daß ich ihn nicht dazu veranlassen konnte, gegen seinen Willen zu reden. Ein Gedanke stieg in mir auf, und ich hörte mich garstig sagen, noch bevor ich meine Worte aufhalten konnte: »Vielleicht brauche ich nur abzuwarten, was die Folter der Männer ergibt, die man vorgestern verhaftet hat.«

Er murmelte, ohne die Augen zu öffnen:

»Sie wissen den Namen nicht. Ich wußte ihn ebenfalls nicht – ich wußte noch nicht einmal, worauf Ihr aus wart, bis Ihr es mir vorhin sagtet.« Jetzt öffnete er doch die Augen und sah mich wieder an.

»Ihr könnt natürlich mich verhaften lassen, aber ich schwöre Euch, daß Ihr auch unter der Folter nichts aus mir herausbringen werdet.« Seine Stimme war hart, und ich musterte ihn und wußte, wenn ich ihm nichts glauben konnte, so doch dies.

In meinem Rücken hörte ich die Tür, und ich drehte mich um und sah Konrad ins Zimmer treten.

»Die Stunde ist fast um, Johannes«, sagte er besorgt. Dann sah ich, wie sich sein Gesicht vor Schreck verzog. »Was ist los mir dir?« rief er.

Reckel winkte ab.

»Es ist schon in Ordnung«, beschwichtigte er müde. »Begleite ihn hinaus.«

Ich fuhr herum und sagte beschwörend: »Den Namen! Ich bitte Euch, Herr Reckel. Sagt mir den Namen jetzt. Ich schwöre Euch, daß ich versuchen werde, Eure Männer zu befreien.«

»Nein.« Er stand auf und ging um den Tisch herum, um das Zimmer zu verlassen, und ich spürte, wie sich Konrad mir von hinten näherte und mich grob am Arm packte. Ich sprang ebenfalls auf, stieß den jungen Mann zurück und rief: »Was ist, wenn Ihr in der Zwischenzeit flüchtet !?«

Er sagte ohne die geringste Spur von Ironie und ohne stehenzubleiben: »Ich schwöre Euch, daß ich versuchen werden, es nicht zu tun.« Ich fühlte, wie mir der Schweiß am ganzen Körper ausbrach. Ich durfte ihn nicht gehen lassen. Ich durfte ihn nicht zum Nachdenken kommen lassen. Ich durfte

– mir meine einzige Chance nicht entgehen lassen!

»Ich kann in einer halben Stunde wieder hier sein mit einem ganzen Trupp Wappner!« rief ich, nur um ihn aufzuhalten. Aus dem Augenwinkel sah ich, wie Konrad erstarrte. Reckel blieb stehen, aber er drehte sich nicht um.

»Ihr wißt, daß es keinen Sinn machen würde. Auch wenn Ihr meiner habhaft werdet – Ihr werdet nichts von mir erfahren.« Er setzte sich wieder in Bewegung und trat zur Tür.

»Vielleicht lügt Ihr mich nur an, und Ihr wißt den Namen gar nicht!« schrie ich. Jetzt drehte er sich doch um. Ich sah, daß sein Gesicht noch immer totenbleich war.

»Vielleicht habt Ihr mich auch nur angelogen«, sagte er. »Wir müssen uns eben vertrauen; ich Euch und Ihr mir. Für mich hängt das Leben meiner Freunde davon ab. Was für Euch davon abhängt, müßt Ihr selbst entscheiden.«

»Vertrauen?« kreischte ich. »Euch vertrauen? Ich vertraue noch nicht einmal meinen eigenen Leuten.«

»Ja«, sagte er und verschwand durch die Tür. »Das dachte ich mir bereits.«

Ich fürchtete, keine Luft mehr zu bekommen, während ich hinüber zur Altstadt schritt, um meinen Knecht davon abzuhalten, die Wappner zu alarmieren. Mein Herz schlug so schmerzhaft, daß ich seine Schläge bis in meine Schläfen zu spüren glaubte. Ich ging schneller und schneller, ohne es zu merken, und zuletzt rannte ich mit wehendem Mantel über die breite gepflasterte Straße und langte atemlos bei meinem Knecht an. Ich sandte ihn nach Hause, und er war sichtlich froh, seiner Aufgabe und meiner aufgeregten Gegenwart endlich zu entgehen.

Vor Hanns Altdorfers Arbeitszimmer hielten mich seine Schreiber auf.

»Ihr könnt nicht hinein«, sagten sie. »Der Richter ist bei ihm.«

»Der Richter?« rief ich. »Richter Girigel?«

»Nein«, hörte ich zu meiner Enttäuschung. »Richter Trennbeck.«

Im ersten Augenblick wollte ich sie ignorieren und zum Stadtkämmerer hineinstürmen, aber dann besann ich mich eines besseren. Vielleicht war es ganz gut, ein paar Augenblicke abzuwarten und meine Gedanken zu sammeln; wenn Reckel die Wahrheit gesagt hatte, kam es auf ein paar Minuten oder gar Stunden nicht mehr an, denn ich würde den Namen des Gesuchten frühestens morgen erfahren. Wenn er gelogen hatte und zu fliehen beabsichtigte, würde ich ihn nur aufhalten können, wenn ich ihm sogleich die Wappner auf den Hals schickte: Ich hätte ihn dann wohl in Gewahrsam, und ich könnte ihm vielleicht die Tat anhängen, aber die Wahrheit würde ich niemals erfahren. Ich stellte zum wiederholten Male fest, daß ich seiner Aussage glauben wollte, er sei am Tod der polnischen Gräfin unschuldig.

Nach einer geraumen Weile führte Altdorfer den Richter aus seinem Zimmer heraus und verabschiedete ihn. Trennbeck wirkte aufgebracht; er stapfte eilig aus dem Raum, ohne sich noch einmal umzusehen. Als der Stadtkämmerer mich erblickte, hellte sich sein Gesicht auf.

»Peter«, sagte er überrascht. »Warum wartest du hier? Wärst du doch hereingekommen.«

Ich winkte ab. »Ich wollte Euch nicht stören.«

Er schüttelte mir die Hand, drängte mich in seine kleine Stube hinein und ließ sich schwer hinter seinem Tisch in den Stuhl fallen.

»Du hättest nicht gestört«, sagte er. »Vielleicht hättest du uns sogar geholfen nachzudenken. Wir wissen nun definitiv, daß Kaiser Friedrich am Sonntag hier in Landshut eintreffen wird, und wie es heißt, befindet sich der türkische Kaiser auch in seinem Gefolge.«

»Die Türken haben keinen Kaiser«, erwiderte ich unwillkürlich.

»Was weiß ich; jedenfalls scheint es sich um einen hohen Würdenträger des türkischen Reichs zu handeln, wenn er sich in Begleitung von Kaiser Friedrich befindet. Niemand hat etwas davon gewußt; wir waren gezwungen, schnellstens ein passendes Quartier für ihn zu finden. Trennbeck hat alle Teufel aus der Hölle heraufgeflucht, als er es erfuhr.«

»Ich dachte, der Herzog hat einen reitenden Boten beim Kaiser, der ihn über alles informiert?«

»Ja, aber in all der Verwirrung, die herrschte, als die herzoglichen Räte erfuhren, der Kaiser und der Brautzug könnten versehentlich in Ingolstadt aufeinandertreffen und dann die Quartiere nicht ausreichen, ist diese Nachricht wohl untergegangen.«

Ich zuckte mit den Schultern.

»Habt Ihr nun ein Quartier für den Mohren?«

»Noch nicht. Trennbeck ist um seine Aufgabe nicht zu beneiden – um so weniger, als er gestern erfahren hat, daß er der Kurfürstin von Sachsen während der Hochzeit als Ordonnanz aufwarten darf. Was kann ich für dich tun, Peter?«

Ich mußte vorsichtig sein. Wenn ich ihm zuviel verriet, würde er eine Abteilung Wappner zu Leutgebs Haus senden und Johannes Reckel festnehmen lassen. Er war kein Narr und gewiß niemand, der gerne das Verhängnis über jemanden brachte, aber in seinem Zustand und unter dem Zeitdruck, in dem er stand, würde er nicht lange zögern. Er hatte Reckel nicht gesehen und ihn nicht sprechen gehört. Ich mochte sein Freund sein, aber er war auch für die Stadt und ihre Bürger verantwortlich, und ich konnte nicht verlangen, daß er mir bedingungslos vertraute. Ich an seiner Stelle hätte es nicht getan.

»Ich weiß, wie wir an den Mörder kommen«, sagte ich.

Er schluckte hart und machte eine plötzliche fahrige Bewegung über die Pergamente und Holztafeln auf seinem Tisch hinweg.

»Bist du sicher?« stieß er hervor.

»Nein«, erwiderte ich. »Aber es scheint vielversprechend zu sein.«

Als ich schwieg, fragte er ungeduldig: »Und?«

»Es gibt nur ein Problem«, sagte ich.

»Welches?«

»Die Männer, die mir helfen könnten, liegen hier in der Schergenstube.«

»Was? Wie kommt das?«

»Man hat sie vorgestern nacht verhaftet.«

»Wieso weiß ich nichts davon?« rief er aufgebracht und knurrte gleich danach: »Das war sicherlich wieder so eine Eigenmächtigkeit von Hauptmann Seis auf der Burg; er glaubt neuerdings, alle Wappner in Landshut stünden unter seinem Befehl. Ich muß den Kanzler bitten, ihn zurückzupfeifen. Weswegen wurden die Kerle verhaftet?«

»Ich weiß es nicht«, log ich.

»Was haben sie denn getan?«

»Auch das weiß ich nicht.«

Er schüttelte den Kopf. Einen Augenblick lang musterte er mich erstaunt. Ich erkannte, daß er sich fragte, ob ich im Fieber redete.

»Glaube mir einfach«, sagte ich eindringlich.

»Wie bist du denn auf die Kerle gekommen?« fragte er nach einer längeren Pause. »Wer sind sie überhaupt?«

»Fremde«, erklärte ich. »Aber man hat mir gesagt, sie könnten etwas gesehen haben.«

»Wer hat das gesagt? Und was sollen sie gesehen haben?«

»Hanns«, stöhnte ich. »Ich weiß es doch nicht. Ich habe einfach meine Ohren offengehalten. Und es ist der einzige Hinweis, den wir haben.«

»Du hast mir noch nichts davon erzählt.«

»Weil ich es erst seit gestern weiß.«

Er sah mich weiterhin mit seinem nachdenklich erstaunten Blick an. Unbewußt griff er nach etwas, das auf dem Tisch lag, und drehte es in seinen Fingern hin und her. Es war das richterliche Siegel von Ernst Wechsler.

»Ist der Richter schon zurück?« fragte ich ihn, und er zuckte zusammen.

»Wie? Nein, aber es ist eine weitere Brieftaube eingetroffen; er schreibt, er habe ziemlichen Ärger in Burghausen und außerdem wären die Straßen im Moment kaum passierbar. Mehr stand nicht in seinem Brief. Er scheint stark unter Druck zu stehen.«

Er holte tief Atem und ließ ihn mit einem Seufzer wieder entweichen.

»Bist du wirklich überzeugt, daß du auf der richtigen Spur bist? Wir haben kaum mehr Zeit für Fehler.«

»Ich habe keine andere Spur«, wiederholte ich.

Er legte das Siegel wieder beiseite und beugte sich zu mir herüber.

»Es ist eine Verzweiflungstat, nicht wahr?« fragte er. »Du greifst nach jedem Strohhalm.«

Ich erwiderte nichts, und er seufzte nochmals.

»Ich hätte dich nicht mit hineinziehen sollen«, sagte er traurig. »Es tut mir leid; du hast keine Chance. Wir werden den Mord niemals aufklären, und das Unheil wird seinen Lauf nehmen.«

»Was ist denn los?« fragte ich ihn. »Warum gibst du jetzt auf?«

»Es wächst alles über mich hinaus«, gestand er und stützte den Kopf in beide Hände. »Ich habe seit Tagen kaum geschlafen. Trennbeck hat mir eben erzählt, daß seine Frau nicht mehr mit ihm spricht und seine Kinder ihn merkwürdig ansehen, weil er kaum noch zu Hause ist und wenn, sie nur mehr anschreit. Heute morgen habe ich deinen Sohn getroffen und …«

»Du hast Daniel getroffen?«

»Er hat eigentlich mich getroffen. Er wartete vor dem Rathaus auf mich. Ich hätte ihn beinahe nicht wiedererkannt: Er ist ein Mann geworden. Er fragte mich, ob ich wüßte, was mir dir los sei; er hätte dich besucht und du wärst ihm seltsam und verstört vorgekommen.«

»Er fand es nur seltsam, daß wir uns nicht gestritten haben«, brummte ich, aber es gab mir einen neuerlichen Stich. Wie auch immer – ich hätte Daniel nicht zugetraut, daß er sich bei Hanns Altdorfer nach meinem Befinden erkundigen würde.

»Ich konnte ihm ja nicht gut sagen, was dich bedrückt; die Wahrheit nicht und noch nicht einmal die Version der Geschichte, die du deinen Bediensteten erzählt hast. Ich habe gesagt, ich wüßte nicht, was dir fehle, und er zog ab. Ich glaube nicht, daß er es mir abgenommen hat.«

Ich schüttelte den Kopf.
»Erstaunlich«, sagte ich.
»Was?«
»Daß Daniel sich Sorgen um mich macht.«
»Er ist dein Sohn, Peter.«
»Er hat nur seine Kirche im Sinn.«
Jetzt schüttelte Altdorfer den Kopf.
»Er ist nur so unfähig wie du, jemandem seine Liebe zu schenken oder auch nur zu vertrauen.«
»Was sagst du da?«
»Nach Marias Tod hast du dich zurückgezogen. Du wolltest nie wieder jemanden anderen lieben, weil du befürchtest hast, er würde dich auf ebenso schmerzliche Weise auch wieder verlassen. Mit Daniel ist es genauso.«
Ich starrte ihn sprachlos an. Ich hatte alles erwartet, nur das nicht. Das Gespräch nahm eine Wendung, die mir nicht gefiel. Trotzdem konnte ich den leisen Vorwurf, den ich aus seiner Stimme hörte, nicht ignorieren.
»Ich hatte ... dich«, sagte ich leise. »Und meine Knechte. Mein Geschäft. Meinen Verwalter.«
Altdorfer sah mich traurig an.
»Wie oft haben wir uns in den letzten Jahren gesehen? Einmal im Jahr? Und das, obwohl du nur eine halbe Stunde außerhalb der Stadt lebst.«
»Tatsächlich?« fragte ich. Aber ich wußte, daß er recht hatte. Wie erstaunt war ich gewesen, als ich ihn in der Kirche gesehen hatte, in der Nacht vor Allerheiligen. Ich hatte sein müdes Aussehen seiner Arbeit zugeschrieben, aber es war nur das Alter gewesen, das seit unserer letzten Begegnung an ihm gearbeitet hatte. Ich hatte wohl erwartet, er sähe noch immer aus wie in den Tagen vor Marias Tod; und mir wurde klar, wieviel Zeit seither vergangen war, ohne daß ich meine Um-

welt bewußt wahrgenommen hatte. Ich hatte die Zeit vergeudet.

Plötzlich wollte ich nichts mehr darüber hören.

»Wir müssen uns um dringendere Dinge kümmern«, sagte ich.

»Wie du willst«, seufzte Altdorfer nach einer kleinen Pause. »Nun – was hast du vor?«

»Ich möchte, daß du die Verhafteten auf freien Fuß setzt.«

»Ich weiß noch nicht einmal, wer sie sind und was sie verbrochen haben – und trotzdem verlangst du von mir, ich soll sie freilassen?«

»Ja. Es ist wichtig.«

»Du solltest es vergessen«, sagte er.

»Hanns, ich muß mit diesen Leuten sprechen.«

»Ich kann dir einen Passierschein für das Gefängnis geben«, sagte er. »Dann kannst du mit ihnen sprechen.«

»Sie werden nicht reden. Ich muß sie freibekommen.«

Er schüttelte nachdrücklich den Kopf.

»Das ist absurd.«

Auch das hätte ich wissen müssen, dachte ich mir. Seine Gesinnung war zu aufrecht, als daß er sich auf eine solche Geschichte eingelassen hätte.

»Hanns«, sagte ich nochmals eindringlich. »bitte; verlaß dich darauf, daß ich nichts Unrechtes tue. Du kennst mich doch.«

Er preßte die Kiefer aufeinander, daß seine Wangenmuskeln hervortraten. Sein Blick ging durch mich hindurch, bevor er ihn zurückholte und wieder auf mich richtete.

»Ich könnte es nicht einmal, selbst wenn ich wollte. Wenn die Verhaftung auf Befehl von Hauptmann Seis vorgenommen wurde, hat diese Befugnis nur der Stadtoberrichter. Er ist Beamter des Herzogs; ich bin jedoch ein Bediensteter der Stadt.«

Ich biß mir auf die Lippen. Daran hatte ich nicht gedacht. Und Richter Girigel war nicht in Landshut.

Ich öffnete den Mund und wollte sagen: Richter Trennbeck kann die Erlaubnis erteilen; aber Trennbeck wußte noch nicht einmal über den Fall Bescheid. Girigel hatte ihn nicht eingeweiht. Für einen Moment war ich wie vor den Kopf geschlagen; diesen Umstand hätte ich berücksichtigen müssen. Der Stadtkämmerer war machtlos. Man hätte sich nun über die Prozedur der Festnahme streiten können, die auf dem Gebiet der Stadt erfolgt war, aber dazu fehlte mir die Zeit. Ich fühlte plötzlich, wie mir der Schweiß ausbrach und mein Gesicht rot anlief. Ich hatte einen groben Fehler gemacht; nicht den ersten, diesen aber zu einer Zeit, in der ich mir, wie Altdorfer gesagt hatte, keinen mehr leisten konnte.

Ich wußte, daß es keinen Sinn hatte, Reckel mit dem Passierschein zu kommen. Er würde nur sprechen, wenn seine Freunde vor ihm standen, oder schweigen. Ich schaute hilflos auf Altdorfers Tisch hin und her, als würde mir von dort etwas zu Hilfe kommen, und sah das Siegel. Ein Gedanke sprang mich förmlich an.

»Also gut«, entschied ich. »Laß einen deiner Schreiber den Passierschein anfertigen.«

»Wann besuchst du die Männer?«

»Noch heute.«

»Soll ich mitkommen?«

»Sie werden erst recht nicht reden, wenn der Stadtkämmerer dabei steht«, sagte ich, und er verzog das Gesicht. Dann nickte er langsam.

»Damit hast du vielleicht recht.«

»Ich setze dich darüber in Kenntnis, was ich erfahren habe«, versprach ich.

»Was ist, wenn es nicht von Bedeutung ist?«

»Dann weiß ich nicht mehr weiter«, sagte ich einfach. Er zuckte zusammen, dann erhob er sich eilig und verließ den Raum, um mit einem seiner Schreiber zu sprechen. Ich wartete, bis er draußen war, dann huschte ich um seinen Tisch herum. Unter seinen Papieren war eine kleine Truhe vergraben; ich öffnete sie und nahm des Stadtkämmerers Siegel heraus. Das Siegel des toten Schreibers nahm ich an mich und legte Altdorfers eigenes an dessen Stelle. Sie sahen sich nicht sehr ähnlich; Altdorfers Siegel war größer und aus hellerem Holz, aber für eine Weile würde es seinen Zweck tun. Und selbst wenn Altdorfer den Verlust des richterlichen Siegels bemerkte, würde er lange nicht auf den Gedanken kommen, daß ich es genommen haben könnte. Ich steckte es in meine Manteltasche und setzte mich wieder. Mein Herz klopfte bis zu meinem Hals. Als ich die Hand aus der Tasche nahm, hätte ich das Siegel beinahe wieder mit herausgezogen; ich zitterte zu stark.

Altdorfer kam erst nach etlichen Augenblicken wieder; er hielt ein Pergament in der Hand und blies darauf, bevor er es mir reichte.

»Ich habe den Passierschein gleich ausstellen lassen«, sagte er.

Ich dankte ihm und brach auf; ich hatte es auf einmal eilig, aus seiner Nähe zu verschwinden. Ich fühlte mich, als hätte ich ihm ins Gesicht geschlagen.

Zumindest besaß ich nun den Erlaubnisschein, mit den Gefangenen zu sprechen. Ich würde sie aufsuchen, ihnen ihre Situation klarmachen und ihnen erklären, daß ich versuchen wolle, sie aus dem Gefängnis herauszuholen. Natürlich würde ich sie fragen, ob sie mir den Namen des Gesuchten verraten könnten, obgleich ich nicht damit rechnete, daß sie tatsächlich dazu in der Lage waren. In dieser Hinsicht hatte Reckel bestimmt nicht gelogen. Ich wollte mir die Chance dennoch nicht entgehen lassen; die andere Alternative war, in der Weise von dem gestohlenen Siegel Gebrauch zu machen, die mir in den Sinn gekommen war, als Altdorfer das Zimmer verlassen hatte, und davor schreckte ich noch zurück. Aber ich wußte, daß ich es tun würde, wenn mir nichts anderes übrigblieb.

Ich würde mich in eine stille Ecke setzen, dem Passierschein einen Absatz anfügen, in dem stünde, der Kaufmann Peter Bernward habe Vollmacht, die Freilassung der Gefangenen anzuordnen, und würde es mit dem Siegel des Toten gültig machen. Es bedeutete, meinen Freund Altdorfer und auch Richter Girigel aufs Übelste zu hintergehen, aber ich hoffte, diese Handlungsweise würde mich zu dem Ziel führen, an dem wir alle interessiert waren

Ich seufzte; meine Nackenhaare stellten sich auf, als ich daran dachte. Ich brauchte mir noch nicht einmal vorzusagen, was mir geschehen würde, wenn die Wappner hinter meine Fälschung kamen; wer Gott lästerte, verlor seine Zunge, wer aber die Obrigkeit vorführte, seine rechte Hand. Die Strafe bedrückte mich nicht einmal so sehr. Ich dachte an das Gesicht Hanns Altdorfers, würde er davon erfahren.

Es gab anderes, an das ich denken mußte. Ich hatte die Zeit auf der Bank vor Altdorfers Amtszimmer nicht untätig zugebracht; mir war klargeworden, daß ich die Männer nicht einfach auf freien Fuß setzen durfte, ohne eine Verhandlungsoption zu behalten.

Drei Gefangene lagen in der Schergenstube der Landshuter Wappner. Ich würde nur zwei davon befreien und zu Johannes Reckel bringen.

Ich befühlte das gestohlene Siegel in meiner Tasche und machte mich auf den Weg zum Landshuter Stadtgefängnis.

Unter normalen Umständen befand sich die Schergenstube gleich unterhalb des Rathauses. Die Umbauarbeiten und die Vorbereitungen zur Hochzeit hatten es jedoch ratsam erscheinen lassen, sie von dort zu verlegen; desgleichen der Gedanke an die Sicherheit der Gäste. Ich kannte die Überlegungen nicht, die dahintersteckten, aber man hatte sich dafür entschieden, in der Freyung eine Schergenstube zu eröffnen, in einem der größeren Häuser neben der Kirche, in dem auch eine Abteilung auswärtiger Wappner untergebracht war.

Ich wurde recht ungnädig von den Wappnern behandelt, bis ich das Schreiben des Stadtkämmerers aus der Tasche zog und es ihnen unter die Nasen hielt. Sie hatten gedacht, ich sei einer der üblichen Angehörigen, der seinen wegen Trunkenheit festgenommenen Sohn oder einen des Diebstahls von Hochzeitsverpflegung überführten Knecht auslösen wolle. Hanns Altdorfers Siegel nötigte ihnen ein wenig mehr Respekt ab, und sie brachten mich vor ihren Wachführer, der in einer kleinen Stube mit tanzendem Federkiel etwas in eine Liste kritzelte.

»Ich möchte mit den Gefangen sprechen, die vorgestern nacht hier eingeliefert wurden«, sagte ich und zeigte ihm das Schreiben vor. Er las es sorgfältig durch, bevor er es mir wieder zurückgab. Ich sah es mit Besorgnis; er würde nicht so leicht zu täuschen sein. Er warf mir einen Blick zu und grinste.

»Habt Ihr gedacht, ich könne es nicht lesen?« fragte er.

»Ich habe mir gar keine Gedanken darüber gemacht«, erwiderte ich überrascht.

»Ich bin Schreiber dort, wo ich herkomme«, sagte er. Ausgerechnet hier mußten sie einen hinsetzen, der in seiner Heimatstadt als Schreiber arbeitete.

»Meinen Glückwunsch«, sagte ich. Er zuckte mit den Schultern.

»Wie heißen die Burschen?« fragte er.

»Ich weiß die Namen nicht.«

Er hob die Augenbrauen.

»Und weshalb wollt Ihr sie dann besuchen?«

»Steht etwas darüber in dem Schreiben des Stadtkämmerers?« fragte ich zurück.

Er stutzte und streckte instinktiv die Hand danach aus, bevor er den Kopf schüttelte.

»Nicht daß ich wüßte«, sagte er zögernd.

»Dann«, knurrte ich, »könnt Ihr Euch vielleicht denken, daß es Euch auch nichts angeht, warum ich sie sprechen will.«

Sein Unterkiefer klappte herab, und er starrte mich entgeistert an. Ich funkelte ihn an und bemühte mich, ihn nicht merken zu lassen, daß ich meiner Sache gar nicht so sicher war.

»Macht schon«, sagte ich grob. »Bringt mich zu ihnen.«

Er setzte sich hart auf seinen unbequemen Schemel und begann in seinen Listen zu blättern. Während er es tat, lief sein Gesicht rot an. Ich sah, daß er sich über meinen Tonfall zu ärgern begann, aber jetzt wagte er nicht mehr, dagegen aufzubegehren. Nach einer Weile sah er hoch und bemühte sich, mit normaler Stimme zu sprechen:

»Sie sind nicht hier.«

»Was soll das heißen?« stieß ich hervor, noch bevor mir die volle Bedeutung seiner Worte klarwurde. »Wo sind sie denn?«

Er spähte in seine Aufzeichnungen, dann sagte er: »Sie wurden nach Burghausen verbracht.«

Ich dachte aufgebracht: Zum zweiten Mal holt man mir die Gefangenen vor der Nase weg. Das darf nicht wahr sein. Es darf nicht wahr sein.

»Wer hat das angeordnet?« hörte ich mich fragen.

»Der Stadtoberrichter Meinhard Girigel.«

»Was soll das?« platzte ich heraus. »Der Richter ist überhaupt nicht in der Stadt.«

Er zuckte mit den Schultern.

»Gestern«, erklärte er mit herablassender Ungeduld, »suchte uns ein Mann auf, der sagte, man habe ihn benachrichtigt, daß ein paar gefährliche Übeltäter gefangen worden seien. Er sei deswegen eigens aus Burghausen nach Landshut gekommen. Er konnte sich zufriedenstellend als Abgesandter von Richter Girigel ausweisen.«

Ich schüttelte den Kopf. Ich konnte es immer noch nicht fassen. »Was hat er daraufhin getan?« fragte ich.

»Er hat einen Transport zusammengestellt und die Überführung der Männer nach Burghausen veranlaßt. Er hatte noch einen Begleiter bei sich, der ihm die Burschen bezeigen konnte, und wir haben sie in Ketten gelegt und ihm mitgegeben.«

Ich lehnte mich gegen die Wand und hatte kurzzeitig das Gefühl, daß sich mein Magen umdrehte. Der

Richter. Er zerstört alles, dachte ich. Warum hat er sich denn nicht mit uns abgesprochen? Warum hat er seinen Beauftragten nicht bei Hanns Altdorfer vorbeigeschickt? Die Antwort darauf kannte ich nicht; es sei denn, die verstreichende Zeit und seine Hilflosigkeit in Burghausen hatten ihn sein Vertrauen zu uns verlieren lassen und er dachte, er könne – er *müsse* den Fall selbst aufklären. Vielleicht hatte auch sein Beauftragter den Stadtkämmerer nicht angetroffen und auf eigene Faust gehandelt. Ich schüttelte erneut den Kopf.

Der Wappner hielt mir ein Pergament hin.

»Hier hat er gesiegelt, wenn Ihr es mir nicht glaubt.« Er konnte die Schadenfreude in seiner Stimme nicht unterdrücken.

»Ist schon gut«, sagte ich.

»Warum reitet Ihr nicht nach Burghausen?« schlug er hämisch vor. »Sie sind gestern nachmittags aufgebrochen; wahrscheinlich sind sie noch gar nicht lange dort eingetroffen. Vor morgen wird die Folter kaum beginnen.«

Er betrachtete mich regungslos. Ich wußte nicht, wofür er mich letztlich hielt; ich nehme an, für einen Freund oder Verwandten der Delinquenten, der besonders gute Beziehungen zum Rat der Stadt besaß. Es machte ihm Freude, es mir zu geben, besonders nachdem ich ihn so gedemütigt hatte. »Sie sollen einen recht humorlosen Henker dort haben, habe ich gehört«, setzte er hinzu.

Ich faltete Hanns Altdorfers Schreiben zusammen und steckte es wieder zurück in den Mantel. Ohne ihn noch einmal anzusehen, machte ich kehrt und verließ das Gebäude. Ich stand wieder am Anfang; oder nein, noch schlimmer: Ich sah das Ziel vor Augen, aber jemand hatte es gerade aus meiner Reichweite gerückt.

Ich konnte nach Burghausen reiten, wie der Wappner mir gesagt hatte. Richtig; aber bis ich den Richter überzeugt hätte, daß er sie mir überlassen sollte, und mit den Männern wieder hier war, vergingen mindestens drei Tage.

Es gab keine andere Wahl für mich, als es wenigstens zu versuchen. Aber ich brauchte jemanden, der mich begleitete; jemanden, dessen Beisein Richter Girigel vielleicht überzeugen würde, sich auf meine Bedingungen einzulassen. Hanns Altdorfer fiel aus; er wäre unterwegs vor Sorge gestorben, daß in der Stadt etwas Unvorhergesehenes passieren könne.

Nein, es war Zeit, sich an jemanden zu wenden, den ich schon zu lange vernachlässigt hatte. Ich setzte mich mit tauben Beinen in Bewegung, in Richtung des herzoglichen Stadtpalastes, in dem die polnische Delegation untergebracht war. Es gab dort zwei Dinge für mich zu tun: Albert Moniwid zu überreden, mich nach Burghausen zu begleiten, und mit Jana Dlugosz zu sprechen. Ich atmete tief und fühlte die Ohnmacht in meinen Beinen. Das Siegel des toten Schreibers lag schwer und nutzlos in meiner Tasche.

Landshuter Wappner standen vor dem geschlossenen Tor zur Stadtresidenz und sahen mich neugierig an, als ich keuchend vor ihnen stehenblieb. Ich war fast die ganze Strecke gerannt. Ich deutete auf das Tor und sagte: »Ich möchte hinein.«

»Und was wollt Ihr dort drin?« fragte einer der beiden Männer.

»Ich muß mit dem Anführer der polnischen Delegation sprechen.«

»Da seid Ihr hier an der falschen Stelle.«

»Wollt Ihr mich auf den Arm nehmen?« polterte ich.

Der Wappner zuckte zusammen und sagte dann in höflicherem Ton:

»Es ist niemand dort drin. Sie sind alle in Richtung Eching aufgebrochen, um die verschiedenen Plätze zu testen, an denen sie sich zur Aufmunterung des Hochzeitszuges entlang der Strecke Stechen liefern wollen.«

»Alle?« rief ich. »Auch die Frauen? Auch die Dienstboten?«

Er zuckte mit den Schultern.

»Ich weiß nur, daß man uns befohlen hat, hier aufzupassen, weil die Residenz bis heute nacht leersteht.«

»Habt Ihr nachgesehen, ob sich noch jemand dort drin aufhält?« fragte ich atemlos. Er sah mich an, als hätte ich soeben polnisch mit ihm gesprochen.

»Natürlich nicht«, erwiderte er würdevoll.

»Dann steht sie also vielleicht doch nicht leer ...«

Er wandte sich um und umklammerte den Riegel des Tores. Er rüttelte daran.

»Seht Ihr«, sagte er. »Es ist verschlossen.« Er holte einen klobigen Schlüssel aus dem Inneren seines Gürtels und hielt ihn mir vor das Gesicht. »Und das ist der Schlüssel dazu. Ich selbst habe abgeschlossen. Wenn sich noch jemand in der Residenz aufgehalten hat, ist er jedenfalls bis zur Rückkehr der Delegation eingeschlossen. Und ich glaube kaum, daß jemand das gerne hätte. Ich sage Euch, sie sind alle ausgeflogen.«

Ich nickte und wandte mich ab. Ich wußte nicht mehr, was ich tun sollte. Ich holte mein Pferd und ritt nach Hause.

Sie kam kurz nach mir auf dem Hof an. Ich saß im Dunkel der Stube und sah der Dämmerung zu, wie sie den

Raum erfüllte, als die Hunde anschlugen und zwei meiner Dienstboten nach draußen liefen, um nachzusehen. Sie kamen mit einem verlegenen Grinsen zurück und baten mich, vor die Tür zu gehen. Ich folgte ihrer Bitte fühllos.

Sie stand mitten auf dem Hof, als wolle sie jederzeit die Möglichkeit haben, durch das Tor hinaus und in die Dämmerung hineinzuflüchten. Ihr Mantel war geschlossen, und die Kapuze des Chaperons war über ihren Kopf gezogen; sie streifte sie nach hinten, als ich vor die Tür trat. Die Hunde hatten sich neben den offenen Flügeln des Tores niedergelassen und betrachteten sie mißtrauisch. Ich war zu erstaunt, um etwas sagen zu können.

»Ich möchte mit Euch sprechen«, sagte sie übergangslos.

»Das ist ja nichts Neues«, hörte ich mich sagen. Sie lächelte nicht.

»Darf ich hineinkommen?«

Ich trat beiseite und machte eine auffordernde Geste. Sie zögerte so lange, daß ich dachte, sie würde es sich wieder anders überlegen, aber dann kam sie mit den für sie üblichen hastigen Schritten auf mich zu und drückte sich an mir vorbei in die Halle herein. Sie sah sich suchend um, bevor sie mir einen Blick zuwarf. Ich sah, daß ihre Haare wirr waren und ihr Mantel zerdrückt. Diesmal roch ich keinen frischen Duft nach Äpfeln.

»Die Stube ist dort drüben«, sagte ich. Sie wartete, bis ich die Tür öffnete, dann trat sie hinein. Es war dunkel, und es brannte kein Feuer. Der blaue Mantel ließ sie mit der Finsternis verschmelzen, nur ihr Haar schimmerte matt. Ich schloß die Tür, und sie drehte sich um und sah mich an. Selbst jetzt glänzten ihre Augen von irgendeinem schwachen Licht, das vom Hof durch die dicken Fensterscheiben hereingeworfen wurde. Ich konnte hören, wie ihr Kleid von ihrem hastigen Atem raschelte.

Jemand klopfte an die Tür und brachte beim Eintreten den warmen Schein einer Kerze mit sich. Es war meine Haushälterin. Ohne ein Wort setzte sie mit geübter Geschicklichkeit das Feuer im Kamin in Gang und stellte die Kerze auf dem Tisch ab. Sie nickte mir und ihr zu und verschwand lautlos wieder durch die Tür. Ich hatte plötzlich das Gefühl, als sei einer meiner surrealen Träume zum Leben erwacht.

Als die Flammen nach oben flackerten, erschauerte sie und trat zum Feuer. Sie streckte beide Hände danach aus und bewegte die Finger. Ich stellte mich neben sie und faßte nach der Kapuze des Chaperons; sie schnürte ihn vorne auf und ließ mich ihn von ihren Schultern ziehen. Ich legte ihn auf die Bank und streckte die Hände nach dem Kragen ihres Mantels aus. Sie wand sich heraus, ohne mich anzusehen. Sie trug nochmals das goldene Kleid, und selbst ich als Mann konnte erkennen, daß der Brokat fleckig und rauh war, als sei er naß geworden. Auch der Atlas des Mantels war klamm und feucht; ich hielt ihn ausgebreitet vor das Feuer.

Sie sah mich von der Seite her an. Ihre Augen schimmerten jetzt von flüssigem Gold. Ich sah, daß sie tiefe Schatten darunter hatte, und die Grübchen um ihre Mundwinkel waren stärker ausgeprägt denn je.

»Ich bin keine Zofe«, sagte sie schließlich.

Ich nickte. Ich war auf alles gefaßt. Wenn sie wie Johannes Reckel versucht hätte, Information gegen Information zu tauschen, hätte ich ohne zu zögern eingewilligt.

»Meinem Vater gehört ein Handelshaus in Krakau, etwa so groß wie Eures«, fuhr sie fort. »Es trägt seinen Namen. Aber er ist ein alter Mann und kaum noch in der Lage, die Geschäfte zu führen.«

»Ihr führt sie für ihn.« Ich wunderte mich nicht einmal, daß ich nicht schon eher darauf gekommen war. »Ich hätte es mir denken müssen; Ihr habt es mit jedem zweiten Satz zu erkennen gegeben.«

»Habe ich mich so schlecht verstellt?« fragte sie.

»Nein«, sagte ich und merkte, daß ich lächelte. »Aber ich habe schlecht hingesehen.«

»Kaum jemand weiß davon; auf jeden Fall keiner unserer Handelspartner«, erklärte sie. »Niemand würde einer Frau etwas abkaufen. Vater hat noch genug Kraft, die Verhandlungen zu führen, aber der Kopf dahinter bin ich.«

»Habt Ihr keinen Verwalter?«

»Wir hatten einen. Er war gut. Aber er wollte nicht unter den Befehlen einer Frau arbeiten.«

»Euer Vater gab doch die Befehle.«

»Aber ich dachte sie mir aus.«

Ich nickte. Im Schein des aufflackernden Feuers spielten ihre Wangenmuskeln. Ich fühlte keine Ungeduld mehr. Sie würde ihre Geschichte so erzählen, wie sie mußte, und ich war damit zufrieden.

»Als ich von der Hochzeit erfuhr, plante ich, den Zug zu begleiten, um Handelsbeziehungen mit Euren Kaufleuten zu knüpfen. Vater meinte, niemand würde mich jemals mitnehmen. Aber er ließ seine Beziehungen zum Königshof spielen, und schließlich erklärte sich Gräfin Jagiello gegen eine Beteiligung an meinen Abschlüssen bereit, mich als ihre Zofe mitzunehmen.«

»Kein schlechtes Geschäft.«

»Ich mußte nicht für sie arbeiten«, sagte sie rasch. »Tatsächlich habe ich sie die meiste Zeit nicht zu Gesicht bekommen.«

Sie schwieg und starrte ins Feuer. Sie hatte immer noch ihre Hände danach ausgestreckt, als ob sie alle Wärme aufnehmen wollte, die die Flammen abgaben.

»Was geschah in Landshut?« fragte ich sanft.

Sie warf mir wieder einen ihrer raschen Blicke zu.

»Es war leicht für mich, mich in der Stadt zu bewegen«, erklärte sie. »Vater hatte darauf bestanden, daß ich als Kind nicht nur Latein und Griechisch lernte. Um Cicero zu lesen, brauchst du Latein, hatte er einmal gesagt. Um dir die Muße zu erkaufen, Cicero zu lesen, brauchst du Deutsch. In dieser Sprache wird gehandelt und Geld verdient. Ich hatte gehofft, die Landshuter Kaufleute wären nicht so verbohrt wie in meiner Heimat und würden auch mit einer Frau Geschäfte machen. Also begann ich sie heimlich aufzusuchen.«

»Entgegen des herrschenden Verbots«, sagte ich.

»Entgegen des herrschenden Verbots«, bestätigte sie. »Die meisten Eurer Landsleute hatte ich richtig eingeschätzt. Sie waren entweder freidenkend oder geldgierig genug, um sowohl über mein Geschlecht als auch über das Risiko hinwegzusehen. Vielleicht dachten sie, sie könnten mich leicht über den Tisch ziehen – eine Frau, die sich im Handeln versucht.«

Sie lächelte spöttisch, aber das Lächeln verlor sich wieder.

»Sie haben sich vermutlich getäuscht«, sagte ich. Sie nickte und zuckte gleichzeitig die Schultern.

»Laßt mich raten«, sagte ich dann. »Als ich bei der Delegation erschien und meine Fragen stellte, dachtet Ihr, ich sei ein Abgesandter der Zunft, der Euch nachspionierte.«

Sie senkte den Kopf.

»Ich dachte, meine Aktivitäten seien bekannt geworden«, murmelte sie. »Aus Euren Fragen glaubte ich zu schließen, die Zunft wüßte, daß jemand aus der Delegation sich strafbar gemacht hatte, aber nicht, wer dieser Jemand war. Deshalb sprach ich Euch in der Gasse an. Ich wollte herausfinden, wieviel Ihr wußtet.«

»Und die Begegnung am Fluß? Wo Ihr mir gezeigt habt, daß Ihr mehr vom Feilschen versteht als ich? Laßt mich nicht vergessen, Euch noch das Geld zu geben, das ich Euch schulde«, fügte ich in einem Versuch zu scherzen an. Ihre Lippen spitzten sich leicht in der ihr eigenen Miene der Amüsiertheit. Sie sah wieder vom Feuer hoch und mir ins Gesicht.

»Ich war noch immer nicht schlau aus Euch geworden; ich hatte begonnen, Euch zu beobachten«, sagte sie. »Dabei war mir aufgefallen, daß Ihr immer wieder um das alte Haus in der Gasse entlang der Stadtmauer herumschlicht; Ihr hattet später sogar einen Mann angeheuert, der das Gebäude während Eurer Abwesenheit bewachte. Ich wußte, wenn ich mich dort in der Gegend aufhielt, würde ich Euch immer wieder zu Gesicht bekommen.«

»Seid Ihr jemals in das Haus eingedrungen?« fragte ich. Sie schüttelte den Kopf.

»Ich versuchte es. Aber das Eingangstor war zu gut verschlossen. So blieb ich nur in seiner Nähe, solange ich konnte.«

»Deshalb wart Ihr auch so schnell auf der Kiesbank.«

»Wie gesagt, man hörte Euch mit den Flößern bis hinter die Stadtmauer streiten«, lächelte sie.

»Wollt Ihr etwas trinken oder essen?« fragte ich sie. Sie dachte nach und nickte dann.

»Mir ist kalt«, sagte sie. »Für einen warmen Schluck wäre ich Euch dankbar.«

Ich nickte und verließ den Raum. Vor der Stube blieb ich stehen und starrte in die von ein paar Kerzen erleuchtete Haushalle. Wollte ich ihr glauben? Ich wußte es noch nicht. Ich marschierte in die Küche und ließ Wein auf das Feuer stellen und würzen. Als ich zurückkam, hatte sie sich den Stuhl an den Kamin gezogen und hielt ihre Füße in die Nähe der Flammen. An der Art, wie sie sich selbstverständlich auf den Stuhl des Hausherrn gesetzt hatte, erkannte ich, daß zumindest ihre Geschichte über ihre Verhältnisse zu Hause nicht erfunden war.

»Man wird gleich etwas Glühwein bringen.« Sie sagte: »Danke«, und schwieg dann.

Ich setzte mich auf die Bank und betrachtete ihren Rücken. Ihr Kleid war zerknittert, als hätte sie es schon längere Zeit getragen. Ihr Haar war einmal naß geworden, und danach hatte sie sich keine Mühe gegeben, es zu ordnen oder zu trocknen.

»Was führt Euch diesmal zu mir?« stellte ich schließlich die Frage, die mir am meisten auf der Zunge brannte.

»Ein Mord«, sagte sie nach langem Zögern. Ich erstarrte. Ich war froh, daß ich hinter ihr saß und sie mein Gesicht nicht sehen konnte.

»Der Mann, den ihr beauftragt hattet, das Haus zu überwachen«, fuhr sie fort. »Er wurde ermordet.«

»Ich weiß«, sagte ich ruhig.

Sie machte eine halbe Bewegung, als wollte sie sich zu mir umdrehen, aber dann blieb sie doch so sitzen, wie sie war, ihr Gesicht dem Feuer zugewandt.

»Ihr seid zwar ein Kaufmann«, sagte sie. »Aber es waren keine kaufmännischen Zwecke, die Euch zur Delegation geführt haben.«

»Sondern?« fragte ich, als sie schwieg, um mir eine Antwort zu ermöglichen. Sie seufzte.

»Sondern die Suche nach der Gräfin Jagiello«, sagte sie. »Dachtet Ihr, ich hätte es mir nicht schon längst zusammengereimt? Ihr merkwürdiges Verschwinden, Euer Interesse an ihr, die durchsichtige Erklärung, die Albert Moniwid abgab ... Was hat sie angestellt?«

»Wie kommt Ihr darauf, daß sie etwas angestellt haben könnte?« fragte ich vorsichtig.

Nun drehte sie sich doch um. Sie rückte den Stuhl herum, bis er mit der Lehne vor dem Feuer stand, aber das massive Holzteil schirmte ihren Rücken vor der Wärme ab. Kurzentschlossen drehte sie den Stuhl weiter herum, bis sie seitlich darauf saß. Sie umschlang die Lehne mit einem Arm und beugte sich zu mir in die Dunkelheit vor. »Weil es jemandem einen Mord an einem alten Mann wert war«, rief sie. »Ein Mord, den ich mit angesehen habe.«

»Ich weiß«, sagte ich nochmals.

Ihre Augen weiteten sich. Zum erstenmal hatte ich sie wirklich aus der Fassung gebracht.

»Ihr wißt ...«, echote sie fassungslos.

»Es gibt noch einen Zeugen für den Mord«, erklärte ich ihr. »Er hat mir gesagt, er habe Euch gesehen.«

»Ich habe niemanden bemerkt«, sagte sie verwirrt. Ich zuckte mit den Schultern. Innerlich war ich gespannter, als ich mich gab. Wie würde sie den Vorfall schildern? Ich wartete beinahe ängstlich darauf, daß ihre Erzählung zu stocken begänne, da sie nicht wissen konnte, über welche Informationen ich verfügte; mir war klar, es würde bedeuten, daß sie log.

Aber sie stotterte nicht. Sie sagte: »Ich steckte schon seit der Schließung des Stadttores hinter einem großen Haufen Treibholz draußen auf der Kiesbank. Ich hatte ein Messer mitgenommen, um mich für den Fall zu schützen, daß irgendein Kerl mich entdecken würde. Mein Plan war, den alten Flößer anzusprechen und zu bestechen, damit er mir verriet, was er wußte. Ich hatte festgestellt, daß er immer wieder zum Wasser herunterkam, um daraus zu trinken oder sich für ein paar Minuten auf dem Kies auszustrecken.«

»Warum?« fragte ich. »Warum interessiertet Ihr Euch dafür, was er tat oder wußte?«

Sie antwortete nicht sogleich.

»Ich wollte wissen, was Euch wirklich bewegte. Und ich wollte wissen, was mit der Gräfin geschehen war. Ich kannte sie kaum, aber sie hatte mir ermöglicht, hierher zu kommen, und ich fühlte mich dafür verantwortlich, ihrem Verschwinden hinterherzuspüren.«

Ich antwortete nicht darauf, und nach einer Weile nahm sie den Faden ihrer Erzählung wieder auf.

»Als das kleine Tor aufging, kamen statt des alten Mannes die beiden Kerle, die ihn mit sich schleppten. Ich konnte mir keinen Reim darauf machen, bis ich sah, daß sie ihn zum Wasser schleiften und dort ertränkten.« Ihre Stimme zitterte plötzlich und verrutschte ein paar Töne nach oben.

»Ich bin kein Feigling!« rief sie. »Aber was hätte ich tun können? Ich umklammerte den Griff meines Messers, ohne es zu wagen, aus meiner Deckung hervorzustürzen. Vielleicht hätte ich sie verscheuchen können.

Aber ich traute mich nicht. Ich schloß die Augen und hörte, wie sie ihn ersäuften.«

»Sie hätten sich nicht verscheuchen lassen«, sagte ich. »Wenn Ihr hervorgekommen wärt, hättet Ihr dasselbe Ende genommen wie der arme Teufel.«

»Das könnt Ihr nicht wissen«, sagte sie nur halb beruhigt. Sie schniefte und fuhr sich mit der Hand über das Gesicht. Es lag im Gegenlicht des Feuers, und ich konnte nicht erkennen, ob sie geweint hatte.

»Als sie weg waren, stolperte ich heraus und rannte zum Wasser hinunter. Ich dachte, ich könnte ihn vielleicht an Land ziehen; ich dachte, er sei vielleicht noch nicht tot. Aber sie hatten ihn zu weit nach draußen geschoben, und seine Kleider waren voll Wasser. Ich watete hinein, doch ich konnte ihn nicht erreichen. Ich sah seine Gestalt als einen dunklen Schatten, der sich träge mit der leichten Strömung von mir wegbewegte und bald darauf versank.«

Ich sah unwillkürlich auf ihre Beine hinunter. Sie trug noch immer ihre schmalen, spitzen Schuhe, aber das Leder war jetzt endgültig ruiniert. Sie ließ die Stuhllehne los und schlang beide Arme um ihren Oberkörper.

Plötzlich wußte ich, daß das einzig Richtige gewesen wäre, sie in den Arm zu nehmen und ihr über den Rücken zu streichen. Ich stand auf, aber ich stellte mich nur neben ihren Stuhl und ließ die Hand auf der Lehne ruhen. Mein Herz schlug schneller, aber es pumpte Wärme in meinem Körper. Sie sah zu mir auf, und ich konnte die verfärbten Streifen sehen, wo sie sich mit schmutzigen Händen durch das Gesicht gewischt hatte. Ich ging neben dem Stuhl in die Hocke. Es war mir auf einmal unangenehm, auf sie hinunterzusehen.

»Ihr wart sehr tapfer, Jana«, sagte ich. »Kaum ein

Mann hätte gewagt, was Ihr gewagt habt. Tatsächlich ist einer weggelaufen, anstatt auf den Gedanken zu kommen nachzusehen, ob der alte Mann noch lebte.«

Sie sah mich zweifelnd an. Ich zuckte mit den Schultern und versuchte ein Lächeln. Es spiegelte sich halbherzig auf ihrem Gesicht wider.

»Ich habe heute nach Euch gesucht«, sagte ich. »Die Stadtresidenz des Herzogs war leer.«

»Ich weiß«, sagte sie. »Sie sind fast alle heute morgen nach Eching hinaus geritten, mit allen Dienstboten, damit sie sich nicht um Essen und Trinken zu kümmern brauchten. Ich hielt mich versteckt.«

»Weshalb?« fragte ich. »Wovor mußtet Ihr Euch verstecken?«

»Vor den Mördern«, flüsterte sie. Meine Nackenhaare stellten sich auf.

»Weshalb?« wiederholte ich scharf.

»Ich habe zuviel Krach gemacht, als ich ins Wasser hineinlief«, sagte sie. »Die Männer hörten mich und kamen zurück. Ich rannte davon, so schnell ich konnte, aber sie verfolgten mich. Ich hatte noch mein Messer, aber das Zutrauen darin verloren. Ich lief nur und lief, an der Stadtmauer entlang, bis ich zu den Teichen kam und die Böschung zum südlichen Stadttor hinauflief. Irgendwann müssen sie aufgehört haben, mich zu verfolgen. Die Wachen am Stadttor ließen mich ein, nachdem ihnen klar wurde, daß ich zur Delegation gehöre.«

»Und um mir dies zu erzählen, seid Ihr herausgekommen?« fragte ich erstaunt. Sie schüttelte den Kopf. Dann nickte sie.

»Was soll das bedeuten?« fragte ich.

»Ich bin herausgekommen, um es Euch zu erzählen«, sagte sie stockend. »Ich wollte Euch warnen.

Aber nicht nur das. Ich wollte … ich hatte Angst um Euch.«

Ich kniff die Augen zusammen.

»Angst … um mich?«

Sie spielte mit ihren Wangenmuskeln, dann streckte sie die Hand aus und fuhr mir mit einem Finger über den Ärmel. Ich hielt den Atem an. Sie ließ die Hand wieder fallen, als sei sie erschrocken über ihre Tat.

»Ich dachte, sie würden Euch auch ermorden«, sagte sie heiser.

»Deshalb seid Ihr von der Stadt hier heraus … Wie seid Ihr hierher gekommen? Etwa gelaufen?«

»Die anderen haben alle Pferde mitgenommen«, antwortete sie.

Ich sah sie an. Ich hockte noch immer vor ihr auf dem Boden, mein Gesicht ein wenig unterhalb des ihren. Sie streckte die Hand erneut aus, zuckte zurück und hob sie dann wieder. Sie streckte einen Finger aus und berührte mich sanft an der Nasenspitze. Ich starrte in ihre Augen und ertrank in ihrem Glanz. Sie waren nicht voller Tränen; ich hatte es auch nicht erwartet. Wie im Traum nahm ich ihren Finger in die Faust und hielt ihn fest, als sie versuchte, ihn zurückzuziehen. Sie gab nach, ohne den Blick von mir zu nehmen.

»Die Gräfin ist tot«, sagte ich in die Stille hinein. Sie schluckte.

»Ich habe es mir gedacht«, flüsterte sie. »Und Ihr …«

»Ich bin, was ich immer gesagt habe«, erwiderte ich. »Ein Kaufmann. Der Stadtkämmerer ist mein Freund; er hat mich gebeten, ihren Tod aufzuklären, ohne daß ein Skandal daraus wird. Sie wurde ermordet, Jana, und wenn Ihr die Details dieses Mordes kennen würdet, könntet Ihr den Stadtkämmerer verstehen.«

»Wißt Ihr, wer der Mörder ist?«

»Heute hätte ich es beinahe erfahren«, sagte ich resigniert.

»Sind es die beiden Kerle, die auch den Flößer umgebracht haben?«

»Sie haben jedenfalls irgend etwas damit zu tun. Aber ich glaube nicht, daß sie es waren.«

Sie seufzte tief und schloß die Augen.

»Ich bin müde«, sagte sie und lehnte sich zurück.

»Ich lasse Euch ein Bad richten«, sagte ich. Ich stand auf und ließ ihre Hand los. Sie hatte es nicht eilig, sie zurückzuziehen. Sie schlug die Augen auf und ließ mich ein Funkeln ihres Spotts sehen.

»Rieche ich so streng?« fragte sie. Ich lächelte.

»Noch viel schlimmer«, erwiderte ich. Sie lächelte ebenfalls und schloß die Augen wieder.

»Dann laßt das Bad richten, bevor hier noch das Feuer ausgeht«, sagte sie.

Das Bad war ein gewaltiger hölzerner Zuber in einem der hinteren Räume, der zuzeiten als Lagerraum diente. Jetzt stand er leer, und meine Mägde hatten den Zuber in die Mitte des Raums geschleift, mindestens fünf Dutzend Kerzen um ihn herum plaziert und den Zuber mit heißem Wasser gefüllt, dessen Dunst den ganzen Raum vernebelte und ihn zusammen mit der Wärme der Kerzen in eine Waschküche verwandelte.

Als ich in die Stube zurückkam, war sie auf dem Stuhl eingenickt. Ich ließ sie schlafen, setzte mich auf die Bank und betrachtete sie, bis eine der Mägde hereinkam und berichtete, das Bad sei bereitet. Jana erwachte, warf einen verwirrten Blick um sich und schien sich dann zu erinnern, wo sie war; sie lächelte mir zu und folgte der

Dienstmagd hinaus. Ich blieb in der Stube sitzen und versuchte festzustellen, was Maria von dieser Situation halten würde, aber Maria war im Moment nur eine Erinnerung, die mich nicht mit Schmerz, sondern mit Liebe erfüllte, und wenn ich sonst nichts für sie gefühlt hätte, dann wäre ich Jana wenigstens für diesen friedvollen Augenblick dankbar gewesen. Ich stand auf und marschierte zur Badestube.

Sie hatte den Kopf auf den Rand des Zubers gelegt und die Augen geschlossen. Sie hielt sich mit beiden Armen an der Umfassung fest, und ich sah ihre Haut durch den Wasserdunst schimmern. Mantel, Kleid und Unterkleid lagen in einem unordentlichen Haufen auf einem Schemel vor dem Zuber. Ich erkannte zu meiner Verblüffung, daß sie nackt badete. Als sie die Tür hörte, öffnete sie die Augen und sah mich an. Ein Schatten huschte über ihr Gesicht, und unwillkürlich tauchte sie tiefer in das Wasser.

»Ich glaube nicht, daß es sich gehört, ins Zimmer zu kommen, wenn eine Dame badet«, sagte sie argwöhnisch. Ich zuckte mit den Schultern.

»Normalerweise zieht man sein Unterkleid nicht aus, wenn man badet«, sagte ich. »Dann ist es auch kein Problem, zu einer Dame ins Bad zu kommen.«

Sie sah mich überrascht an, dann lachte sie plötzlich.

»Tatsächlich?« meinte sie. »Und man hat mir immer gesagt, die Deutschen wären ein so reinliches Volk, weil sie so oft baden. Aber wenn man dazu die Kleider anbehält ...«

Ich bückte mich und raffte ihr Kleiderbündel zusammen. Als ich mich aufrichtete und den Raum wieder verlassen wollte, rief sie: »Wo geht Ihr denn damit hin?«

Ich drehte mich um.

»Das sind doch Eure Kleider, oder?« fragte ich. »Ich lasse sie zur Wäsche bringen.«

Ihr Gesicht nahm einen verletzten Ausdruck an.

»Legt sie wieder hin«, sagte sie entschieden. Sie bewegte sich langsam durch das Wasser, bis sie sich mit dem Oberkörper ganz an den Rand drängte, der mir zugewandt war. Nur ihr Kopf sah oben über den Zuber heraus.

»Ihr habt Euch die ganze Zeit über höflich und distanziert mir gegenüber verhalten«, sagte sie langsam. »Ich dachte, Ihr wärt ein kalter und abweisender Mann.«

»Manchmal bin ich das wohl.«

»Und jetzt glaubt Ihr, nur weil ich zu Euch herausgekommen bin, um Euch zu warnen, daß Ihr die Situation nützen könnt. Ihr kommt hier herein und nehmt meine Kleider weg. Was habt Ihr als nächstes vor? Bietet Ihr mir Euer Bett an?«

Ich starrte sie an und wußte auf einmal, daß ich mit dieser Möglichkeit gespielt hatte. Ich war zu verwirrt, um etwas darauf zu antworten.

»Vielleicht zieht Ihr die falschen Schlüsse aus meinem Verhalten«, sagte sie.

»Vielleicht tue ich das«, erwiderte ich ruhig und legte den Kleiderhaufen wieder ab. »Dennoch sind Eure Sachen naß und schmutzig. Ich werde sehen, ob ich unter den Kleidern meiner Frau etwas Passendes für Euch finde.«

Ihre Augenbrauen zogen sich zusammen.

»Eure Frau«, sagte sie leise. »Ich verstehe. Sie ist nicht anwesend. Ihr dachtet, ich könne womöglich für diese Nacht als Lückenbüßerin herhalten.«

»Ich dachte gar nichts«, sagte ich verärgert. »Meine Frau ist seit sieben Jahren tot.«

Sie kaute ein bißchen daran herum, aber sie war zu verletzt, um nachzugeben.

»Habt Ihr gedacht, mich damit dankbar zu stimmen?« fragte sie mit rauher Stimme. »Meine Kleider reinigen zu lassen und mir dafür die Eurer Frau zu geben?«

»Zum Teufel mit den Kleidern!« explodierte ich. »Wenn ich noch einmal etwas von Euren Kleidern höre, lasse ich sie auf der Stelle verbrennen.«

»Ihr braucht doch nicht gleich so zornig zu werden«, sagte sie.

»Ihr seid es, die mich zornig macht«, klagte ich sie an.

Sie senkte den Kopf und legte die Stirn auf den Rand des Zubers.

»Ich bin für niemanden ein Gewinn«, murmelte sie in das Wasser hinein.

Ich holte tief Atem.

»Ich glaube, der Wein ist schon lange heiß«, sagte ich und drehte mich um. »Ich werde einen Becher für Euch holen.«

Der Wein füllte einen kleinen Kessel, der über dem Feuer in der Küche hing, und verteilte sein Aroma nach Nelken, Zimt und Alkohol im Raum. Zwei Mägde saßen in einer Ecke und scheuerten den Ruß von Kochtöpfen. Als ich in die Küche kam, sprangen sie auf. Ich versuchte, den Kessel vom Haken zu angeln, aber der Griff war zu heiß, und ich verbrannte mir die Finger. Eines der Mädchen lächelte scheu, griff an mir vorbei und holte den Kessel herunter, ohne auch nur das Gesicht zu verziehen. Sie goß den Wein in zwei hölzerne Becher. Der Duft stieg mir in die Nase, und plötzlich hatte ich das Verlangen, sofort einen Schluck davon zu trinken. Ich stürzte einen Becher hinunter und spürte, wie sich die Wärme schlagartig in meinen Eingeweiden verbreitete und in mein Gesicht stieg. Die Magd schenkte den Becher nach, und ich nahm beide mit spitzen Fingern und trug sie zum Bad nach hinten.

Es war leer. Das Wasser war ruhig, und ein paar von den Kerzen waren ausgegangen. Der Kleiderstapel auf dem Schemel war verschwunden. Ich stand da und starrte auf die Pfütze, die sich an der Stelle gesammelt hatte, wo sie aus dem Zuber geklettert war. Ich machte ein paar Schritte auf den Zuber zu und stellte die beiden Becher auf dem Schemel ab.

Die Tür hinter mir öffnete sich erneut, und ich drehte mich um. Sie stand mit ihrem nassen Haar in der Türöffnung, in eine dicke Decke gewickelt und die Zehen wegen der Kälte des Bodens einziehend. Der Glanz der Kerzen spiegelte sich in ihren Augen.

»Ich habe meine Kleider in das Wäschelager gebracht«, sagte sie. »Eure Haushälterin hat mir gezeigt, wo es ist.«

Sie ließ die Tür zufallen und machte ein paar zögernde Schritte in meine Richtung. Ich bückte mich nach den Bechern und hielt ihr einen davon entgegen. Ich sah, daß meine Hände zitterten. Sie wand einen Arm aus der Decke heraus und ergriff den Becher. Sie nahm einen tiefen Schluck und gab ihn mir zurück.

Ihr Gesicht hatte Farbe bekommen vom heißen Wasser des Bades; die blauen Schatten unter ihren Augen waren fast verschwunden. Ihre Hand war dennoch eiskalt, als sie vorsichtig über mein Gesicht streichelte; nur die Fingerspitzen waren warm, wo sie den heißen Becher gehalten hatte. Ihre Augen waren halb geschlossen.

»Mir ist kalt«, flüsterte sie und trat von einem Fuß auf den anderen.

»Geht zurück ins heiße Wasser«, sagte ich rauh. »Ich lasse derweil die Stube für Euch aufheizen und ein paar heiße Steine in Decken wickeln.« Ich wollte mich abwenden, aber sie nahm die Hand nicht von meinem Gesicht. Ich blieb stehen.

»Nein«, sagte sie kaum hörbar. »Kommt mit mir ins Bad.«

Sie trat zurück und ließ die Decke zu Boden fallen. Ich schluckte. An ihrer verkrampften Haltung erkannte ich, daß sie dies noch niemals getan hatte; dennoch blieb sie ruhig stehen und sah mich aufmerksam an. Ihr Körper war schlanker, als es dem allgemeinen Geschmack entsprach, und auf ihrem flachen Bauch zeichneten sich Muskelstränge ab. Ihre Schultern waren gerade, und ihre Brüste waren klein und fest. Ich spürte, wie mein Körper wieder von Taubheit ergriffen wurde.

»Auf diese Art zu baden ist viel angenehmer«, sagte sie, aber es klang nicht so leichthin, wie sie es gerne gehabt hätte. Sie stieg aus der Decke heraus, die sich um ihre Füße gewickelt hatte, und kletterte in die Wanne. Ich beobachtete sie, ohne mich zu bewegen. Dann stellte ich wie in Trance einen Fuß auf den Schemel, zog den zweiten nach und stieg ebenfalls ins Wasser, ohne auch nur meine Stiefel auszuziehen. Mein Kopf, meine Hände, alles brannte. Sie sah mir mit großen Augen zu und begann zu kichern.

Ich streckte die Hände nach ihr aus, und sie stieß sich von Rand des Zubers ab und kam langsam in meine Arme. Ich legte beide Hände um ihr Gesicht und ließ sie langsam daran heruntergleiten, um ihren Hals, ihren Nacken, ihre Schultern. Ich spürte ihren zähen Bizeps an den Oberarmen, und dann spürte ich mit den Handballen die sanften Schwellungen an ihrem Brustkorb, wo ihre Brüste begannen. Sie seufzte leise und begann zu zittern. Dann drückte sie sich an mich, als wollte sie verhindern, daß ich diese Berührung wiederholte. Ich legte die Hände flach auf ihren Rücken, hob sie ein wenig aus dem Wasser und küßte sie auf den Mund. Ihre Lippen öffneten sich zögernd, dann ihre Zähne, dann spürte ich die Süße ihrer Zunge, die vorsichtig vor meinen Berührungen zurückschreckte.

Ich hatte das Bedürfnis, ihren Namen auszusprechen.

»Jana«, sagte ich erstickt.

»Bitte«, sagte sie. »Tu mir nicht weh. Sei vorsichtig.«

Ich umfaßte ihre Schultern und hielt sie von mir weg.

»Ist es für dich ... das erste Mal?« fragte ich verblüfft.

Sie wäre nicht sie gewesen, wenn sie verschämt nach unten geblickt hätte. Sie sah mir in die Augen und sagte einfach: »Ja.«

»Aber ...«, sagte ich, »du bist doch ... ich meine ...«

»Ich bin kein junges Mädchen mehr«, vollendete sie sachlich. »Nein. Ich bin zweiunddreißig. Ich hatte noch niemals einen Geliebten.«

»Aber das kann ich gar nicht glauben!« rief ich.

»Warum nicht? Sieh mich an. Meine Haare sind stumpf, meine Augen zu groß, meine Nase zu lang, meine Lippen zu schmal, und ...«

Ich zog sie wieder an mich heran.

»Deine Haare«, murmelte ich, »sind wie das Gold eines Weizenfeldes kurz vor der Ernte, wenn der Wind hindurchfährt und die Ähren sich bewegen wie ein stürmischer See; deine Augen spiegeln den Himmel selbst an trüben Tagen wider; deine Nase ist gerade wie die einer klassischen Statue, und jeder Mann, der deine Lippen ansieht und sie nicht küssen will, ist ein Narr.«

»... und«, vollendete sie unbeirrt, aber lächelnd, »vor

meiner scharfen Zunge hat sich noch jeder Jüngling in Sicherheit gebracht.«

»Ich bin kein Jüngling«, sagte ich. »Ich bin sechsundvierzig und habe die letzten sieben Jahre im Schatten verbracht. Es wird Zeit, daß mir jemand zeigt, wo die Sonne scheint.«

Sie schloß die Augen und atmete tief durch.

»Ich glaube, ich liebe dich«, sagte sie.

»Seit wann?« fragte ich belustigt.

»Ich weiß nicht«, lachte sie. »Vielleicht seit dem Gespräch am Fluß, als du mit offenem Mund zugehört hast, wie ich dir ein paar Gulden gespart habe.«

Sie wurde wieder ernst und begann, vorsichtig an den Bändern meines Wamses zu zerren.

»Ich weiß jetzt, daß ihr Deutschen am liebsten in einer Rüstung badet«, sagte sie sanft. »Laß mich dir zeigen, daß es auch anders geht.«

Zu sagen, es war wie ein Traum, würde es nur unzutreffend beschreiben; es war eher wie ein Rauschzustand, in dem sämtliche Sinne aufs höchste geschärft waren und für uns doch nichts zu existieren schien außer einer kleinen Blase, in der Jana und ich mich befanden. Die kleine Blase war unsere gesamte Welt. Ich spürte, wie sie mein Wams aufschnürte und unter Wasser weiter daran nach unten tastete, bis sie den Gürtel erreichte. Ihre Finger konnten den Haken nicht aus der Öse lösen, und ich half ihr dabei; der Gürtel löste sich und schwebte sanft nach unten. Ich konnte fühlen, wie er sich um meine Füße ringelte, aber ich fühlte nicht, ob die Luft an meinem Oberkörper warm oder kalt war, nachdem sie mir das triefende Wams über den Kopf gezogen und auf den Boden vor dem Zuber geworfen hatte. Ihre Blicke brannten sich in meine Augen, während ich mich aus dem Hemd wand. Sie stand einen Schritt vor mir, das Wasser, das von meinen Bewegungen aufgerührt war, schwappte um ihre Schultern; sie hatte den Mund halb geöffnet und ließ kein Auge von mir. Ich zog die Schlaufe am Bund meiner Hose auf, und das Gewicht des nassen Stoffes zog sie nach unten. Wie ich aus den Stiefeln kam, weiß ich nicht mehr. Jana lächelte, hob einen Arm und schob das Hemd, das ich einfach hatte ins Wasser fallen lassen und das nun zwischen uns trieb, beiseite. Sie trat einen Schritt auf mich zu und stand dicht vor mir, und trotz des Wassers glaubte ich die Hitze zu spüren, die von ihrem Körper ausging. Die Muskeln in meinen Oberschenkeln begannen zu beben.

Ich beugte mich nach vorne und küßte sie auf die Stirn, aber sie hob ihr Gesicht und suchte mit ihren Lippen nach meinem Mund. Die Begierde des Kusses fuhr mir durch den Leib, und ich hob die Arme, um ihren Körper zu berühren. Ihre Hand legte sich vorher auf meine Brust, und ich hielt inne. Sie zögerte, strich mit den Fingern nach unten, bis ihre Fingerspitzen meinen Magen berührten, noch immer unsicher. Ich legte die Hände um ihre Taille. Vielleicht spürte sie, daß auch meine Finger zitterten. Sie löste sich von meinem Mund, warf den Kopf zurück, und während sie mich mit ihrem intensiven Blick ansah, strichen ihre Finger noch weiter abwärts, bis sich meine Bauchmuskeln unter der federleichten Berührung wie in einem Krampf verhärteten und sie ihre Hand um den schmerzenden Pol des Verlangens in meinem Schoß legte. Ich hörte mich seufzen, und sie schloß die Augen. Ohne ihre Hand wegzunehmen, drückte sie sich an mich, und ich umfing ihre Schultern und preßte sie in meine Arme, küßte sie erneut, küßte ihr Gesicht, ihre Augen, ihren Mund. Sie öffnete die Lippen, aber diesmal kam ich ihr zuvor.

»Ich liebe dich, Jana«, flüsterte ich heiser, und nachdem ich es ausgesprochen hatte: »Ich liebe dich, ich liebe dich«, als könne ich nicht mehr damit aufhören. Sie drängte sich in meine Arme, ihre Brustwarzen zwei harte Knospen in den sanften Berührungen ihrer Brüste, ihr flacher Bauch gegen meinen gepreßt und ihr Schamhügel ein lange vermißtes Gefühl des Verlangens an meinen Lenden. Ich wollte sie, aber es erschien mir nicht richtig, mit ihr an diesem Ort zu bleiben; ich liebte sie, und ich konnte mir nur einen Platz denken, der dazu geeignet war, es ihr und vor allem mir selbst zu beweisen. Ich trat auf den Schemel im Inneren des Zubers und hob sie aus dem Wasser; sie schien mir so leicht wie ein kleiner Vogel zu sein. Ich folgte ihr und hüllte sie in eine Decke, aber sie wickelte sich wieder aus und legte sie auch um meine Schultern. Plötzlich sahen wir uns ins Gesicht und fingen an zu lachen. Tropfend naß und dicht aneinander gedrängt, humpelten wir aus dem Badezimmer, über die Steinfliesen der Halle und in meine Schlafkammer, zu zweit unter der Decke, die sowohl ihren Körper als auch meine Erregung nur unzureichend verhüllte. Ich weiß nicht mehr, ob uns jemand aus meinem Gesinde während dieses kurzen Weges begegnete. Es war mir auch vollkommen egal. Wir platzten in meine Schlafkammer, und ich dankte der Vorsehung dafür, daß ich zu Beginn der regnerischen Tage angeordnet hatte, daß auch hier ein kleines Kaminfeuer anzuzünden wäre; das Feuer war das einzige Licht in dem Raum, und sein roter Widerschein ließ ihn wärmer erscheinen, als er war. Wir warfen die Decke zu Boden und standen vor dem Kamin, betrachteten uns gegenseitig, als hätten wir uns noch nie zuvor erblickt. Ich war es nicht gewöhnt, mich splitternackt von einer Frau betrachten zu lassen, und doch fühlte ich keine Verlegenheit vor Janas ruhiger Musterung; ich selbst trank den Anblick ihres Körpers förmlich in mich hinein. Ich schielte zum Bettkasten, und sie lachte hell auf. Ich umfaßte ihre Schultern und zog sie mit mir.

Es war nicht leicht, sie zu lieben; trotz ihrer unbefangenen Art und ihres Verlangens hatte sie Angst. Sie wußte nicht, was ich von ihr erwartete – was *jeglicher Mann* von ihr erwartete – und ich war selbst viel zu erregt, um ihr die Gewißheit zu geben, daß es nichts sei, was ihre Kräfte überstieg. Ich küßte sie, und sie küßte mich wieder; ich umfaßte ihre Brust, und sie drängte mir ihren Oberkörper entgegen; aber als ich mit der Hand zu ihrem Schoß fuhr, versteifte sie sich, und es hätte nicht noch des Zurückschreckens ihrer Hand von meinem eigenen Schoß bedurft, um mir ihre Unsicherheit zu zeigen. Plötzlich besann ich mich auf das, was Maria mich gelehrt hatte: Zärtlichkeit und Geduld, und die Berührung von Fingerspitzen. Ich zog die Decke, die ich in meiner Hast fortgeschoben hatte, wieder über sie und nahm die Hände von ihrem Körper fort. Im Licht des Feuers, das zu den offenen Türen des Bettkastens hereinfiel, sah ich sie ihre Augen öffnen und mich anblicken.

»Es tut mir leid«, sagte sie langsam. »Ich bin ungeschickt …«

Ich schüttelte den Kopf und lächelte. Die unmittelbare Erregung wich von mir und machte einem Gefühl süßer Wärme in meinem Bauch Platz. Ich stützte den Kopf auf eine Hand und sagte: »›Ich kam gegangen zu der Au, wo meine Freundin war, und wurd' empfangen. Teure Frau, sie macht' mich selig immerdar.‹«

Ihre Brauen zogen sich zusammen; unwillkürlich fragte sie: »Was ist denn das?«

»Ein Liebesgedicht«, erwiderte ich.

»Von dir?«

»Nein. Von einem Mann, der schon vor dreihundert Jahren gelebt hat und dessen Verse über die Liebe die Zeiten überdauerten.«

»Es ist schön«, sagte sie.

»Es geht noch weiter«, erklärte ich. »Und küßt' sie mich? Wohl tausend Stund' – seht nur, wie rot ist mir der Mund.‹« Ich grinste, und sie lachte fröhlich.

Ich beugte mich über sie und sah ihr in die Augen.

»Und küßt' sie mich?« murmelte ich. Sie blickte mich an.

»Wohl tausend Stund'«, sagte sie und öffnete die Lippen.

Dieses Mal war es nicht mehr schwer. Als hätte Jana ein Tor für mich aufgestoßen, kam die Erinnerung wieder zurück; und obwohl mich die Erregung aufs neue mit sich forttrug, vergaß ich nicht mehr, was ich einst gewußt hatte. Ich strich mit den Fingerspitzen sanft über ihren Hals, ihr Schlüsselbein; ich fuhr mit dem Finger in das Tal zwischen ihren Brüsten, zeichnete ihre Rundung nach und streichelte leise ihre Schultern. Ihre Lippen saugten an meinem Mund; ich liebkoste die zarte Haut unter ihren Ohren und fuhr wieder herab zu der Schwellung ihrer Brüste. Als ich bis zu ihrem Nabel vorstieß, begann sie heftiger zu atmen, und noch heftiger, als sie die Berührung meiner Männlichkeit an ihrer Seite verspürte. Das Blut stieg ihr in die Wangen; sie löste sich von meinen Lippen und vergrub ihr Gesicht an meinem Hals, und als sich ihr Körper an meinen preßte und ihre Hitze sich auf mich übertrug, versank die Enge des Bettkastens, die Kühle außerhalb der Decken, alles versank, so wie es früher geschehen war, wenn ich mit Maria beisammen war. Ich atmete ihren Duft, fuhr mit beiden Händen die Bewegungen ihrer Gliedmaßen nach, küßte ihre Hände und ihre Brüste, und als ich endlich in sie eindrang und die Hitze ihres Schoßes mich umfing, stöhnte sie laut und umklammerte mich mit Armen und Beinen, während ihr Körper zuckte und sich verkrampfte und der Schmerz meines Eindringens in einer heißen Welle der Lust unterging. Sie trug auch mich mit sich davon: Ich drückte sie an mich und preßte mich so tief in sie hinein, wie ich konnte, und noch im letzten Aufbäumen ihres Leibes verschwamm ihr Gesicht vor meinen Augen, und ich fühlte alle Dämme brechen und zuckte und keuchte und verströmte mich in sie.

Als ihre Züge wieder Gestalt annahmen, sah ich die Tränen in ihren Augen, aber erst als sie den Arm hob und über mein Gesicht wischte, erkannte ich, daß auch ich geweint hatte.

Lange Zeit danach lag ich wach in meinem Bett und fühlte die Berührung ihrer nackten Haut an meiner Seite. Sie schlief unruhig und zuckte im Traum, aber sie wachte nicht davon auf. Ich dachte an Maria. Mein Entschluß, das Bad zu verlassen und mit Jana in diesen Raum, in dieses Bett zu gehen, das so viele Erinnerungen an Maria und mich beherbergte, war aus meinem Herzen gekommen. Hatte ich mich damit an der Erinnerung an meine Frau vergangen? Aber ich spürte die Liebe zu Maria noch immer so stark in mir wie zu allen

Zeiten; die Liebe zu Jana hatte sie nicht verdrängt, und sie störte auch nicht meine Gefühle für die junge Frau. Sie war einfach da, eingeschlossen in meine Erinnerungen und meine Träume wie in goldenen Bernstein, und sie quälte mich nicht mehr. Vor allem in der Zeit gleich nach Marias Tod hatte ich mir manchmal gewünscht, ich hätte sie nicht so sehr geliebt, damit ich jetzt nicht so sehr leiden müßte, doch nun war ich froh über diese Liebe. Sie hatte mir die größte Erfüllung gegeben, die ich gekannt hatte, und zugleich den größten Schmerz, aber beides gehörte zu mir und machte das aus, was ich war. Ich akzeptierte sie mit beiden Facetten, wie es sich gehörte, und sie stärkte mich und machte mich bereit für diese neue Erfahrung, diese neue Liebe, derer ich soeben teilhaftig geworden war. Ich drehte mich um und versuchte, Janas Gesicht zu sehen, doch es war zu dunkel im Bettkasten.

Ich dachte: Maria, ich liebe dich noch immer.

Und ich dachte: Jana, ich liebe dich.

Am Samstag morgen waren die polnischen Wachen wieder vor dem Tor der Stadtresidenz aufgezogen. Es war wie beim ersten Mal: Die Wachen ließen mich nur nach längerem Hin und Her eintreten. Diesmal fanden keine Übungen im Innenhof der Residenz statt; er war verwaist, und die zerschundene Stechpuppe stak einsam auf ihrem Pfahl wie eine aufwendige Vogelscheuche an einem Ort, an den sich niemals Vögel verirren würden. Der Wächter brachte mich ins Innere des Wohnhauses, führte mich eine Treppe hoch und ließ mich schließlich vor einer Tür stehen, hinter der er verschwand. Ich wartete eine Weile, in der zwei der polnischen Ritter, mit denen ich bereits zu tun gehabt hatte, an mir vorbeimarschierten und die Treppe hinunterstiegen. Ich nickte ihnen zu, und sie nickten gleichmütig zurück, warfen mir aber noch in Hinuntergehen Blicke über die Schulter zu.

Als ich in das Zimmer eintreten durfte, erkannte ich den Grund für die merkwürdige Stimmung unter den Polen. Albert Moniwid lag mit grimmigem Gesicht in einem Bett, das man an eine Wand geschoben hatte, und starrte mir verbissen entgegen. Sein rechter Arm lag auf seiner Brust, mit Lederriemen an den Körper geschnürt. Er machte keinen seiner groben Scherze, als er mich erblickte, und ich wußte, es ging ihm nicht gut. Er nickte dem Wächter zu, und dieser verbeugte sich und verließ den Raum.

»Der Kaufmann«, sagte Moniwid heiser. »Was wollt Ihr?«

»Was ist mit Euch passiert?«

»Ein kleiner Unfall gestern während eines Übungsstechens. Nichts Ernstes«, antwortete er. Ich sah ihm in die Augen und wußte, daß er log. Er hatte dunkle Schatten um die Lider, und auf seiner Stirn standen Schweißperlen. Selbst sein gewaltiger Schnauzbart schien erschöpft herabzuhängen.

Ich empfand keine Befriedigung bei seinem Anblick. Er hatte mich mit seinem erbarmungslosen Spott bis aufs Blut gereizt, aber jetzt brauchte ich ihn.

»Hat die Stechpuppe wieder nach Euch geschlagen?« fragte ich ihn.

Er sagte zwischen den Zähnen: »Nein.«

»Was ist es dann?«

»Was wollt Ihr von mir, zum Teufel?« rief er.

»Interessiert es Euch, wie weit ich mit meinen Ermittlungen gekommen bin?«

Er machte eine ruckartige Bewegung und verzog das Gesicht. Unbewußt faßte er mit der linken Hand nach seiner rechten Schulter und drückte vorsichtig dagegen. Er schloß die Augen und atmete schneller.

»Und – wie weit seid Ihr?« fragte er lustlos.

»Morgen weiß ich, wer den Mord begangen hat«, sagte ich. Wenn ich einen unhörbaren Paukenschlag erwartet hatte, wurde ich enttäuscht. Er öffnete die Augen und sah mir ins Gesicht.

»Warum nicht schon heute?« erkundigte er sich nach einer kleinen Pause.

»Ich muß zuvor noch mit jemandem sprechen, der den Mörder kennt«, erklärte ich.

»Und was wollt Ihr dann von mir?«

»Ich möchte, daß Ihr mich dazu nach Burghausen begleitet«, sagte ich.

Er biß die Zähne zusammen und funkelte aus seiner jammervollen Position zu mir herauf.

»Das ist unmöglich«, sagte er dann.

»Weshalb?«

»Ich bin verletzt.«

»Ich dachte, es sei nichts Ernstes.«

Ich konnte ihm ansehen, wie er wütend wurde. Es ging mit der für ihn üblichen Geschwindigkeit; auf seinen Wangen brannten plötzlich zwei rote Flecken.

»Ist es auch nicht!« bellte er. »Ich kann mich nur nicht bewegen!«

»Was ist Euch denn zugestoßen?«

Er drehte den Kopf zur Seite, als ob er sich seiner Schwäche schäme. »Meine Schulter ist ausgerenkt«, murmelte er.

Ich konnte nicht behaupten, daß ich ihn bedauerte; dazu mochte ich ihn zuwenig. Aber ich wußte, welche

Schmerzen er ausstand. Ich erinnerte mich daran, wie sehr er sich danach verzehrte, gegen die bayerischen Ritter im Turnier anzutreten, und ich wußte, daß zu seinen Schmerzen die Furcht kam, bis dahin nicht zu genesen. Trat er aber nicht an, würde es niemanden interessieren, wie der Grund dafür lautete – dafür hatte er überall seinen Mund zu weit aufgerissen. Man würde ihn ganz einfach der Feigheit zeihen.

»Ihr müßt sie wieder einrenken lassen«, sagte ich, ohne nachzudenken. Er hob den Blick wieder und sah mich starr an.

»Das ist bereits geschehen«, sagte er kaum hörbar.

»Und?«

»Die Schmerzen sind nicht besser geworden.«

»Was sagt Euer Arzt dazu?«

Er lachte, aber er hörte gleich wieder damit auf und faßte erneut an seine Schulter.

»In dieser Delegation findet Ihr die kräftigsten Ritter des polnischen Königreichs, aber keinen einzigen Arzt«, sagte er.

»Wer hat Euch dann die Schulter gerichtet?«

»Mein Knappe.«

»Lieber Himmel«, sagte ich unwillkürlich. »Schickt doch nach einem der Ärzte des Herzogs.«

»Damit überall unter den Bayern bekannt wird, daß ich mich verletzt habe? Habt Ihr sonst noch einen guten Einfall, Ihr Tölpel?«

Ich spürte, wie sich auch in mir die Wut wieder regte. Ich wollte entgegnen: Nun sagt mir einmal, wer von uns beiden im Bett liegt, und dann zeigt mir, wer der Tölpel ist, aber ich beherrschte mich.

»Wie lange liegt Ihr da schon?« fragte ich ihn.

»Seit gestern abend.«

»Ich nehme an, Ihr habt eine schlaflose Nacht hinter Euch?«

Er nickte. Plötzlich sagte er, und es klang wie eine resignierte Klage: »Ihr seid daran schuld, Kaufmann. Ich hörte nichts von Euch, und so bin ich auf die Suche nach Euch gegangen; als ich schließlich von Eurem Freund, dem Stadtkämmerer, ohne etwas erreicht zu haben, zurückkam, war ich so wütend, daß ich beim Rennen nicht genügend aufpaßte. Meine Lanze verfing sich in der Rüstung meines Partners, ich bekam die Hand nicht mehr aus dem Trichter, und so renkte ich mir die Schulter aus.«

»Glaubt Ihr, Ihr habt Euch etwas gebrochen?«

»Woher soll ich das wissen?«

Ich rief betroffen: »Moniwid, ich brauche Euch. Ich stehe kurz davor, den Fall abzuschließen. Ich brauche jetzt Eure Hilfe.«

»Ich wußte doch, daß Ihr nicht damit fertig würdet«, sagte er in einem schwachen Abglanz seines bissigen Spotts. Ich reagierte nicht, und er fügte hinzu: »Auf mich müßt Ihr verzichten. Es ist ja Euer Fall, nicht meiner.«

Ich blickte auf ihn hinunter und dachte verzweifelt: Ich kann die Gefangenen nicht alleine zurückbringen. Ich brauche dich, und wenn du mir noch so zuwider bist. Aber was soll ich tun? Deine Schulter heilen? Einen Arzt besorgen?

– Einen Arzt besorgen.

»Ich kann Euch helfen«, sagte ich plötzlich wie aus einer Eingebung heraus.

»Wie wollt Ihr das anstellen?«

»Ich lasse einen Arzt für Euch holen ...«

»Das kommt nicht in Frage«, knurrte er. »Habt Ihr mir vorhin nicht zugehört?«

»Es ist kein Arzt aus dem Hofstaat des Herzogs. Es ist der Sohn eines Mannes in der Stadt, den ich kenne. Er ist nur zu Besuch hier; er studiert Medizin in Innsbruck.«

»Ein Student ...«, begann er empört, aber ich schnitt ihm das Wort ab.

»Allemal besser als Euer Knappe, meint Ihr nicht?«

»Ich will ihn nicht«, brummte er wie ein kleines Kind.

Ich öffnete den Mund, aber er ließ mich nicht sprechen. Er ballte die linke Faust und sagte heftig: »Was bekümmert Ihr Euch überhaupt so sehr um meine Gesundheit? Glaubt Ihr im Ernst, ich würde Euch helfen, Euren Mordfall aufzuklären? Wenn Ihr mir den Täter nicht liefert, stelle ich mich hin und mache diesen Skandal öffentlich.«

»Wenn Ihr denn stehen könnt«, erwiderte ich, und er bleckte die Zähne vor Ärger und stieß etwas Polnisches hervor. Ich hatte ihn wieder einmal soweit gebracht; ich seufzte und bemühte mich, meine Wut auf seine arrogante Starrköpfigkeit zu bezwingen.

»Es ist keinem gedient, wenn wir uns streiten«, sagte ich. Er murmelte: »Geht zum Teufel.«

»Hört«, versuchte ich es noch einmal. »Ich bin ein Kaufmann, stimmt's?«

»Ein Pfeffersack«, sagte er boshaft. Ich ging nicht darauf ein.

»Ein Kaufmann hat immer ein Geschäft vorzuschlagen, habe ich recht? Nun, ich habe ein Geschäft für Euch.«

Er verdrehte die Augen. Ich dachte an das, was Jana in einem solchen Fall gesagt hätte, und fuhr listig fort: »Ich besorge Euch den Arzt, und er wird schweigen und Euch ermöglichen, an den Turnieren teilzunehmen.« Sein Gesicht wurde plötzlich lang; vor Ärger hatte er nicht mehr an das Stechen gedacht. Seine Augen schlossen sich zu schmalen Schlitzen. »Im Gegenzug dazu begleitet Ihr mich.«

»Ich könnte mir jederzeit einen beliebigen Arzt kommen lassen«, entgegnete er ebenso trotzig wie zusammenhanglos. Ich hob die Hände und ließ sie heftig auf meine Oberschenkel fallen.

»Erspart uns doch die ganze Zeremonie!« rief ich aufgebracht. »Ich habe es satt, dauernd mit Euch feilschen zu müssen. Ihr wißt genau, daß ich Euch ein gutes Angebot gemacht habe; und was wollt Ihr mehr als mein Geständnis, daß ich Eure Hilfe brauche. Ich kann Euch den Mörder liefern! Ist es nicht das, was Ihr von mir verlangt habt? Also steigt endlich von Eurem hohen Roß und sagt mir, ob Ihr mit mir zusammenarbeitet oder nicht.«

Er sah mich so an, als wolle er sagen: Na also. Nach einem Augenblick grinste er mühsam.

»Bringt mir den Arzt.«

»Warum muß ich mich nur immer halb entleiben vor Ärger, damit Ihr einsichtig werdet!?« schrie ich.

Er hob die Augenbrauen und spitzte den Mund, und ich wehrte ihn mit beiden Händen ab und rief: »Schon gut: Weil Euch der Mut eines einzelnen gefällt, ich weiß. Selbst wenn Ihr ihn dazu bis aufs Blut peinigen müßt.«

Er nickte und deutete mit dem Finger auf die Tür.

»Holt die Wache herein«, sagte er.

Ich wandte mich von ihm ab und schritt zur Tür; ich fühlte mich so erschöpft wie immer nach einem Gespräch mit ihm. Ich öffnete sie und winkte den Mann herein, der mich heraufgebracht hatte. Moniwid erklärte ihm etwas auf polnisch, und der Mann eilte aus dem Zimmer.

»Ich habe ihm gesagt, er soll einen meiner Männer rufen, der etwas Latein versteht. Ihr werdet ihm erklären, wo der Arzt wohnt, und er wird ihn holen. In der Zwischenzeit erzählt Ihr mir, was Ihr bisher herausgefunden habt.«

Ich nickte; damit war ich einverstanden. Er ließ den Kopf mit einem Seufzer zurücksinken und massierte wieder vorsichtig die schmerzende Schulter.

»Wenn der Arzt mich kuriert hat, werde ich Euch sagen, ob ich Eure Geschichte glaube oder nicht.«

Ich wollte mich gegen seine Unverschämtheit wehren, aber ich hatte im Grunde nichts anderes erwartet. Ich atmete durch. Einmal sollst du nicht das letzte Wort behalten, dachte ich und sagte: »Wenn er Euch kuriert hat und Ihr Euch wohl fühlt, werde ich Euch sagen, daß er in Wirklichkeit ein Bader ist, der sonst nur kranke Pferde behandelt.«

Er verzog das Gesicht und schwieg eine Weile, während der er mich verdrossen ansah. Ich dachte, ich hätte ihn zum Verstummen gebracht, und einige Sekunden lang kaute er mißmutig auf seinem Bart herum. Dann brummte er plötzlich so leise, daß ich es kaum hörte: »Danach wird er auch einen Maulesel zu seinen Patienten zählen können.«

Verblüfft sagte ich: »Wie bitte?«, aber er winkte nur ab und sagte nichts mehr, bis sein Bote kam.

Als ich Moniwid erzählte, was bisher geschehen war, ließ ich weder den Tod des Flößers und die merkwürdigen Umstände der Entdeckung seiner Leiche aus noch das Engagement des jungen Löw. Als ich die Rede auf den alten Reckel brachte, begann er den Kopf zu schütteln – offensichtlich glaubte er, er werde auf den Arm genommen. Ich beendete meine Erzählung, ohne mich davon beeinflussen zu lassen, aber sein skeptisches Gesicht verleitete mich doch dazu, ihn zu fragen: »Ihr glaubt mir nicht, oder?«

Er sagte: »Wir haben vereinbart, daß ich es Euch sage, nachdem Euer famoser Arzt mich kuriert hat.«

»Ihr braucht es mir nicht mehr zu sagen«, erklärte ich unwillig. »Euer Gesicht spricht Bände.«

Er antwortete nichts, und ich hatte auch nichts mehr zu sagen. Nach einer Weile trat ich ans Fenster und sah auf den Innenhof hinaus, in dem noch immer die verlassene Gestalt der Stechpuppe hing. Von hier oben konnte ich deutlich die Spuren sehen, die die Pferdehufe um die Puppe herum in den Boden gerissen hatten, ein langgestreckter Bogen wie ein umgekehrtes U. Regenwasser schwamm in den größeren Trittspuren und spiegelte den grauen Himmel lustlos wider. Ich spürte, wie mich Müdigkeit überkam; ich wünschte mir, ich könnte den Polen verlassen und zu meinem Hof zurückkehren, um Janas Gesicht zu sehen. Ich dachte daran, mit welch überraschender Gleichmütigkeit mein Gesinde reagiert hatte, als ich ihnen Jana an diesem Morgen vorgestellt und erklärt hatte, sie würde so lange auf dem Hof bleiben, wie sie selbst es wünschte. Nur mein Verwalter war verwirrt, aber wie immer versuchte er es zu verbergen und sich meinen Sinnenswandlungen anzupassen. Ich erinnerte mich, wie sie ihn gebeten hatte, ihr den ganzen Hof zu zeigen, ganz so, als wäre er dazu besser in der Lage als ich. Unwillkürlich schmunzelte ich wieder über sein geschmeicheltes Gesicht, als ich zwei Gestalten sah, die sich durch den Eingang bewegten und den Hof überquerten. Ich preßte das Gesicht an das bucklige Glas der Scheibe. Der eine war der polnische Bote. Der andere war Sebastian Löw.

»Kommt jemand?« fragte Moniwid. »Kommt der Arzt?«

»Ich weiß nicht«, murmelte ich und fühlte eine leichte Beklemmung. »Der Bote hat seinen Vater mitgebracht.«

»Seinen Vater? Was soll ich mit seinem Vater, bei allen Heiligen? Ihm das Zipperlein aus den Beinen prügeln?«

»Seid still«, sagte ich und versuchte, das Gesicht des alten Löw zu erkennen. Er hielt den Kopf gesenkt, und das Glas war zu schlecht, als daß ich mehr als einen verzerrten Umriß seiner Gestalt wahrgenommen hätte. Dennoch wuchs die Beklemmung in mir, und als sie aus meinen Sichtfeld gerieten und durch die Eingangstür traten, hatte ich ein flaues Gefühl in meinem Magen. Natürlich konnte es sein, daß Löw nur mitkam, um seinen Sohn zu entschuldigen und nachzusehen, welch lukrativen Auftrag ich für ihn aufgetan hatte, aber ich glaubte nicht daran. Was ich von seiner Gestalt gesehen hatte, strahlte Angst aus. »Ich fürchte, es ist etwas Unvorhergesehenes geschehen«, sagte ich rauh.

Sebastian Löw kam gleichzeitig mit dem Boten zur Tür herein. Noch während er sich hastig im Raum umsah, wurde mir klar, daß mich mein schlechtes Gefühl nicht getäuscht hatte. Sein Wams war unordentlich zusammengerafft und seine spärlichen Haare zerrauft, und die Angst trat mit ihm in den Raum. Mir wurde kalt.

Er erblickte mich, und seine Augen traten hervor. Er sprang auf mich zu, ohne Moniwid auch nur anzusehen.

»Herr Bernward«, keuchte er. »Herr Bernward.«

Er neigte sich vornüber. Ich erschrak und dachte, er würde vor mir zusammenbrechen, und instinktiv streckte ich meine Arme aus, aber er packte mich nur an den Schultern und starrte mir mit weiten Augen ins Gesicht. Seine runden Wangen waren bleich, und ich sah mit Entsetzen, wie blau seine Lippen waren. In seinen Mundwinkeln klebte angetrockneter Speichel wie Schimmel.

»Um Himmels willen«, rief ich. »Was ist denn passiert, Herr Löw?«

»Oh, ich danke Gott, daß Ihr den Mann geschickt habt, Herr Bernward«, stammelte er. »Ich danke Gott; ich weiß nicht mehr, was ich tun soll. Ich bin so froh, Euch zu sehen.«

»Was ist denn los, zum Teufel?« bellte Moniwid von seinem Bett her. Ich faßte nach oben und löste Löws Hände von meinen Schultern. Er umklammerte meine Handgelenke mit seinen weichen Fingern. Ich spürte, wie er zitterte.

»Daniel«, brachte er hervor. Ich erstarrte.

»Daniel?« rief ich und befreite mich aus seinem Griff. »Mein Sohn? Was ist mit ihm?«

Er glotzte verständnislos. Dann veränderte sich der Blick in seinen Augen, als ob ihm etwas klarwürde, und ich sah, wie sich sein Brustkorb einmal von einem tiefen Atemzug hob und senkte. Es war eine ungeheure Anstrengung.

»Euer Sohn?« fragte er. »Ihr habt einen Sohn namens Daniel?«

»Ja, um Gottes willen!«

»Der Name meines Sohnes lautet ebenfalls Daniel«, erklärte er beinahe würdevoll, und jetzt war die Reihe an mir zu glotzen. »Wir hielten es für sinnig. Daniel und Löw – Ihr wißt schon, der Prophet ...«

Ich fühlte, wie mich ein irres Lachen in der Kehle kitzelte.

»Dann meint Ihr …«, begann ich.

»Meinen Sohn«, unterbrach er und schluckte hart. »Daniel Löw.«

»Was ist mit ihm?«

»Er ist seit zwei Tagen verschwunden.«

»Verschwunden? Was soll das heißen?« fragte ich blöde. »Er war vorgestern abend noch bei mir.«

»Ich weiß«, rief er verzweifelt. »Ich habe schon einen Bediensteten zu Euch geschickt heute morgen, weil ich hoffte, er würde sich vielleicht noch auf Eurem Hof aufhalten.«

»Er ist einige Zeit nach der Vesper weggeritten«, murmelte ich. Er nickte.

»Er kam nie zu Hause an«, stöhnte er. Die Panik begann wieder, ihn zu übermannen, und er fing an, wild den Kopf zu schütteln. »Das hat er noch niemals getan«, ächzte er und hob eine Faust zum Mund. »Es ist ihm etwas zugestoßen. Großer Gott, ich weiß, daß ihm etwas zugestoßen ist.« Zu meiner Bestürzung füllten sich seine Augen mit Tränen, und er machte nicht einmal den Versuch, sie zurückzuhalten. Er riß mit den Zähnen an seinen Fingerknöcheln und stöhnte dumpf: »Lieber Gott, lieber Gott, lieber Gott.« Dann fing er an zu schluchzen.

Ich führte ihn zu dem Stuhl hinter Moniwids blankem Arbeitstisch. Er ließ sich hineinfallen, als hätten seine Beine keine Kraft mehr. Aus dem Augenwinkel sah ich, wie Moniwid uns einen wütenden Blick zuwarf.

»Was fehlt ihm denn, zum Teufel noch mal?« grollte er. Mir wurde bewußt, daß wir Bayrisch gesprochen hatten; der Pole hatte kein Wort verstanden. Er musterte den schluchzenden Löw voller Verachtung.

»Sein Sohn ist spurlos verschwunden«, erklärte ich.

»Und was habe ich damit zu tun?«

»Sein Sohn ist der Arzt, den ich für Euch holen wollte«, brauste ich auf. »Stellt Euch doch nicht so hölzern an!«

Löw schaute auf und richtete seinen tränenblinden Blick auf den polnischen Ritter. Er schniefte krampfhaft und fuhr sich mit der Hand über die Augen.

»Entschuldigt«, flüsterte er. Er besaß so viel Geistesgegenwart, daß er Latein sprach. »Ihr seid der Anführer der polnischen Ritter, nicht wahr? Entschuldigt, Herr. Es ist nur – mein Sohn …«

»Es ist schon gut«, sagte Moniwid erstaunlich sanft.

Löw sah zu mir hoch.

»Was soll ich jetzt tun?« fragte er hilflos.

»Ist sein Pferd zurückgekehrt?« erkundigte ich mich.

»Nein. Vielleicht ist er in die Sümpfe geraten und mit ihm ertrunken«, stammelte er. »Oder Banditen haben ihn erschlagen und beraubt; oder …«

»Hört auf!« fuhr ich ihn an. »Ihr macht Euch ja selbst verrückt.«

Unerwartet erhielt ich Unterstützung; Moniwid sagte in seiner groben Art vom Bett her, als ob er den alten Apotheker trösten wollte: »Das wäre das erste Pferd, das in einem Sumpf ersäuft.«

Ich starrte ihn an, aber er verzog keine Miene. Ich wandte mich wieder an Löw.

»Und wenn er wirklich Banditen in die Hände gefallen wäre, hättet Ihr jetzt eine Lösegeldforderung auf dem Tisch.« Zusammen mit einem seiner Finger oder einem Ohr, dachte ich, aber ich konnte es mir verkneifen weiterzusprechen.

»Ich habe versucht, den Stadtrichter zu erreichen«, murmelte Löw. »Wie es heißt, befindet er sich nicht in

Landshut. Sein Stellvertreter ist unterwegs, um Quartier für den Kaiser zu machen, und hat keine Zeit. Nicht einmal der Stadtkämmerer wollte mich empfangen.«

»Was wolltet Ihr von ihnen?« fragte ich.

»Ich wollte, daß man mir Wappner gibt, um nach meinem Sohn zu suchen«, sagte er. »Aber niemand hat mich auch nur angehört.«

»Sie sind alle im Hochzeitsfieber«, brummte Moniwid verächtlich. »Was ist mit Euren eigenen Leuten?« erkundigte ich mich.

»Ich habe zwei Knechte, die mir beim Sammeln der Kräuter helfen«, sagte er resigniert. »Der eine ist ein alter Mann, der andere sein Enkel, der ein Idiot ist und nicht einmal sprechen kann, aber ein Auge für Heilkräuter hat. Die anderen sind Küchenhilfen und Mägde, die meiner Frau zur Hand gehen.«

Ich verzog das Gesicht, ohne etwas zu sagen. Er faßte plötzlich wieder nach mir und hielt meine Hand fest.

»Ihr werdet mir doch helfen, Herr Bernward, nicht wahr? Jetzt, da ich weiß, daß Ihr auch einen Sohn habt ...«

Ich hatte befürchtet, daß er mich darum bitten würde. Ich schloß die Augen und dachte: Wie soll ich mich auch noch darum kümmern?

»Ich kann Euch ein paar Männer geben ...«, sagte ich zögernd.

»Ich weiß doch nicht, wohin ich sie schicken soll!« klagte er. »Ich kann nicht einmal mehr klar denken. Bitte; Ihr müßt die Suche nach ihm organisieren.«

»Herr Löw ...«, begann ich verzweifelt.

»Bitte!« rief er und riß an meiner Hand. »Bitte! Um Christi willen, helft mir!«

Ich starrte ihn an und sagte mir im stillen: Da hast

du's. Er hat dir geholfen, und nun mußt du ihm helfen. Du hättest seine Dienste doch mit Gold aufwiegen sollen, dann wärst du dieser Verpflichtung jetzt ledig. Aber es war der Kaufmann Peter Bernward, der so sprach, und ich schämte mich dafür.

Andererseits war das letzte, das ich mir leisten konnte, mich jetzt in einer langwierigen Suchaktion nach einem Vermißten zu verzetteln.

– Es ist nicht ein Vermißter. Es ist der Sohn des Mannes, der vor dir sitzt und vor Angst weint; es ist der junge Mann, der sich selbst bedenkenlos in Gefahr begeben hat, weil du ihm in deiner Hilflosigkeit leid getan hast.

»Moniwid«, rief ich. »Eure Ritter müssen ausschwärmen und alles nach dem jungen Mann absuchen. Ihr seid der Mann, der eine solche Aktion leiten kann.«

»Wie käme ich denn dazu?« empörte er sich.

Ich trat rasch auf sein Bett zu und beugte mich über ihn. Für einen Moment war er verunsichert und starrte mich erschrocken an; dann irrte sein Blick ab und suchte nach seinem Boten, aber dieser hatte schon lange den Raum verlassen. Wir waren allein. Er biß die Zähne zusammen und funkelte mich an, als erwarte er, ich würde ihm an die Gurgel fahren, aber ich zischte nur: »Der Sohn dieses Mannes hat mich in diesem Fall weiter vorangebracht als jeder andere, sogar weiter als meine eigenen Überlegungen.«

Ich streckte eine Hand aus und tippte ihm hart auf die Brust, und es war mir egal, ob seine Schulter höllisch schmerzte oder nicht. »Jetzt ist er verschwunden, und der Teufel soll mich holen, wenn es nichts damit zu tun hat, daß er sich in den Fall eingemischt hat. Dieser Fall aber ist auch Euer Fall, und wenn Ihr tausendmal sagt, er ginge nur mich und die Bürger dieser Stadt etwas an;

und der Teufel soll *Euch* holen, wenn Ihr Euch aus der Verantwortung für Daniel Löw herausstehlen wollt.«

Er war sprachlos; halbwegs in meiner Rede hatte er nach meinem Finger gegriffen und mich daran gehindert, weiter auf seine Brust zu tippen, und jetzt hielt er meine Hand noch immer fest und gaffte zu mir nach oben. Ich hörte Löw schniefen; ich wußte nicht, ob ihm klargeworden war, wovon ich sprach, und es kümmerte mich auch nicht. Ich dachte daran, wie der junge Löw den Mord an meinem Spitzel geschildert hatte, und es überlief mich eiskalt. Wenn er denselben Kerlen in die Hände gefallen war, mochte er bereits tot sein, ebenso ertränkt wie ein junger Hund. O Gott, dachte ich, laß es nicht wahr sein. Nein, dachte ich dann, nein: ein einzelner Spion, dessen Deckung auffliegt, ist erledigt; wenn aber noch ein zweiter auftaucht, empfiehlt es sich, ihn am Leben zu lassen und etwas genauer nachzufragen. Wir haben noch eine kleine Chance; wir dürfen nur keine Zeit verlieren.

Zugleich damit kam ein weiterer Gedanke in mir hoch: Reckel konnte dafür nicht verantwortlich sein. Seine Männer befanden sich alle bis auf einen im Gewahrsam des Richters.

»Was fällt Euch denn ein?« protestierte Moniwid lahm.

»Gebt mir Euer Ehrenwort!« verlangte ich.

Moniwid schüttelte den Kopf.

»Ihr spielt mir eine Komödie vor«, sagte er trotzig. »Ihr habt keine Ahnung, wer den Mord begangen hat, und es gibt auch keinen geheimnisvollen Alleswisser in irgendeinem Schlupfwinkel, der reden wird, wenn Ihr seine Männer aus dem Kerker befreit. Ihr wollt mich mit der Suche nach einem Kerl ablenken, den es gar nicht gibt, und bis ich mich umsehe, ist die Hochzeit vollzogen, und der Mord wird niemals gesühnt.«

»Ich bezweifle, daß ich Euch davon abhalten könnte, rechtzeitig mit dem Finger auf uns zu deuten«, sagte ich wütend.

»Worauf Ihr Euch verlassen könnt«, erwiderte er trocken. Ich schnaubte.

»Und was nun?« stieß ich hervor.

»Ich will Euch etwas sagen«, erklärte er. »Ich mache jetzt Euch ein Angebot; aber nur, weil Ihr es seid. Ihr bringt diesen geheimnisvollen Mann zu mir und überredet ihn dazu, mir den Namen des Mörders zu nennen. Wenn es mir plausibel erscheint und eine Möglichkeit besteht, den Burschen zu fassen, werde ich Euch helfen, den jungen Mann zu suchen.«

»Reckel wird erst reden, wenn seine Leute befreit sind«, stöhnte ich. »Das habe ich Euch doch erklärt. Bis ich seine Leute aus dem Kerker in Burghausen befreit habe, vergeht zuviel Zeit. Wir können uns das nicht leisten.«

»Dann muß er eben ohne seine Leute reden«, sagte Moniwid lakonisch.

»Wie soll ich denn das anstellen?« rief ich.

»Das ist Eure Sache.«

Ich knirschte mit den Zähnen. Am liebsten hätte ich ihn ... Ich ballte die Hände zu Fäusten und schlug damit gegen die Wand hinter seinem Bett. Er sah mir ausdruckslos dabei zu. Ich ließ die Fäuste sinken und keuchte erschöpft.

Löw meldete sich zu Wort.

»Herr Bernward, was hat das alles zu bedeuten? Was wißt Ihr über meinen Sohn?«

Ich wandte mich von Moniwid ab und kniete mich

neben seinem Stuhl auf den Boden. Ich war im Knien ebenso groß wie er im Sitzen. Ich sagte auf bayrisch: »Herr Löw, Euer Sohn ist in einen Fall verwickelt, der von äußerster Tragweite ist und sehr kompliziert.«

»Ich will es gar nicht genau wissen«, meinte er müde. »Erklärt mir nur eines: Ihr glaubt, mein Sohn ist in Lebensgefahr, nicht wahr?«

»Ja«, sagte ich einfach. Er kämpfte die Tränen zurück, aber er wurde noch eine Spur blasser, wenn dies möglich war.

»Glaubt Ihr, daß er noch lebt?« hauchte er. Ich holte Atem, und er setzte hinzu: »Sagt mir um Gottes willen die Wahrheit.«

»Ja«, erwiderte ich nochmals. »Aber wir haben nicht mehr viel Zeit.« Sein Blick schweifte ab und richtete sich in die Ferne. Er atmete so schwer, als hätte er einen ganzen Tag bis zur Erschöpfung gearbeitet.

»Was passiert jetzt?« murmelte er von weither.

»Herr Moniwid würde seine Leute auf die Suche schicken; vielleicht finden sie eine Spur. Aber er stellt eine Bedingung.«

»Welche?«

»Ich muß ihm den Mörder der Nichte des polnischen Königs ausliefern«, sagte ich. Er zuckte nicht einmal zusammen. Die Aussage bedeutete ihm nichts.

»Könnt Ihr das?« fragte er wie im Traum.

»Nein. Aber ich kenne einen Mann, der es möglicherweise kann.«

»Und was werdet Ihr jetzt tun?«

»Ich werde zu diesem Mann gehen und ihn zum Reden bewegen«, sagte ich grimmig. Er nickte langsam. Er bedankte sich nicht. Ich stand auf und warf noch einen Blick auf ihn hinunter. Er saß leblos im Stuhl, und ich mußte unwillkürlich an die Stechpuppe draußen im Hof denken. Für den Augenblick hatte er seine Grenze erreicht; es hätte mich nicht gewundert, wenn er in den nächsten Minuten eingeschlafen wäre. Ich dachte an seine Familie, die nun auch auf ihn wartete, und hoffte, daß er ihnen gesagt hatte, wohin er sich begeben würde.

»Ich versuche, Reckel zu holen«, sagte ich zu Moniwid.

»Ihr solltet Euch besser um den Mord kümmern als um diesen armen Teufel dort«, sagte er garstig. »Ihr habt nur noch ein paar Tage.«

»Wie es aussieht, kümmere ich mich um beides gleichzeitig«, entgegnete ich. Ich trat zur Tür und öffnete sie. Er rief mir hinterher: »Was ist mit ihm?« Er deutete auf Löws zusammengesunkene Gestalt. »Wollt Ihr ihn etwa hierlassen?«

»Natürlich«, erwiderte ich.

»Was soll ich denn zum Henker mit ihm anfangen?«

»Gebt ihm etwas zu essen, wenn er hungrig ist«, sagte ich und verließ den Raum.

Das Tageslicht begann bereits zu schwinden, als ich in den Hof hinausstolperte, und ich war überrascht, daß der Tag schon wieder vorüber sein sollte. In Moniwids Zimmer hatte ich gar nicht wahrgenommen, wie die Helligkeit den Raum verließ und dem Zwielicht des späten Nachmittags Platz machte, und nun stellte ich fest, daß mir ein weiterer Tag zwischen den Händen zerronnen war. Ich dachte an Daniel Löw und hastete die Gasse hinauf zu Wolfgang Leutgebs Haus.

Ich fühlte mich bei weitem nicht so ruhig, wie ich mich drinnen vor Moniwid und Löw gegeben hatte. Im Gegenteil – ich spürte eine würgende Angst um den Sohn des Apothekers, die mich atemlos machte. Ich dachte: Du darfst nicht zulassen, daß diesem jungen Mann etwas zustößt; es *kann nicht sein*, daß ihm etwas passiert; aber ich wußte aus eigener Erfahrung, wie dünn die Decke der Normalität über dem Chaos von Tod und Zerstörung ist, das darunter lauert, und daß die, die verschont bleiben, es dem reinen Zufall zu verdanken haben. Ich wußte nicht, ob ich mit Gott sprach oder mit mir selbst, während ich über den aufgeweichten Boden lief, ich wußte nur, daß in dem Moment, in dem ich erfahren hatte, daß der junge Löw verschwunden war, eine Furcht mich gepackt hatte, die kaum größer gewesen wäre, hätte es sich um meinen eigenen Sohn gehandelt.

Und ich wußte, daß ich, indem ich jetzt versuchte, Reckel zum Reden zu zwingen, möglicherweise alles verdarb. Er würde sich nicht unter Druck setzen lassen.

Herr, sende mir eine andere Idee.

Aber der Herr hatte selbst keinen besseren Einfall, oder er schwieg, wie er damals nach Marias Tod geschwiegen hatte.

Ich wußte noch nicht einmal, ob es sich lohnte. Löw mochte längst tot sein,

– *auf keinen Fall, er lebt, er lebt!*

und ich verärgerte oder verschreckte Reckel so sehr, daß er Hals über Kopf aus Landshut floh und mir endgültig jede Möglichkeit nahm, den Mörder zu finden und vielleicht den Kaiser, die Stadt oder das Herzogtum zu retten oder wenigstens die Hochzeit. Aber ich sah keine andere Chance, als es zu versuchen. Ich sagte mir, wenn wir nur schnell genug wären, könnten wir den Sohn des Apothekers retten.

Aber selbst wenn Reckel bereit ist, mit dir zusammenzuarbeiten, dachte ich, so löst das nur einen kleinen Teil des Problems. Moniwid mochte ihm glauben; er mochte sogar seine Ritter ausschwärmen lassen und jeden Busch rund um die Stadt untersuchen; Löw aber war seit zwei Nächten verschwunden, und der Himmel mochte wissen, wo er sich jetzt befand. Selbst in unmittelbarer Nähe zur Stadt gab es so viele Verstecke in den Auwäldern, daß man ein Rudel von Schweißhunden gebraucht hätte, um auch nur eine verirrte Kuh zu finden. Wenn er gefesselt irgendwo in einem Dickicht lag, konnte man fünfzig Fuß entfernt vorübergehen, ohne ihn zu bemerken.

Einen Aspekt hatte ich immer vor mir hergeschoben: Was, wenn der junge Mann ohne jede Fremdeinwirkung einfach im Sumpf ertrunken war? Niemals, dachte ich, niemals, ein so sinnloser Tod, ein so idiotischer Tod ist nicht für ihn vorbestimmt, und außerdem – warum hätte er des Nachts durch die Sümpfe reiten sollen? Es gab keinen Grund dafür; außer dem, daß er Angst hatte vor etwaigen Verfolgern, so wie ich selbst vor ein paar Tagen den Umweg über die Sümpfe vorgezogen hatte. Moniwid hatte zwar bemerkt, daß kein Gaul im Moor ertrinken würde, und Löws Reittier war nicht zurückgekommen – aber wer garantierte, daß das Pferd, wäre Löw herabgefallen, sofort nach Hause liefe? Es konnte gleichwohl im Wald umherstapfen und nach Futter suchen.

Vielleicht war er auch gerade eben zu Hause angekommen. Ich malte mir aus, er habe in der Stadt ein Liebchen, und nach dem Besuch bei mir und vor allem nach seiner Zeugenschaft des Mordes sei er bei ihr aufgekreuzt, um für sein Erlebnis Trost zu suchen. Ein junger Mann, der seinem Mädchen gegenüber einmal nicht kühl und herablassend, sondern trostbedürftig und hilflos erscheint, ein junges Mädchen, das rettungslos in diesen jungen Mann verliebt ist und plötzlich erkennt, daß er gar nicht so grob ist, wie er sich sonst gibt – welche bessere Konstellation kann man sich für ein unverhofftes Schäferstündchen wünschen? Der Gedanke an die wartende Familie daheim mochte einem dabei schon einmal aus dem Kopf entschwinden, selbst wenn man so gewissenhaft war wie Daniel Löw. Und wenn die Eltern des Mädchens in die Hochzeitsvorbereitungen involviert waren, konnte es auch sein, daß sie ihre Aufsicht über ihre Tochter lockerten und ihr zärtliches Zusammensein mit einem jungen Verehrer nicht auffiel.

Der Gedanke war plötzlich so stark, so befreiend, daß ich fast *wußte,* es verhielt sich eben so. Ich konnte mich nur mit Mühe davon abhalten, an Leutgebs Haus vorbei zu Löws Apotheke zu laufen. Aber es war absurd. Man konnte sich vorstellen, daß eine geheime Liebelei eine Nacht lang unentdeckt blieb, aber zwei Nächte hintereinander? Und was geschah während der Tage? Schliefen die Liebenden erschöpft in irgendeiner geheimen Kammer? Zuletzt stellte ich mir vor, wie mich die vor Angst gelähmte Familie des Apothekers anstarren würde, wenn ich die Tür aufriß und fragte, ob Daniel schon nach Hause gekommen sei. Ich wandte mich um und schlug mit aller Kraft gegen die Haustüre Leutgebs.

Die Zeit verstrich, ohne daß sich etwas regte oder mir jemand öffnete. Ich trat zurück und schaute nach oben. Im ersten Moment registrierte ich nur, daß etwas anders war als sonst, dann bemerkte ich, daß man Läden vor die Fenster im ersten Stock gestellt hatte, und mein Herz krampfte sich zusammen. Das Haus machte plötzlich einen so unbelebten Eindruck, daß es ebensogut hätte verfallen sein können wie das Haus Dietrich Reckels ein paar Dutzend Fuß weiter.

Mit dem Einbruch der Dämmerung war es kalt geworden; dennoch begann ich jetzt zu schwitzen. Konnte es sein, daß ich mich so getäuscht hatte? Daß ich einen so ungeheuerlichen Fehler begangen hatte?

Mein nüchterner Verstand sagte: So weit kommt man, wenn man einem Fremden vertraut. Er hat sich aus dem Staub gemacht.

Ich hob eine kraftlose Faust und ließ sie gegen die Tür fallen. Mir war nach einer Stütze, und ich lehnte mich dagegen. Ich war so entsetzt, daß mein Gehirn völlig leer war; ich erkannte, daß ich dem alten Mann mehr vertraut hatte, als mir selbst klar gewesen war.

Dann hörte ich das Scharren und Schnappen eines Riegels, die Tür öffnete sich, und Konrad schaute heraus. Ich sah ihn an, unfähig, ein Wort zu sagen.

»Kommt schon herein«, sagte er barsch.

Ich folgte ihm wie auf Stelzen; er verschloß die Tür sorgfältig hinter mir und blieb dort stehen. Es war wie bei meinem Besuch gestern morgen: Reckel stand am Fuß der Treppe und schaute mir entgegen. Diesmal trug er eine Kerze, die die Hälfte seines verwitterten Gesichts beleuchtete; selbst unfreiwillig neigte er zu dramatischen Posen.

»Was wünscht Ihr nun?« fragte er.

»Es ist etwas passiert«, stammelte ich. Er musterte mich unbewegt, aber ich sah, daß sich seine Hand um das untere Ende der Kerze spannte. Mir wurde bewußt, daß ich kaum Erleichterung spürte, ihn zu sehen. Wenn ich in diesem Moment überhaupt etwas empfand, dann grenzenlose Müdigkeit.

»Mit unseren Freunden?« zischte Konrad an meinem Ohr. »Mit unseren Freunden ist etwas passiert?«

»Nein«, sagte ich, »nein.« Ich machte ein paar Schritte auf Reckel zu, ohne daß er oder Konrad mich aufgehalten hätten. Ich schaute ihm ins Gesicht; seine Züge waren so gespannt, daß seine Zähne zwischen den Lippen zu sehen waren.

»Bitte«, hörte ich mich sagen. »Ihr müßt mich noch einmal anhören.«

Seine Gesichtszüge veränderten sich nicht. Er starrte mich eine lange Weile an, in der er zu ermessen schien, ob ich verrückt geworden war oder ihn hereinlegen wollte oder ob er einfach träumte. Daß seine Leute noch immer im Gefängnis saßen und ich meinen Part unserer Vereinbarung noch nicht erfüllt hatte, mußte ihm mittlerweile klar geworden sein. Er erkannte meine Not; er kniff seine Augen zu schmalen Schlitzen zusammen, dann machte er mit dem Kopf eine Bewegung zur Treppe.

»Gehen wir nach oben«, sagte er und drehte sich um, ohne zu warten, ob ich ihm folgte. »Ich habe lange überlegt, ob ich Euch öffnen soll oder nicht.«

»Die Läden«, stotterte ich. »Ich dachte, Ihr hättet Euch davongemacht.«

»Und ich dachte, Ihr wolltet mich in eine Falle locken.«

»Denkt Ihr das jetzt nicht mehr?«

Er blieb auf halber Höhe stehen und schaute mich nochmals an, als ob er nicht wagte, seinem Urteil aufs erste Mal zu trauen. Dann erklärte er mit unbewußter Arroganz: »Ich denke, daß Ihr mich im Moment dringender denn je braucht.«

Seine Worte erfüllten mich mit Kälte; ich hörte nichts

außer Berechnung in ihnen. Ich dachte: Er hat den jungen Löw tatsächlich als Geisel genommen. Als er sich abwandte und die Treppe weiter nach oben stieg, erfüllte mich wilde Lust, ihn zu packen und auf ihn einzuschlagen.

Er stellte die alte Konstellation wieder her: Ich saß auf dem Hocker, er hinter dem Tisch in Wolfgang Leutgebs Arbeitszimmer. Er schwieg wiederum, bis ich einen Anfang gefunden hatte.

»Einer meiner Freunde hat einen Sohn«, sagte ich mühsam. »Er weiß über den Mordfall Bescheid. Ich verdanke ihm einiges, und er ist der einzige männliche Erbe meines Freundes. Der junge Mann ist gestern nicht nach Hause zurückgekehrt.«

Er sah mich an und antwortete nach einer kleinen Pause: »Was habe ich damit zu schaffen?«

»Auch er hat eine Weile Euer Haus beobachtet, ohne daß ich davon wußte.«

Er regte sich nicht; nur der Blick seiner Augen wurde durchdringender.

»Möglicherweise ist er Euch auch aufgefallen, so wie ich«, sagte ich garstig.

»Ihr meint, ich hätte ihm jemanden auf den Pelz gehetzt«, folgerte er nüchtern.

»Ich will mich nicht wieder mit Euch im Kreise herumdrehen. Habt Ihr es getan, oder haltet Ihr ihn irgendwo gefangen? Antwortet mir.«

»Warum sollte ich so etwas tun?« fragte er ruhig.

»Vielleicht, um eine Geisel zu haben, damit ich Eure Männer auch wirklich aus dem Verlies heraushole.«

Er lächelte müde. Er war nicht einmal beleidigt.

»Natürlich«, sagte er, »natürlich müßt Ihr so denken. Jetzt erst verstehe ich. Aber Eure Überlegungen sind falsch. Ich habe den jungen Mann nicht. Ich wußte nicht einmal, daß es ihn gibt.«

»Seid Ihr sicher, daß Euch nicht nach einem Druckmittel mir gegenüber gelüstete?«

»Woher hätte ich wissen sollen, daß der Mann Euch freundschaftlich verbunden ist, wenn ich ihn denn bemerkt hätte? Und dann«, er lächelte fein, »wozu bräuchte ich ein Druckmittel gegen Euch? Schließlich seid Ihr zu *mir* gekommen, nicht wahr?«

Ich biß die Zähne aufeinander und sagte nichts. Er wandte den Blick ab und fuhr fort: »Es liegt mir daran, meine Freunde so schnell wie möglich zu befreien. Ihr seid dazu in der Lage, und Ihr tut es, weil ich etwas besitze, das Ihr dringend haben möchtet: den Namen des Mörders, den Ihr sucht. Warum sollte ich mich denn in das Risiko begeben, einen Bürger dieser Stadt zu entführen? Ich habe es nicht nötig.«

»Aber wer sollte sonst ein Interesse daran haben, den jungen Mann aus dem Verkehr zu ziehen?«

»Ich kann es mir schon denken«, sagte er.

»Wer, in Gottes Namen?«

»Wo sind meine Freunde?« fragte er zurück.

Ich ließ mich zusammensinken.

»Warum?« rief ich. »Warum er? Könnt Ihr Euch das auch denken?«

»Aus demselben Grund, aus dem Ihr auch mich seiner Entführung verdächtigt habt: Er ist jemandem aufgefallen, wie er mein Haus beobachtete.«

Die Gelassenheit, mit der er meine eigenen Befürchtungen aussprach, erschreckte mich um so mehr.

»Wie der … Flößer?« flüsterte ich.

Er nickte langsam. Ich hatte das Gefühl, mich übergeben zu müssen.

»Der Flößer ist tot«, stieß ich hervor.

»Richtig«, sagte er mitleidlos.

Plötzlich wollte ich ihn treffen. Ich sagte heiser: »Macht Euch das nicht angst? Zu wissen, daß sich noch jemand für die ganze Geschichte interessiert, dem ein Menschenleben nichts bedeutet? Auch nicht Eures oder das Eurer Tochter?«

»Warum glaubt Ihr, bin ich so vorsichtig?« fragte er gereizt. »Und wer sagt Euch, daß *noch jemand* im Spiel ist?«

»Ich verstehe nicht«, sagte ich verblüfft. Er zuckte mit den Schultern.

»Ich habe Euch schon zu viel offenbart«, erwiderte er. »Holt meine Freunde aus dem Gefängnis.«

Es war ihm nicht beizukommen. Er war ein Meister darin, den Dialog so zu führen, wie er wollte; und im Moment wollte er, daß ich nichts erfuhr, bevor seine Leute frei vor ihm standen. Ich kehrte resigniert zum Anfang zurück.

»Ihr habt ihn wirklich nicht in Eurer Gewalt?« fragte ich. Er schüttelte den Kopf.

Ich holte tief Atem und stieß die Luft wieder aus. In meinem Magen war ein Zittern der Erschöpfung und der Angst.

»Würdet Ihr mir helfen, den jungen Mann zu finden?«

»Welchen Grund hätte ich dafür?«

»Er hat Euch nichts getan.«

Er antwortete nur mit einem weiteren Schulterzucken. Ich sprach weiter: »Der Anführer der polnischen Delegation in Landshut wäre bereit, seine Männer ausschwärmen zu lassen und nach ihm zu suchen.« Er grunzte verächtlich, als ob er sagen wollte: Was würde das schon bewirken!, aber ich fuhr fort: »Er tut es allerdings nur unter der Bedingung, daß ich ihm den Mörder benenne. Er glaubt, ich will ihn hintergehen; er hält das Ganze für ein Possenspiel, das ich erfunden habe, weil ich den Fall nicht aufklären kann.«

»Ihr wollt, daß ich Euch den Namen sage, ohne daß Ihr Euer Versprechen zuerst erfüllt habt.«

»Ja.«

»Ihr verschwendet Eure Zeit«, sagte er böse.

Ich verlegte mich aufs Bitten. »Ich schwöre Euch bei allem, was mir heilig ist, daß ich …«

»Spart Euch Eure Schwüre«, winkte er ab. »Ihr kennt meine Bedingungen.«

»Es geht um ein Menschenleben«, beschwor ich ihn. »Bedeutet es Euch so wenig?«

»Vielleicht bin ich genauso mißtrauisch wie Euer polnischer Freund?«

»Ich kann Euch den Vater des jungen Mannes bringen«, rief ich hitzig. »Seht ihn Euch an, dann werdet Ihr wissen, ob es eine Posse ist oder nicht!«

»Wen wollt Ihr noch alles hier hereinschleppen?« erkundigte er sich bissig. »Zwölf Mönche, die Eure Glaubwürdigkeit bezeugen?«

»Bitte«, sagte ich.

Er schüttelte stumm den Kopf.

Ich faßte in meine Tasche und zog den zerknitterten Schein heraus. Ich wußte, daß er der letzte Trumpf war, den ich in der Hand hatte; das Papier schien mir so schwer, daß meine Hand zitterte. Ich legte es vor ihn auf den Tisch und strich es mühsam glatt.

»Was ist das?« fragte er.

»Lest es.«

Er überflog es; als er fertig war, huschten widersprüchliche Gefühlsregungen über sein Gesicht. Er blickte auf und sagte erregt: »Das ist ein Erlaubnisschein, mit Gefangenen zu sprechen und nötigenfalls ihre Freilassung anzuordnen.«

»Ich weiß. Ich habe ihn selbst gefälscht. Seht Ihr das richterliche Siegel?«

»Habt Ihr mit ihnen gesprochen? Wie geht es ihnen?«

»Nein!« schrie ich auf. »Sie sind nicht hier. Man hat sie allesamt nach Burghausen gebracht, wo der Folterknecht auf sie wartet!«

Er holte aus und schlug mit einer Faust auf den Tisch. Sein Gesicht lief dunkelrot an.

»Das ist Eure Schuld!« brüllte er so laut er konnte. »Warum habt Ihr Euch eingemischt!? Wir hatten von Anfang an nichts mit Euch zu schaffen!«

»Was habt Ihr dann überhaupt hier zu schaffen?« schrie ich zurück. »Verratet es mir doch endlich!«

Er fuhr sich mit der Hand über das ganze Gesicht. Er drückte so hart auf, daß seine Finger weiße Spuren auf seiner Haut hinterließen.

»Nein«, murmelte er. »Nein.«

»Reckel!« rief ich. »Die ersten beiden Eurer Freunde wurden bereits der peinlichen Befragung unterzogen; geht Euch das nicht ein? Ihr könnt es den anderen ersparen.«

»Ich kann es nicht«, flüsterte er. »Außer, Ihr befreit sie.«

»Warum könnt Ihr es nicht, zum Teufel noch mal? Glaubt Ihr denn, daß der Richter etwas anderes von ihnen will als den Namen des Mörders?«

»Ihr wißt nichts«, murmelte er.

Ich verdrehte die Augen und versuchte mich zu beherrschen. Ich packte den Zettel und hielt ihn vor sein Gesicht.

»Das hier«, sagte ich erstickt, »ist der Freibrief für Eure Freunde.« Ich faßte nochmals in meine Tasche und holte das Siegel hervor. Ich hielt es hoch. »Und das hier«, fuhr ich fort, »hat ihn besiegelt ...«

Er heftete seine Augen darauf.

»Was ist das?«

»Ein richterliches Siegel«, sagte ich. »Sein Abdruck ist auf dem Schreiben. Es ist echt.«

»Dafür wollt Ihr den Namen?«

»Ja. Und zwar jetzt. Vor Albert Moniwid.«

Sein Gesicht verzerrte sich so sehr, daß ich einen Moment lang glaubte, er würde einen Schlaganfall erleiden. Selbst seine Augen traten hervor. Ich hörte ein dumpfes Stöhnen aus seiner Brust.

»Erst meine Männer«, flüsterte er.

»Niemals!« schrie ich. »Wir haben keine Zeit.«

»Ich kann Euch nicht vertrauen!« schrie er zurück.

»Aber Ihr verlangt, daß ich Euch vertraue! Ihr macht Euch lächerlich! Gebt mir den Namen, und ich bemühe mich morgen um die Freilassung Eurer Freunde.«

»Ihr werdet mich hintergehen.«

»Dann kommt mit nach Burghausen und seht mir dabei zu, wie ich sie aus dem Kerker hole.«

»Ich kann nicht«, ächzte er. »Ich kann nicht.«

Ich konnte ihn nicht begreifen. Der Brief lag noch immer vor seinen Augen. Er fixierte ihn, als wäre er mit Honig bestrichen und er hätte seit Wochen nichts zu essen erhalten, aber er faßte ihn nicht einmal an. Dachte er an den Verrat seiner Mutter? Ich wußte, daß er keinen Grund hatte, jemandem zu vertrauen; aber führte sein Mißtrauen so weit, daß er nicht mehr sehen konnte, was auf dem Spiel stand?

»Was ist nun?« fragte ich fassungslos.

»Beeilt Euch mit der Freilassung meiner Freunde«, sagte er. »Dann reden wir wieder.«

Ich schloß die Augen. In meinem Mund war ein Geschmack wie von Blut. Ich griff wie im Traum über den Tisch und nahm das Schreiben in die Hand.

»Ihr widert mich an«, sagte ich.

»Ihr wißt nicht, wovon Ihr redet«, sagte er. »Ihr wißt nicht, weshalb ich hier bin.«

»Natürlich nicht«, höhnte ich. »Ihr wollt es mir ja nicht sagen.«

»Es ist von größter Wichtigkeit für mich. Ich muß vorsichtig sein.«

Ich sprang auf. Die ganze Zeit über hatte ich eine grausame Wut mühsam unterdrückt, eine Wut, die ihre Finger um etwas legen und es zerdrücken wollte, nur damit der Druck nachließ. Mit einem Mal fühlte ich, wie mich der Zorn überschwemmte. Ich zerknüllte das gefälschte Schreiben und warf es ihm ins Gesicht.

»Für Leutgeb war der Aufstand von größter Wichtigkeit«, keuchte ich. »Euren Vater hat er das Leben gekostet.«

»Was wollt Ihr damit sagen?« zischte er.

»Was wohl!« schrie ich in höchster Lautstärke. »Daß Ihr diesen Sessel in diesem Arbeitszimmer in diesem Haus mit größerer Berechtigung ausfüllt als sein eigentlicher Eigentümer!«

Seine Augen weiteten sich, aber ich sah nicht, ob sein Gesicht erblaßte. Ich drehte mich um und stürmte aus dem Zimmer. Meine Wut verrauchte, wie sie gekommen war. Ich stolperte die Treppe hinunter. Ich hatte es verdorben; ich hatte alles verdorben. Ich würde seine Unterstützung nicht bekommen, um Daniel Löw zu finden, ich würde den Namen des Mörders nicht bekommen. Ich konnte hinüber zum Rathaus laufen und die Wappner auf ihn hetzen, und vielleicht würde er doch reden, wenn man ihn auf die Streckbank schnallte oder das Bein seiner Tochter in den Stiefel steckte; vielleicht würde niemand einen Anschlag auf den Kaiser verüben, vielleicht würde die Hochzeit zwischen dem jungen Herzog und der polnischen Prinzessin stattfinden, aber Daniel Löw würde mit Sicherheit so tot sein, wie es der Flößer bereits war, und ich würde Reckels Schreie und die seiner Freunde nachts in meinen Träumen hören. Ich riß die Tür auf und stürzte in die einbrechende Nacht hinaus, und vor Wut und Enttäuschung revoltierte mein Magen so sehr, daß ich würgte und husten mußte und mich gegen die Mauer lehnte, weil meine Beine nachgaben. Ich sah mich um und sah nichts. Ein Windstoß kam auf und fuhr durch die Gasse. Er roch nach Nebel und Feuchtigkeit wie ein offenes Grab auf einem verlassenen Totenacker. Plötzlich begann es zu regnen, kein feiner Nieselregen wie üblich, sondern der Beginn eines kräftigen, ausdauernden Landregens. Ich senkte den Kopf und schloß die Augen und spürte, wie mir die Regentropfen auf die Schultern trommelten.

11

Als ich aufsah, stand Johannes Reckel vor mir. Ich hatte ihn nicht herauskommen hören. Er war barhäuptig und trug das Wams, das er auch im Hause angehabt hatte. Sein Gesicht war so bleich, daß die Augen darin wie Löcher und seine grauen Haare matt und schmutzig wirkten.

Er sagte: »Etwas möchte ich von Euch wissen.«

»Bitte«, erwiderte ich kraftlos.

»Ihr sagtet, Ihr würdet nicht einmal Euren eigenen Leuten vertrauen. Woher kommt diese Einstellung?«

Ich dachte daran, was Hanns Altdorfer über mein Leben und über den Tod Marias gesagt hatte. Ich dachte an die Töchter des Landadligen. Ich dachte an das Vertrauen, das sie alle in mich gesetzt hatten. Ich wollte sagen: Der Dank für zuviel Vertrauen ist der Tod. Doch dann dachte ich an Jana und wollte sagen: Es stimmt nicht mehr, was ich ausgesagt habe.

»Ich habe versucht, Euch zu vertrauen«, gab ich statt dessen zur Antwort.

»Es ist Euch schwergefallen.«

Ich nickte. Ich wollte nichts weiter dazu sagen. Ich wußte nicht, was ich ihm auf seine Frage hätte antworten sollen. Nach einer Weile fragte ich: »Warum vertraut *Ihr* niemandem?«

Er sagte geistesabwesend: »Eines Tages sprach mein Vater mit meiner Mutter. Er wußte noch nicht, was Christian Leutgeb geplant hatte, aber er ahnte, daß es ein Spiel mit dem Feuer würde. Er sagte zu ihr: ›Susanne, ich habe draußen unter dem Vorratskeller im Hof so viel von unserem Vermögen in Münzen vergraben, wie ich zu Geld machen konnte. Sollte mir etwas zustoßen, möchte ich, daß du es für Johannes verwendest.‹ Sie lachte und fragte, was um alles in der Welt ihm zustoßen solle. ›Ich habe noch niemals solchen Unsinn gehört: sein Geld zu vergraben‹, prustete sie. ›Und das ausgerechnet von einem so trockenen Mann wie dir. Haben wir vielleicht Krieg, oder müssen wir eine Belagerung der Stadt befürchten?‹ Mein Vater starrte sie nur an. ›Vergiß es nicht‹, sagte er eindringlich. ›Es ist eine immense Summe. Sie wird es dir und unserem Sohn ermöglichen, überall eine neue Existenz aufzubauen.‹ Nachdem sie eine Weile in sein ernstes Gesicht geschaut hatte, wurde auch sie ernst. ›Draußen unter dem Vorratskeller‹, sagte sie. Er nickte, und sie nickte ebenfalls. Danach sprachen sie nicht mehr davon.«

Ich blinzelte in den Regen und schaute zu ihm hoch. Er sah geradewegs auf mich herunter, ohne sich um das Wasser zu kümmern, das seine Haare gegen den Schädel geklatscht hatte und nun fein von seiner Stirn herunterperlte. Die Schultern seines Wamses färbten sich langsam dunkel.

»Mein Vater hatte sich nicht gescheut, vor mir zu sprechen«, fuhr er fort. »Während er sie informierte, war ich mit im Raum. Als während des Aufstandes meine Eltern zu Tode kamen und Heinz Eberlein mich fortschaffte, war ich vollkommen außerstande, ihm zu sagen, wieviel Geld dort vergraben läge; bis ich endlich zu mir fand und Worte darüber machen konnte, waren Wochen vergangen. Eberlein weigerte sich beharrlich, nach Landshut zurückzukehren oder auch nur jemanden damit zu beauftragen, sich um das Geld zu kümmern, wie sehr ich ihn auch bestürmte. Er hatte genug gesehen, um für den kurzen Rest seines Lebens nie wieder etwas von Landshut, dem Aufstand und den Geschehnissen darum herum hören zu wollen; er begann schon zu verfallen und krank zu werden, als ob er mit meiner Rettung seinen Daseinszweck endgültig erfüllt hätte und nun abtreten könne. Ich aber war nur ein Kind, und es war fragwürdig, ob ich überhaupt wußte, wovon ich sprach. Ich mußte lange warten, bis ich mich wieder darum kümmern konnte. Der Zorn des Herzogs verrauchte langsam, und als es endlich soweit war, daß ich mich heimlich nach Landshut wagen konnte, ohne im Fall meines Ergreifens den sofortigen Tod befürchten zu müssen, war ich bereits ein junger Mann. Ich stand kurz davor zu heiraten, und es war meine feste Absicht, das Geld meines Vaters zu holen, um damit zu schaffen, wofür es gedacht war: meine Existenz. Ich hatte während der ganzen vergangenen Jahre von der Mildtätigkeit der Verwandten Eberleins gelebt, und wenngleich sie es mich nie spüren ließen, so hatte sich in mir doch das heiße Verlangen gebildet, endlich auf eigenen Füßen stehen zu können.«

Er wischte sich den Regen aus den Augen und blickte an der Fassade des Hauses in die Höhe.

»Ich nahm Kontakt mit den Leutgebs auf; ich weiß nicht einmal mehr, warum: Ich hatte Christian Leutgeb gehaßt, und sein Name verursachte mir noch immer eine Gänsehaut. Vielleicht dachte ich, es sei nur recht und billig, wenn mich die Familie seines Bruders bei meiner Absicht unterstützen würde. Christians Bruder war zu diesem Zeitpunkt bereits verstorben; sein Sohn, der mir persönlich nicht bekannt war, kannte nichtsdestotrotz meinen Namen. Er schämte sich zu

Tode für die Habsucht und die Mitleidlosigkeit seines Vaters, und er nahm mich heimlich in seinem Haus auf, damit ich mich um meine Angelegenheit kümmern konnte. Das Haus meines Vaters stand leer; es war die einfachste Sache der Welt. Noch in der Nacht meiner Ankunft kroch ich durch den Gang, der die beiden Häuser verband, brach das Schloß zum Vorratskeller auf, kletterte hinein und zündete eine Kerze an.«

Ich wußte auf einmal, wovon er sprach.

»Der Vorratskeller liegt in einer Ecke des Hofes unter einem kleinen Schutzhäuschen«, sagte ich bestürzt. »Ein paar Stufen führen hinunter.«

Er nickte.

»Ihr habt ihn gesehen«, sagte er. »Ich sah ihn damals so, wie Ihr es vermutlich getan habt. Der Boden bestand aus gestampfter Erde, die mit Kieselsteinen aus dem Fluß durchsetzt war; in einer Ecke war der Grund aufgewühlt, ein verrostetes Beil lag noch daneben, mit dem man ihn aufgehackt hatte. Ich fiel auf die Knie und begann, die aufgebrochene Erde nochmals zu durchwühlen. Ich weiß nicht mehr, was ich dabei fühlte; ich denke, ich habe laut geweint. Ich grub, bis meine Fingernägel blutig waren, und fand schließlich insgesamt ein halbes Dutzend Münzen. Es hatte damals schnell gehen müssen; er hatte sie vermutlich in der Hast übersehen. Sonst fand ich nichts. Das Geld meines Vaters war verschwunden.«

»Er?« fragte ich.

»Ebran; der Geliebte meiner Mutter. Er wußte von dem Geld und kam nach der Niederschlagung des Aufstandes noch einmal in unser Haus, um es sich zu holen. Wahrscheinlich hielt sie es zu guter Letzt doch für eine der Schrullen meines Vaters und erzählte ihrem Galan von dem vergrabenen Geld.«

»Seitdem habt Ihr Euch nur noch auf Euch selbst verlassen«, sagte ich.

»Könnt Ihr mir das verdenken? Noch nicht einmal die Männer, die ich mitgebracht habe, sind über alles informiert. Sie wissen nur das Nötigste.«

»Und was macht Ihr nun wieder hier in Landshut?«

Ich erwartete nicht, daß er es mir sagen würde. Andererseits konnte ich es mir fast denken.

»Ich bin immer noch auf der Suche nach dem Geld.«

»Nach so vielen Jahren«, stieß ich hervor. »Was bringt Euch darauf, daß Ihr es doch hier finden könnt? Leben Nachkommen Ebrans in Landshut?«

Er schüttelte den Kopf.

»Er hatte keine Nachkommen«, sagte er. »Zumindest keine, von denen er zu wissen schien. Er hat wohl viel gesät, aber niemals geerntet.«

»Woher wollt Ihr das wissen?«

»Ich habe mich erkundigt«, sagte er einfach.

»Und es geht Euch nur um das Geld?« fragte ich nochmals.

»Es geht um das Erbe meines Vaters«, berichtigte er mich. »Das ist ein Unterschied.«

Ich dachte: Es ist kein Unterschied; Geld ist Geld. Aber ich sagte es nicht. Ich konnte nicht garantieren, daß ich in seiner Lage nicht ähnlich gedacht hätte.

»Wie seid Ihr dann darauf gekommen, nochmals Euer Glück in Landshut zu versuchen?« fragte ich.

»Ihr werdet es erfahren.«

»Ihr wollt reden?« flüsterte ich.

Er sah durch mich hindurch, und ich dachte fast, er würde mir nicht mehr antworten, so lange ließ er sich

Zeit mit seiner Erwiderung. Dann holte er seinen Blick zurück und richtete ihn auf mich. Ich weiß nicht, welche Gedanken ihm durch den Kopf gegangen sein mögen während dieser Augenblicke und auch davor, als ich ihn in höchster Erregung verlassen hatte; sicher ist nur, daß er mich betrachtete, als würde er mich zum ersten Mal richtig sehen.

»Ja«, sagte er einfach. »Bringt mich zu Euren Freunden.«

Er ging alleine mit; er bestand nicht einmal darauf, Konrad mitzunehmen. So wie er war, mit durchnäßtem Wams und wirren Haaren, begleitete er mich durch den Regen und die mittlerweile vollkommene Dunkelheit zurück zur Stadtresidenz des Herzogs. Als wir an seinem alten Haus vorbeikamen, musterte er mit Interesse, was in der Finsternis davon zu sehen war; während des gesamten Weges drehte er den Kopf von einer Seite zu anderen und sog den Anblick der vor dem nachtgrauen Himmel in die Höhe ragenden Giebel und Fassaden in sich auf. So wie er mich plötzlich richtig wahrgenommen zu haben schien, so schien er auch die umgebenden Häuser erstmals zu sehen. Aber seine Attitüde war nicht die eines Staunenden, der unverhofft erwacht war und sich an einem Ort befand, an dem zu erwachen er nicht erwartet hatte; eher machte er den Eindruck eines Mannes, der sich zu wochenlangen Exerzitien in einem dunklen Kloster eingeschlossen hat und der nach der Beendigung seiner Übungen wieder ins Freie tritt und befriedigt feststellt, daß alles genau so hoch und weit und beeindruckend ist, wie er es sich während seiner Abwesenheit immer vorgestellt hat.

Ich fühlte mich weder aufgeregt noch erfreut angesichts seiner Ankündigung; nur eine aushöhlende Erschöpfung hatte sich in mir breitgemacht. Ich mußte mich zwingen, an Daniel Löw zu denken, damit meine Aufmerksamkeit wieder erwachte; ich hatte wirklich schon geglaubt, daß nun alles vorüber sei.

Reckel sagte den ganzen Weg über nichts; ebensowenig, als wir die Treppe zu Moniwids Zimmer erklommen. Er drehte nur auch hier den Kopf herum, um so viel von dem fackelerleuchteten Inneren der herzoglichen Residenz zu sehen wie möglich. Wenn es ihm bewußt war, wohin ich ihn geführt hatte, erwähnte er es mit keinem Wort und auch keiner Geste. Ich konnte nicht umhin, ihn faszinierend zu finden: Er hatte sich zuletzt entschlossen, von allen Menschen ausgerechnet mir zu vertrauen, und er tat es nun rückhaltlos. Ich bat ihn, vor der Tür zu warten, und schlüpfte allein in das Zimmer.

Löw war eingeschlafen, wie ich es mir beinahe gedacht hatte. Er saß in sich zusammengesunken in dem Stuhl, in den ich ihn genötigt hatte. Er hätte ein friedliches Bild abgeben müssen, aber sein Gesicht war grau trotz des Lichtschimmers der Kerze, die vor ihm auf dem Tisch brannte, und in ihrem Blaken sah ich, daß er im Schlaf weinte. Moniwid lag im Bett und starrte gegen die Decke; am Boden vor seinem Bett stand ein Krug Wein mit zwei Bechern. Einer davon war leer; er hatte tatsächlich an Löw gedacht und einen Becher für ihn mitbringen lassen, aber der Apotheker hatte die zähnebleckende Gastfreundschaft des Polen nicht genutzt. Den anderen Becher hielt Moniwid in einer Hand und drehte ihn gedankenverloren hin und her. Bei meinem Eintreten blickte er zur Tür. Ich sah, daß sich seine Schmerzen kaum gebessert hatten.

»Was ist nun!« krächzte er.

»Ich habe den Mann bei mir, der alles aufklären kann«, sagte ich. Seine Wangenmuskeln zuckten.

»Er ist natürlich ein von Euch bezahlter Komödiant«, erklärte er.

Gegen meinen Willen mußte ich lächeln.

»Ich möchte, daß Ihr mir etwas versprecht«, sagte ich.

»Auf gar keinen Fall.«

»Wie geht es Eurer Schulter?« fragte ich. Er verzog wütend das Gesicht.

»Was soll ich Euch versprechen?« knurrte er.

»Daß Ihr dem Mann, den ich Euch gebracht habe, freies Geleit zusichert, ganz gleich, was er Euch erzählen wird; und daß Ihr kein Wort über ihn und sein Hiersein jemand anderem gegenüber verliert außer mir und dem alten Mann dort.«

Er zog eine Augenbraue hoch, aber er sagte nicht sofort etwas. Schließlich brummte er: »Damit er mir jeglichen Bären aufbinden kann und ich keinerlei Möglichkeit habe, seine Geschichte nachprüfen zu lassen.«

»Nein«, sagte ich. »Damit sein Vertrauen in mich auch gerechtfertigt ist.«

»Ist es denn eine so große Gefahr, Euch zu vertrauen?« höhnte er.

Ich hätte am liebsten gesagt: Solange Ihr mit im Spiel seid, ja. Aber ich beherrschte mich.

»Für ihn bedeutet jedes Vertrauen eine große Gefahr.«

Es brachte ihn zum Nachdenken. Wie mir schien, konnte er sich in eine solche Lage hineinversetzen. Endlich sagte er: »Ich verspreche es.«

»Und daß Ihr danach mit allen Kräften nach dem Sohn dieses armen Kerls dort drüben suchen laßt.«

»Seid Ihr bald fertig mit Euren Zusatzwünschen?« fragte er böse.

»Das ist nur die Bestätigung eines alten Wunsches.«

»Also gut«, knurrte er. »Auch das verspreche ich.«

Ich holte Atem und wandte mich zur Tür.

»Wollt Ihr ihn nicht aufwecken?« erkundigte sich Moniwid und zeigte mit dem Daumen auf den schlafenden Löw. Ich schüttelte den Kopf.

»Die ganze Geschichte geht ihn nichts an; sein Sohn ist nur durch unglückliche Umstände hineingeraten, und es ist besser für ihn, wenn er so wenig wie möglich weiß.«

Ich wollte hinausgehen, aber er hielt mich nochmals auf.

»Ihr seid so ruhig«, sagte er mißtrauisch. »So habe ich Euch in der ganzen letzten Zeit noch nicht erlebt. Wißt Ihr den Namen des Mörders schon?«

»Nein«, sagte ich. »Ich höre ihn nicht eher als Ihr.«

Seine Augen weiteten sich, und ich drehte mich um und verließ das Zimmer.

Reckel stand ein paar Schritte entfernt und schaute durch eine schmale Scharte ins Freie hinaus. Ich gesellte mich zu ihm, und er trat beiseite, als wolle er mich auch hindurchsehen lassen. Unwillkürlich tat ich es, aber es war nichts zu sehen außer der verregneten Finsternis eines unbeleuchteten Stück Innenhofs.

»Dort drin warten Albert Moniwid, der Anführer der polnischen Delegation, zu welcher die Ermordete gehörte, und der Vater des jungen Mannes, der verschwunden ist«, erklärte ich. »Letzterer ist vor Erschöpfung eingeschlafen, aber das soll uns nicht bekümmern. Es ist wichtig, daß Moniwid und ich hören, was Ihr uns mitteilen wollt.«

Er nickte und stapfte ohne jedes Zögern an mir vorbei zu Moniwids Zimmer. Ich folgte ihm mit klammen Beinen. Die Erregung hatte mich doch wieder gepackt.

Er hatte nicht nur Courage, sondern auch Stil. Nachdem ihm Moniwid bei seinen ersten Worten polternd dazwischengefahren war, daß er Latein sprechen solle, weil er sonst nicht verstehen könne, entschuldigte er sich in einer Sprache, die ich für Polnisch hielt, weil ihm Moniwid im gleichen Idiom verblüfft darauf antwortete. Danach wechselte er mühelos zu Latein. Er sagte über sich selbst nur das Nötigste; seinen Namen, der dem Polen nichts bedeutete, und daß er in der Stadt sei, um nach dem Erbe seines Vaters zu suchen, aber er tat es so formvollendet, daß nicht einmal der mißmutige Moniwid etwas an seiner Vorstellung auszusetzen hatte.

»Nachdem ich entdeckt hatte, daß das Versteck unter dem Vorratskeller leer war, konzentrierte ich meine Nachforschungen auf Ulrich Ebran. Ich war mir sicher, daß er das Geld entfernt hatte. Ich konnte ihn im Troß des Herzogs ausmachen, aber es ergab sich niemals eine Gelegenheit, seiner habhaft zu werden; und ich hätte ihn nur zu gerne in die Hände bekommen. Nach seiner Aufdeckung der Bürgerverschwörung hatte er eine Weile einen hohen Rang im Ansehen Herzog Heinrichs innegehabt, aber durch den Sinneswandel des Herzogs gegenüber den Bürgern und auch durch Ebrans Mangel an weiteren hervorragenden Taten rutschte er wieder weiter und weiter in der Gunst Heinrichs zurück, bis er schließlich dort angelangt war, wo er angefangen hatte: Als kleiner, unbedeutender Höfling, der mit seinen bunten Gewändern und seinem hübschen Gesicht die eine oder andere Edeldame oder Bürgerstochter ins Heu bekam, sonst aber nichts tat, um dem Herrn sein Verweilen in diesem Leben zu rechtfertigen. Dieser Prozeß dauerte einige Zeit, aber letztendlich kam der Tag, an dem es mir möglich schien, ihm aufzulauern und ihn in einem kühnen Handstreich zu entführen, ohne daß allzuviel Aufhebens um sein Verschwinden gemacht würde.«

»Ihr habt ihn in die Hände bekommen, und er hatte das Geld nicht mehr«, sagte ich, aber er schüttelte den Kopf.

»Meine Vorbereitungen waren beinahe abgeschlossen, da verließ er den Hof Herzog Heinrichs und begab sich in den Dienst Ludwigs des Bärtigen.«

»Nach Ingolstadt?« rief ich. »Direkt an Euren Wohnort?«

»Es nützte mir nichts«, erklärte er. »Ich hätte es wagen können, ihn aus Landshut zu entführen, aber vom Hof Ludwigs, in dessen Stadt ich Zuflucht gefunden hatte? Noch während ich mit meinem Schicksal haderte, brach zwischen Ludwig dem Bärtigen und seinem Sohn Ludwig dem Höckrigen der schon lange schwelende Konflikt aus, und die Ereignisse zwangen mich, für eine Weile meinen Blick auf meine Geschäfte zu richten, um nicht meines Besitzes beraubt zu werden. Als ich alles so weit geregelt hatte, daß es nicht mehr meiner ständigen Konzentration bedurfte, hatte der Teufel selbst Ulrich Ebran schon eingeholt. Ich war zu spät gekommen.«

»Er war tot?« fragte ich. Reckel schnaubte und zeigte zum erstenmal während des Verlaufs seiner Erinnerungen so etwas wie Befriedigung.

»Es hatte sich herausgestellt, daß Ebran insgeheim

mit dem Höckrigen paktiert hatte. Ich weiß nicht, aus welchem Antrieb heraus; sicherlich dachte er, er könne sich dadurch einen Anteil an dessen französischem Thronschatz sichern. Er blieb jedoch in der Nähe des Herzogs, anstatt Ingolstadt zu verlassen. Vielleicht hielt er sich für schlau genug, dem Sohn des Bärtigen als Spion dienen zu können. Es fand sich, daß er nicht schlau genug war. Die Beamten Ludwigs des Bärtigen hatten ihn wohl schon seit einiger Zeit im Visier gehabt; sie ließen ihn in den Kerker werfen und, da er nicht geneigt war zu gestehen, der peinlichen Befragung unterziehen.«

»Woher wißt Ihr das?« erkundigte ich mich ungläubig.

»Es ist nicht nur der Henker, der die Befragung durchführt«, sagte er dumpf. »Seine Knechte freuen sich, wenn man sie zu ein paar Gläsern Wein einlädt; sie haben recht wenig Gesellschaft.«

»Hattet Ihr keine Angst vor der Ächtung, wenn bekannt würde, daß Ihr Euch mit Henkersknechten abgebt?«

»Ich war vorsichtig genug.«

Ich warf einen Blick zu Moniwid, ob ihn das Geständnis Reckels abstoßen würde; aber zu meinem Erstaunen schien er der Geschichte des alten Mannes eine gewisse Spannung abzugewinnen. Er betrachtete ihn konzentriert und ungeduldig, als ob er auf den Weitergang der Erzählung warte.

»Ihr wißt, wie die Befragung durchgeführt wird«, sagte Reckel. »Im ersten Anlauf werdet Ihr durch die Kammer geführt, und der Henker erklärt Euch die Anwendung und die Wirkungsweise der Geräte. Ein Advocatus begleitet Euch, für den Fall, daß diese Demonstration ein Geständnis bewirken könnte. Danach verwahrt man Euch im Kerker, welcher üblicherweise unterhalb des Befragungsraumes liegt und ein großes Loch in der Decke hat, durch welches Ihr die Vorgänge dort genauestens mithören könnt. In Zeiten wie damals, wo der Sohn sich gegen den Vater erhebt, ist der Kerker voll mit Menschen, und Ihr dürft erwarten, während Eures Aufenthalts allerhand geboten zu bekommen. Danach gibt man Euch erneut die Möglichkeit, Euer Gewissen zu erleichtern; nutzt Ihr diese Gelegenheit nicht, verfallt Ihr selbst der Folter, wenn auch in einem ersten, abgeschwächten Grad, so daß kaum dauerhafte körperliche Schäden davongetragen werden. Solltet Ihr hierbei gestehen, müßt Ihr das Geständnis außerhalb des Befragungsraumes und in einem genügenden zeitlichen Abstand zu der Befragung wiederholen. Wenn Ihr es Euch bis dahin wieder anders überlegt habt, führt man Euch zur Befragung zurück. Ich habe noch selten gehört, daß es sich nach dieser Runde nochmals jemand anders überlegt hätte. Und selbst wenn, steht Ihr noch für einen dritten Lauf zur Verfügung. Ich will Euch nicht im einzelnen schildern, mit welchen Kunstgriffen der Henker und seine Knechte dafür sorgen, daß Ihr garantiert nicht ein drittes Mal in Eurem Geständnis wankelmütig werdet.«

Er hatte so sarkastisch gesprochen, daß es einem kalt den Rücken hinunterlief. Ich wußte aber, daß er dabei an seine eigenen Freunde dachte, denen die Folter drohte. Vermutlich war es seine Art, mit diesem Gedanken fertigzuwerden.

»Ebran war schon nach seiner Führung durch die Geräte zu jeglicher Kooperation bereit, wie man mir erzählte«, fuhr Reckel fort. »Er legte ein umfassendes

Geständnis ab. Um ihm die rechtsgültige Wiederholung desselben nach einem genügend langen Zwischenraum zu ermöglichen, wurde er für die Nacht in den Kerker zurückgebracht.«

»Seid Ihr sicher?« fragte ich nach. »Er war doch von Adel, wenn auch von niedrigem. Adlige sind von der Folter ausgenommen.«

Er zuckte mit den Schultern.

»Man verdächtigte ihn als Spion«, entgegnete er lapidar. »Und Ludwig der Bärtige war nicht als zaghafter Herrscher bekannt. Scheinbar zerrte der Kerkeraufenthalt so sehr an Ebrans Nerven, daß er noch während der Nacht nach dem Advocatus verlangte. Dieser hatte jedoch keinerlei Lust dazu, ihn aufzusuchen. Nur einer seiner Schreiber fand sich bereit, Ebran anzuhören, und besuchte ihn alleine; wegen der vorgeschrittenen Zeit war auch niemand sonst willens, ihn zu begleiten. Um die Angelegenheit rechtens zu machen, stattete der Advocatus seinen Helfer mit weitreichenden Vollmachten aus. Es war vielleicht nicht üblich, aber der Schreiber hatte studiert und war als ehrgeizig und zuverlässig bekannt, und außerdem herrschte Krieg. Niemand konnte mir sagen, was der Gefangene in dieser Nacht noch alles gestand. Die Henkersknechte jedenfalls glaubten, es sei genug gewesen, um den Advocatus oder seinen Assistenten auf den Gedanken zu bringen, daß Ebran die schlimmsten Sünden noch für sich behalten habe. Man ordnete sofort eine verschärfte Befragung an.«

Ich schluckte.

»Was kam dabei heraus?«

»Nicht mehr sehr viel. Die Henkersknechte waren der Ansicht, die Angst und der Schmerz hätten Ebran den Verstand verlieren lassen. Er beschuldigte während der Befragung den Advocatus und seinen Schreiber der phantastischsten Vergehen, jedenfalls solange er noch artikuliert sprechen konnte: von der Bestechlichkeit bis zur Gotteslästerung warf er ihnen alles vor. Man vertrat die Meinung, daß der Teufel selbst aus dem Gefangenen spreche, und ließ die Befragung fortsetzen, um den Dämon zu vertreiben und der gepeinigten Seele ein Geständnis zu ermöglichen; es wurde ein Priester geholt, der die Sache genauso sah. Allerdings hatte niemand bedacht, daß Ebrans Gesundheit durch den Wein und die vielen Weiber angegriffen war; und er war kein junger Mann mehr. Während des Verhörs ereilte ihn sein Schicksal.«

»Was?«

»Er starb. Angeblich haben die Henkersknechte mehrmals darauf hingewiesen, daß diese Gefahr bestehe, aber die Folter wurde unbarmherzig fortgesetzt.«

Ich fragte unwillkürlich: »Wer war der Advocatus?«

Reckel verzog das Gesicht zu einem halben Lächeln.

»Das ist eine gute Frage«, sagte er. »Ich stellte sie mir auch; und ich fragte mich noch, was Ebran wohl erzählt haben mochte in der Nacht im Kerker, ohne Zeugen außer den Ratten und den anderen unseligen Gefangenen, die zu sehr mit ihrem eigenen Leid beschäftigt waren, um noch dem Unglück anderer zuzuhören.«

»Ihr meint, er hätte ihm ...«

»Richtig. Ebran war von niederem Adel, aber er war nicht verarmt. Für seine Leidenschaften, den Wein und die Frauen, genügten ihm sein Status und seine hübsche Larve. Er hatte von meines Vaters Geld vermutlich kaum etwas ausgegeben; vielleicht wollte er es sich aufheben für eine Zeit, in der sein Status nicht mehr viel wert und sein hübsches Gesicht von den Ausschweifungen zerfressen wäre. Ich nahm an, er hatte dem Schreiber einen Teil davon für seine Freilassung angeboten. Und ich nehme an, dieser willigte zum Schein ein, ließ sich das Versteck des Geldes erklären, prüfte sein Vorhandensein nach und gab die Order, Ebran zu Tode zu foltern. Er hatte keine Lust, seinen Ruf durch die unmotivierte Freilassung des Gefangenen in Verruf zu bringen, und er hatte wohl auch keine Lust, das Geld zu teilen.«

Löw stöhnte und zuckte im Schlaf. Reckel, der sich halb auf den Tisch gesetzt hatte, drehte sich zu ihm um und betrachtete ihn. Er kniff die Augen zusammen und kratzte sich dann am Kopf. Wenn er Mitleid mit dem Apotheker empfand, zeigte er es nicht.

»Langsam«, sagte ich. »Zumindest der Advocatus und sein Helfer mußten miteinander teilen.«

»Laßt mich nur erzählen«, erwiderte Reckel. »Es dauerte eine lange Zeit, bis ich alle Informationen zusammengefügt hatte; das meiste erfuhr ich erst hinterher und mit einem großen zeitlichen Abstand zu den Geschehnissen. Ich lavierte meinen Tuchhandel durch die Kriegsereignisse. Als Ludwig der Bärtige das Spiel verloren hatte und in die Gefangenschaft seines Sohnes geriet, brach das Gemeinwesen in Ingolstadt für einige Zeit völlig zusammen, und ich hatte alle Hände voll zu tun, meine Familie und meinen Wohlstand einigermaßen unbeschadet über die Zeit zu bringen. Zwei Jahre nach der Gefangennahme Ludwigs starb sein Sohn, und sowohl der Gefangene als auch die Stadt wurden Herzog Heinrich ausgeliefert. Ich lebte lange Zeit in der Furcht, er könne von mir erfahren und sich an den Namen erinnern. Als ich mich endlich wieder hervorwagte, war Heinrich verstorben, angeblich an der Pest, und ich konnte wieder etwas leichter atmen. Zumindest, bis ich alle Einzelheiten wußte; ich wollte nicht glauben, was ich erfuhr. Ich hatte sieben Jahre gewartet; und ich war zu spät gekommen.«

Unerwarteterweise meldete sich Moniwid zu Wort.

»Ihr habt eine unglaubliche Geduld gezeigt. Sieben Jahre zu warten und sich um andere Dinge zu kümmern, bevor Ihr wieder die Spur aufnahmt.«

»Ich hatte bereits einmal meine gesamte Familie und all mein Hab und Gut verloren«, sagte Reckel leidenschaftslos. »Ich wollte unter keinen Umständen noch einmal etwas riskieren. Ich haderte monatelang mit dem Schicksal. Ich sagte mir, daß all meine Suche eitel und von Gott nicht gewollt sei. Er, der Ausdauer belohnt, hatte mich zweimal kurz vor dem Ziel scheitern lassen. Vielleicht wollte er, daß ich Ebran vergab und nicht länger nach dem Geld meines Vaters verlangte.«

»Glaubtet Ihr das?« erkundigte ich mich zweifelnd. Reckel lächelte fein und sah mich an.

»Eine ganze Weile glaubte ich, es zu glauben«, sagte er gelassen. »Dann klang der Schock ab.«

»Was tatet Ihr daraufhin?«

»Was wohl!« knurrte Moniwid. »Er suchte nach dem Advocatus.«

»Genau das«, bestätigte Reckel. »Es war nicht leicht; durch die Zeit der Wirrnisse und des Herrschaftswechsel war es beinahe unmöglich geworden, die Bewegungen einzelner Menschen nachzuvollziehen. Nach dem Ende der Auseinandersetzungen begann zudem eine Phase des Aufschwungs, an die sich ein halbwegs guter Kaufmann, wie ich einer geworden war, anhängen mußte, wollte er nicht ins Hintertreffen geraten. Der Amtsantritt Herzog Ludwigs des Reichen und mit ihm die Vertreibung der jüdischen Kaufleute aus Landshut eröffnete mir und meinen Zunftkollegen ganz neue Märkte und bedeutete für manchen vor allem die Rettung vor dem Ruin, denn sie hatten sich bei den Juden bedenkenlos Geld geborgt und steckten bis zum Hals in Rückzahlungsverpflichtungen, denen sie nun nicht mehr nachzukommen brauchten. Ich selbst bedauerte die Austreibung der jüdischen Händler und Geldverleiher, obwohl auch ich auf einen Schlag etlicher meiner Schulden ledig wurde. Es waren viele ehrliche und aufrechte Männer und Frauen unter ihnen gewesen, und der Handel mit ihnen war immer zu beiderseitigem Vorteil gewesen. Viele von den Ingolstädter Kaufleuten gingen nach Landshut«, fuhr Reckel fort. »Sie nannten die Stadt ein Rosengärtchen des Verdienstes und schwärmten davon, welche Möglichkeiten sich ihnen dort eröffneten. Ich wurde oft gefragt, warum ich nicht auch mein Glück dort versuchte; ich habe den wahren Grund niemals genannt. Ich konzentrierte mich auf den Handel mit den Münchnern. Die ganze Zeit über wies ich meine Boten an, die Augen und Ohren offenzuhalten nach dem Verbleib jenes Advocatus, der für Ebrans Tod verantwortlich war. Sie hatten schließlich Erfolg und hinterbrachten mir seine Adresse.«

»Habt Ihr ihn aufgesucht?«

»Ja«, sagte er. »Er lebte in einer heruntergekommenen Hütte am Rande Münchens; nur der Himmel weiß, wie es ihn dorthin verschlagen hatte. Er war ein Beamter Herzog Ludwigs des Bärtigen gewesen, und nach dem Amtsantritt Herzog Heinrichs hatte man ihn zum Teufel gejagt. Ich sah ihn und wußte, daß er das Geld nicht haben konnte. Er hätte nicht so erbärmlich gehaust. Sein Geist war getrübt, obwohl er noch kein alter Mann war;

er war jünger als ich. Nur an Ebrans Tod konnte er sich erinnern, weil er sich lange darüber Gewissensbisse gemacht hatte. Wie sich herausstellte, hatte nicht er, sondern sein Assistent die erneute Folter angeordnet, ohne daß er davon informiert worden wäre. Er sagte, er hätte es zu verhindern gewußt, und ich glaubte ihm.«

»Der Schreiber«, sagte ich. »Wußte er, was aus ihm geworden war?«

»Nein«, antwortete er. »Der Advocatus erklärte mir, daß er, als er vom Tod Ebrans erfuhr – und das war wohl gleich am Tag nach dessen Ableben – seinen Schreiber aufsuchen wollte und dessen Zimmer leer fand. Er hatte ihn niemals wiedergesehen.«

»Also ...«

»Also war dieser im Besitz meines Erbes«, vollendete Reckel.

»Ihr wart wieder am Anfang«, murmelte ich, aber Reckel schüttelte den Kopf.

»Ich war am Ende«, sagte er. »Es war mir schwer genug gefallen, den Advocatus ausfindig zu machen; aber einen unbekannten Schreiber, der sich wahrscheinlich absichtlich vor der Welt versteckte? Ich hatte nur seinen Namen und seine Beschreibung. Es war ein Ding der Unmöglichkeit. Bis ich vor etwa einem Jahr zufällig wieder etwas von ihm hörte. Er war in Landshut und war wohl die ganze Zeit über hier gewesen.«

»Das kann ich kaum glauben«, warf ich ein. »So weit sind Landshut und Ingolstadt nicht auseinander; Ihr hättet eher von ihm hören müssen.«

»Es war nur natürlich. Ich hatte fast keinerlei Handelsbeziehungen nach Landshut geknüpft, bis auf ein paar Geldgeschäfte mit den Juden. Kaum einer meiner Männer fand sich jemals hier ein, und ich selbst sah erst recht keine Veranlassung dazu. Wie hätte ich ihn dann auffinden können? Ich rechnete ja nicht einmal damit, daß er sich überhaupt noch im Herzogtum befände. Ich wußte, daß es meine letzte Chance war zu erfahren, was mit dem Erbe meines Vaters geschehen war. Ich nahm einige der Dienstboten mit, denen ich am meisten vertraute, und suchte Wolfgang Leutgeb auf. Ich hatte vor längerer Zeit einmal versucht, einen Briefwechsel mit ihm aufzunehmen, um auch ihn um Hilfe bei meiner Suche zu bitten, aber er war zu sehr seinem schlechten Gewissen und dem Wein ergeben, als daß er mir hätte helfen können. Er hatte Angst, meine Freunde und mich zu beherbergen, und so nahmen wir mein altes Haus in Beschlag. Es sah verfallen genug aus, daß ich wußte, niemand würde es in der nächsten Zeit von Interesse finden.«

Er runzelte die Stirn, und ich erkannte, daß ihn der fortgeschrittene Verfall seines Elternhauses betrübt hatte. Dann schloß er die Augen und fuhr fort: »Ich begann zu beobachten. Ich wollte mir Zeit lassen mit der Konfrontation; zu viele Jahre waren seither vergangen, und er hatte keine Ahnung, daß ich ihn verfolgte. Ohne große Schwierigkeiten schleuste ich meine Männer da und dort ein; einen auf der Baustelle, einen als Pferdeknecht bei einem reichen Patrizier in der Stadt, ein paar als Gehilfen und Arbeiter bei den Stadtbehörden. Durch die Hochzeitsvorbereitungen waren Arbeitskräfte überall gefragt. Ich hieß sie, sich ein wenig umzuhorchen; ich wußte, daß der eine oder andere plaudern würde, aber ich hatte ihnen wenig genug mitgeteilt, als daß es für mich hätte gefährlich werden können. Plötzlich stellte ich fest, daß ich meinerseits beobachtet wurde.«

Er öffnete die Augen und sah mich an. Natürlich meinte er mich, aber diesmal war in seinem Blick kein Vorwurf zu erkennen.

»Ich dachte, er habe mich entdeckt. Ich wußte nicht, inwiefern er sich über die Geschichte des Geldes informiert hatte, das er sich von Ebran erschlichen hatte, aber ich mußte damit rechnen, daß er über mich Bescheid wußte. Ich kannte seine Skrupellosigkeit aus dem Mord an Ebran, und ich begann, um meine und um die Gesundheit meiner Helfer zu fürchten. Wie Ihr wißt, befindet sich auch meine jüngste Tochter bei mir. Ich war für sie und für all die anderen verantwortlich. Ich sah Euch, Peter Bernward, wie Ihr mein Haus observiertet. Es war nicht schwer festzustellen, wer Ihr wart; ich ließ Euch meinerseits beobachten. Euren Namen erfuhr ich letztlich durch die Flößer, mit denen Ihr vor ein paar Tagen verhandelt habt. Leider erfuhr ich nicht mehr, denn sie wurden mißtrauisch. Ich befürchtete schon, sie würden Euch erzählen, daß ich nach Euch gefragt hätte, aber wie es scheint, vergaßen sie es wieder.«

»Sie kamen nicht dazu«, knurrte ich. »Sie riefen mir einmal hinterher, aber ich habe ihnen nicht zugehört.«

»Eure Absichten kannte ich nicht«, fuhr Reckel fort. »Ich dachte, Ihr würdet mit dem Verfolgten unter einer Decke stecken.«

»Das war es, wofür Ihr mich gehalten habt: für seinen Handlanger«, sagte ich.

»So ist es. Ich beschloß nach langem Hin und Her, Euch Angst einzujagen. Konrad und die anderen lauerten Euch auf dem Heimweg auf.«

Ich sagte: »Ihr wolltet mich beseitigen lassen ...«, aber er unterbrach mich sofort.

»Nein«, rief er heftig. »Ich wollte, daß sie Euch Furcht

einflößten, damit Ihr Euch wenigstens für ein paar Tage zurückhieltet. In dieser Zeit hoffte ich, meine Angelegenheiten endgültig klären zu können. Aber Ihr entkamt und fügtet den Männern etliche blaue Flecken zu, und sie waren daraufhin von Zorn auf Euch erfüllt. Sie bestanden darauf, Euch nochmals abzufangen, und ich ließ sie gewähren. Wißt Ihr, darüber mache ich mir die größten Vorwürfe. Ich wollte es nicht. Ich mußte in der Zwischenzeit nicht einmal mehr befürchten, daß mein Versteck ausgehoben würde, denn Wolfgang Leutgeb hatte die Stadt verlassen, und seine Frau bewies mehr Courage als er und gewährte uns bedenkenlos Logis. Ich hatte sogar gewagt, Euch zu konfrontieren. Da ich wußte, wie wenig Ihr die Bürger der Stadt kanntet, sah ich es als ungefährlich an, mich als Wolfgang Leutgeb auszugeben. Ich dachte, wenn Ihr auch den Mann nicht kenntet, so würdet Ihr es doch merken, wenn einem Haus der falsche Name zugeordnet würde.«

»Ihr habt mich vollkommen getäuscht«, sagte ich.

Moniwid rief plötzlich unfreundlich: »Was hat dies alles mit dem Mord zu tun? Ich habe Euch nun weiß Gott geduldig zugehört, aber es wäre mir recht, wenn Ihr einmal auf den Punkt kommen würdet.«

Ich sah zu ihm hinüber. Seine Augen glänzten, und er massierte seine Schulter unablässig. Es schien, daß seine Schmerzen größer geworden waren. Aus einem Einfall heraus wandte ich mich an Sebastian Löw, der vor wenigen Augenblicken erschrocken aufgewacht war und seitdem Reckel zerstreut zugehört hatte. Dabei zupfte er unablässig mit zitternden Fingern am Kragen seines Wamses.

»Habt Ihr in Eurer Apotheke ein schmerzstillendes Mittel?« fragte ich ihn. Er schreckte auf.

»Gegen Schmerzen?« stotterte er. »Natürlich. Warum?«

»Würdet Ihr für Herrn Moniwid etwas davon holen?«

Er sah Monwid an, und es war klar zu erkennen, daß er Schwierigkeiten damit hatte, seine Person zuzuordnen. In seinem Erschöpfungsschlaf schien ihm die Gegenwart abhanden gekommen zu sein. Er stand unschlüssig auf und richtete seinen Blick dann auf mich.

»Ihr steht hier herum«, klagte er plötzlich. »Was ist mit Daniel? Ihr wolltet mir helfen.«

»Wir helfen Euch doch. Geht und holt das Mittel, bitte. Der Mann, der Euch abgeholt hat, wird Euch hin und zurück begleiten.«

Er starrte mir flehentlich ins Gesicht, aber er befolgte meinen Wunsch. Er war an einem Punkt angelangt, an dem seine eigene Initiative völlig zusammengebrochen war; vermutlich war er geradezu froh, wenn ihm jemand sagte, was er als nächstes zu tun hatte. Er schniefte unglücklich und verschwand.

Reckel sagte: »Ich komme gleich auf den Punkt. Seht Ihr, nach einigen Tagen hatten meine Leute eine gewisse Routine darin, den Mann zu beobachten; er geriet ihnen kaum jemals aus den Augen. Als Ihr mir mitteiltet, die polnische Gräfin wäre am Allerheiligenmorgen ermordet in der Martinskirche aufgefunden worden, wußte ich, daß nur er der Mörder sein konnte; und glaubt nicht, daß diese Erkenntnis mich sonderlich überraschte. Ich konnte mich erinnern, daß einer meiner Männer mir gemeldet hatte, er habe ihn spätnachts mit einer Frau in die Baustelle gehen und nach langer Zeit alleine wieder herauskommen sehen. Er hatte sich nichts dabei gedacht, denn der Bau hat viele mögliche Ausgänge, und er nahm an, es handle sich um ein heimliches Stelldichein, und sie hätte die Baustelle über einen anderen Weg wieder verlassen.«

Das war es; und es war so einfach, daß ich am liebsten gelacht hätte. Ich versuchte es, und es hörte sich in dem still gewordenen Zimmer so fehl am Platz an, daß ich mit einem Mißlaut verstummte. Moniwid starrte Reckel mit zusammengekniffenen Augen und gesträubten Brauen an und sagte nichts. Der alte Mann lehnte weiterhin an der Tischplatte und gab Moniwids Blick ruhig und mit verschränkten Armen zurück. Nach meinem fehlgeschlagenen Lachen breitete sich plötzlich eine große Leere in mir aus; meine Gedanken liefen einen Augenblick lang ungelenkt durch mein Gehirn, und ich dachte absurderweise: Jetzt würde ich gerne etwas essen. Ich riß mich zusammen und zwang mich wieder zur Konzentration.

– Das war es.

Ich wußte auf einmal, wen Reckel verfolgt hatte; ich dachte an sein Gesicht und seinen vor Nässe triefenden Körper, an die Schlinge um seine Knöchel. Ich dachte: Zuletzt hat der alte Mann ihn doch noch eingeholt und den Mord an Ebran an ihm gerächt. Welche Ironie; Ebran war der Mann, dem Reckel den Tod wahrscheinlich am meisten von allen gewünscht hatte. Es war nicht verwunderlich, daß er nicht darüber hatte reden wollen. Ich wartete, ob Reckel weitersprechen würde, aber er schwieg. Vielleicht wollte er, daß ich es für ihn aussprach.

Ich holte Atem und sagte laut: »Herr Moniwid, dank Herrn Reckels Erklärungen kann auch ich Euch sagen, wer der Mörder der Gräfin ist. Ich muß Euch jedoch mitteilen, daß er der irdischen Gerechtigkeit bereits entzogen ist. Wir werden niemals erfahren, weshalb er sie umgebracht hat und warum er das tat, was er mit ihr getan hatte. Er steht selbst bereits vor seinem Herrn; vor einer Woche haben ihn die Wappner ertrunken aus dem Fluß gezogen. Sein Name war Ernst Wechsler; er war einer der richterlichen Schreiber hier in Landshut.«

Ich sah Moniwids Gesicht zucken, aber er kam nie zu Wort. Reckel fuhr auf.

»Was redet Ihr da für einen Unsinn?« rief er kopfschüttelnd. »Der Mann, von dem ich spreche, ist der Stadtoberrichter. Er heißt Meinrad Girigel.«

Was tut man, wenn man etwas erfährt, bei dem gleichzeitig zwei Stimmen in einem aufschreien; die eine ruft: Mein Gott, ja, das ist es!, während die andere schreit: Das kann nicht sein? Ich kann es nicht beschreiben; ich kann nicht einmal sagen, daß ich es einfach nicht glaubte, denn ich glaubte es sofort und vollständig. Ich könnte sagen, ich war überrascht, aber nicht einmal das trifft zu; als ich Richter Girigels Namen hörte, dachte ich nur: Genau. Gleichzeitig aber vollführte mein Körper das ganze Ritual eines Menschen, der völlig aus dem Gleichgewicht geworfen ist; ich keuchte und sprang in die Höhe und rief: »Ihr seid verrückt!«

»Völlig verrückt«, brummte Moniwid in einem Moment kaum glaublicher Einigkeit.

Reckel zuckte mit den Schultern.

»Was für einen Grund sollte ich haben, Euch eine derartige Geschichte zu erzählen, wenn sie nicht wahr wäre«, sagte er.

»Weil er Euch damit beauftragt hat!« rief Moniwid und zeigte mit seinem gesunden Arm empört auf mich. »Wie ich es mir dachte: Ihr seid nur ein Komödiant, den dieser Kaufmann von der Straße geholt hat, um mich zu betrügen.«

»Herr Moniwid«, sagte ich müde. »Wenn das der Fall wäre, würde ich ihm dann aufgetragen haben, eine Geschichte zu erzählen, die so verrückt klingt, daß niemand sie glauben mag?«

Moniwid setzte an und schloß den Mund im selben Augenblick wieder. Er funkelte wütend zu mir herüber, aber im Moment wußte er keine Antwort. Ich wandte mich von ihm ab und sah zu Reckel, der in seiner entspannten Haltung auf dem Tisch saß. Ich blickte in seine Augen, die er ruhig und offen auf mich gerichtet hatte. Es war, als ob sich alles mit einem Ruck zusammengefügt hätte. Ich hörte mir selbst zu, während ich wie im Traum sprach: »Die Männer, die uns überfallen haben, wurden unter der Folter gesprächig. Weil Ihr sie nicht in alles eingeweiht habt, konnten sie nur Euren letzten Aufenthaltsort verraten: Euer altes Haus. Girigel ließ es bewachen; da sich dafür kein offizieller Grund finden ließ, nehme ich an, er heuerte irgendwelche Strolche an, die er für ihre Dienste bezahlte. Einer dieser Kerle ist dem alten Flößer aufgefallen, nicht der junge Löw, wie ich zuerst dachte. Die Strolche fanden heraus, daß Ihr im Hause der Leutgebs Unterschlupf gefunden hattet. Sie gaben dem Richter Bescheid; wahrscheinlich mit einer Brieftaube. Dieser beauftragte sie, weiterhin in der Nähe zu bleiben.« Ich schüttelte den Kopf und sagte grimmig: »Der alte Flößer hielt sie für Spitzel der Familie eines jungen Mannes, mit dem sich mein erdichtetes Mündel traf; das war die Ausrede, mit der ich ihn zur Bewachung Eures alten Hauses beauftragt hatte. Er wollte zwischen mir und dem Liebhaber meines Mündels vermitteln – er hatte es mir selbst vorgeschlagen, aber ich verbot es ihm. Vermutlich setzte er sich darüber hinweg in der Hoffnung, auf eigene Faust Frieden zwischen einem alten verbohrten Kerl und einem verliebten jungen Mann zu stiften und einer zarten Liebe zum Leben zu verhelfen. Er ging auf die Kerle zu und eröffnete ihnen, was ich ihm eingeblasen hatte. Sie jedoch nahmen an, er gehöre zu Euch und wolle sie mit einer plumpen Geschichte einwickeln; und da sie nicht wußten, was sie mit ihm anstellen sollten, und fürchteten, er könne ihre Pläne zunichte machen, beseitigten sie ihn. Sie informierten den Richter, und diesem blieb nichts anderes übrig, als so schnell wie möglich loszuschlagen und Euch zu verhaften.«

»Er wußte nichts von mir«, unterbrach Reckel. »Die Wappner haben mich nicht gesucht; sie haben lediglich alle Männer aufgegriffen, die sie in Leutgebs Haus finden konnten und die nicht zu Leutgebs Dienerschaft gehörten. Konrad und ich konnten ihnen mit Mühe entkommen. Wir versteckten uns in dem getarnten Durchgang entlang der Stadtmauer. Sie haben sich noch nicht einmal um meine Tochter bemüht.«

Ich schnaubte, aber es war nicht aus Verachtung.

»Eure Männer, die mich und den Stadtkämmerer überfielen«, sagte ich. »Sie haben dem Richter verraten, was er aus ihnen herauspreßte; aber es war nur die halbe Wahrheit. Sie haben weder Euch noch Eure Tochter ans Messer geliefert. Es ist ihnen gelungen, dies trotz der Marter für sich zu behalten.« Ich dachte an den jungen Mann, der mit durchnäßter Hose an der Mauer gestanden war und zitternd von einem zum anderen geblickt hatte. »Ihr könnt stolz auf solche Freunde sein«, sagte ich heiser. »Sie haben zu Euch gehalten, obwohl Ihr ihnen noch nicht einmal alles erzählt hattet.«

Reckel nickte nur. Ich faßte in meine Tasche und holte das Siegel des toten Schreibers heraus. Ich hielt es in die Höhe.

»Darum seid Ihr nicht auf mein Angebot eingegangen, den gefälschten Erlaubnisschein zu benützen«, sagte ich.

Er nickte.

»Er hätte Euch nichts genützt. Allenfalls hätte man Euch auch noch ergriffen.«

Ich schüttelte den Kopf, aber ich war mir selbst nicht mehr sicher.

»Der Richter hat Angst«, sagte Reckel. »Er weiß, daß ihm jemand auf den Fersen ist, aber er weiß nicht wer, und er weiß nicht weshalb.« Er schüttelte sich und senkte den Kopf. »Er wird versuchen, es nun aus denjenigen meiner Freunde herauszuholen, die er in Leutgebs Haus verhaftet hat.«

»Aus diesem Grund hat er sich auch um ihren Abtransport bemüht, ohne sich mit den Stadtbehörden abzustimmen«, erklärte ich. »Der Anführer der Wappner auf der Burg wiederum hatte keine Veranlassung, an seinen Anordnungen etwas merkwürdig zu finden oder sie dem Stadtkämmerer mitzuteilen. Und Daniel Löw«, fuhr ich betroffen fort. »Er hat die Schurken beobachtet, die den Flößer umgebracht haben. Auf irgendeine Art und Weise muß er sich dabei verraten haben; vielleicht hat er etwas verloren, als er von seinem Ausguck auf der Stadtmauer sprang, oder er hat sich zu ungeschickt angestellt und sich blicken lassen. Sie verfolgten ihn, um sich über seine Ziele klar zu werden; als ihnen dies nicht gelang, fingen sie ihn nach seinem Besuch bei mir ab und verschleppten ihn.«

»Dann ist er ebenso in Burghausen wie meine Männer«, sagte Reckel und sah mich mit einem merkwürdigen Gesichtsausdruck an. Ich brauchte einen Moment, bis ich ihn deuten konnte. Er besagte: Jetzt ziehen wir beide an einem Strick.

Moniwid mischte sich wieder ein.

»Das ist alles barer Unsinn«, sagte er unwirsch. »Ich habe jetzt die Nase voll von Euch, Kaufmann. Nehmt Euren Freund und verschwindet. Vielleicht könnt Ihr Euch bis zum Eintreffen des Hochzeitszuges noch eine bessere Geschichte ausdenken. Ihr wißt ja, was sonst passiert.«

Ich wollte ihn schon an sein Versprechen, uns zu helfen, erinnern, bis mir dämmerte, daß seine Hilfe nicht mehr vonnöten war. Wir hätten Daniel Löw nicht finden können, und wenn wir tausend Mann durch die Wälder und Sümpfe rund um Landshut geschickt hätten. Ich ließ die Hände sinken und spürte, wie plötzlich ein breites Grinsen mein Gesicht verzog.

»Wie Ihr wünscht«, sagte ich, und er sah mich mißtrauisch an, ob ich etwas Neues ausheckte oder auch nur eine bösartige Bemerkung machen würde. Aber ich drehte mich nur zu Reckel um und nickte ihm zu, und er erhob sich langsam. Als er stand und mit einem entschlossenen Ruck den Tisch beiseite schob, wurde mir vollends klar, daß wir nun Verbündete waren. Ich hätte darüber beunruhigt sein sollen; statt dessen fühlte ich mich mit einemmal so sicher wie seit Beginn dieser Affäre nicht mehr.

Reckel verlor kein Wort über Moniwid; er mochte sich über ihn und seine Halsstarrigkeit wundern, aber im Grunde war der Pole für ihn bedeutungslos. Wir verließen das Zimmer und warteten am Fuß der

Treppe auf Sebastian Löws Rückkehr. Von der offenen Tür drang das Rauschen des Regens herein. Wir sprachen nicht. Reckel sah mit zusammengekniffenen Augen in die Dunkelheit hinaus und zog schnüffelnd die Nase hoch. Auch ich roch es; den schweren, erdigen Geruch aus den Mooren vor der Stadtmauer, der durch den Regen aufstieg. Das Wetter würde umschlagen.

Zuletzt drängte sich doch etwas auf meine Zunge; ich fragte: »Warum hat er sie getötet?«

Reckel wandte sich mit ehrlichem Erstaunen zu mir um.

»Ich habe keine Ahnung«, sagte er. »Ich dachte, Ihr wüßtet es.«

»Wenn ich gewußt hätte, warum die Polin umgebracht wurde, wäre ich auch früher oder später auf den Mörder gekommen«, sagte ich.

Reckel machte eine gleichgültige Geste.

»Könnt Ihr Euch vorstellen, daß mich diese Frage nicht im geringsten interessiert?

Ich räusperte mich. Wenn ich gedacht hatte, Reckel könne auch dieses Rätsel aufklären, hatte er mich jedenfalls enttäuscht. Ich dachte an Daniel Löw und fühlte mich aufs neue beklommen.

»Wenn sie merken, daß ihnen der Sohn des Apothekers noch weniger nützt als Eure Leute, werden sie ihn sofort beiseite schaffen«, sagte ich dumpf.

»Ich bin mir nicht sicher«, wandte Reckel ein. »Wenn Girigel herausfindet, daß er nichts weiß, gibt es keinen Grund, ihn umzubringen. Ich fürchte nur, daß er wie meine Männer der Folter unterzogen wird, bis ihm jemand glaubt.«

»Er muß ihn dennoch beseitigen«, widersprach ich

und fühlte ein kaltes Grausen dabei. »Er kann es sich nicht leisten, ihn freizulassen, nachdem Löw seine Machenschaften weitestgehend kennengelernt hat.«

»Wir müssen also handeln, bevor Girigel dieser Umstand klar wird.«

»Ja«, sagte ich. »Wenn es nicht schon zu spät ist. Löw ist vor zwei Tagen verschleppt worden. Er dürfte mittlerweile in Burghausen angekommen sein.«

»Wo meine Männer schon lange gefoltert werden«, sagte Reckel erstickt.

Sebastian Löw kam kurze Zeit später durch die Nässe hereingetrottet; der polnische Ritter marschierte mit ausdruckslosem Gesicht hinter ihm her und stieg nach seinem Eintritt die Treppe hoch, ohne mehr zu tun als uns zuzunicken. Löws Gesicht war anzusehen, daß er die Gelähmtheit des Schlafes endgültig abgeschüttelt und zur Wirklichkeit zurückgefunden hatte; er machte den Eindruck, als sei ihm diese Wirklichkeit nicht besonders willkommen. Er trug ein Fläschchen mit sich.

»Was ist?« fragte er. »Soll ich es dem polnischen Herren nicht hinaufbringen?«

»Nein«, antwortete ich. »Er hat es sich anders überlegt.« Ich sah aus dem Augenwinkel, wie Reckels Kopf herumfuhr, aber ich bemühte mich, nicht darauf zu reagieren. Ich wußte, daß ich Moniwid zu guter Letzt noch brauchte: *Er* mußte überzeugt werden, daß der Richter der gesuchte Mörder war, und es war gut zu wissen, daß ich mit Löws Medizin ein Lockmittel für seine Kooperation in den Händen hatte. Es war ein kleiner und gemeiner Gedanke, aber er verschaffte mir einen Vorteil, und wir konnten dringend ein paar Vorteile auf unserer Seite gebrauchen.

»Gebt es mir«, sagte ich zu Löw. »Ich verwahre es einstweilen.«

Er überreichte mir das Fläschchen widerstandslos. Ich steckte es ein. Für einen Moment sprach keiner von uns dreien. Löw sah von einem zum anderen, dann blieb sein Blick an mir hängen.

»Ich dachte, der Herr solle uns helfen, Daniel zu finden?« flüsterte er. »Was wird jetzt? Weigert er sich, sein Versprechen einzulösen?«

Ich wußte plötzlich, daß ich Löw seine unmittelbare Angst nehmen konnte; es wäre ein Akt der Gnade. Ich zauberte ein Lächeln auf mein Gesicht – das tausendste falsche Lächeln, seit dieser Fall begonnen hatte – und sagte: »Wie geht es Eurer Familie, Herr Löw?«

»Wie wohl?« sagte er resigniert.

»Geht heim und macht ihnen eine Freude. Sagt ihnen, wir haben Daniels Befreiung bereits veranlaßt.«

Es war beschämend zu sehen, wie er auf meine Lüge reagierte; selbst, wenn es eine gnädige Lüge war. Sein Unterkiefer sackte herab, und in Sekundenschnelle schwammen seine Augen in Tränen. Er ächzte, dann stammelte er: »Wie habt Ihr das gemacht? Wo ist er? Geht es ihm gut?«

»Es war alles ein Mißverständnis. Er ist in Burghausen«, sagte ich und warf einen Blick zu Reckel hinüber, der mich scharf musterte, aber keinerlei Anstalten machte, mich zu verraten. »Aufgrund eines Irrtums hat man ihn verhaftet. Ich denke, er wird so schnell wie möglich wieder freigelassen werden.«

»Was?!« stieß er hervor. »Verhaftet? Woher wollt Ihr das wissen?«

»Ich habe es gesehen«, sagte Reckel unvermittelt. »Ich wußte nicht, daß es Euer Sohn war. Ich bin darauf aufmerksam gemacht worden, während Ihr in Eurer Apotheke wart.«

Löw stieß plötzlich ein keuchendes Lachen hervor. Seine Augen schlossen sich.

»Daniel«, sagte er. Es war das aufrichtigste Dankgebet, das ich jemals gehört hatte.

»Geht nach Hause«, drängte ich ihn. »Sagt es Eurer Familie.«

»Was macht Ihr?«

»Ich schreibe einen Brief nach Burghausen an Richter Girigel, um ihn über den Irrtum aufzuklären«, sagte ich. »Ihr wißt vielleicht, daß ich ihn gut kenne.«

Er streckte beide Hände nach mir aus, und ich erwartete, daß er mich jeden Moment zu umarmen versuchen würde. Statt dessen wirbelte er auf einmal herum und rannte mit wedelnden Armen in die Dunkelheit hinaus. Der Regen verschluckte ihn sofort, aber wir hörten seine hastigen Schritte über den Hof und zum Tor hinaus durch die Pfützen patschen; ein rundlicher, kleiner Mann, der wie ein Junge nach Hause lief und seinem Gott voller Inbrunst dafür dankte, daß er ihm seine Gnade gezeigt hatte. Ich zog die Nase hoch und wandte mich zu Reckel um.

»Ihr wolltet ihm die Angst nehmen«, sagte er.

»Ich wollte ihn vor allen Dingen loswerden«, erwiderte ich. Reckel lächelte und schüttelte den Kopf.

»Ihr seid ein besserer Christ, als Ihr selber denkt«, sagte er.

»Sagt das nicht«, widersprach ich. »Ihr wißt noch nicht, was ich vorhabe.«

»Und was ist das?«

»Richter Girigel wird tatsächlich einen Brief erhalten«, sagte ich. »Aber nicht ich werde ihn schreiben. Ihr werdet es tun.«

Er starrte mich an. Er war brillant; er durchschaute meinen Plan sofort.

»Ich soll mich ihm offenbaren und ihn damit nach Landshut locken«, sagte er. »Und ihn damit erpressen, alles ans Licht zu bringen, wenn er seinen Gefangenen etwas antut: seine Verstrickung in den Tod Ebrans und vor allem den Mord an der Polin.«

»So ist es«, sagte ich.

Er dachte eine lange Weile darüber nach. Ich sah ihm zu, während sein Blick in die Ferne gerichtet war und seine rechte Hand geistesabwesend an seinem Ohr zupfte. Ich dachte, ich könne ermessen, wie schwer es ihm fallen mußte, sich zu dieser Entscheidung durchzuringen. Alles, was er in seinem Leben für richtig erachtet hatte, wurde dadurch auf den Kopf gestellt: Er offenbarte sein Wissen, seine Herkunft, seine Person, Dinge, deren Geheimhaltung ihm sechzig Jahre lang das Leben gerettet hatten. Schließlich kehrte er in die Gegenwart zurück und sah mir ins Gesicht.

»Ich sehe keine andere Möglichkeit«, sagte er. Ich nickte.

»Es rettet Euren Freunden und Daniel Löw das Leben«, erwiderte ich.

»Gehen wir zurück zum Haus von Wolfgang Leutgeb«, sagte er. »Wir wollen keine Zeit verlieren.«

»Nein«, widersprach ich. »Gehen wir wieder nach oben zu Albert Moniwid. Er muß den Brief sehen und lesen. Wenn der Richter wirklich hierherkommt und damit seine Schuld eingesteht, muß er davon überzeugt werden, nicht wir. Er muß jetzt vom Anfang bis zum Ende in alles mit einbezogen werden.«

»Der Gedanke gefällt Euch nicht.«

»Nein«, erwiderte ich. »Ganz und gar nicht. Moniwid ist ein aufgeblasener Narr, dem es einen teuflischen Spaß macht, uns Knüppel zwischen die Beine zu werfen.«

Reckel zuckte mit den Schultern.

»Außerdem verbirgt er etwas«, sagte er und ging gelassen die Treppe hinauf.

Es war keine leichte Aufgabe, Moniwid davon zu überzeugen, daß der Brief in seiner Gegenwart geschrieben, von ihm gelesen und auch vor seinen Augen gesiegelt werden mußte. Es gelang mir schließlich, ihn mit Hilfe der schmerzstillenden Medizin Sebastian Löws zu überreden: Ich schlug ihm einen weiteren Handel zwischen uns vor, seine Aufmerksamkeit gegen einen tiefen Schluck aus dem Fläschchen, und da ihm diese Schliche mittlerweile bekannt vorkam, gestattete er sich sogar ein halb amüsiertes Grinsen, bevor er einwilligte. Er wies uns darauf hin, daß dies nicht bedeute, daß er unseren Auftritt nicht weiterhin für eine Posse halte; er wolle nur sehen, wie weit wir damit gehen würden.

Seine Sicherheit verflog, als Reckel sich ohne Umschweife setzte und mit fliegendem Federkiel zu schreiben begann. Er zog die Stirn kraus, während er Reckels wenige Zeilen nach dem Trocknen der Tinte überflog, und als er zuletzt aufsah, schien er nun keineswegs mehr davon überzeugt zu sein, daß wir ihn zum Narren halten wollten. Ich siegelte das Schreiben mit einem anonymen Klecks Siegellack, und er wälzte sich aus dem Bett – das Mittel des Apothekers schien zu wirken – und sah mir dabei sogar mit einer gewissen Spannung zu. Ich beobachtete ihn genau, nachdem Reckel seine Bemerkung getan hatte, Moniwid würde uns noch etwas verschweigen, aber ich konnte keinen Hinweis darauf feststellen. Vielleicht hatte Reckel sich getäuscht, und die barsche Art des Polen hatte ihn zu einem Trugschluß verleitet. Moniwid beugte sich über meine Schulter, während ich den heißen Lack auf das Pergament tropfen ließ, und war für ein paar Momente beeindruckt genug, daß er nichts mehr sagte. Es sollte jedoch nicht lange dauern, bis er wieder Oberwasser bekam.

»Wie wollt Ihr die Botschaft so schnell nach Burghausen bringen?« fragte Reckel. Ich hatte mir darüber schon meine Gedanken gemacht.

»So, wie er all seine anderen Botschaften hin- und hergebracht hat: mit einer Brieftaube.«

Reckel sah mich betroffen an.

»Tauben fliegen nachts nicht«, erwiderte er. »Wußtet Ihr das nicht?«

»Was sagt Ihr da?«

»Das weiß selbst ein Kind!« knurrte Moniwid. »Womit habt Ihr denn Eure geschäftlichen Botschaften versandt, Kaufmann? Mit Eulen? Seid Ihr sicher, daß Ihr nicht schon lange bankrott seid und es nur noch nicht wißt?«

Ich wollte aufbegehren, aber es machte keinen Sinn. Er hatte recht. Ich hatte einen Fehler gemacht. Für Momente war mein Kopf völlig leer.

»Dann schicken wir einen Boten«, stammelte ich.

»Und wen stellt Ihr Euch vor?« fragte Reckel.

»Wie wäre es mit Konrad?«

»Völlig ausgeschlossen«, sagte er bestimmt. »Ich werde nicht auch noch ihn ins Feuer schicken.«

»Er würde es bestimmt ohne Zögern tun«, rief ich.

»Er schon«, erklärte Reckel. »Ich aber nicht.«

Ich wandte mich an Moniwid, aber er schüttelte den Kopf. Sein Grinsen war jetzt wieder deutlicher zu sehen.

»Denkt nicht einmal daran«, sagte er.

»Habt Ihr niemanden unter Eurem Gesinde, den Ihr losschicken könnt?« fragte Reckel und sah mich an. »Niemand, dem Ihr – *vertraut?*«

Ich starrte zurück und merkte, wie ein Name in mir Gestalt annahm. Jemand, an den ich in den letzten Tagen überhaupt nicht mehr gedacht hatte; dem ich noch nicht einmal für seinen Einsatz betreffs meiner Tuchlieferung gedankt hatte. Hatte ich so viel Vertrauen zu ihm? Aber die Frage lautete ganz anders: Hatte ich eine Wahl?

»Doch«, sagte ich bestimmt. »Jörg Tannberger.«

»Benachrichtigt ihn«, sagte Reckel.

In späteren Jahren habe ich mich oft gefragt, ob es dieser Abend gewesen war, der meinen Weg zurück ans Licht endgültig freiräumte. Die Liebe zu Jana hatte mich aus der Vereisung aufwachen lassen, die ich selbst geschaffen hatte, und mir gezeigt, daß es niemals zu spät ist, einen Fehler zu korrigieren und in einer anderen Richtung weiterzugehen. Jetzt aber sah ich, daß ich nicht allein auf diesem schwierigen Pfad war; noch jemand kämpfte sich an meiner Seite zum Leben zurück, dessen Erstarrung noch viel länger gedauert hatte, nämlich sein ganzes Leben: Johannes Reckel. Auch das wurde mir erst später bewußt, und unter den vielen Dingen, die ich an dem alten Mann bewunderte, war dieser Umstand nicht der geringste. Erst am Abend seines Lebens fand er wieder zu der Würde zurück, die einem Mann wie ihm anstand, und er trat ohne zu zögern an, um sich seiner Vergangenheit zu stellen.

Reckel hatte Richter Girigel in seinem Brief für die Nacht vom Sonntag auf Montag nach Landshut bestellt; es war die früheste Möglichkeit für den Richter, die Stadt zu erreichen, und es war in unserer Absicht gelegen, ihn nicht zum Nachdenken kommen zu lassen. Er mußte reiten, so schnell er konnte, um den Termin einigermaßen zu halten. Mein Gedanke war gewesen, das Treffen auf meinem Hof stattfinden zu lassen, aber Reckel redete mir mein Vorhaben aus. Er war der Ansicht, mein Name dürfe nicht ins Spiel kommen, um den Richter nicht mißtrauisch zu machen. Er mußte weiterhin denken, daß er die Sache noch immer in den Griff bekommen könne, oder er würde nicht nach Landshut kommen. Ich fügte mich schließlich seinem Wunsch, den Richter in die Baustelle der Martinskirche zu bestellen. Es mochte sein, daß er das Treffen dorthin verlegte, weil mit der Vergabe des Bauauftrags an einen anderen der Niedergang seines Vaters begonnen hatte und er hoffte, mit dem Abschluß seiner langen Suche nach Dietrich Reckels Hinterlassenschaft in der Kirche den Kreis zu schließen. Ich widersprach ihm nicht lange; auch für den Mordfall schloß sich damit ein Kreis, und ich empfand es als eine Art von Gerechtigkeit, daß der Richter dort zum Geständnis gezwungen werden sollte, wo er die Tat begangen hatte. Ich lud Johannes Reckel ein, mit seiner Tochter und seinem verbliebenen Helfer die Nacht auf meinem Hof zu verbringen, aber er lehnte ab. Er gab keinen Grund dafür an; vielleicht fühlte auch er, daß unsere beiden Schicksale plötzlich näher miteinander verbunden waren, als wir gewahr wurden, und wollte diese Nähe nicht noch ermutigen. Nach allem, was passiert war, hatte er keinen Grund, neben meiner Unterstützung auch noch meine Freundschaft zu suchen. Ich ritt allein nach Hause zurück, die Botschaft an den Richter in der Tasche. Die Stadt war leer, aber ich konnte Abfall und ein paar Scherben auf dem Kopfsteinpflaster entdecken, und ich dachte flüchtig daran, daß die Bürger und Bauern heute Martini gefeiert hatten. Martin war der Schutzheilige der Stadt; vielleicht hatte er heute bei uns gesessen und hatte auf das Geschehen eingewirkt. Auf der zweiten der beiden Isarbrücken zog ich Ernst Wechslers Siegel aus der Tasche und warf es ins Wasser.

Tannberger ritt kaum eine Stunde nach meiner Rückkehr auf meinen Hof los, das Schreiben in der Tasche, ohne zu wissen, was darin stand. Er war stolz darauf, daß ich ihn nochmals für eine Mission ausersehen hatte, und ebenso erfreut wie peinlich berührt darüber, daß ich mich bei ihm für meine Undankbarkeit entschuldigte und ihn für seinen Erfolg mit der Stofflieferung vor allen anderen lobte. Er fragte nicht einmal nach, warum es so wichtig war, daß die Botschaft den Richter in Burghausen so schnell wie möglich erreichte. Ich setzte mich zu Jana in die Stube, wo ich feststellte, daß ihre Gegenwart schon seit den wenigen Stunden, in denen sie sich auf dem Hof aufhielt, die Verlegenheit meines Gesindes weggefegt hatte. Beim Essen herrschte ein Lärm wie schon lange nicht mehr. Schweigsamer als sonst war hingegen der Verwalter, der Janas Hiersein sichtlich noch immer nicht mit meinen Erzählungen der letzten Tage in Einklang bringen konnte. Ich konnte ihm nicht helfen; er würde warten müssen, bis ich ihm alles erklärte. Nach dem Essen ging ich zu Bett, und Jana folgte mir mit der gleichen zögernden Scheu wie gestern, als wüßte sie nicht, ob es das Richtige sei, was sie tue. Sie blieb mitten im Raum stehen und sagte:

»Wenn dir meine Anwesenheit hier peinlich ist, kannst du es ruhig sagen. Ich würde die Wahrheit jedenfalls deiner verschlossenen Art vorziehen.«

Ich sah auf und sagte: »Jana, wenn du weggehst, reite ich dir persönlich hinterher und trage dich wieder zurück.«

»Du wirst mich nirgends halten können, wo ich nicht bleiben will«, antwortete sie. Ich nickte.

»Ich weiß. Und du wirst mich nicht von dem Platz fernhalten können, an dem du dich aufhältst.«

Plötzlich lächelte sie und setzte sich neben mich auf das Bett. Sie lehnte sich an meine Schulter und rieb ihr Gesicht am Stoff meines Wamses.

»Du glaubst, daß morgen die Entscheidung fällt, und das bedrückt dich«, sagte sie nach einer Weile hellsichtig. »Was macht dir dabei zu schaffen? Freust du dich nicht, daß es endlich zu Ende geht?«

»Es sind noch immer so viele Unwägbarkeiten vorhanden«, erklärte ich seufzend. »Ich weiß nicht, ob ich dort in der Kirche alles in den Griff bekomme.«

Sie richtete sich auf und sah mich mit zusammengezogenen Augenbrauen an.

»Du willst selbst vor Ort sein?« fragte sie.

»Natürlich. War dir das nicht klar?«

Sie schüttelte den Kopf. Für eine lange Minute schien sie nur nachzudenken, ob sie die Gedanken, die über ihr Gesicht huschten, aussprechen sollte. Schließlich erwiderte sie nur: »Du bist alt genug geworden, ohne daß *ich* auf dich achtgegeben hätte. Ich möchte dich nur bitten, daß auch *du* auf dich aufpaßt.«

»Wenn dir soviel daran liegt ...«, sagte ich halb im Scherz. Sie lächelte schief und nickte, ohne dabei meinen Blick loszulassen.

Es war unsere zweite Nacht, aber diesmal liebten wir uns nicht. Ich hatte das Gefühl, daß mein Körper im Fieber brannte, aber es war nicht das Fieber nach ihr, das mich verzehrte. Ich wußte, ich hätte weder ihr noch mir Vergnügen bereiten können, und so ließ ich es sein. Vielleicht war es ein Fehler; aber aus der Art, wie sie sich nach einem Moment der Verblüffung an mich drängte und nach wenigen Augenblicken in meinem Arm einschlief, schloß ich, daß es vielleicht doch keiner gewesen war.

Ich lauschte ihren Atemzügen und fand lange keinen Schlaf.

Am folgenden Tag war Albert Moniwid davon zu überzeugen, daß er in der Kirche dabeisein müsse, wenn der Richter auftauchte und damit quasi sein Geständnis ablegte. Moniwid sträubte sich, bis ich sagte: »Wenn Ihr nicht dabei seid, werdet Ihr mir jemals glauben, daß er tatsächlich der Mörder ist?«

Er verzog das Gesicht. Der Brief und der leichte Rauschzustand, in dem er sich dank des Schmerzmittels befand, schienen seine Sturheit ein wenig erschüttert zu haben, denn er antwortete: »Ich denke schon. Ihr habt mich überzeugt mit Eurer Hartnäckigkeit.«

Ich schüttelte den Kopf.

»Ich will Euch trotzdem mit dabeihaben.«

»Traut Ihr meinem Wort nicht?«

»Hätte ich irgendeinen Anlaß dazu?«

Er brummte zornig, ergab sich aber schließlich meinem Wunsch. Ich vereinbarte mit ihm, daß ich ihn nach der Abendmesse abholen und zur Kirche begleiten würde, und er willigte mit saurer Miene ein.

Ich konnte es kaum erwarten, bis es Abend wurde.

Der Tag zog sich unendlich hin. Ich brachte Jana zurück zur Residenz, damit sie ihre Sachen zusammenpacken und zu mir hinausschaffen konnte, und begab mich danach wieder in die Stadt hinein. Ich hielt es auch in ihrer Gegenwart nicht auf meinem Hof aus, und sie besaß genug Einfühlungsvermögen, um mich ohne lange Widerrede gehen zu lassen. Es war Sonntag, und ich wanderte ruhelos im feinen Nieselregen in der Stadt umher und roch den Duft nach gebratenem Fleisch, der sich durch die Straßen zog. Ich mied das Rathaus mit dem Stadtkämmerer darin; ich war gespannt wie eine Harfensaite und nicht in der Lage, Altdorfer zu schildern, was ich getan und erfahren hatte und was ich noch zu tun beabsichtigte. Ich wußte, daß er in seinem Arbeitszimmer auf und ab schreiten würde und in den Pausen zwischen seinen Tätigkeiten für die Hochzeit an mich denken und sich fragen würde, warum in aller Welt ich mich nicht bei ihm meldete. Ich hielt es für möglich, daß er sich sogar Sorgen machte, ob mir nicht zuletzt doch etwas zugestoßen war, doch ich konnte mich nicht überwinden, mit ihm zu sprechen. Der letzte Teil dieses Falles war meine Aufgabe mehr als alles andere, und ich konnte nicht zu ihm gehen. Ich strich zwischen den Häusern umher wie ein hungriger Kater, fand mich mit einemmal vor der Tür des Leutgebschen Hauses wieder und ging fort, ohne daran zu klopfen. Ich schaute eine Weile den polnischen Rittern bei ihren Übungen zu, die sie lustlos im Regen vollführten, und ich blickte zu dem offenen Fenster des Arbeitszimmers hoch, von dem aus Moniwid ihre Bemühungen verfolgte. Er konnte seinen rechten Arm bereits wieder ein wenig besser bewegen. Offenbar wirkte das Schmerzmittel noch immer, oder er hatte sich an den Schmerz gewöhnt. Als er mich vor dem offenen Tor stehen und hereinspähen sah, winkte er mir mit der linken Hand zu, und ich war so überrascht über diese Geste der Vertrautheit, daß ich fast zu hoffen begann, Daniel Löw möge ihn nach seiner glücklichen Rückkehr tatsächlich kurieren.

Wenn er noch lebt, dachte ich dann, und noch alle seine Gliedmaßen funktionieren, und der Gedanke trieb mich wieder von der Stelle, zurück in die Stadt. Eine Weile stand ich neben der Baustelle, aber es wurde mir merkwürdig, wenn ich daran dachte, was sich heute nacht hier abspielen würde, und ich verließ auch diesen Posten wieder. Ich fand einen öffentlichen Abtritt und erleichterte meine brennende Blase, doch ein paar Minuten danach hatte ich das Gefühl, ich müsse mich schon wieder erleichtern. Ich seufzte und setzte mich in eine Wirtschaft, wo ich einen Becher schales Bier trank, aber auch dort hielt ich es nicht lange aus. Ich trieb mich umher und verfluchte die Langsamkeit der Zeit, und als es endlich doch dämmerte und die Dunkelheit den halbfertigen Dom einhüllte, war ich geradezu überrascht und körperlich so erschöpft, als hätte ich den ganzen Tag ein Feld umgegraben.

Albert Moniwid begleitete mich schweigsam, nachdem ich ihn abgeholt hatte. Er hatte sich mühsam ein Schwert umgeschnallt und die Scheide in die Reichweite seiner linken Hand gerückt; ich sah es an, und er bemerkte meinen Blick, aber er sagte nichts dazu. Vielleicht fühlte er sich wegen seiner Verletzung ohne Waffen hilflos. Wir betraten die nachtdunkle Kirche, ohne eine Fackel zu entzünden. Die Arbeiter hatten einen breiten Gang von einem der Seitenportale zum Chorhaus hin freigeräumt und selbst den Boden so weit gesäubert, daß man sich darauf bewegen konnte, ohne über irgend etwas zu stürzen. Links und rechts davon, zwischen und unter den hohen Säulen, lagen die Steine und Bretter in halbwegs ordentlichen Haufen. Altdorfers Ermahnungen hatten Wirkung gezeigt.

Ich rief leise Reckels Namen, und er meldete sich aus der Nähe des Altarraumes. Dieser öffnete sich in einem weiten Viertelkreis in das Chorhaus hinein; ein paar Stufen führten auf die Erhöhung hinauf, wo Stethaimer noch den Tabernakel aufstellen lassen mußte. Reckel saß auf den Stufen und schaute uns entgegen.

»Ich möchte, daß Ihr Euch verborgen haltet«, sagte er zur Begrüßung.

»Wieso?« zischte Moniwid.

Reckel blickte mich an. Ich sah undeutlich, daß er eine Kerze in einer abgedunkelten Laterne neben sich stehen hatte. Der Lichtschein des brennenden Dochtes zeichnete sanft die Umrisse der kleinen Belüftungsöffnungen nach, die sich in den Klappen befanden. Reckel selbst war eine massige, dunkle Figur auf den Stufen zum Altarraum.

»Ich habe ihn fünfundzwanzig Jahre verfolgt«, sagte er leise. »Ich habe ein Recht darauf, ihn alleine zu treffen.«

Moniwid knurrte etwas, aber ich sagte rasch: »Wir verbergen uns hinter einem der Holzstapel und hören jedes Wort mit, das Ihr wechselt.«

»Ihr könnt sicher sein, daß Ihr zu hören bekommt, wozu Ihr gekommen seid«, erklärte Reckel.

Moniwid war nicht überzeugt und murmelte unzufrieden vor sich hin.

»Ich verstecke mich nicht«, brummte er.

»Das ist kein Verstecken, sondern ein Auf-die-Lauer-Legen«, sagte Reckel. »Wenn der Richter Euch oder Herrn Bernward sieht, wird er niemals sprechen.«

»Ich dachte, wenn er kommt, wäre das schon Geständnis genug?« fragte Moniwid ätzend.

»Für Herrn Bernward schon«, sagte Reckel gelassen. »Für Euch vermutlich nicht.«

Der Pole verstummte. Bei seinen Wortgefechten mit mir hatte er niemals so schnell klein beigegeben.

»Kommt«, sagte ich und zupfte ihn am Ärmel. »Legen wir uns auf die Lauer, bevor der Richter noch kommt und uns alle hier beisammen sieht.«

Es wurde eine erneute Geduldsprobe. Nach kurzer Zeit begann ich auf dem kalten Boden zu frieren, aber ich wagte nicht, mich mehr als nötig herumzurollen. Bald wurde der Drang in mir übermächtig, mich zu bewegen, und ich streckte meine Beine hierhin und dorthin aus, bis Moniwid mich ungnädig anzischte. Er selbst fing nach einer Weile an, seine Schulter wieder zu massieren, aber er klagte nicht. Er zog mühsam das Fläschchen des Apothekers aus der Tasche und nahm einen kleinen Schluck. Es roch nach Kräutern und Alkohol; vielleicht war es nur ein Schnaps, aber Moniwid hörte wenige Minuten nach dem Genuß des Mittels auf, seine Schulter zu bearbeiten, und wurde ruhiger. Ich verlagerte meine Aufmerksamkeit auf Reckel, den ich von meiner Position aus zwischen einem Stapel Holz und einer säuberlich aufeinandergeschichteten Steinpyramide hervor undeutlich sehen konnte. Er saß bewegungslos in der Dunkelheit neben seiner Laterne. Nach allem, was ich sah, konnte er ebensogut eingeschlafen sein. Ich zischte seinen Namen, und er drehte den Kopf herum und sagte leise: »Seid ruhig.«

Ich zog mich wieder zurück. Moniwid warf mir einen

Blick zu, und ich zuckte mit den Schultern. Er schnitt eine Grimasse und blickte schweigend zu Boden. Ich verlegte mich darauf, ihn zu beobachten. Bald sah ich, wie sein Kopf immer wieder nach unten nickte und dann rasch hochzuckte. Ich beugte mich ein wenig vor und sah aus der Nähe, daß seine Augenlider flatterten; plötzlich zuckte er so stark zusammen, daß die Zöpfe an seinen Schläfen tanzten.

»Schlaft mir nur nicht ein«, flüsterte ich halbwegs belustigt.

»Es ist das verdammte Mittel«, murmelte er undeutlich. »Es macht einen müde.«

Ich wollte etwas sagen, aber dann hörte ich das Geräusch einer vorsichtig geöffneten Tür weiter vorne. Jemand machte ein Seitenportal auf. Ich hätte beinahe aufgeschrien, aber ich riß mich zusammen. Moniwids Kopf fuhr herum; er schien mit einem Schlag wieder hellwach geworden zu sein. Ich reckte mich hinter unserer Deckung hervor und versuchte, Reckel zu erkennen. Seine Haltung hatte sich kaum geändert, aber er wirkte jetzt angespannt. Er drehte sich nicht zu uns herum. Ich sah, daß seine linke Hand auf der Klappe der Laterne ruhte.

Von vorne näherten sich langsame Schritte. Nach einigen Augenblicken wurde mir klar, daß es mindestens zwei waren, die die Kirche betreten hatten. Ich blickte Moniwid betroffen an, aber der Pole horchte nur konzentriert. Ich wagte nicht mehr, über den Stapel hinwegzublicken; ich versuchte an der Seite entlang zu spähen, aber das Baumaterial raubte mir die Sicht. Trotzdem konnte ich erkennen, daß die Ankömmlinge wenigstens eine Fackel dabei hatten: Ihr Lichtschein tanzte über die klobigen Formen. Ich hörte sie halblaut miteinander murmeln; einer von ihnen lachte unterdrückt. Sie bogen um die Ecke, die durch den freigeräumten Weg vom Portal zum Chorraum bestimmt wurde, und näherten sich dem Altar. Ich hörte das scharfe Klacken, mit dem Reckel die Klappe von seiner Laterne zurückschnellen ließ, und aus der Richtung der Ankömmlinge einen zweifachen, erschrockenen Seufzer. Ich konnte nicht mehr länger an mich halten und lugte vorsichtig nach draußen; Moniwid tauchte neben mir auf und tat es mir gleich. Er war mir so nahe, daß ich den Alkoholgeruch des Schmerzmittels in seinem Atem riechen konnte.

Reckel saß noch immer auf der Treppe, halb von seiner Laterne beleuchtet. Durch die Hälfte der Kirche von ihm getrennt, standen zwei halbwüchsige Jungen mit einer Fackel mitten auf dem Weg und klammerten sich in ihrem ersten Schreck aneinander. Ich verdrehte die Augen und hörte Moniwid neben mir die Luft ausstoßen. Es waren irgendwelche Spaßvögel, die sich einen Scherz in der halb fertiggestellten Kirche erlauben wollten.

Reckel ließ die Klappe zurückfallen und tauchte sich selbst wieder zurück ins Dunkel.

»Macht, daß ihr wegkommt«, grollte er mit unbeeindruckter Stimme. Die beiden Tunichtgute stammelten etwas und nahmen schleunigst Reißaus. In ihrem Schrecken ließen sie selbst die Fackel fallen. Reckel stand nach kurzem Zögern auf, ging zu ihr und trat sie aus. Den rauchenden Stumpen warf er zwischen die Bretterstapel.

»Hoffentlich haben sie den Richter nicht vertrieben«, hörte ich mich sagen. Moniwid erwiderte etwas Polnisches darauf; es hörte sich nicht an wie eine Schmeichelei. Er ließ sich ächzend hinter unsere Deckung zurücksinken. Ich beobachtete, wie Reckel sich wieder niederließ, dann duckte ich mich auch hinter den Bretterstapel zurück. Der nächste Ankömmling kam ein paar Minuten später und wesentlich leiser. Es war der Richter, und er war in Begleitung zweier kräftiger Männer.

Er war so schnell und unbemerkt gekommen, daß sowohl Moniwid als auch ich von seinem Erscheinen völlig überrascht wurden. Wir kauerten hinter den Brettern, als wir plötzlich das Zurückschnappen von Johannes Reckels Laternendeckel hörten und seine Stimme schneidend sagte: »Ich bin hier.«

Moniwid blickte überrascht auf. Er machte Anstalten, hinter der Deckung hochzuschnellen, aber ich packte ihn an seinem gesunden Arm und zog ihn wieder nach unten. Ich schüttelte heftig den Kopf. Er biß die Zähne zusammen und bleckte sie in meine Richtung, aber er versuchte nicht, sich meinem Griff zu entwinden. Mit eingezogenen Köpfen und kaum zu atmen wagend, hörten wir die Stimme des Richters: »Warum sprecht Ihr Latein?«

Reckel sagte etwas auf Polnisch und fuhr dann auf Latein fort: »Ich kann Eure Sprache nicht sprechen. Deshalb habe ich Euch auch auf Latein geschrieben.«

»Aber Ihr schriebt, Ihr wärt der Sohn von Dietrich Reckel.«

»Das ist richtig. Ich bin in Böhmen aufgewachsen.«

Girigel brummte etwas, das ich nicht verstand. Scheinbar gab er sich damit zufrieden. Ich verging vor Anspannung, wenigstens einen Blick nach draußen werfen zu können, wagte aber keine Bewegung zu machen. Ich stellte mir vor, wie sie vor dem Chorraum standen, durch ein paar Schritte voneinander getrennt, die hünenhafte Gestalt Johannes Reckels und davor der dunkle, kleine, verkrüppelte Richter. Reckels Gesicht würde durch seine Laterne halb erleuchtet sein. Girigel hatte nicht einmal eine Fackel dabei. Ich hörte ein paar Schritte scharren.

»Wer sind die beiden Männer?« fragte Reckel.

»Freunde.«

»Seit wann?« fragte Reckel ironisch. »Seit Allerheiligen?«

Girigel ließ sich nicht beirren.

»Was wollt Ihr von mir?«

»Das habe ich Euch in meinem Brief geschrieben.«

»Ihr habt mir einige schwerwiegende Anschuldigungen an den Kopf geworfen, mit denen Ihr bei den hiesigen Stadtbehörden zu hausieren beabsichtigt.«

»So ist es.«

»Es ist Euch natürlich klar, daß keine davon zutrifft.«

»Natürlich«, sagte Reckel. »Ihr seid auch nur deswegen so schnell nach Landshut gekommen, weil die Nächte hier so lau sind.« Girigel schwieg einen Moment. Ich glaubte fast hören zu können, wie sich die Gedanken hinter seinem schiefen Gesicht jagten.

»Ich bin gekommen, weil mich der Fall mit der getöteten polnischen Gräfin im Moment stark beschäftigt«, sagte er dann. »Ich erhoffte mir von Euch einige Aufschlüsse darüber.«

Ich stöhnte innerlich; er war gerissener, als ich gedacht hatte. Unwillkürlich sah ich zu Moniwid hinüber, der mich beinahe fröhlich angrinste. Ich hatte den Eindruck, es würde ihm Spaß machen, wenn wir mit dem Richter Schiffbruch erlitten.

»Und was erhoffen sich die beiden Herren in Eurer Begleitung?« fragte Reckel.

»Sie sind meine Freunde, wie ich bereits sagte«, erklärte der Richter kühl.

»Nun gut; wenden wir uns dem anderen Thema meines Briefes zu. Wo habt Ihr das Geld meines Vaters gelassen?«

»Ihr sprecht Eure weiteren Vorwürfe an«, erwiderte Girigel. »Ich muß Euch gestehen, daß ich darüber nicht das Geringste weiß.« Ich stellte mir vor, daß Reckel gemessen nickte. Plötzlich sagte er scharf und laut: »Meine Männer haben Euch gesehen, wie Ihr aus dieser Kirche kamt; allein. Hinein gingt Ihr mit der Frau, welche später tot aufgefunden wurde.«

»Lächerlich«, spie Girigel wütend hervor. »Ich weiß nicht, warum ich mir diesen Unsinn anhöre.«

»Weil ich sonst meine Geschichte überall verbreite«, erklärte Reckel gelassen.

»Meine Freunde könnten Euch zum Schweigen bringen«, sagte Girigel eisig.

»Warum sollten sie das, wo Ihr doch unschuldig seid.«

»Nehmen wir einmal an, Ihr hättet recht«, sagte Girigel nach einer langen Pause. »Wie habe ich denn die Polin umgebracht?«

»Ihr seid ein Krüppel«, sagte Reckel erbarmungslos. »Ihr habt sie gewürgt, aber Ihr hattet nicht die Kraft, die Arbeit so zu Ende zu bringen. Deshalb habt Ihr abgewartet, bis sie die Besinnung verlor, und Ihr dann den Hals umgedreht wie einer Henne.«

Moniwid zuckte zusammen, aber er beherrschte sich. Ich warf ihm einen besorgten Seitenblick zu.

»Und dann?« fragte der Richter mit rauher Stimme.

»Dann seid Ihr wieder zu Euch gekommen und habt erkannt, was Ihr angerichtet habt. Die Nichte des Polenkönigs lag tot zu Euren Füßen; nicht irgendeine Schlampe. Diesen Todesfall würde man gründlich untersuchen. Daher habt Ihr sie so zugerichtet, daß jeder auf die falsche Fährte kommen mußte: ein Mord aus Lust, eine Vergewaltigung. Ihr geht am Stock, Richter. Ich wette, dieser Stock hat eine große Rolle bei Eurer anschließenden Arbeit gespielt.«

Ich spürte, wie es mich bei diesen gefühllosen Worten würgte. So hatte ich mir die Geschehnisse noch gar nicht ausgemalt. Ich wünschte plötzlich, nichts mehr zu hören.

»Ihr konntet die Leiche nicht verschwinden lassen«, erklärte Reckel mit provozierender Stimme. »Wie sehr müßt Ihr Euren lahmen Arm verflucht haben; aber sie lag in diesem tiefen Loch, aus dem Ihr selbst nur mit Mühe herauskamt. Also wart Ihr zu dieser blutigen Komödie gezwungen.«

Die Stille, die daraufhin eintrat, war beängstigend. Beinahe wäre ich aufgesprungen und nach vorne geeilt. Ich glaubte fast, ich könne Girigels raschen Atem hören.

»Woher wißt Ihr das alles?« fragte der Richter zuletzt, und seine Stimme hörte sich krank an. »Steckt Ihr mit diesem Bernward unter einer Decke?«

Ich schrak zusammen, aber Reckel sagte mit der allergrößten Aufrichtigkeit: »Wer ist das?«

»Unwichtig«, stieß Girigel hervor. Ich konnte ihn regelrecht denken hören: Bernward, dieser Idiot, den uns Altdorfer aufgeschwatzt hat. Ich habe mich gleich darauf verlassen, daß er nichts herausfinden würde.

»Ihr gebt es also zu?« fragte Reckel.

Girigel antwortete nicht. Ich hörte ein leises Klopfen,

das ich mir nicht erklären konnte, bis mir klarwurde, daß er mit seinem Stock auf den Boden schlug.

»Was habt Ihr nun vor?« fragte er.

»Ich denke, ich werde Euch dem Herzog und seinen Schergen ausliefern«, sagte Reckel.

»Ich könnte Euch für einen Sinneswandel reich belohnen«, erklärte Girigel zögernd.

»Richter!« sagte Reckel plötzlich und spie das Wort voller Verachtung heraus. Zum erstenmal erhob er seine Stimme. »Mit welchem Geld wollt Ihr mir denn das Maul stopfen? Mit meinem eigenen? Ich bin Euch ein halbes Menschenalter hinterhergerannt, weil Ihr das Erbteil meines Vaters an Euch gebracht habt. Ihr habt einen Mann zu Tode foltern lassen, weil Euch die Geldgier geblendet hat. Ihr habt die Nichte des Polenkönigs umgebracht und nichts verabscheut, um die Nachforschungen auf die falsche Spur zu lenken; Ihr habt meine Freunde entführt und auf die Folter gespannt, obwohl Ihr wußtet, daß das Verbrechen, für das Ihr sie foltern ließet, eigentlich Ihr begangen habt. Was habt Ihr dabei erfahren? Daß sie Euch beobachtet haben? Daß sie Euch seit Tagen nicht mehr aus den Augen gelassen haben? Warum, Richter, warum?«

Jetzt begann er zu schreien: die Wut trug ihn mit sich fort. »Habt Ihr Euch das gefragt, und sie konnten es Euch nicht sagen, selbst als Ihr ihnen die Glieder ausgerissen habt? Habt Ihr's mit der Angst zu tun bekommen, Richter? Konntet Ihr nicht mehr richtig schlafen? Habt Ihr Euch gefragt, in welches Wespennest Ihr da getreten seid? Ich hoffe, daß Ihr vor Angst in Eurem Bett geweint habt, Richter, bevor Ihr den Beschluß faßtet, auch den Rest meiner Männer zu verhaften. Ich bin sicher, Ihr habt Eure Werkzeuge auch schon an ihnen ausprobiert! Und jener Unschuldige, den Eure Freunde hier in der Isar ertränkt haben und denen Ihr dazu noch den Schlüssel zu einem der Tore in der Stadtmauer ausgehändigt habt? Er ist wieder nach oben gekommen, Richter, er hat mit seinem toten Finger auf Euch gezeigt. Was habt Ihr mit dem Apothekerssohn gemacht, den sie daraufhin in die Finger bekamen? Fressen an ihm auch schon die Fische, oder verbrennt man gerade seine Fußsohlen drüben in Burghausen? Ihr seid eine Zecke, *Richter* Girigel! Was habt Ihr mit meinem Geld getan? Euch diese Stellung erkauft? Freunde erschmiert? Ihr widerlicher, lächerlicher kleiner Zwerg. Ich habe mein Leben damit vertan, Euch hinterherzurennen, und da wollt Ihr mich kaufen mit Geld, das von Rechts wegen mir gehört? Nein, Freundchen, vergeßt es. Ich bin nur aus einem Grund hier: Ich will sehen, wie Euch der Henkersstrick die Augen aus dem Gesicht treibt!«

Er keuchte; am Ende hatte seine Stimme sich überschlagen. Ich war erschüttert, aber gleichzeitig dachte ich: Wenn man das nicht bis nach draußen gehört hat, dann weiß ich nicht. Ich erwartete, daß jeden Moment ein Aufgebot Wappner hereinstürmen würde, aber es blieb alles still. Die Kirche war groß, und sie fing den Schall auf ihre Weise.

Zwischen Reckels heftigen Atemzügen hörte ich den Richter erstickt fragen: »Woher wißt Ihr das alles? Seid Ihr der Teufel?«

»Ich bin Euer persönlicher Teufel!« keuchte Reckel. »Ich werde Eure Seele ins Feuer hängen und beobachten, wie sie verschmort.«

Ich hatte erwartet, daß Girigel sich aufraffen und empört verteidigen würde; ich hatte erwartet, daß er seine Begleiter auf Reckel hetzen würde. Selbst Moniwid schien auf so etwas zu warten; ich sah, wie seine Linke nervös den Schwertgriff umklammerte. Zu meiner Überraschung begann er statt dessen zu wimmern.

»Es hat mir kein Glück gebracht«, greinte er. »Euer Geld hat mir kein Glück gebracht. Schon als dieser unselige Ebran es noch besaß, klebte Blut daran. Er war kaum unter der Erde, da trat einer der Henkersknechte auf mich zu und erklärte mir, daß er von allem wisse, was ich getan hatte. Er war mir nachgeschlichen, als ich in jener Nacht in den Kerker ging und das Geständnis dieses Spitzels anhörte. Ich wollte ihm von dem Geld geben, aber er lehnte es ab. Er sagte, er sei noch zu jung; er würde es nur sinnlos ausgeben. Ich sah ihn mir an, und er war tatsächlich noch ein halbes Kind. Was tut ein Kind unter den Henkersknechten? Ich fragte ihn, was er von mir wolle, und er verlangte, daß ich ihm Lesen und Schreiben beibringe und ihn als meinen Schreiber aufnehmen würde; das würde sein Leben sichern, sagte er. Andernfalls würde er mich beim Advocatus anzeigen, und dieser haßte mich ohnehin, weil ich besser war als er. Was sollte ich tun? Ich nahm ihn als meinen Schreiber an, und er war der miserabelste Schreiber, den die Welt jemals gesehen hat; trotzdem mußte ich ihn immer mit mir nehmen. Nach Herzog Ludwigs Tod kam Herzog Heinrich in Ingolstadt an die Macht, und weil Ebran für seine Seite spioniert hatte, hatte der Schurke mich vollends in der Hand. Er erpreßte mich; er nutzte meine Zwangslage aus. Ich wagte nicht einmal, das Geld anzufassen. Ich habe es heute noch so, wie ich es damals nach den Angaben des Spitzels fand. Ich kann es Euch zeigen; Ihr werdet alles zurückerhalten. Ich machte mich schon lächerlich damit, daß ich ihn fortwährend protegierte. Zuletzt zwang er mich gar, ihn nach Polen mitzusenden. Er hatte einer Schlampe ein Kind angehängt und wollte verschwinden, während ich die Sache bereinigte. Und was tut er dort drüben? Eines dieser Weiber macht die Beine für ihn breit, und er verliert sich selbst aus den Augen, weil sie von Adel ist und sich trotzdem von ihm bespringen läßt; er erzählt ihr alles, und sie beschließen, mich gemeinsam um alles zu erpressen, was ich habe. Sie hat mich auch erpreßt, versteht Ihr?« rief er. »Sie war die größte Schlampe, die jemals am polnischen Königshof herumgelaufen ist, und wenn sie eines noch geiler machte als ein kräftiger Mann, dann Geld. Deshalb habe ich sie umgebracht! Sie verlangte zuviel! Ich mußte sie beseitigen.«

Ich starrte ungläubig dorthin, wo Moniwids Gesicht ein heller Fleck in der Dunkelheit war. Er gab den Blick nicht zurück. Nun wußte ich, was er verschwiegen hatte. Hätte ich nur etwas auf Janas Gerücht gegeben. Ich spürte, wie die Wut in mir hochkochte. Natürlich hatte die Gräfin einen Liebhaber gehabt; und es war ihm die ganze Zeit über klar gewesen. Er mochte sogar gewußt haben, daß er ein Schreiber des Richters war, wenn ihm auch der Name unbekannt gewesen war. Vielleicht hatte er es deswegen verschwiegen: Er hatte sich dafür geschämt. Hätte ich es eher gewußt – vielleicht hätte der Flößer nicht zu sterben brauchen. Ich knirschte mit den Zähnen und hörte weiter zu.

»Sie lachte mich aus, als ich sie bat, von mir abzulassen. Sie sagte, Wechsler hätte ebenfalls diese lächerlichen Skrupel gehabt. Sie würde sich aber nicht mit Almosen abspeisen lassen. Ich war wie von Sinnen; ich stieß sie zu Boden und umklammerte ihren Hals. Sie trat um sich und versuchte zu kreischen, und ich umklammerte ihren Hals immer fester. Sie war kräftig; plötzlich rollten wir in die Grube hinunter, und ich fiel auf sie. Jetzt hatte sie sich verletzt und wehrte sich nur noch schwach, und ich hielt ihre Arme nieder und drückte ihr die Luft ab. Meine Hand erlahmte, aber ihr Herz schlug noch immer. Ich faßte sie um den Kopf und brach ihr das Genick. Danach ...«

»... tatet Ihr, was Ihr getan habt«, vollendete Reckel. Vielleicht hatte auch er kein Verlangen danach, die restlichen Details aus des Richters Mund zu hören.

»Könnt Ihr das nicht verstehen?« heulte Girigel. »Sie hat mein Blut gesaugt, sie und dieser Wechsler!«

»Was ist mit ihm geworden?«

»Er war zu diesem Zeitpunkt bereits tot«, sagte Girigel erschöpft. »Ich kaufte diese beiden Burschen hier schon vor Allerheiligen aus dem Kerker heraus, in den ich sie selbst vor Wochen hatte werfen lassen, und trug ihnen auf, ihn so schnell wie möglich zu beseitigen. Meinen anderen Schreibern teilte ich mit, ich hätte ihn beurlaubt.«

Das Schweigen, das darauf folgte, war lang. Alles, was zu hören war, war das Scharren auf dem Boden, wenn die Männer vorne ihren Standort wechselten. Ich spürte, wie Moniwid mich anblickte. Ich drehte mich zu ihm um und funkelte ihn zornig an. Er zuckte mit den Schultern. Ich mußte an mich halten, um ihn nicht lauthals zu verfluchen.

»Ihr seid widerlich«, sagte Reckel schließlich klar und deutlich. Der Richter zog die Nase hoch.

»Und nun?« fragte er gefaßt.

Ich hörte das Ächzen, mit dem Reckel sich erhob.

»Nun«, sagte er, »hat sich einer meiner größten Wünsche erfüllt: Euch einmal von Angesicht zu sehen und Euch dort hineinzusagen, wie sehr ich Euch verachte.

Nun mögen andere kommen, ihre eigenen Wünsche zu erfüllen.«

Es war das Stichwort für Moniwid und mich, wenn es jemals ein Stichwort gab. Ich bekämpfte den Schwindel und richtete mich hinter dem Bretterstapel auf, Moniwid neben mir.

Die vier Männer standen nahe beieinander. Reckel und Girigel sahen sich gegenseitig ins Gesicht, und Reckels Laterne beleuchtete Girigels blasse Züge. Bei dem Geräusch, das unser Aufstehen machte, fuhr der Richter herum. Reckel hielt die Laterne in unsere Richtung, damit er uns erkennen konnte. Bevor der Schatten darüberlief, sah ich in Girigels Gesicht den entsetztesten Ausdruck, den ich jemals an einem lebenden Menschen gesehen habe.

»Guten Abend, Richter«, sagte ich.

Ich hörte ihn aufschreien; so schreit ein wilder Eber, bevor er auf die Jäger losgeht, die ihn umzingelt haben. Es gab ein paar hastige Geräusche, das Licht geriet ins Schwanken und fiel zu Boden, und Moniwid stieß mich beiseite und stürzte nach vorne. Er versuchte, mit der Linken sein Schwert zu ziehen, aber er bekam es nicht aus der Scheide, und als er es endlich heraußen hatte, stieß er mit der rechten Schulter gegen einen Stein und keuchte vor Schmerz auf. Bis er eine Kampfposition gefunden hatte, war es zu spät.

Einer von Girigels Begleitern hielt den alten Reckel umklammert. Er drückte etwas gegen seinen Hals. Als Girigel sich bückte und die Laterne aufhob, blinkte es kurz auf: Es war die Klinge eines langen Messers. Girigel hielt das Licht in Reckels Gesicht, damit wir die Aussichtslosigkeit der Situation sahen. Moniwid machte eine unschlüssige Bewegung.

»Laßt es bleiben«, sagte ich scharf. »Ihr habt keine Chance.«

Er drehte sich zu mir um und fauchte mich an. Ich erwartete fast, er würde Reckels Leben aufs Spiel setzen, um des Richters habhaft zu werden, aber er tat es doch nicht. Langsam ließ er das Schwert sinken.

»Gut«, sagte Girigel rauh. Er wandte sich mir zu.

»Habt Ihr das eingefädelt, Herr Bernward?«

Ich nickte.

»Ihr erstaunt mich«, sagte er.

»Ich erstaune mich selbst immer wieder«, erwiderte ich.

»Ihr habt alles gehört, nehme ich an.«

Ich nickte wieder. Er nickte ebenfalls. Dann trat er einen Schritt auf mich zu.

»Wenn ich der Schurke wäre, als den Euer Freund hier mich hingestellt hätte, müßte ich Euch alle drei auf der Stelle töten«, knirschte er so leise, daß nur ich es hören konnte. Er atmete so schwer, daß seine Stimme beinahe erstickte. Ich konnte sehen, daß seine Unterlippe, ja sein ganzes Gesicht vor Wut zitterte. Plötzlich schwang er seinen Stock in die Höhe.

»Vielleicht tue ich es noch«, krächzte er.

Seine Bewegung war ein weiteres Stichwort. Ich hörte einen lauten Aufschrei: »Nein!«, und jemand sprang hinter einem anderen Bretterstapel im Hintergrund der Kirche hervor und hastete auf uns zu. Ich fuhr herum; selbst der Richter wirbelte verblüfft um seine eigene Achse, den Stock noch immer erhoben, und verlor beinahe das Gleichgewicht.

Moniwid fluchte laut in seiner eigenen Sprache. Ich rief: »Jana, nicht!«

Der zweite der beiden Totschläger fing sie ohne Mühe ab und preßte ihr die Arme gegen den Leib. Sie trat um sich.

»Ist dir etwas passiert?« rief sie mir zu.

Ich hatte das Gefühl, als würde mir der Boden unter den Füßen weggezogen. Ich taumelte. Auf das Gesicht des Richters stahl sich ein breites Grinsen.

»Nein«, sagte ich schwach. »Ach, Jana, warum bist du mir nachgekommen?«

»Ich hatte das Gefühl, daß dieses eine Mal doch jemand anders auf dich aufpassen sollte«, murmelte sie. Sie trat noch einmal gegen das Schienbein des Mannes, der sie festhielt. Sie sah sich um, und ich erkannte, daß ihr die Situation klar wurde. Ihr Körper erschlaffte, ohne daß ihr Überwältiger seinen Griff gelockert hätte. Reckel betrachtete sie interessiert und richtete dann seinen Blick auf mich. Er sagte kein Wort.

»Wenn hier noch jemand versteckt ist«, schrie der Richter plötzlich mit sich überschlagender Stimme, »soll er jetzt hervorkommen!«

Ich dachte: Wenn jetzt auch noch Hanns Altdorfer hinter einem Haufen Steine hervorkommt, fange ich an zu lachen. Aber es regte sich niemand mehr. Altdorfer wußte von nichts und war vernünftig genug gewesen, mir nicht hinterherzuschnuppern.

Der Richter ließ die Schultern sinken und wandte sich an mich.

»Mir liegt nichts daran, die Hochzeit scheitern zu lassen«, sagte er ernsthaft. »Was glaubt Ihr, warum ich in jener Nacht den Kanzler wegen der Gerichtsvollmachten ansprach? Ich wußte, daß die Dokumente im Rathaus waren; ich lockte den Kämmerer in die Kirche, damit er die Leiche fand. Ich hoffte allerdings, er würde sie ohne großes Aufhebens verschwinden lassen.«

»Dazu ist Hanns Altdorfer zu ehrlich«, sagte ich. »Aber das konntet Ihr Euch nicht vorstellen. Jetzt weiß ich auch, warum Ihr nach unserem Gespräch vor der Kirche so darauf drängtet, noch einmal in die Grube hinabzusteigen. Ihr wolltet sichergehen, daß all Eure Spuren verwischt würden. Altdorfer hat Euch dabei sogar noch geholfen.«

»Wenn es nach mir ginge, hätte sie niemals zu sterben brauchen. Sie zwang mich dazu.« Girigel sah Moniwid an und fuhr fort: »Ihr wißt jetzt, wer es getan hat. Für Euch liegt kein Grund mehr vor, die Hochzeit zum Scheitern zu bringen; Eure Wünsche sind erfüllt worden. Ihr laßt mich und meine Begleiter ziehen. Wenn wir weit genug entfernt sind von der Stadt, lassen wir den alten Mann und die Frau frei.«

Ich hörte mich seufzen. Vorhin, als er jammernd versucht hatte, Reckels Verständnis für seine Tat zu erringen, hatte ihn die Schwäche übermannt; jetzt war sein Selbstbewußtsein zurückgekehrt. Ich sah zu Reckel hinüber. Er gab meinen Blick zurück. Ich wußte, was er dachte: Nun wird sich zeigen, ob sich mein Vertrauen gelohnt hat. Ich wandte die Augen ab und sah zu Jana hinüber, die meinen Blick ebenso wie Reckel schweigend erwiderte. Ich dachte an Richter Girigels Verkrüppelung. Wir konnten noch gewinnen: Moniwid war trotz seiner Verletzung ein kampferprobter Mann, und Girigel war kein Gegner. Es stand zwei gegen zwei: Girigels Totschläger gegen Moniwid und mich. Ich war mir sicher, daß ihre Loyalität zu dem Richter nur so weit reichte, wie seine Geldbörse freigiebig gewesen war; wenn wir einen überwältigten, würde der andere Reißaus nehmen. Wir konnten es schaffen; aber Reckel und Jana würden danach mit durchschnittenen Kehlen auf dem Boden liegen.

Ich sagte: »Herr Moniwid, er hat recht. Was Ihr von uns wolltet, haben wir vollbracht. Hier steht der Mörder vor Euch und hat gestanden. Laßt ihn ziehen und die göttliche Gerechtigkeit sich um ihn kümmern.«

»Was soll das?« rief er. »Wir hauen ihn und seine Spitzbuben in Stücke.«

Girigel lächelte nur spöttisch auf Moniwid gesunkenes Schwert nieder. Der Pole errötete, daß es selbst in der dunklen Kirche zu sehen war.

»Wir werden jetzt gehen«, sagte der Richter auf bayrisch. Seine beiden Helfer nickten und begannen, sich von uns zu lösen. Reckel stolperte im Griff des einen mühsam rückwärts. Girigel machte eine Kopfbewegung, und der andere schob Jana dem Richter entgegen und warf ihm gleichzeitig ein Messer zu. Girigel fing es mit seiner gesunden Hand mühelos auf, umklammerte Jana von hinten und drückte ihr die Messerspitze gegen das Herz; weiter konnte er nicht hinaufreichen. Moniwid hob das Schwert und machte einen Schritt auf ihn zu, und derjenige, der das Messer an Reckels Kehle hielt, drückte es ein wenig stärker gegen seinen Hals. Ich erwartete, Blut zu sehen, aber dazu war die Klinge zu stumpf. Reckel schluckte und ließ kein Auge von mir.

Ich fühlte, wie ich plötzlich von Müdigkeit erfaßt wurde. Gerade eben noch war ich zum Zerreißen angespannt gewesen; jetzt schien mir, als bräuchte ich nichts so nötig wie einen Stuhl, um mich zu setzen. Ich legte die Hand auf Moniwids linken Arm und sagte zu Richter Girigel: »Laßt Gnade walten.«

Er lächelte verkrampft.

»Dieselbe Gnade, die Ihr auch mir gewähren wolltet?«

»Geht mir aus den Augen«, rief ich.

Girigel warf einen Blick zu Reckel hinüber und dann zurück zu mir. Er schien beinahe überrascht zu sein, daß er so leicht davonkommen sollte. Er nickte mir hinter Janas Rücken zu.

»Die Gefangenen in Burghausen könnt Ihr selbst abholen. Diese beiden hier lassen wir laufen, sobald es für uns ungefährlich ist. Irgend jemand wird sie wieder zurück in die Stadt mitnehmen. Ich habe kein Verlangen danach, noch ein paar Leben auf dem Gewissen zu haben.«

»Ein Wort aus Eurem Mund ist nicht viel wert«, sagte ich, und es schien ihn zu treffen.

»Ich habe doch erklärt, daß ich keine Wahl hatte«, flüsterte er. »Habt Ihr nicht zugehört? Und wen habe ich letztlich beseitigt? Einen Ehebrecher, der sich mit dem Blut seiner Geliebten einen Batzen Geld erschlichen hat, eine Hure und einen Parasiten.«

Ich öffnete den Mund, und er wehrte mich ab.

»Leiert mir jetzt nur nicht das sechste Gebot herab«, sagte er scharf. »Ihr könnt mir nicht weismachen, daß Ihr so christlich denkt.«

»Maßt Euch nicht an, meine Gedanken zu kennen«, sagte ich angewidert. »Außerdem schreit das Blut der Gefolterten und des ertränkten Flößers zum Himmel. Sie waren keine Parasiten.«

Girigel biß die Zähne zusammen.

»Ihr seid auch nur ein sentimentaler Idiot«, sagte er.

»Und Ihr seid verdammt«, erwiderte ich und hörte mich selbst voller Erstaunen das sagen, was Bischof

Peter in dieser Situation gesagt hätte: »Gott sei Eurer armen Seele gnädig.«

Er sagte nichts mehr. Mit einem Kopfnicken bedeutete er seinen Helfern zu gehen. Der Mann, der den alten Reckel festhielt, ging zuerst; er ging rückwärts und zerrte Reckel als Schild vor sich her, während er ihm noch immer das Messer an den Hals preßte. Girigel mit Jana als Geisel ging als nächster; den Abschluß machte der zweite Schurke. Auch sie bewegten sich rückwärts, die Gesichter uns zugewandt. Wir folgten ihnen vorsichtig. Ich bückte mich und hob die Laterne auf, die Girigel auf den Boden geworfen hatte; die Kerze war umgefallen, aber sie brannte noch, und ich richtete sie auf und leuchtete ihnen hinterher. Ich nahm an, daß sie Pferde dabeihatten, die vor dem Kirchenportal standen. Es machte keinen Sinn, ihnen bis nach draußen nachzulaufen, aber ich brachte es nicht über mich, bewegungslos hier drinnen zu verharren. Auch Moniwid setzte sich ohne Aufforderung in Bewegung und schritt mit gesträubtem Bart und zornfunkelnden Augen hinter ihnen her.

Sie hatten einen Stein auf die Schwelle des Kirchenportals gelegt, damit die Tür nicht ganz zufallen konnte; sie wollten sich auf ihrem Fluchtweg nicht behindern. In der Reihenfolge, in der sie aufgebrochen waren, traten sie ins Freie, ohne noch ein Wort an uns zu richten. Nur ihre Blicke ruhten auf uns und besonders auf Moniwids Linker, mit der er das Schwert umkrampfte. Ich hielt die Laterne hoch und starrte in Janas Angesicht. Ihre glänzenden dunklen Augen waren ohne zu blinzeln auf mich gerichtet. Ich sah zu Reckel hinüber. Er hatte die Augen geschlossen und wirkte gefaßt. Meine Müdigkeit war noch immer überwältigend. Ich dachte:

Wir lassen ihn laufen; er hat vier Menschenleben auf dem Gewissen, und wir lassen ihn laufen. Er hat einen alten Mann, der mir gegen sein Gefühl vertraut hat, und die Frau, die ich liebe, in der Gewalt. Aber es weckte nicht einmal Zorn in mir.

Hinter der Kirchentür trat lautlos ein Schatten hervor und hob etwas in die Höhe. Es sauste mit einem dumpfen Schlag auf den Kopf des Mannes herab, der den alten Reckel mit sich zerrte. Er hatte nicht die geringste Chance; er zuckte, und das Messer flog aus seiner Hand und wirbelte scheppernd über die Stufen hinunter auf den Pflasterboden. Der Schatten schlug nochmals zu, und der Mann, der schon ins Taumeln geraten war, fiel wie ein Sack zu Boden. Reckel wand sich los, stolperte beiseite und stand plötzlich neben dem Schatten.

Es war so schnell gegangen, daß ich noch nicht einmal Zeit gefunden hatte, einen Ruf auszustoßen. Selbst Moniwid, dessen Reaktion die einer Schlange war, starrte einen lähmenden Moment begriffslos auf die Szene. Girigel fuhr herum und nahm das Messer von Janas Herzen; sie sprang gleichzeitig aus seiner Reichweite und fuhr ihm mit beiden Händen durch das Gesicht. Er schrie auf und verlor das Messer, und sie versetzte ihm einen Tritt. Er stolperte nach hinten und stand plötzlich klein und wehrlos vor Reckel und dem Schatten, die sich beide über ihm erhoben und so absurd groß und wuchtig erschienen wie zwei steinerne Dämonen, die vom Traufrand der Kirche herabgesprungen waren.

Dann reagierte Moniwid. Er schwang das Schwert und sprang auf den zweiten der Totschläger zu, und dieser stieß einen erschreckten Schrei aus und hob den Arm vor das Gesicht. Moniwid schlug zu, aber seine Linke hatte nicht genügend Kraft: Der Streich prallte von der dicken Ledermanschette ab, die der Bursche um den Unterarm trug. Er fiel auf die Knie und begann zu kreischen, und Moniwid hob den Fuß und trat ihn vor die Brust, daß er hintenüber flog und mit dem Rücken gegen die Seitenwand des Portalbogens prallte. Der Pole setzte ihm hinterher und hob das Schwert erneut, und das Kreischen verstummte, und der Mann starrte mit weitaufgerissenem Mund und Augen zu ihm empor, beide Arme kraftlos zum Himmel gereckt. Moniwid brüllte auf, aber er ließ das Schwert nicht niedersausen. Wie ein Racheengel stand er mit geschwungener Klinge über dem Mann. Es hatte nicht mehr als ein paar Momente gedauert. Ich wirbelte zu Richter Girigel herum.

In einer grotesken Parodie der eben erlebten Szene kniete er auf dem Boden, und der Schatten schwang mit beiden Armen einen mächtigen Holzprügel über seinem Kopf. Ich erkannte jetzt, daß es Konrad war; und ich sah, daß er den Blick nicht auf den Richter, sondern auf Reckel gerichtet hatte. Ich sah Reckel an, und er sah mich an. Ich erkannte, daß er nicht wie Moniwid zögern würde.

»Nein!« keuchte ich kraftlos.

Reckel sah mir noch einen Augenblick länger in die Augen, dann wandte er den Blick ab und nickte Konrad zu. Der Prügel zuckte herab.

Es brauchte ein paar Schläge, bis das Leben aus Girigels verkrüppeltem Körper gewichen war. Zuletzt hörte sein Leib auf, unter den Schlägen zu zucken, und Konrad warf den Prügel beiseite und bückte sich, um dem Richter an den Hals zu fassen.

»Er ist hin«, sagte er. Seine Aussage war ebenso grausam wie passend: Es hätte auch ein Hund sein können, den er erschlagen hatte.

Ich hörte, wie Jana hinter mir würgte und etwas auf Polnisch flüsterte. Ich starrte Reckel mit weitaufgerissenen Augen an.

»Das war …«, brachte ich hervor. »Das war … Mord!«

Reckel schüttelte den Kopf.

»Das war vorauseilende Gerechtigkeit«, sagte er gelassen. »Wenn man ihn geschnappt hätte – und man hätte ihn früher oder später geschnappt – , hätten sie ihn zu Tode gerädert; und ein Henker, der einen ehemaligen Richter in die Finger bekommt, würde niemals den ersten Streich gegen den Hals führen. Wenn Ihr so wollt, habe ich Gnade gezeigt.«

»Ihr seid anmaßend«, stieß ich hervor. »Es steht Euch nicht zu, das Urteil zu vollstrecken.«

Er zuckte mit den Schultern.

»Wenn nicht mir, wem sonst?« fragte er. Ich wandte mich ab. Ich fürchtete, wenn er weitersprach, würde ich seinen Standpunkt noch verstehen. Jana stand mit hängenden Armen da und sah mich an, und ich nahm sie in die Arme. Ich spürte, wie sie versuchte, ihr Zittern zu unterdrücken.

Moniwid trat neben mich. Er hatte sein Schwert eingesteckt und hielt mit der linken Hand den Oberarm des übriggebliebenen Helfers des Richters umklammert. Dieser starrte mit wilden Augen auf den Leichnam des Richters und auf den bewegungslosen Körper seines Kameraden. Moniwid widmete Jana keinen Blick. Er deutete mit dem Kopf auf den am Boden liegenden Schurken.

»Was ist mit ihm?« fragte er auf Latein.

Reckel nickte Konrad zu, und dieser bückte sich erneut und fühlte nach dem Herzschlag des Burschen. Er sah nach oben und sagte: »Er lebt. Es wird nur eine Weile dauern, bis er zu sich kommt.«

Moniwid schien ihn verstanden zu haben. Er schob mir seinen Gefangenen zu. Er wehrte sich nicht und versuchte auch nicht zu flüchten; sein Widerstand war bis auf weiteres gebrochen.

»Den werdet Ihr brauchen, damit er die Aussage des Richters bestätigt«, sagte er. »Ihn und seinen Kameraden.«

Reckel sagte unvermittelt: »Wir werden nun aufbrechen. In Kürze werden die ersten Leute hier eintreffen, die der Lärm geweckt hat.«

Konrad entgegnete: »Keine Angst, Johannes; die guten Bürger hier kümmern sich um ihre eigenen Angelegenheiten«, gerade wie er es getan hatte, als er und seine Leute mich vor der Stadtmauer überfallen hatten. Ich schüttelte meine Lähmung ab.

»Wo wollt Ihr hin?«

»Nach Hause.«

»Zu Leutgebs Haus?«

»Nein«, sagte er schlicht. »Nach Hause.«

»Aber ... Landshut ist Euer Zuhause.«

Er schüttelte den Kopf.

»Landshut ist nur eine Erinnerung, die mir mein Leben vergiftet hat«, sagte er.

Ich deutete auf den Leichnam des Richters und fragte: »Und Euer Geld? Wo hat er es versteckt?«

Er hob die Schultern.

»Ich weiß es nicht«, erwiderte er.

»Er ist tot. Wie wollt Ihr es nun jemals herausfinden?«

»Ich will es nicht mehr herausfinden«, erklärte er mit ruhiger Stimme.

»Was!?«

Er wischte sich die Hände an seinem Wams ab. Es dauerte einen Moment, bis er antwortete:

»Ihr habt gehört, was der Richter gesagt hat: Es ist Blutgeld. Es hat niemandem jemals Glück gebracht: meiner Mutter nicht, Ebran nicht, dem Richter nicht. Und mir, der ich es nicht einmal besaß, hat es das Leben verdorben. Der Schatten von Gier und Niedertracht liegt darauf. Ich habe erkannt, daß ich nicht anders war als Ebran und nicht anders als Girigel. Ich schäme mich dafür. Ich will es nicht mehr haben; das ist mir heute nacht klargeworden.«

»Euer ganzes Leben habt Ihr mit der Suche danach verbracht«, sagte ich.

»Ich weiß. Und ich habe Gott zu danken, daß ich noch am Leben bin. Allen anderen hat es den Tod gebracht. Es soll bleiben, wo es ist – hoffentlich hundert Fuß tief in einem Brunnenschacht vergraben.«

Ich antwortete nichts mehr darauf. Unwillkürlich sah ich auf Girigels Leiche hinab, die zusammengesunken auf dem hellen Marmorboden des Kirchenportals lag wie eine schwarze Pfütze. Konrad hatte gezielt zugeschlagen; es war kein Blut zu sehen. Als ich aufschaute, stieg Reckel bereits die Treppenstufen hinunter.

»Bleibt hier!« rief ich. »Ich brauche Euch als Zeugen.«

Er deutete über die Schulter zurück.

»Ihr habt zwei Zeugen«, sagte er, ohne sich umzudrehen. »Außerdem Euch selbst, die Dame und den polnischen Ritter.«

»Reckel«, sagte ich leise. »Was habt Ihr denn nun vor?«

Er blieb stehen und drehte sich doch um. Konrad, der ihm bereits vorausgegangen war, kehrte um und stellte sich an seine Seite. Er stieß mit dem Fuß gegen das Messer, das der eine der beiden Schurken verloren hatte, und bückte sich danach. Nach einem Augenblick des Zögerns steckte er es ein.

Reckel sagte mit fröhlicher Stimme:

»Ich reite nach Burghausen und befreie meine Männer und den Sohn des Apothekers.« Er faßte hinüber zu Konrad und zog etwas Zerknittertes aus dessen Wams. Er zeigte es mir. Es war der gefälschte Passierschein, den ich ihm ins Gesicht geworfen hatte. Er hatte ihn zu sich genommen und aufbewahrt. Plötzlich mußte ich lächeln.

»Ihr habt gern eine Hintertür offen«, sagte ich. Er nickte und klopfte Konrad auf die Schulter.

»Ich rechnete damit, daß der Richter versuchen würde, einen von uns als Geisel zu nehmen. Deshalb postierte ich Konrad schon am frühen Abend vor dem Kirchenportal, um einen Trumpf in der Hinterhand zu haben.«

»Und das Schreiben?« fragte ich. »In ein paar Tagen wären Eure Männer von alleine freigekommen, und es besteht jetzt keine Gefahr mehr, daß sie weiter gefoltert würden. Habt Ihr mir zuletzt doch nicht vertraut?«

»Doch«, sagte er ernst und steckte das Schreiben wieder ein. »In der Kirche habe ich Euch mein Leben anvertraut. Mein Leben; nicht das meiner Freunde. Das war mir zu wertvoll. Aus diesem Grund habe ich Konrad auch das Schreiben gegeben. Wäre mir etwas zugestoßen, hätte er versucht, sie zu befreien.«

»Ich verstehe«, sagte ich. Ich hätte verletzt sein sollen, aber ich war es nicht.

»Ich hoffte, Ihr würdet es verstehen.« sagte er. »Lebt wohl.«

»Lebt wohl«, erwiderte ich. Reckel sagte etwas auf Polnisch zu Albert Moniwid, und dieser antwortete ihm. Er schlug Konrad nochmals auf die Schulter, und die beiden Männer drehten sich um und marschierten davon. Als sie um die Ecke in die Altstadt einbogen, tauchten sie in den Lichtkreis einer Fackel ein, die an einer Hauswand steckte. Reckels weißer Haarschopf leuchtete auf. Als Knabe von zehn Jahren war er in die Verbannung gestoßen worden und hatte sein Leben in der Dunkelheit der Rache verbracht. Jetzt war er ein alter Mann und ging freiwillig dorthin zurück, wohin man ihn verstoßen hatte. Er hatte ein Menschenleben auf dem Gewissen. Ich erinnerte mich daran, wie sehr ich mir damals gewünscht hatte, die Mörder der Kinder des Landadligen eigenhändig zu bestrafen, und wußte, daß ich es niemals vollbracht hätte. Ganz gleich, was er über des Richters schrecklichen Tod auf dem Richtplatz gesagt hatte und über die Gnade seines schnellen Todes unter Konrads gezielten Hieben, so war doch er es, an dessen Händen das Blut Girigels klebte. Das Blut der Täter damals wäre ebenso an meinen Händen gewesen. Plötzlich wußte ich, daß es nicht die Gespenster der Mädchen gewesen waren, die mich in meinen Alpträumen heimsuchten, sondern mein eigener unerfüllter Wunsch nach Rache, dem ich doch niemals hätte nachgeben können. Ich sah Reckel um die Ecke verschwinden. Ich wußte nicht, ob es recht oder unrecht war, was er getan hatte. Aber ich wußte, daß er dem gefolgt war, was er für das Richtige hielt. Vielleicht hatte Gott ihn als Werkzeug benutzt, um an Richter Girigel Vergeltung zu üben; vielleicht war der Tod des Richters auch nur der zwangsläufige Schluß einer Geschichte, die sechzig Jahre vorher ihren Anfang genommen hatte. Wenn es so war, hatte Reckel die Bürde erkannt, die für ihn vorbestimmt war, und die Verantwortung für das Ende dieser Geschichte übernommen. Soweit ich wußte, war er ihr letzter Überlebender: Derjenige, dessen Aufgabe es war, das letzte Kapitel zu beschließen.

– Ich wußte nicht, ob es recht oder unrecht war, was er getan hatte.

Aber ich wußte, daß ich ihn so in Erinnerung behalten würde: Das Licht, das sein weißes Haar aufleuchten ließ, während seine Gestalt in der Nacht verschwand.

12

Konrad sollte wiederum recht behalten; niemand kümmerte sich um uns, und niemand suchte den Bau auf, um dort nach dem Rechten zu sehen. Wir zerrten den Leichnam des Richters zurück ins Innere der Kirche und schleiften auch seinen besinnungslosen Helfer mit hinein, der bei dieser Prozedur erwachte. Er war viel zu benommen, um weiteren Widerstand zu leisten. Ich fesselte ihn und seinen Kumpan mit den Lederriemen ihrer Wickelgamaschen an den toten Richter, und sie saßen schweigend und mit grauen Gesichtern neben dessen stiller Gestalt und ließen die Köpfe hängen. Ich brachte Jana zur herzoglichen Stadtresidenz, dann ging ich ins Rathaus und weckte Altdorfer; zusammen holten wir den Kanzler und kehrten zurück in die Kirche. Es war die Konstellation wie zu Anfang der Geschehnisse; nur die Leiche der Polin fehlte, aber sie wurde durch den toten Richter ersetzt. Moniwid erklärte, daß seiner Forderung Genüge getan sei, und wenn ich von seiner Person noch Widerstand erwartet hatte, wurde ich enttäuscht. Vielleicht schämte er sich: Daß er es uns so schwer gemacht hatte, daß er uns über den Ruf der Toten angelogen hatte, daß er uns behandelt hatte wie Dreck. Ich weiß es nicht; ich weiß auch nicht, warum er von solcher Ablehnung gegen uns erfüllt gewesen war. Er war ein widersprüchlicher Mensch, und später dachte ich mehr als einmal, daß seine seltsame Haartracht und sein wilder Bart womöglich nur dazu gedient hatten, sein Gesicht und seine Seele dahinter zu verstecken.

Der Kanzler ließ die Leiche des Richters fortschaffen und die beiden Totschläger nach Burghausen bringen. Es ging ihnen, wie es den Kleinen immer geht: Um die Verwicklung des Richters, der immerhin ein hoher Beamter des Herzogs gewesen war, zu vertuschen, wurden sie seiner Verbrechen angeklagt. Sie trugen die Schuld ihres Herrn und auch seine Strafe dafür, und der Henker verfuhr mit ihnen so, wie es Reckel für Richter Girigel selbst prophezeit hatte. In einem schnellen, nichtöffentlichen Verfahren wurden sie abgeurteilt, unter dem Beifall der Menge etliche Wochen nach der Hochzeit in Burghausen gerädert, aufs Rad geflochten und ihre sterbenden Körper dem Volk vorgestellt. Die Gnade, daß der Henker das Rad zu Anfang oder wenigstens zum Schluß auf ihren Nacken hätte fallen lassen, wurde ihnen nicht zuteil. Die Gründe für das Todesurteil wurden niemals bekanntgemacht, und soweit ich weiß, fragte aus der Menge der Schaulustigen auch niemand danach. Daß das Urteil in Burghausen vollzogen wurde, machte jede Verbindung zur Hochzeit des jungen Herzogs in Landshut unmöglich.

Daniel Löw war, anders als den zuletzt Verhafteten aus dem Kreis von Reckels Freunden, nichts geschehen. Er war zu spät nach Burghausen gebracht worden, als daß sich die Angst und der Zorn des Richters noch an seiner Person hätten entladen können. Wohl lag er im Kerker und hörte das Flehen der Unglücklichen durch das Loch in der Decke, das in den Verhörraum führte, aber der Vorfall hinterließ nicht viele Spuren an ihm; er war eine zu optimistische Natur, um darüber in Trübsinn zu verfallen, und vielleicht half ihm auch die Tatsache darüber hinweg, daß er diejenigen Männer Johannes Reckels, die nicht reisefähig waren, weitestgehend gesundpflegte. Sie verdankten den Umstand, daß ihnen die Folter keine bleibenden körperlichen Schäden zugefügt hatte, seiner umsichtigen und rastlosen Pflege.

Albert Moniwid mußte der Arm nochmals ausgerenkt werden; auch das wurde von Daniel Löw veranlaßt. Der Knappe hatte in seinem ungeschickten Versuch, seinen Herrn zu kurieren, eine Ader eingeklemmt. Es dauerte einige Tage, bis er den rechten Arm wieder vollends gebrauchen konnte, und die Prozedur des erneuten Aus- und Wiedereinrenkens war eine ganz spezielle Tortur für ihn, die ihm die schadenfrohe Hälfte meiner Seele von Herzen gönnte. Nachdem das Schlimmste überstanden war, ritt er der Prinzessin entgegen und meldete das Ableben der Gräfin Jagiello. Wie sich zeigte – und was ich als letzte Demütigung empfand, die mir Hanns Altdorfer vergebens auszureden versuchte – war der ganze Hochzeitszug über ihren Tod eher erleichtert als entsetzt: Sie war als Intrigantin und als die Hure, als die sie Richter Girigel geschildert hatte, am Königshof eher gehaßt als geachtet gewesen. Das fehlende Mitleid mochte aber auch daran liegen, daß Moniwid die Umstände ihres Todes nur äußerst verzerrt wiedergab, als brächte er es selbst nicht übers Herz, sowohl die Niedertracht der Rolle, die sie selbst dabei gespielt hatte, als auch die niederträchtige Art und Weise ihres Todes genau zu schildern. Wie auch immer: Wahrscheinlich war die Hochzeit niemals in Gefahr gewesen. Sie hätte wohl sogar stattgefunden, wenn man König Kasimir in Polen seine tote Nichte direkt vor die Füße geworfen hätte. Die Bedrohung für Kaiser Friedrich letztlich war ohnehin niemals vorhanden gewesen.

Am Dienstag nach dem Tod des Richters kam der Hochzeitszug in Eching an; er wurde auf Geheiß von

Herzog Ludwig von sieben der geachtetsten Fürsten des Umlandes mit jeweils hundert Begleitern und etlichen Hundert Landsknechten empfangen und nach Landshut eskortiert. Dort auf der Wiese jenseits der herzoglichen Fischweiher warteten der Kaiser, Herzog Ludwig und sein Sohn und die kirchlichen Würdenträger auf ihn und geleiteten den polnischen König und die Prinzessin mit Trompeten, Pauken und Pfeifen zur Stadt herein. Das junge Paar wurde in Sankt Martin getraut, und wie es heißt, weinte die Prinzessin während der ganzen Zeremonie bitterlich. Das eheliche Beilager fand noch in derselben Nacht im Beisein des Herzogs, des Sohns von Kaiser Friedrich, dem späteren Kaiser Maximilian, und etlichen anderen Herren statt.

Die ganzen nächsten Tage über hielt der Herzog die Stadt, seine Gäste und alle Bürger frei. Die Adligen lieferten sich Rennen über die Planken in der Stadt, wobei sich die polnischen Ritter als ungestüme Raufbolde zu erkennen gaben und danach dürsteten, die bayrischen Streiter auf den Boden zu schicken. Albert Moniwid traf mit Herzog Christoph dem Starken zusammen, ganz wie er es gewünscht hatte, aber sein Rennen nahm einen unglücklichen Anfang und ein unglückliches Ende. Als beide auf die Bahn gingen, verlangte Moniwid, Herzog Christoph möge absteigen und sich untersuchen lassen, damit er keinen heimlichen Vorteil habe. Der Herzog tat es wutschnaubend und wurde an allen möglichen Körperteilen gründlichst untersucht; selbst seinem Pferd blieb die Prozedur nicht erspart. Danach ließ ihn Moniwid wieder aufsteigen und bat ihn, die Bahn auf- und abzureiten. Christoph tat auch dies, worauf Moniwid erneut der Gedanke kam, der Bayer könne sich einen illegalen Vorteil verschafft haben, und ihn wieder absteigen ließ. Herzog Christoph begann so laut zu toben, daß die ganze Altstadt widerhallte. Als sie endlich aufeinander losritten, zerbrach Moniwids Spieß, und er stürzte vom Pferd; der Anprall riß selbst Moniwids Gaul zu Boden. Als dieser wieder auf die Beine kam, wandte sich Herzog Christoph um, um sich aus dem Gewirr von Spießen, Zügeln und um sich schlagenden Beinen zu befreien, und sein Pferd stieß das Moniwids erneut um, wobei es diesmal direkt auf den Polen fiel. Man mußte ihn vom Platz tragen; ich nehme an, so hatte er sich sein Zusammentreffen mit dem Bayern nicht vorgestellt.

Am Freitag war die Hochzeit vorüber, und es dauerte wiederum ein paar Tage, bis alle Gäste aus der Stadt abgereist waren. Einen Kaufmann interessieren natürlich in erster Linie die Kosten, und so ließ ich mir Einblick in die Aufstellung geben, die man darüber für die Nachwelt angefertigt hatte. Ich konnte selbst nicht glauben, daß man soviel Geld für eine Hochzeit ausgegeben hatte: Es waren sechzigtausend Gulden. Man hätte die Häuser der halben Stadt dafür kaufen können. Sie hatten über dreihundert Ochsen, fast ebenso viele Schweine, mehr als dreitausend Schafe und Lämmer, fünfhundert Kälber, siebenhundert Spansauen, elftausend Gänse und vierzigtausend Hühner verzehrt; daneben zweihunderttausend Eier, zweihundert Zentner Schmalz, vierzehn Zentner Flußfische und ungezählte Mengen an Getreide, Zwiebeln und Gemüse. Um die Speisen zu würzen, verbrauchten sie unter anderem eineinhalb Zentner Safran, dreihundert Pfund Pfeffer, fünfhundert Pfund Zucker und nochmals sechshundert Pfund anderer Gewürze, und ich konnte mir schon denken, daß Sebastian Löws abführendes Konfekt reichlichen Zuspruch erhielt.

Ich war bei den meisten der Feierlichkeiten als Zuschauer dabei; der Kanzler sorgte dafür. Es war wohl seine Art, mir zusätzlichen Dank abzustatten zu der reichen Summe, die er mir schon aufgedrängt hatte. Ich fühlte mich seltsam fröhlich, so daß ich mit wahrer Freude daran teilnahm. Ich hätte selbst mit Albert Moniwid geplaudert, so leicht war mir ums Herz, aber besonders nach seinem unglücklichen Rennen wich er den meisten Leuten aus und verkroch sich in seiner Behausung. Er nahm nicht einmal mehr seinen Platz an der Hochzeitstafel ein. Mit dem ersten Troß, der Landshut in Richtung Polen verließ, zog er davon. Ich habe gehört, daß er nicht mehr bis zurück an den Königshof gelangte. Der Treck hatte sich irgendwo in Schwaben mit der Pest angesteckt, und um Weihnachten des Jahres 1475 verstarben Moniwid und ein Großteil der polnischen Gesandtschaft in einem verdreckten, heruntergekommenen Zeltlager vor den Toren der Stadt Kolo an der Seuche.

Wir hatten die Hochzeit zwischen Herzog Georg und der polnischen Prinzessin Jadwiga gerettet. Die Hauptbeteiligten daran, nämlich der Bräutigam und die Braut, waren jedoch nicht in der Lage, aus diesem Umstand ihr Glück zu gestalten. Als hätten sich die Ereignisse davor doch noch auf eine geheimnisvolle Art und Weise auf ihre Zukunft ausgewirkt, verlebten sie ihre Jahre getrennt voneinander; die Herzogin in offener Verbannung auf der düsteren Burg in Burghausen, der Herzog auf der Jagd, auf Turnieren oder in den Betten von Huren, wenn er nicht versuchte, glücklos Politik zu machen.

Jana Dlugosz war während der Hochzeitsfeierlichkeiten meine Begleiterin. Die kleinen Geschäftsbeziehungen, die sie heimlich geknüpft hatte, blühten jetzt auf; vielleicht lag es daran, daß sie sich in meiner Begleitung zeigte und ich wiederum für alle Welt sichtbar von Kanzler Martin Mair geehrt wurde. Wahrscheinlich jedoch nicht – sie brauchte meine Hilfe nicht, und ich konnte mich des Verdachts nicht erwehren, daß sie ihre Geschäfte ohne mich besser abschloß als mit mir. Ich habe niemals behauptet, daß ich ein *ausgezeichneter* Kaufmann wäre. Sie verließ den polnischen Troß und mietete sich in einer Herberge in der Stadt ein, die auf wundersame Weise (und auf entsprechenden Druck von seiten des Kanzlers) plötzlich noch ein freies Zimmer fand. Ich weiß nicht genau, warum sie das tat; womöglich wollte sie mir und sich selbst damit zeigen, daß sie noch immer so unabhängig war wie zuvor. Es war die einzige schlechte Transaktion, die ich sie begehen sah: Sie verbrachte fast jeden Tag und jede Nacht bei mir auf dem Hof, und das Geld für die Kammer war zum Fenster hinausgeworfen. Ein paar Tage nach dem Ende der Hochzeit bot ihr einer der Kaufleute ein lukratives Geschäft mit Seidenstoffen in Ulm an, und sie machte sich reisefertig. Ich half ihr mit ein paar Dienstboten, ihre Unterkunft in der Stadt zu räumen.

»Wann wirst du zurückkommen?« fragte ich sie. Sie lächelte und zuckte mit den Schultern.

»Ich weiß nicht, wie lange die Verhandlungen dauern. Nicht vor Weihnachten, nehme ich an.«

»Es tut mir weh, ohne dich zu sein.«

»Bitte versuche nicht, mich anzubinden«, sagte sie ernst. »Ich habe Geschäfte, um die ich mich kümmern muß; ich habe auch noch das Handelshaus und meinen Vater in Krakau.«

»Wirst du überhaupt zurückkehren?« fragte ich.

Sie legte den Mantel, den sie zusammengelegt hatte, zur Seite und kam durch das Zimmer auf mich zu.

»Nach Hause?« sagte sie. »Natürlich werde ich nach Hause zurückkehren.«

»Dein Zuhause ist in Krakau«, sagte ich mit schmerzender Kehle. Sie schüttelte den Kopf.

»Mein Zuhause ist da, wo mein Herz ist«, sagte sie. »Und mein Herz wird immer da sein, wo du bist.«

Ich kehrte auf meinen Hof zurück und ordnete meine Geschäfte. Es dauerte eine ganze Weile, bis mir bewußt wurde, daß es nicht mehr das war, was ich wollte. Als es mir klargeworden war, bat ich Hanns Altdorfer und Sebastian Löw zu mir heraus. Der Stadtkämmerer hielt urkundlich fest, daß ich Sebastian Löw zu meinem Partner ernannte und meinen Verwalter damit beauftragte, während der Zeit meiner Abwesenheit die Geschäfte für mich zu führen. Sebastian Löw verpflichtete sich, neben der Verantwortung für seine Hälfte des Geschäftes auch die Verantwortung für mein Gesinde und vor allem für Jörg Tannberger zu übernehmen, dessen Förderung er vorantreiben sollte. Danach ließ ich alles für meine Abreise vorbereiten.

An dem Tag, an dem mein Reitpferd und zwei Packesel vor dem großen Hoftor standen, wanderte ich mit Hanns Altdorfer zu den drei Gräbern hinter der Holunderhecke. Ich legte drei kleine Sträuße mit Blumen auf die Gräber; einen für mein namenloses Kind, einen für die polnische Gräfin, einen für Maria. Als ich mich aufrichtete, sah ich die Tränen in Hanns Altdorfers Augen.

»Paß mir auf sie auf«, sagte ich sanft.

Er nickte.

»Mir ist noch immer nicht klar, warum du ihr hinterherreisen willst«, sagte er. »Sie hat doch gesagt, sie würde zurückkommen.«

»Mir ist es auch nicht klar«, erwiderte ich und dachte an Janas Bitte, sie nicht anzubinden. Ich dachte: Wenn ich sie hier nicht anbinden kann, so kann ich sie doch auf ihren Zügen begleiten. Wenn zwei Menschen zusammenkommen, gibt immer einer davon irgend etwas auf. Warum sollte ich es nicht sein, der etwas aufgab? Ich hatte meine Erinnerungen, meine Liebe zu Maria und meine Liebe zu Jana. Wozu brauchte ich das Geld und das Geschäft? »Mir ist nur klar, daß ich nicht hierbleiben will.«

Er wies auf die Gräber.

»Ich dachte, das ist dein Zuhause.«

– Mein Zuhause ist da, wo mein Herz ist. Ein Teil meines Herzens wird immer hier sein, geliebte Maria.

»Das sind nur Gräber«, sagte ich. Ich nickte zu Marias Grab und dem Grab des Kindes. »Ihre Seelen habe ich bei mir.«

»Wenn ich es nicht besser wüßte, würde ich denken, du fliehst.«

»Vielleicht tue ich das«, rief ich fröhlich. »Ich fliehe vor sieben Jahren Trauer und Einsamkeit.«

»Was wirst du tun?«

»Leben«, sagte ich. »Und lieben. Ich habe viel verlernt. Ich will es mir wieder aneignen, bevor es zu spät ist.«

»Dafür ist es niemals zu spät«, erklärte er.

Ich dachte plötzlich an die massige Gestalt Johannes Reckels, wie sie in den Lichtkreis der Fackel schritt, bevor die Dunkelheit des eben erst begonnenen Tages sie verschluckte.

Ich holte tief Atem und nickte.

Nachwort

Dies ist ein Werk der Fiktion. Und wie alle Fiktionen ist sie nicht immer ganz korrekt mit den tatsächlichen Geschehnissen und Personen umgesprungen, die ihr zugrunde liegen. Ich möchte deshalb an dieser Stelle den Kaufmann Peter Bernward verlassen und mich der historischen Fakten annehmen, die ich da und dort ein wenig beugen mußte, um sie in den Fluß der Geschichte einzupassen.

Betrachten wir zunächst die geschichtlich belegten Personen, die eine Rolle spielen. Da gibt es Hanns Altdorfer, der im November 1475 tatsächlich die Stelle des Stadtkämmerers innehatte und sein Wohnhaus neben dem Rathaus für die Unterkunft des Hochzeitspaares räumen mußte. Ich weiß nicht, wie er wirklich ausgesehen hat, und ich nehme an, daß er in Wahrheit ein verheirateter Mann mit Familie war anstatt des arbeitswütigen Junggesellen, als den ich ihn dargestellt habe. Er war ein Mitglied des vielköpfigen Komitees, das unter Leitung der Kanzler Mair und Alber die Hochzeit zu organisieren hatte, und in dieser Funktion für die Koordinierung der stadteigenen Wappner zuständig. Ich habe ihm vielleicht ein paar zusätzliche Aufgaben angedichtet, aber wer weiß, was der wirkliche Stadtkämmerer damals noch an Arbeiten erledigte, um die Hochzeit gelingen zu lassen.

Doktor Martin Mair, der Kanzler, dessen Anteil an der Fürstenhochzeit ich auch im Roman wahrheitsgetreu zu schildern versucht habe (und dabei, betrachtet man die tatsächliche historische Gestalt und ihren enormen Wirkungskreis, wahrscheinlich noch untertrieb), hat sich nicht nur in den Geschichtsbüchern verewigt. Seine Person ist sogar Bestandteil der Festspiele, die regelmäßig zur Feier der Fürstenhochzeit zu Landshut aufgeführt werden; man kann seine schwergewichtige Gestalt neben der Sänfte ausmachen, in der Herzog Ludwig seiner Gichtanfälle wegen getragen wird.

Richter Wilhelm Trennbeck, der Mann, der für die Unterbringung der Gäste zuständig war und zugleich der »alten Frau von Sachsen« bei der Hochzeitstafel die Aufwartung machen durfte, war im November 1475 der eigentliche Stadtoberrichter; Meinrad Girigel ist eine fiktive Person, der er der Handlung zuliebe seine Stellung kurzfristig abgetreten hat. (Zumindest läßt sich kein Meinrad Girigel in der Abfolge der Landshuter Stadtoberrichter finden, aber das kann auch damit zusammenhängen, daß man aufgrund seiner Verbrechen seinen Namen aus den Chroniken tilgte ...)

Albert Moniwid, der undurchsichtige litauische Edelmann, taucht in den Schilderungen der Fürstenhochzeit immer wieder auf; belegt sind sein großer Einfluß am polnischen Hof, sein schillernder Auftritt in Wittenberg mit dem perlengeschmückten Pferd und sein unentschuldigtes Fernbleiben von der Hochzeitstafel. Belegt ist auch sein Pesttod zusammen mit einem Großteil des Hochzeitstrosses vor den Toren der Stadt Kolo. Was dazwischen liegt, habe ich entweder erfunden oder den Handlungen anderer, namenloser polnischer Hochzeitsgäste entnommen und ihm zugeschrieben.

Ebenfalls der historischen Wirklichkeit entspricht die Person des Baumeisters der Martinskirche, Hans Stethaimer. Hier scheiden sich allerdings die Geister, da sich aufgrund der mittelalterlichen Tradition, die Person des Architekten bedeutend geringer einzuschätzen als sein Werk, widersprüchliche Angaben finden. Mancher setzt Hans Stethaimer mit dem Meister Hans von Burghausen gleich, der als der eigentliche Baumeister der Martinskirche gilt, aber es lassen sich auch Dokumente finden, die in der chronologischen Abfolge Namen wie Hans Krumenauer, Hans Steinmetz von Burghausen, Stephan Krumenauer und schließlich Hans Stethaimer aufzählen. Ich habe diese ungenaue Faktenlage benützt, den klingenden Namen Stethaimer in meine Geschichte einzubeziehen, und bitte die versierteren Kenner der Landshuter Historie sicherheitshalber vorab dafür um Verzeihung. Einigen anderen im Roman vorkommenden historischen Nebencharakteren wie zum Beispiel Walther vom Feld, Wolfgang Leutgeb und Contzen von Asch habe ich Rollen in meinem Roman zugewiesen, die sie in Wirklichkeit nicht genau so spielten.

Unrecht habe ich womöglich Ulrich Ebran von Wildenberg mit seiner charakterlichen Schilderung getan, der sich in verschiedenen Aufzeichnungen als Liebhaber von Susanne Reckel (oder Röckl) findet, jener unglücklichen Frau, die den Bürgeraufstand der Osterfeiertage 1410 verraten haben soll. Es gab das Geschlecht derer von Wildenberg, und die Nennung des Namens in späteren Chroniken belegt, daß mit Ulrich Ebran die Familie keineswegs ausstarb – oder ausschließlich aus opportunistischen Schürzenjägern bestand. Bei seiner Schilderung habe ich mich im wesentlichen an seine Charakterisierung in dem Theaterstück »Der Bürgeraufruhr zu Landshut« von Anton Nagel angelehnt. Schließlich braucht jede Kriminalgeschichte ein paar Bösewichte, und Ulrich Ebran von Wildenberg, der in

Anton Nagels Stück zuletzt von seinem Komplizen Mang schmählich eine hohe Mauer hinabgestürzt wird, bot sich dafür an. Auch an ihn, sollte es ihn wirklich gegeben haben, richte ich meine Bitte um Vergebung.

Womit uns die Schilderung der im wesentlichen historisch belegten Personen zu dem führt, was Johannes Reckel (im übrigen ein fiktiver Charakter) sein Leben lang verfolgt hat: der Bürgeraufstand in Landshut und mit ihm der Beginn der Geschichte der drei reichen Herzöge.

Die Stadt Landshut hatte am Ende des vierzehnten Jahrhunderts eine erstaunliche Rechtsstellung erreicht; sie besaß die volle Stadtfreiheit, das Recht der Gesetzgebung und die Polizeigewalt innerhalb ihrer Grenzen. Neben diesen politischen Rechten hatten die Bürger der Stadt auch das nötige Geld; der Neubau der Martinskirche belegt dies eindrucksvoll. Die Finanzkraft des Bürgerstandes im Deutschen Reich war im übrigen ganz allgemein beeindruckend: Die Notwendigkeit einer Kleiderordnung, die von den eifersüchtigen Adligen und Klerikern für die prunkvoll und selbstbewußt auftretenden Patrizier verfaßt wurde, legt hierfür weiteres Zeugnis ab.

Mit seinem Amtsantritt als Jüngling, der unter Vormundschaft stand, hoffte Herzog Heinrich, die von seinen Vorgängern verschuldete Leere in seiner Schatzkammer auszugleichen. Er nahm Geld von den Bürgern auf und gewährte ihnen im Gegenzug weitere Rechte; nur die Bestätigung aller Stadtfreiheiten verweigerte er.

Sein Vorgehen muß aus seiner Sicht nur verständlich sein; er hatte die Aufgabe, das Land finanziell zu sanieren, und die Konzentration aller Macht in seinen Händen, der der Freiheitswille der Bürger entgegenstand, war für ihn nicht nur ein natürliches, sondern auch vollkommen legitimes Ansinnen.

Im Jahre 1408 kollidierten die verschiedenen Interessen des Herzogs und seiner Bürger zum erstenmal gewaltsam; auf die Drohung des Stadtrats, sich bei Kaiser Ruprecht über ihn zu beschweren, ließ Heinrich in einem Gewaltstreich die angesehensten Bürger verhaften. Die Einflußreichsten unter ihnen, Mitglieder sowohl des äußeren als auch des inneren Rates, verloren ihr Vermögen und mußten die Stadt verlassen.

Nach diesem Schlag gegen das Patriziat wurde die Opposition jedoch in den Zünften und der Gemeinde fortgesetzt. Eine geplante Verschwörung, die mit der Festsetzung des Herzogs und einiger seiner hohen Beamten enden sollte, wurde jedoch verraten und mit beinahe biblischer Strenge niedergeschlagen. Das Strafgericht um Ostern 1410 umfaßte etwa fünfzig Familien und verübte Hinrichtungen, Blendungen, Landesverweise und Vermögenseinzüge. Die zu Tode erschrockenen Bürger unterwarfen sich in allen Wünschen ihrem Herzog, änderten ihre Stadtverfassung, unterstellten sie dem Herzog und kamen demütig seinen Auflagen nach. Von dem städtischen Selbstverständnis blieb nichts mehr erhalten.

Im übrigen scheint es, als ob *beide* Seiten das jeweilige Vorgehen bedauert hätten. Wie es heißt, hat Herzog Heinrich als Sühne für sein Blutgericht die Kirche Heilig Blut auf dem heutigen Hofberg errichten lassen.

In dem uns überlieferten Bild wird Herzog Heinrich überwiegend negativ dargestellt. Seine Härte gegen die Aufständischen, sein Geiz und seine Auseinandersetzungen mit Ludwig dem Bärtigen von Ingolstadt stehen in allen Berichten im Vordergrund. Auf einem zeitgenössischen Porträt in einem Fenster der Kirche in Jenkofen sieht man ihn, drei Jahre vor seinem Tod, in voller Rüstung niederknien: Ein Mann mit langem gelockten Haupthaar, gefurchter Stirn und markanten Gesichtszügen, dem man es zutraut, seinem Wahlspruch »Wolt got« selbst des öfteren kräftig nachgeholfen zu haben.

Am 30. Juli 1450 erlag Herzog Heinrich in Landshut der Pest und überließ die Regierungsgewalt seinem Sohn Ludwig, damals bereits ein erwachsener Mann von dreiunddreißig Jahren. Auch er begann sein Amt mit einer Gewaltmaßnahme, indem er die jüdischen Bewohner Landshuts zuerst zwangsbesteuerte und dann aus dem Land verwies. Er versöhnte sich mit seinem Münchner Vetter Albrecht, dem sich sein Vater Heinrich entfremdet hatte, brach aber gleichzeitig Feindseligkeiten mit seinem fränkischen Nachbarn Markgraf Albrecht Achilles vom Zaun. Beide unterstützen die auf dem Türkentag zu Regensburg 1455 geborene Idee, wegen der politischen Untätigkeit Kaiser Friedrichs einen deutschen König zu wählen, wurden sich aber uneins bei der Auswahl des Kandidaten. 1460 brach der Krieg zwischen den beiden Fraktionen aus, der sich bald zum Reichskrieg gegen Ludwig ausweiten sollte und erst 1463 im Frieden von Prag zu einem Ende gebracht werden konnte.

In der Folgezeit entwickelte sich Ludwig zu einem klügeren Herrscher. Er vermittelte zwischen den Münchner Herzögen Albrecht und Christoph, erwirkte die Gnade des Kaisers durch die Herausgabe wertvoller Kleinodien und gründete schließlich mit der Universität Ingolstadt eine der ersten deutschen Universitäten nach Wien, Heidelberg und Leipzig.

Die gefestigte Stellung seines Landes und wohl auch

sein großer Reichtum veranlaßten Ludwig danach, eine passende Braut für seinen 1455 geborenen Sohn Georg zu suchen. Die Tochter König Georgs von Böhmen stand zur Wahl, ebenso die Tochter Kaiser Friedrichs, aber beide wurden aufgrund politischer Rücksichtsmaßnahmen wieder fallengelassen. Im Frühling des Jahres 1474 schließlich sandte der Herzog eine Abordnung zu König Kasimir von Polen, der ebenfalls auf der Suche nach einem Bräutigam für seine Tochter Jadwiga war. Die beiden Herrscher nahmen die Verhandlungen auf, und schon im Herbst 1474 zog eine Gesandtschaft von Landshut nach Polen, um mit kostbaren Geschenken die Hochzeit zu beschließen.

Polen war der mächtigste Staat in Osteuropa, dessen Gebiet sich von Litauen bis in die Ukraine erstreckte. Für König Kasimir, innenpolitisch durch die Anhänger der Lehre des Jan Hus und außenpolitisch durch den von den katholischen Adligen Ungarns gegen den Willen des Kaisers zum König gewählten Matthias Corvinus bedrängt und in finanziellen Schwierigkeiten, war die Werbung um seine Tochter willkommen. Herzog Ludwig war ein mächtiger Verbündeter, dem er bereits in der Vergangenheit seine Freundschaft bewiesen hatte, und er konnte im Fall einer Verbindung Jadwigas mit Georg zumindest auf dessen Wohlwollen gegenüber seiner weiteren Westpolitik hoffen. Nachdem sich die Parteien einig geworden waren, mußte nur noch ein Hinderungsgrund beseitigt werden: Die Brautleute waren, da Jadwigas Mutter und Georgs Vater Base und Vetter waren, miteinander verwandt. Ein päpstlicher Dispens, durch ein großzügiges Geldgeschenk in die Schatulle des Vatikans erleichtert (eine Summe, die angeblich einen Teil des Grundstocks für den prachtvollen Neubau der Peterskirche darstellte), schaffte das Problem aus der Welt.

Am 29. Dezember 1474 verlobten sich Jadwiga von Polen und Georg von Landshut. Die Mitgift der polnischen Prinzessin sollte zweiunddreißigtausend Gulden betragen; nach heutigem Geld eine Summe von etwa zehn bis fünfzehn Millionen Mark. Die beiden Brautleute hatten sich noch nicht einmal gesehen.

Wir haben dank der Emsigkeit verschiedener Chronisten mehrere eingehende Berichte über die Hochzeit, die eines der rauschendsten Feste der damaligen Zeit darstellte – einer Zeit, die an solchen Ereignissen nicht arm war und in der nicht nur Fürsten, sondern auch reiche Kaufleute wie die Hochstetter in Augsburg für ihre Vermählungsfeiern Summen ausgaben, die uns heute nur noch fassungsloses Staunen abnötigen. Was die Hochzeit Herzog Georgs angeht, beschreibt uns Peter Bernward einige der Dinge, die für Speisen und Getränke benötigt wurden; tatsächlich umfaßte die letztendliche Abrechnung viel mehr Posten. Neben den Aufwendungen für die Gesandtschaften und Geldgeschenke ist dort peinlich genau aufgeführt, welche Summen aufgewendet wurden für: Hofgewänder, Handwerker, Kleinodien, Küchenvorräte, Getränke, Pferdefutter, Turniergeschenke, Spielleute und Arzneien. Die Beträge summieren sich zu der fast unvorstellbaren Zahl von sechzigtausend Gulden; heute ein Vermögen von fünfundzwanzig Millionen Mark.

Erwähnt man diese Summe, sollte man die uns überlieferte Anekdote nicht vergessen, derzufolge Kaiser Friedrich, sichtlich geblendet durch den Aufwand der Hochzeit, seinen ehemaligen Feind Ludwig um einen Kredit bat, der die Höhe der polnischen Mitgift hatte.

Ludwig lehnte die großartige Gelegenheit ab, den deutschen Kaiser in seine Schuld zu bekommen; offensichtlich hatte die Höhe der Ausgaben auch an seinem immensen Reichtum gezehrt. Man sollte auch nicht außer acht lassen, daß Herzog Georg letztlich sein ganzes Leben lang vergebens auf die Bezahlung der Mitgift seiner Frau wartete.

Der gemeinsame Lebensweg des jungen Paares begann glanzvoll, endete aber düster. Von den männlichen Nachkommen, die die Herzogin auf die Welt brachte, überlebte keiner, und Jadwiga verlebte ihre Tage in Abgeschiedenheit auf der finsteren Herzogsburg in Burghausen. Niemand weiß, ob sie der deutschen Sprache jemals mächtig wurde, und so ist anzunehmen, daß sie inmitten ihrer Dienerinnen und Edelfräulein ein Leben von erdrückender Einsamkeit führte. Herzog Georg betätigte sich als glückloser Politiker oder – mit größerem Erfolg – als Waidmann und Schürzenjäger. Von dem anfänglichen guten Einvernehmen, das Berichten zufolge zwischen den Eheleuten geherrscht haben muß, war spätestens zwölf Jahre später nichts mehr zu spüren.

Im Jahre 1502 verstarb Herzogin Jadwiga, fünfundvierzig Jahre alt und den Tod sicherlich als Erlösung betrachtend. Herzog Georg folgte ihr ein gutes Jahr später, seine Leber von seinem unsteten Leben zerfressen. Da ihre Ehe keine Söhne hervorgebracht hatte, setzte Georg seinen Schwiegersohn Ruprecht von der Pfalz auf den Herzogsthron. Dies war jedoch gegen die Erbschaftstradition des Hauses Wittelsbach, derzufolge nur ein direkter männlicher Nachkomme den Thron besteigen konnte. Die Auseinandersetzungen führten zum Landshuter Erbfolgekrieg, den die Landshuter Seite verlor. Ruprecht starb im Verlauf des Krieges an der Ruhr, seine Frau Elisabeth, die Tochter Georgs und Jadwigas, erlag vier Wochen später sechsundzwanzigjährig derselben Krankheit.

Landshut aber sank nach dem verlorenen Krieg zur Bedeutungslosigkeit herab.

Übrigens – nicht nur im vorliegenden Roman, sondern auch in Wirklichkeit fuhr der Tod in Landshut eine Ernte ein, die in unmittelbarem Zusammenhang mit den Hochzeitsfeierlichkeiten steht: Am Freitag, dem letzten Tag der Hochzeitsfeier, wurde im Burggarten die Leiche von Pankraz Hochholdinger, dem Kastner zu Dingolfing, gefunden. Der herzogliche Beamte hatte sich aus Furcht vor der Abrechnung mit seinem Herrn erhängt. Ob es Grund für diese Furcht gab und der Kastner allzu plump in seine eigene Tasche gewirtschaftet hatte oder nur unfähig gewesen war, das Geld des Herzogs zu verwalten, ist nicht überliefert.

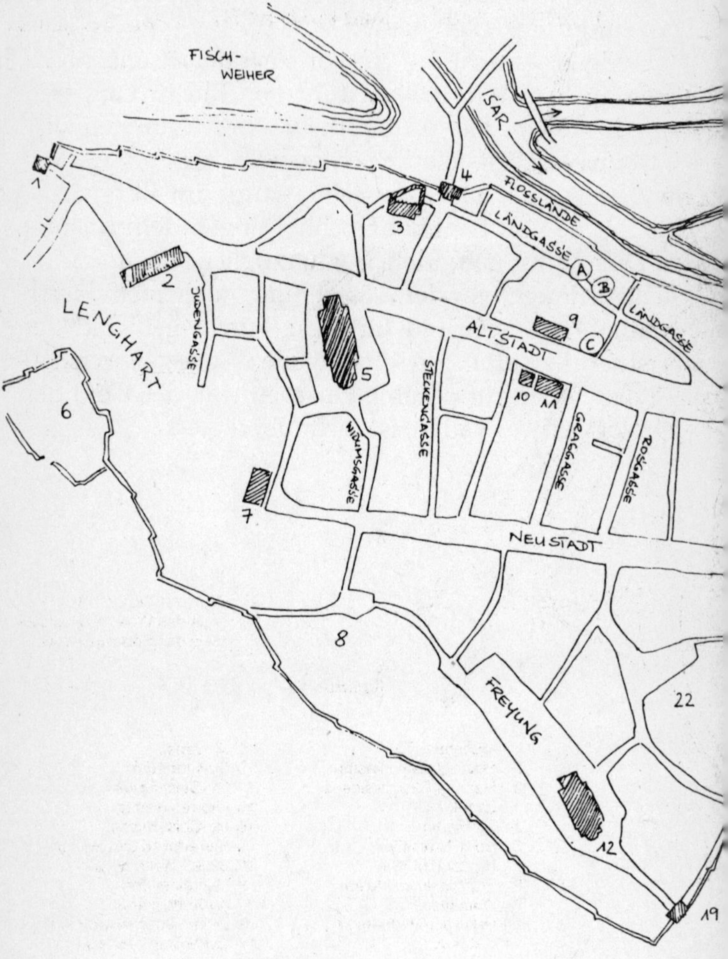
FISCH-
WEIHER
ISAR
FLOSSLÄNDE
LÄNDGASSE
LÄNDGASSE
ALTSTADT
NEUSTADT
FREYUNG
LENGHART
JUDENGASSE
STECKENGASSE
WIDUMSGASSE
GRASGASSE
ROSGASSE
A
B
C
1
2
3
4
5
6
7
8
9
10
11
12
19
22

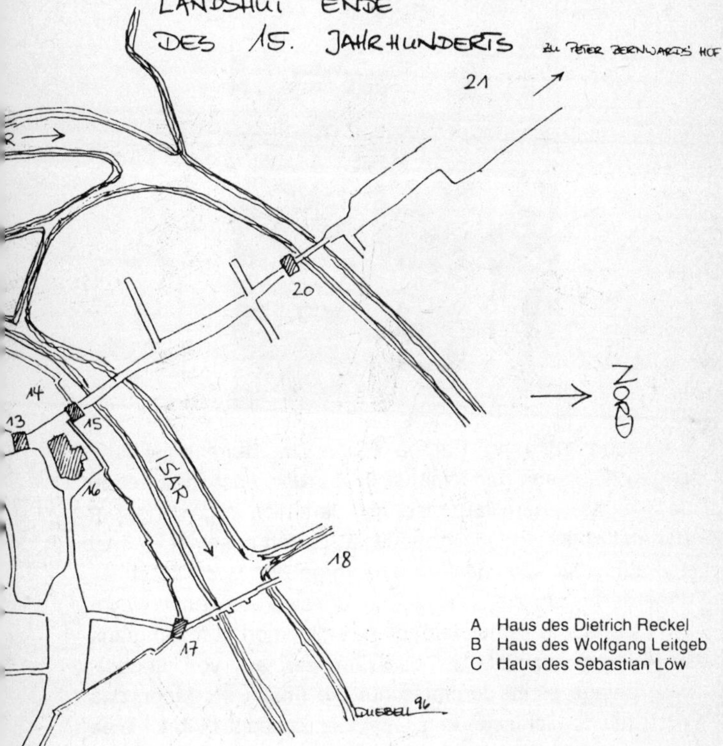

A Haus des Dietrich Reckel
B Haus des Wolfgang Leitgeb
C Haus des Sebastian Löw

1 Münchner Tor
2 Herzogl. Zehntkasten
3 Herzogl. Stadtresidenz
4 Ländtor
5 St. Martin
6 Burg Trausnitz
7 Herzogl. Münze
8 Franziskaner-Kloster
9 Zollhaus
10 Haus H. Altdorfers
11 Rathaus
12 St. Jobst
13 Spitaler Turm
14 Hl.-Geist-Spital
15 Inneres Isartor
16 Hl.-Geist-Kirche
17 Zerrertor (Kapuzinertor)
18 Bleich-/Tuchmühlen
19 Haerainer Tor
20 Äußeres Isartor
21 Zisterzienserinnen-Kloster
22 Dominikaner-Kloster

Karwoche 1814. In Europa toben die Befreiungskriege gegen Napoleon, die Welt ist in Aufruhr. Auch das Leben des westfälischen Bauernsohnes Jeremias Vogelsang, der sich mit anderen geduldeten Deserteuren in seiner Heimat aufhält, gerät aus den Fugen. Vorgeblich, weil Jeremias desertiert ist, in Wahrheit jedoch, um sich des unerwünschten Liebhabers seiner Tochter zu entledigen, ruft Amtmann Boomkamp zur Hatz auf den „Verräter“ auf. Von Gendarmen gejagt, bleibt Jeremias nur die Flucht ins Moor, das auch allerlei lichtscheuem Gesindel Zuflucht bietet - eine schicksalhafte Entscheidung, wie sich bald zeigt. Denn hier kommt Jeremias einem Rätsel der Vergangenheit auf die Spur, einem Geheimnis, das sein eigenes Leben umgibt...

ISBN 3-404-14272-1

BASTEI LÜBBE

Köln im 13. Jahrhundert: Philipp, ehemaliger Novize und Klosterschreiber, soll im Auftrag der Kirche eine kleine Dokumentenfälschung vornehmen. Was anfänglich wie eine Fingerübung aussieht, entwickelt sich jedoch schnell zu einem lebensbedrohlichen Spiel um Intrigen, Betrug und Verrat.
Auf seiner gefährlichen Suche nach der Wahrheit gerät Philipp in die verfallene Burg eines heruntergekommenen Kreuzfahrers, deren Mauern eine schöne Frau und mehr als eine Lüge gefangenhalten. Von da an weist die Spur ins jüdische Ghetto des mittelalterlichen Köln und in ein geheimnisvolles Klosterarchiv. Was Philipp dort herausfindet, ist so ungeheuerlich, daß die Herrschenden vor nichts zurückschrecken, um die grausame Wahrheit zu vertuschen ...

»Richard Dübell legt einen spannenden und gut recherchierten historischen Roman vor.« Passauer Neue Presse

ISBN 3-404-14393-0

BASTEI LÜBBE

RICHARD DÜBELL
EINE MESSE FÜR DIE MEDICI
ROMAN